No abras los ojos

No abras los ojos

John Verdon

Traducción de Javier Guerrero

Rocaeditorial

Título original: *Shut your Eyes Tight*
© 2011, John Verdon

Primera edición: junio de 2011
Segunda edición: junio de 2011
Tercera edición: junio de 2011

© de la traducción: Javier Guerrero
© de esta edición: Roca Editorial de Libros, S. L.
Marquès de l'Argentera, 17, Pral.
08003 Barcelona
info@rocaeditorial.com
www.rocaeditorial.com

ISBN: 978-84-99118-287-2
Depósito legal: Na. 1.769-2011

Para Naomi

Prólogo

La solución perfecta

De pie ante el espejo, sonrió satisfecho a su propio reflejo sonriente. En ese momento no podía sentirse más a gusto consigo mismo, con su vida, con su inteligencia; no, era algo más que eso, era más que simple inteligencia. Se podría decir que tenía un profundo conocimiento de todo. De eso se trataba, de un profundo conocimiento de todo, algo que iba mucho más allá de los límites normales de la sabiduría humana. La sonrisa de su rostro en el espejo se ensanchó aún más. Eso era lo que pasaba, la expresión justa. Internamente, podía sentir lo sagaz que era. Externamente, el curso de los acontecimientos era prueba de ello.

Para empezar, y por decirlo en los términos más simples, no lo habían atrapado. Habían transcurrido veinticuatro horas, casi exactas, y en ese tiempo su seguridad no había hecho sino aumentar. Claro que eso era previsible; se había asegurado de que no hubiera rastro que seguir ni lógica que pudiera conducir a nadie hasta él. Y, de hecho, nadie había venido. Nadie lo había descubierto. Por lo tanto, era razonable concluir que acabar con la zorra impertinente había sido un éxito rotundo.

Todo había salido según lo previsto, sin adversidades, de manera irrebatible; sí, «irrebatible» era una palabra excelente para definirlo. Todo ocurrió según lo previsto, sin contratiempos, sin sorpresas…, a excepción de ese sonido. ¿Cartílago? Eso tuvo que ser. Si no, ¿qué?

No tenía sentido que un detalle nimio provocara una impresión sensorial tan duradera. Aunque tal vez la fuerza, la perseverancia de la impresión era simplemente el producto lógico de su sensibilidad sobrenatural. Un precio que pagar por la agudeza.

A buen seguro que ese pequeño crujido algún día sería tan débil en su memoria como la imagen de toda esa sangre, que ya comenzaba a desvanecerse. Era importante mantener las cosas en perspectiva, recordar que todo acaba pasando. Cualquier onda en el estanque termina por desaparecer.

PRIMERA PARTE

El jardinero mexicano

1

Vida en el campo

La quietud en el aire de la mañana de septiembre era como el silencio en el corazón de un submarino a la deriva, con los motores apagados para eludir el sónar del enemigo. Todo el paisaje permanecía inmóvil en las garras invisibles de una inmensa calma, la calma que precede a una tormenta, una calma tan profunda e impredecible como el océano.

Había sido un verano extrañamente suave; un clima que rayaba en la sequía poco a poco iba extinguiendo la vida de pastos y árboles. Las hojas ya habían pasado del verde al marrón y comenzaban a caer en silencio desde las ramas de arces y hayas, lo que dejaba escasas perspectivas de un otoño colorido.

Dave Gurney estaba junto a la puerta cristalera de su cocina de estilo rústico, mirando al jardín y al césped recién cortado que separaba la casa de labranza del prado, demasiado alto, que descendía hasta el estanque y el viejo granero rojo. Se sentía vagamente incómodo y distraído; su atención iba pasando de las esparragueras de un extremo del jardín a la pequeña excavadora amarilla aparcada junto al granero. Tomó un sorbo de su café de la mañana, que ya se estaba enfriando por el aire seco.

Abonar o no abonar, esa era la cuestión con los espárragos. O por lo menos fue lo primero que se preguntó. En caso de respuesta afirmativa, se plantearía un segundo interrogante: ¿directamente desde el camión o en sacos? La clave del éxito con los espárragos, según se había informado en varias páginas web a las que lo había dirigido Madeleine, estaba en el fertilizante. Ahora bien, no le quedaba del todo claro si tenía que complementar el abono de la última primavera con más estiércol.

En sus dos años en los Catskills había tratado de enfrascarse, aunque con cierta desgana, en estas cuestiones de casa y jardín en las que Madeleine se había implicado con un entusiasmo instantáneo. Sin embargo, las inquietantes termitas del arrepentimiento del comprador no dejaban de carcomer sus esfuerzos. No era tanto la compra de esa casa en concreto, con sus veinte hectáreas de terreno, pues seguía considerándola una buena inversión, sino la decisión que había cambiado su vida: abandonar el Departamento de Policía de Nueva York y retirarse a los cuarenta y seis años. La pregunta recurrente era si había cambiado demasiado pronto su placa de detective de primera clase por las tareas de horticultura de un aspirante a hacendado.

Ciertos sucesos de mal agüero sugerían que sí. Desde su traslado al paraíso bucólico le había aparecido un tic esporádico en el párpado izquierdo. Para su desgracia y la angustia de Madeleine, había empezado a fumar de nuevo de manera ocasional después de quince años de abstinencia. Y, por supuesto, estaba el problema imposible de ocultar: haber tomado la decisión de zambullirse en el dantesco caso del asesinato de Mellery, que le había ocupado el otoño anterior, un año después de su jubilación.

Había sobrevivido por poco a aquello. Al implicarse, incluso había puesto en peligro a Madeleine. Gracias a ese momento de clarividencia que sigue a enfrentarse cara a cara con la muerte, durante un tiempo se había consagrado de lleno a los placeres sencillos de su nueva vida campestre. Pero hay algo curioso en la imagen cristalina que te dice cómo debes vivir. Si no te aferras a ella todos los días, la visión pronto se desvanece. Un momento de gracia es solo un momento de gracia. Si no se aprovecha, enseguida se convierte en una especie de fantasma, en una imagen pálida e inasible que retrocede como el recuerdo de un sueño hasta quedar reducido a una simple nota discordante en el trasfondo de tu vida.

Gurney había descubierto que comprender aquello no proporcionaba una clave mágica para revertirlo; así pues, su actitud hacia esa vida bucólica era una especie de tibieza. Y esa actitud le hacía perder el paso con su esposa. También le llevaba a preguntarse si alguien podía cambiar de verdad alguna vez o, más concretamente, si alguna vez podría cambiar él. En sus momentos más sombríos le desalentaba la rigidez artrítica de su propia manera de pensar; o en un sentido más profundo, de su manera de ser.

La cuestión de la excavadora era un buen ejemplo. Seis meses antes había comprado una pequeña y usada; se la había descrito a Madeleine como la máquina adecuada para unos propietarios de veinte hectáreas de bosques y prados, así como de un camino de tierra de cuatrocientos metros de largo. La veía como un medio para llevar a cabo las reparaciones de jardinería necesarias y hacer mejoras objetivas: algo bueno y útil. En cambio, al parecer Madeleine la vio desde el principio no como un vehículo que prometía una mayor participación de su marido en su nueva vida, sino como el símbolo ruidoso y con olor a gasóleo de su descontento, de su insatisfacción con el entorno, de su fastidio con el traslado de la ciudad a las montañas, de la enfermiza obsesión por el control que lo empujaba a demoler un mundo nuevo e inaceptable para adaptarlo a la forma de su propio cerebro. Solo se lo había dicho una vez, lacónica: «¿Por qué no puedes aceptar todo esto que nos rodea como un don, como un regalo fastuoso, en lugar de tratar de arreglarlo?».

Mientras permanecía de pie tras la puerta cristalera, recordando con incomodidad el comentario de su mujer, percibiendo el tono de suave exasperación en su mente, la voz real de Madeleine sonó a sus espaldas como una intrusión.

—¿Hay alguna posibilidad de que revises los frenos de mi bicicleta antes de mañana?

—Ya te dije que lo haría.

Dave tomó otro sorbo de café y esbozó una mueca. Estaba desagradablemente frío. Miró el viejo reloj de péndulo que colgaba sobre la encimera de pino. Disponía de casi una hora libre antes de salir a impartir una de sus ocasionales clases en la Academia de Policía estatal de Albany.

—Deberías venir conmigo un día de estos —comentó Madeleine, como si la idea se le acabara de ocurrir.

—Lo haré —dijo él.

Solía responder así cuando su mujer le pedía que la acompañara a pasear en bicicleta a través de las onduladas tierras de labranza y los bosques que ocupaban la mayor parte de los Catskills occidentales. Se volvió hacia Madeleine, que estaba de pie junto a la puerta del comedor con unas mallas gastadas, una sudadera holgada y una gorra de béisbol manchada de pintura. De repente, Dave no pudo evitar sonreír.

—¿Qué? —dijo ella, ladeando la cabeza.

15

—Nada.

En ocasiones, la presencia de su mujer era tan encantadora que inmediatamente dejaba de lado cualquier pensamiento negativo. Madeleine era esa criatura excepcional: una mujer hermosa a la que parecía importarle muy poco su aspecto. Se le acercó y se puso a su lado, examinando el paisaje.

—El ciervo le ha estado dando al alpiste —dijo en tono más divertido que molesto.

Al otro lado del césped se veían los tres comederos para pinzones, que colgaban completamente torcidos. Al mirarlos, Gurney se dio cuenta de que compartía, al menos hasta cierto punto, los sentimientos bondadosos de Madeleine por el ciervo, pese a los daños, menores, que este había causado; y no dejaba de ser curioso, porque lo que sentían respecto a los estragos que causaban las ardillas, que en ese mismo momento consumían las semillas que el ciervo no había logrado extraer del fondo de los comederos, era muy distinto. Nerviosas, rápidas, agresivas en sus movimientos, parecían movidas por un hambre obsesiva propia de roedores, un deseo avaricioso por consumir hasta la última partícula de alimento disponible.

La sonrisa de Gurney se fue desvaneciendo mientras las observaba con una pizca de tensión nerviosa. Sospechaba que esa tensión se estaba convirtiendo en su reacción refleja a demasiadas cosas: un nerviosismo que surgía de las grietas de su matrimonio y que contribuía a ensancharlas. Madeleine describiría las ardillas como fascinantes, inteligentes, ingeniosas, imponentes en su energía y determinación. Parecía amarlas igual que amaba la mayoría de las cosas de la vida. Él, en cambio, deseaba pegarles un tiro.

Bueno, no exactamente pegarles un tiro. En realidad, no quería matarlas ni lisiarlas, pero tal vez sí dispararles con una pistola de aire comprimido para hacerlas caer de los comederos y que se fueran volando hacia el bosque al que pertenecían. Matar no era una solución que le hubiera atraído nunca. En todos sus años en la Policía de Nueva York, en todos sus años como detective de Homicidios, en veinticinco años de trato con hombres violentos en una ciudad violenta, nunca había sacado su pistola; apenas la había tocado fuera de una galería de tiro y no sentía ningún deseo de empezar a hacerlo. Fuera lo que fuese lo que le había atraído a la labor policial, lo que lo había casado con el trabajo durante tantos años, desde luego no era el atractivo de una pistola o la solución engañosamente simple que esta ofrecía.

Se dio cuenta de que Madeleine lo estaba mirando con esa expresión suya entre curiosa y evaluadora adivinando quizá, por la rigidez de su mandíbula, lo que estaba pensando de aquellas ardillas. Dave quería decir algo que pudiera justificar su hostilidad hacia las ratas de cola esponjosa. En ese momento sonó el teléfono; de hecho, sonaron simultáneamente dos teléfonos: el del estudio y su móvil, que estaba en la cocina. Madeleine se dirigió al estudio. Gurney cogió el móvil.

17

2

La novia decapitada

Jack Hardwick era un cínico desagradable, mordaz y de ojos llorosos que bebía demasiado y casi todo en la vida lo veía como una broma amarga. Tenía pocos admiradores entusiastas y no inspiraba confianza con facilidad. Gurney estaba convencido de que si se le arrebataran los motivos cuestionables, a Hardwick no le quedarían motivos.

No obstante, también lo consideraba uno de los detectives más inteligentes y perspicaces con los que había trabajado. Así que cuando se llevó el teléfono a la oreja, oír esa voz inconfundible de papel de lija le generó sentimientos encontrados.

—Davey, Davey.

Gurney hizo una mueca. Nunca le había gustado que le llamaran Davey, y suponía que por ese mismo motivo Hardwick había elegido llamarlo así.

—¿Qué puedo hacer por ti, Jack?

La risotada del hombre sonó tan molesta e irrelevante como siempre.

—Cuando estábamos trabajando en el caso Mellery, te jactabas de que te levantabas con las gallinas. Solo he pensado en llamar para ver si era verdad.

Siempre había que soportar unas cuantas bromitas antes de que se dignara a llegar al asunto en cuestión.

—¿Qué quieres, Jack?

—¿Tienes gallinas vivas, corriendo cacareando y cagando en esa granja tuya? ¿O era solo una forma de hablar campechana?

—¿Qué quieres, Jack?

—¿Por qué diablos iba a querer yo algo? ¿No puede un viejo amigo llamar a otro viejo amigo por los viejos tiempos?

—Déjate del rollo del «viejo amigo», Jack, y dime por qué me has llamado.

Otra risotada.

—Eso es muy frío, Gurney, muy frío.

—Mira. Todavía no me he tomado mi segunda taza de café. Si no vas al grano en los próximos cinco segundos, cuelgo. Cinco…, cuatro…, tres…, dos…, uno…

—Novia de clase alta liquidada en su propia boda. Pensaba que podrías estar interesado.

—¿Por qué iba yo a estar interesado en eso?

—Mierda, ¿cómo no iba a estar interesado un detective estrella de Homicidios? ¿He dicho que el arma del crimen era un machete?

—La estrella está retirada.

Hubo una ruidosa y prolongada carcajada.

—No es broma, Jack. Estoy retirado.

—¿Igual que lo estabas cuando apareciste para resolver el caso Mellery?

—Eso fue un paréntesis.

—¿Es un hecho?

—Mira, Jack… —Gurney estaba perdiendo la paciencia.

—Está bien. Estás retirado. Ya lo entiendo. Ahora dame dos minutos para explicarte esta oportunidad.

—Jack, por el amor de Dios…

—Dos minutos de nada. Dos. Joder, ¿estás tan ocupado masajeándote las bolas de golf que no puedes concederle dos minutos a tu antiguo compañero?

La imagen disparó el pequeño tic en el párpado de Gurney.

—Nunca fuimos compañeros.

—¿Cómo diablos puedes decir eso?

—Trabajamos juntos en un par de casos. No éramos compañeros.

Para ser sincero, Gurney debía admitir que él y Hardwick tenían, en cierto sentido, una relación única. Diez años antes, trabajando en diferentes aspectos del mismo caso de homicidio, desde jurisdicciones situadas a más de ciento cincuenta kilómetros de distancia, habían encontrado cada uno una mitad del cuerpo mutilado de la misma víctima. Ese tipo de casualidad en una investigación podía forjar un vínculo tan fuerte como singular.

Hardwick bajó la voz hasta un tono de penosa sinceridad.

—¿Me das dos minutos o no?

Gurney se rindió.

—Adelante.

Hardwick volvió a su estilo característico de oratoria de charlatán de feria con cáncer de garganta.

—Está claro que eres un tipo muy ocupado, así que voy a ir al grano. Quiero hacerte un favor enorme. —Hizo una pausa—. ¿Sigues ahí?

—Habla más rápido.

—¡Menudo cabrón ingrato! Muy bien, esto es lo que tengo para ti. Sensacional asesinato cometido hace cuatro meses. Niña rica y mimada se casa con un famoso psiquiatra. Una hora más tarde, en la recepción de la boda en la lujosa finca del psiquiatra, el jardinero demente la decapita con un machete y se escapa.

Gurney tenía el vago recuerdo de haber leído un par de titulares de los periódicos sensacionalistas que posiblemente estaban relacionados con el caso: «Baño de sangre nupcial» y «Novia decapitada». Esperó a que Hardwick continuara, pero el hombre tosió de un modo tan desagradable que Gurney tuvo que apartarse el teléfono de la oreja.

Al final, Hardwick volvió a preguntar:

—¿Todavía estás ahí?

—Sí.

—Callado como un cadáver. Deberías hacer sonar un pitido cada diez segundos para que la gente sepa que aún estás vivo.

—Jack, ¿por qué diablos me estás llamando?

—Te estoy entregando el caso de tu vida.

—Yo ya no soy policía. No tiene ningún sentido.

—Puede que te falle el oído en tu vejez. ¿Qué edad tienes? ¿Cuarenta y ocho u ochenta y ocho? Escucha. Este es el meollo del asunto. La hija de uno de los neurocirujanos más ricos del mundo se casa con un famoso y polémico psiquiatra, un psiquiatra que apareció en el programa de Oprah Winfrey, por el amor de Dios. Una hora más tarde, entre doscientos invitados, la novia entra en la cabaña del jardinero. Había tomado varias copas y quería que el tipo se uniera al brindis nupcial. Cuando ella no sale, su nuevo esposo envía a alguien a buscarla, pero la puerta de la cabaña está cerrada y ella no contesta. Entonces el marido, el afamado doctor Scott Ashton, va, golpea la puerta y la llama. No hay respuesta. Consigue una llave, abre la puerta y la encuentra sentada con su vestido de novia y la cabeza cortada; ventana trasera de la cabaña abierta y sin jardinero a la vista. Muy pronto todos los policías del condado están en la escena. Por si acaso no has captado el mensaje todavía: se trata de gente muy importante. El asunto termina en nuestro regazo en el DIC, en concreto en mi regazo. Comienzo simple: encontrar al jardinero loco. Luego se va complicando. No se trata de un jardinero normal y corriente. El famoso doctor Ashton más o menos lo ha apadrinado. Héctor Flores (ese es el jardinero) era un trabajador mexicano indocumentado. Ashton lo contrata, enseguida se da cuenta de que el hombre es inteligente, muy inteligente, así que comienza a ponerlo a prueba, a ayudarlo, a educarlo. En un periodo de dos o tres años, Héctor se convierte en el protegido del médico más que en la persona que barre las hojas. Casi un miembro de la familia. Parece que con este nuevo estatus incluso tuvo una aventura con la esposa de uno de los vecinos de Ashton. Un personaje interesante, el señor Flores. Tras el asesinato, desaparece de la faz de la Tierra, junto con la esposa del vecino. La última pista concreta de Héctor es el machete ensangrentado que dejó en el bosque a unos ciento cincuenta metros.

—¿Y cómo acabó el asunto?

—De ningún modo.

—¿Qué quieres decir?

—Mi brillante capitán tenía cierto punto de vista del caso. ¿Te acuerdas de Rod Rodriguez?

Gurney sintió cierto estremecimiento. Hacía un año, aproximadamente —seis meses antes del asesinato que Hardwick estaba describiendo—, había participado de manera semioficial en una investigación controlada por una unidad del Departamento de Investigación Criminal de la Policía del estado que dirigía el rígido y ambicioso Rodriguez.

—Su opinión era que deberíamos interrogar a todos los mexicanos en treinta kilómetros a la redonda del lugar del crimen y amenazarlos con toda clase de mentiras hasta que uno de ellos nos llevara a Héctor Flores; si eso no funcionaba, ampliar el radio a ochenta kilómetros. Ahí era donde quería todos los recursos: el cien por cien.

—¿No estuviste de acuerdo con eso?

—Había otras vías que merecía la pena explorar. Era posible que Héctor no fuera lo que aparentaba ser. Todo esto me daba mala espina.

—¿Y qué pasó?

—Le dije a Rodriguez que no tenía ni puñetera idea.

—¿En serio? —Gurney sonrió por primera vez.

—Sí, en serio. Así que me retiró del caso. Y se lo dio a Blatt.

—¿¡Blatt!?

Aquel nombre sabía a comida podrida. Gurney lo recordaba como el único detective del DIC más irritante que Rodriguez. Blatt encarnaba lo que el profesor preferido de Gurney en la universidad había descrito hacía mucho tiempo como «ignorancia armada y lista para la batalla».

Hardwick continuó.

—Así que Blatt hizo exactamente lo que Rodriguez le pidió que hiciera y no llegó a ninguna parte. Han pasado cuatro meses y hoy sabemos menos que el día que empezamos. Pero sé que te estás preguntando: ¿qué tiene que ver todo esto con el detective más condecorado en la historia de la Policía de Nueva York?

—Se me ha ocurrido esa pregunta, sí, aunque no con esas palabras.

—La madre de la novia no está satisfecha. Sospecha que la investigación ha sido una chapuza. No tiene confianza en Rodriguez y opina que Blatt es idiota. En cambio, piensa que tú eres un genio.

—¿Que piensa qué?

—Vino a verme la semana pasada (justo cuatro meses después del día del asesinato) para preguntarme si podría volver al caso, o si podría trabajar en él sin que nadie se enterara. Le dije que eso no sería un enfoque práctico, porque tenía las manos atadas; tengo que ir con pies de plomo en el departamento. Sin embargo, resultaba que tenía acceso personal al detective más condecorado en la historia de la Policía de Nueva York, que hace poco que se ha retirado, todavía rebosante de fuerza y vigor, un hombre que estaría encantado de ofrecerle una alternativa a Rodriguez-Blatt. Para poner la guinda al pastel, casualmente tenía una copia de ese artículo de la revista del *New York* en el que te encumbran después de que resolvieras el caso de Satanic Santa. ¿Cómo te llamaban? ¿*Superpoli*? La señora estaba impresionada.

Gurney hizo una mueca. Varias respuestas posibles colisionaron en su cabeza y todas ellas se anularon entre sí.

Hardwick parecía animado por su silencio.

—A ella le encantaría conocerte. Ah, ¿lo he mencionado? Es una preciosidad. Tiene cuarenta y pocos, pero aparenta treinta y dos. Y dejó claro que el dinero no era problema. Tú mismo puedes poner el precio. En serio: doscientos dólares por hora no sería inconveniente. Aunque no es que a ti vaya a motivarte algo tan trivial como el dinero.

—Hablando de motivos, ¿cuál es el tuyo?

El esfuerzo de Hardwick por aparentar inocencia resultó cómico.

—¿Que se haga justicia? ¿Ayudar a una familia que ha pasado un infierno? Me refiero a que perder un hijo tiene que ser lo peor del mundo, ¿no?

Gurney se quedó petrificado. Que alguien hablara de perder un hijo aún le provocaba un temblor en el corazón. Habían pasado más de tres lustros desde que Danny, de apenas cuatro años en ese momento, salió a la calle cuando Gurney no estaba mirando; había descubierto que ese dolor no se «superaba» (como se decía habitualmente). La verdad era que te arrollaba en oleadas sucesivas: olas separadas por periodos de adormecimiento, periodos de olvido, periodos de vida cotidiana.

—¿Sigues ahí?

Gurney asintió.

—Quiero hacer lo que pueda por estas personas —continuó Hardwick—. Además…

—Además —intervino Gurney, hablando deprisa, imponiéndose a su emoción debilitante—, si participara, que no tengo intención de hacerlo, Rodriguez se subiría por las paredes, ¿no? Y si me las arreglara para descubrir algo nuevo, algo importante, él y Blatt quedarían fatal, ¿no es así? ¿Esa podría ser una de tus bondadosas razones?

Hardwick se aclaró la garganta.

—Esa es una manera jodida de mirarlo. La cuestión es que tenemos a una madre afligida por una tragedia y que no está satisfecha con los progresos de la investigación policial, lo cual puedo entender, ya que los incompetentes de Arlo Blatt y de su equipo han acosado a todos los mexicanos del condado y no les han sacado ni un pedo con olor a frijoles. Está desesperada por encontrar un detective de verdad. Así que te estoy entregando este huevo de oro.

23

—Eso está muy bien, Jack, pero yo no soy detective privado.

—Por el amor de Dios, Davey, solo habla con ella. Eso es todo lo que te estoy pidiendo que hagas. Solo has de hablar con ella. Está sola, es vulnerable, preciosa, con mucho dinero para quemar. Y en el fondo, Davey, en el fondo hay algo salvaje en esa mujer. Te lo garantizo. ¡Que me parta un rayo si no es verdad!

—Jack, lo último que necesito ahora…

—Sí, sí, sí, estás felizmente casado, enamorado de tu esposa, bla, bla, bla. Muy bien. Perfecto. Y tal vez no te preocupa la posibilidad de desenmascarar a Rod Rodriguez de una vez por todas como el capullo redomado que es en realidad. Muy bien. Pero este caso es complejo. —Dio a la palabra una profundidad de significado, haciendo que sonara como la más preciada de todas las características—. Tiene capas y capas, Davey. Es una puta cebolla.

—¿Y?

—Y tú eres un pelador de cebollas nato. El mejor que ha habido nunca.

3

Órbitas elípticas

Cuando finalmente reparó en Madeleine, Dave no estaba seguro de cuánto tiempo llevaba ella de pie junto a la puerta del estudio, ni siquiera de cuánto tiempo había estado él junto a la ventana, mirando al prado que ascendía hacia la cumbre boscosa por la parte posterior de la casa. No podría haber descrito el patrón de prados de solidago brillante, hierba marrón y ásteres silvestres azules a los cuales parecía estar mirando ni aunque le hubiera ido la vida en ello. Sin embargo, podría haber repetido su conversación telefónica con Hardwick casi palabra por palabra.

—¿Y? —dijo Madeleine.

—¿Y? —repitió él, haciendo como si no hubiera entendido muy bien la pregunta.

Ella sonrió con impaciencia.

—Era Jack Hardwick.

Gurney estaba a punto de preguntarle a su mujer si recordaba a Jack Hardwick, investigador jefe en el caso Mellery, pero al ver la expresión de su mirada no necesitó preguntar. Era la expresión que adoptaba cada vez que surgía un nombre relacionado con esa terrible cadena de asesinatos.

Ella lo miró, esperando, sin pestañear.

—Quiere que le aconseje.

Madeleine siguió esperando.

—Quiere que hable con la madre de una chica a la que mataron. El día de su boda. —Estaba a punto de decir cómo la asesinaron, de describir los peculiares detalles, pero comprendió que sería un error.

Madeleine asintió de manera casi imperceptible.

—¿Estás bien? —preguntó él.

—Me estaba preguntando cuánto tardarías.

—¿Cuánto…?

—En encontrar otra… situación que requiriera tu atención.

—Lo único que voy a hacer es hablar con ella.

—Exacto. Y luego, después de una larga y agradable charla, concluirás que no hay nada especialmente interesante en que maten a una mujer en el día de su boda, bostezarás y te irás. ¿Es así como lo ves?

La voz de Gurney se tensó como en un acto reflejo:

—Todavía no sé lo suficiente para verlo de ninguna manera en particular.

Madeleine le ofreció su clásica sonrisa de escepticismo.

—He de irme —dijo. Luego, al parecer reparando en la pregunta que aparecía reflejada en la mirada de su marido, añadió—: A la clínica, ¿recuerdas? Te veré esta noche. —Y se marchó.

Al principio, Dave solo se quedó mirando el umbral vacío. Luego pensó que debería ir tras ella, empezó a hacerlo, llegó hasta la mitad de la cocina, se detuvo y se preguntó qué iba a decirle, no tenía ni idea; pensó que debería ir tras ella de todos modos y salió al jardín por la puerta lateral. Sin embargo, cuando llegó a la parte delantera de la casa, el coche de Madeleine ya estaba en la mitad del bacheado sendero que dividía el prado en dos. Se preguntó si su mujer lo había visto por el espejo retrovisor y si cambiaba algo el hecho de que hubiera ido tras ella.

Los últimos meses había imaginado que las cosas estaban yendo muy bien. La emoción descarnada al final de la pesadilla del caso Mellery los había llevado a una paz imperfecta. Ambos se habían deslizado con suavidad, de una manera gradual y casi inconsciente, hacia patrones de conducta cariñosos, o al menos tolerantes, que semejaban órbitas elípticas separadas. Mientras él daba sus conferencias ocasionales en la Academia de Policía estatal, Madeleine había aceptado un puesto a tiempo parcial en la clínica de salud mental de la localidad, donde se ocupaba de realizar las evaluaciones de ingreso. Era una función para la cual estaba mucho más que cualificada, gracias a su título de trabajadora social clínica y su experiencia, pero parecía proporcionar un sentido de equilibrio a su matrimonio, un alivio de la presión de las expectativas poco realistas que tenían el uno del otro. ¿O eran meras ilusiones?

Ilusiones. El calmante universal.

Gurney se quedó de pie en la hierba mustia, observando el coche de su mujer, que desaparecía por detrás del granero hacia la carretera. Tenía los pies fríos. Bajó la mirada y descubrió que había salido en calcetines y que estos ya estaban absorbiendo el rocío de la mañana. Al volverse para entrar otra vez en la casa, un movimiento junto al granero captó su atención.

Un coyote solitario había salido de entre los árboles y estaba trotando por el calvero, entre el granero y el estanque. A mitad de camino, el animal se detuvo, volvió la cabeza hacia Gurney y lo estudió durante diez largos segundos. Era una mirada inteligente, pensó él. Una expresión de cálculo puro y objetivo.

4

El arte del engaño

—¿*C*uál es el objetivo común en todas las misiones secretas?

La pregunta de Gurney fue recibida con diversas expresiones de interés y confusión en las treinta y nueve caras del aula de la academia. La mayoría de los profesores invitados empezaban sus conferencias presentándose y mostrando los elementos más destacados de su currículo. Luego exponían con brevedad los temas que iban a tratar, el contenido, los objetivos, bla, bla, bla: una visión general a la cual nadie prestaba mucha atención. Gurney prefería ir directo al grano, sobre todo tratándose de un grupo de alumnos como ese, formado por agentes experimentados. Y de todos modos, ellos ya sabían quién era. Tenía una gran reputación en los círculos de los distintos cuerpos policiales. Profesionalmente, su reputación era insuperable, y desde su retiro del Departamento de Policía de Nueva York dos años antes, no había hecho sino mejorar; si el hecho de que lo trataran cada vez con más respeto reverencial, envidia y resentimiento podía considerarse «mejor». Desde un punto de vista personal, habría preferido no tener ninguna reputación, ninguna imagen con la cual estar a la altura o que desmerecer.

—Piensen en ello —dijo con calmada intensidad, estableciendo contacto visual con el máximo número posible de personas de la sala—. ¿Qué es lo que hay que lograr cuando se trabaja infiltrado? Es una pregunta importante. Me gustaría recibir una respuesta de cada uno de ustedes.

Se levantó una mano en la primera fila. El rostro, sobre un enorme cuerpo de jugador de fútbol americano, era joven y de aspecto desconcertado.

—¿El objetivo no sería diferente en cada caso?

—La situación sería diferente —dijo Gurney, asintiendo en señal de acuerdo—. Las personas serían diferentes. Los riesgos y las recompensas serían diferentes. La profundidad y la duración de su inmersión en el entorno serían diferentes. El personaje que proyecte, la historia de su tapadera, podría ser muy diferente. La naturaleza de la información o de las pruebas que hay que adquirir variarán de caso en caso. Hay sin duda infinidad de diferencias. Pero... —hizo una pausa, estableciendo de nuevo el máximo contacto visual antes de continuar con creciente énfasis— hay un objetivo común en cada misión. Es su objetivo principal como agente camuflado. Alcanzar cualquier otro objetivo en una operación depende del éxito respecto a este objetivo principal. Su vida depende de ello. Díganme qué creen que es.

Durante casi medio minuto, reinó un silencio absoluto, no hubo más movimiento que el de la formación de ceños pensativos. Esperando las respuestas que sabía que llegarían por fin, Gurney miró a su alrededor: las paredes de bloques de hormigón con su pintura beis apagada; el suelo de baldosas de vinilo cuyos dibujos en marrón y color tabaco resultaban indistinguibles por las rozaduras que lo oscurecían; las filas de largas mesas de formica gris, deterioradas por el tiempo, que servían como escritorios compartidos; el brillo un tanto deprimente de las sillas de plástico naranja con patas tubulares cromadas, demasiado pequeñas para sus ocupantes grandes y musculosos. La sala, una cápsula del tiempo de espanto arquitectónico de mediados de los setenta, creaba un débil eco de la última comisaría de la ciudad en la que Gurney había trabajado.

—¿Recopilar información precisa? —propuso un rostro inquisitivo en la segunda fila.

—Es una hipótesis razonable —dijo Gurney de manera alentadora—. ¿Alguien tiene otra idea?

Media docena de sugerencias se sucedieron con rapidez, sobre todo procedentes de la parte delantera de la sala; más que nada fueron variaciones sobre el tema de la información precisa.

—¿Alguna idea más? —alentó Gurney.

—El objetivo es sacar de la calle a los delincuentes —dijo un comentario en forma de gruñido cansado desde la fila de atrás.

—Impedir el crimen —soltó otro.

—Conseguir la verdad, toda la verdad, los hechos, nombres, descubrir lo que está pasando, quién está haciendo qué y a quién, cuál es el plan, quién es el hombre que se sienta en lo alto de la cadena, sigue el dinero, todo ese rollo. Básicamente, quieres saber todo lo que hay que saber, es así de simple.

El hombre nervudo que devanó esta letanía de objetivos con los brazos cruzados sobre el pecho estaba sentado justo enfrente de donde se hallaba Gurney. Su mueca anunciaba que no había nada más que decir sobre el tema. El nombre en la tarjeta doblada junto a él en la larga mesa decía: «Det. Falcone».

—¿Alguna idea más? —preguntó Gurney con escaso entusiasmo, examinando los rincones de la sala.

El hombre nervudo parecía contrariado.

Después de una larga pausa, una de las tres mujeres presentes habló en voz baja, pero con un tono de seguridad, con acento hispano.

—Establecer y mantener la confianza.

—¿Qué ha dicho? —La pregunta llegó de tres direcciones al mismo tiempo.

—Establecer y mantener la confianza —repitió en voz un poco más alta.

—Interesante —dijo Gurney—. ¿Qué lo convierte en el objetivo primordial?

La agente se encogió un poco de hombros, como si la respuesta fuera más que obvia.

—Porque si no tienes su confianza, no tienes nada.

Gurney sonrió.

—Si no tienes su confianza, no tienes nada. Muy bien. ¿Alguien está en desacuerdo?

Nadie lo estuvo.

—Por supuesto, queremos la verdad —dijo Gurney—. Toda la verdad, con todos los detalles incriminadores, como ha dicho el detective Falcone.

El hombre lo miró con frialdad.

—Pero como ha dicho esta otra agente —continuó Gurney—, ¿qué tenemos sin confianza? No tenemos nada. Quizá peor que nada. Así que la confianza es lo primero: siempre. Si ponemos la confianza por delante, tendremos una buena oportunidad de conseguir la verdad. Si ponemos la verdad por delante, tendremos una buena oportunidad de terminar con una bala en la nuca.

Aquella reflexión provocó algunos asentimientos, además de un incremento de atención.

—Lo cual nos lleva a la segunda gran pregunta de hoy. ¿Cómo lo conseguimos? ¿Cómo logramos establecer el nivel de confianza que no solo nos mantendrá vivos, sino que hará que el trabajo secreto dé resultados?

Gurney se sintió entusiasmado con el tema. Cuando su energía se elevó, notó que esta empezaba a extenderse entre el auditorio.

—Recuerden que en este juego están tratando con gente que sospecha por naturaleza. Algunos de estos tipos son muy impulsivos. No solo podrían dispararles allí mismo, sino que estarían orgullos de ello. Les gusta tener mala pinta. Les encanta parecer listos, rápidos, contundentes. ¿Cómo logramos que tipos como esos confíen en nosotros? ¿Cómo sobrevivimos lo suficiente para que la operación merezca la pena?

Esta vez las respuestas llegaron más deprisa.

—Actuando y comportándonos como ellos.

—Actuando tal como la persona que se supone que eres.

—Consistencia. Ceñirte a tu identidad de camuflaje pase lo que pase.

—Creer tu identidad. Creer que eres realmente quien dices ser.

—Estar tranquilo, siempre tranquilo, sin sudar. No mostrar miedo.

—Valor.

—Cojones.

—Creer tu propia verdad, cielo. Soy el que soy. Soy invencible, intocable. No me jodas.

—Sí, hacerles creer que eres Al Pacino —dijo Falcone. Buscaba arrancar unas risas, pero solo logró provocar un tropiezo en el impulso del grupo.

Gurney no le hizo caso, miró inquisitivamente a la mujer hispana.

Ella dudó.

—Has de mostrarles algo de pasión.

Esto dio lugar a unas cuantas risitas burlonas en la sala y una sonrisa lasciva de Falcone.

—Creced, capullos —dijo la mujer con calma—. Lo que quiero decir es que has de dejarles ver algo real en ti. Algo que puedan sentir, que, en sus entrañas, sepan que es cierto. No puede ser todo mentira.

Gurney sintió una agradable oleada de excitación: su reacción cada vez que reconocía a un estudiante brillante en una de sus clases. Era una experiencia que reforzaba su decisión de participar como profesor invitado en esos seminarios.

—«No puede ser todo mentira» —repitió en voz lo bastante alta para que todos pudieran oírle—. Absolutamente cierto. La emoción auténtica, la pasión creíble, es esencial para que un engaño sea eficaz. Tu personaje encubierto ha de basarse en una parte emocional de ti mismo. De lo contrario, todo es una pose, todo imitación, todo falso, todo mentira. Y la mentira superficial rara vez funciona. La mentira superficial hace que maten a la gente.

Examinó con rapidez las treinta y nueve caras y descubrió que tenía la atención positiva de al menos treinta y cinco.

—Así que todo es cuestión de confianza. Credibilidad. Cuanto más cree en ti tu objetivo, más sacas de él. Y que crea en ti depende en gran medida de tu capacidad para canalizar tus emociones reales en tu papel, para emplear una parte verdadera de ti mismo al dar vida a tu personalidad encubierta: ira, rabia, avaricia, lujuria, asco reales, lo que exija el momento.

Les dio la espalda, con el pretexto de insertar una cinta de vídeo VHS en un reproductor situado bajo un monitor grande ubicado contra la pared frontal y comprobar que todo estaba enchufado. Sin embargo, cuando se volvió, su expresión —de hecho, todo su lenguaje corporal, la manera de moverse, la impresión que daba de un hombre luchando por sofocar un volcán de rabia— envió una onda expansiva de tensión a través del aula.

—Para que un loco hijo de puta se crea tu actuación, será mejor que encuentres un lugar enfermo en ti, y le hablas desde allí; ese loco hijo de puta ha de saber que en el fondo llevas a un hijo de puta aún más pirado que un día va a arrancarle el corazón a algún cabrón, lo masticará y se lo escupirá en su puta cara. Pero, por ahora, solo por ahora, mantienes ese perro rabioso que llevas dentro bajo control. Bajo control a duras penas.

Dio un paso brusco hacia la primera fila y reparó con satisfacción en que todos, incluido Falcone, especialmente él, se echaban hacia atrás a la defensiva.

—Está bien —dijo Gurney con una sonrisa tranquilizadora, reanudando su conducta normal—, esto es solo un ejemplo rápido de la parte emocional. Pasión creíble. La mayoría de ustedes han tenido una reacción visceral a esa ira, a esa locura. Su primer pensamiento ha sido que era real, que a este Gurney le falta un tornillo, ¿verdad?

Hubo algunos que asintieron con la cabeza, unas cuantas risas nerviosas, mientras el lenguaje corporal de la sala se iba relajando.

—Entonces, ¿qué está diciendo? —preguntó Falcone con nerviosismo—. ¿Que dentro llevamos un loco de mierda?

—Voy a dejar esta cuestión abierta, por ahora.

Hubo algunas risas más, más amistosas.

—Pero el hecho es que hay más vileza dentro de cada uno de nosotros (de todos nosotros) de lo que nos damos cuenta. No la desperdicien. Búsquenla y úsenla. En una operación secreta, lo que normalmente no quieren ver en ustedes mismos podría ser su mayor activo. El tesoro enterrado que salva su vida.

Podría haberles puesto ejemplos personales, situaciones en las que había tomado un azulejo oscuro del mosaico de su infancia y lo había magnificado en un mural infernal que engañó a algunos de sus antagonistas más perceptivos. De hecho, el ejemplo más convincente se había producido al final del caso Mellery, menos de un año antes. Pero no iba a entrar en eso. Estaba relacionado con algunas cuestiones sin resolver de su vida que no tenía ganas de agitar en ese momento, y menos para un seminario. Además, no era necesario. Tenía la sensación de que sus alumnos ya estaban con él. Sus mentes estaban más abiertas. Habían dejado de discutir. Estaban pensando, reflexionando, eran receptivos.

—Bueno, como he dicho, eso era la parte emocional. Ahora quiero llevarles al siguiente nivel: el nivel en que el cerebro y las emociones se unen y te conviertes en el mejor operativo encubierto que puedas ser, no solo un tipo con un sombrero estúpido y pantalones anchos caídos que enseña el culo y trata de parecer un adicto al crac.

Algunos sonrieron, otros se encogieron de hombros, tal vez hubo algún que otro gesto defensivo.

—Ahora quiero que se planteen una pregunta extraña. Quiero que se pregunten por qué creen las cosas que creen. ¿Por qué creo algo?

Antes de que tuvieran tiempo de perderse o sentirse intimidados por aquella pregunta y lo que podía conllevar, Gurney pulsó el botón de *play* en el reproductor de vídeo. Cuando apareció la primera imagen, dijo:

—Mientras ven este vídeo, mantengan esta cuestión en su mente: ¿por qué creo algo?

34

La falacia del eureka

*E*stán sentados ante una mesita de metal en una habitación corriente: un hombre joven, probablemente de veintipocos, cuya cara es una imagen de bravuconería nerviosa, con las manos apretadas en el regazo; enfrente, un hombre de más edad, de cincuenta al menos, con un profundo poso de tristeza y prudencia en sus ojos cansados y una frente arrugada; un tercer hombre, quizá de cuarenta, pelo oscuro y músculos fuertes, permanecía sentado más apartado de la mesa, con la mirada fría fija en el hombre joven y ansioso.

Es evidente que se trata de un interrogatorio.

La cinta de vídeo está gastada, la calidad de la imagen y del sonido son pobres, pero lo que está ocurriendo queda bastante claro. También está claro que es una escena de una película vieja.

El hombre joven de la escena está ansioso por trabajar para el Irgún, una organización radical que lucha para establecer una patria judía en Palestina acabada la Segunda Guerra Mundial. Se presenta con orgullo como experto en demoliciones, curtido en combate, que adquirió experiencia con la dinamita luchando contra los nazis en el gueto de Varsovia. Afirma que después de matar a muchos nazis fue capturado y enviado al campo de concentración de Auschwitz, donde le fue asignado un trabajo rutinario de limpieza.

El hombre mayor le plantea varias preguntas específicas sobre su historia, el campo, sus deberes. La versión de los hechos del joven empieza a venirse abajo cuando el interrogador revela que no había dinamita disponible en el gueto de Varsovia. Cuando su heroico relato se derrumba, admite que ha aprendido lo que sabe de la dinamita de su verdadero trabajo en el campo, que consistía en abrir en el suelo agujeros lo bastante grandes para meter los miles de cadáveres de sus compañeros prisioneros a los que mataban cada día en las cámaras de gas. Más allá de eso, el hombre mayor le hace reconocer, de manera aún más degradante, que su otro trabajo consistía en recoger los implantes de oro de las bocas de los cadáveres. Y finalmente, derrumbándose con lágrimas de rabia y vergüenza, reconoce que sus captores lo violaron en repetidas ocasiones.

La verdad desnuda queda expuesta, junto con su desesperación por redimirse. La escena concluye con su reclutamiento en el Irgún.

Gurney apagó el reproductor de vídeo.

—Así pues —dijo, volviéndose a las treinta y nueve caras—, ¿de qué trataba eso?

—Todos los interrogatorios tendrían que ser así de sencillos —dijo Falcone con desdén.

—Y tan rápidos —añadió alguien desde la fila de atrás.

Gurney asintió.

—En las películas las cosas siempre parecen más sencillas y más rápidas que en la vida real, pero en esa escena ocurre algo que es muy interesante. Cuando la recuerden dentro de una semana o un mes, ¿qué aspecto creen que recordarán?

—El chico violado —dijo un tipo de hombros anchos que estaba sentado al lado de Falcone.

Murmullos de conformidad se extendieron por la sala, animando a otras personas a hablar.

—Su derrumbe en el interrogatorio.

—Sí, toda la cuestión del macho que se evapora.

—Es gracioso —dijo la única mujer negra—. Empieza diciendo mentiras para conseguir lo que quiere, pero al final termina consiguiéndolo (entrar en el Irgún) diciendo la verdad. Por cierto, ¿qué demonios es el Irgún?

Eso provocó la carcajada más grande del día.

—Bien —dijo Gurney—. Paremos aquí y examinémoslo más detenidamente. El joven ingenuo quiere entrar en la organización. Explica un montón de mentiras para quedar bien. El viejo listo se da cuenta, detecta su mentira, le arranca la verdad. Y resulta que la espantosa verdad hace del chico un candidato psicológico ideal para el fanático Irgún. Así que lo admiten. ¿Es un resumen justo de lo que acabamos de ver?

Hubo varios asentimientos y gruñidos de acuerdo, algunos más cautos que otros.

—¿Alguien cree que no es eso lo que hemos visto?

La estrella hispana de Gurney se mostraba inquieta, lo cual le hizo sonreír, y eso al parecer le dio el empujón que necesitaba.

—No estoy diciendo que no es lo que he visto. Es una película, lo sé, y en ella lo que ha dicho probablemente es cierto. Pero si fuera real (si fuera el vídeo de un interrogatorio real) podría no ser cierto.

—¿Qué cojones se supone que significa eso? —susurró alguien no lo bastante bajo.

—Te diré qué cojones se supone que significa —dijo ella, vibrando con el desafío—. Significa que no hay ninguna prueba de que el viejo llegara realmente a la verdad. Así que el joven se derrumba y llora y dice que le han dado por el culo, perdón por mi lenguaje. «Bua, bua, al final no soy ningún héroe, solo un gatito patético que hacía mamadas a los nazis.» Entonces, ¿cómo sabemos que esa historia no es solo otra mentira? Quizás el gatito es más listo de lo que parece.

«Por el amor de Dios —pensó Gurney—, lo ha hecho otra vez.» Decidió interrumpir el especulativo silencio que siguió a la impresionante exposición de la agente.

—Lo cual nos lleva a la pregunta con la que empezamos —dijo—: ¿por qué creemos lo que creemos? Como tan bien acaba de señalar esta agente, el interrogador en esa escena podría no haber llegado a la verdad en absoluto. La cuestión es: ¿qué le hizo pensar eso?

Este nuevo giro produjo diversas reacciones.

—En ocasiones el instinto te dice qué es qué, ¿no?

—Quizás el desmoronamiento del chico le pareció legítimo. Tal vez hacía falta estar ahí, captar la actitud.

—En el mundo real, el interrogador habría sabido más cosas de las que puso sobre la mesa. Podría ser que la confesión del chico coincidiera con otras cosas, que las confirmara.

Algunos agentes ofrecieron variaciones sobre estos temas. Otros no dijeron nada, pero escucharon con atención cada palabra. A unos pocos, como Falcone, daba la impresión de que la pregunta les estaba dando dolor de cabeza.

Cuando el flujo de respuestas pareció detenerse, Gurney intervino con otra pregunta.

—¿Creen que alguna vez se podría engañar a un interrogador duro con sus propias ilusiones?

Unos pocos asentimientos, algunos gruñidos afirmativos, unas cuantas expresiones de dolorida indecisión o quizá de simple indigestión.

Un tipo al final de la segunda fila, con un cuello como una boca de incendios que emergía de una camiseta negra, antebrazos de Popeye densamente tatuados, cabeza afeitada y ojos pequeños —ojos que parecían obligados a cerrarse por los músculos en los pómulos— levantó la mano. Los dedos estaban casi curvados en un puño. Habló con voz lenta, deliberada, pensativa.

—¿Pregunta si en ocasiones creemos lo que queremos creer?

—Eso es más o menos lo que estoy preguntando —dijo Gurney—. ¿Qué opina?

Los ojos entrecerrados se abrieron un poco.

—Creo que es... correcto. Es la naturaleza humana. —Se aclaró la garganta—. Hablaré por mí mismo. He cometido errores por ese... factor. No porque quisiera creer cosas buenas de la gente. Llevo en el trabajo mucho tiempo y no me hago muchas ilusiones sobre los motivos de la gente para hacer lo que hace. —Enseñó los dientes en una aparente repulsión por una imagen pasajera—. He visto mi parte de vileza. Mucha gente en esta sala ha visto lo mismo. Pero lo que estoy diciendo es que en ocasiones tengo una idea formada sobre algo, y puede que ni siquiera sea consciente de lo mucho que quiero que esa idea sea correcta, como «sé lo que pasó», o «sé» exactamente cómo piensa un cabronazo. Sé por qué hizo lo que hizo. Salvo que en ocasiones (no con frecuencia, pero sin duda en ocasiones) no sé nada, solo creo que lo sé. De hecho, estoy convencido de ello. Es como un gaje del oficio. —Se quedó en silencio dando la impresión de que estaba considerando las lóbregas implicaciones de lo que había dicho.

Una vez más, quizá por enésima vez en su vida, Gurney recordó que sus primeras impresiones no eran especialmente fiables.

—Gracias, detective Beltzer —dijo al hombre grande, mirando su placa de identificación—. Eso ha estado muy bien. —Examinó las caras a lo largo de filas de mesas y no vio señales de desacuerdo. Incluso Falcone parecía contenido.

Gurney tardó un minuto en sacar un caramelo de menta de una latita y echárselo en la boca. Por encima de todo, se estaba entreteniendo para que los comentarios de Beltzer resonaran antes de continuar.

—En la escena hemos visto —dijo Gurney con renovada animación— que ese interrogador podría querer creer en la validez del derrumbe del joven por diversas razones. Diga una. —Señaló al azar a un agente que todavía no había dicho nada.

El hombre parpadeó, parecía avergonzado. Gurney aguardó.

—Supongo… Supongo que podría gustarle la idea de desenmascarar la historia del chico…, eh, que ha tenido éxito en el interrogatorio.

—Por supuesto —dijo Gurney. Captó la atención de otro asistente silencioso—. Otra.

El rostro muy irlandés bajo un cabello pelirrojo cortado muy corto sonrió.

—Quizá pensó que había ganado unos puntos. Debía informar a alguien. Disfrutaría entrando en el despacho del jefe para decir: «Mire lo que he hecho». Ganarse respeto. Quizás un empujón para un ascenso.

—Seguro, eso puedo imaginarlo —dijo Gurney—. ¿Alguien puede nombrar otra razón por la que podría querer creer la historia del chico?

—Poder —dijo la joven hispana con desdén.

—¿Cómo?

—Puede que le guste la idea de que ha arrancado la verdad al interrogado, que lo obligó a admitir cosas dolorosas, a renunciar a lo que estaba tratando de esconder, a exponer su vergüenza, que lo hizo arrastrarse, incluso llorar. —Ponía la misma cara que si estuviera oliendo basura—. Puede que le encantara hacerlo, sentirse como Superman, el detective genial y omnipotente. Como Dios.

—Un gran beneficio emocional —dijo Gurney— podría distorsionar la visión de un hombre.

—Ah, sí —coincidió ella—. A lo grande.

Gurney vio que se levantaba una mano en la parte de atrás de la sala: un hombre de cara morena con el pelo corto y rizado que todavía no había intervenido.

—Disculpe, señor, estoy confundido. Aquí en este edificio hay un seminario de técnicas de interrogatorio y un seminario de operaciones secretas. Dos seminarios separados, ¿sí? Yo me apunté al de operaciones secretas. ¿Estoy en el lugar adecuado? Esto que estoy escuchando es todo sobre interrogatorios.

—Está en el lugar adecuado —dijo Gurney—. Estamos aquí para hablar de operaciones secretas, pero hay un vínculo entre las dos actividades. Si comprende cómo un interrogador puede engañarse a sí mismo por lo que quiere creer, puede usar el mismo principio para lograr que el objetivo de su operación encubierta crea en usted. Se trata de manipular al objetivo para que «descubra» la información que queremos que crea. Se trata de darle un buen motivo para que se trague nuestra mentira. Se trata de conseguir que quiera creer en nosotros, igual que el tipo de la película desea creer la confesión. Hay una tremenda verosimilitud en los hechos que una persona cree que ha descubierto. Cuando su objetivo cree que sabe cosas sobre usted que usted no quiere que sepa, esas cosas le parecerán doblemente ciertas. Cuando piense que ha penetrado bajo su capa superficial, verá lo que descubra en esa capa más profunda como la verdad real. Eso es lo que llamo la «falacia del eureka». Es una peculiar ilusión que da total credibilidad a lo que cree que ha descubierto por sí mismo.

—¿Qué falacia? —La pregunta provino de diferentes direcciones.

—La falacia del eureka. Es una palabra griega que, más o menos, se traduce como «lo encontré» o, en el contexto en el cual la estoy usando, «he descubierto la verdad». La cuestión es… —Gurney habló más despacio para enfatizar su siguiente afirmación—. Las historias que cuenta la gente sobre sí misma parecen retener la posibilidad de ser falsas. En cambio, lo que descubrimos por nosotros mismos nos parece la verdad. Así que lo que estoy diciendo es esto: dejemos que nuestro objetivo crea que está descubriendo algo sobre nosotros. Entonces sentirá que realmente nos conoce. Es el lugar en el que estableceremos la confianza con mayúsculas, la confianza que posibilita todo lo demás. Vamos a pasar el resto del día aprendiendo cómo conseguirlo, cómo hacer que la cosa que queremos que nuestro objetivo descubra de nosotros sea lo que piensa que está descubriendo por sí mismo. Pero ahora tomemos un descanso.

Al decirlo, Gurney se dio cuenta de que había crecido en una época en la que un descanso significaba una pausa para fumar un cigarrillo. Ahora, para casi todos, implicaba llamar por el móvil o mandar mensajes de texto. Como para ilustrar la idea, la mayoría de los agentes que se levantaron para dirigirse a la puerta estaban sacando sus BlackBerry.

Gurney respiró hondo, extendiendo los brazos por encima de la cabeza, y estiró lentamente la espalda de lado a lado. Su presentación le había creado más tensión muscular de la que había notado.

La agente hispana esperó a que pasara la marea de telefoneadores y se acercó a Gurney cuando este estaba sacando la cinta de vídeo del reproductor. La mujer tenía el cabello grueso y el rostro enmarcado por una masa de rizos sueltos. Su generosa figura estaba enfundada en unos tejanos negros ajustados y un suéter gris ceñido de escote abierto. Le brillaban los labios.

—Solo quería darle las gracias —dijo con un ceño de estudiante seria—. Ha estado muy bien.

—¿Se refiere a la cinta?

—No, me refiero a usted. Me refiero… Lo que quiero decir es… —Estaba ruborizándose de manera inapropiada bajo su apariencia seria—. Toda su presentación, su explicación de por qué la gente cree cosas, de por qué creen cosas con más fuerza, todo eso. Me ha gustado eso de la falacia del eureka, me ha hecho pensar. Toda la presentación ha sido muy buena.

—Sus contribuciones han ayudado a hacerla buena.

Ella sonrió.

—Supongo que estamos en la misma longitud de onda.

41

6

En casa

Cuando Gurney se acercaba al final de su trayecto de dos horas desde la academia de Albany hasta su granja en Walnut Crossing, el atardecer se iba asentando sigilosamente en los valles serpenteantes de los Catskills occidentales.

Al desviarse de la carretera rural al camino de tierra y grava que conducía a su propiedad, situada en lo alto de la colina, la energía que le habían proporcionado las dos tazas grandes de café cargado que se había tomado durante la pausa de la tarde del seminario se diluían. La luz agonizante generaba una imagen alterada, quizá producto de la necesidad de cafeína: el verano saliendo furtivamente del escenario como un actor anciano mientras el otoño, el sepulturero, esperaba entre bambalinas.

«Cielo santo, mi cerebro se está haciendo puré.»

Aparcó el coche como de costumbre en el trozo de maleza aplastada en lo alto del prado, en paralelo a la casa, de cara a una franja de nubes crepusculares rosadas y violetas que flotaban más allá de la cima.

Entró en la casa por la puerta lateral, se sacudió los zapatos en la sala que servía de despensa y lavadero y continuó hasta la cocina. Madeleine estaba arrodillada delante de la isleta, barriendo trozos de una copa de vino rota con escoba y pala. Gurney se quedó de pie mirándola durante varios segundos antes de hablar.

—¿Qué ha pasado?

—¿A ti qué te parece?

Dejó que pasaran unos cuantos segundos más.

—¿Cómo van las cosas en la clínica?

—Bien, supongo.

Madeleine se levantó, sonrió, entró en la despensa y vació la pala ruidosamente en el oscuro cubo de basura de plástico. Dave se acercó al ventanal y contempló el paisaje monocromático, los troncos junto a la leñera, que aguardaban a ser troceados y apilados, la hierba que precisaba la última siega de la temporada, los espárragos que había que cortar para el invierno; cortarlos y luego quemarlos para evitar el riesgo de que aparecieran escarabajos de espárrago.

Después Madeleine regresó a la cocina, encendió las luces empotradas del techo y volvió a guardar la pala bajo el fregadero. La creciente iluminación en la estancia pareció oscurecer más aún el mundo exterior, convirtiendo las paredes de cristal en espejos.

—He dejado un poco de salmón en el horno —dijo—, y un poco de arroz.

—Gracias.

Dave la observó en el reflejo del cristal. Madeleine parecía estar mirando en el interior del lavaplatos. Él recordó que su mujer había dicho algo de que salía esa noche y decidió arriesgarse.

—Noche de club de lectura.

Madeleine sonrió. Dave no estaba seguro de si era porque había acertado o por lo contrario.

—¿Cómo ha ido en la academia? —preguntó ella.

—No ha ido mal. Un público variopinto: todos los tipos básicos. Siempre está el grupo cauto, los que esperan y observan, los que creen en decir lo menos posible. Los pragmáticos, que quieren saber exactamente cómo pueden usar toda la información que les das. Los minimalistas, que quieren saber lo menos posible, implicarse lo menos posible, hacer lo menos posible. Los cínicos, que quieren demostrar que cualquier idea que no se les ha ocurrido a ellos antes es una estupidez. Y, por supuesto, el grupo «positivo», que es probablemente el más numeroso, los que quieren aprender todo lo que puedan, ver más claramente, convertirse en mejores policías. —Se sentía a gusto hablando, quería continuar, pero ella estaba estudiando otra vez el lavaplatos—. Así que... sí —concluyó—, el día ha ido bien. El grupo positivo lo ha hecho interesante.

—¿Hombres o mujeres?

—¿Qué?

Madeleine sacó la espátula del agua, frunciendo el ceño como si se fijara por primera vez en lo rayada que estaba.

43

—¿El grupo positivo era de hombres o de mujeres?

A Gurney le resultaba curioso lo culpable que podía sentirse cuando en realidad no había nada por lo que sentirse así.

—Hombres y mujeres —respondió.

Madeleine sostuvo la espátula más cerca de la luz, arrugó la nariz en un gesto de desaprobación y la tiró en el cubo de basura que había debajo del fregadero.

—Mira —dijo él—. Sobre esta mañana. Ese asunto con Jack Hardwick. Creo que hemos de volver a empezar esa discusión otra vez.

—Vas a ver a la madre de la víctima. ¿Qué hay que discutir?

—Hay buenas razones para verla —insistió Dave a ciegas—. Y podría haber buenas razones para no verla.

—Una forma muy inteligente de contemplarlo. —Madeleine parecía divertida. O, al menos, de un humor irónico—. Aunque ahora no puedo hablar de eso. No quiero llegar tarde. Al club de lectura.

Gurney percibió un sutil énfasis en la última frase, solo lo justo, quizá, para hacerle notar que sabía que él lo había mencionado sin estar seguro. Una mujer excepcional, pensó. Y a pesar de su ansiedad y su cansancio no pudo evitar sonreír.

7

Val Perry

Como de costumbre, Madeleine fue la primera en levantarse a la mañana siguiente.

Gurney se despertó con el silbido y el gorgoteo de la cafetera, y de repente cayó en la cuenta de que había olvidado arreglar los frenos de la bici de su mujer.

Justo después de esa punzada notó una sensación de inquietud respecto a su plan de reunirse esa mañana con Val Perry. Aunque en su conversación con Jack Hardwick había hecho hincapié en que su voluntad de hablar con ella no implicaba un compromiso posterior —que la reunión era sobre todo un gesto de cortesía y condolencia con alguien que había sufrido una pérdida terrible—, ya empezaba a formarse una nube de arrepentimiento sobre su cabeza. Dejándola de lado lo mejor que pudo, se duchó, se vistió y salió con paso firme a la despensa a través de la cocina, murmurando un buenos días a Madeleine, que estaba sentada en su posición habitual a la mesa del desayuno, con una rebanada de pan tostado en la mano y un libro abierto delante. Tras ponerse el chaquetón, que había descolgado del gancho de la despensa, Gurney salió por la puerta lateral y se dirigió al cobertizo del tractor, donde guardaba las bicicletas y kayaks. El sol todavía no había aparecido, y la mañana era fría, al menos para primeros de septiembre.

Sacó la bicicleta de Madeleine de detrás del tractor y la colocó a la luz, a la entrada del cobertizo abierto. El cuadro de aluminio estaba asombrosamente frío. Las dos llaves pequeñas que eligió del juego que tenía en la pared del cobertizo estaban igual de frías.

Maldiciendo, golpeándose dos veces los nudillos con los bordes afilados de la horquilla —la segunda vez se hizo sangre—, ajustó los cables que controlaban la posición de las zapatas de freno. Crear el espacio adecuado —permitiendo que la rueda se moviera con libertad cuando el freno estaba sin apretar y al mismo tiempo proporcionando una presión adecuada contra la llanta cuando se apretaba la manilla— era un proceso de ensayo y error que tuvo que repetir cuatro veces hasta que quedó bien. Por fin, con más alivio que satisfacción, declaró el trabajo finalizado, guardó las llaves y se dirigió de nuevo a la casa, con una mano entumecida y la otra dolorida.

Pasar junto a la leñera y la pila de troncos adyacentes le hizo preguntarse por décima vez en otros tantos días si debería alquilar o comprar una sierra cortaleña. Ambas decisiones comportaban desventajas. El sol todavía no estaba alto, pero las ardillas ya habían iniciado su actividad diaria de ataque a los comederos para pájaros, suscitando otra pregunta que parecía no tener una respuesta feliz. Y, por supuesto, estaba la cuestión del abono para los espárragos.

Entró en la cocina y puso las manos bajo el agua caliente.

Cuando el dolor remitió, anunció:

—Ya tienes los frenos arreglados.

—Gracias —dijo Madeleine, alborozada pero sin levantar la vista del libro.

Media hora más tarde —con sus pantalones de lana color lavanda, cortavientos rosa, guantes rojos y gorra de lana naranja bajada hasta las orejas— salió al cobertizo, se montó en su bici, bajó despacio y, dando botes por el sendero del prado, desapareció en el camino más allá del granero.

Gurney pasó la siguiente hora pensando sobre lo que sabía de aquel crimen, a partir de lo que le había contado Hardwick. Cada vez que repasaba el escenario, le inquietaba más su exceso teatral, casi operístico.

A las nueve en punto de la mañana, la hora señalada para su reunión con Val Perry, se acercó a la ventana para ver si ella estaba subiendo por el camino.

Hablando del rey de Roma, por la puerta asoma. En este caso, al volante de un Porsche Turbo del color verde de los coches de carreras británicos, un modelo que Gurney creía que costaba unos 160.000 dólares. El elegante vehículo, con su poderosísimo motor ronroneando con suavidad, pasó junto al granero y el estanque, y ascendió lentamente por el prado hasta la pequeña zona de aparcamiento contigua a la casa. Gurney, con una mezcla de curiosidad cauta y un poco más de excitación de la que habría querido reconocer, salió a recibir a su invitada.

La mujer que bajó del coche era alta y sinuosamente delgada; vestía con una blusa de raso de color crema y pantalones negros también de raso. Llevaba el cabello negro cortado en un flequillo recto sobre la frente, como Uma Thurman en *Pulp Fiction*. Era, como Hardwick había prometido, una preciosidad. Pero había algo más, una tensión tan atractiva como su aspecto.

Ella examinó su entorno con unas pocas miradas apreciativas que daban la sensación de absorberlo todo sin revelar nada. Un arraigado hábito de circunspección, pensó Gurney.

La mujer caminó hacia él con el atisbo de una mueca, ¿o era la expresión habitual de su boca?

—Señor Gurney, soy Val Perry. Le agradezco que haya encontrado tiempo para recibirme —dijo, extendiendo la mano—. ¿O debería llamarle detective Gurney?

—Dejé el cargo en la ciudad cuando me retiré. Llámeme Dave. —Se estrecharon las manos. La intensidad de la mirada y la fuerza del apretón de la mujer sorprendieron a Gurney—. ¿Quiere pasar?

Ella vaciló, examinando el jardín y el pequeño patio de piedras azules.

—¿Podemos sentarnos aquí fuera?

La pregunta sorprendió a Gurney. Aunque el sol ya estaba muy por encima de la cumbre oriental en un cielo sin nubes, y pese a que el rocío prácticamente había desaparecido de la hierba, la mañana seguía siendo fría.

—Trastorno afectivo estacional —dijo ella con una sonrisa a modo de explicación—. ¿Sabe lo que es?

—Sí. —Le devolvió la sonrisa—. Creo que yo también padezco un caso leve.

—El mío es algo más que leve. A partir de esta época del año necesito el máximo de luz, a ser posible, solar. De lo contrario me dan ganas de suicidarme. Así que, si no le importa, Dave, ¿podríamos sentarnos aquí fuera? —En realidad no era una pregunta.

La parte de detective de su cerebro, dominante e integrada, no afectada por el tecnicismo de su retiro, se preguntó sobre el trastorno estacional y se preguntó si no habría otra razón. ¿Una necesidad de control excéntrica, un deseo de que los demás se

47

plegaran a sus caprichos? ¿Un deseo, por la razón que fuere, de mantenerlo a contrapié? ¿Claustrofobia neurótica? ¿Un intento de reducir el riesgo de que la grabaran? Y si el hecho de que la grabaran constituía una preocupación, ¿tenía una base práctica o paranoica?

Dave la condujo al patio que separaba las puertas cristaleras del lecho de espárragos. Le indicó un par de sillas plegables a ambos lados de una mesita de café que Madeleine había comprado en una subasta.

—¿Aquí está bien?

—Muy bien —dijo ella, apartando una de las sillas y sentándose sin molestarse en limpiar el asiento.

«No le preocupa estropear sus, obviamente, caros pantalones. Y lo mismo vale para el bolso de color crudo que ha dejado encima de la mesa todavía húmeda.»

La mujer estudió la cara de Gurney con interés.

—¿Cuánta información le ha dado ya el investigador Hardwick?

«Tono duro en la voz, expresión fuerte en los ojos almendrados.»

—Me dio los datos básicos que rodearon los hechos que condujeron y siguieron al… asesinato de su hija. Señora Perry, si me permite parar un momento, lo primero que he de decirle es que la acompaño en el sentimiento.

Al principio, ella no reaccionó en absoluto. Luego asintió, pero el movimiento fue tan leve que podría haberse tratado de un simple temblor.

—Gracias —dijo abruptamente—, se lo agradezco.

Estaba claro que no lo hacía.

—Pero la cuestión no es lo que yo siento. La cuestión es Héctor Flores. —Articuló el nombre con labios apretados, como si mordiera a propósito con una muela cariada—. ¿Qué le contó Jack Hardwick de él?

—Dijo que había pruebas claras y convincentes de su culpabilidad…, que era un personaje extraño y controvertido…, que su historial sigue sin determinar y que su móvil es incierto. Se desconoce su paradero actual.

—¡Se desconoce su paradero actual! —repitió la mujer con cierta furia, inclinándose hacia él sobre la pequeña mesa y apoyando las manos sobre la superficie de metal húmedo. Su anillo de boda era una simple alianza de platino, pero el de compromiso estaba coronado por el diamante más grande que Gurney había visto jamás—. Lo ha resumido a la perfección —continuó ella, con un brillo en los ojos tan desaforado como el de la joya—. «Se desconoce su paradero actual.» Eso es inaceptable. Intolerable. Voy a contratarle para que le ponga remedio.

Gurney suspiró suavemente.

—Creo que nos estamos adelantando un poco.

—¿Qué se supone que significa eso? —La presión de sus manos en la mesa le había puesto los nudillos blancos.

Él respondió como si estuviera medio dormido, su reacción habitual a las muestras de emoción.

—Todavía no sé si tiene sentido que me involucre en una situación que es objeto de una investigación policial activa.

Los labios de ella se torcieron en una sonrisa fea.

—¿Cuánto quiere?

Gurney negó lentamente con la cabeza.

—¿No ha oído lo que le he dicho?

—¿Cuánto quiere? Ponga un precio.

—No tengo ni idea de lo que quiero, señora Perry. Hay muchas cosas que no sé.

Ella separó las manos de la mesa y las situó en su regazo, entrelazando los dedos como si fuera una técnica para mantener el autocontrol.

—Lo diré de manera sencilla. Encuentre a Héctor Flores. Deténgalo o mátelo. Haga lo que haga, le daré lo que quiera. Lo que quiera.

Gurney se apartó de la mesa, dejando vagar su mirada por las matas de espárragos. Al fondo, había un comedero rojo para los colibríes colgado de un gancho. Él oía el tono que subía y bajaba, provocado por el batir de las alas de dos de los pequeños pájaros al volar con violencia el uno hacia el otro, ambos reclamando el derecho exclusivo al agua con azúcar, o eso parecía. Por otra parte, podría tratarse de un extraño resto de una danza primaveral de apareamiento y lo que parecía directamente un instinto asesino podía ser otro instinto.

Se esforzó por concentrar su atención en los ojos de aquella mujer, tratando de discernir lo que había detrás de esa belleza: el contenido real de ese envase perfecto. Había rabia en su interior, sin lugar a dudas. Desesperación. Un pasado difícil, aposta-

49

ba a ello. Remordimientos. Soledad, aunque ella no admitiría la vulnerabilidad que implicaba esa palabra. Inteligencia. Impulsividad y terquedad: el impulso de coger algo sin pensar, el empeño terco de no soltarlo. Y algo más oscuro. ¿Un desprecio de su propia vida?

«Basta», se dijo. Era demasiado fácil confundir la especulación con perspicacia. Demasiado fácil enamorarse de una conjetura y seguirla al abismo.

—Hábleme de su hija —dijo.

Algo en la expresión de la mujer cambió, como si también ella estuviera dejando de lado cierta línea de pensamiento.

—Jillian era difícil —respondió con el tono dramático de la frase inicial de un cuento leído en voz alta.

Gurney sospechaba que lo que escucharía a continuación era algo que Val Perry había dicho muchas veces.

—Más que difícil —continuó ella—. Jillian dependía de la medicación para ser simplemente difícil y no absolutamente imposible. Era desenfrenada, narcisista, promiscua, maquinadora, viciosa. Adicta a oxicodona, oxicontina, éxtasis y cocaína, crac. Una mentirosa de campeonato. Peligrosamente precoz. Horriblemente sintonizada con la debilidad de otras personas e impredeciblemente violenta. Con una pasión malsana por los hombres desequilibrados. Y eso con los beneficios de la mejor terapia que el dinero podía pagar. —Era extraño, pero parecía excitada con esta letanía de injurias; sonó más como una sádica atacando a un desconocido con una cuchilla que como una madre describiendo los trastornos emocionales de su hija—. ¿Hardwick le contó lo que estoy diciendo de Jillian? —preguntó.

—No recuerdo esos detalles.

—¿Qué le dijo?

—Mencionó que venía de una familia con mucho dinero.

Ella prorrumpió en un sonido alto y rasposo, un sonido que a él le sorprendió oír procedente de una boca tan delicada. Le sorprendió aún más darse cuenta de que era un estallido de risa.

—¡Oh, sí! —gritó, con la dureza de la risa todavía presente en la voz—. Somos, sin lugar a dudas, una familia con mucho dinero. Podría decir que estamos podridos de dinero. —Articuló la vulgaridad con desdén—. ¿Le sorprende que no me exprese como debería una madre afligida?

El espectro desgarrador de su propia pérdida limitó la respuesta de Gurney, haciendo que le costara hablar. Por fin dijo:

—He visto reacciones a la muerte más extrañas que la suya, señora Perry. No estoy seguro de cómo hemos…, de cómo alguien en sus circunstancias… se supone que tiene que expresarse.

Ella pareció considerarlo.

—Ha dicho que ha visto reacciones más extrañas a la muerte, pero ¿alguna vez ha visto una muerte más extraña? ¿Una muerte más extraña que la de Jillian?

Gurney no respondió. La pregunta sonaba histriónica. Cuanto más miraba a esos ojos intensos, más difícil le resultaba reunir lo que veía en una personalidad. ¿Siempre había sido tan fragmentada, o algo en la muerte de su hija la había roto en esas piezas incompatibles?

—Cuénteme algo más de Jillian —dijo.

—¿Como qué?

—Aparte de las características personales que ha mencionado, ¿sabe algo de la vida de su hija que pudiera haber dado a Flores un motivo para matarla?

—¿Me está preguntando por qué Héctor Flores hizo lo que hizo? No tengo ni idea. Ni la Policía tampoco. Han pasado cuatro meses rebotando entre dos teorías igual de estúpidas. Según una, Héctor era homosexual y estaba secretamente enamorado de Scott Ashton, resentido por la relación de Jillian con él, y los celos lo impulsaron a matarla. Y la oportunidad de matarla con su vestido de novia sería irresistible para su sensibilidad de reina del drama. Es una bonita historia. Su otra teoría contradice la primera. Un ingeniero naval y su mujer vivían al lado de la casa de Scott. El ingeniero pasaba mucho tiempo fuera, de viaje, en barco. La mujer desapareció el mismo día que Héctor. Así que los genios de la Policía concluyeron que tenían una aventura, que Jillian lo descubrió y amenazó con revelarlo para recuperar a Héctor, con quien también tenía una aventura, y una cosa llevó a la otra y…

—¿Y le cortó la cabeza en la fiesta de su boda para que no hablara? —intervino Gurney con incredulidad.

Al oírse a sí mismo, lamentó de inmediato la brutalidad del comentario. Estaba a punto de disculparse, pero la mujer no mostró ninguna reacción a ello.

—Le he dicho que son estúpidos. Según ellos, Héctor Flores

51

era un homosexual en el armario enamorado hasta la desesperación de su jefe o un macho latino que se follaba a cualquier mujer a la vista y usaba su machete con cualquiera que protestara. Quizás echaran una moneda al aire para decidir qué cuento creerse.

—¿Qué contacto tuvo personalmente con Flores?

—Ninguno. Nunca tuve el placer de conocerlo. Por desgracia, tengo una imagen muy vívida de él en mi mente. Vive en mi cabeza, sin ninguna otra dirección. Como ha dicho, se desconoce su paradero actual. Tengo la sensación de que vivirá en mí hasta que lo capturen o lo maten. Con su ayuda espero resolver ese problema.

—Señora Perry, ha hablado de matar en varias ocasiones, así que he de dejarle algo claro, para que no haya malentendidos. No soy un sicario. Si eso forma parte del encargo, explícito o tácito, ha de buscar en otra parte, desde ya.

Ella examinó su rostro.

—El encargo es encontrar a Héctor Flores… y llevarlo ante la justicia. Eso es. Ese es el encargo.

—Entonces he de preguntarle… —empezó Gurney, luego se detuvo cuando un movimiento de color marrón grisáceo en el prado captó su atención.

Un coyote, probablemente el mismo que había visto el día anterior, estaba cruzando el campo. Gurney siguió su progreso hasta que desapareció entre los arces, al otro lado del estanque.

—¿Qué es? —preguntó ella volviéndose en la silla.

—Quizás un perro suelto. Perdón por la distracción. Lo que quiero saber es ¿por qué yo? Si el dinero es ilimitado, como ha dicho, podría contratar a un pequeño ejército. O podría contratar a gente que sería, digámoslo así, menos cuidadosa con la responsabilidad de que un fugitivo se presente a un juicio. La pregunta es: ¿por qué yo?

—Jack Hardwick me lo recomendó. Dijo que era usted el mejor. El mejor de todos. Dijo que si alguien podía resolverlo, ponerle fin, era usted.

—¿Y lo creyó?

—¿No debería?

—¿Por qué lo hizo?

Se pensó la respuesta, como si hubiera mucho en juego en ella.

—Él era el agente oficial del caso. El investigador jefe. Me pareció rudo, obsceno, cínico, pinchaba a la gente siempre que podía. Horroroso. Pero casi siempre acertado. Puede que esto no tenga mucho sentido para usted, pero comprendo a personas tan espantosas como Jack Hardwick. Incluso confío en ellas. Así que aquí estamos, detective Gurney.

Él miró las matas de espárragos, calculando, por alguna razón de la que no era consciente, el punto magnético hacia el que se inclinaban en masa. Presumiblemente, estaría a 180 grados de los vientos preponderantes de la montaña, en el sotavento de la tormenta. Ella parecía satisfecha con el silencio. Gurney aún podía oír el modulado zumbido de las alas de los colibríes que continuaban su ritual de combate, si es que de eso se trataba. En ocasiones duraba una hora o más. Resultaba difícil comprender cómo una confrontación, o una seducción, tan prolongada constituía un uso eficiente de energía.

—Hace unos minutos ha mencionado que Jillian tenía un interés enfermizo en hombres desequilibrados. ¿Incluía a Scott Ashton en esa descripción?

—Dios mío, no, por supuesto que no. Scott fue lo mejor que le pasó nunca a Jillian.

—¿Aprobaba su decisión de matrimonio?

—¿Aprobarla? ¡Qué pintoresco!

—Lo expresaré de otra forma, ¿estaba complacida?

La mujer esbozó una sonrisa en los labios, pero sus ojos miraban con frialdad.

—Digamos que Jillian tenía ciertos… déficits significativos. Déficits que exigían la intervención profesional para el futuro inmediato. Estar casada con un psiquiatra, uno de los mejores en su campo, podía, sin duda, suponer una ventaja. Sé que suena… mal, en cierto modo. Explotador, quizá. Pero Jillian era única en muchos aspectos. Y única en su necesidad de ayuda.

Gurney levantó una ceja, confundido.

Ella suspiró.

—¿Sabe que el doctor Ashton es el director de la escuela especial a la que asistía Jillian?

—¿Eso no crearía un conflicto de…?

—No —lo interrumpió Perry, como si estuviera acostumbrada a discutir ese punto—. Era psiquiatra, pero cuando entró en la escuela, nunca fue su médico. Así que no había problemas

53

éticos, ninguna cuestión médico-paciente. Por supuesto, la gente hablaba. Rumores, rumores, rumores. «Él es médico y ella paciente, bla, bla, bla.» Pero la realidad legal y ética se parecía más a la de una antigua estudiante que se casa con el director de su colegio. Jillian se fue de allí cuando tenía diecisiete años. Ella y Scott no se relacionaron personalmente hasta al cabo de un año y medio después. Fin de la historia. Por supuesto, no fue el final de las habladurías. —El desafío destelló en sus ojos.

—Es casi como pasearse al borde del precipicio —comentó Gurney, tanto para sí mismo como para ella.

Una vez más la mujer estalló en una risa asombrosa.

—Si Jillian pensaba que estaban paseando al borde del precipicio, para ella eso habría sido lo mejor. Siempre disfrutó de estar abocada al precipicio.

«Interesante», pensó Gurney. Igual de interesante que el destello en los ojos de Val Perry. Quizá Jillian no era la única enamorada del precipicio.

—¿Y el doctor Ashton? —preguntó con voz suave.

—A Scott le da igual lo que piense la gente. —Ese era un rasgo que ella sin duda admiraba.

—Así que cuando Jillian tenía dieciocho, quizá diecinueve años, le propuso matrimonio.

—Diecinueve. Jillian lo propuso y él aceptó.

Gurney observó la extraña excitación que la mujer transmitía.

—Así que el doctor aceptó su propuesta. ¿Cómo se sintió al respecto?

Al principio pensó que no lo había oído. Luego en voz baja y ronca, apartando la mirada, ella dijo:

—Aliviada.

Miró las matas de espárragos de Gurney como si en algún sitio entre ellas pudiera localizar una explicación apropiada para sus sentimientos rápidamente cambiantes. Se había levantado una suave brisa mientras habían estado hablando y las partes superiores de las matas oscilaban con suavidad.

Gurney esperó, sin decir nada.

Ella pestañeó, apretando y relajando los músculos de la mandíbula. Cuando habló, lo hizo con visible esfuerzo, pronunciando las palabras como si cada una de ellas fuera pesada, como sucede en los sueños.

—Me sentí aliviada de que me quitaran la responsabilidad de las manos.

La mujer abrió la boca como si fuera a decir algo más, pero luego la cerró con un ligero movimiento de cabeza. Un gesto de desaprobación, pensó Gurney. Desaprobación por sí misma. ¿Era esa la raíz de su deseo de ver muerto a Héctor Flores? ¿Pagar una deuda de culpabilidad con su hija?

«Uf. Despacio. No pierdas contacto con los hechos.»

—No pretendía… —Dejó que su voz se fuera apagando, sin dejar claro lo que no pretendía.

—¿Qué opina de Scott Ashton? —preguntó Gurney en un tono enérgico, lo más alejado posible del temperamento oscuro y complejo de ella.

Perry respondió al instante, como si la pregunta fuera una vía de escape.

—Scott Ashton es brillante, ambicioso, decidido… —Hizo una pausa.

—¿Y?

—Y frío al tacto.

—¿Por qué cree que quería casarse con una…?

—¿Con una mujer tan loca como Jillian? —Se encogió de hombros de manera poco convincente—. ¿Tal vez porque era asombrosamente hermosa?

Gurney asintió, poco convencido.

—Sé que no puede resultar más trillado, pero Jillian era especial, muy especial. —Dio a la palabra un énfasis y un color casi morbosos—. ¿Sabe que su coeficiente intelectual era de ciento sesenta y ocho?

—Eso no está nada mal.

—Sí. Es la puntuación más alta que nadie obtuvo jamás en el test. Se lo hicieron tres veces para asegurarse.

—Así pues, además de todo lo que ha mencionado, ¿Jillian era un genio?

—Oh, sí, un genio —coincidió, recuperando un destello de animación en la voz—. Y, por supuesto, ninfómana. ¿He olvidado mencionar eso?

Buscó una reacción en la cara de Gurney.

Él miró a la distancia, más allá de las copas de los árboles y del granero.

—Y lo único que quiere que haga es buscar a Héctor Flores.

—No quiero que lo busque, quiero que lo encuentre.

A Gurney le encantaban los rompecabezas, pero este le parecía más bien una pesadilla. Además, Madeleine nunca…

«Cielos, pensar en su nombre y…»

Sorprendentemente allí estaba, vestida en una explosión de color rojo y naranja, acercándose poco a poco por el prado, empujando la bicicleta por el inclinado sendero lleno de surcos.

La mujer se volvió, ansiosa, en su silla para seguir la mirada de Gurney.

—¿Está esperando a alguien?

—A mi esposa.

No dijeron nada más hasta que Madeleine llegó al borde del patio de camino al cobertizo. Las mujeres intercambiaron insulsas miradas educadas. Gurney las presentó, diciendo solo —para mantener la apariencia de confidencialidad— que Val era «una amiga de un amigo» que había pasado a pedir consejo profesional.

—Esto es muy apacible —dijo Perry, poniendo énfasis y haciendo que pareciera como una palabra extranjera cuya pronunciación estaba practicando—. Tiene que encantarle.

—Sí —dijo Madeleine. Dedicó una breve sonrisa a la mujer y empujó su bicicleta hacia el cobertizo.

—Bueno —intervino la otra con inquietud, después de que Madeleine se perdiera de vista detrás de los rododendros en la parte de atrás del jardín—, ¿hay algo más que pueda contarle?

—¿No le molestaba en absoluto la diferencia de edad de diecinueve a treinta y ocho años?

—No —soltó, confirmando la sospecha de Gurney de que no era así.

—¿Qué opina su marido de su decisión de contratar a un detective privado?

—Me apoya —dijo.

—¿Y eso exactamente qué significa?

—Apoya lo que quiero hacer.

Gurney esperó.

—¿Me está preguntando cuánto está dispuesto a pagar mi marido? —Una mueca de rabia eliminó parte de la belleza de su rostro.

Gurney negó con la cabeza.

—No es eso.

Ella parecía no escucharle.

—Le he dicho que el dinero no es un problema. Le he dicho que estamos podridos de dinero, podridos, señor Gurney, podridos, y gastaré lo que haga falta para que hagan lo que quiero.

Puntos de color cereza estaban apareciendo en la piel color vainilla de Val Perry y sus palabras sonaron con desprecio.

—Mi marido es el neurocirujano mejor pagado de este puto mundo. Gana más de cuarenta millones de dólares al año. Vivimos en una puta casa de doce millones de dólares. Mire esta puta piedra en mi dedo. —Fijó la mirada en el anillo como si fuera un tumor en su mano—. Esta mierda de brillante vale dos millones de dólares. Por el amor de Dios, no me hable de dinero.

Gurney estaba recostado con los dedos apoyados bajo la barbilla. Madeleine había vuelto y estaba de pie en silencio al borde del patio. Se acercó a la mesa.

—¿Se encuentra bien? —preguntó, como si el arrebato al que acababa de asistir no tuviera más significado que una serie de estornudos.

—Lo siento —se disculpó la mujer con vaguedad.

—¿Quiere un poco de agua?

—No, estoy bien, estoy perfectamente… Yo… No, en realidad, un poco de agua me vendría bien. Gracias.

Madeleine sonrió, asintió con afabilidad y entró en la casa por las puertas cristaleras.

—Me refería —dijo la mujer, estirándose la blusa con nerviosismo—, lo que quería decir, aunque lo he exagerado… Quería decir que el dinero no es un problema. Lo importante es el objetivo. Sean cuales sean los recursos necesarios para alcanzar el objetivo, están disponibles. Era lo que estaba intentando decir. —Apretó los labios como para asegurarse de que no iba a a perder de nuevo los estribos.

Madeleine volvió con un vaso de agua y lo dejó en la mesa. La mujer lo cogió, se bebió la mitad y lo dejó con cuidado.

—Gracias.

—Bueno —dijo Madeleine con un malicioso centelleo en la mirada al volver a entrar en la casa—, si necesita algo más, dé un grito. —Aquella indirecta era difícil de pasar por alto.

La mujer se sentó erguida y muy quieta. Parecía estar esforzándose por recuperar la compostura. Al cabo de un minuto respiró hondo.

—No estoy segura de qué decir a continuación. Quizá no hay nada que añadir, más que pedir su ayuda. —Tragó saliva—. ¿Me ayudará?

Interesante. Podría haber dicho: «¿Aceptará el caso?». ¿Había considerado esa forma de plantearlo y se había dado cuenta de que la manera que había usado era mejor, un planteamiento que sería más difícil de rechazar?

Al margen de cómo se lo hubieran pedido, Gurney sabía que sería una locura decir que sí.

—Lo siento —dijo—. Creo que no puedo.

Ella no reaccionó, se quedó sentada, agarrada al borde de la mesa, mirándolo a los ojos. Gurney se preguntó si lo había oído.

—¿Por qué no? —preguntó con voz débil.

Gurney pensó en lo que iba a decir.

«¿Por qué no? Para empezar, señora Perry, se parece usted mucho a las descripciones que ha hecho de su hija. Mi inevitable colisión con los investigadores oficiales podría convertirse en un gran descarrilamiento de trenes. Y la potencial reacción de Madeleine al involucrarme en otro caso de asesinato podría redefinir nuestros problemas conyugales.»

Lo que en realidad dijo fue:

—Mi implicación podría entorpecer los esfuerzos policiales en marcha y eso sería perjudicial para todos los implicados.

—Ya veo.

Gurney no vio en la expresión de la mujer una comprensión real o una aceptación de su decisión. La observó, esperando su siguiente movimiento.

—Comprendo su reticencia —dijo—. En su lugar, sentiría lo mismo. Lo único que le pido es que no tome una decisión hasta que vea el vídeo.

—¿El vídeo?

—¿No lo mencionó Jack Hardwick?

—Me temo que no.

—Bueno, está todo ahí, todo el... suceso.

—¿Se refiere a un vídeo de la recepción donde se produjo el asesinato?

—Eso es exactamente lo que quiero decir. Todo está grabado. Cada minuto. Todo está en un bonito DVD.

La película del crimen

*E*n la espaciosa cocina de la casa de Gurney había dos mesas. Una larga de cerezo fabricada por los cuáqueros shakers, que usaban sobre todo para cenas con invitados, cuando Madeleine le sacaba el polvo y la engalanaba con velas y flores apropiadas que sacaba del jardín, y la llamada mesa del desayuno, con tablero de pino redondo sobre una base de piedra, donde, solos o juntos, comían la mayoría de las veces. Esta se encontraba en el interior de la casa, pero justo al lado de las puertas cristaleras, de cara al sur. En un día despejado, quedaba iluminada por la luz del sol desde primera hora de la mañana, lo que la convertía en uno de los lugares favoritos para leer de la pareja.

A las dos y media de esa tarde, estaban sentados en sus sillas habituales cuando Madeleine levantó la mirada de su libro, una biografía de John Adams. Adams era su presidente favorito, sobre todo porque su solución a la mayoría de los problemas emocionales y físicos consistía en dar largos paseos curativos por el bosque. Madeleine frunció el ceño en un ademán de atención.

—He oído un coche.

Gurney colocó la mano abierta junto a la oreja, pero aun así pasaron diez segundos antes de que pudiera oírlo él también.

—Es Jack Hardwick. Aparentemente hay una grabación completa en vídeo de la fiesta donde mataron a la chica de los Perry. Dijo que la traería. He dicho que echaría un vistazo.

Ella cerró el libro, dejando que su mirada se perdiera en la media distancia, más allá de las puertas de cristal.

—¿Se te ha ocurrido pensar que tu futura cliente… no está del todo cuerda?

—Lo único que voy a hacer es ver el vídeo. Sin promesas a nadie. Por cierto, estás invitada a verlo conmigo.

Madeleine declinó la invitación con el rápido destello de una sonrisa. Continuó.

—Iría un poco más lejos y diría que es una psicótica destructiva que probablemente encaja con al menos media docena de códigos diagnósticos del DSM-IV. Y te haya dicho lo que te haya dicho, apuesto a que dista mucho de ser toda la verdad.

Mientras hablaba, Madeleine iba cortándose de manera inconsciente la cutícula de su pulgar con una de sus uñas, un nuevo hábito intermitente que Gurney contemplaba con alarma, como una especie de temblor en la constitución, por lo demás, estable de su mujer.

Esos momentos, por menores y de corta duración que fueran, lo agitaban, interrumpían su fantasía de la infinita resistencia de su esposa, lo dejaban temporalmente sin ese punto de referencia estable, sin esa luz nocturna que lo protegía de la oscuridad y los monstruos. De manera absurda, ese minúsculo gesto nervioso tenía el poder de suscitar la sensación de náusea y opresión que había experimentado de niño cuando su madre empezaba a fumar. Su madre chupando con ansiedad el cigarrillo, introduciéndose bocanadas de humo en los pulmones. «Contrólate, Gurney. Crece, por el amor de Dios.»

—Pero estoy seguro de que todo eso ya lo sabes, ¿no?

Él la miró un momento, tratando de recuperar el hilo de conversación que había perdido.

Madeleine negó con la cabeza en un ademán de fingida desesperación.

—Estaré un rato en la sala de costura. Luego he de ir a comprar a Oneonta. No nos queda casi de nada. Si quieres alguna cosa, añádela a la lista.

Hardwick llegó acompañado de un soplo de viento y un ruidoso tubo de escape. Aparcó su antiguo tragagasolina —un GTO rojo a medio restaurar, con remiendos de resina todavía por pintar— junto al Subaru Outback verde de Gurney. El viento encauzó un remolino de hojas caídas entre los dos vehículos. Lo primero que hizo Hardwick fue toser violentamente, sacar flema y escupir en el suelo.

—¡Nunca he soportado el olor de las hojas muertas! Siempre me recuerdan la boñiga de caballo.

—Bien expresado, Jack —dijo Gurney cuando se estrecharon las manos—. Eres muy delicado con las palabras.

Se quedaron uno frente a otro como una pareja de sujetalibros que no encajan. Hardwick, con el pelo corto pero alborotado, tez rubicunda, nariz marcada por una telaraña de pequeñas venas y ojos azules llorosos como de malamut, tenía la apariencia de un hombre entrado en años con una resaca perpetua. Gurney, en cambio, con el pelo entrecano bien peinado —demasiado bien, solía decirle Madeleine—, todavía se conservaba delgado a los cuarenta y ocho años, con el abdomen firme gracias a una rutina de ejercicios antes de la ducha matinal, y aspecto de tener apenas cuarenta.

Cuando Gurney lo hizo pasar a la casa, Hardwick sonrió.

—Te ha enganchado, ¿eh?

—No estoy seguro de a qué te refieres, Jack.

—¿Qué es lo que ha captado tu atención? ¿El amor por la verdad y la justicia? ¿La oportunidad de darle una patada en las pelotas a Rodriguez? ¿O su espléndido trasero?

—No es fácil saberlo, Jack. —Se descubrió articulando el nombre con peculiar énfasis, como si le asestara un gancho rápido a la mandíbula—. Ahora mismo tengo curiosidad por el vídeo.

—¿En serio? ¿Aún no estás muerto de aburrimiento por la jubilación? ¿No estás desesperado por volver al juego? ¿No te mueres de ganas de ayudar a ese cañón de mujer?

—Solo quiero ver el vídeo. ¿Lo has traído?

—¿El vídeo del asesinato? Nunca has visto nada igual, Davey. Un DVD de alta definición tomado en la escena del crimen mientras se comete el asesinato.

Hardwick estaba de pie en medio del gran ambiente que servía de cocina, comedor y sala de estar. Había una estufa Franklin en un extremo y una chimenea de piedra en el otro, separadas doce metros entre sí. La mirada del detective lo abarcó todo en unos pocos segundos.

—Joder, parece una foto a doble página de *Mother Earth News*.

—El reproductor de DVD está en el estudio —dijo Gurney, poniéndose en marcha.

El vídeo empezaba con una fascinante toma aérea del campo. Luego la cámara descendía en un ángulo abrupto hasta que empezaba a barrer las copas verdes de los árboles, el verde brillante de la primavera; después seguía el curso de una carretera estrecha y un arroyo agitado: cintas paralelas de asfalto negro y agua resplandeciente que unían una serie de casas bien cuidadas entre amplios jardines y pintorescas edificaciones anexas.

Apareció una propiedad aún más grande y lujosa que las demás y la velocidad de la cámara aerotransportada se redujo. Cuando alcanzó una posición situada justo encima de un vasto césped esmeralda con bordes de narcisos, el movimiento hacia delante cesó por completo y descendió con suavidad al nivel del suelo.

—Dios santo —exclamó Gurney—, ¿alquilaron un helicóptero para filmar la película de la boda?

—¿No lo hacen todos? —soltó Hardwick con voz rasposa—. De hecho, el helicóptero era solo para la introducción. Desde este momento, el vídeo está grabado por cuatro cámaras fijas situadas en el césped, de modo que abarcaban toda la propiedad. Así que hay un archivo completo con imagen y sonido de todo lo que ocurrió en el exterior.

La casa de piedra de color crema rodeada por patios de piedra y arriates de forma libre daban la sensación de haber sido trasplantados desde la zona de los Cotswolds: primavera en un bucólico campo inglés.

—¿Dónde está eso? —preguntó Gurney cuando él y Hardwick se sentaban en el sofá del estudio, delante del monitor del DVD.

Hardwick fingió sorpresa.

—¿No reconoces el exclusivo pequeño poblado de Tambury?

—¿Por qué tendría que hacerlo?

—Tambury es cuna de gente importante, y tú eres un tipo importante. Todos los que son alguien conocen a alguna persona que vive en Tambury.

—Supongo que no he llegado a ese nivel. ¿Vas a decirme dónde está?

—Una hora al noreste de aquí, a medio camino de Albany. Te explicaré cómo llegar.

—No lo necesitaré... —empezó Gurney, luego se detuvo con un ceño de incredulidad—. Espera un momento. No estará por casualidad en el condado de Sheridan Kline...

Hardwick lo cortó.

—¿El condado de Kline? Por supuesto que sí. Así tendrás una oportunidad de trabajar con viejos amigos. El fiscal siente debilidad por ti.

—Dios mío —murmuró Gurney.

—Ese hombre cree que eres un puto genio. Por supuesto, se puso las medallas por tu éxito en el caso Mellery (normal siendo el político lameculos que es), pero en el fondo sabe que te lo debe.

Gurney negó con la cabeza y volvió a mirar a la pantalla mientras hablaba.

—Detrás de Sheridan Kline no hay nada más que un agujero negro.

—Davey, Davey, Davey, tienes opiniones muy crueles sobre los hijos de Dios.

Y a continuación, sin esperar respuesta, Hardwick se volvió hacia la pantalla y empezó a narrar el vídeo.

—El cáterin —dijo cuando un grupo de hombres jóvenes de pelo engominado y mujeres con pantalones negros y blusa blanca almidonada preparaban una barra de servir y media docena de mesas calientes—. El anfitrión —soltó, señalando a la pantalla cuando un hombre sonriente, vestido de traje azul marino con una flor roja en la solapa, emergió de una puerta en arco en la parte de atrás de la casa y salió al jardín—. Prometido, novio, marido, viudo... Todo cierto en un mismo día, así que llámalo como quieras.

—¿Scott Ashton?

—El mismo que viste y calza.

El hombre avanzó con paso decidido por el borde de un arriate hacia el lado derecho de la pantalla, pero, justo antes de que desapareciera, el ángulo de la escena cambió, y lo mostró caminando hacia lo que parecía una pequeña cabaña situada al final del césped, donde este lindaba con el bosque, a unos treinta metros de la casa.

—¿Con cuántas cámaras has dicho que lo grabaron? —preguntó Gurney.

—Cuatro en trípodes, además de la del helicóptero.

—¿Quién hizo la edición?

—El equipo de vídeo del departamento.

Gurney vio a Ashton llamando a la puerta de la cabaña;

observó y oyó, aunque el sonido no era tan bueno como la imagen. La puerta delantera y la espalda del hombre estaban a unos cuarenta y cinco grados de la cámara. Llamó otra vez: «Héctor».

Gurney luego oyó lo que le sonaba como una voz con acento español, demasiado débil para que las palabras fueran reconocibles. Miró inquisitivamente a Hardwick.

—Mejoramos el audio en el laboratorio. «Está abierta», le dice en español. Confirma lo que Ashton recordaba que le dijo Héctor.

Ashton abrió la puerta, entró y cerró tras de sí.

Hardwick cogió el mando a distancia, apretó el botón de avance rápido.

—Está ahí dentro cinco o seis minutos —explicó—. Después abre la puerta, y se oye a Ashton diciendo: «Si cambias de opinión…». Luego sale, vuelve a cerrar y se aleja. —Hardwick soltó el botón de avance rápido cuando Ashton estaba saliendo de la cabaña, con cara menos alegre que cuando había entrado.

—¿Es así como hablaban entre ellos? —preguntó Gurney—. Ashton habla en inglés y Flores en español.

—Yo también me lo pregunté. Ashton me dijo que era un cambio reciente, que hasta un mes o dos antes ambos hablaban en inglés. Dijo que creía que era una forma de regresión hostil, que volver a su lengua materna era la forma de Héctor de rechazar a Ashton, al no emplear con él el idioma que le había enseñado. O algún rollo psicológico por el estilo.

En la pantalla, cuando Ashton estaba a punto de salir del encuadre, la imagen pasó a otra cámara que lo mostró caminando hacia un cenador de columnas griegas —la clase de estructura de Partenón en miniatura popularizada por la arquitectura paisajística victoriana—, donde cuatro hombres de esmoquin estaban colocando los puestos de música y sillas plegables. Ashton habló brevemente con los hombres de esmoquin, pero ninguna de las voces era audible.

—¿Cuarteto de cuerda en lugar de un *disc jockey* corriente? —preguntó Gurney.

—Esto es Tambury: no hay nada corriente —respondió Hardwick.

Pasó a cámara rápida el resto de la conversación de Ashton con los músicos, tomas del exterior señorial y la casa principal, el personal de cáterin preparando platos y cubertería para la cena sobre manteles blancos, un par de camareras esbeltas colocando botellas y vasos, primeros planos de petunias rojas y blancas que se derramaban desde maceteros de piedra labrada.

—¿Eso fue hace justo cuatro meses? —preguntó Gurney.

Hardwick asintió.

—Casi. El segundo domingo de mayo. La fecha perfecta para una boda. Esplendor primaveral, brisa balsámica, aves construyendo sus nidos, palomas zureando.

El tono implacablemente sarcástico estaba sacando de quicio a Gurney.

Cuando Hardwick detuvo el avance rápido y volvió a la reproducción normal del DVD, la cámara estaba enfocando una elaborada pérgola de hiedra que servía de entrada a la zona principal de césped. Invitados de la boda caminaban por allí en una fila dispersa. Había música de fondo, algo agradablemente barroco.

Cuando cada pareja pasaba por la pérgola, Hardwick los fue identificando, consultando una lista arrugada que había sacado del bolsillo del pantalón.

—El jefe de Policía de Tambury, Burt Luntz, y su esposa... Presidenta del Dartwell College y su marido... Agente literaria de Ashton y su marido... Presidente de la British Heritage Society de Tambury y su mujer... Congresista Liz Laughton y su marido... Filántropo Angus Boyd y el joven que lo acompaña, al que llama su «asistente»... Director del *International Journal of Clinical Psychology* y su esposa... Vicegobernador y su mujer... Decano de...

Gurney lo interrumpió.

—¿Son todos así?

—¿Todos apestan a dinero, poder y conexiones? Sí. Directores de empresas, políticos importantes, directores de periódicos, ¡hasta un obispo!

Durante los diez minutos siguientes, la marea de exitosos privilegiados fue entrando en el jardín botánico que Scott Ashton tenía detrás de su casa. Ninguno parecía fuera de lugar en el entorno enrarecido. Pero ninguno parecía particularmente entusiasmado por estar ahí.

—Estamos llegando al final de la fila —dijo Hardwick—. A continuación están los padres de la novia. El doctor Withrow

65

Perry, neurocirujano famoso en todo el mundo, y Val Perry, su mujer trofeo.

El médico, con aspecto de tener poco más de sesenta años, tenía una boca carnosa de expresión despectiva, la papada de un gourmet y una mirada intensa. Se movía con una rapidez y una elegancia sorprendentes; como si hubiera sido instructor de esgrima, pensó Gurney, recordando las lecciones que él y Madeleine habían tomado juntos en el segundo o tercer año de su matrimonio, cuando todavía estaban buscando activamente cosas que podrían disfrutar haciendo juntos.

La Val Perry que se hallaba junto al médico en la pantalla como una fantasía cinematográfica de Cleopatra irradiaba una satisfacción que no estaba presente en la Val Perry que había visitado a Gurney esa mañana.

—Y ahora —dijo Hardwick—, el novio y la que pronto será su novia decapitada.

—Dios —murmuró Gurney.

Había veces en que la falta de sensibilidad de Hardwick parecía ir mucho más allá del cinismo de rutina del policía para elevarse a la categoría de sociópata marginal. Pero no era ni el momento ni el lugar para..., ¿para qué? Para decirle que era un capullo. ¿Para sugerirle que debería psicoanalizarse?

Gurney respiró hondo y puso toda su atención en el vídeo, en el doctor Scott Ashton y Jillian Perry Ashton caminando hacia la cámara, sonriendo; una salva de aplausos, unos pocos gritos de «¡Bravo!» y un gozoso *crescendo* barroco en el fondo.

Gurney estaba mirando a la novia, asombrado.

—¿Cuál es el problema?

—No es como la imaginaba.

—¿Qué demonios imaginabas?

—Por lo que me había contado su madre, no esperaba que pareciera una foto de portada de la revista *Novias*.

Hardwick estudió la imagen de radiante belleza de la joven: vestido de cola hasta el suelo, cuello modesto punteado de lentejuelas, guantes blancos en las manos sosteniendo un ramo de rosas de té, cabello dorado recogido en un moño y coronado por un brillante tiara, ojos almendrados acentuados con un toque de perfilador, boca perfecta animada con lápiz de labios que hacía juego con el rosa de las rosas de té.

Hardwick se encogió de hombros.

—¿No quieren todas tener este aspecto?

Gurney torció el gesto, inquieto por la convencionalidad de la apariencia de Jillian.

—Joder, si lo tienen en los genes —insistió Hardwick.

—Sí, quizá —dijo Gurney, sin estar convencido.

Hardwick avanzó a cámara rápida las escenas en las que el novio y la novia pasaban entre la multitud, el cuarteto de cuerda atacando sus instrumentos con gran entusiasmo, el personal de cáterin deslizándose entre los invitados con el ruido de fondo de gente que comía y bebía.

—Vamos al tajo —dijo—, directamente al trozo donde pasa todo.

—¿Te refieres al asesinato?

—Además de cierto material interesante justo antes y justo después.

Tras unos segundos de distorsiones digitales, la pantalla se llenó con un plano medio de tres personas conversando en un triángulo. Algunas palabras eran más audibles que otras, en parte enterradas en el zumbido de otras conversaciones, en parte aplastadas por la exuberancia de Vivaldi.

Hardwick sacó del bolsillo otra hoja doblada, la abrió y se la pasó a Gurney, quien reconoció un formato que le era familiar: la transcripción de una conversación grabada.

—Mira el vídeo y escucha la pista sonora —dijo Hardwick—. Te avisaré cuando puedas empezar a seguirlo en la transcripción, por si no entiendes algo del audio. Los tres que hablan son el jefe Luntz y su mujer, Carol, los dos de cara, y Ashton, que está de espaldas.

Los Luntz sostenían vasos altos con rodajas de lima. El jefe estaba equilibrando un par de canapés en la palma de su mano libre. Ashton sostenía su bebida delante de él, fuera del encuadre de la cámara fija. Los fragmentos audibles de diálogo parecían conscientemente trillados y todos ellos procedentes de la señora Luntz.

—Sí, sí [...] es el día sí [...] por fortuna el pronóstico del tiempo, que era muy [...] flores [...] la época del año que hace que vivir en los Catskills merezca la pena [...] música, muy diferente, perfecta para la ocasión [...] mosquito, no uno solo [...] la altitud lo hace imposible, gracias a Dios [...] la borrielosis, qué horrible [...] error de diagnóstico [...] tenía náuseas,

67

dolor, estaba completamente desesperada, quería matarse, el suplicio...

Cuando Gurney miró de reojo a Hardwick en el sofá, levantando una ceja interrogadora para preguntar la pertinencia de todo aquello, oyó la voz más alta del jefe por primera vez.

—Carol, no es hora de hablar de garrapatas. Es un día feliz..., ¿verdad, doctor?

Hardwick señaló con el dedo índice la línea superior de la página de la transcripción que Gurney tenía en el regazo.

Gurney bajó la mirada y descubrió que resultaba útil, ante la confusa pista sonora.

SCOTT ASHTON. Muy feliz, sin duda, jefe.

CAROL LUNTZ. Solo estaba tratando de decir lo perfecto que ha sido todo hoy. Ni mosquitos ni lluvia ni ningún problema. Y qué encantadora historia, la música, hombres atractivos por todas partes...

JEFE LUNTZ. ¿Cómo le va con su genio mexicano?

SCOTT ASHTON. Ojalá lo supiera, jefe. A veces...

CAROL LUNTZ. He oído que hubo algunos... extraños... No lo sé, no me gusta repetirlo...

SCOTT ASHTON. Héctor está pasando alguna clase de dificultad emocional. Su conducta ha cambiado últimamente. Supongo que se ha notado. Estoy muy interesado en cualquier cosa que usted haya podido ver, cualquier cosa que captara su atención.

CAROL LUNTZ. Bueno, no he sido testigo directa, solo..., bueno, hay rumores, pero no me gusta escuchar rumores.

SCOTT ASHTON. Oh. Oh, un segundo. Discúlpeme un momento. Me parece que Jillian está haciéndome señas.

Hardwick pulsó el botón de pausa.

—¿Lo ves? —dijo—. A la izquierda de la imagen, al fondo.

Congelada en el fotograma estaba Jillian, mirando en dirección a Ashton, levantando el reloj de oro en la muñeca izquierda y señalándolo. Hardwick volvió a pulsar el *play*, y la acción se reanudó. Cuando Ashton avanzó por el césped entre los espectadores dispersos, los Luntz continuaron la conversación sin él. La mayor parte de ella estaba lo suficientemente clara para Gurney con solo una mirada ocasional a la transcripción.

JEFE LUNTZ. ¿Estás pensando en contarle ese asunto con Kiki Muller?

CAROL LUNTZ. ¿No crees que tiene derecho a saberlo?

JEFE LUNTZ. Ni siquiera sabes cómo ha empezado ese rumor.

CAROL LUNTZ. Creo que es más que un rumor.

JEFE LUNTZ. Sí, sí, tú crees. No lo sabes. Lo crees.

CAROL LUNTZ. Si tuvieras a alguien viviendo en tu casa, alimentándose con tu comida y tirándose en secreto a la mujer de tu vecino, ¿no te gustaría saberlo?

JEFE LUNTZ. Lo que estoy diciendo es que no lo sabes.

CAROL LUNTZ. ¿Qué necesito? ¿Fotos?

JEFE LUNTZ. Las fotos ayudarían.

CAROL LUNTZ. Burt, puedes ser muy ridículo cuando quieres, pero si un bicho raro mexicano estuviera viviendo en tu casa y tirándose a la mujer de Charley Maxon, ¿qué harías? ¿Esperar las fotos?

JEFE LUNTZ. Me cago en Dios, Carol…

CAROL LUNTZ. Burt, eso es blasfemia. Te tengo dicho que no hables así.

JEFE LUNTZ. Entendido, sin blasfemar. Escucha, esta es la cuestión: has oído algo de alguien que ha oído algo de alguien que ha oído algo de alguien…

CAROL LUNTZ. Muy bien, Burt, ¡ahórrate el sarcasmo!

Se quedaron en silencio. Al cabo de aproximadamente un minuto, el jefe trató de coger uno de los canapés que sostenía en la mano izquierda y llevárselo a la boca. Por fin lo logró, utilizando la base de su copa como una palita. Su mujer puso mala cara, apartó la mirada, se acabó la copa y empezó a marcar con el pie los ritmos que procedían del mini-Partenón. Su expresión se tornó festiva, bordeando en lo maniaco, y su mirada vagó entre la multitud como buscando algún famoso. Cuando uno de los camareros se acercó con una bandeja de bebidas variadas, cambió la copa vacía por otra llena. El jefe de Policía ahora estaba observándola con labios apretados, en una expresión dura.

JEFE LUNTZ. ¿Qué tal si frenas un poco?

CAROL LUNTZ. ¿Perdón?

JEFE LUNTZ. Ya me has oído.

CAROL LUNTZ. Alguien tenía que decir la verdad.

JEFE LUNTZ. ¿Qué verdad?

CAROL LUNTZ. La verdad sobre el mexicano viscoso de Scott.

JEFE LUNTZ. ¿La verdad? Puede que sea solo un pequeño y estúpido rumor embellecido por una de tus amigas idiotas: una mentira absoluta, una calumnia digna de denunciarse.

Mientras los ánimos de los Luntz se caldeaban, al fondo se veía a Ashton y a Jillian, a la izquierda de la escena, a una distancia de la cámara que hacía que su conversación no se pudiera oír. Al final, Jillian se volvió y caminó en dirección a la cabaña, cuya fachada posterior lindaba con el bosque, y Ashton se dirigió de nuevo hacia los Luntz con expresión de inquietud.

Cuando Carol Luntz vio que Ashton se acercaba, apuró su margarita de un par de tragos rápidos. Su marido reaccionó con una palabra inaudible murmurada entre dientes. (Gurney bajó la mirada a la transcripción de audio, pero no había interpretación.)

El jefe de Policía, cambiando de expresión cuando Ashton se unió a ellos, preguntó:

—Bueno, Scott, ¿todo va bien? ¿Todo en orden?

—Eso espero —dijo Ashton—. Bueno, ojalá Jillian simplemente… —Negó con la cabeza y su voz se fue apagando.

—Oh, Dios —exclamó Carol Luntz, con bastante esperanza—. No pasa nada, ¿verdad?

Ashton negó con la cabeza.

—Jillian quiere que Héctor se una a nosotros para el brindis nupcial. Antes nos ha dicho que no quiere y…, en fin, eso es todo. —Sonrió de manera extraña, bajando la mirada a la hierba.

—¿Y él qué problema tiene? —preguntó Carol, inclinándose hacia Ashton.

Hardwick pulsó el botón de pausa, congelando a Carol en una pose conspirativa. Se volvió hacia Gurney con la pasión de un hombre que comparte una revelación.

—Esta es la clásica zorra que disfruta con los problemas. Le gusta saborear cada detalle, simula que está rebosando empatía. Llora por tu dolor y espera que mueras para poder llorar más y mostrar al mundo lo mucho que le importa.

Gurney percibía la verdad en el diagnóstico, pero le costaba digerir el exceso de Hardwick.

—¿Y luego? —preguntó, volviéndose de manera impaciente hacia la pantalla.

—Tranquilo. Mejora. —Hardwick pulsó el botón de *play*, reanimando la conversación entre Carol Luntz y Scott Ashton.

Ashton estaba diciendo:

—Es una estupidez, no quiero aburrirles con eso.

—Pero ¿qué pasa con ese hombre? —insistió Carol, hablando como en un gemido.

Ashton se encogió de hombros, como si estuviera exhausto para poder mantener el secreto por más tiempo.

—Héctor tiene una actitud negativa hacia Jillian. Ella, por su parte, está decidida a resolver sea lo que sea que haya ocurrido entre ellos. Por esa razón insistió en que yo lo invitara a nuestra recepción, y he intentado hacerlo en dos ocasiones, hace una semana y de nuevo esta mañana. En ambas ocasiones rechazó la invitación. Ahora mismo Jillian me ha llamado para decirme que pretende sacarlo de su cabaña para el brindis nupcial. En mi opinión, es una pérdida de tiempo y ya se lo he dicho.

—¿Por qué se molesta con… él? —Carol Luntz trastabilló al final, como si hubiera buscado un epíteto desagradable sin encontrarlo.

—Buena pregunta, Carol, pero no tengo respuesta.

Su comentario fue seguido por un cambio al encuadre de otra cámara, una cámara posicionada para cubrir un cuadrante de la propiedad que incluía la cabaña, el jardín de rosas y la mitad de la mansión. Jillian, la novia de álbum de fotos, estaba llamando a la puerta de la cabaña.

Una vez más, Hardwick paró el vídeo, por lo que la imagen se distorsionó en una especie de mosaico en la pantalla.

—Muy bien —dijo—. Aquí estamos. Ahora empiezan los catorce minutos críticos. Los catorce minutos en los que Héctor Flores mata a Jillian Perry Ashton. Los catorce minutos en los cuales le corta la cabeza con un machete, sale por la ventana de atrás y escapa sin dejar rastro. Esos catorce minutos empiezan cuando ella entra y cierra la puerta.

Hardwick soltó el botón de pausa y la acción se reanudó. Jillian abrió la puerta de la cabaña, entró y cerró la puerta tras de sí.

—Esta —dijo Hardwick, señalando la pantalla— es la última vez que la vieron viva.

La imagen permanecía en la cabaña mientras Gurney imaginaba el asesinato que estaba a punto de ocurrir detrás de las ventanas con cortinas de flores.

—Has dicho que Flores sale por la ventana de detrás y escapa sin dejar rastro después de matarla. ¿Estás hablando literalmente?

—Bueno —dijo Hardwick, haciendo una pausa teatral—, he de decir… sí y no.

Gurney suspiró y esperó.

—La cuestión es que la desaparición de Flores tiene un eco familiar. —Hardwick hizo otra pausa acentuada por una sonrisa artera—. Había un rastro desde la ventana de atrás de la cabaña que se adentraba en el bosque.

—¿Qué quieres decirme, Jack?

—Ese rastro hacia el bosque se interrumpe a ciento cincuenta metros de la casa.

—¿Qué estás diciendo?

—¿No te recuerda nada?

Gurney lo miró con incredulidad.

—¿Te refieres al caso Mellery?

—No conozco muchos más casos donde las huellas se interrumpan en medio del bosque sin ninguna explicación clara.

—Entonces, ¿qué estás diciendo?

—Nada en concreto. Solo me preguntaba si habías pasado por alto un cabo suelto cuando resolviste la locura del caso Mellery.

—¿Qué clase de cabo suelto?

—¿La posibilidad de un cómplice?

—¿Un cómplice? ¿Estás loco? Sabes tan bien como yo que no había nada en el caso Mellery que sugiriera siquiera la posibilidad remota de más de un culpable.

—¿No será que estás un poco susceptible con ese tema?

—¿Susceptible? Me ponen susceptible las sugerencias que son una pérdida de tiempo y que no se basan en nada más que tu desquiciado sentido del humor.

—¿Así que es todo una coincidencia? —Hardwick estaba haciendo sonar la nota precisa de desdén que Gurney sentía como unas uñas que rascaran una pizarra.

—¿Qué es todo, Jack?

—Las similitudes del modus operandi.

—Será mejor que me digas enseguida de qué estamos hablando.

La boca de Hardwick se alargaba a ambos lados, quizás en una sonrisa, tal vez en una mueca.

—Mira la película —dijo—. Solo quedan unos minutos.

Pasaron unos pocos minutos. En la pantalla no estaba ocurriendo nada significativo. Varios invitados caminaron hacia el arriate que bordeaba la cabaña y una de las mujeres del grupo, la que antes Hardwick había identificado como la mujer del vicegobernador, parecía estar llevando a cabo una especie de visita botánica, hablando enérgicamente mientras señalaba distintas flores. El grupo salió poco a poco del encuadre como si estuviera unido por hilos invisibles a su guía. La cámara permaneció enfocada en la cabaña. Las ventanas con cortinas no dejaban ver nada.

Justo cuando Gurney estaba a punto de preguntar el propósito de esta parte del vídeo, la imagen cambió de nuevo para mostrar a Scott Ashton y a los Luntz en primer plano, y la cabaña en el fondo.

—Es la hora del brindis —estaba diciendo Ashton.

Los tres estaban mirando hacia la cabaña. Ashton echó un vistazo a su reloj, levantó la mano y llamó a una joven del personal de servicio. Esta se apresuró a acercarse con una sonrisa servil.

—¿Sí, señor?

Ashton señaló hacia la cabaña.

—Dile a mi mujer que son más de las cuatro.

—¿Está en esa cabaña junto a los árboles?

—Sí, por favor, dile que es hora del brindis nupcial.

Al salir para cumplir su encargo, Ashton se volvió hacia los Luntz.

—Jillian tiende a perder la noción del tiempo, sobre todo cuando está tratando de conseguir que alguien haga lo que ella quiere.

El vídeo mostró a aquella mujer joven cruzando el césped, llegando a la puerta de la cabaña y llamando. Al cabo de unos segundos, llamó otra vez, luego intentó hacer girar el pomo sin éxito. Se volvió a mirar hacia Ashton, poniendo las palmas hacia arriba en un ademán de desconcierto. Como respuesta, Ashton hizo gestos para que llamara de manera más enérgica. La joven frunció el ceño, pero obedeció de todos modos. (Esta vez el sonido fue lo bastante fuerte para que la cámara, que Gurney calculaba que estaría a unos quince metros de la cabaña, lo registrara en la pista de sonido.) Al no recibir respuesta a su in-

73

tento final, la mujer volvió a poner las palmas hacia arriba y negó con la cabeza.

Ashton murmuró algo, en apariencia más para sus adentros que para los Luntz, y caminó hacia la cabaña. Fue directamente a la puerta, llamó con brío, luego tiró con fuerza y empujó el pomo al mismo tiempo que gritaba:

—¡Jilli! ¡Jilli, la puerta está cerrada! ¡Jillian!

Se quedó mirando a la puerta, parecía frustrado y confuso. A continuación se volvió y caminó con determinación hacia la puerta de atrás de la casa principal.

Sentado en el brazo del sofá de Gurney, Hardwick explicó:

—Fue a buscar una llave. Nos dijo que siempre guardaba una copia en la despensa.

Al cabo de un momento, el vídeo mostraba a Ashton saliendo de la casa principal y volviendo a la puerta de la cabaña. Llamó de nuevo, al parecer no recibió respuesta; introdujo una llave y abrió la puerta hacia dentro. Desde la perspectiva de la cámara que lo grababa, a unos cuarenta y cinco grados de la cabaña, apenas se veía el interior del edificio y solo el perfil de la cara de Ashton, pero se apreció una inmediata tensión en su cuerpo. Al cabo de un momento de vacilación, entró. Varios segundos después se oyó un horrible sonido, un gruñido de asombro y angustia, la palabra «ayuda» gritada desesperadamente una, dos, tres veces, y luego, unos segundos más tarde, Scott Ashton salió por la puerta tambaleándose, tropezando con sus propios pies, cayendo de lado en un arriate, gritando «¡Ayuda!», de manera tan primigenia y repetida que dejó de ser una palabra.

9

La vista desde el umbral

*L*as cámaras fijas de la boda, situadas en los cuatro puntos de perspectiva claves del césped, continuaron grabando otros doce minutos después del derrumbe de Ashton, lo que creó un amplio registro en vídeo del consiguiente caos; hasta que el jefe Luntz ordenó apagarlas e incautarlas, pues tal vez podían ayudar a resolver el crimen.

Los doce minutos completos de hiperactividad formaban parte del DVD editado que Gurney estaba viendo con Hardwick: doce minutos de órdenes y preguntas gritadas, de chillidos horrorizados, de invitados corriendo hacia Ashton, a la cabaña, retrocediendo, una mujer desplomándose, otra tropezando con ella y cayéndole encima, invitados ayudando a Ashton a levantarse del arriate, guiándolo por la puerta de atrás hasta la casa principal, Luntz bloqueando la puerta de la cabaña y marcando frenéticamente en su teléfono móvil, invitados volviéndose a un lado y a otro y con aspecto enloquecido, los cuatro músicos entrando en la escena, un violinista todavía con el instrumento en la mano, otro solo con el arco, tres policías uniformados de Tambury subiendo a la carrera hacia Luntz, que custodiaba el umbral, el presidente de la British Heritage Society vomitando en la hierba.

Al final de la grabación, después de una última sacudida digital, Gurney apoyó la espalda en el sofá y miró a Hardwick.

—Cielo santo.

—Entonces, ¿qué opinas?

—Creo que me gustaría saber un poco más.

—¿Por ejemplo?

—¿Cuándo llegó el DIC a la escena, y qué encontraste en la cabaña?

—Agentes uniformados llegaron tres minutos después de

que Luntz apagara las cámaras, es decir, quince minutos después de que Ashton descubriera el cadáver. Mientras Luntz llamaba a sus propios agentes, los invitados estaban llamando al 911. La llamada fue desviada al Departamento del Sheriff. En cuanto los agentes de uniforme echaron un vistazo a la cabaña llamaron al DIC, contactaron conmigo y yo llegué a la escena al cabo de unos veinticinco minutos. Así que el grupo de costumbre se puso en marcha enseguida.

—¿Y?

—Y la prudencia imperante convino en que todo debería dejarse lo antes posible en el regazo del DIC, lo cual significaba en el regazo del investigador jefe Jack Hardwick. Allí permaneció durante aproximadamente una semana, hasta que tuve el impulso de informar a nuestro estimado capitán de que su hipótesis del caso (la que él insistía en que yo debía seguir) tenía ciertos defectos lógicos.

Gurney sonrió.

—¿Le dijiste que era un puto inepto?

—Con otras palabras.

—¿Y reasignó el caso a Arno Blatt?

—Hizo exactamente eso, y allí ha permanecido encallado durante casi cuatro meses. Lo que han hecho es como acelerar en el desierto con las ruedas encalladas: han provocado una tormenta de arena, pero no han avanzado ni un centímetro. De ahí el interés de la preciosa madre de la preciosa novia en explorar otra vía de resolución.

Una exploración que probablemente sustituiría la tormenta de arena del girar de ruedas por otra tormenta de mierda relacionada con la defensa del propio territorio, pensó Gurney.

«Retrocede ahora, antes de que sea demasiado tarde», susurró la vocecita de su sensatez.

Luego otra voz habló con despreocupada seguridad: «Deberías, al menos, averiguar lo que descubrieron en la cabaña. Saber más siempre es bueno».

—¿Así que llegaste a la escena y alguien te dirigió hacia donde estaba el cadáver? —preguntó Gurney.

Hardwick hizo una mueca al recordarlo.

—Sí. Me dirigieron hasta el cadáver. Era consciente de cómo los cabrones me estaban observando al llevarme al umbral. Recuerdo que pensé: «Están esperando una reacción fuerte, lo que significa que hay algo horrible ahí». —Hizo una pausa. Sus labios se estiraron en una mueca forzada durante un segundo o dos, y luego continuó—: Bueno, estaba en lo cierto. Al cien por cien. —Parecía agitado.

—¿El cuerpo era visible desde el umbral? —preguntó Gurney.

—Ah, sí, era visible, sí.

10

La única forma en que pudo hacerse

*H*ardwick se levantó del sofá haciendo un esfuerzo, se frotó la cara con ambas manos como un hombre que trata de cobrar plena conciencia después de una noche de sueños inquietos.

—¿Hay alguna posibilidad de que tengas una botella de cerveza fría en casa?

—No en este momento —dijo Gurney.

—¿No en este momento? ¿Qué coño significa eso? No en este momento, pero quizá dentro de un minuto o dos una Heineken helada podría materializarse delante de mí.

Gurney reparó en que, aunque aquel hombre hubiera parecido vulnerable hacía unos instantes, al recordar lo que había visto hacía cuatro meses, esa debilidad ya había desaparecido, arrinconada de golpe.

—Así pues —continuó Gurney, sin hacer caso al comentario en relación con la cerveza—, ¿el cadáver se veía desde el umbral?

Hardwick se acercó a la ventana del estudio que daba al prado. El cielo era plomizo al norte. Al hablar miró en dirección a la cumbre que conducía a la cantera de piedra caliza.

—El cuerpo estaba sentado en una silla tras una mesita cuadrada, a menos de dos metros de la puerta de entrada. —Hizo una mueca, como si hubiera olido una mofeta—. Como he dicho, el cuerpo estaba sentado a la mesa. Pero la cabeza no estaba en el cuerpo. La cabeza estaba encima de la mesa en un charco de sangre. Encima de la mesa y de cara al cuerpo, todavía con la tiara que has visto en el vídeo.

Hizo una pausa, como para asegurarse del orden preciso de los detalles.

—La cabaña tenía tres ambientes (la sala delantera y, detrás de ella, una pequeña cocina y un pequeño dormitorio), además de un pequeño cuarto de baño con aseo, junto al dormitorio. Suelos de madera, sin alfombras, nada en las paredes. Además de la cantidad sustancial de sangre en el cuerpo y alrededor de este, había unas pocas gotas de sangre en la parte de atrás de la sala y otras pocas gotas cerca de la ventana del dormitorio, que estaba abierta de par en par.

—¿Ruta de escape? —preguntó Gurney.

—No hay duda de ello. Huella parcial en el suelo al otro lado de la ventana. —Hardwick dejó de mirar por la ventana del estudio y le lanzó a Gurney una de sus repugnantes miradas maliciosas—. Aquí es donde se pone interesante.

—Los hechos, Jack, y solo los hechos. Ahórrame las chorradas.

—Luntz había llamado al Departamento del Sheriff porque eran los que disponían de la brigada canina más cercana, y llegaron a la propiedad de Ashton unos cinco minutos después que yo. El perro capta un rastro en las botas de Flores y sale corriendo hacia el bosque como si el rastro fuera rojo candente. Pero se detiene de repente a ciento cincuenta metros de la cabaña; husmea, husmea, husmea en torno a un círculo pequeño, y se para y ladra justo encima del arma, que resulta ser un machete muy afilado. Pero aquí está la cuestión: después de encontrar el machete, no es capaz de seguir ningún rastro desde allí. El agente que lo llevaba de la correa lo condujo por un pequeño círculo, luego en un círculo más amplio (insistió durante media hora), pero sin éxito. El único rastro que pudo encontrar el perro llevaba desde la ventana de atrás de la cabaña al machete, y a ninguna otra parte.

—¿Ese machete estaba tirado en el suelo, sin más? —preguntó Gurney.

—Habían puesto algunas hojas y tierra suelta sobre el filo como en un intento burdo para esconderlo.

Gurney sopesó la información durante unos segundos.

—¿No hay duda de que era el arma del crimen?

Hardwick pareció sorprendido por la pregunta.

—Ninguna duda. La sangre de la víctima seguía allí. Coincidencia perfecta de ADN. También lo apoya el informe del forense. —El tono de Hardwick pasó al de la repetición literal de algo que había dicho muchas veces antes—. Muerte causada por la sección de ambas arterias carótidas y la columna vertebral

79

entre las cervicales C1 y C2 como resultado de un hachazo provocado por un fuerte golpe asestado con un objeto afilado y pesado. Las heridas en los tejidos del cuello y las vértebras podría haberlas producido el machete descubierto en la zona boscosa adyacente a la escena del crimen. Así que —dijo Hardwick, volviendo a su tono normal—, ninguna duda. El ADN es el ADN.

Gurney asintió lentamente, absorbiendo la información.

Hardwick continuó, añadiendo un familiar toque de provocación.

—La única cuestión abierta sobre este particular en el bosque es por qué la pista se detiene ahí, como la pista de la escena del crimen de Mellery que...

—Espera un momento, Jack. Hay una gran diferencia entre las huellas de botas visibles que encontramos en la casa de Mellery y una senda invisible de olor.

—La cuestión es que en ambos casos la pista terminaba sin explicación en medio de ninguna parte.

—No, Jack —soltó Gurney, mostrando su exasperación—, la cuestión es que había una explicación perfectamente válida para las huellas de las botas; igual que habrá una explicación diferente por completo para el problema del olor.

—Oh, Davey, Davey, eso es lo que siempre me ha impresionado de ti: tu omnisciencia.

—¿Sabes?, siempre he creído que eras más listo de lo que aparentabas. Ahora no estoy tan seguro.

La mueca de Hardwick mostraba cierto tono satisfecho ante la irritación de Gurney. Pero cambió a un nuevo tono, todo inocencia y honrada curiosidad.

—Entonces, ¿qué crees que ocurrió? ¿Cómo podía terminar así el rastro de Flores?

Gurney se encogió de hombros.

—¿Se cambió los zapatos? ¿Se puso bolsas de plástico encima de los pies?

—¿Por qué demonios iba a hacer eso?

—Quizá para crear el problema que le ocasionó al perro. ¿Para impedir que lo siguieran al lugar al que fuera a esconderse a continuación?

—¿Como la casa de Kiki Muller?

—Oí ese nombre en la cinta. ¿No es a la que...?

—A la que supuestamente se estaba tirando Flores. Exacto.

Vivía en la casa de al lado de Ashton. La mujer de Carl Muller, ingeniero naval que estaba en un barco la mitad del tiempo. Nunca volvieron a ver a Kiki después del día en que Flores desapareció y presumiblemente no se trata de una coincidencia.

Gurney volvió a apoyar la espalda en el sofá, reflexionando. Tenía dificultades para comprender una cosa.

—Puedo entender por qué Flores podría tomar precauciones para impedir que lo siguieran a la casa de un vecino o al lugar al que fuera, pero ¿por qué no lo hizo antes de salir de la cabaña? ¿Por qué en el bosque? ¿Por qué después de salir y esconder el machete y no antes?

—¿Quizá quería salir de la cabaña lo antes posible?

—Quizá, o quizá quería que encontráramos el machete.

—Entonces, ¿por qué enterrarlo?

—Querrás decir semienterrarlo. ¿No has dicho que solo la hoja estaba cubierta de tierra?

Hardwick sonrió.

—Son preguntas interesantes. Sin duda vale la pena investigarlas.

—Y otra cosa —dijo Gurney—: ¿alguien ha verificado dónde estaban los Muller en el momento del homicidio?

—Sabemos que Carl era ingeniero jefe en un pesquero comercial que estaba a cincuenta millas de Montauk toda la semana. Pero no pudimos encontrar a nadie que hubiera visto a Kiki el día del homicidio ni el día anterior.

—¿Eso significa algo para ti?

—Nada en absoluto. Es una comunidad muy reservada, al menos en la parte donde vive Ashton. El tamaño mínimo de cada propiedad es de cuatro hectáreas. Es gente celosa de su intimidad, no son de esos a los que les gusta apoyarse en la cerca y charlar. Probablemente allí se considera grosero decir «hola» sin tener una invitación.

—¿Sabemos si alguien la vio después de que su marido se fuera a Montauk?

—Parece ser que nadie, pero... —Hardwick se encogió de hombros, reiterando la idea de que no ser visto por los vecinos en Tambury era la regla, no la excepción.

—Y los invitados a la recepción, ¿su paradero está claro durante «los catorce minutos críticos» a los que te has referido?

—Sí. El día después del crimen, estudié el vídeo a conciencia, controlando personalmente la situación de cada invitado en cada minuto que la víctima estuvo en esa cabaña; con nuestro alentador capitán diciéndome que estaba perdiendo un tiempo que debería dedicar a buscar a Héctor Flores en el bosque. ¿Quién demonios lo sabe?, a lo mejor el capullo tenía razón por una vez. Por supuesto, si no hubiera hecho caso del vídeo y después hubiera resultado que…, bueno, ya sabes cómo es de cabrón. —Susurró aquello con los labios apretados—. ¿Por qué me estás mirando así?

—¿Cómo?

—Como un loco.

—Estás loco —dijo Gurney con ligereza.

También estaba pensando que durante los diez meses transcurridos desde que habían participado en el caso Mellery, la actitud de Hardwick hacia el capitán Rod Rodriguez, por alguna razón, había progresado de despectiva a envenenada.

—Quizá lo estoy —dijo Hardwick, tanto para sus adentros como para Gurney—. Parece que es la opinión consensuada. —Se volvió y miró otra vez por la ventana del estudio. Ahora estaba más oscuro: la cumbre norte casi negra contra un cielo de pizarra.

Gurney se preguntó si Hardwick lo estaba invitando de una manera extraña a mantener una conversación más íntima. ¿Tenía un problema del que podría estar dispuesto a hablar?

Fuera cual fuese la puerta que había dejado entornada, enseguida la cerró. Pivotó sobre sus talones, de nuevo con una chispa de sarcasmo en la mirada.

—Hay una pregunta sobre los catorce minutos. Puede que no fueran exactamente catorce. Me gustaría contar con tu omnisciente perspectiva… —Se apartó de la ventana, se sentó en el brazo del sofá más alejado de Gurney y habló hacia la mesita de café como si esta fuera un canal de comunicaciones entre ellos—. No hay duda del momento en que el cronómetro se pone en marcha. Cuando Jillian entra en la cabaña, está viva. Diecinueve minutos más tarde, cuando Ashton abrió la puerta, estaba sentada a la mesa en dos piezas. —Arrugó la nariz y añadió—: Cada pieza con su propio charco de sangre.

—¿Diecinueve? ¿No catorce?

—Catorce desde que la chica del cáterin llama y no obtiene respuesta. La hipótesis razonable sería que la víctima no respondió, porque ya estaba muerta.

—Pero no necesariamente.

—No necesariamente, porque en ese momento podría haber recibido órdenes de Flores con un machete en la mano, diciéndole que mantuviera la boca cerrada.

Gurney pensó en ello, lo imaginó.

—¿Tienes alguna preferencia? —preguntó Hardwick.

—¿Preferencia?

—¿Crees que le dieron el gran tajo antes o después de la señal del minuto catorce?

«El gran tajo.» Gurney suspiró, porque conocía la rutina. Hardwick provocaba y su público esbozaba una mueca. Era probable que aquel humor ofensivo fuera algo de toda la vida, un estilo reforzado por el cinismo imperante en el mundo de los cuerpos policiales, que se había ido agudizando y agriando con la edad, que se hacía más concentrado por sus problemas profesionales y la mala relación con su jefe.

—¿Y? —insistió Hardwick—. ¿Qué opinas?

—Casi con certeza antes de la primera llamada a la puerta. Probablemente mucho antes. Lo más probable es que un minuto o dos después de que entrara en la cabaña.

—¿Por qué?

—Cuanto antes lo hiciera, más tiempo tendría para escapar después de que descubrieran el cadáver. Más tiempo tendría para deshacerse del machete, para hacer lo que hizo para que los perros siguieran la pista hasta allí, para llegar adonde iba a ir antes de que el barrio se inundara de policías.

Hardwick parecía escéptico, pero no más de lo habitual: se había convertido en su rasgo natural.

—¿Estás suponiendo que todo fue parte de un plan, que todo fue premeditado?

—Esa sería mi interpretación. ¿Lo ves de manera diferente?

—Hay problemas de una manera u otra.

—¿Por ejemplo?

Hardwick negó con la cabeza.

—Primero, dame tu argumento para la premeditación.

—La posición de la cabeza.

La boca de Hardwick se transformó en una mueca.

—¿Qué pasa con eso?

—La forma en que lo describiste: de cara al cuerpo, con la tiara en su lugar. Suena como una disposición deliberada que

83

significaba algo para el asesino o que pretendía que significara algo para alguien más. No hay nada de furia del momento.

Hardwick tenía aspecto de estar experimentando un reflujo ácido.

—El problema con la premeditación es que ir a la cabaña fue idea de la víctima. ¿Cómo iba a saber Flores que iba a hacer eso?

—¿Cómo sabes que ella no lo había discutido con él antes?

—Le dijo a Ashton que solo quería pedirle a Flores que se uniera al brindis nupcial.

Gurney sonrió, esperó a que Hardwick pensara en lo que estaba diciendo.

Hardwick se aclaró la garganta con incomodidad.

—¿Crees que es mentira? ¿Que tenía alguna otra razón para ir a la cabaña? ¿Que Flores la había engañado antes y ella estaba mintiendo a Ashton sobre la cuestión del brindis? Eso son grandes suposiciones basadas en nada.

—Si el asesinato fue premeditado, tuvo que ocurrir algo así.

—¿Y si no fue premeditado?

—No tiene sentido, Jack. Eso no fue un impulso. Fue un mensaje. No sé cuál era el destinatario ni qué significaba. Pero no me cabe duda de que era un mensaje.

Hardwick puso cara de sentir otro reflujo ácido, pero no discutió.

—Hablando de mensajes, encontramos uno extraño en el teléfono móvil de la víctima: un SMS que le enviaron una hora antes de que la mataran. Decía: «Por todas las razones que he escrito». Según la compañía telefónica, el mensaje salió del teléfono de Flores, pero estaba firmado por «Edward Vallory». ¿Ese nombre significa algo para ti?

—Nada.

La habitación se había oscurecido y apenas podían verse el uno al otro en extremos opuestos del sofá. Gurney encendió la lámpara que estaba a su lado, a un lado de la mesa.

Hardwick se frotó otra vez la cara, con las palmas de ambas manos.

—Antes de que me olvide, quería mencionar una pequeña cosa que observé en la escena y que se recordó en el informe del forense y que me pareció extraña. Podría no significar nada, pero… la sangre en el cuerpo en sí, en el torso, estaba delante.

—¿Delante?

—Sí, en el lado más alejado de donde Flores podría haber estado de pie cuando usó el machete.

—¿Adónde quieres llegar?

—Bueno, ¿sabes…? ¿Sabes que, de alguna manera, absorbes todo lo que ves en la escena de un homicidio? Entonces empiezas a imaginar qué es lo que hizo alguien para que las cosas estén así.

Gurney se encogió de hombros.

—Claro. Es automático. Es lo que hacemos.

—Bueno, estoy mirando cómo la sangre de las carótidas brotaba por el otro lado de su cuerpo, a pesar de que el torso estaba sentado recto, como apoyado en los brazos de la silla, y me estoy preguntando por qué. O sea, hay una arteria en cada lado, entonces ¿cómo es que toda la sangre cayó para un lado?

—¿Y cómo lo imaginas?

Hardwick mostró los dientes en una rápida mueca de desagrado.

—Imaginé a Flores cogiéndola por el pelo con una mano y con la otra pasando el machete con todas sus fuerzas por el cuello, lo cual coincide bastante con lo que el forense cree que ocurrió.

—¿Y?

—Y entonces… Entonces sostiene la cabeza cercenada en ángulo contra el cuello pulsante. En otras palabras, usa la cabeza para desviar la sangre, para impedir que le caiga a él.

Gurney empezó a asentir lentamente.

—El momento definitorio del sociópata…

Hardwick ofreció una pequeña mueca de asentimiento.

—No es que cortarle la cabeza hubiera dejado muchas dudas sobre el estado mental del asesino. Pero… hay algo sobre el… sentido práctico del gesto que resulta en cierto modo inquietante. Hay que tener agua helada en las venas…

Gurney continuó asintiendo. Podía ver y sentir la tesis de Hardwick.

Los dos hombres se quedaron varios segundos en silencio, reflexionando.

—Hay otra pequeña curiosidad que me inquieta —dijo Gurney—. Nada macabro, solo un poco desconcertante.

—¿Qué?

—La lista de invitados de la recepción de boda.

—¿Te refieres a la puta *crème de la crème* del norte de Nueva York?

—Cuando estuviste en la escena, ¿recuerdas haber visto a alguien de menos de treinta y cinco años? Porque al ver ese vídeo ahora, no lo he visto.

Hardwick pestañeó, frunció el ceño, con aspecto de que estaba pasando ficheros en su cabeza.

—Probablemente no. ¿Y qué?

—¿Seguro que nadie de veintitantos?

—Salvo el personal de cáterin, seguro que nada de veinteañeros. ¿Y qué?

—Solo me preguntaba por qué la novia no invitó a sus amigos a su propia boda.

11

Las pruebas sobre la mesa

Cuando Hardwick se fue justo después del atardecer, rechazando una invitación desganada para que se quedara a cenar,
confió su duplicado del DVD a Gurney, junto con una copia del
expediente del caso, que contenía los registros de los primeros
días, en que él había dirigido la investigación, y la de los meses
siguientes, en los que Arlo Blatt estuvo al mando. Era todo lo
que Gurney podía haber pedido, lo cual le resultó inquietante.
Hardwick estaba corriendo un gran riesgo al copiar material de
archivos, sacarlo de las dependencias policiales y dárselo a una
persona sin autorización.

¿Por qué lo hacía?

La respuesta simple —que cualquier progreso sustancial que
lograra Gurney avergonzaría a un capitán del DIC, por el cual
Hardwick no tenía ningún respeto— no justificaba del todo el
riesgo que estaba asumiendo. Tal vez la respuesta se la daría el
propio archivo de material. Gurney lo había extendido sobre la
mesa del comedor principal, bajo la lámpara, porque, mientras
se desvanecía la luz de las ventanas, sería el lugar más luminoso
de la casa.

Había dividido los voluminosos informes y otros documentos en pilas según el tipo de información que contenían.

Dentro de cada pila colocó los elementos en orden cronológico, lo mejor que pudo.

En total, se trataba de una enorme acumulación de datos:
informes de incidente, notas de campo, informes de progreso de
la investigación, sesenta y dos resúmenes y transcripciones
de interrogatorios —de entre una y catorce páginas cada uno—,
registros de teléfonos fijos y móviles, fotos de la escena del crimen tomadas por personal del DIC, imágenes fijas adicionales
extraídas de las cámaras de la boda, la descripción del crimen

minuciosamente detallada en treinta y seis páginas de un formulario VICAP, un retrato robot de Héctor Flores, el informe de la autopsia, formularios de recogida de pruebas, informes de laboratorio, análisis de muestras de ADN de la sangre, el informe de la Brigada Canina, una lista de invitados a la boda con la información de contacto y la especificación de su relación con la víctima o con Scott Ashton, bocetos y fotos aéreas de la finca de los Ashton, bocetos interiores de la cabaña con mediciones de la sala, información biográfica y, por supuesto, el DVD que Gurney había visto.

Cuando terminó de clasificarlo todo en un orden que le fuera útil, eran casi las siete. Al principio le sorprendió que fuera tan tarde, pero luego no. El tiempo siempre se aceleraba cuando su mente trabajaba a todo tren y —se dio cuenta de ello con cierto arrepentimiento— eso solo ocurría cuando se enfrentaba a un enigma. Madeleine le había dicho en una ocasión que su vida se había reducido a una actividad obsesiva: desentrañar los misterios en torno a las muertes de otras personas. Nada más, nada menos, ninguna otra cosa.

Cogió el archivador que tenía más cerca. Era el conjunto de informes de la escena del crimen creados por los técnicos de pruebas. El formulario de encima describía los alrededores inmediatos de la cabaña. El siguiente formulario detallaba lo que habían visto dentro. Era asombroso por su brevedad. La cabaña no contenía ninguno de los objetos y materiales normales que un laboratorio de criminalística sometería a análisis en busca de pruebas. Ningún mueble, más allá de la mesa en la que se halló la cabeza de la víctima, la silla estrecha con brazos de madera en la cual se encontraba el cuerpo y una silla similar enfrente. No había sillones, sofás, camas, mantas ni alfombras. Igualmente extraño era que no había ropa en el armario, ni ropa ni calzado de ninguna clase en la cabaña, con una peculiar excepción: un par de botas de goma, de las que suelen colocarse encima de los zapatos. Las encontraron en el dormitorio de al lado de la ventana a través de la cual, evidentemente, había salido el asesino. Sin duda, eran las botas cuyo rastro había seguido el perro.

Se volvió en su silla hacia las puertas cristaleras y miró a la pradera, con los ojos chispeantes por sus cábalas. Las peculiaridades y las complicaciones del caso —lo que Sherlock Holmes habría llamado «sus rasgos diferenciales»— se multiplicaban, y generaban una suerte de campo magnético que atraía a Gurney a los problemas que de manera natural repelerían a la mayoría de los hombres.

Sus pensamientos se interrumpieron por el chirrido agudo de la puerta lateral al abrirse: un chirrido que durante el año anterior había tenido la intención de eliminar con una gota de aceite.

—¿Madeleine?

—Hola.

Su mujer entró en la cocina con tres bolsas de plástico del supermercado llenas en cada mano, las subió las seis a la encimera y volvió a salir.

—¿Puedo ayudar? —preguntó Dave.

No hubo respuesta, solo el sonido de la puerta lateral al abrirse y cerrarse. Al cabo de un minuto se repitió el sonido, seguido por el regreso a la cocina de Madeleine con una segunda tanda de bolsas, que también dejó en la encimera. Solo entonces se quitó el gorro peruano violeta, verde y rosa con orejeras que siempre parecían añadir una dimensión grotesca a su humor subyacente, fuera cual fuese este.

Dave sintió el fugaz tic en su párpado izquierdo, un movimiento en el nervio tan perceptible que había precisado varios viajes al espejo en los últimos meses para convencerse de que no era visible. Quería preguntarle a su esposa dónde había estado, además de en el supermercado, pero tenía la sensación de que ella podría haberlo mencionado antes, y el hecho de que no lo recordara no le reportaría nada bueno. Madeleine equiparaba olvidar, igual que el mal oído, con la falta de interés. Y quizá tenía razón. En veinticinco años en el Departamento de Policía de Nueva York, nunca olvidó presentarse para un interrogatorio a un testigo, no olvidó jamás la fecha de un juicio, no olvidó nunca lo que un sospechoso había dicho o cómo había sonado, no olvidó ni un solo detalle significativo para su trabajo.

¿Algo se había acercado alguna vez en importancia a su trabajo? ¿Aunque fuera remotamente? ¿Padres? ¿Esposas? ¿Hijos?

Cuando su madre murió, apenas sintió nada. No, fue peor que eso. Más frío y más egocéntrico que eso. Había sentido alivio, como quitarse un peso de encima: una simplificación de su vida. Cuando su primera mujer lo abandonó, se eliminó otra

89

preocupación. Otro impedimento menos, un alivio de la presión de tener que responder a las necesidades de una persona difícil. Libertad.

Madeleine fue a la nevera, empezó a sacar *tuppers* de vidrio con comida dejados allí la noche anterior y la noche anterior a esa. Los puso en fila sobre la encimera al lado del microondas, cinco en total, quitó las tapas. Él la observó desde el otro lado de la isleta de la cocina.

—¿Todavía no has cenado? —preguntó ella.

—No, estaba esperando a que llegaras —repuso Dave, no muy sinceramente.

Ella miró detrás de él, a los papeles esparcidos en la mesa. Levantó una ceja.

—Cosas de Jack Hardwick —dijo Gurney como si tal cosa—. Me ha pedido que le eche un vistazo. —Imaginó que la mirada plana de su mujer examinaba sus pensamientos. Añadió—: Es material del caso de Jillian Perry. —Hizo una pausa—. No estoy seguro de qué se supone que he de hacer ni por qué alguien cree que mis observaciones podrían ser útiles dadas las actuales circunstancias, pero… Echaré un vistazo a lo que hay aquí y le diré lo que pienso.

—¿Y ella?

—¿Ella?

—Val Perry. ¿También le dirás a ella lo que piensas? —La voz de Madeleine había adoptado un timbre ligero, aéreo, que más que ocultar su preocupación la comunicaba.

Gurney miró el cuenco de fruta en la encimera de granito de la isleta de la cocina, apoyando las manos en la superficie fría. Varias moscas de la fruta, inquietadas por su presencia, se alzaron desde un manojo de plátanos y volaron en zigzags asimétricos por encima del cuenco antes de volver a posarse, tornándose invisibles contra la piel moteada.

Trató de hablar con voz pausada, pero sonó condescendiente.

—Creo que estás inquieta por las suposiciones que estás haciendo, no por lo que está ocurriendo realmente.

—¿Te refieres a mi suposición de que ya has decidido saltar de la montaña rusa?

—Maddie, ¿cuántas veces tengo que decírtelo? No me he comprometido con nadie a hacer nada. No he tomado ninguna decisión de involucrarme en modo alguno más allá de leer el expediente del caso.

Ella le echó una mirada que él no pudo entender, que llegaba a su interior, que era conocedora y amable y extrañamente triste.

Empezó a tapar otra vez los *tuppers* de vidrio. Él la observó sin hacer comentarios hasta que Madeleine se puso a guardarlos de nuevo en la nevera.

—¿No vas a comer nada? —preguntó Dave.

—Ahora mismo no tengo hambre. Creo que me daré una ducha. Si me despierta, entonces comeré. Si me da sueño, me iré a dormir temprano. —Al pasar junto a la mesa llena de papeles, dijo—: Antes de que nuestros invitados lleguen mañana, guárdalo para que no tengamos que verlo. —Salió de la cocina. Al cabo de medio minuto, Dave oyó que se cerraba la puerta del cuarto de baño.

«¿Invitados? ¿Mañana? ¡Dios!»

Un recuerdo vago, algo que Madeleine había mencionado sobre alguien que venía a cenar, la sombra de un recuerdo almacenado en una caja inaccesible, una caja que contenía objetos de escasa importancia.

«¿Qué demonios está pasando contigo? ¿No queda sitio en tu cabeza para la vida ordinaria? Para una vida sencilla, compartida de manera buena y simple con personas comunes. O quizá nunca ha habido espacio para eso. Tal vez siempre has sido como eres ahora. Quizá la vida aquí, en una cima aislada —sin las exigencias del trabajo, privado de excusas convenientes para no estar nunca presente en las vidas de personas que afirmas amar— está haciendo que la verdad sea más difícil de esconder. ¿La simple verdad podría ser que, en realidad, no te importa nadie?»

Rodeó la isleta de la cocina y encendió la cafetera. Igual que Madeleine, había perdido el apetito. Pero la idea del café era seductora. Iba a ser una noche larga.

91

12

Hechos peculiares

*T*enía sentido empezar por el principio, examinando el retrato robot de Héctor Flores.

Gurney tenía sentimientos encontrados sobre los retratos faciales generados por ordenador. Construidos a partir de las percepciones de testigos, eran reflejo de las fortalezas y debilidades de todo testimonio ocular.

En el caso de Héctor Flores, no obstante, había una buena razón para confiar en el parecido. Los detalles descriptivos los había proporcionado un hombre con la capacidad de observación de un psiquiatra y del que se decía que había estado en contacto diario con el sujeto durante más de tres años. Una reproducción por ordenador con información de esa calidad podía rivalizar con una buena fotografía.

La imagen era la de un varón de unos treinta y cinco años, bien parecido pero sin nada de particular. La estructura facial era regular, sin ningún rasgo predominante. Piel prácticamente sin arrugas; ojos oscuros y carentes de emoción. El pelo era negro, limpio, peinado de manera informal. Gurney solo logró apreciar una marca discernible, extrañamente asombrosa en medio de una apariencia por lo demás tan ordinaria: al hombre le faltaba el lóbulo de la oreja derecha.

Adjunto al retrato robot estaba el inventario de características físicas. (Gurney supuso que las había proporcionado sobre todo Ashton y, por lo tanto, que tenían un alto grado de precisión.) La altura de Héctor Flores constaba como de un metro setenta y cinco; peso: sesenta y cinco kilos; raza/nacionalidad: hispano; ojos: castaño oscuro; pelo negro, liso; tez morena, clara; dientes desiguales, con un incisivo de oro, superior izquierdo. En la sección de cicatrices y otras marcas identificativas, había dos entradas: el lóbulo de la oreja y una gran cicatriz en la rodilla derecha.

Gurney miró otra vez la foto, buscó alguna chispa de locura, un atisbo de la mente del hombre con hielo en las venas que decapitó a una mujer, usó la cabeza para desviar la sangre y que no le salpicara, y luego puso la cabeza en la mesa, de cara al cuerpo del que procedía. En los ojos de algunos asesinos —Charlie Manson, por ejemplo— había una intensidad demoniaca, urgente e indisimulada, pero la mayoría de los asesinos que Gurney había llevado ante la justicia durante su carrera como detective de Homicidios estaban impulsados por una locura menos obvia. La cara anodina, no comunicativa, de Héctor Flores —en la cual Gurney no podía ver ningún atisbo de la violencia gratuita del crimen— lo situaba en esta categoría.

Había una página grapada al formulario. Estaba escrita en ordenador, con el encabezamiento: «Declaración complementaria proporcionada por el doctor Ashton el 11 de mayo de 2009». Venía firmada por Ashton y corroborada por Hardwick en calidad de investigador jefe del caso. La declaración era breve, considerando el periodo y los sucesos que cubría.

Mi primer contacto con Héctor Flores fue a finales de abril de 2006, cuando vino a mi casa como jornalero en busca de empleo. A partir de entonces, empecé a darle trabajo en el jardín: para segar, rastrillar, echar mantillo, fertilizante, etcétera. Al principio, casi no hablaba inglés, pero aprendió deprisa y me impresionó con su energía e inteligencia. En las semanas siguientes, al ver que era un carpintero habilidoso, empecé a confiarle diversos proyectos de mantenimiento y reparación. A mediados de julio estaba trabajando en la casa y su entorno siete días por semana, añadiendo la limpieza del hogar a su lista de tareas. Se estaba convirtiendo en el empleado doméstico ideal, que mostraba gran iniciativa y sentido común. A finales de agosto preguntó si, en lugar de parte del dinero que le estaba pagando, le permitiría ocupar la pequeña cabaña sin amueblar de detrás de la casa en los días que estaba aquí. Pese a algunos recelos, acepté, y poco después empezó a vivir allí, aproximadamente cuatro días por semana. Se hizo con una mesita y dos sillas en una venta de segunda mano, y después con un ordenador barato. Dijo que era todo lo que quería. Dormía en un saco de dormir e insistía en que era la manera en que se sentía más cómodo. Con el paso del tiempo, empezó a explorar diversas oportunidades educativas en Internet. Entre tanto, su interés por el trabajo no dejó de crecer y empezó a evolucionar hacia una especie de asistente personal. Al final del

93

año, le confiaba cantidades razonables de dinero en efectivo y él se ocupaba en ocasiones de comprar comida y otros encargos con gran eficiencia. Su inglés ya era impecable desde el punto de vista gramatical, aunque todavía con un acento muy marcado, y sus modales eran encantadores. Con frecuencia respondía mi teléfono, tomaba mensajes claros e incluso me proporcionaba sutiles informaciones sobre el tono o el humor de algunos de los que llamaban. (Visto en retrospectiva, parece extraño que confiara de esta manera en un hombre que poco antes estaba buscando trabajo para extender mantillo, pero la relación laboral funcionaba bien, sin un solo problema del que tuviera noticia durante casi dos años.) Las cosas empezaron a cambiar en otoño de 2008, cuando Jillian Perry entró en mi vida. Flores enseguida se puso de mal humor y se aisló, y siempre encontraba razones para estar lejos de la casa cuando ella estaba allí. Los cambios se volvieron más inquietantes a principios de 2009, cuando anunciamos nuestros planes de boda. Desapareció durante varios días. Cuando volvió, afirmaba que había descubierto cosas terribles sobre Jillian y que arriesgaría mi vida si me casaba con ella, pero se negó a proporcionar detalles. Dijo que no podía decirme nada más sin revelar su fuente de información, y eso no podía hacerlo. Me rogó que reconsiderara mi decisión de casarme. Cuando quedó claro que no iba a reconsiderar nada sin saber exactamente de qué estaba hablando y que no toleraría acusaciones infundadas, pareció aceptar la situación, aunque continuó evitando a Jillian. Ahora me doy cuenta de que, por supuesto, debería haberlo despedido por eso, por parecer una persona tan inestable, pero, con la arrogancia de mi profesión, supuse que podría descubrir la naturaleza del problema y resolverlo. Me vi a mí mismo conduciendo un fabuloso experimento educativo, sin aceptar nunca por completo el hecho de que estaba tratando con una personalidad peligrosamente compleja y que todo podría descontrolarse. También debo admitir que había hecho mi vida más fácil y más conveniente en muchos sentidos, y de ahí mi reticencia a prescindir de él. No exagero en hasta qué punto su inteligencia, su rápida educación y su número de talentos me habían impresionado, todo lo cual ahora suena delirante, a la luz de lo que ha ocurrido. Mi último encuentro con Héctor Flores fue en la mañana de la boda. Jillian, que era muy consciente de que Héctor la despreciaba, estaba obsesionada con conseguir que aceptara nuestro matrimonio y me convenció para que hiciera un último esfuerzo para persuadirlo de que asistiera a la ceremonia. Esa mañana fui a la cabaña y lo encontré sentado a la mesa como una estatua. Pasé por las formalidades de extenderle una invitación más, que rechazó. Vestía todo de negro: camiseta, tejanos, cinturón, zapatos. Quizás eso debería haber significado algo para mí. Esa fue la última vez que lo vi.

En ese punto de la transcripción, Hardwick había insertado unas notas manuscritas a los márgenes: «Después de la entrega y revisión de la declaración escrita de Scott Ashton, esta se complementó con las siguientes preguntas y respuestas».

J. H. Así pues, ¿no sabía nada o casi nada del pasado de este hombre?

S. A. Así es.

J. H. ¿No le proporcionó información sobre sí mismo?

S. A. Exacto.

J. H. Sin embargo, ¿confió en él lo suficiente para dejarle vivir en su propiedad, tener acceso a su casa, responder su teléfono?

S. A. Soy consciente de que suena estúpido, pero contemplaba su negación a hablar de su pasado como una forma de honradez. Me refiero a que si hubiera querido ocultar algo, habría sido más persuasivo construir un pasado ficticio. Pero no lo hizo. Desde una óptica inversa, eso me impresionó. De manera que sí, confiaba en él aunque se negara a hablar de su pasado.

95

Gurney leyó la declaración completa una segunda vez, más despacio, y luego una tercera. El relato le resultaba extraordinario tanto por lo que omitía como por lo que mencionaba. Entre los elementos que faltaban había una singular carencia de rabia. Y una ausencia asombrosa del horror visceral que en el día anterior a realizar esta declaración había hecho que el hombre saliera trastabillando de la cabaña segundos después de haber entrado en ella, gritando y derrumbándose.

¿El cambio era tan solo el resultado de una medicación? Un psiquiatra tenía fácil acceso a sedantes apropiados. ¿O se trataba de algo más que eso? Resultaba imposible saberlo por una declaración sobre el papel. Sería interesante reunirse con aquel tipo, mirarlo a los ojos, oír su voz.

Al menos el fragmento de la declaración que se refería a la ausencia de muebles en la cabaña y a la insistencia de Flores en mantenerla de esa manera respondía en parte al misterio de que no se mencionara nada de ello en el informe de pruebas; en parte, pero no del todo. No explicaba por qué no había ropa ni zapatos ni productos de higiene personal. No explicaba qué había ocurrido con el ordenador. O por qué, si había prescindido de todos sus objetos personales, Flores se había dejado un par de botas.

La mirada de Gurney vagó sobre las pilas de documentos dispuestos delante de él. Recordaba haber visto antes no solo un informe de incidente, el referido al asesinato, sino dos, y se preguntaba por qué. Estiró el brazo y sacó el segundo de debajo del primero.

Era del Departamento de Policía de Tambury Village en respuesta a una llamada recibida a las 16.45 del 17 de mayo de 2009; justo una semana después del crimen. El demandante constaba como doctor Scott Ashton del 42 de Badger Lane, Tambury, Nueva York. El informe fue presentado por el sargento Keith Garbelly. Se señalaba que se había enviado copia al Departamento de Investigación Criminal en la comisaría regional de la Policía del estado a la atención del investigador jefe J. Hardwick. Gurney supuso que lo que estaba leyendo era una copia de esa copia.

El denunciante estaba sentado a la mesa del patio en el lado sur de la residencia, de cara a la zona ajardinada, con una taza de té en la mesa, como era su costumbre cuando hacía buen tiempo. Oyó un único disparo de escopeta y al mismo tiempo vio que la taza de té se hacía añicos. Corrió a la casa a través de la puerta de atrás (patio) y llamó al Departamento de Policía de Tambury. Cuando llegué a la escena (con refuerzos detrás), el denunciante parecía tenso, ansioso. El interrogatorio inicial se llevó a cabo en la sala de estar. El denunciante no podía determinar el origen del disparo, suponía que se había producido desde «larga distancia, más o menos desde esa dirección» (hizo un gesto hacia la ventana de atrás que daba a la colina boscosa situada a, al menos, trescientos metros). El denunciante desconocía las posibles causas del suceso, salvo que estuviera «posiblemente relacionado con el asesinato de mi mujer». Afirmó que desconocía cuál podría ser esa relación. Especulaba que tal vez Héctor Flores también quería matarlo a él, pero no supo proporcionar ninguna razón o motivo.

La copia del formulario de seguimiento de la investigación, añadido al informe de incidente inicial, era obra del DIC, lo cual revelaba que se había producido una rápida derivación del caso, consecuente con la responsabilidad principal del DIC. Tenía tres entradas breves y una larga, todas ellas firmadas con las iniciales «J. H.».

Registro de la propiedad de Ashton, bosque, colinas: negativo. Interrogatorios en la zona: negativo.

La reconstrucción de la taza revela que el punto de impacto se produjo en el centro, de arriba abajo y de izquierda a derecha. Refuerza la hipótesis de que esa taza, y no Ashton, era el objetivo del que disparó.

Los fragmentos de bala recuperados en la zona del patio son demasiado pequeños para extraer conclusiones balísticas. Mejor hipótesis: calibre pequeño a medio de rifle de alta potencia, equipado con mira sofisticada en manos de alguien con buena puntería.

Hipótesis sobre el arma y conclusión de la taza como objetivo: se comunicaron a Scott Ashton para determinar si conocía a alguien con esa clase de equipamiento y habilidades de disparo. El sujeto parecía inquieto. Cuando se le presionó, nombró a dos personas con rifle y mira similar: el suyo y el del padre de Jillian, el doctor Withrow Perry. A Perry, dijo, le gustaba hacer salidas de caza exóticas y era un tirador experto. Ashton afirmaba que había comprado su propio rifle (un Weatherby del calibre 257) a sugerencia de Perry. Cuando le pedí verlo, descubrió que no estaba en el estuche de madera en el cual lo guardaba, escondido en el armario de su estudio. No podía asegurar la última vez que había visto el arma, pero dijo que podría haber sido dos o tres meses antes. Cuando se le preguntó si Héctor Flores conocía su existencia y dónde estaba, repuso que lo había acompañado a Kingston el día que lo compró y que el mismo Flores había construido la caja de roble en la que lo guardaba.

Gurney dio la vuelta al formulario, buscó la hoja de seguimiento del interrogatorio que debería haberse realizado posteriormente a Withrow Perry, pasando páginas de la pila de la que procedía, pero no logró encontrarla. O quizá no estaba. Tal vez se había perdido, como sucedía a veces durante la transferencia del caso de un investigador jefe a otro, en este caso del descabellado Hardwick al torpe Blatt. Era probable.

Fue a por una segunda taza de café.

13

Más raro y más retorcido

*P*odría haberse debido a varias cosas: la reciente inyección de cafeína, una inquietud que surgía de estar sentado en la misma silla demasiado tiempo, la opresiva perspectiva de abrirse camino en solitario en plena noche a través de ese paisaje de documentos sin orden de prioridad, las cosas aparentemente no investigadas referidas al paradero de Withrow Perry y su rifle en la tarde del 17 de mayo. Quizá fue todo eso lo que le llevó a coger el móvil y llamar a Jack Hardwick. Todo eso además de una idea que se le había ocurrido sobre la taza de té hecha añicos.

Respondieron la llamada después de cinco tonos, cuando Gurney ya estaba pensando en el mensaje que iba a dejar.

—¿Sí?

—Mucho encanto en ese saludo, Jack.

—Si hubiera sabido que eras tú no me habría esforzado tanto. ¿Qué pasa?

—Me has dado un archivo muy grande.

—¿Tienes alguna pregunta?

—Estoy revisando quinientas páginas. Solo me preguntaba si querías orientarme en alguna dirección en particular.

Hardwick prorrumpió en una de sus risas roncas; sonó más como una pistola de aire comprimido que como una emoción humana.

—Mierda, Gurney, se supone que Holmes no ha de preguntarle a Watson qué dirección seguir.

—Deja que lo plantee de otra manera —dijo él, recordando lo complicado que era conseguir una respuesta simple de Hardwick—. ¿Hay algunos documentos en esta montaña de basura que crees que me resultarán especialmente interesantes?

—¿Como fotos de mujeres desnudas?

Estos juegos con Hardwick podían prolongarse mucho. Gurney decidió mudar las reglas, cambiar de tema, pillarlo desprevenido.

—Jillian Perry fue decapitada a las 16.13 —anunció—. Treinta segundos más, treinta segundos menos.

Hubo un breve silencio.

—¿Cómo coño...?

Gurney imaginó la mente de Hardwick como si fuera una pelota que rebotara sobre el terreno del caso —alrededor de la cabaña, el bosque, el césped—, tratando de encontrar la pista que se le había pasado. Después de dejar que se sintiera asombrado y frustrado, susurró:

—La respuesta está en las hojas de té. —Luego cortó la comunicación.

Hardwick llamó al cabo de diez minutos, más deprisa de lo que Gurney había esperado. Y es que, sorprendentemente, acechando dentro de esa personalidad exasperante, había una mente muy despierta. Gurney se preguntó hasta dónde podría haber llegado aquel hombre y cuánto más feliz podría ser si no se obstruyera tanto con su propia actitud. Por supuesto, esa era una pregunta que se podía hacer sobre mucha gente, y él no era una excepción.

Gurney no se molestó en decir hola.

—¿Estás de acuerdo conmigo, Jack?

—No es seguro.

—Nada lo es. Pero entiendes la lógica, ¿verdad?

—Claro —dijo Hardwick, consiguiendo expresar que la entendía sin estar impresionado por ella—. La hora en que el Departamento de Policía de Tambury recibió la llamada de Ashton sobre la taza de té fue a las cuatro y cuarto. Y Ashton dijo que entró en la casa en cuanto se dio cuenta de lo que había ocurrido. Haciendo algunas suposiciones sobre el tiempo que tardó en llegar de la mesa del patio al teléfono más cercano dentro de la casa, quizá mirar por la ventana un par de veces en busca de algún rastro de quien había disparado, marcar el número del Departamento de la Policía en lugar del 911, dejando un par de tonos antes de que respondiera, todo eso situaba el disparo de escopeta alrededor de las cuatro y trece. Pero eso fue el disparo de escopeta. Para relacionarlo como lo estás haciendo con el momento exacto del asesinato de la semana anterior, has de dar tres enormes saltos. Uno, el tipo que disparó a la taza de té es el mismo que mató a la novia. Dos, sabía exactamente el momento en que la mató. Tres, quería enviar un mensaje al hacer añicos la taza de té en el mismo minuto de la misma hora del mismo día de la semana. ¿Es eso lo que estás diciendo?

—Se acerca bastante.

—No es imposible. —La voz de Hardwick conjuró la expresión habitualmente escéptica que había grabado líneas permanentes en su rostro—. Pero ¿y qué? ¿Qué diferencia hay entre si es verdad o no?

—Todavía no lo sé. Pero hay algo respecto al efecto del eco...

—Una cabeza cercenada y una taza de té destrozada, ambas en medio de una mesa, con una semana de distancia.

—Algo así —dijo Gurney, dubitativo de repente. El tono de Hardwick tenía la virtud de hacer que las ideas de otras personas parecieran absurdas—. Pero volviendo a la montaña de basura que me has echado encima, ¿hay algún sitio por donde empezar?

—Empieza por donde quieras, campeón. No te decepcionará. Cada hoja de papel tiene al menos un giro extraño. Nunca he visto un caso más raro y más retorcido. O una gente más rara y más retorcida. ¿Qué me dice el instinto? Sea lo que sea lo que esté pasando, no es lo que parece.

—Una pregunta más, Jack. ¿Cómo es que no hay constancia de interrogatorio de seguimiento con Withrow Perry en relación con el incidente de la taza de té?

Después de un momento de silencio, Hardwick emitió una risa que sonó casi como un rebuzno.

—Agudo, Davey, muy agudo. Has apuntado a eso muy deprisa. No hubo un interrogatorio oficial porque fui oficialmente relevado del caso el mismo día que descubrimos que el buen doctor era dueño del arma perfecta para meter una bala en una taza de té desde trescientos metros de distancia. Lo calificaría como una estúpida omisión del nuevo investigador jefe, ¿no?

—¿Supongo que no te esforzaste mucho en recordárselo?

—No permiten que me acerque a la investigación. Me avisó de ello nada menos que nuestro estimado capitán.

NO ABRAS LOS OJOS

—¿Y te sacaron del caso porque…?

—Ya te lo he dicho. Hablé de manera inapropiada con mi superior. Le informé de lo limitado de su enfoque. También es posible que aludiera a lo limitado de su inteligencia y su falta de diligencia para el mando en general.

Pasaron diez largos segundos sin que ninguno de los hombres hablara.

—Lo dices como si lo odiaras, Jack.

—¿Odiarlo? No. No lo odio. No odio a nadie. Amo a todo el puto mundo.

101

14

El mapa del terreno

Después de despejar justo el espacio suficiente para su portátil, entre un par de pilas de documentos en la mesa larga, Gurney introdujo en Google Earth la dirección de Ashton en Tambury. Centró la imagen en la cabaña y en el bosquecillo que se hallaba detrás, y aumentó la resolución al máximo disponible. Con la ayuda de los datos de escala anexos a la imagen y la información de dirección y distancia desde la parte de atrás de la cabaña que constaba en el expediente del caso, logró reducir la localización del hallazgo del arma del crimen a una zona bastante pequeña de la arboleda, a unos treinta metros de Badger Lane. Así que después de salir de la cabaña por la ventana, Flores caminó o corrió hacia allí, cubrió parcialmente la hoja del arma todavía ensangrentada con algo de tierra y hojas, y luego... ¿qué? ¿Logró llegar a la carretera sin dejar ningún otro olor que pudieran seguir los perros? ¿Se dirigió colina abajo a la casa de Kiki Muller? ¿O ella estaba en su coche, esperando en la carretera para ayudarlo a escapar, esperando para huir a una nueva vida que habían estado planeando juntos?

¿O simplemente Flores volvió caminando a la cabaña? ¿Era ese el motivo de que el rastro de olor no fuera más allá del machete? ¿Era concebible que se escondiera en la cabaña o en sus alrededores? ¿Se ocultó de una forma tan eficaz que un enjambre de agentes de patrulla, detectives y técnicos de la escena del crimen no lograron descubrirlo? Parecía poco probable.

Cuando Gurney levantó la mirada de su portátil, le sobresaltó ver a Madeleine sentada al extremo de la mesa, observándolo; le sorprendió tanto que saltó en su silla.

—¡Dios! ¿Cuánto tiempo llevas aquí?

Ella se encogió de hombros y no hizo ningún esfuerzo por responder.

—¿Qué hora es? —preguntó Dave, y de inmediato reparó en lo absurdo de la pregunta.

Tenía a la vista el reloj colgado sobre la encimera, pero ella no. La hora, 22.55, también aparecía en la pantalla del ordenador que tenía delante.

—¿Qué estás haciendo? —preguntó Madeleine. Sonó más a desafío que a pregunta.

Él vaciló.

—Solo estaba tratando de dar sentido a este material.

—Hum. —Fue como una risa sin humor, monosilábica.

Dave trató de devolverle la mirada fija, pero le costó.

—¿Qué estás pensando tú? —preguntó.

—Estoy pensando que la vida es corta —dijo ella por fin, del modo en que lo haría alguien que se ha encontrado cara a cara con una verdad triste.

—Y por lo tanto… —le instó él, tratando de atravesar el extraño humor de su mujer.

Ella parecía estar sopesando su tono, sus palabras.

Justo cuando concluyó que Madeleine no iba a responderle, lo hizo.

—Por lo tanto nos estamos quedando sin tiempo. —Ladeó la cabeza, o quizá fue un pequeño espasmo involuntario, y lo miró con curiosidad.

«¿Tiempo para qué?», estuvo tentado de preguntar Gurney, sintiendo el impulso de convertir esa conversación deslavazada en una discusión más manejable, pero algo en los ojos de su mujer lo detuvo. En cambio, preguntó:

—¿Quieres que hablemos de eso?

Ella negó con la cabeza.

—La vida es corta. Nada más. Es algo que se ha de considerar.

103

15

Blanco y negro

Varias veces durante la hora que siguió a la visita de Madeleine a la cocina, Gurney estuvo a punto de entrar en el dormitorio para averiguar qué había querido decir. Sin embargo, su atención regresó cada vez, como un reflejo, a los informes de interrogatorios que tenía delante.

De vez en cuando, durante breves periodos, Madeleine parecía ver las cosas a través de una lente oscura. Era como si el foco de su visión se desplazara a un lugar yermo y viera en ello un paradigma del paisaje completo. Pero al cabo de poco, su foco se ampliaba de nuevo, su alegría y su pragmatismo regresaban. Había ocurrido de la misma manera antes, así que sin duda volvería a suceder. Pero, por el momento, su actitud lo desconcertaba, lo cual le creaba un agujero en el estómago, una sensación de ansiedad de la que quería escapar. Fue a la despensa, se puso una chaqueta ligera y salió a través de la puerta lateral a la noche sin estrellas.

En algún lugar por encima del día nublado, un atisbo de luna impedía que la oscuridad fuera total. En cuanto logró discernir la silueta del sendero a través de las hierbas crecidas, lo siguió por una suave pendiente hasta el banco erosionado situado frente al estanque. Se sentó, observando y escuchando, y sus ojos distinguieron poco a poco unas siluetas oscuras, bordes de objetos, quizá partes de árboles, pero nada lo bastante claro para identificarlo con seguridad. Entonces, al otro lado del estanque, quizá veinte grados fuera de su campo de visión, notó un ligero movimiento. Cuando miró directamente a ese lugar, las formas oscuras, como mucho indistintas —grandes arbustos pinchudos, ramas que se combaban, aneas que crecían en terrones enredados al borde del agua y lo que pudiera haber allí— se mezclaron de manera informe. Sin embargo, cuando apartó la mirada, justo al lado de donde pensaba que se había producido el movimiento, lo vio otra vez: casi con certeza un animal de alguna clase, quizá del tamaño de un ciervo pequeño o de un perro grande. Volvió a mirar y desapareció una vez más.

Comprendía qué significa aquello. Era la razón de que uno pudiera ver una estrella tenue sin mirarla directamente, sino justo al lado. Y el animal, si era eso lo que había visto, si es que había visto algo, era, casi seguro, inofensivo. Aunque fuera un oso pequeño: los osos en los Catskills no representaban peligro para nadie, menos para alguien sentado en silencio a un centenar de metros. Y sin embargo, en un nivel de percepción primario, había algo siniestro en un movimiento no identificable en la oscuridad.

Era una noche sin viento, silente, con una calma absoluta, pero para Gurney distaba mucho de ser pacífica. Se daba cuenta de que era probable que este déficit residiese en su propia mente más que en la atmósfera que lo rodeaba, era más atribuible a la tensión que había en su matrimonio que a las sombras en el bosque.

La tensión en su matrimonio. No era perfecto. Habían estado dos veces a punto de separarse. Dieciséis años antes, cuando mataron a su hijo de cuatro años en un accidente del que él mismo se sentía responsable, Gurney se había convertido en un cubo de hielo emocional con quien resultaba casi imposible convivir. Y justo diez meses antes, su inmersión obsesiva en el caso Mellery no solo estuvo a punto de terminar con su matrimonio, sino también con su vida.

No obstante, le gustaba pensar que los problemas que Madeleine y él tenían eran simples, o al menos que la comprendía. Para empezar, ocupaban espacios radicalmente diferentes en el gráfico de personalidad de Myers-Briggs. Para comprender algo, él echaba mano de la reflexión; ella, de los sentimientos. Él estaba fascinado por conectar los puntos; ella, por los puntos en sí. A él le daba energía la soledad, le agotaba el compromiso social; y a ella le ocurría lo contrario. Para él, observar solo era una herramienta que permitía obtener un juicio más claro; para ella, juzgar era solo una herramienta para lograr una observación más precisa.

Desde el punto de vista de los test psicológicos tradicionales, ambos tenían muy poco en común. Sin embargo, compartían

105

algo, algo en su forma de ver a la gente o lo que pasaba, una sensación de ironía compartida, una idea común de lo que era emotivo, de lo que era divertido, de lo que era bello, de lo que era honesto y de lo que era deshonesto. Una sensación de que el otro era único y más importante que ninguna otra persona. Una chispa que Gurney, en sus momentos más afectuosos y confusos, creía que era la esencia del amor.

Así que allí estaba: la contradicción que describía su relación. Eran grave, conflictiva y, en ocasiones, miserablemente diferentes, pero, sin embargo, estaban unidos por ciertos momentos de intuición y afecto compartidos. El problema era que..., desde su traslado a Walnut Crossing, aquellos momentos habían sido escasos y muy espaciados en el tiempo. Hacía mucho que no se daban un abrazo de verdad, de los que parecía que cada uno de ellos sostuviera el objeto más precioso del universo.

Perdido en tales pensamientos, Gurney había navegado a la deriva hacia su interior, alejándose de su entorno. Los aullidos de los coyotes lo hicieron volver en sí. Era difícil determinar de dónde procedían esos gritos agudos y feroces o el número de animales. Suponía que era una manada de tres, cuatro o cinco en la otra cumbre, a un kilómetro o dos al este del estanque. Cuando los aullidos cesaron de repente, el silencio se hizo más profundo. Gurney se subió la cremallera de la chaqueta unos centímetros más.

Su mente enseguida se llenó con más ideas sobre su matrimonio. Pero era consciente de que las generalizaciones, por más adicto a ellas que fuera, poco contribuían a resolver los problemas sobre el terreno. Y el verdadero problema en ese momento era la necesidad de tomar una decisión, una decisión sobre la cual él y Madeleine estaban obviamente enfrentados: aceptar el caso Perry o no.

Intuía cómo se sentía Madeleine al respecto, no solo por sus últimos comentarios, sino por el martilleo grave de preocupación que había estado expresando ante cualquier actividad relacionada con la Policía a la que se había acercado desde su jubilación dos años antes. Suponía que ella veía el caso Perry como una cuestión en blanco o negro. Que aceptara el caso probaría que su obsesión por resolver asesinatos, incluso en su jubilación, era incurable y que su futuro juntos estaba cubierto de nubes. Rechazarlo, por otro lado, señalaría un cambio, el primer paso en su transformación de un adicto al trabajo en un observador de pájaros, un entusiasta de disfrutar de la naturaleza remando en un kayak. No obstante, se dijo como si su mujer estuviera presente, las opciones de blanco o negro no son realistas y conducen a decisiones pésimas, porque por definición excluyen muchas soluciones. Había que buscar un punto medio entre el negro y el blanco.

Así, se dio cuenta de cómo podía definirse el compromiso ideal. Aceptaría el caso, pero con una limitación de tiempo estricta, por ejemplo, una semana. Dos semanas como máximo. En ese periodo, se zambulliría en los indicios, buscaría cabos sueltos, quizá volvería a interrogar a algunas personas clave, seguiría los hechos, descubriría lo que pudiera, ofrecería sus conclusiones y recomendaciones y...

En ese momento, el aullido de los coyotes empezó otra vez de manera abrupta, tan de repente como antes se había interrumpido. Ahora daba la sensación de que estaban más cerca, quizás a medio camino de la pendiente boscosa que descendía hacia el granero. Los sonidos eran recortados, estridentes, excitados. Gurney no estaba seguro de si los coyotes realmente se estaban acercando o solo aullaban más alto. Luego nada. Ni el sonido más pequeño. Un silencio penetrante. Pasaron diez segundos lentos. A continuación, uno por uno, empezaron a aullar. A Gurney se le erizó la piel y un escalofrío le recorrió la espalda y la parte exterior de los brazos hasta los dorsos de ambas manos. Una vez más tuvo la sensación de que percibía con el rabillo del ojo un atisbo de movimiento en la oscuridad.

Se oyó el sonido de la puerta de un coche al cerrarse. Luego vio unos faros bajando por el prado, con el haz de luz moviéndose erráticamente sobre la vegetación achaparrada, el coche avanzando demasiado deprisa por la superficie desigual, dando tumbos hasta detenerse al final y derrapar a unos tres metros del banco.

Desde la puerta abierta del conductor salió la voz de Madeleine, inusualmente alta, incluso cargada de pánico.

—¡David!

Y otra vez, aun cuando él se levantó del banco y avanzó hacia el coche guiado por el brillo periférico de los faros, la voz de su mujer casi chillando:

—¡David!

Hasta que él estuvo en el automóvil y ella empezó a cerrar la ventana no se fijó en que el coro de aullidos fantasmagóricos se había detenido. Madeleine pulsó el botón que bloqueaba las puertas y puso las manos en el volante. Las pupilas de Gurney ya se habían adaptado lo suficiente a la oscuridad para poder ver —quizás en parte ver y en parte imaginar— la rigidez de los brazos de su mujer agarrando el volante, la tirantez de la piel sobre los nudillos.

—¿No..., no has oído que se acercaban? —dijo ella casi sin aliento.

—Los oí. Supuse que estaban cazando algo, un conejo, tal vez.

—¿Un conejo? —La voz de su mujer era ronca, cargada de incredulidad.

Seguramente era imposible verlo con tanto detalle, pero la cara de Madeleine parecía temblar con una emoción apenas contenida. Al final, ella hizo una inspiración larga, temblorosa, luego otra, abrió las manos en el volante, flexionó los dedos.

—¿Qué estabas haciendo aquí? —preguntó.

—No lo sé. Solo... pensando en cosas, tratando de..., pensando qué hacer.

Después de otra larga inspiración, más calmada, Madeleine giró la llave de contacto, sin ser consciente de que el motor todavía estaba en marcha, lo cual produjo un chirrido de protesta del motor de arranque y un estallido de irritación a modo de eco procedente de su propia garganta.

Dio media vuelta alrededor del granero y volvió a subir por el prado hasta la casa. Aparcó el coche más cerca de la puerta lateral que de costumbre.

—¿Y qué es lo que has pensado? —preguntó ella cuando estaba a punto de salir.

—¿Perdón? —Había oído la pregunta, pero quería posponer la respuesta.

Madeleine parecía consciente de ello; se limitó a girar la cabeza un poco hacia él y esperó.

—Estaba tratando de imaginar una manera..., una manera de afrontar las cosas razonablemente.

—Razonablemente —dijo ella con un tono que parecía arrancarle todo su significado.

—Quizá podríamos hablarlo dentro —dijo Dave, abriendo la puerta del coche, deseando escapar aunque solo fuera un minuto.

Cuando se disponía a salir, su pie pisó algo parecido a una barra o un palo en el suelo del coche. Bajó la mirada y vio a la luz amarillenta de la luz cenital el pesado mango de madera del hacha que normalmente guardaban en una caja al lado de la puerta lateral.

—¿Qué es esto? —dijo.

—Un hacha.

—Me refiero a qué está haciendo en el coche.

—Fue lo primero que vi.

—Mira, en realidad, los coyotes no son...

—¿Cómo demonios lo sabes? —lo interrumpió ella, furiosa—. ¿Cómo demonios lo sabes? —Se apartó como si él hubiera intentado cogerle el brazo. Salió del coche en una carrera torpe, cerró de un portazo y entró corriendo en la casa.

Un sentido del orden y el propósito

*D*e madrugada, un frente frío de aire seco y otoñal que avanzaba con rapidez había barrido el cielo plomizo. Al amanecer, tenía una tonalidad azul claro; y a las nueve, azul profundo. El día prometía ser fresco y luminoso, tan brillante y tranquilizador como turbia y enervante había sido la noche anterior.

Gurney se sentó a la mesa del desayuno en un rectángulo inclinado de luz solar, mirando por las puertas cristaleras a las matas verde amarillentas de espárragos que se mecían por la brisa. Al llevarse a los labios la taza de café caliente, el mundo parecía ser un lugar de perfiles definidos, de problemas definibles y respuestas apropiadas: un mundo en el cual su propuesta de dedicar dos semanas al asunto de Perry tenía perfecto sentido.

El hecho de que una hora antes Madeleine hubiera recibido su idea con una expresión no del todo alegre no era sorprendente. Sabía que la idea no la entusiasmaría. Una mentalidad de blanco o negro se resiste de manera natural al compromiso, se dijo a sí mismo. Pero la realidad estaba de su lado y con el tiempo ella reconocería que su postura era razonable. Estaba convencido.

Entre tanto, no iba a permitir que sus dudas lo paralizaran.

Cuando Madeleine salió al jardín para coger la última cosecha de judías de la temporada, él se acercó al cajón central del aparador para sacar una libreta amarilla en la que empezar a redactar una lista de prioridades.

Llamar a Val Perry y discutir un compromiso de dos semanas.

Establecer una tarifa por horas. Otras tarifas, costes. Seguimiento por correo electrónico.

Informar a Hardwick.

Hablar con Scott Ashton, pedirle a VP que lo acelere.

Historial, colegas, amigos y enemigos de Ashton.
Historial, colegas, amigos y enemigos de Jillian.

Pensó que acordar con Val Perry los términos de su contrato era lo primero, antes de seguir con aquella lista. Posó el bolígrafo sobre la mesa y cogió su teléfono móvil. Lo desviaron directamente al buzón de voz. Dejó su número y un breve mensaje en el que se refirió a posibles próximos pasos.

Perry llamó al cabo de menos de dos minutos. Había una euforia infantil en su voz, además de la clase de intimidad que en ocasiones surge como consecuencia de quitarse un gran peso de encima.

—¡Dave, es fantástico oír su voz ahora! Temía que no quisiera tener nada que ver conmigo después de la forma en que me comporté ayer. Lo siento. Espero no haberle asustado. No lo hice, ¿verdad?

—No se preocupe por eso. Solo quería llamar para decirle lo que estoy dispuesto a hacer.

—Ya veo. —El miedo había hecho bajar un peldaño la euforia.

—Todavía no estoy seguro de si puedo ser de gran ayuda.

—Estoy segura de que puede ser de gran ayuda.

—Aprecio su confianza, pero la cuestión es…

—Disculpe un momento —lo interrumpió Val Perry, luego habló lejos del teléfono—. ¿Puedes esperar un momento? Estoy al teléfono… ¿Qué?... Oh, mierda. Vale. Lo miraré. ¿Qué es? Enséñamelo… ¿Nada más…? Bien… Sí, está bien. ¡Sí! —Luego, de nuevo al teléfono, le dijo a Gurney—: ¡Dios!, contratas a alguien para que haga algo y se convierte en un trabajo a tiempo completo también para ti. ¿La gente no se da cuenta de que los contratas para que hagan ellos el trabajo? —Dejó escapar un suspiro de exasperación—. Lo siento. No debería hacerle perder el tiempo con esto. Es que estoy remodelando la cocina con baldosas especiales hechas a medida en la Provenza, y parece que los problemas entre el instalador y el diseñador de interiores no tienen fin, pero usted no me llama por eso. Lo siento, de verdad, lo siento mucho. Espere. Voy a cerrar la puerta. A lo mejor entienden lo que significa una puerta cerrada. Bueno, estaba empezando a decirme lo que estaba dispuesto a hacer. Por favor, continúe.

111

—Dos semanas —dijo—. Trabajaré en el caso dos semanas. Lo examinaré, haré lo que pueda, los progresos que pueda hacer en dos semanas.

—¿Por qué solo dos semanas? —Su voz era tensa, como si estuviera tratando de manera consciente de practicar la virtud, ajena a ella, de la paciencia.

¿Por qué? Hasta que Val Perry le planteó esta pregunta obvia, Gurney no había reconocido la dificultad de articular una respuesta sensata. La respuesta real, por supuesto, estaba relacionada con su deseo de mitigar la reacción de Madeleine, no con la naturaleza del caso en sí.

—Porque… dentro de dos semanas, o habré hecho un avance significativo, o… habré demostrado que no soy la persona adecuada para el trabajo.

—Entiendo.

—Mantendré un diario y le facturaré semanalmente a cien dólares la hora, además de los gastos.

—Bien.

—Cualquier gasto importante lo hablaré con usted antes: viajes en avión, cualquier cosa que…

Ella lo interrumpió.

—¿Qué necesita para empezar? ¿Un adelanto? ¿Quiere que firme algo?

—Haré un borrador de contrato y se lo enviaré por correo electrónico. Lo imprime, lo firma, lo escanea y me lo manda otra vez por *mail*. No tengo licencia de investigador privado, así que oficialmente no me contratará como detective, sino como asesor para revisar pruebas y evaluar el estado de la investigación. No necesito dinero por adelantado. Le enviaré una factura dentro de una semana.

—Bien. ¿Qué más?

—Una pregunta, quizá no viene a cuento, pero no me la he quitado de la cabeza desde que vi el vídeo.

—¿Qué? —Había un punto de alarma en la voz de Perry.

—¿Por qué no había ningún amigo de Jillian en la boda?

Ella emitió una risita aguda.

—No había amigos de Jillian en la boda porque Jillian no tenía amigos.

—¿Ninguno?

—Ayer le describí a mi hija. ¿Le asombra que no tuviera

amigos? Permítame que le deje una cosa muy clara: mi hija, Jillian Perry, era una sociópata. Una sociópata. —Repitió el término como si estuviera dando clases a un estudiante extranjero—. El concepto de amistad no entraba en su cerebro.

Gurney vaciló antes de continuar.

—Señora Perry, tengo problemas para…

—Val.

—Muy bien. Val, tengo problemas para entender un par de cosas aquí. Me preguntaba…

Ella lo cortó otra vez.

—Se está preguntando por qué demonios estoy tan decidida a… llevar a la justicia… al asesino de una hija a la que obviamente no soportaba.

—Más o menos.

—Dos respuestas. Porque soy así y ¡no es asunto suyo! —Hizo una pausa—. Y quizás haya una tercera respuesta. Fui una mala madre, muy mala, cuando Jilli era una niña. Y ahora…, mierda…, no importa. Volvamos a que no es asunto suyo.

17

A la sombra de la zorra

En los últimos cuatro meses, apenas había pensado en la otra: la de justo antes de la zorra de Perry, la de poca importancia en comparación, la que quedó eclipsada, la que nadie había descubierto todavía, aquella cuya fama todavía estaba por llegar, aquella cuya eliminación había sido, en parte, una cuestión de conveniencia. Algunos podrían decir que fue únicamente una cuestión de conveniencia, pero se equivocarían. Su final fue bien merecido, por todas las razones que condenaban a las que eran como ella.

114

La mácula de Eva,
corazón podrido,
lleno de surcos,
corazón de zorra,
zorra de corazón,
sudor en el labio superior,
gruñidos de cerdo,
gritos espantosos,
labios separados,
labios lascivos,
labios que devoran,
lengua húmeda,
serpiente que se desliza,
piernas que envuelven,
piel resbaladiza,
fluidos repugnantes,
baba de caracol.
Limpiada por la muerte,
desvanecida por la muerte,
miembros húmedos secados por la muerte,

purificación por desecación,
seca como el polvo.
Inofensiva como una momia.
¡Vaya con Dios!

Sonrió. Debía pensar en ella más a menudo, para mantener
viva su muerte.

115

Los vecinos de Ashton

A las diez de la mañana, Gurney había enviado a Val Perry una propuesta de contrato y había marcado los tres números de Scott Ashton que ella le había dado —el de su casa, el móvil personal y el de la Academia Residencial de Mapleshade—, para intentar concertar una reunión. Había dejado mensajes en el buzón de voz en los dos primeros, y un tercer mensaje a una asistente que se identificó solo como señora Liston.

A las 10.30, Ashton le devolvió la llamada, dijo que había recibido los tres mensajes más uno de Val Perry en el que le explicaba el papel de Gurney.

—Me ha dicho que quiere hablar conmigo.

Su voz, conocida por el vídeo, parecía más sonora y más suave por teléfono, con una calidez impersonal, como una voz de anuncio de producto caro; muy adecuada para un psiquiatra famoso, pensó Gurney.

—Así es, señor —dijo—. En cuanto a usted le venga bien.

—¿Hoy?

—Hoy sería ideal.

—En la academia a mediodía o en mi casa a las dos. Usted decide.

Gurney eligió lo segundo. Si salía para Tambury inmediatamente, tendría tiempo para dar una vuelta, formarse una idea de la zona, de la calle de Ashton en particular, quizá para hablar con un vecino o dos. Se acercó a la mesa, cogió la lista de entrevistas del DIC que le había proporcionado Hardwick e hizo una marca con lápiz al lado de cada nombre con dirección en Badger Lane. De la misma pila, eligió la carpeta «Resúmenes de interrogatorios» y se dirigió a su coche.

Υ

El pueblo de Tambury debía en parte su carácter aletargado y recluido al hecho de haber crecido en torno a un cruce de dos carreteras del siglo XIX que habían sido circunvaladas por carreteras más modernas, lo cual normalmente produce un declive económico. No obstante, la situación de Tambury en un valle elevado de la cara norte de las montañas y con vistas de postal en las cuatro direcciones la había salvado. La combinación de la paz de lugar apartado y una gran belleza lo convertía en una localidad atractiva para ricos jubilados y propietarios de segundas residencias.

Sin embargo, no toda la población encajaba en esa descripción. La antigua granja láctea de Calvin Harlen, ahora destartalada y rodeada de maleza, se hallaba en un rincón de Higgles Road y Badger Lane. Apenas pasaba de mediodía cuando la voz clara de bibliotecaria del GPS de Gurney leyó el tramo final de su trayecto de una hora y cuarto desde Walnut Crossing. Aparcó en el lado norte de Higgles Road y miró la propiedad derruida, cuyo rasgo más característico era una montaña de tres metros de estiércol, coronada por monstruosas malas hierbas, apilada junto a un granero que se inclinaba de manera imponente hacia ella. Al fondo, hundiéndose en un campo lleno de maleza, se extendía una línea irregular de coches oxidados puntuada por un autobús escolar amarillo sin ninguna rueda.

Gurney abrió su carpeta de resúmenes de interrogatorios y colocó uno encima. Leyó:

117

Calvin Harlen. Edad 39. Divorciado. Autónomo, trabajos esporádicos (reparaciones domésticas, segar el césped, barrer la nieve, despiece de ciervos en temporada, taxidermia). Trabajo de mantenimiento general para Scott Ashton hasta la llegada de Héctor Flores, que se hizo cargo de sus labores. Asegura que tenía un contrato verbal con Ashton que este rompió. Afirma (sin datos que lo apoyen) que Flores era un extranjero ilegal, *gay*, seropositivo, adicto al crac. Se refirió a él como «hispano repugnante», a Ashton como «mentiroso de mierda», a Jillian Perry como «zorra mocosa» y a Kiki Muller como «zorra de hispanos». Ningún conocimiento del homicidio, sucesos relacionados o localización del sospechoso. Asegura que la tarde del homicidio estaba trabajando en su granero, solo.

El sujeto tiene escasa credibilidad. Inestable. Antecedentes por detenciones múltiples en un periodo de veinte años por cheques sin fondos, violencia doméstica, alcoholismo y desorden público, acoso, amenazas, asalto. *(Véase informe unificado de antecedentes adjunto.)*

Gurney cerró la carpeta y la puso en el asiento del pasajero. Aparentemente la vida de Calvin Harlen había sido una audición prolongada para el papel de paleto blanco ideal.

Dave Gurney bajó del coche, lo cerró y cruzó la carretera sin tráfico hasta una extensión de tierra llena de surcos que servía como una especie de camino de entrada a la propiedad. Este se bifurcaba en dos sendas no muy bien definidas, separadas por un triángulo de hierba raquítica: una hacia la pila de estiércol y el granero a la derecha; la otra a la izquierda, hacia una casa maltrecha de dos plantas. Habían pasado tantas décadas desde la última vez que la habían pintado que los retazos de pintura en la madera podrida ya no tenían un color definido. El techo del porche se aguantaba sobre unos cuantos postes de cuatro por cuatro más recientes que la casa, pero que distaban mucho de ser nuevos. En uno de los postes había un letrero de contrachapado que anunciaba «Despiece de ciervos» en rojo, goteando, con letras pintadas a mano.

118 Desde dentro de la casa se oyó el estallido del ladrido frenético de al menos dos perros que parecían grandes. Gurney esperó para ver si el estruendo llevaba a alguien a la puerta.

Un hombre salió del granero, o al menos de algún lugar situado de detrás de la pila de estiércol: delgado, ajado, con la cabeza afeitada, que sostenía lo que parecía ser, o un destornillador muy fino, o un picahielos.

—¿Has perdido algo? —Estaba sonriendo como si la pregunta fuera un chiste inteligente.

—¿Que si he perdido algo? —dijo Gurney.

—¿Dices que estás perdido?

Fuera cual fuese aquel juego, el hombre delgado parecía estar pasándoselo muy bien.

Gurney tenía ganas de tirarlo al suelo para que fuera él el que se preguntara cuál era el juego.

—Conozco a alguna gente con perros —dijo Gurney—. Si es la clase adecuada de perro, puedes ganar mucho dinero. Si no, tienes mala suerte.

—¡Cierra el pico!

Gurney necesitó un segundo o dos —y el repentino final de

los ladridos en la casa— para darse cuenta de a quién le había gritado el hombre flaco.

Sabía que aquello podía volverse peligroso, que todavía tenía la opción de alejarse, pero quería quedarse, sentía el lunático impulso de discutir con aquel lunático. Empezó a estudiar el suelo que le rodeaba y cogió una pequeña piedra oval del tamaño del huevo de un petirrojo. La masajeó lentamente entre las palmas como para calentarla, la hizo girar en el aire como si fuera una moneda, la cogió y cerró el puño en torno a ella.

—¿Qué coño estás haciendo? —preguntó el hombre, dando una pasito para acercarse.

—Chis —dijo Gurney con suavidad. Dedo por dedo, fue abriendo poco a poco el puño, examinó la piedra de cerca, sonrió y la lanzó por encima del hombro.

—¿Qué coño…?

—Lo siento, Calvin, no quería ofenderte. Es así como tomo las decisiones, y me hace falta concentración.

Los ojos del hombre se agrandaron.

—¿Cómo sabes mi nombre?

—Todo el mundo te conoce, Calvin. ¿O prefieres que te llame señor Hard-On*?

—¿Qué?

—Calvin, pues. Más sencillo. Más bonito.

—¿Quién coño eres? ¿Qué quieres?

—Quiero saber dónde puedo encontrar a Héctor Flores.

—Héc… ¿Qué?

—Lo estoy buscando, Calvin. Voy a encontrarlo. Pensaba que podrías ayudarme.

—¿Cómo coño…? ¿Quién…? No serás poli, ¿no?

Gurney no dijo nada, solo dejó que su expresión adquiriera su mejor imitación de un asesino despiadado. La expresión de hombre de hielo pareció fascinar a Harlen, e hizo que abriera un poco más los ojos.

—Flores, el hispano, ¿a ese estás buscando?

—¿Puedes ayudarme, Calvin?

—No lo sé, ¿cómo?

—Quizá podrías simplemente contarme todo lo que sabes

* Juego de palabras entre el apellido del personaje y la expresión inglesa *hard on*, que significa «erección». *(N. de la E.)*

sobre nuestro amigo común. —Gurney hizo inflexión en las últimas tres palabras con una amenaza tan irónica que por un segundo temió que se había pasado. Pero la sonrisa inane de Harlen eliminó el miedo de que algo pudiera ser exagerado con ese tipo.

—Sí, claro, ¿por qué no? ¿Qué quieres saber?

—Para empezar, ¿sabes de dónde vino?

—De la parada de autobús en el pueblo donde venían esos hispanos, por ahí. Holgazanean —dijo, haciéndolo sonar como si fuera un término legal para referirse a masturbarse en público.

—¿Y antes de eso? ¿Sabes de dónde vino originalmente?

—De algún estercolero mexicano, de donde coño salgan.

—¿Nunca te lo dijo?

Harlen negó con la cabeza.

—¿Alguna vez te dijo algo?

—¿Como qué?

—Lo que sea. ¿Alguna vez hablaste con él?

—Una vez. Por teléfono. Y es otra razón por la que sé que es un mentiroso. El pasado…, no sé, octubre, noviembre. Llamé al doctor Ashton por lo de barrer la nieve, pero el hispano cogió el teléfono y quería saber qué deseaba yo. Le digo que quiero hablar con el doctor, ¿por qué coño tenía que hablar con él? Me suelta que tenía que decirle de qué quería hablar y que él se lo contaría al doctor. Le digo que no llamaba para hablar con él, que se fuera a tomar por culo. ¿Quién coño cree que es? Estos cabrones mexicanos han venido aquí con su puta gripe porcina, el sida y la lepra de mierda, se llevan los seguros, roban trabajos, no pagan impuestos, nada, putos enfermos estúpidos. Si vuelvo a ver ese cerdo cabrón, le meteré un tiro en la cabeza. No, primero le volaré los cojones.

En medio de la perorata de Harlen, uno de los perros de la casa empezó a ladrar otra vez. Harlen se volvió a un lado, escupió en el suelo, negó con la cabeza, gritó:

—Cierra la boca.

Los ladridos se detuvieron.

—¿Has dicho que había otra razón por la que sabías que era un mentiroso?

—¿Qué?

—Has dicho que hablar con Flores por teléfono era otra razón por la que sabías que era un mentiroso.

—Exacto.

—¿Mentiroso por qué?

—Vino un capullo que no hablaba ni una puta palabra en inglés. Al año siguiente hablaba como un puto, como un puto, no sé..., pero lo sabe todo.

—Sí, ¿y qué supusiste, Calvin?

—Supuse que a lo mejor era todo mentira, ¿lo pillas?

—Cuéntame.

—Joder, nadie aprende inglés tan deprisa.

—¿Crees que, en realidad, no era mexicano?

—Solo digo que era un peliculero, que buscaba alguna cosa.

—¿Qué estás diciendo?

—Está clarísimo, tío. Si es tan listo ¿por qué coño vino a la casa del doctor a preguntar si podía barrer las hojas? Tenía un plan, joder.

—Es interesante, Calvin. Eres un tipo brillante. Me gusta tu forma de pensar.

Harlen asintió, luego volvió a escupir en el suelo como para hacer hincapié en que estaba de acuerdo con el cumplido.

—Y hay otra cosa. —Bajó la voz a un tono de conspiración—. Ese hispano nunca te dejaba que le vieras la cara. Siempre llevaba uno de esos sombreros de rodeo y gafas de sol. ¿Sabes lo que estoy pensando? Pienso que temía que lo vieran, siempre escondido en la casa grande o en esa puta casa de muñecas. Igual que la zorra.

—¿De qué zorra hablas?

—La zorra a la que le cortaron la cabeza. Te adelantaba en la carretera y apartaba la vista como si fueras un mierda. Como si fueras un perro muerto, ¡la muy zorra! Así que me parece que a lo mejor tenía algo en la recámara, eso es, ella y el señor cerdo. Los dos eran demasiado culpables para mirar a nadie a los ojos. Así que estoy pensando, eh, un momento, a lo mejor era más que eso. Quizás el hispano no quiere que lo identifiquen. ¿Alguna vez has pensado en eso?

Cuando Gurney concluyó la entrevista, dándole las gracias a Harlen y diciéndole que estarían en contacto, no estaba seguro de qué había averiguado ni de si podría merecer la pena. Si Ashton había empezado a emplear a Flores en lugar de a Harlen para hacer trabajos en su propiedad, este sin duda tendría un gran resentimiento, y todo el resto, toda la bilis que Harlen había estado escupiendo, podría surgir directamente del golpe a su cartera y a su orgullo. O quizás había algo más. Tal vez, como había asegurado Hardwick, toda la situación tenía capas ocultas, no era lo que parecía en absoluto.

Gurney volvió a su coche en el arcén de Higgles Road y escribió tres notas breves para él en un pequeño bloc de espiral:

¿Flores no es quien dice ser? ¿No es mexicano?

¿Flores teme que Harlen lo reconozca del pasado? ¿O teme que Harlen pueda identificarlo en el futuro? ¿Por qué, si Ashton podría identificarlo?

¿Alguna prueba de una aventura entre Flores y Jillian? ¿Alguna relación anterior entre ellos? ¿Algún motivo para el asesinato anterior a Tambury?

Contempló con escepticismo sus propias preguntas, dudando de que alguna de ellas condujera a un hallazgo útil. Calvin Harlen, enfadado y paranoico, no era una fuente fiable.

Miró el reloj del salpicadero: la una del mediodía. Si se saltaba la comida, tendría tiempo para una entrevista más antes de su cita con Ashton.

La propiedad de los Muller era la penúltima de Badger Lane, justo antes del paraíso ajardinado de Ashton. Estaba a un mundo de distancia del antro de Harlen en la esquina de Higgles Road.

Gurney aparcó nada más pasar un buzón de correos en el que constaba la dirección de Carl Muller que había leído en su hoja maestra de entrevistas. La casa era muy grande, de estilo colonial, con los clásicos ribetes y contraventanas negras, apartada de la calle. A diferencia de las viviendas meticulosamente cuidadas que la precedían, tenía una sutil aura de desatención: una contraventana un poco torcida, una rama rota caída en el césped delantero, hierba descuidada, hojas caídas apelmazadas en el sendero, una silla plegable patas arriba que el viento había arrastrado hasta un sendero de ladrillos junto a la puerta lateral.

De pie junto a la puerta delantera de paneles, oyó música que sonaba apagada en algún lugar del interior. No había timbre, solo un antiguo llamador de cobre que Gurney usó varias veces con impactos crecientes antes de que la puerta se abriera por fin.

El hombre que apareció delante de él no tenía buen aspecto. Calculó que su edad estaría en algún lugar entre los cuarenta y cinco y los sesenta, en función de qué parte de su aspecto fuera atribuible a la enfermedad. Su cabello lacio hacía juego con el color beis grisáceo de su cárdigan.

—Hola —dijo sin el menor atisbo de saludo o curiosidad.

A Gurney le impactó la extraña manera en la que ese hombre hablaba con un desconocido.

—¿Señor Muller?

El hombre pestañeó, parecía que estaba escuchando una reproducción grabada de la pregunta.

—Soy Carl Muller. —Su voz tenía el carácter pálido y atonal de su piel.

—Me llamo Dave Gurney, señor. Participo en la búsqueda de Héctor Flores. Me preguntaba si podría concederme un minuto o dos de su tiempo.

La reproducción de la cinta tardó más esta vez.

—¿Ahora?

—Si es posible, señor. Sería muy útil.

Muller asintió lentamente. Retrocedió e hizo un gesto vago con la mano.

Gurney entró en el oscuro vestíbulo central de una casa del siglo XIX, bien conservada con suelo de planchas anchas y con bastantes elementos de la carpintería original. Oyó de manera más identificable la música que había oído amortiguada antes de entrar. Era *Adeste fideles*, extrañamente fuera de estación, y parecía proceder del sótano.

Había también otro sonido, una especie de zumbido rítmico y bajo, también procedente de algún lugar situado debajo de ellos. A la izquierda de Gurney, una puerta de doble hoja conducía a un comedor formal con una chimenea enorme. Delante de él, el amplio pasillo se extendía hasta la parte de atrás de la casa, donde una puerta con paneles de cristal daba a lo que parecía un jardín sin fin. A un lado del pasillo, una amplia escalera con una elaborada balaustrada conducía al segundo piso. A su derecha había un salón anticuado amueblado con sofás mullidos y sillones y mesas antiguas y aparado-

123

res sobre los que colgaban paisajes marinos al estilo de Winslow. La impresión de Gurney era que el interior de la casa estaba mejor cuidado que el exterior. Muller sonrió completamente alelado, como si esperara que le dijeran qué hacer a continuación.

—Una casa encantadora —dijo Gurney con amabilidad—. Parece muy confortable. Quizá podamos sentarnos un momento y hablar.

Una vez más ese tono extraño:

—Muy bien.

Al ver que Muller no se movía, Gurney hizo un gesto inquisitivo hacia el salón.

—Por supuesto —dijo Muller, pestañeando como si acabara de despertarse—. ¿Cómo ha dicho que se llama? —Sin esperar una respuesta, caminó hacia un par de sillones enfrentados situados delante de la chimenea—. Así pues —dijo como si tal cosa cuando ambos se sentaron—, ¿de qué se trata?

El tono de la pregunta sonó rara, despistada, como todo lo demás en Carl Muller. A menos que el hombre tuviera alguna tendencia inherente a la confusión —poco probable en la rigurosa profesión de la ingeniería naval—, la explicación tenía que ser alguna forma de medicación, quizá comprensible en el periodo subsiguiente a que su esposa desapareciera con un asesino.

Quizá por la posición de los conductos de calefacción, Gurney notó que los compases del *Adeste fideles* y el tenue zumbido que subía y bajaba era más audible en esa sala que en el pasillo. Estuvo tentado de preguntar por ello, pero pensó que sería mejor permanecer concentrado en lo que verdaderamente quería saber.

—Es usted detective —dijo Muller; una afirmación, no una pregunta.

Gurney sonrió.

—No lo entretendré mucho, señor. Solo hay unas pocas cosas que quiero preguntarle.

—Carl.

—¿Disculpe?

—Carl. —Estaba mirando a la chimenea, hablando como si las cenizas del último fuego hubieran nublado su memoria—. Me llamo Carl.

—Vale, Carl. Primera pregunta —dijo Gurney—: antes del día de su desaparición, ¿la señora Muller había tenido algún contacto con Héctor Flores del que tuviera constancia?

—Kiki —dijo, otra revelación desde las cenizas.

Gurney repitió su pregunta.

—¿Lo tendría, no? ¿Dadas las circunstancias?

—Las circunstancias eran...

Muller cerró y abrió los ojos en un proceso demasiado letárgico para describirlo como un pestañeo.

—Sus sesiones de terapia.

—¿Sesiones de terapia? ¿Con quién?

Muller miró a Gurney por primera vez desde que había entrado en la habitación, pestañeando más deprisa ahora.

—Con el doctor Ashton.

—¿El doctor tiene una consulta en su casa? ¿En la puerta de al lado?

—Sí.

—¿Cuánto tiempo había estado viéndolo?

—Seis meses. Un año. ¿Menos? ¿Más? No me acuerdo.

—¿Cuándo fue su última sesión?

—El martes. Eran siempre los martes.

Por un momento, Gurney estaba desconcertado.

—¿Se refiere al martes antes de que desapareciera?

—Exacto, el martes.

—¿Y cree que la señora Muller, Kiki, habría tenido contacto con Flores cuando se presentó en la consulta de Ashton?

Muller no respondió. Su mirada había regresado a la chimenea.

—¿Alguna vez habló de él?

—¿De quién?

—De Héctor Flores.

—No era la clase de persona de la que hubiéramos hablado.

—¿Qué clase de persona era él?

Muller murmuró una sonrisita sin humor y negó con la cabeza.

—Sería obvio, ¿no?

—¿Obvio?

—Por su nombre —dijo Muller con repentino e intenso desdén. Todavía estaba mirando a la chimenea.

—¿Un nombre español?

125

—Son todos iguales. Salta a la vista, joder. Están apuñalando a nuestro país por la espalda.

—¿Los mexicanos?

—Los mexicanos son solo la punta del cuchillo.

—¿Esa es la clase de persona que era Héctor?

—¿Ha estado alguna vez en esos países?

—¿Países latinos?

—Los países con climas cálidos.

—No puedo decir que haya ido, Carl.

—Sitios sucios, todos y cada uno de ellos: México, Nicaragua, Colombia, Brasil... Todos y cada uno de ellos, sucios.

—¿Como Héctor?

—¡Sucios!

Muller miró la rejilla de hierro cubierta de cenizas como si estuviera mostrando imágenes exasperantes de esa suciedad.

Gurney se quedó sentado en silencio durante un minuto, esperando a que la tormenta amainara. Observó los hombros del hombre relajándose lentamente, aferrándose con menos fuerza a los brazos de la silla, cerrando los ojos.

126

—¿Carl?

—¿Sí? —Muller reabrió los ojos. Su expresión se había tornado asombrosamente anodina.

Gurney habló con voz suave.

—¿Alguna vez ha tenido constancia de que algo inapropiado podría haber estado pasando entre su mujer y Héctor Flores?

Muller parecía perplejo.

—¿Cómo ha dicho que se llama?

—¿Mi nombre? Dave. Dave Gurney.

—¿Dave? ¡Qué curiosa coincidencia! ¿Sabe cuál es mi segundo nombre?

—No, Carl, no lo sé.

—Carl David Muller. —Miró a media distancia—. «Carl David», me llamaba mi madre. «Carl David Muller, vete a tu habitación. Carl David Muller, será mejor que te portes bien o Santa Claus podría perder tu lista de Navidad. Has oído lo que te digo, Carl David.»

Se levantó de su silla, enderezó la espalda y entonó las palabras en la voz de una mujer —«Carl David Muller»—, como si el nombre y la voz tuvieran el poder de romper la barrera con otro mundo. Se fue de la sala.

Gurney oyó que se abría la puerta delantera.

Vio que Muller la sostenía entornada.

—Ha sido muy agradable —dijo Muller con voz anodina—. Ahora debe irse. A veces me olvido. Se supone que no he de dejar que la gente entre en casa.

—Gracias, Carl, le agradezco que me haya dedicado su tiempo.

Sorprendido por lo que parecía algún tipo de descomposición psicótica, Gurney pensó en irse para evitar crear una tensión adicional. Luego haría algunas llamadas desde su coche y esperaría a que llegara ayuda.

Cuando estaba a medio camino de su coche, se lo pensó mejor. Podría ser más conveniente mantener al hombre vigilado. Volvió a la puerta de la calle, confiando en que no tendría problemas en convencer a Muller de que lo dejara entrar una segunda vez, pero la puerta no estaba cerrada del todo. Llamó. No hubo respuesta. La abrió y miró al interior. Muller no estaba allí, pero vio entornada una puerta del pasillo que antes había estado cerrada. Al entrar en el recibidor, llamó con la voz más suave y agradable que pudo.

—¿Señor Muller? ¿Carl? Soy Dave. ¿Está ahí, Carl?

No hubo respuesta, pero una cosa era segura: el sonido de zumbido, más un susurro metálico, ahora que podía oírlo con más claridad, así como el himno navideño de *Adeste fideles*, procedía de algún lugar situado tras la puerta entreabierta. Se acercó y la abrió del todo con el pie. Una escalera apenas iluminada conducía al sótano.

Con cautela, Gurney empezó a bajar. Después de unos pocos pasos, volvió a llamar.

—¿Señor Muller? ¿Está ahí abajo?

Un coro de voces infantiles de soprano empezaron a repetir el himno en latín: «*Adeste, fideles, laeti, triumphantes. Venite, venite in Bethlehem*».

La caja de la escalera estaba encerrada por ambos lados hasta abajo, de manera que solo una pequeña rendija del sótano era visible para Gurney mientras bajaba poco a poco los peldaños. La parte que podía ver parecía «acabada», con las tradicionales baldosas de vinilo y paneles de pino de otros millones de sótanos americanos. Durante un breve momento, lo ordinario de ello le resultó extrañamente tranquilizador. Esa sensación desapareció cuando salió de la escalera y volvió a la fuente de luz.

En el extremo de la sala había un gran árbol de Navidad, cuya parte superior se combaba contra el techo de más dos metros setenta. Sus centenares de pequeñas luces eran la fuente de iluminación de la estancia. Había guirnaldas de colores, cintas metálicas y decenas de adornos de metal en las formas tradicionales de Navidad, desde los simples orbes a ángeles de cristal soplado: todos ellos colgados de ganchos plateados. La habitación estaba inundada de fragancia de pino.

Al lado del árbol, paralizado detrás de una enorme plataforma del tamaño de dos mesas de pimpón estaba Carl Muller. Tenía las manos en dos palancas de control fijadas a una caja metálica negra. Un tren eléctrico zumbaba alrededor del perímetro de la plataforma. Trazaba figuras de ochos en el centro, subía y bajaba suaves pendientes, rugía a través de túneles de montaña, cruzaba pequeños pueblos y granjas, franqueaba ríos, atravesaba bosques…, vueltas y vueltas…, una y otra vez…

Los ojos de Muller —puntos refulgentes en la tez pálida de su rostro— brillaban con todos los colores de las tres luces. Le recordó una persona afectada de progeria, la extraña enfermedad que aceleraba el envejecimiento y hacía que un niño pareciera un viejo.

Al cabo de un rato, Gurney volvió a subir. Decidió ir a la casa de Scott Ashton y ver qué sabía el doctor de la enfermedad de Muller. Los trenes y el árbol proporcionaban pruebas razonables de que era una situación continuada, no una crisis aguda que requería intervención.

Cerró de golpe la pesada puerta de la casa con un ruido sordo. Al volver por el camino de ladrillos hasta donde había aparcado el coche, vio que una mujer mayor estaba saliendo de un Land Rover antiguo aparcado justo detrás de su Outback.

La mujer abrió la puerta de detrás, pronunció unas pocas palabras severas y recortadas, y sacó un terrier muy grande, un Airedale.

La mujer, como su imponente perro, tenía algo en ella que era al mismo tiempo patricio y nervudo. Su tez era tan propia de estar al aire libre como enfermiza era la de Muller. Fue hacia Gurney con el paso decidido de un excursionista, llevando al perro sujeto con una correa corta y agarrando un bastón más como un garrote que como un bastón. A medio camino, se de-

128

tuvo con los pies separados, con el bastón plantado con firmeza a un lado y el perro al otro, bloqueando su camino.

—Soy Marian Eliot —anunció, como alguien podría anunciar: «Soy tu juez y jurado».

A Gurney el nombre le resultaba conocido. Había aparecido en la lista de vecinos entrevistados por el equipo del DIC.

—¿Quién es usted? —preguntó la mujer.

—Me llamo Gurney. ¿Por qué lo pregunta?

Eliot apretó con más fuerza su bastón largo y retorcido: cetro y arma potencial. Era una mujer acostumbrada a que le respondieran, no a que le preguntaran, pero sería un error dejarse engañar por ella. Eso impediría ganarse su respeto.

La mujer entrecerró los ojos.

—¿Qué está haciendo aquí?

—Estaría tentado de decir que no es asunto suyo, si su preocupación por el señor Muller no fuera tan obvia.

No estaba seguro de si había tocado la nota adecuada de firmeza y sensibilidad hasta que, concluida la mirada penetrante, ella preguntó:

—¿Está bien?

—Depende de lo que signifique bien.

Hubo un destello de algo en su expresión que sugería que ella comprendía su evasiva.

—Está en el sótano —añadió Gurney.

La mujer arrugó la cara, asintió y pareció imaginar algo.

—¿Con los trenes? —Su voz imperiosa se había suavizado.

—Sí. ¿Es algo normal en él?

Marian Eliot estudió el extremo superior de su gran bastón como si fuera una fuente de información útil para los siguientes pasos que dar. No mostró ningún interés en responder a la pregunta de Gurney. Así pues, decidió dar un empujón a la conversación desde un ángulo diferente.

—Participo en la investigación del asesinato de Perry. Recuerdo su nombre de la lista de personas que fueron interrogadas en mayo.

Ella hizo un sonido de desdén.

—No fue un interrogatorio. Al principio contactó conmigo… Recordaré su nombre en un momento… Investigador jefe Hardpan, Hardscrabble, Hard algo… Un tipo agreste, pero nada estúpido. Fascinante en cierto modo, como un rinoceronte listo.

Por desgracia, desapareció del caso y lo sustituyó alguien llamado Blatt, o Splatt, o algo así. Blatt-Splat era un poco menos rudo y mucho menos inteligente. Solo hablamos brevemente, pero la brevedad fue una bendición, créame. Cuando conozco a un hombre como ese, compadezco a los profesores que tuvieron que soportarlo de septiembre a junio.

El comentario provocó un recuerdo de las palabras que acompañaban al nombre de Marian Eliot en la hoja de cubierta del archivo de la entrevista: «Profesora de Filosofía, jubilada (Princeton)».

—En cierto modo, por eso estoy aquí —dijo Gurney—. Me han pedido que haga un seguimiento de algunas de las entrevistas, para poner más detalles en la imagen, quizá para poder comprender mejor qué ocurrió realmente.

Eliot alzó las cejas.

—¿Qué ocurrió realmente? ¿Tiene dudas al respecto?

Gurney se encogió de hombros.

—Faltan algunas piezas de este puzle.

—Pensaba que las últimas cosas que faltaban eran el asesino mexicano del hacha y la mujer de Carl.

Parecía tanto intrigada como enfadada por el hecho de que la situación pudiera no ser como había supuesto. Los ojos agudos e interrogadores del Airedale parecían percibirlo todo.

—¿Quizá podríamos hablar en otro sitio? —propuso Gurney.

19

Frankenstein

*E*l lugar que propuso Marian Eliot para llevar a cabo su conversación fue su propia casa, que se hallaba al otro lado del camino, a cien metros de la de Carl Muller, colina abajo. La ubicación exacta resultó no ser tanto su casa como su sendero de entrada, donde la mujer reclutó la ayuda de Gurney para que sacara sacos de musgo de turba y mantillo de la parte de atrás del Land Rover.

Ella había cambiado el garrote por una azada y estaba de pie al borde de un jardín de rosas, a unos tres metros del vehículo. Mientras Gurney levantaba los sacos y los colocaba en una carretilla, Eliot le preguntó por su papel preciso en la investigación y su posición en la cadena de mando de la Policía del estado.

Su explicación de que era «asesor de pruebas» que había sido contratado por la madre de la víctima de manera externa al proceso oficial del DIC fue recibida con una mirada escéptica y los labios apretados.

—¿Qué demonios se supone que significa eso?

Gurney decidió arriesgarse y respondió sin rodeos.

—Le diré lo que significa si no se lo cuenta a nadie. Me permite llevar a cabo una investigación sin esperar a que el estado emita una licencia oficial de investigador privado. Si quiere comprobar mi historial como detective de Homicidios del Departamento de Policía de Nueva York, llame al rinoceronte listo, cuyo nombre, por cierto, es Jack Hardwick.

—Ja. ¡Buena suerte con el estado! ¿Cree que podría empujar esta carretilla hasta allí?

Gurney lo interpretó como su forma de aceptar la situación tal como era. Hizo tres viajes más entre la parte de detrás del Land Rover y el jardín de rosas. Después del tercero, ella lo invitó a sentarse en un banco de hierro forjado pintado con esmalte blanco, bajo un manzano muy crecido cuya fruta aún estaba verde y fuera de su alcance.

Marian Eliot se volvió para poder verlo de frente.

—¿Qué es todo eso de las piezas que faltan?

—Ya llegaremos a las piezas que faltan, pero antes necesito plantear unas cuantas preguntas que me ayuden a orientarme. —Estaba buscando a tientas un equilibrio entre firmeza y ligereza, observando el lenguaje corporal de la mujer en busca de signos que indicaran la necesidad de un cambio de ritmo—. Primera pregunta: ¿cómo describiría al doctor Ashton en una frase o dos?

—No lo intentaría. No es la clase de hombre que pueda definirse en una frase o dos.

—¿Un hombre complejo?

—Mucho.

—¿Algún rasgo predominante de personalidad?

—No sabría cómo responder a eso.

Gurney sospechaba que la forma más rápida de conseguir algo de Marian Eliot sería dejar de insistir. Se sentó otra vez y estudió las formas de las ramas del manzano, retorcidas por una serie de podas antiguas.

Había acertado. Al cabo de un momento, la mujer empezó a hablar.

—Le contaré algo de Scott, algo que hizo, pero tendrá que interpretar usted mismo lo que significa, si eso equivale a un rasgo de personalidad. —Articuló la frase con desagrado, como si le resultara un concepto demasiado simplista para aplicarlo a seres humanos.

—Cuando Scott todavía estaba en la Facultad de Medicina, escribió el libro que lo hizo famoso; bueno, famoso en ciertos círculos académicos. Se titulaba *La trampa de la empatía*. Argumentaba de manera contundente (con datos biológicos y psicológicos que respaldaban su hipótesis) que la empatía es, en esencia, un defecto de frontera, que los sentimientos de empatía que los seres humanos tienen unos con otros son en realidad efecto de la confusión. Su tesis era que nos ocupamos uno del otro, porque en alguna parte del cerebro no logramos distinguir entre el propio yo y el del otro. Llevó a cabo un experimento elegantemente simple en el cual los sujetos observaban a un hombre pelando una manzana. Mientras la estaba pelando, la mano del hombre parecía resbalar y el cuchillo le cortaba el dedo. Los sujetos eran grabados en vídeo para realizar un análisis posterior de sus reacciones al corte. Prácticamente, todos los sujetos se estremecieron de manera refleja. Solo dos de los cien no tuvieron ninguna reacción y, cuando se hicieron test psicológicos a esos dos, revelaron características mentales y emocionales comunes con los sociópatas. La opinión de Scott era que estremecerse durante una fracción de segundo cuando alguien se corta es porque durante ese tiempo no somos capaces de distinguir entre esa persona y nosotros mismos. En otras palabras: el límite del ser humano normal es imperfecto de la misma manera en que el del sociópata es perfecto. El sociópata nunca se confunde a sí mismo y sus necesidades con las de otra persona y, por consiguiente, no tiene sentimientos relacionados con el bienestar de los demás.

Gurney sonrió.

—Una idea que debió de suscitar reacciones.

—Oh, sí. Por supuesto, gran parte de la reacción tenía que ver con la elección de palabras de Scott: perfecto e imperfecto. Algunos de sus colegas interpretaron su lenguaje como una glorificación del sociópata. —Los ojos de Marian Eliot brillaban de excitación—. Pero todo eso formaba parte de su plan. En resumen: consiguió la atención que quería. A la edad de veintitrés años era el tema de conversación del mundillo.

—Así que es listo y sabe cómo…

—Espere —lo interrumpió ella—, ese no es el final de la historia. Unos meses después de que su libro armara una controversia, se publicó otro libro que en esencia era un ataque en toda regla a la teoría de la empatía de Scott. El título del libro con la tesis opuesta era *Corazón y alma*. Era riguroso y bien argumentado, pero su tono era completamente diferente. Su mensaje era que lo único que cuenta es el amor, y que la «porosidad de frontera», como Scott había descrito la empatía, era de hecho un salto evolutivo hacia delante y la esencia misma de las relaciones humanas. La gente de la profesión estaba dividida en grupos opuestos. Se generaron decenas de artículos periodísticos. Se escribieron cartas apasionadas. —Eliot se sentó contra el brazo del banco, observando la expresión de Gurney.

—Tengo la sensación de que hay más —dijo este.

133

—La verdad es que sí. Un año después se descubrió que Scott Ashton había escrito ambos libros. —Hizo una pausa—. ¿Qué opina de eso?

—No estoy seguro de qué pensar de ello. ¿Cómo se recibió en la profesión?

—Rabia total. Sensación de que les habían tomado el pelo a todos. Parte de verdad hay en eso. Pero los libros en sí eran intachables. Ambas contribuciones eran perfectamente legítimas.

—¿Y cree que todo eso fue para atraer la atención sobre sí mismo?

—No —soltó—. ¡Por supuesto que no! El tono era para captar la atención. Hacerse pasar por dos autores en conflicto entre ellos era captar atención. Pero había un propósito más profundo, un mensaje más profundo destinado a cada lector: has de decidirte, encontrar tu propia verdad.

—¿Diría que Ashton es un tipo listo?

—Brillante, en realidad. Nada convencional e impredecible. Sabe escuchar como nadie y aprende deprisa. Y es una figura extrañamente trágica.

Gurney tenía la impresión de que, a pesar de tener casi setenta años, Marion Eliot estaba afligida con algo que no podría reconocer: estaba locamente enamorada de un hombre que tenía casi tres décadas menos que ella.

—¿Se refiere a «trágico» en el sentido de lo que ocurrió en el día de su boda?

—Va un poco más allá de eso. El asesinato, por supuesto, terminó formando parte de ello. Pero considere los arquetipos míticos incorporados en la historia desde el principio hasta el final. —Hizo una pausa, dándole tiempo a tal consideración.

—No estoy seguro de haberla entendido.

—Cenicienta… Pigmalión… Frankenstein.

—¿Está hablando de la evolución de la relación de Scott Ashton con Héctor Flores?

—Exacto. —Le dedicó una sonrisa de aprobación, como si él fuera un buen estudiante—. La historia tiene un inicio clásico: un extraño entra en el pueblo, hambriento, buscando trabajo. Un terrateniente local, un hombre acaudalado, lo contrata, lo acoge en su casa, lo prueba en diversas tareas, ve potencial en él, le da cada vez más responsabilidad, le proporciona una nueva vida. El pobre trabajador doméstico, en efecto, es elevado mágicamente a una nueva vida rica. No es la historia de Cenicienta en sus detalles de género, pero desde luego sí en su esencia. Sin embargo, en la relación Ashton-Flores, la historia de Cenicienta es solo el primer acto. Luego se pone en marcha un nuevo paradigma, cuando el doctor Ashton queda cautivado por la oportunidad de moldear a su estudiante en algo más grande, cuando quiere llevarlo a su máximo potencial, esculpir la estatua en una especie de perfección, dar vida a Héctor Flores en el sentido más completo posible. Le compra libros, un ordenador, cursos en línea, pasa cada día horas supervisando su educación, empujándolo hacia una especie de perfección. No es exactamente como el mito de Pigmalión, pero se parece mucho. Ese fue el segundo acto. El tercero, por supuesto, se convirtió en la historia de Frankenstein. Concebido para ser la mejor de las criaturas humanas, resulta que Flores alberga los peores defectos y que llevó la desolación y el horror a la vida del genio que lo creó.

Asintiendo lenta y apreciativamente, Gurney asimiló todo ello, fascinado no solo por los paralelismos entre el cuento de hadas y los sucesos de la vida real, sino también por la insistencia de Marian Eliot en su enorme significado. Los ojos de la mujer ardían con convicción y algo de triunfalismo. La pregunta que Gurney se hacía era: ¿el triunfo estaba relacionado de algún modo con la tragedia, o simplemente reflejaba una satisfacción académica en relación con la profundidad de su propia comprensión?

135

Después de un breve silencio en el que su excitación remitió, la mujer preguntó:

—¿Qué estaba esperando descubrir de Carl?

—No lo sé. Quizá por qué su casa está mucho más ordenada en el interior que fuera.

Gurney no lo dijo completamente serio, pero Marian Eliot respondió con un tono de mujer de negocios.

—Cuido de Carl regularmente. No ha sido él mismo desde que desapareció Kiki. Es comprensible. Mientras estoy ahí, dejo las cosas donde creo que deberían estar. En realidad no es nada. —Miró por encima del hombro de Gurney en dirección a la casa de Muller, escondida detrás de una hectárea de árboles—. Cuida mejor de sí mismo de lo que usted cree.

—¿Ha oído su opinión sobre los latinos?

Ella emitió un suspiro breve y exasperado.

—La postura de Carl en esta cuestión no es muy diferente de los discursos de campaña de ciertas figuras públicas.

Gurney le dedicó una mirada de curiosidad.

—Sí, lo sé, es un poco intenso con eso, pero considerando..., bueno, considerando la situación con su esposa... —La voz de Eliot se fue apagando.

—¿Y el árbol de Navidad en septiembre? ¿Y las felicitaciones navideñas?

—Le gustan. Lo alivian. —Se levantó, cogió con mano firme la azada que había apoyado en el tronco del manzano y saludó con la cabeza a Gurney en un gesto rápido que indicaba que daba la conversación por concluida. Desde luego, hablar sobre la locura de Carl no era su actividad favorita—. Tengo trabajo que hacer. Buena suerte con sus investigaciones, señor Gurney.

O bien lo había olvidado, o bien conscientemente había elegido no seguir su anterior interés por las piezas faltantes del rompecabezas. Gurney se preguntó de qué se trataba.

El gran Airedale al parecer notó un cambio en la atmósfera emocional, pues apareció de repente al lado de su dueña.

—Gracias por su tiempo. Y su percepción —dijo Gurney—. Espero que me dé la oportunidad de hablar otra vez con usted.

—Ya veremos. A pesar de mi jubilación, soy una mujer ocupada.

Eliot se volvió al jardín de rosas con su azada y empezó a cavar con fuerza en el duro suelo, como si estuviera combatiendo con un elemento díscolo de su propia naturaleza.

20

El feudo de Ashton

$\mathcal{M}$uchas de las casas de Badger Lane, sobre todo las que estaban hacia el final de la calle de Ashton, eran viejas y grandes. Se podía observar que habían sido mantenidas o restauradas con una costosa atención por el detalle. El resultado era una elegancia informal por la cual Gurney sentía un resentimiento que se habría negado a identificar como envidia. Incluso medida por los elevados estándares de Badger Lane, la propiedad de Ashton llamaba la atención: una impecable casona de dos plantas de piedra amarillo pálido rodeada por rosas silvestres, enormes arriates de forma irregular y pérgolas cubiertas de hiedra que servían de pasillos entre distintas zonas de un césped en suave pendiente. Aparcó en un sendero de adoquines que conducía a la clase de garaje que un agente inmobiliario llamaría cochera clásica. Al otro lado del césped se alzaba el pabellón clásico donde habían tocado los músicos de la boda.

Gurney bajó de su coche y de inmediato notó un aroma en el aire. Mientras pugnaba por definirlo, un hombre salió rodeando la parte de atrás de la casa principal con una sierra de podar en la mano. Scott Ashton tenía un aspecto conocido pero diferente, con menos vitalidad en persona que en el vídeo. Iba vestido de campo, con ropa informal pero cara: pantalones de *tweed* de Donegal y camisa de franela hecha a medida. Reparó en la presencia de Gurney sin mostrar placer ni desagrado.

—Llega a tiempo —dijo. Su voz era calmada, sosegada, impersonal.

—Le agradezco su disposición para recibirme, doctor Ashton.

—¿Quiere entrar? —Era simplemente una pregunta, no una invitación.

—Me sería útil ver antes la zona de detrás de la casa, la localización de la cabaña del jardín. También la mesa del patio donde estaba sentado usted cuando la bala destrozó la taza de té.

Ashton respondió haciendo un movimiento con la mano para que Gurney lo siguiera. Al pasar a través de la pérgola que conectaba el garaje y la zona del sendero lateral de la casa con el jardín principal que había detrás de esta —la pérgola a través de la cual los invitados de la boda habían entrado en la recepción—, Gurney experimentó una extraña mezcla de reconocimiento y desubicación. El pabellón, la cabaña, la parte de atrás de la casa principal, el patio de piedra, los arriates, los bosques de alrededor... Todo resultaba reconocible, pero alterado por el cambio de estación, la ausencia de gente, el silencio. El extraño aroma en el aire, exóticamente herbal, era más intenso allí. Gurney preguntó al respecto.

Ashton hizo un movimiento vago hacia los semilleros que bordeaban el patio.

—Manzanilla, anémona, malva, bergamota, tanaceto, boj. La intensidad relativa de cada componente cambia con la dirección de la brisa.

—¿Tiene un nuevo jardinero?

Los rasgos de Ashton se tensaron.

—¿En lugar de Héctor Flores?

—Tengo entendido que se ocupaba de la mayor parte del trabajo en torno a la casa.

—No, no lo he sustituido. —Ashton se fijó en la sierra de podar que llevaba y sonrió sin calidez—. Salvo por mí. —Se volvió hacia el patio—. Ahí tiene la mesa que quería ver.

Condujo a Gurney a través de un hueco en el murete de piedra hasta una mesa de hierro con un par de sillas a juego situada cerca de la puerta de atrás de la casa.

—¿Quiere sentarse aquí? —Una vez más era una pregunta, no una invitación.

Gurney se había acomodado en la silla que le brindaba la mejor vista de las zonas que recordaba del vídeo cuando un ligero movimiento atrajo su atención hacia la otra punta del patio. Allí, en un pequeño banco situado junto a la soleada fachada posterior de la casa, había un hombre anciano sentado con una ramita en la mano. La movía de lado a lado, haciendo que la ramita pareciera un metrónomo. Tenía el cabello gris, la piel cetrina y una expresión de perplejidad.

—Es mi padre —dijo Ashton, sentado en la silla de enfrente de la de Gurney.

—¿Ha venido de visita?

Ashton hizo una pausa.

—Sí, de visita.

Gurney respondió con expresión de curiosidad.

—Lleva dos años en una residencia privada como resultado de la demencia y de una afasia progresivas.

—¿No puede hablar?

—Desde hace al menos un año.

—¿Lo ha traído aquí de visita?

Los ojos de Ashton se entrecerraron como si pudiera estar a punto de decirle a Gurney que no era asunto suyo, pero entonces su expresión se suavizó.

—La muerte de Jillian… creó… una sensación de soledad. —Parecía confundido por la palabra y vaciló—. Creo que fue una semana o dos después de su muerte cuando decidí traer a mi padre a pasar una temporada aquí. Pensaba que estar con él, cuidando de él… —Una vez más se quedó en silencio.

—¿Cómo se las arregla, yendo cada día a Mapleshade?

—Viene conmigo. Es sorprendente, pero no resulta un problema. Físicamente está bien. No tiene dificultades para caminar. Ni con las escaleras. Ni para comer. Puede cuidar de sus… necesidades de higiene. Aparte de la cuestión del habla, el déficit se da, sobre todo, en que no se orienta… Por lo general está confundido sobre dónde se encuentra, piensa que está de nuevo en el apartamento de Park Avenue, donde vivíamos cuando yo era niño.

—Bonito barrio. —Gurney miró a través del patio al banco donde estaba el viejo.

—Buen barrio, sí. Era una especie de genio de las finanzas. Hobart Ashton. Miembro leal de una clase social en la que todos los nombres de los hombres parecían colegios de secundaria privados.

Era un viejo chiste y sonaba rancio. Gurney sonrió con educación.

Ashton se aclaró la garganta.

—No ha venido para hablar de mi padre. No tengo mucho tiempo. Así pues, ¿qué puedo hacer por usted?

Gurney puso las manos en la mesa.

139

—¿Es aquí donde estuvo sentado el día del disparo?

—Sí.

—¿No le pone nervioso estar en el mismo sitio?

—Muchas cosas me ponen nervioso.

—No lo habría dicho nunca, mirándole.

Hubo un largo silencio que rompió Gurney.

—¿Cree que el asesino acertó a lo que estaba apuntando?

—Sí.

—¿Qué le hace pensar que no le apuntaba a usted y falló?

—¿Ha visto *La lista de Schindler*? Hay una escena en la que Schindler trata de convencer al comandante del campo para que perdone la vida a judíos a los cuales normalmente ejecutaría por infracciones menores. Le explica que pudiendo matarlos, teniendo un perfecto derecho a hacerlo, elegir salvarlos como si fuera un dios sería la mayor prueba de su poder sobre ellos.

—¿Es lo que piensa que hizo Flores? ¿Probar, al perdonarle y romper la taza de té, que tiene el poder de matarlo?

—Es una hipótesis razonable.

—Suponiendo que el que disparó fuese Flores.

Ashton sostuvo la mirada de Gurney.

—¿En quién más piensa?

—Le dijo al agente de la investigación, al primero de ellos, que Withrow Perry poseía un rifle del mismo calibre que el de los fragmentos de bala recogidos de este patio.

—¿Lo ha conocido o ha hablado con él?

—Todavía no.

—Cuando lo haga, creo que la noción del doctor Withrow Perry reptando por esos bosques con una mira telescópica le parecerá completamente ridícula.

—Pero ¿no es tan ridícula en el caso de Héctor Flores?

—Héctor ha demostrado que es capaz de cualquier cosa.

—Esa escena que ha mencionado de *La lista de Schindler*... Ahora que lo pienso, creo recordar que el comandante no hace caso del consejo durante mucho tiempo. No tiene la paciencia necesaria, y muy pronto vuelve a matar a los judíos que no se comportan como él quiere.

Ashton no respondió. Su mirada vagó hacia la colina boscosa que había detrás del pabellón y se quedó allí.

La mayoría de las decisiones de Gurney eran conscientes y bien calculadas, con una llamativa excepción: decidir cuándo era

140

el momento de cambiar el tono de una entrevista. Eso era una cuestión visceral y ese le pareció el momento adecuado. Se echó hacia atrás en su silla de hierro y dijo:

—Marian Eliot es una gran admiradora suya.

Los signos fueron sutiles; quizá Gurney estaba imaginándoselos, pero tuvo la impresión, por la extraña mirada que Ashton le dedicó, que por primera vez en la conversación lo había pillado a contrapié. Ashton se recuperó enseguida.

—Marian es fácil de embelesar —dijo con su voz suave de psiquiatra—, siempre y cuando uno no trate de ser encantador.

Gurney se dio cuenta de que coincidía exactamente con su propia percepción.

—Cree que es usted un genio.

—Ella tiene sus intereses.

Gurney trató de dar otro giro.

—¿Qué opinaba de usted Kiki Muller?

—No tengo ni idea.

—¿Era su psiquiatra?

—Lo fui muy poco tiempo.

—Un año no me parece poco tiempo.

—¿Un año? Más bien dos meses o ni siquiera dos meses.

—¿Cuándo terminaron los dos meses?

—No puedo decírselo. Restricciones de confidencialidad. Ni siquiera debería haberle dicho lo de los dos meses.

—Su marido me dijo que tenía una cita con usted cada martes hasta la semana en que ella desapareció.

Ashton solo ofreció un fruncimiento de cejas de incredulidad y negó con la cabeza.

—Deje que le pregunte algo, doctor Ashton. Sin revelar nada que Kiki Muller pudiera haberle dicho durante el tiempo en que estuvo viéndole, ¿puede decirme por qué su tratamiento término tan deprisa?

Lo consideró, pareció incómodo al responder.

—Yo lo interrumpí. —Cerró los ojos un momento. Pareció tomar una decisión—. En mi opinión, ella no estaba interesada en la terapia. Solo estaba interesada en estar aquí.

—¿Aquí? ¿En su propiedad?

—Se presentaba media hora antes a las sesiones, luego se entretenía al terminar, supuestamente fascinada con el paisaje, las flores o lo que fuera. La cuestión es que su atención siempre

141

iba allí donde estaba Héctor. Pero ella no lo reconocía, lo cual hacía que sus palabras conmigo fueran falsas e inútiles. Así que dejé de verla después de seis o siete sesiones. Estoy corriendo un riesgo al decirle esto, pero parece un hecho importante si ella estaba mintiendo sobre la duración del tratamiento. La verdad es que ella dejó de ser mi paciente al menos nueve meses antes de su desaparición.

—¿Podría haber estado viendo a Héctor en secreto todo ese tiempo, diciéndole a su marido que venía a sesiones con usted?

Ashton respiró hondo y soltó el aire lentamente.

—Detestaría reconocer que algo tan descarado estaba ocurriendo delante de mis narices, aquí mismo, en esa maldita cabaña. Pero es coherente con el hecho de que los dos huyeran juntos… después.

—Este Héctor Flores —dijo Gurney de repente—, ¿qué clase de persona imagina que era?

Ashton se estremeció.

—¿Se refiere a cómo es posible que siendo psiquiatra pudiera estar equivocado hasta tal punto respecto a alguien al que estuve observando a diario durante tres años? La respuesta es embarazosamente simple: ceguera en la persecución de un objetivo que se había convertido en demasiado importante para mí.

—¿Qué objetivo era ese?

—La educación y el desarrollo de Héctor Flores. —Ashton puso cara de haber probado algo amargo—. Su notoria evolución de jardinero a erudito iba a ser el tema de mi siguiente libro, una exposición del poder de la educación sobre la naturaleza.

—Y después de eso —dijo Gurney con más sarcasmo del que pretendía—, ¿un segundo libro bajo otro nombre que demoliera el argumento de su primer libro?

Los labios de Ashton se alargaron en una fría sonrisa a cámara lenta.

—Ha tenido una conversación muy instructiva con Marian.

—Lo cual me recuerda otra cosa que quería preguntarle. Sobre Carl Muller. ¿Es consciente de su estado emocional?

—No como profesional.

—Como vecino, entonces.

—¿Qué es lo que quiere saber?

—Dicho con sencillez: quiero saber lo loco que está.

Una vez más Ashton presentó su sonrisa carente de humor.

—Basándome en las cosas que he oído, supongo que está en plena evasión de la realidad. En concreto, de la realidad adulta. De la realidad sexual.

—¿Todo eso lo deduce de que juega con trenes eléctricos?

—Hay una pregunta clave que uno debe hacerse sobre la conducta inapropiada: ¿hay una edad en la cual esa conducta sería apropiada?

—No sé si le entiendo.

—La conducta de Carl parece apropiada para un chico pre-pubescente. Eso sugiere que podría ser una forma de regresión en la cual el individuo vuelve al último momento seguro y feliz de su vida. Diría que Carl ha regresado a un tiempo de su vida antes de que las mujeres y el sexo entraran a formar parte de la ecuación, antes de que experimentara el dolor de que una mujer lo engañara.

—Está diciendo que, de alguna manera, descubrió la aventura de su mujer con Flores y eso lo llevó a caer al abismo.

—Es posible, si ya fuera frágil con antelación. Es coherente con su conducta actual.

Un banco de nubes, que se habían materializado como por ensalmo en el cielo azul, pasó gradualmente delante del sol, lo que hizo que la temperatura en el patio bajara al menos diez grados. Ashton no pareció notarlo. Gurney metió las manos en los bolsillos. Mala circulación en los dedos y consiguiente sensibilidad al frío: otro recordatorio de que los genes de su padre dominaban más su cuerpo con cada año que pasaba.

—¿Un descubrimiento como ese podría bastar para que la matara? ¿O matara a Flores?

Ashton torció el gesto.

—¿Tiene alguna razón para creer que Kiki y Héctor estén muertos?

—Ninguna, salvo por el hecho de que ninguno de los dos ha sido visto en los últimos cuatro meses. Pero tampoco tengo pruebas de que estén vivos.

Ashton miró su reloj, un antiguo Cartier bien bruñido.

—Está pintando una imagen complicada, detective.

Gurney se encogió de hombros.

—¿Demasiado complicada?

—No me corresponde decirlo. No soy psicólogo forense.

143

—¿Qué es?

Ashton pestañeó, quizá por lo abrupto de la pregunta.

—¿Perdón?

—¿Su campo de especialización…?

—Conducta sexual destructiva, sobre todo abuso sexual.

Era el turno de pestañear de Gurney.

—Tenía la impresión de que era director de una escuela para chicas con problemas.

—Sí. Mapleshade.

—¿Mapleshade es para chicas de las que han abusado sexualmente?

—Lo siento, detective. Está abriendo un tema del que no se puede hablar en poco tiempo sin el riesgo de que haya malentendidos, y ahora no tengo tiempo para tratarlo con detalle. Quizás otro día. —Miró otra vez su reloj—. La cuestión es que tengo dos citas esta tarde y he de prepararme. ¿Tiene preguntas más sencillas?

—Dos. ¿Es posible que estuviera equivocado con respecto a que Héctor Flores fuera mexicano?

—¿Equivocado?

Gurney esperó.

Ashton pareció agitado, se movió hasta el borde de la silla.

—Sí, podría estar equivocado con eso, junto con todo lo demás que he pensado sobre él. ¿Segunda pregunta?

—¿Significa algo para usted el nombre de Edward Vallory?

—¿Se refiere al mensaje de texto en el teléfono de Jillian?

—Sí. «Por todas las razones que he escrito. Edward Vallory.»

—No. El primer investigador del caso me lo preguntó. Le dije entonces que no me era un nombre familiar y sigue siendo así. Me dijeron que la compañía de teléfonos rastreó el mensaje hasta llegar al teléfono móvil de Héctor.

—Pero ¿no tiene ni idea de por qué usaría el nombre de Edward Vallory?

—Ninguna. Lo siento, detective, pero he de prepararme para mis citas.

—¿Puedo verle mañana?

—Estaré todo el día en Mapleshade, con la agenda llena.

—¿A qué hora se va por la mañana?

—¿De aquí? A las nueve y media.

144

—¿Qué le parece a las ocho y media, pues?

La expresión de Ashton vagó entre la consternación y la preocupación.

—Muy bien. Entonces, a las ocho y media de la mañana.

De camino a su coche, Gurney miró al fondo del patio. El sol ya se había puesto, pero la ramita metrónomo de Hobart Ashton todavía se movía adelante y atrás con un ritmo lento y monótono.

21

Un consejo

*M*ientras Gurney conducía por Badger Lane bajo un cielo cada vez más nublado, las casas que le habían parecido pintorescas bañadas por la luz del sol ahora parecían lúgubres y cautelosas. Estaba ansioso de alcanzar el espacio abierto de Higgles Road y los valles bucólicos que se extendían entre Tambury y Walnut Crossing.

La decisión de Ashton de terminar la entrevista y obligarlo a un viaje más no le molestó en absoluto. Así le daría tiempo para digerir sus primeras impresiones en directo del hombre, junto con las opiniones ofrecidas por sus extraordinarios vecinos. Tener la oportunidad para organizarlo todo en su mente le ayudaría a empezar a trazar conexiones y reunir las preguntas adecuadas para el día siguiente. Decidió que se dirigiría directamente al Quick-Mart de la ruta 10, se tomaría la taza de café más grande que ofrecieran y tomaría algunas notas.

Al atisbar el cruce de la granja en ruinas de Calvin Harlen, vio que un coche negro estaba bloqueando la carretera, atravesado. Dos hombres jóvenes y musculosos con idéntico pelo rapado, gafas de sol, tejanos negros y cortavientos brillantes estaban apoyados contra el lateral del coche, observando como Gurney se aproximaba. Que el coche fuera un Ford Crown Victoria sin identificar, un vehículo policial tan obvio como un coche patrulla que hiciera atronar su sirena, hizo que las identificaciones de la Policía del estado que los hombres llevaban en las chaquetas no constituyeran ninguna sorpresa.

Se acercaron hasta Gurney, uno a cada lado de su coche.

—Carné y papeles —dijo el que estaba junto a la ventana de Gurney en un tono no demasiado amistoso.

Gurney ya había sacado su billetera, pero en ese momento dudó.

—¿Blatt?

La boca del hombre se retorció como si una mosca hubiera aterrizado en ella. Lentamente se quitó las gafas, logrando inyectar amenaza a la acción. Sus ojos eran pequeños y desafiantes.

—¿De dónde le conozco?

—Del caso Mellery.

Sonrió. Cuanto más amplia era la sonrisa, más desagradable se volvía.

—Gurney, ¿verdad? El genio de la ciudad de la mierda. ¿Qué coño está haciendo aquí?

—De visita.

—¿A quién visita?

—Cuando sea apropiado compartir esa información con usted, lo haré.

—¿Apropiado? ¿Apropiado? Salga del coche.

Gurney cumplió la orden sin perder la calma. El otro oficial había rodeado el coche por detrás.

—Ahora, como he dicho, carné y papeles.

Gurney abrió la cartera, entregó los dos documentos a Blatt, que los examinó con sumo cuidado. Blatt volvió al Crown Victoria, entró y empezó a marcar teclas en el ordenador del coche. El agente situado detrás del coche estaba vigilando a Gurney como si fuera a echar a correr por Higgles Road hacia las zarzas. Gurney sonrió con gesto cansado y trató de leer la identificación del hombre, pero el plástico estaba reflejando la luz. Renunció y decidió presentarse:

—Soy Dave Gurney, detective de Homicidios del Departamento de Policía de Nueva York retirado.

El agente asintió ligeramente. Pasaron varios minutos. Luego varios más. Gurney se apoyó en la puerta del coche, cruzó los brazos y cerró los ojos. No le gustaban los retrasos inútiles, y la complejidad del día lo estaba agotando. Su paciencia legendaria se estaba terminando. Blatt volvió y le entregó sus cosas como si le pusiera enfermo sostenerlas.

—¿A qué ha venido aquí?

—Eso ya me lo ha preguntado.

—Muy bien, Gurney, voy a dejarle algo claro: hay una investigación de Homicidios en marcha. ¿Entiende lo que le estoy diciendo? Un caso de asesinato. Cometerá un gran error si se entromete. Obstrucción a la justicia. Entorpecimiento de la in-

147

vestigación de un crimen. ¿Capta el mensaje? Así que se lo preguntaré una vez más: ¿qué está haciendo en Badger Lane?

—Lo siento, Blatt, es un asunto privado.

—¿Me está diciendo que no está aquí por el caso Perry?

—No estoy diciendo nada.

Blatt se volvió hacia el otro agente, escupió en el suelo y señaló con el pulgar hacia Gurney.

—Este es el tipo que casi logró que nos mataran a todos al final del caso Mellery.

La estúpida acusación estuvo peligrosamente cerca de pulsar un botón en Gurney que la mayoría de la gente no sabía que existía.

Quizás el otro agente sintió vibraciones peligrosas, tal vez ya conocía de antes la animadversión de Blatt o quizá, se le encendió por fin una lucecita.

—¿Gurney? —preguntó—. ¿No es ese el tipo con las distinciones especiales del Departamento de Policía de Nueva York?

Blatt no respondió, pero algo en la pregunta cambió el camino por el que estaba yendo la conversación. Miró sin ánimo a Gurney.

—Un consejo: ¡largo de aquí! Lárguese de aquí ahora mismo. Si se le ocurre respirar cerca de este caso, le garantizo que lo acusaré de obstrucción a la justicia. —Levantó la mano y bajó el dedo índice como si fuera un martillo.

Gurney asintió.

—Le he oído, pero… tengo una pregunta. Supongamos que descubro que todas sus suposiciones sobre este asesinato son mentira. ¿A quién debería contárselo?

22

Spiderman

*E*l café de camino a casa fue un error. El cigarrillo fue una equivocación aún mayor.

El café de la gasolinera se había concentrado con el tiempo y la evaporación en un líquido cargado de cafeína, de color alquitrán y sin el menor gusto a café. Gurney se lo tomó de todos modos: un ritual reconfortante. No tan reconfortante fue el impacto de la cafeína en sus nervios cuando la primera carga de estimulación dio paso a una vibrante ansiedad que exigía un cigarrillo. Pero eso, también, venía con sus pros y sus contras: una breve sensación de tranquilidad y libertad, seguida por pensamientos tan plomizos como las desesperantes nubes. El recuerdo de algo que un terapeuta le había dicho quince años antes: «David, te comportas como dos personas diferentes. En tu vida profesional, tienes impulso, determinación, dirección. En tu vida personal, eres un barco sin timón». En ocasiones tenía la ilusión de hacer progresos: dejar de fumar, vivir una mayor parte de su vida al aire libre, concentrarse en el aquí y ahora y en Madeleine. Pero sus expectativas de cambio fracasaban inevitablemente y volvía a caer en lo que siempre había sido.

Su nuevo Subaru no tenía cenicero, así que se las tenía que apañar con la lata de sardinas escurrida que tenía en el coche para ese propósito. Al aplastar la colilla en ella, recordó de repente otro claro ejemplo de fracaso en su vida personal, otro punzante recordatorio de una mente a la deriva: se había olvidado de la cena.

Su llamada a Madeleine —omitiendo su lapsus de memoria y el hecho de que no podía recordar quién iba a su casa a cenar, preguntando solo si quería que comprara algo de camino a casa— no le dejó una sensación mejor. Tenía la impresión de que ella sabía que se había olvidado, que estaba tratando de enmendarlo. Fue una llamada corta con largos silencios. Su conversación final:

—¿Quitarás de la mesa del comedor los expedientes del asesinato cuando llegues a casa?

—Sí, ya te dije que lo haría.

—Bien.

Para el resto del viaje, la mente inquieta de Gurney patinó en torno a un conjunto de preguntas insidiosas: ¿por qué estaba esperándolo Arlo Blatt al pie de Badger Lane? Antes no había allí ningún coche de vigilancia. ¿Lo habían avisado de que alguien estaba haciendo preguntas? ¿De que era precisamente Gurney el que estaba haciendo preguntas? Pero ¿a quién le importaría tanto como para llamar a Blatt? ¿Por qué Blatt estaba tan ansioso por sacarlo del caso? Y aquello trajo consigo otra pregunta sin respuesta: ¿por qué Jack Hardwick estaba tan ansioso por que participara en aquel caso?

Justo a las 17.00, bajo un cielo plomizo, Gurney giró por el camino de tierra y grava que subía por la colina a su casa de campo. A más de un kilómetro del camino, atisbó un coche por delante de él, un Prius de color verde grisáceo. Al subir por aquella senda polvorienta, le fue quedando cada vez más claro que los ocupantes del coche eran los misteriosos invitados a la cena.

El Prius redujo cautelosamente la velocidad al entrar en el camino bacheado que atravesaba el prado hasta la zona de hierba apelmazada contigua a la casa que servía de aparcamiento informal. Un segundo antes de que salieran, Gurney lo recordó: George y Peggy Meeker. George, profesor de Entomología retirado, de sesenta y pocos años: una mantis religiosa larguirucha de hombre; y Peggy, una trabajadora social cargada de vitalidad de cincuenta y pocos que había convencido a Madeleine para que aceptara su actual trabajo a tiempo parcial. Cuando Gurney aparcó, los Meeker sacaron del asiento de atrás una fuente y un cuenco cubierto con papel de aluminio.

—¡Ensalada y postre! —gritó Peggy—. Siento que lleguemos tarde. ¡George perdió las llaves del coche! —Al parecer le resultaba al mismo tiempo exasperante y entretenido.

El hombre levantó la mano en un gesto de saludo, acompañado por una mirada agria a su mujer. Gurney solo logró esbozar una pequeña sonrisa de bienvenida. La forma de comportarse de George y Perry, cómo se trataban, le incomodaba porque se parecía demasiado a lo que ocurría entre sus padres.

Madeleine salió a la puerta, dirigiendo su sonrisa a los Meeker.

—Ensalada y postre —explicó Peggy, entregándole los platos tapados a Madeleine, quien hizo sonidos apreciativos y marcó el camino hacia la gran cocina de la granja—. ¡Me encanta! —exclamó Peggy, mirando a su alrededor con los ojos bien abiertos en una expresión de aprecio, la misma reacción que había tenido en sus dos visitas anteriores, y añadió, como siempre hacía—: Es la casa perfecta para vosotros dos. ¿No crees que encaja perfectamente con sus personalidades, George?

Él asintió en señal de conformidad, mirando las carpetas del caso que había sobre la mesa, inclinando la cabeza para leer las descripciones del contenido abreviadas de las cubiertas.

—Pensaba que estabas retirado —le dijo a Gurney.

—Sí. Es solo un breve trabajo de asesoría.

—Una invitación a una decapitación —dijo Madeleine.

—¿Qué clase de trabajo de asesoría? —preguntó Peggy con interés real.

—Me han pedido que revise las pruebas de un caso de asesinato y sugiera alternativas para la investigación, si parecen justificadas.

—Suena fascinante —dijo Peggy—. ¿Es un caso que ha salido en las noticias?

Vaciló un momento antes de responder.

—Sí, hace unos meses. Los periódicos sensacionalistas se refirieron a él como el caso de la novia masacrada.

—¡No! Vaya, ¡es increíble! ¿Estás investigando ese asesinato horrible? La mujer joven que fue asesinada con su vestido de boda. ¿Qué pasó exactamente…?

Madeleine intervino, con un volumen demasiado alto dada la proximidad de sus invitados.

—¿Qué puedo traeros de beber?

Peggy no apartó la mirada de Gurney.

Madeleine continuó, en voz alta y alegre.

—Tenemos un pinot gris de California, un Barolo italiano y un Finger Lakes no sé cuántos con un nombre bonito.

—Barolo para mí —dijo George.

—Quiero oír los detalles de este asesinato —declaró Peggy,

151

que añadió, como si fuera una ocurrencia de última hora—: cualquier vino está bien. Menos el del nombre bonito.

—Yo tomaré Barolo, como George —dijo Gurney.

—¿Puedes despejar la mesa ahora? —preguntó Madeleine.

—Por supuesto —dijo Gurney. Se volvió y empezó a juntar las muchas pilas de papeles en unas pocas—. Debería haberlo hecho esta mañana antes de mis reuniones en Tambury. Ya no puedo recordar nada.

Madeleine sonrió amenazadoramente, cogió un par de botellas de la despensa y se dispuso a extraer los corchos.

—¿Entonces...? —dijo Peggy, todavía mirando a Gurney con expectación.

—¿Cuánto recuerdas de las noticias? —preguntó.

—Una mujer exuberante asesinada con un hacha por un jardinero mexicano loco unos diez minutos después de casarse nada menos que con Scott Ashton.

—O sea, que sabes quién es.

—¿Saber quién es? Dios, todo el mundo... Espera, deja que lleve eso. En el mundo de las ciencias sociales todos conocen a Scott Ashton, o al menos su reputación, sus libros, sus artículos de periódico. Es el terapeuta más puesto en temas relacionados con los abusos sexuales.

—¿El más apuesto? —bromeó Madeleine, acercándose con dos copas de vino tinto.

George se carcajeó, un extraño sonido de su cuerpo, que era como un palillo.

Peggy hizo una mueca.

—No he elegido bien las palabras. Debería haber dicho el más famoso. Muchas terapias de vanguardia. Estoy seguro de que Dave puede contarnos un montón de cosas más. —Aceptó la copa que Madeleine le ofreció, dio un sorbito y sonrió—. Buenísimo, gracias.

—Así que mañana es el gran día, ¿eh? —dijo Madeleine.

Peggy pestañeó, confundida por el cambio de tema.

—El gran día —repitió George.

—Un hijo no se va a Harvard todos los días ¿verdad?—dijo Madeleine—. ¿Y no nos has dicho que iba a especializarse en biología?

—Ese es el plan —dijo George, siempre un científico cauto.

Ninguno de los dos mostró mucho interés por el tema, quizá

porque era el tercero de sus hijos en seguir esa senda y todo lo que se podía decir ya se había dicho.

—¿Todavía das clases? —Peggy dirigió la pregunta a Gurney.

—¿Te refieres a la academia?

—Conferenciante invitado, ¿no?

—Sí, lo hago de vez en cuando. Un seminario especial sobre operaciones secretas.

—Da un curso sobre la mentira —dijo Madeleine.

Los Meeker rieron con incomodidad. George apuró su copa de Barolo.

—Enseño a los buenos cómo mentir a los malos para que los malos les digan a los buenos lo que necesitamos saber.

—Esa es una definición —comentó Madeleine.

—¡Tendrás grandes historias que contar! —dijo Peggy.

—George —dijo Madeleine, colocándose entre Peggy y Gurney—, deja que te llene la copa. —Él se la pasó, y Madeleine retrocedió hacia la isleta de la cocina—. Tiene que ser agradable que tus hijos sigan tus pasos.

—Bueno…, no enteramente mis pasos. Biología, sí, en un sentido general, pero hasta el momento ninguno de ellos ha manifestado el menor interés por la entomología, y mucho menos por mi propia especialidad de aracnología. Por el contrario…

—Eh, si no recuerdo mal —lo interrumpió Peggy—, ¿vosotros tenéis un hijo?

—David tiene un hijo —dijo Madeleine, volviendo a la isleta y sirviéndose un pinot grigio.

—Ah, sí. Tengo el nombre en la punta de la lengua, algo con L…, ¿o era con K?

—Kyle —dijo Gurney, como si fuera una palabra que rara vez pronunciaba.

—Está en Wall Street, ¿no?

—Estaba en Wall Street; ahora está en la Facultad de Derecho.

—¿Una víctima del estallido de la burbuja? —preguntó George.

—Más o menos.

—Un desastre clásico —entonó George desde la atalaya del intelectual—. Un castillo de naipes. Hipotecas de un millón de

153

dólares repartidas como caramelos a niños de tres años. Millonarios y peces gordos saltando desde las torres de las altas finanzas. Grandes banqueros que cavan sus propias tumbas. Lo único malo es que nuestro Gobierno en su infinita sabiduría decidió resucitar a los cabrones idiotas, devolverles la vida con el dinero de nuestros impuestos. Debería haber dejado que la escoria de la Tierra de los directores generales se pudriera en el Infierno.

—¡Bravo, George! —dijo Madeleine levantando la copa.

Peggy lo fulminó con una mirada gélida.

—Estoy segura de que no incluye a tu hijo entre los malvados.

Madeleine sonrió a George.

—¿Estabas diciendo algo sobre las carreras de tus hijos en el campo de la biología?

—Ah, sí. Bueno, en realidad no. Estaba a punto de decir que el mayor no solo no está interesado en la aracnología, sino que afirma que sufre aracnofobia —dijo como si fuera el equivalente a la fobia a la tarta de manzanas—. Y eso no es todo, ni siquiera...

—Por el amor de Dios, no pongas a George a hablar de arañas —intervino Peggy, interrumpiéndolo por segunda vez—. Me doy cuenta de que son las criaturas más fascinantes de la Tierra, con beneficios sin fin, y etcétera, etcétera, pero ahora mismo preferiría oír algo más del caso de asesinato de Dave que de la araña peruana.

—Yo votaría por la araña peruana. Pero supongo que puede esperar —dijo Madeleine, que tomó un largo trago de vino—. ¿Por qué no os sentáis todos junto a la chimenea y acabáis el tema de las decapitaciones mientras doy los últimos toques a la cena? Solo serán unos minutos.

—¿Puedo ayudar? —preguntó Peggy. Parecía que estaba tratando de sopesar el tono de Madeleine.

—No, todo está listo. Gracias de todos modos.

—¿Estás segura?

—Sí.

Después de otra mirada inquisitiva, se retiró con los dos hombres hacia las tres sillas acolchadas del otro extremo de la sala.

—Muy bien —le dijo a Gurney en cuanto se acomodaron—, cuéntanos la historia.

Cuando Madeleine los llamó a la mesa para cenar, eran casi las seis y Gurney había relatado una historia razonablemente completa del caso hasta la fecha, incluidos sus giros y cabos sueltos. Su narración había sido dramática sin ser sangrienta; había insinuado posibles enredos sexuales sin asegurar que eran la esencia del caso, y había sido tan coherente como le permitían los hechos. Los Meeker habían escuchado con atención y sin decir nada.

Ya en la mesa —a medio camino de la ensalada de espinacas, nueces y queso Stilton— empezaron a llegar los comentarios y las preguntas, sobre todo por parte de Peggy.

—Así que si Flores fuera homosexual, el motivo de matar a la novia serían los celos. Pero el método suena psicótico. ¿Es creíble que uno de los psiquiatras más destacados del mundo no se haya fijado en que el hombre que vivía en su propiedad era un loco de remate capaz de cortarle la cabeza a alguien?

—Y si Flores no era homosexual —dijo Gurney—, ese motivo desaparecería, pero todavía tendríamos que tratar con la parte del «loco de remate» y el problema de que Ashton no se diera cuenta de ello.

Peggy se inclinó hacia delante en su silla, haciendo un gesto con el tenedor.

155

—Por supuesto, que no fuera homosexual encaja con que estuviera teniendo una aventura con la mujer de Muller, y que huyeran juntos, pero deja el hecho de que estuviera «loco de remate» como única explicación del asesinato de la novia.

—Además —dijo Gurney—, tenemos a Scott Ashton y a Kiki Muller sin darse cuenta de que Flores está chiflado. Y hay otro problema: ¿qué mujer iba a huir voluntariamente con un hombre que acaba de cortarle la cabeza a otra mujer?

Peggy se estremeció al pensarlo.

—No me lo imagino.

Madeleine habló con un suspiro de aburrimiento.

—No pareció molestarles a las mujeres de Enrique VIII.

Hubo un silencio momentáneo, roto por otro suspiro de George.

—Supongo que podría haber una diferencia —aventuró Peggy— entre el rey de Inglaterra y un jardinero mexicano.

Madeleine estudió una de las nueces de su ensalada y no contestó.

George intervino en la pausa de la conversación.

—¿Qué hay del tipo con los trenes eléctricos, el *Adeste fideles* y demás? Supongamos que los mató a todos.

Peggy puso mala cara.

—¿De qué estás hablando, George? ¿Quiénes son todos?

—Es una posibilidad, ¿no? Supongamos que su mujer es un poco zorra y se acostaba con el mexicano. Y quizá la novia era un poco zorra y también se había acostado con el mexicano. Quizás el señor Muller decidió matarlos a todos, deshacerse de la basura: dos zorras y su Romeo barato.

—¡Dios mío, George! —gritó Peggy—. Parece como si te resultara bien lo que les ocurrió a las víctimas.

—Todas las víctimas no son necesariamente inocentes.

—George…

—¿Por qué dejó el machete en el bosque? —intervino Madeleine.

Después de una pausa durante la cual todos la miraron, Gurney preguntó:

—¿Es la pista lo que te preocupa? La senda de olor que va hasta un punto y luego se detiene.

—Me molesta que dejaran el machete en el bosque sin razón aparente. No tiene sentido.

—En realidad —dijo Gurney—, es una gran cuestión. Examinémosla más de cerca.

—Mejor que no. —La voz de Madeleine era controlada, pero iba subiendo de volumen—. Siento haberlo mencionado. De hecho, toda esta discusión me está revolviendo el estómago. ¿Podemos hablar de otra cosa? —Se hizo un silencio en torno a la mesa—. George, háblanos de tu araña favorita. Apuesto a que tienes una favorita.

—Oh…, no podría decirlo. —Parecía un poco desorientado, ausente.

—Vamos, George.

—Ya has oído que me han advertido de que no toque ese tema.

Peggy miró a Madeleine con nerviosismo.

—Adelante, George. No pasa nada.

Ahora todos lo estaban mirando. La atención parecía complacerle. Era fácil imaginar al hombre detrás de un atril: el profesor Meeker, respetado entomólogo, fuente de sabiduría y anécdotas pertinentes.

«Ten cuidado, Gurney, cualquier juicio de él puede aplicarse a ti. ¿Qué estás haciendo en la Academia de Policía, si no?»

George levantó la barbilla con orgullo.

—Las saltarinas —dijo.

Los ojos de Madeleine se ensancharon.

—¿Arañas que saltan?

—Sí.

—¿De verdad saltan?

—Sí, de verdad. Pueden saltar cincuenta veces la longitud de su cuerpo. Es como si un hombre de un metro ochenta saltara la longitud de un campo de fútbol y lo sorprendente es que prácticamente no tienen músculos en las piernas. Así que, podríais preguntar, ¿cómo logran hacer un salto tan prodigioso? ¡Con bombas hidráulicas! Las válvulas de sus patas sueltan chorros de sangre a presión, haciendo que las patas se extiendan y las propulsen en el aire. Imaginad un depredador letal que cae sin previo aviso sobre su presa. No hay esperanza de huida. —Los ojos de Meeker destellaron. De manera no muy distinta a la de un padre orgulloso.

La idea del padre intranquilizó a Gurney.

—Y luego, por supuesto —continuó Meeker con excitación—, está la viuda negra, una máquina de matar verdaderamente elegante. Una criatura letal para adversarios mil veces más grandes que ella.

—Una criatura —dijo Peggy, cobrando vida— que encaja con la definición de perfección de Scott Ashton.

Madeleine le dedicó una mirada de asombro.

—Me estoy refiriendo al infame libro de Scott Ashton que trata de la empatía (la preocupación por el bienestar y los sentimientos de los demás) como un defecto, como una imperfección en el sistema de límites humano. La viuda negra, con su repugnante costumbre de matar y comerse a su compañero después del apareamiento, sería probablemente su idea de perfección. La perfección del sociópata.

—Pero como escribió un segundo libro en el que atacaba su primer libro —dijo Gurney—, es difícil saber qué piensa en realidad de los sociópatas o de las arañas negras, o de cualquier otra cosa, para el caso.

La mirada socarrona de Madeleine a Peggy se agudizó.

—¿Este es el hombre del que dijiste que es una gran autoridad en el tratamiento de víctimas de abuso sexual?

157

—Sí, pero… no exactamente. No trata a las víctimas. Trata a los abusadores.

La expresión de Madeleine cambió, como si aquello le pareciera más que revelador.

En el caso de Gurney lo único que provocó fue que lo sumara a la lista de preguntas que quería plantearle a Ashton por la mañana. Y eso le recordó otra cuestión abierta que quería plantear a sus invitados:

—¿El nombre de Edward Vallory significa algo para alguno de vosotros?

A las 22.45, justo cuando Gurney se había adormilado, su teléfono móvil sonó en la mesilla de noche de Madeleine. Lo oyó sonar, oyó que ella contestaba, y después que decía:

—Veré si está despierto.

Su mujer le dio unos golpecitos en el brazo y le tendió el teléfono hasta que él se incorporó y lo cogió.

Era la suave voz de barítono de Ashton, ligeramente tensa por la ansiedad.

—Perdone que le moleste, pero esto podría ser importante. He recibido un mensaje de texto hace un rato. El identificador indica que viene del teléfono de Héctor. Creo que es, palabra por palabra, el mismo mensaje que recibió Jillian el día de nuestra boda: «Por todas las razones que he escrito. Edward Vallory». He llamado a la oficina del DIC y lo he denunciado y quería que usted también lo supiera. —Hizo una pausa, se aclaró la garganta con nerviosismo—. ¿Cree que significa que Héctor podría volver?

Gurney no era un hombre que se regocijara en la mística de la coincidencia. En este caso, no obstante, que alguien mencionara ese nombre tan poco tiempo después de sacarlo a relucir él mismo le provocó un desagradable escalofrío.

Tardó más de una hora en volver a dormirse.

23

Influencia

—Solo dos semanas —dijo Gurney al llevar su café a la mesa del desayuno.

—Hum.

Madeleine era muy expresiva con sus pequeños sonidos. Este mostraba que comprendía lo que estaba diciendo, pero que no tenía ningún deseo de discutir el tema en ese momento. A la luz de la primera hora de la mañana, ella se las arreglaba para leer *Crimen y castigo* para una inminente reunión de su club de lectura.

—Solo dos semanas. No voy a dedicarle más.

—¿Es lo que has decidido? —preguntó Madeleine sin levantar la cabeza.

—No sé por qué ha de ser un problema tan enorme.

Madeleine cerró parcialmente el libro, dejando el dedo entre las páginas que estaba leyendo. Ladeó la cabeza y lo miró.

—¿Cómo de enorme crees tú que es el problema?

—Joder, no sé leer la mente. Olvídalo, bórralo, ha sido un comentario estúpido. Lo que estoy diciendo es que estoy limitando mi implicación en este asunto de Perry a un margen de dos semanas. No importa lo que ocurra, de ahí no paso. —Dejó la taza de café en la mesa, se sentó enfrente de ella—. Mira, quizá no tenga mucho sentido lo que digo. Pero entiendo tu preocupación. Sé lo que pasaste el año pasado.

—¿Sí?

Dave cerró los ojos.

—Creo que sí. De verdad. Y no volverá a ocurrir.

El hecho era que casi lo habían matado al final de la última investigación con la que había colaborado voluntariamente. Un año después de su jubilación, había estado más cerca de la muerte que en más de veinte años como detective de Homicidios del

159

Departamento de Policía de Nueva York. Quizás era lo que había impactado más a Madeleine, no solo el peligro, sino el hecho de que este se había incrementado en el mismo momento de sus vidas en que ella imaginaba que desaparecería.

Se hizo un largo silencio entre ellos.

Finalmente, Madeleine suspiró, retiró el dedo que estaba usando como punto de libro y apartó la novela.

—Mira, Dave, lo que quiero no es tan complicado. O quizá sí. Pensaba que, cuando dejáramos atrás nuestras carreras, descubriríamos una clase de vida en común diferente.

Él sonrió débilmente.

—Todos esos malditos espárragos son algo muy diferente.

—Y tu excavadora es diferente. Y mi jardín de flores es diferente. Pero parece que tenemos problemas con la parte de la «vida en común».

—¿No crees que ahora estamos más tiempo juntos que cuando vivíamos en la ciudad?

—Creo que estamos en la misma casa más tiempo los dos a la vez. Pero ahora es obvio que yo estaba más dispuesta que tú a dejar atrás nuestra vida anterior. Así que ese fue mi error, pensar que estábamos en la misma longitud de onda. Mi error —repitió ella, hablando suavemente con rabia y tristeza en los ojos.

Dave se recostó en la silla, mirando al techo.

—Un terapeuta me dijo una vez que una expectativa no es nada más que el embrión de un resentimiento.

En cuando lo dijo, lamentó haberlo hecho. Pensó que si hubiera sido tan torpe en su trabajo como lo era hablando con su propia esposa, lo habrían cortado y troceado una década antes.

—¿Solo el embrión de un resentimiento? Muy bonito —saltó Madeleine—. Muy bien. ¿Y qué hay de la esperanza? ¿Decía algo que fuera a la par ingenioso y desdeñoso para hablar de la esperanza? —La rabia se estaba desplazando desde sus ojos a su voz—. ¿Qué hay del progreso? ¿Tenía algo que decir sobre el progreso? ¿O la intimidad? ¿Qué decía sobre eso?

—Lo siento —dijo Gurney—. Solo ha sido otro comentario estúpido por mi parte. Parece que tengo un montón. Deja que empiece otra vez. Lo único que quería decir es que…

Ella lo interrumpió.

—¿Que has decidido comprometerte con «tu deber» durante dos semanas, que vas a trabajar para una mujer loca que busca a un asesino psicótico? —Madeleine lo miró, aparentemente retándolo a tratar de reevaluar la proposición en términos más suaves—. Vale, David. Está bien. Dos semanas. ¿Qué puedo decir? Lo vas a hacer de todas formas. Y por cierto, sé que lo que haces requiere mucha fuerza, gran coraje, gran honestidad y una mente soberbia. De verdad sé que eres un hombre muy especial. De verdad, eres uno entre un millón. Te respeto mucho, David. Pero ¿sabes qué? Me gustaría respetarte menos y estar un poco más contigo. ¿Crees que sería posible? Es lo único que quiero saber. ¿Crees que podríamos estar un poco más cerca?

La mente de Dave casi se puso en blanco.

Luego murmuró en voz baja:

—Dios mío, Maddie, eso espero.

Empezó a llover en el camino a Tambury. Una lluvia de las de limpiaparabrisas en posición intermitente, más bien una llovizna ligera. Gurney paró en Dillweed para comprar una segunda taza de café, no en una gasolinera, sino en el mercado de productos ecológicos Abelard's, donde el café estaba recién molido y hecho, y muy bueno.

Se sentó con un café en su coche aparcado delante del mercado, hojeando las notas del caso y encontrando la página que quería: un informe suministrado por la compañía de teléfonos con las fechas y las horas de intercambios de mensajes de texto entre los móviles de Jillian Perry y Héctor Flores durante las tres semanas anteriores al homicidio: trece de Flores a Perry, doce de Perry a Flores. En un documento separado, grapado al informe, el laboratorio informático de la Policía del estado señalaba que todos los mensajes del teléfono de Jillian Perry habían sido borrados, con la excepción del mensaje final de «Edward Vallory», recibido aproximadamente una hora antes del margen de los catorce minutos en el cual se cometió el asesinato. El informe también señalaba que la compañía telefónica conservaba fecha, duración, número de origen y recepción, así como la torre de transmisión de datos en todas las llamadas de móviles, pero no datos de contenido. Así que una vez que todos esos mensajes habían sido borrados del teléfono de Jillian, no había forma de recuperarlos, a menos que Héctor hubiera guardado las cadenas de mensajes en su teléfono y se tuviera acceso a su memoria en el futuro; posibilidades sobre las que no cabía ser optimista.

Gurney volvió a poner las hojas en la carpeta, se terminó el café y, en esa mañana gris y lluviosa, reemprendió la marcha a su cita de las ocho y media con Scott Ashton.

La puerta se abrió antes de que Gurney tuviera ocasión de llamar. Ashton otra vez iba vestido con ropa informal muy cara, de la clase que podría esperarse en un catálogo con una casa de piedra de Cotswold en portada.

—Entre, vamos al grano —dijo con una sonrisa superficial—. No tenemos mucho tiempo.

Condujo a Gurney a través de un gran vestíbulo central a una sala de estar situada a la derecha que parecía haber sido amueblada un siglo antes. Las sillas tapizadas y los sofás eran casi todos de estilo reina Ana. Las mesas, la repisa de la chimenea, las patas de las sillas y otras superficies tenían una pátina antigua y suavemente lustrosa.

Entre las notas elegantes que cabía encontrar en una casa de campo de estilo de la clase alta inglesa había algo fuera de lugar por completo. En la pared de encima de la repisa de castaño oscuro colgaba una fotografía muy grande enmarcada. Era una imagen apaisada y del tamaño aproximado de una doble página en el dominical del *Times*.

Entonces Gurney se dio cuenta de por qué se le había ocurrido enseguida esa particular comparación de tamaño. Ya había visto esa fotografía en esa misma publicación. Encajaba en el género de anuncios caros en los cuales las modelos se miran entre sí o al mundo en general con una sensualidad arrogante y drogada. No obstante, incluso entre los anuncios de ese estilo, este sorprendía, pues tenía algo que era más que retorcido. Aparecían dos mujeres muy jóvenes, seguramente de menos de veinte años, tendidas en lo que parecía ser un suelo de dormitorio, cada una mirando el cuerpo de la otra con una combinación de cansancio e insaciable apetito sexual. Estaban desnudas salvo por un par de pañuelos de seda hábilmente colocados, se suponía que producto de la firma de moda que se anunciaba.

Cuando Gurney miró con más atención, vio que era una fotografía manipulada; de hecho, eran dos fotografías en las que la misma modelo posaba de manera diferente y que estaban retocadas para dar la impresión de que se miraban la una a la otra, lo que añadía una dimensión de narcisismo a la ya amplia patología de la escena. Era, en cierto modo, una obra de arte impresionante, una descripción de pura decadencia merecedora de ilustrar el infierno que retrató Dante. Gurney se volvió hacia Ashton, con curiosidad evidente en su expresión.

—Jillian —dijo Ashton con voz plana—. Mi difunta esposa.

Gurney se quedó sin habla.

La imagen planteaba tantas preguntas que no sabía por dónde empezar.

Tenía la sensación de que Ashton no solo lo estaba observando, sino que disfrutaba de su confusión. Y aquello planteaba más preguntas. Finalmente, Gurney pensó en algo que decir, algo que había olvidado por completo durante su primera reunión.

—Siento mucho su trágica pérdida. Y lamento no habérselo dicho ayer.

Una pesada nube de depresión y cansancio ensombreció los rasgos de Ashton.

—Gracias.

—Me sorprende que haya sido capaz de quedarse en esta casa; viendo esa cabaña allí atrás días tras día, sabiendo lo que ocurrió allí.

—Será demolida —dijo Ashton, casi con brutalidad—. Derruida, aplastada, quemada. En cuanto la Policía dé su permiso. Todavía tienen cierta jurisdicción sobre ella, como escena del crimen. Pero ese día llegará y, entonces, echaré la cabaña abajo.

En su rostro, una ola de aterradora determinación había reemplazado al cansancio.

Ashton respiró hondo y la muestra de emoción intensa se desvaneció poco a poco. Sonrió de manera adusta.

—Bueno, ¿por dónde empezamos?

Hizo un gesto hacia un par de sillones orejeros de terciopelo color borgoña entre los que se situaba una mesita cuadrada. El sobre de la mesa consistía en un tablero de taracea labrado a mano, pero no había piezas de ajedrez a la vista.

Gurney decidió lanzarse de cabeza a la cuestión más obvia: la foto de sensacional mal gusto de Jillian.

163

—Nunca habría adivinado que la chica de esa foto de la pared era la novia que vi en el vídeo.

—El ondulante vestido blanco, el maquillaje recatado, etcétera. —Ashton parecía casi divertido.

—Nada de eso parece encajar con esto —dijo Gurney, mirando la foto.

—¿Tendría más sentido si supiera que su vestido de novia tradicional era la idea de Jillian de una broma?

—¿Una broma?

—Esto puede parecerle crudo y sin sentimientos, detective, pero no tenemos mucho tiempo, así que deje que le hable deprisa de Jillian. Algunas cosas puede que las haya oído de su madre y otras no. Jillian era irritable, temperamental, inconstante, centrada en sí misma, intolerante, impaciente y voluble.

—Menudo perfil.

—Ese era su lado más brillante, la relativamente inofensiva Jillian, consentida y bipolar. Su lado más oscuro era algo distinto. —Ashton hizo una pausa, miró la imagen de la pared como para calibrar la precisión de sus palabras.

Gurney aguardó, se preguntó adónde iría a parar ese comentario extraordinario.

—Jillian… —empezó Ashton, todavía mirando la foto, hablando ahora con voz más suave y lenta—. Jillian fue en su infancia una depredadora sexual que abusaba de otros niños. Ese era el síntoma principal de la patología central que la llevó a Mapleshade a los trece años. Sus problemas afectivos y de conducta más obvios eran ondas en la superficie.

Se humedeció los labios con la punta de la lengua, luego se frotó con el pulgar y el índice como para secárselos otra vez. Su vista pasó de la foto a la cara de Gurney.

—Bueno, ahora quiere hacer preguntas ¿o prefiere que las formule por usted?

Gurney estaba satisfecho dejando que Ashton siguiera hablando. Lo alentó.

—¿Cuál cree que sería mi primera pregunta?

—¿Si no tuviera una docena de ellas dándole vueltas en la cabeza? Creo que su primera pregunta, al menos para sí mismo, sería: ¿Ashton está loco? Porque, si es así, eso explicaría muchas cosas. Pero, si no, entonces su segunda pregunta sería: ¿por qué demonios iba a querer casarse con una mujer con un historial tan conflictivo? Para la primera pregunta, no tengo respuesta creíble. Ningún hombre es garante fiable de su propia cordura. A la segunda pregunta, le diría que está sesgada injustamente, porque Jillian tenía otra cualidad que he olvidado mencionar: brillantez. Era brillante hasta el extremo. Tenía la mente más rápida, más ágil que haya encontrado nunca. Soy un hombre excepcionalmente inteligente, detective. No estoy siendo inmodesto, solo sincero. ¿Ha visto el tablero de ajedrez construido en esta mesa? No hay piezas. Juego sin ellas. Me resulta un estimulante desafío mental jugar al ajedrez en mi mente, imaginando y recordando las posiciones de las piezas. En ocasiones juego contra mí mismo, visualizando el tablero del lado blanco y del lado negro, adelante y atrás. A la mayoría de la gente esta habilidad le impresiona. Pero créame cuando le digo que la mente de Jillian era más formidable que la mía. Esa clase de inteligencia en una mujer me resulta muy atractiva, atractiva tanto en el sentido de compañerismo como en el erótico.

Cuanto más oía Gurney, más preguntas se le ocurrían.

—He oído que los abusadores son con frecuencia también víctimas de abusos sexuales. ¿Es cierto?

—Sí.

—¿Cierto en el caso de Jillian?

—Sí.

—¿Quién abusó de ella?

—No fue solo una persona.

—¿Quiénes fueron, entonces?

—Según un recuento no verificado, fueron los amigos adictos al crac de Val Perry y el abuso ocurrió repetidamente cuando ella tenía entre tres y siete años.

—Dios. ¿Hay registros de intervención legal, expedientes de servicios sociales?

—Nada de eso se denunció en su momento.

—Pero ¿todo salió a la luz cuando finalmente la enviaron a Mapleshade? ¿Qué hay del registro del tratamiento que le dieron, afirmaciones que ella hizo a sus terapeutas?

—No hay nada. Debería explicarle algo sobre Mapleshade. Para empezar, es una escuela, no un centro médico. Una escuela privada para jóvenes con problemas especiales. Desde hace unos años he admitido un porcentaje creciente de estudiantes

165

cuyos problemas se centran en cuestiones sexuales, en especial en el abuso.

—Me han dicho que trata a los abusadores, más que a los que han sufrido los abusos.

—Sí, aunque lo de «tratar» no es la palabra correcta, porque no se trata, como he dicho, de un centro médico. Y la línea entre abusador y el que ha sufrido los abusos, el abusado, no es siempre tan clara como podría pensar. Lo que quiero destacar es que Mapleshade es eficaz porque es discreto. No aceptamos derivaciones judiciales ni de servicios sociales ni de seguros médicos ni ayuda estatal, no proporcionamos ningún diagnóstico médico o psiquiátrico, y (esto es de suma importancia) no guardamos historiales de pacientes.

—Sin embargo, la escuela, aparentemente, tiene fama de ofrecer tratamientos de vanguardia, o como quiera llamarlo, dirigidos por el afamado doctor Scott Ashton. —La voz de Gurney adoptó un tono más cortante, al cual Ashton no mostró reacción.

—Estos trastornos llevan añadido un estigma mayor que ningún otro. Saber que todo aquí es absolutamente confidencial, que no hay expedientes de casos o formularios de aseguradoras o notas de terapia que puedan ser sustraídas o requeridas por un juez, es una ventaja inestimable para nuestra clientela. Desde un punto de vista legal solo somos una escuela de secundaria privada con un personal bien preparado que está disponible para mantener charlas informales sobre diversas cuestiones delicadas.

Gurney se recostó en el sillón, dándole vueltas a la inusual estructura de Mapleshade y a lo que aquello implicaba. Quizá percibiendo su inquietud, Ashton añadió:

—Tenga en cuenta esto: la sensación de seguridad que nuestro sistema ofrece permite que nuestros estudiantes y sus familias nos cuenten cosas que nunca soñarían con divulgar si la información fuera a ir a parar a un expediente. No hay fuente de culpa, vergüenza y miedo más profunda que los trastornos con los que tratamos aquí.

—¿Por qué no le reveló el horrendo historial de Jillian al equipo de investigación?

—No había razón para hacerlo.

—¿No había razón?

—A mi mujer la mató mi jardinero psicótico, que luego escapó. La obligación de la Policía es localizarlo. ¿Qué debería haber dicho? Oh, por cierto, cuando mi mujer tenía tres años, fue violada por los amigos enloquecidos de su madre adictos al crac. ¿Cómo ayudaría eso a detener a Héctor Flores?

—¿Qué edad tenía cuando hizo la transición de víctima a abusadora?

—Cinco.

—¿Cinco?

—Esta área de disfunción siempre asombra a la gente de fuera del campo. La conducta es muy inconsistente con lo que nos gusta considerar la inocencia de la infancia. Desafortunadamente, los abusadores de cinco años de niños aún más pequeños no son tan raros como podría pensar.

—Madre mía. —Gurney miró con creciente preocupación la foto de la pared—. ¿Quiénes fueron sus víctimas?

—No lo sé.

—¿Val Perry sabe todo esto?

—Sí. Todavía no está preparada para hablar de ello con detalle, en caso de que se esté preguntando por qué no se lo contó. Pero por eso acudió a usted.

—No le sigo.

Ashton respiró hondo.

—Val actúa impulsada por la culpa. Para resumir una historia que es muy complicada, a los veintitantos años ella estaba metida en el mundo de la droga y no era una gran madre. Se rodeó de adictos aún más desquiciados que ella, lo cual llevó a la situación de abuso que he descrito, que a su vez llevó a Jillian a cometer agresiones sexuales y a sufrir otros trastornos de conducta con los que Val no podía tratar. La culpa la desgarraba; es un cliché manido pero preciso. Se sentía responsable por todos los problemas en la vida de su hija y ahora se siente culpable por su muerte. Está frustrada por la investigación policial oficial: sin pistas, sin progresos, sin cierre. Creo que acudió a usted en un intento final de hacer algo bien por Jillian. Ciertamente, demasiado poco y demasiado tarde, pero es lo único que se le ocurrió. Uno de los agentes del DIC le habló de usted, de su reputación como detective de Homicidios en la ciudad; ella leyó algunos artículos en la revista *New York* y decidió que representaba su mejor y última oportunidad para enmendar el haber sido una madre terrible. Es patético, pero ahí está.

167

—¿Cómo sabe todo esto?

—Después del asesinato de Jillian, Val estuvo al borde de una crisis nerviosa y todavía lo está. Hablar de estas cosas era una forma de mantener la cordura.

—¿Y usted?

—¿Yo?

—¿Cómo ha mantenido la cordura?

—¿Es eso curiosidad o sarcasmo?

—Su relato del suceso más horrible de su vida, y cómo habla de la gente implicada en ello, parece desapegada. No sé cómo interpretarlo.

—¿No? Cuesta de creer.

—¿Y eso qué significa?

—Tengo la impresión, detective, de que respondería del mismo modo a la muerte de alguien cercano a usted. —Miró a Gurney con la neutralidad del terapeuta clásico—. Sugiero el paralelismo como una forma de ayudarle a comprender mi posición. Se está preguntando: «¿Está ocultando su emoción por la muerte de su mujer o no tiene ninguna emoción que ocultar?». Antes de que le dé la respuesta, piense en lo que vio en el vídeo.

—¿Se refiere a su reacción a lo que vio en la cabaña?

La voz de Ashton se endureció y habló con una rigidez que parecía vibrar con el poder de una furia apenas contenida.

—Creo que parte de la motivación de Héctor era infligirme dolor. Lo consiguió. Mi dolor está registrado en ese vídeo. Es un hecho que no puedo cambiar. No obstante, tomé la resolución de no volver a mostrar nunca ese dolor. A nadie. Nunca.

Los ojos de Gurney descansaron en la delicada taracea del tablero de ajedrez.

—¿No tiene ninguna duda sobre la identidad del asesino?

Ashton pestañeó, dando la impresión de que tenía problemas para entender la pregunta.

—¿Perdón?

—¿No tiene ninguna duda de que Héctor Flores fue la persona que mató a su mujer?

—Ninguna duda. He pensado en la insinuación que hizo ayer de que Carl Muller podría estar involucrado pero, la verdad, no lo veo.

—¿Es posible que Héctor fuera homosexual y que el motivo del crimen...?

—Eso es absurdo.

—Es una teoría que la Policía estaba considerando.

—Sé algunas cosas sobre sexualidad. Confíe en mí. Héctor no era gay. —Miró deliberadamente su reloj.

Gurney se recostó en la silla; esperó a que Ashton estableciera contacto visual con él.

—Hace falta ser una persona especial para dedicarse al campo al que se dedica.

—¿Y eso qué significa?

—Tiene que ser deprimente. He oído que los agresores sexuales son casi imposibles de curar.

Ashton se recostó como Gurney, le sostuvo la mirada y apoyó los dedos bajo la barbilla.

—Es una generalización de los medios. Mitad verdad, mitad absurdo.

—Aun así, tiene que ser un trabajo difícil.

—¿Qué clase de dificultad está imaginando?

—Toda la tensión… Hay mucho en juego. Las consecuencias del fracaso.

—Como el trabajo policial. Como la vida en general. —Ashton miró otra vez su reloj.

—Así pues, ¿cuál es el pegamento? —preguntó Gurney.

—¿El pegamento?

—Lo que lo vincula al campo del abuso sexual.

—¿Esto es relevante para encontrar a Flores?

—Podría serlo.

Ashton cerró los ojos y osciló la cabeza de manera que los dedos que tenía bajo la barbilla adoptaron una posición de plegaria.

—Tiene razón respecto a que hay mucho en juego. La energía sexual en general tiene un poder tremendo, no hay nada que tenga tanto poder para concentrar la atención en uno mismo, para convertirse en la única realidad, para torcer el juicio, para eliminar el dolor y la percepción del riesgo. El poder de hacer que todas las demás decisiones sean irrelevantes. No hay fuerza en la Tierra que se acerque a la energía sexual en su poder de cegar e impulsar al individuo. Cuando esta energía interior de una persona se concentra en un objeto inapropiado (sobre todo, en otra persona con fuerza y conocimiento inferiores), el potencial de daño es verdaderamente infinito. Porque en la in-

169

tensidad de su poder y excitación primitiva, la capacidad de retorcer la realidad de la conducta sexual inapropiada puede ser tan contagiosa como la mordedura de un vampiro. En la persecución del poder mágico del abusador, el abusado puede convertirse a su vez en abusador. Hay raíces evolutivas, neurológicas y psicológicas en la fuerza abrumadora del impulso sexual. Se pueden analizar, describir y representar gráficamente sus desviaciones en canales destructivos. Pero alterar esas desviaciones es algo muy distinto. Comprender la génesis de un maremoto es una cosa; cambiar su dirección es otra. —Abrió los ojos y bajó las manos.

—¿Es ese reto lo que le atrae?

—Es la influencia.

—¿Se refiere a la capacidad de cambiar algo?

—¡Sí! —Algún reostato interno encendió la luz en los ojos de Ashton—. La capacidad de intervenir en lo que de otro modo sería una cadena sin fin de dolor que se extiende desde el abusador hasta cualquier persona que toque, y de estos a otros, y a futuras generaciones. Esto no es como extirpar un tumor que podría salvar una vida. El índice de éxito en el campo es debatible, pero incluso un solo éxito podría impedir la destrucción de cientos de vidas.

Gurney sonrió, parecía impresionado.

—¿Así que esa es la misión de Mapleshade?

Ashton percibió su sonrisa.

—Exacto. —Otra mirada a su reloj—. Y ahora tengo que irme. Puede quedarse si lo desea, eche un vistazo al terreno, mire la cabaña. La llave está debajo de la roca negra, a la derecha del umbral. Si quiere ver el lugar donde se encontró el machete, vaya hasta la ventana de la parte de atrás de la cabaña. Desde allí camine recto unos cien metros hacia el bosque y encontrará una estaca alta en el suelo. Hubo originalmente una cinta amarilla atada en la parte de arriba, pero podría haber desaparecido. Buena suerte, detective.

Acompañó a Gurney a la puerta, lo dejó en el sendero pavimentado de ladrillo y salió conduciendo un Jaguar clásico, tan evocadoramente inglés como el aroma a manzanilla en el aire húmedo.

24

Una araña paciente

*G*urney sentía una necesidad imperiosa de clasificar y revisar, de coger la masa de datos y posibilidades que se agolpaban en su mente y ordenarla de manera manejable. Aunque la llovizna había cesado por fin, fuera de la casa de Ashton no había un sitio lo bastante seco para sentarse, así que regresó a su coche. Sacó el bloc de espiral con sus notas sobre Calvin Harlen, pasó a una página nueva, cerró los ojos y empezó a reproducir la grabación mental de su reunión con Ashton.

Este proceso disciplinado enseguida le pareció inútil. Por más que trataba de repasar los detalles en un orden cronológico, de sopesarlos, de hacerlos encajar como piezas de un puzle con piezas similares, un hecho de enormes proporciones seguía abriéndose paso a codazos por delante de todos los demás: Jillian Perry había abusado sexualmente de otros niños. No era algo fuera de lo común que una víctima de abusos, o un miembro de la familia de la víctima, buscara venganza. No era inédito que esa venganza adoptara forma de asesinato.

El impacto de esta posibilidad ocupó su mente. Encajaba como ningún otro aspecto del caso lo había hecho hasta entonces. Por fin había un motivo que tenía sentido, que no conllevaba una inmediata oleada de dudas, que no creaba más problemas de los que resolvía. Y ello ocasionaba ciertas implicaciones. Por ejemplo: las preguntas clave sobre Héctor Flores podrían no ser dónde y cómo desapareció, sino de dónde vino y por qué. Había que mover el foco de lo que pudiera haber ocurrido en Tambury para llevar a Flores a cometer un asesinato, a lo que podría haber ocurrido en el pasado que lo llevó a él hasta aquel lugar.

Se sentía demasiado inquieto como para quedarse sentado. Salió del coche, miró alrededor de la casa, el garaje con tejado de pizarra, la pérgola que conducía al jardín de atrás. ¿Fue esa la primera visión que tuvo Héctor Flores de la enorme propiedad tres años y medio antes? ¿O había estado vigilándola durante cierto tiempo, observando a Ashton ir y venir? Cuando llamó a la puerta por primera vez, ¿a cuánta distancia veía sus planes? ¿Jillian había sido su objetivo desde el principio? ¿Ashton, el director de la escuela a la que ella había asistido, era una ruta hacia ella? ¿O sus planes eran más generales, quizás un asalto violento sobre una o más agresoras que Mapleshade había acogido? O para el caso, ¿podía ser que el objetivo original fuera el propio Ashton, el protector, el doctor que ayudaba a las abusadoras? ¿El asesinato de Jillian podría haber matado dos pájaros de un tiro: su muerte y el dolor de Ashton?

Fueran cuales fuesen los detalles, las preguntas eran las mismas: ¿quién era Héctor Flores en realidad? ¿Qué espantosa transgresión había llevado a un asesino tan decidido a la casa de Ashton? Un asesino con tal capacidad de engaño y previsión que había conseguido una invitación para vivir en una cabaña situada en el jardín trasero de la que sería su víctima. Una telaraña en la que había aguardado el momento ideal.

Héctor Flores. Una araña paciente.

Gurney fue a la cabaña y abrió la puerta.

El interior tenía el aspecto desnudo de un apartamento de alquiler. Sin muebles, sin posesiones, sin nada más que un tenue olor de detergente o desinfectante. Suponía que habían limpiado poco después del horror del día de la boda y que la cabaña no había vuelto a usarse desde entonces. El diseño de planta era el más simple: una gran sala para todo situada delante y dos estancias más pequeñas detrás: un dormitorio y una cocina; también había un pequeño cuarto de baño con aseo entre ellos. Gurney se quedó de pie en medio de la sala y dejó que su mirada viajara lentamente por el suelo, las paredes, el techo. Su cerebro no estaba preparado para aceptar que un lugar pudiera tener un aura, pero cada escena de homicidio que había visitado a lo largo de los años lo afectaba de una manera que era al mismo tiempo extraña y familiar.

Tras responder a una llamada recibida a través del servicio de emergencias, el hecho de entrar en la escena de un crimen violento con su sangre y sus cartílagos, huesos astillados y cerebros salpicados nunca dejaba de encender en él ciertos sentimientos: repulsión, pena, rabia. Sin embargo, visitar el lugar en una fecha posterior —después de la inevitable limpieza y una vez eliminados todos los indicios tangibles de la carnicería— lo afectaba igual de intensamente, aunque de otra manera. Una habitación empapada en sangre era como un bofetón en la cara. Después, vacía y limpia, la misma habitación era una mano fría en el corazón, una garra que le recordaba que en el centro del universo había un vacío ilimitado, cuya temperatura era de cero absoluto.

Se aclaró la garganta ruidosamente, como si confiara en que el ruido lo transportara de esas cavilaciones morbosas a un pensamiento más práctico. Entró en la pequeña cocina, examinó los cajones y armarios vacíos. Luego fue al dormitorio, directo a la ventana a través de la cual había salido el asesino. La abrió, miró al exterior y pasó a través del hueco. Fuera, el suelo estaba solo un palmo más bajo que el suelo del interior. Se quedó de pie de espaldas a la cabaña, mirando al bosquecillo aterrador. La atmósfera era húmeda, silente; la fragancia de hierbas de los jardines allí olía más a bosque. Avanzó con zancadas largas y decididas, contando los pasos. A los 140 atisbó una cinta amarilla encima de una estaca de plástico clavada como un delgado palo de escoba en el suelo.

173

Fue hasta ese lugar, mirando a su alrededor en todas direcciones. Su ruta se circunscribía a su derecha por un empinado barranco. La cabaña a su espalda quedaba escondida por el follaje, igual que la carretera que conocía por las fotos de satélite de Google que se extendía cincuenta metros más adelante. Examinó la zona de suelo cubierto de hojas donde habían escondido parcialmente el machete, buscando una explicación a la incapacidad de la Brigada Canina para seguir la pista a partir de allí. La idea de que Flores se hubiera cambiado los zapatos en ese punto, o que los hubiera cubierto con plástico y hubiera avanzado a través del bosque hasta la carretera, o a través del bosque a otra casa de Badger Lane (¿la de Kiki Muller?) parecía improbable. La cuestión que había inquietado a Gurney antes no tenía respuesta: ¿qué sentido tendría dejar medio rastro, un rastro que condujera hasta el arma? Y si el objetivo era que el arma se encontrara, ¿por qué semienterrarla? Y luego estaba el pequeño misterio de las botas, el único elemento personal que Flores había dejado tras de sí, en lo que se había centrado el perro que seguía el rastro. ¿Cómo encajaban con la huida de Flores?

Puesto que las botas se encontraron en la casa, ¿eso sugería que la senda que conducía al machete podía ser una parte de un camino circular? ¿Podría Flores haber salido de la cabaña, deshacerse del machete y regresar por el mismo camino, otra vez a través de la ventana? Eso resolvería parte del misterio del rastro de olor. Pero creaba una dificultad mayor: situaba a Flores de nuevo en la cabaña en el momento en que había sido hallado el cadáver, sin ninguna forma de volver a abandonarla sin que lo vieran antes de la llegada de la Policía. Además de eso, la hipótesis de la ida y vuelta no respondía la otra pregunta: ¿por qué había dejado una pista hasta el machete? A menos que la idea completa fuera crear la impresión de que había huido a través del bosque, escondiendo apresuradamente el machete en su huida, cuando en realidad había vuelto a la cabaña. Pero ¿en la cabaña, dónde? ¿Dónde podía esconderse un hombre en un edificio tan pequeño? ¿En una construcción que un equipo de técnicos de pruebas cuya experiencia se basaba en no pasar nada por alto había peinado durante seis horas?

174

Gurney regresó a través del bosque, trepó por la ventana de la cabaña y volvió a explorar las tres habitaciones, buscando puntos de acceso a lugares situados por encima del techo o debajo del suelo. La inclinación del techo era escasa, probablemente se trataba de una estructura apuntalada que tendría una zona limitada hacia el centro donde cabría un hombre sentado o agachado. No obstante, como ocurría con la mayoría de los espacios inútiles, no había ningún punto de entrada. El suelo también parecía carente de fisuras, sin ninguna forma de bajar al espacio que pudiera existir debajo. Fue de un ambiente a otro, comprobando la posición de cada pared desde cada lado para asegurarse de que no había espacios interiores desconocidos.

La idea de que Flores hubiera regresado del bosque con aquellas botas, se hubiera escondido y hubiera permanecido sin ser visto en su pequeña cabaña de siete por siete se estaba deshaciendo tan rápidamente como la había concebido. Gurney cerró la puerta, volvió a poner la llave bajo la roca negra y regresó a su coche. Hurgó en su carpeta del caso y localizó el teléfono móvil de Scott Ashton.

La grabación suave de barítono, la esencia de la tranquilidad, lo invitó a dejar un mensaje que sería respondido lo antes posible, comunicando a través de su tono dulzón la sensación de que todos los problemas en la vida de una persona en última instancia podían controlarse. Se identificó y dijo que tenía unas cuantas preguntas más sobre Flores.

Miró su reloj. Eran las 10.31. Podría ser una buena ocasión para contactar con Val Perry y compartir con ella sus opiniones iniciales sobre el caso, para ver si todavía estaba ansiosa por que lo investigara. Cuando estaba a punto de hacer la llamada, el teléfono sonó en su mano.

—Gurney. —Responder al teléfono de la manera en que lo había hecho durante muchos años en el Departamento de Policía de Nueva York era un hábito difícil de abandonar.

—Soy Scott Ashton. He recibido su mensaje.

—Me estaba preguntando…, ¿llevó a Flores en su coche alguna vez?

—Ocasionalmente. Cuando había que hacer compras. A semilleros, almacenes de madera, esa clase de lugares. ¿Por qué?

—¿Alguna vez se fijó en que tratara de evitar que lo vieran sus vecinos? ¿Que escondiera la cara o algo así?

—Bueno…, no lo sé. Es difícil de decir. Tendía a agacharse en el asiento. Llevaba un sombrero con ala que se curvaba por delante. Gafas de sol. Supongo que eso podría haber sido una forma de esconderse. O no. ¿Cómo iba a saberlo? O sea, de vez en cuando he echado mano de otros trabajadores cuando Héctor tenía el día libre, y podrían haberse comportado de manera similar. No es algo en lo que me fijara.

—¿Alguna vez llevó a Flores a Mapleshade?

—¿A Mapleshade? Sí, varias veces. Se había ofrecido voluntario para instalar un pequeño jardín de flores detrás de mi oficina. Cuando surgieron otros proyectos, también se prestó a ayudar en ellos.

—¿Estableció algún contacto con las estudiantes?

—¿Adónde quiere llegar?

—No tengo ni idea —dijo Gurney.

—Podría haber hablado con alguna de las chicas, o podrían haber hablado ellas con él. Yo no lo vi, pero es posible.

—¿Cuándo fue eso?

—Se presentó voluntario para ayudar en Mapleshade poco después de llegar aquí. Así que hace unos tres años, mes arriba, mes abajo.

—¿Y durante cuánto tiempo?

—¿Sus viajes a la escuela? Hasta… el final. ¿Tiene todo esto algún significado que me esté perdiendo?

Gurney no hizo caso de la pregunta y planteó otra.

—Hace tres años. En ese momento Jillian todavía estudiaba allí, ¿no?

—Sí, pero… ¿Adónde quiere ir a parar?

—Ojalá lo supiera, doctor. Solo una pregunta más. ¿Alguna vez Jillian le habló de personas a las que temiera?

Después de una pausa lo bastante larga para hacer que Gurney empezara a pensar que la conexión se había cortado, Ashton contestó:

—Jillian no tenía miedo de nadie. Tal vez esa fue la causa de su muerte.

Gurney se quedó sentado en el coche, mirando a través de la pérgola hacia el lugar de la trágica recepción de boda, tratando de dar sentido a la novia y al novio como pareja. Por más que fueran compañeros en su genialidad, al menos si había que creer a Ashton, tener coeficientes intelectuales equiparables no parecía un motivo suficiente para el matrimonio. Recordó que Val afirmaba que su hija tenía un interés malsano por los hombres desequilibrados. ¿Podía eso incluir a Ashton, en apariencia el paradigma de la estabilidad racional? Poco probable. ¿Tenía Ashton una personalidad tan protectora como para sentirse atraído por alguien tan patentemente enfermo como Jillian? No daba esa impresión. Cierto, su especialidad profesional se orientaba en esa dirección, pero nada indicaba que aquel hombre tuviera una personalidad protectora o paternal. O Jillian solo era una materialista más que vendía su cuerpo al mejor postor, en este caso Ashton. Nada hacía pensar eso.

Entonces, ¿cuál era el factor misterioso que hacía que ese matrimonio pareciera una buena idea? Gurney concluyó que no iba a averiguarlo sentado en el encantador sendero de entrada de la casa de Ashton.

Dio marcha atrás, se detuvo solo lo justo para marcar el número de Val Perry y avanzó poco a poco por la larga calle en sombra.

Le sorprendió y complació que Perry respondiera después

del segundo tono. Su voz tenía una sensualidad sutil, pese a que lo único que dijo fue:

—¿Hola?

—Soy Dave Gurney, señora Perry. Me gustaría explicarle dónde estoy y lo que he estado haciendo.

—Le he dicho que me llame Val.

—Val. Perdón. ¿Tiene un par de minutos?

—Si está haciendo progresos, tengo todo el tiempo que quiera.

—No sé si estoy haciendo muchos progresos, pero quiero que sepa en qué estoy pensando. No creo que la llegada de Héctor Flores a Tambury hace tres años fuera accidental y no creo que lo que le hizo a su hija fuera una decisión repentina. Me juego algo a que su nombre no es Flores y dudo que sea mexicano. Sea quien sea, creo que tenía un propósito y un plan. Creo que vino aquí por algo que ocurrió en el pasado, algo relacionado con su hija o con Scott Ashton.

—¿Qué clase de cosa del pasado? —Sonó como si estuviera esforzándose por permanecer calmada.

—Podría tener que ver con el motivo por el cual mandó a Jillian a Mapleshade. ¿Sabe de alguna cosa que hiciera Jillian que pudiera provocar que alguien quisiera matarla?

—¿Se refiere a si le jodió la vida a algunos niños pequeños? ¿Si les causó pesadillas y dudas que los acompañarían el resto de sus vidas? ¿Si los asustó y los hizo sentir culpables y locos? ¿Si quizá lo bastante locos para que hicieran a otros lo mismo que ella les hizo? ¿Si quizá lo bastante locos para suicidarse? ¿Si alguien podría querer que ella se pudriera en el Infierno por eso? ¿Se refiere a eso?

Gurney se quedó en silencio.

Cuando ella volvió a hablar, su tono era de cansancio.

—Sí, hizo cosas que podrían hacer que alguien quisiera matarla. Hubo veces en que yo misma podría haberla matado. Por supuesto, eso es…, eso es exactamente lo que terminé haciendo, ¿no?

A Gurney se le ocurrió un lugar común sobre el perdonarse a uno mismo, pero, en cambio, dijo:

—Si quiere fustigarse, tendrá que hacerlo en otro momento. Ahora mismo estoy trabajando en el caso que me ha asignado. La he llamado para decirle lo que estoy pensando, y es lo con-

177

trario de la posición oficial de la Policía. Esa colisión podría crear problemas. Necesito saber hasta dónde quiere llevar esto.

—Siga la pista adonde lleve, cueste lo que cueste. Quiero llegar al final de esto. Quiero llegar al final. ¿Está claro?

—Una última pregunta. Puede considerarla de mal gusto, pero tengo que hacerla. ¿Es concebible que Jillian tuviera una aventura con Flores?

—Si era un hombre, bien parecido y peligroso, diría que es mucho más que concebible.

El humor de Gurney, junto con su visión del caso, variaron más de una vez en su trayecto a casa.

La idea de que el asesino de Jillian estuviera relacionado con su caótico pasado, un pasado en común con Héctor Flores, le hacían sentir que pisaba suelo firme y que estaba siguiendo una dirección prometedora en la cual insistir con sus investigaciones. La presentación ritual del cadáver, con la cabeza cercenada situada en el centro de la mesa de cara al cuerpo, constituía una declaración retorcida que iba más allá del simple homicidio. Incluso se le ocurrió que la escena del asesinato creaba un eco irónico respecto de la fotografía erótica que Ashton tenía sobre la chimenea, las dos fotos de Jillian manipuladas en una escena: Jillian mirando a Jillian con avidez.

Dios mío. ¿Era una broma? ¿Era posible que la disposición del cuerpo en la cabaña fuera una parodia sutil de la pose de Jillian Perry en un anuncio de moda? La idea le dio arcadas, una rara reacción para un hombre cuyos años como policía de Homicidios lo habían expuesto a prácticamente todo lo que las personas podían hacerles a otras personas.

Aparcó en el arcén, delante de una tienda de material de granja, hurgó en los papeles que tenía en el asiento de al lado y encontró el número del móvil de Jack Hardwick. Al llamar, su mirada vagó a la colina situada detrás de las oficinas, punteada con tractores grandes y pequeños, empacadoras, cortacéspedes y rastrillos giratorios. Luego se fijó en que algo se movía. ¿Un perro? No, un coyote. Un coyote trotando por la colina, viajando en línea recta, casi con determinación, se le ocurrió a Gurney.

Hardwick respondió al quinto tono, justo cuando la llamada iba a ser desviada al buzón de voz.

—Davey, Davey, ¿qué pasa?

Gurney hizo una mueca: su reacción habitual al tono de voz sarcástico de Hardwick. Aquello le recordaba a su padre. No el sonido de lija en sí, sino el agudo cinismo que le daba forma.

—Tengo una pregunta para ti, Jack. Cuando me metiste en este asunto de Perry, ¿de qué creías que iba?

—Yo no te metí en esto, solo te ofrecí una oportunidad.

—Muy bien, como quieras. Así pues, ¿de qué creías que iba esta oportunidad?

—Nunca llegué lo bastante lejos para formarme una opinión.

—Ja.

—Cualquier cosa que dijera sería pura especulación, así que no voy a decirla.

—No me gustan los juegos, Jack. ¿Por qué quieres que me involucre? Mientras estás pensando en cómo no responder a esta pregunta, te haré otra: ¿por qué está cabreado Blatt? Me topé con él ayer y fue más que desagradable.

—No es relevante.

—¿Qué?

—No es relevante. Mira, hemos sufrido una pequeña reorganización aquí. Como te he dicho, hubo tensión entre Rodriguez y yo en relación con el derrotero que estaba tomando la investigación. Así que yo estoy fuera y Blatt dentro. Es un capullo ambicioso, inepto, igual que el capitán Rod. Lo llamo Capullo Júnior. Esta es su oportunidad de reivindicarse, de mostrar que puede controlar un caso grande. Pero en lo más profundo sabe que es un zurullo inútil. Ahora entras tú, la gran estrella de la gran ciudad, el genio que resolvió el caso de asesinato de Mellery, etcétera. Por supuesto que te odia. ¿Qué coño esperabas? Pero eso no tiene relevancia. ¿Qué coño va a hacer? Sigue con lo que estás haciendo, Sherlock, y no pierdas el sueño por Blatt.

—¿Para eso me llamaste? ¿Para hacer quedar mal a Capullo Júnior?

—Para ver que se hace justicia. Para que peles las capas de esta cebolla tan interesante.

—¿Eso es lo que crees que es?

—¿Tú no?

—Podría ser. Te sorprendería si descubriéramos que Flores fue a Tambury con un plan para matar a alguien.

—Me sorprendería que no fuera así.

179

—Vuélveme a contar por qué te echaron del caso.

—Te lo he dicho… —empezó Hardwick con exagerada impaciencia, pero Gurney lo cortó.

—Sí, sí, fuiste grosero con el capitán Rod. ¿Por qué me da la sensación de que hubo algo más que eso?

—Porque es lo que piensas de todo. No confías en nadie. No eres una persona confiada, Davey. Mira, he de echar un meo. Hablamos después.

Gurney pensó que a Hardwick nada le gustaba más que una salida de listillo. Colgó el teléfono y volvió a arrancar el coche. Todavía flotaban nubes finas sobre el valle, pero detrás brillaba el disco blanco del sol y los postes de teléfono estaban empezando a proyectar tenues sombras en la carretera desierta. La fila de tractores azules en venta, todavía húmedos a causa de la lluvia matinal, empezó a brillar en la verde colina.

180

Durante la segunda mitad del viaje a casa, su mente se ocupó de elementos y fragmentos extraños del caso: el comentario de Madeleine sobre que el lugar en el que había aparecido el machete no tenía sentido, la decisión por parte de un hombre sumamente racional de casarse con una mujer más que trastornada, el tren de Carl dando vueltas en torno al árbol, la interpretación de la *La lista de Schindler* de la bala que atravesó la taza de té, la ciénaga de desorden sexual en la cual todo parecía enfangado.

A la hora en que salió de la autopista del condado y estaba siguiendo el camino de tierra que zigzagueaba desde el valle del río hacia las colinas, sus pensamientos lo habían dejado exhausto. Había un CD que sobresalía del reproductor del salpicadero. Lo metió, buscando distracción. La voz que emergió de los altavoces, acompañada por unos acordes lúgubres en una guitarra acústica, tenía el ritmo del sonsonete lastimero de Leonard Cohen en su estado más lúgubre. El intérprete era un *folkie* de mediana edad con el improbable nombre de Leighton Lake, a quien él y Madeleine habían ido a ver a una sala de conciertos local para la cual ella había comprado una suscripción anual. Durante el descanso, ella había adquirido uno de los CD de Lake. De todas las canciones que contenía, Gurney descubrió que la que estaba escuchando en ese momento, *Al final de mi tiempo*, era, de lejos, la más deprimente.

Hubo una vez
que tenía todo el tiempo
del mundo. Qué tiempo
pasé entonces, cuando tenía
todo el tiempo del mundo.

Mentía a mis amantes,
perseguía a todas las demás.
Dejé atrás a todas mis amantes,
cuando tenía
todo el tiempo del mundo.

Cogía lo que quería.
Nunca lo pensaba dos veces.
Tenía una vida de tiempo
cuando tenía
todo el tiempo del mundo.

Mentía a mis amantes,
perseguía a todas las demás.
Dejé atrás a todas mis amantes,
cuando tenía
todo el tiempo del mundo.

No queda nadie a quien mentir,
nadie a quien dejar,
en este momento de mi vida,
al final de mi tiempo
en este mundo.

Mentía a mis amantes,
perseguía a todas las demás.
Dejé atrás a todas mis amantes,
cuando tenía
todo el tiempo del mundo.

Cuando tenía
todo el tiempo del mundo.

Todo el tiempo del mundo.

Mientras Lake canturreaba el estribillo sensiblero, Gurney estaba pasando entre su granero y el estanque, con la vieja casa ya visible detrás de las plantas de solidago, en lo alto del prado. Al pulsar el botón para apagar el reproductor, lamentando no haberlo hecho antes, sonó su teléfono móvil.

El identificador de llamada decía «Galería Reynolds».

«Dios mío. ¿Qué demonios querrá?»

—Gurney. —Su voz era profesional, con un ápice de sospecha.

—¡Dave! Soy Sonya Reynolds. —Su voz, como de costumbre, irradiaba un nivel de magnetismo animal que podría haberle costado la lapidación en algunos países—. Tengo fabulosas noticias para ti —susurró—. Y no me refiero a nada un poco fabuloso. ¡Me refiero a fabuloso para cambiar tu vida para siempre! Hemos de vernos lo antes posible.

—Hola, Sonya.

—¿Hola? Te llamo para darte el mayor regalo que te van a dar nunca y es lo único que sabes decir.

—Me alegro de oírte. ¿De qué estamos hablando?

Su respuesta fue una sonora risa musical, un sonido tan inquietantemente sensual como todo lo demás en ella.

—Oh, ¡ese es mi Dave! El detective Dave con penetrantes ojos azules. Dudando de todo. Como si yo fuera…, ¿cómo lo llamáis?, ¿un sospechoso, como en la tele? Como si yo fuera un sospechoso, así llamáis al malo, ¿eh? Como si yo fuera un sospechoso que te vende la moto. —Tenía un ligero acento que le recordaba el universo alternativo que había descubierto en películas francesas e italianas en sus años de estudiante.

—¿Qué moto? De momento no me has vendido nada.

Otra vez la risa, que le recordó sus luminosos ojos verdes.

—Y no voy a hacerlo a menos que te vea. Mañana. Tendrá que ser mañana. Pero no has de venir a Ithaca. Puedo ir yo. A desayunar, a comer, a cenar, mañana, cuando quieras. Tú dime la hora y elegiremos el sitio. Te garantizo que no lo lamentarás.

Entra Salomé, bailando

*T*odavía no tenía un nombre definitivo para la experiencia. *«Sueño» no reflejaba su poder. Es cierto que la primera vez que ocurrió estaba a punto de quedarse dormido, con los sentidos desconectados de todas las feas realidades de un mundo desagradable, con el ojo de su mente libre para ver lo que fuera, pero ahí terminaba el parecido con un sueño común.*

«Visión» era una palabra más grande, mejor, pero tampoco lograba transmitir ni una fracción del impacto.

«Guiding Light»* capturaba cierta faceta de ello, un aspecto importante, pero la asociación con una serie de televisión contaminaba irremisiblemente el significado.

¿Una meditación guiada, pues? No. Eso sonaba trillado y poco excitante: todo lo contrario de la experiencia real.

¿Una fábula vital?

Ah, sí. Eso se acercaba. Era, al fin y al cabo, la historia de su salvación, el nuevo patrón del propósito de su vida. La alegoría fundamental de su cruzada.

Su inspiración.

Lo único que tenía que hacer era apagar las luces, cerrar los ojos, dejarse llevar por el potencial infinito de la oscuridad.

Y convocar a la bailarina.

En el abrazo de la experiencia, la fábula vital, él sabía quién era, mucho más claramente que cuando sus ojos y su corazón se distraían por la basura brillante y las zorras viscosas del mundo, por el ruido, por la seducción y la inmundicia.

En el abrazo de la experiencia, en su absoluta claridad y pureza, sabía con exactitud quién era. Aunque ahora fuera téc-

---

* *Guiding Light* es una luz de guía o un faro. También era el título de una serie de televisión muy popular en EE. UU. durante los años 50. *(N. de la E.)*

nicamente un fugitivo, ese hecho —como su nombre en el mundo, el nombre por el cual la gente común lo conocía— era secundario respecto a su verdadera identidad.

Su verdadera identidad era Juan el Bautista.

Solo de pensarlo se le ponía carne de gallina.

Él era Juan el Bautista.

Y la bailarina era Salomé.

Desde la primera vez que la había experimentado, la historia había sido toda suya, suya para vivirla y cambiarla. No tenía que terminar de la manera estúpida en la que concluía en la Biblia. Ni hablar. En eso radicaba la belleza. Y la emoción.

SEGUNDA PARTE

EL VERDUGO DE SALOMÉ

La verosimilitud de la incongruencia

—*D*espués de cargarme al estúpido hijo de puta, veo que solo lleva un zapato. Pienso, ¿qué coño? Me fijo y resulta que no lleva calcetín en el pie que tiene calzado. En la suela del zapato, veo esa M pequeña inclinada, el logo de Marconi, así que es un zapato de dos mil dólares. En el otro pie, el que no tiene zapato, sí que lleva calcetín. De cachemira. Pienso, ¿quién coño hace eso? ¿Quién coño se pone un calcetín de cachemira y un zapato de dos mil dólares, en pies diferentes? Os diré quién lo hace: un cabrón colgado con mucha pasta, un borracho forrado.

De esta manera abrió Gurney su presentación de esa mañana. La idea de ir al grano llevada al extremo. Y funcionó. Había captado la atención de todos los presentes en la gris sala de conferencias con paredes de hormigón de la Academia de Policía.

—El otro día hablamos de la falacia del eureka, la tendencia de la gente a confiar más en cosas que han descubierto que en cosas que le cuenta otra persona. Tendemos a creer que la verdad oculta es la verdad real. Cuando trabajamos infiltrados, podemos aprovecharnos de esa tendencia al dejar que el objetivo descubra las cosas que más queremos que crea. No es una técnica fácil, pero es muy poderosa. Hoy veremos otro factor que genera credibilidad, otra forma de hacer que nuestra mentira suene sincera: capas de detalles inusuales, asombrosos e incongruentes.

Todos los asistentes parecían estar en los mismos asientos que habían ocupado dos días antes, con la excepción de la atractiva policía hispana de labios gruesos, que se había trasladado a la primera fila, desplazando al dispéptico detective Falcone, que ahora estaba en la segunda fila; un cambio agradable desde el punto de vista de Gurney.

—La historia que acabo de contarles sobre cómo maté al tipo

con el logo de Marconi en la suela del zapato es una historia que conté realmente en una investigación encubierta. Todos los extraños detalles están ahí por razones específicas. ¿Alguien puede contarme cuáles podrían ser?

Se alzó una mano en medio de la sala.

—Le hace parecer frío y duro.

Se ofrecieron otras opiniones sin manos alzadas:

—Le hace parecer como si tuviera un problema con los borrachos.

—Como si estuviera un poco loco.

—Como Joe Pesci en *Uno de los nuestros*.

—Distracción —dijo una voz femenina débil y anodina desde la fila del fondo.

—Hábleme de eso —dijo Gurney.

—Tiene a alguien concentrado en un montón de detalles raros, tratando de adivinar por qué el tipo al que le disparó solo llevaba un zapato, no se concentran en lo principal, que para empezar es si le disparó a alguien.

—¡Enterrarlos en la mentira! —intervino otra voz femenina.

—Esa es la idea —dijo Gurney—. Pero hay una cosa más...

La guapa policía con los labios brillantes intervino:

—¿La pequeña M en la suela de su zapato?

Gurney no pudo evitar sonreír.

—Exacto, la pequeña M en la suela del zapato. ¿De qué se trata?

—¿Hace más creíble el disparo?

Falcone, detrás de ella, puso los ojos en blanco. Gurney tenía ganas de echarlo de la clase, pero dudaba que tuviera autoridad para hacerlo y no quería liarse en una discusión de a ver quién era capaz de mear más lejos. Se concentró en su pupila estrella, una tarea mucho más fácil.

—¿Cómo lo hace?

—Por la forma en que lo imaginamos. La víctima está caída en el suelo, le han disparado. Por eso la suela del zapato es visible. Así pues, cuando lo imagino, preguntándome por ese pequeño logo, ya creo que al tipo le han disparado. ¿Sabe a qué me refiero? Una vez que he visto este pie en esa posición, ya he superado la cuestión de si le disparó. Es un poco como el otro pequeño detalle, que el calcetín del otro pie era de cachemira. La única forma de saber si algo es de cachemira es tocarlo. Así que estoy visualizando a este asesino, con curiosidad por el calcetín, tocando el pie del muerto. Muy frío. Un tipo que da miedo. Creíble.

El restaurante donde Gurney había accedido a reunirse con Sonya Reynolds estaba en un pueblecito cercano a Bainbridge, a medio camino entre la Academia de Policía de Albany y su galería en Ithaca. Había terminado su conferencia a las once y había llegado al lugar que ella había elegido, el Pato corredor, a la una menos cuarto.

Había una curiosa discordancia entre el nombre rural cursi y el disparatado recortable de un pato gigante en el césped delantero y la decoración sobria, un poco rústica, del interior, como si representaran las desavenencias de un mal matrimonio.

Gurney fue el primero en llegar y lo acompañaron a una mesa para dos situada junto a una ventana que daba a un estanque: el posible hogar del pato que daba nombre al local, si es que alguna vez había existido. Una camarera adolescente, regordeta y alegre, con el pelo rosa de punta y una indescriptible combinación de ropa de colores chillones, trajo dos menús y dos vasos de agua helada.

Gurney contó un total de nueve mesas en el pequeño comedor. Solo dos de ellas estaban ocupadas y ambas de un modo silencioso: una por una pareja de jóvenes que miraban con intensidad las pantallas de sus BlackBerry, la otra por un hombre y una mujer de mediana edad de la era preelectrónica que contemplaban impasibles sus propios pensamientos.

La mirada de Gurney vagó al estanque. Tomó un trago de agua y pensó en Sonya. Al echar la vista atrás sobre su relación —no una «relación» en el sentido romántico, solo una relación profesional con una buena dosis de deseo reprimido por su parte—, la vio como uno de los interludios más extraños de su vida. Inspirado por un curso de educación artística que impartía Sonya, al que él y Madeleine asistieron poco después de trasladarse al norte del estado, Gurney había empezado a modificar artísticamente retratos de ficha policial de asesinos, iluminando sus personalidades violentas a través de la manipulación de las austeras fotografías oficiales tomadas en el momento de las detenciones. El gran entusiasmo de Sonya por el proyecto y su venta de ocho de las imágenes (a dos mil dólares cada una a través de su galería de Ithaca) mantuvieron a Gurney implicado durante varios meses, a pesar del malestar de Madeleine por lo morboso del tema y su propia ansiedad por complacer a Sonya. En ese momento rememoró la tensión de aquel conflicto, junto con un inquieto recuerdo del casi desastre en que terminó.

Además de que por poco le cuesta la vida, el caso de homicidio de Mellery lo había llevado a enfrentarse cara a cara con sus fracasos más flagrantes como marido y como padre. Con la clara lección de humildad bien aprendida de la experiencia, se le había ocurrido que el amor es lo único que cuenta en el mundo. Viendo el proyecto artístico con las fotos de archivo policial y su contacto con Sonya como elementos perturbadores de su relación con la única persona que realmente había amado, Gurney les dio la espalda para volverse hacia Madeleine.

No obstante, casi un año después, la luz blanca de la comprensión empezaba a perder brillo. Todavía reconocía la verdad que había en esa idea —que el amor, en cierto sentido, era lo más importante—, pero ya no veía esta como la única luz verdadera del universo. El gradual debilitamiento de su prioridad ocurrió de manera discreta y no se anunció como una pérdida. Lo sentía más como el desarrollo de una perspectiva más realista, y seguramente eso no era nada malo. Al fin y al cabo, uno no podía funcionar mucho tiempo en el estado de intensidad emocional creado por el asunto Mellery, no fuera a ser que olvidara de segar el césped y comprar comida, o de ganar el dinero necesario para comprar comida y cortacéspedes. ¿Acaso no era inherente a la naturaleza de todas las experiencias intensas, aposentarse, permitir que el ritmo ordinario de la vida se reanudara? Así que a Gurney ya no le preocupaba en especial el hecho de que, de vez en cuando, la idea de que «el amor es lo único que cuenta» parecía tener el timbre de un dogma sentimental, como el título de una canción *country*.

Aquello no significaba que hubiera bajado la guardia por completo. Había una electricidad en Sonya Reynolds que solo un hombre muy estúpido podría considerar inofensiva. Y cuando la chica de pelo rosa llevó a la esbelta y elegante Sonya al comedor, esa electricidad estaba irradiando como el zumbido de una planta eléctrica.

—David, mi amor, estás… ¡exactamente igual! —gritó, deslizándose hacia él como guiada por la música, ofreciéndole la mejilla para que él la besara—. Pero por supuesto que sí. ¿Cómo vas a estar? ¡Eres una roca! ¡Qué estabilidad! —Esta última palabra la pronunció con un placer exótico, como si fuera el término italiano perfecto para algo que el inglés era incapaz de expresar.

Iba vestida con unos pantalones de diseño muy ajustados y una camiseta de seda bajo una chaqueta de hilo tan informalmente desestructurada que no podía haber costado menos de mil dólares. No había ni joyería ni maquillaje que distrajera la contemplación de su perfecta tez aceitunada.

—¿Qué estás mirando? —Su voz era juguetona, sus ojos destellaban.

—Tú, eh…, estás muy guapa.

—Debería estar enfadada contigo, ¿lo sabes?

—¿Porque dejé de hacer fotos?

—Por supuesto, porque dejaste de hacer fotos. Fotos maravillosas. Fotos que me encantaban. Fotos que encantaban a mis clientes. Fotos que podía vender. Fotos que vendí. Pero así sin más, me llamas y me sueltas que no puedes seguir haciéndolas. Que tienes razones personales. No puedes hacer más fotos y no puedes hablar de eso. Fin de la historia. ¿Crees que no debería estar enfadada contigo?

Sonya no sonaba enfadada en absoluto, así que Dave no respondió. Se limitó a observarla, asombrado por la cantidad de energía electrizante que podía canalizar en cada palabra. Era lo primero que había captado su atención en su clase de Introducción al arte. Eso y aquellos grandes ojos verdes.

—Pero te perdono. Porque vas a volver a hacer fotos. No me niegues con la cabeza. Créeme, cuando te explique lo que está pasando, no negarás con la cabeza. —Sonya se detuvo, miró a su alrededor por primera vez—. Tengo sed. Tomemos algo.

Cuando la chica de pelo rosa volvió a aparecer, Sonya pidió un vodka con zumo de pomelo. Contra toda sensatez, Gurney pidió otro.

—Así pues, señor Policía Retirado —dijo ella después de que llegaran las copas y las probaran—, antes de que te diga cómo te va a cambiar la vida, cuéntame cómo es ahora.

—¿Mi vida?

191

—Tienes una vida, ¿no?

Gurney tenía la desconcertante sensación de que ella ya lo sabía todo de su vida, incluidas sus reservas, dudas y conflictos. Aunque ella no tenía forma de saberlo. Él nunca le habló de esas cosas, ni siquiera cuando estuvo relacionado con su galería.

—Mi vida está bien.

—Ah, pero lo dices de manera que no suena cierto, como si fuera algo que se supone que has de decir.

—¿Es así como suena?

Ella dio otro sorbo a su bebida.

—¿No quieres decirme la verdad?

—¿Cuál crees que es la verdad?

Sonya Reynolds ladeó un poco la cabeza, estudió el rostro de Gurney, se encogió de hombros.

—No es asunto mío, ¿no? —Miró al estanque.

Dave consumió la mitad de su copa en dos tragos.

—Supongo que es como la de cualquiera: un poco de esto y un poco de aquello.

—Haces que parezca una combinación bastante triste.

Dave se rio, sin alegría, y durante un rato ambos se quedaron en silencio. Él fue el primero en hablar.

—He descubierto que no soy tan amante de la naturaleza como creía ser.

—Pero ¿tu mujer sí lo es?

Dave asintió.

—No es que no me parezca hermoso esto, las montañas y todo, pero…

Ella le dedicó una mirada sagaz.

—Pero ¿te enredas en negaciones dobles cuando tratas de explicarlo?

—¿Qué? Ah. Ya te entiendo. ¿Tan obvios son mis problemas?

—El descontento siempre es obvio, ¿no? ¿Qué pasa? ¿No te gusta esa palabra?

—¿Descontento? Es más bien que… aquello en lo que soy bueno, la manera en que trabaja mi mente, no es muy útil aquí. Me refiero a que… analizo situaciones, desenredo los elementos de un problema, me concentro en discrepancias, resuelvo enigmas. Nada de eso… —Su voz se fue apagando.

—Y, por supuesto, tu mujer cree que deberías amar las margaritas, no analizarlas. Deberías decir: «¡Qué bonitas!», y no: «¿Qué están haciendo aquí?». ¿Me equivoco?

—Es una forma de expresarlo.

—Bueno —dijo ella, cambiando de tema con repentino entusiasmo—, hay un hombre al que has de conocer. Lo antes posible.

—¿Cómo es eso?

—Quiere hacerte rico y famoso.

Gurney torció el gesto.

—Lo sé, lo sé, no estás muy interesado en hacerte rico, y la fama no te atrae en absoluto. Estoy seguro de que tienes objeciones teóricas. Pero supongamos que te digo algo muy concreto. —Sonya miró a su alrededor en el comedor.

La pareja mayor se estaba poniendo en pie muy despacio, como si levantarse de la mesa fuera un proyecto que debía emprenderse con cautela. La pareja de las BlackBerry todavía seguía a lo suyo, enviando rápidos mensajes de texto con los bordes de sus pulgares. A Gurney se le ocurrió la idea traviesa de que podrían estarse enviando mensajes de texto el uno al otro. La voz de Sonya bajó a un susurro dramático.

—Supongamos que te dijera que quiere comprar uno de tus retratos por cien mil dólares. ¿Qué dirías a eso?

—Diría que está loco.

—¿Eso crees?

—¿Cómo no iba a estarlo?

—El año pasado, en una subasta en la ciudad, la silla de oficina de Yves Saint Laurent se vendió por veintiocho millones de dólares. Eso es una locura. Pero ¿cien mil dólares por uno de tus asombrosos retratos de asesinos en serie? No lo considero loco en absoluto. Maravilloso sí. Loco no. De hecho, por lo que sé de este hombre y de la forma en que trabaja, el precio de tus retratos no va a dejar de subir.

—¿Lo conoces?

—Acabo de verlo en persona por primera vez. Pero he oído hablar de él. Es un ermitaño, un excéntrico que aparece de cuando en cuando, agita el mundo del arte con alguna que otra compra y desaparece otra vez. Tiene un nombre que suena holandés, pero nadie sabe dónde vive. ¿En Suiza? ¿En Sudamérica? Parece que es un hombre al que le gusta el misterio. Muy reservado, pero con más dinero que Dios. Cuando

Jykynstyl muestra interés en un artista, el impacto financiero es enorme. Enorme.

La chica del pelo rosa había añadido una bufanda de color del licor de Chartreuse a su ecléctica indumentaria y estaba llevándose los platos del postre y las tazas de café de la mesa contigua a la de ellos. Sonya captó su atención.

—Cielo, ¿me traerás otro vodka con pomelo? Y creo que otro también para mi amigo.

194

27
Mucho en lo que pensar

Gurney no sabía cómo interpretarlo. De camino a casa esa tarde, le estaba costando mucho mantenerse concentrado en algo.

El «mundo del arte» no era un lugar del que supiera nada, pero sospechaba que comparar a un policía con alguien de ese mundillo era como equiparar un loro con un rottweiler. El año anterior, con sus retratos de archivo policial, no había hecho más que meter un dedo del pie en el agua, lo cual no le había mostrado apenas nada de ese mundo más allá de la escena de la galería de la ciudad universitaria. Y ese no era exactamente el campo de acción de coleccionistas multimillonarios excéntricos. Desde luego, no era la clase de lugar donde la silla de un diseñador de moda podía venderse por veintiocho millones de dólares, o donde una celebridad misteriosa con el improbable nombre de Jay Jykynstyl ofrecería comprar la foto manipulada por ordenador de un asesino en serie por cien mil dólares.

Además de eso —la más que fantástica oferta que estaban poniendo sobre la mesa—, la sensual Sonya nunca le había parecido más disponible. Había insinuado que podría pedir una habitación en el Pato corredor, que también era un hotel, si terminaba bebiendo demasiado en la comida y no podía coger el coche. Rechazar esa invitación no tan sutil había exigido un nivel de integridad que al principio no estaba seguro de poseer. Aunque quizás «integridad» era una palabra demasiado ampulosa. La simple verdad era que nunca había engañado a Madeleine, y no se sentía cómodo con la idea de empezar a hacerlo.

Entonces se preguntó si estaba rechazando sinceramente la invitación de Sonya o si solo estaba posponiendo el momento de aceptarla. Había accedido a reunirse con el rico y extravagante señor Jykynstyl para cenar ese próximo sábado en Manhattan, para escuchar los detalles de su oferta —la cual, si era legítima, sería difícil de rechazar—, y Sonya actuaría como intermediaria entre ellos para cualquier venta que pudiera producirse. Así que no era que la estuviera apartando de su vida. Más bien al contrario.

Todo el conflicto rebotaba en su cabeza con una energía desagradable. Trató de concentrarse otra vez en el caso Perry, reconociendo al hacerlo la ironía de tratar de calmarse hurgando en ese monstruoso nido de víboras.

Su mente acelerada llegó a colapsarse de tal manera que, agotado, estuvo a punto de matarse al quedarse dormido al volante. Solo se salvó por una serie de baches en el arcén de la autopista que lo devolvieron a la plena conciencia. Unos pocos kilómetros más adelante se detuvo en una gasolinera y compró una taza de café malo, cuyo sabor amargo trató de suavizar con un exceso de leche y azúcar. Aun así, el sabor le hizo esbozar una mueca.

De nuevo en el coche, sacó una lista de nombres y números de teléfono que había reunido del expediente del caso y llamó primero a Scott Ashton y luego a Withrow Perry, y en ambas ocasiones le salió el buzón de voz. Su mensaje a Ashton consistió en una petición de que le devolviera la llamada para discutir una nueva línea de investigación. En su mensaje a Perry solicitó reunirse con el ocupado neurocirujano lo antes posible, con un pequeño gancho al final: «Recuérdeme que le pregunte por su rifle Weatherby».

En cuanto cortó la comunicación, sonó el teléfono. Era otra Perry.

—Dave, soy Val. Quiero que vaya a una reunión.

—¿A qué reunión?

Explicó que había llamado a Sheridan Kline, el fiscal del condado, y le había dicho todo lo que Gurney le había contado.

—¿Como qué, por ejemplo?

—Como el hecho de que toda la cuestión es mucho más profunda de lo que los policías creen, que tiene raíces, quizás alguna clase de venganza retorcida, que Héctor Flores probablemente no es Héctor Flores, y que si lo que están buscando es a un mexicano ilegal (cosa que están haciendo), no van a encontrarlo. Le he dicho que estaban perdiendo el tiempo de todos y que son una panda de inútiles.

—¿Es el término que ha usado? ¿Panda de inútiles?

—En cuatro meses no han averiguado ni la mitad que usted en dos días. O sea, que sí, les he llamado «panda de inútiles», que es lo que son.

—Desde luego sabe cómo alborotar el gallinero.

—Si es lo que hace falta, que así sea.

—¿Qué ha dicho Kline?

—¿Kline? Kline es un político. Mi marido (corrijo: el dinero de mi marido) tiene cierta influencia en la política del estado de Nueva York. Así que el fiscal Kline ha expresado interés en conocer cualquier idea sobre una línea de investigación alternativa del caso. También parece que le conoce muy bien, y preguntó cómo es que usted se implicó. Le dije que era asesor. Una palabra estúpida, pero le satisfizo.

—Ha dicho algo de una reunión.

—En su oficina a las tres de la tarde. Usted, él y alguien de la Policía del estado, no ha dicho quién. Estará allí, ¿verdad?

—Estaré allí.

Bajó del coche para lanzar la taza de café en una papelera que había junto a los surtidores de gasolina. Pasó un antiguo tractor Farmall naranja tirando de un carro sobrecargado de heno. El olor de heno, estiércol y diésel con aceite se mezcló en el aire. Cuando volvió al coche, su teléfono estaba sonando otra vez.

Era Ashton.

—¿Qué nueva línea de investigación? —dijo citando el mensaje de Gurney.

—Necesito que me proporcione algunos nombres: compañeras de clase de Jillian, desde que entró en Mapleshade; y también, sus psicólogos, terapeutas, cualquiera que tratara con ella de manera regular. Además sería útil contar con una lista de posibles enemigos: cualquiera que pudiera haber querido hacer daño a Jillian.

—Me temo que se está metiendo en un callejón sin salida. No puedo darle ninguna de las cosas que me está pidiendo.

—¿Ni siquiera una lista de sus compañeras de clase? ¿Nombres de los miembros del personal con los que podría haber hablado?

—Quizá no le he explicado de un modo claro la política de absoluta confidencialidad del centro. Mantenemos solo el mínimo de registros académicos que exige el estado, y no los conser-

197

vamos ni un día más de lo que estipulan las regulaciones. Por ejemplo, no estamos obligados por ley a retener los nombres y las direcciones del personal antiguo, y por eso no lo hacemos. No mantenemos registros de «diagnósticos» o «tratamientos», porque oficialmente no proporcionamos ni lo uno ni lo otro. Nuestra política consiste en no informar de nada a nadie, y preferimos que el estado cierre Mapleshade que infringir esa política. Contamos con la confianza de los estudiantes y de sus familias que pocos centros disfrutan, y consideramos que esa confianza única es inviolable.

—Elocuente discurso —dijo Gurney.

—Lo he dado antes —reconoció Ashton—, y es probable que lo vuelva a hacer.

—Así que incluso si una lista de estudiantes que Jillian conocía o de miembros del personal en los que podría haber confiado pudiera ayudarnos a encontrar al asesino, ¿eso no marcaría ninguna diferencia?

—Si quiere expresarlo así.

—Supongamos que darnos esas listas pudiera salvar su propia vida. ¿Cambiaría?

—No.

—¿No le inquieta el incidente de la taza de té?

—No tanto como para dar un golpe letal a Mapleshade. ¿Responde eso a todas sus preguntas…?

—¿Y enemigos fuera de la escuela?

—Supongo que Jillian tenía unos cuantos, pero no tengo nombres.

—¿Y de usted?

—Competidores académicos, envidiosos profesionales, pacientes con el ego magullado, locos que no sufren en silencio…, quizás unas pocas almas en total.

—¿Algunos nombres que quiera compartir?

—Me temo que no. Ahora he de pasar a mi siguiente reunión.

—Tiene un montón de reuniones.

—Adiós, detective.

El teléfono de Gurney no sonó otra vez hasta que estaba atravesando Dillweed, aparcando delante de Abelard's. Pensaba que le vendría bien una taza de café decente que borrara el horrible gusto que el anterior le había dejado.

El nombre de la persona que llamaba le hizo sonreír.

—Detective Gurney, soy Agatha Smart, la secretaria del doctor Perry. Ha solicitado una cita así como información sobre el rifle de caza del doctor Perry, ¿es así?

—Sí. Me estaba preguntando cuándo podría…

Ella lo interrumpió.

—Puede presentar las preguntas por escrito. El doctor decidirá si le concede una cita.

—No sé si lo he dejado claro en el mensaje, pero esto forma parte de la investigación del asesinato de su hijastra.

—Somos conscientes de eso, detective. Como he dicho, puede presentar preguntas por escrito. ¿Quiere la dirección?

—No hará falta —dijo Gurney, pugnando por contener su irritación—. Todo se reduce a una pregunta muy simple. ¿Puede decir a ciencia cierta dónde estaba su rifle la tarde del 17 de mayo?

—Como he dicho antes, detective…

—Transmita la pregunta, señora Smart. Gracias.

28

Una perspectiva diferente

*E*stuvo a punto de no verla.

Al acercarse al punto donde el estrecho camino de tierra y grava llegaba a su propiedad y se desdibujaba en la senda de hierba que subía por la pradera hasta la casa, un gavilán colirrojo alzó el vuelo desde un arbusto de cicuta a su izquierda y voló sobre el camino y más allá del estanque. Al observar el ave que desaparecía por encima de las copas de los árboles, atisbó a Madeleine sentada en el banco erosionado, al borde del estanque, medio oculta por unas matas de aneas. Gurney detuvo el coche junto al viejo granero rojo, bajó y saludó.

Su mujer respondió con una sonrisita. No podía estar seguro a esa distancia. Quería hablar con ella, sentía que lo necesitaba. Al seguir el sinuoso sendero de hierba que rodeaba el estanque hasta el banco, empezó a dejarse invadir por la calma del lugar.

—¿Te importa que me siente un rato aquí contigo?

Madeleine asintió con la cabeza suavemente, como si una respuesta distinta pudiera interrumpir la paz.

Dave se sentó y miró más allá de la superficie en calma del estanque, viendo el reflejo invertido de los arces del Canadá en el lado opuesto, algunas de cuyas hojas estaban cambiando a las versiones apagadas de sus colores del otoño. Miró a su mujer y le sobrecogió la extraña idea de que la tranquilidad que ella transmitía en ese momento no era el producto de su entorno, sino que, en un reverso fantástico, su entorno estaba absorbiendo esa misma cualidad de una reserva que ella tenía en su interior. Ya se le había pasado ese pensamiento sobre Madeleine por la cabeza antes, pero esa parte de su mente que despreciaba lo sentimental siempre lo apartaba.

—Necesito tu ayuda —se oyó decir— para ordenar algunas cosas.

Cuando ella no respondió, continuó:

—He tenido un día confuso. Más que confuso.

Madeleine le dedicó una de esas miradas suyas que, o comunicaba mucho —en este caso que un día confuso sería el resultado predecible de implicarse en el caso Perry—, o que simplemente le presentaba una pizarra en blanco en la cual su inquietud podría escribir ese mensaje.

En cualquier caso, Dave continuó:

—Creo que nunca me había sentido tan sobrecargado. ¿Has encontrado la nota que te he dejado esta mañana?

—¿Respecto a la reunión con tu amiga de Ithaca?

—No es lo que llamaría una amiga.

—¿Tu consejera?

Dave resistió un impulso de discutir aquello, de defender su inocencia.

—Un rico coleccionista de arte interesado en los retratos de ficha policial que estaba haciendo el año pasado ha acudido a la galería Reynolds.

Madeleine levantó una ceja en expresión burlona por el hecho de que su marido sustituyera el nombre de la persona con el nombre del negocio.

Dave continuó y dejó caer su bomba con calma.

—Me dará cien mil dólares por copias únicas.

—Eso es ridículo.

—Sonya insiste en que este tipo es serio.

—¿De qué manicomio se ha escapado?

Hubo un sonoro chapoteo al otro lado de las matas de aneas. Él sonrió y dijo:

—Uno grande.

—¿Estás hablando de un sapo?

—Perdón.

Gurney cerró los ojos, más preocupado de lo que estaba dispuesto a reconocer por el aparente desinterés de Madeleine por ese dinero que les caía del cielo.

—Por lo que yo sé, el mundo del arte es más o menos un manicomio gigante, pero algunos de los pacientes tienen un montón de dinero. Aparentemente este tipo es uno de ellos.

—¿Qué es lo que quiere por sus cien mil dólares?

—Una copia que solo tenga él. Tendría que coger las que imprimí el año pasado, mejorarlas de algún modo, introducir una variación en cada una que las haga diferentes de cualquier cosa que la galería haya vendido.

—¿Va en serio?

—Eso me han dicho. También me han dicho que podría querer más de una obra. Sonya tiene en mente la posibilidad de una venta de siete cifras. —Se volvió para ver la reacción de Madeleine.

—¿Una venta de siete cifras? ¿Te refieres a una cantidad superior al millón de dólares?

—Sí.

—Oh, Dios…, eso no es moco de pavo.

Dave la miró.

—¿Estás tratando a propósito de mostrar la menor reacción posible a esto?

—¿Qué reacción debería tener?

—¿Más curiosidad? ¿Felicidad? ¿Algunas palabras sobre lo que podríamos hacer con una cantidad de dinero así?

Madeleine frunció el ceño en ademán reflexivo, luego sonrió.

—Podríamos pasar un mes en la Toscana.

—¿Eso es lo que harías con un millón de dólares?

—¿Qué millón de dólares?

—¿Siete cifras, recuerdas?

—He oído esa parte. Lo que me estoy perdiendo es la parte en que se hace real.

—Según Sonya, es real ahora mismo. Tengo una cita para cenar el sábado en la ciudad con el coleccionista, Jay Jykynstyl.

—¿En la ciudad?

—Haces que suene como si fuera a reunirme con él en una cloaca.

—¿Qué es lo que colecciona?

—Ni idea. Aparentemente cosas por las que paga mucho.

—¿Te parece creíble que quiera pagarte cientos de miles de dólares por fotos modificadas de ficha policial de los peores criminales? ¿Sabes siquiera quién es?

—Lo descubriré mañana.

—¿Te estás escuchando?

Sí que lo hacía. No estaba completamente cómodo por cómo estaba dejando entrever sus emociones, pero no estaba dispuesto a admitirlo.

—¿Qué quieres decir?

—Eres bueno excavando en la superficie de las cosas. Nadie es mejor que tú en eso.

—No lo entiendo.

—¿No lo sabes? Puedes desentrañar cualquier embrollo; una vez lo llamaste «un ojo para la discrepancia». Bueno, esto es, probablemente, lo más disparatado con lo que te has topado en tu vida. ¿Cómo es que no lo estás haciendo?

—Quizás estoy esperando a averiguar más, a descubrir qué es real y qué no lo es, a formarme una idea de quién es este tal Jykynstyl.

—Parece lógico. —Madeleine lo dijo de una manera tan razonable que Dave comprendió que quería decir lo contrario—. Por cierto, ¿qué clase de nombre es ese?

—¿Jykynstyl? Me suena holandés.

Ella sonrió.

—A mí me suena a monstruo de un cuento de hadas.

Desaparecidas

Mientras Madeleine estaba preparando un plato de pasta con langostinos para cenar, Gurney se encontraba en el sótano, revisando ejemplares viejos del dominical del *Times* que guardaban para un proyecto de jardinería. (Una de las amigas de Madeleine había conseguido que se interesara en un tipo de semillero en el cual se usaban periódicos para crear capas de mantillo.) Estaba hojeando las secciones de la revista del periódico en busca del anuncio a doble página —que recordaba haber visto— en el que salía la provocativa fotografía de Jillian. Lo que necesitaba era el nombre de la compañía o ver los créditos de la foto. Estaba a punto de rendirse y llamar a Ashton para pedirle esa información cuando encontró la publicación más reciente del anuncio. Se fijó en que, por una macabra coincidencia, había aparecido el día del asesinato.

En lugar de limitarse a tomar nota de la línea de crédito «Karmala Fashion, foto de Allessandro», decidió llevarse arriba aquella sección de la revista. La dejó abierta en la mesa donde Madeleine estaba poniendo los platos de la cena.

—¿Qué es eso? —preguntó ella echando un vistazo.

—Un anuncio de pañuelos muy caros. Demencialmente caros. Es también una foto de la víctima.

—La víc... ¿No te referirás a...?

—Jillian Perry.

—¿La novia?

—La novia.

Madeleine miró de cerca el anuncio.

—Las dos imágenes en la foto son de ella —explicó Gurney.

Madeleine asintió con rapidez, lo cual significaba que ya se había dado cuenta.

—¿Eso es lo que hacía para ganarse la vida?

—Todavía no sé si era un trabajo o algo ocasional. Cuando vi la foto colgada en la casa de Scott Ashton, estaba demasiado asombrado para preguntar.

—¿Tiene eso colgado en su casa? Es un viudo y esa es la imagen que... —Negó con la cabeza; su voz se fue apagando.

—Habla de ella de la misma manera que su madre: como si Jillian hubiera sido una especie de maniaca particularmente brillante, enferma y seductora. La cuestión es que todo el maldito caso es así. Todos los que están relacionados con el caso son geniales o lunáticos o... mentirosos patológicos o... no sé qué. Por dios, si el vecino de al lado de Ashton, cuya mujer presumiblemente huyó con el asesino, juega con un tren eléctrico bajo un árbol de Navidad en su sótano. Creo que nunca me he sentido tan a la deriva. Es como el rastro. Hay un rastro de olor que la Brigada Canina logró seguir y que conducía al arma del crimen en el bosque, pero no iba más allá, lo cual sugiere que el asesino volvió a la cabaña y se escondió allí, salvo que no hay lugar para esconderse en la cabaña. Durante un instante creo que sé lo que está pasando, pero al cabo de otro me doy cuenta de que no tengo ninguna prueba de todo eso que pienso. Tenemos montones de escenarios interesantes, pero, cuando miramos debajo, no hay nada.

—¿Qué significa eso?

—Significa que necesitamos datos firmes, observaciones de primera mano de testigos creíbles. Hasta ahora ninguna de las hipótesis tiene datos verificables que la sustente. Es muy fácil dejarse llevar por una buena historia. Puedes implicarte emocionalmente con ciertas visiones del caso y no darte cuenta de que todo son imaginaciones. Vamos a comer. A lo mejor la comida ayuda a mi cerebro.

Madeleine puso un gran bol de *pappardelle* con langostinos y salsa de tomate y ajo en el centro de la mesa, junto con pequeños cuencos de queso de Asiago y albahaca picada. Empezaron a comer rodeados de un silencio reflexivo.

Gurney pronto tuvo que hacer un esfuerzo para contener una sonrisa. Se dio cuenta de que esa frustración con el caso, por incómoda que le resultara, estaba arrastrando a Madeleine a una discusión de los detalles, un resultado deseable que había sido incapaz de generar hasta entonces.

Después de unos pocos bocados, Madeleine empezó a jugar con un langostino.

205

—De tal palo, tal astilla.

—¿Hum?

—Madre e hija tienen mucho en común.

—¿Te refieres a que las dos son un poco erráticas?

—Es una forma de decirlo.

Hubo otro silencio mientras Madeléine tocaba ligeramente el langostino con las puntas de su tenedor.

—¿Estás seguro de que no hay sitio para esconderse?

—¿Esconderse?

—En la cabaña.

—¿Por qué lo preguntas?

—Hace un tiempo vi una película de terror sobre un casero que tenía espacios secretos entre las paredes del apartamento y que vigilaba a sus inquilinos a través de pequeños agujeros.

Sonó el teléfono fijo.

—La cabaña es muy pequeña, tan solo tiene tres ambientes —dijo al levantarse para responder.

Madeleine se encogió de hombros.

—Solo era una idea. Todavía me da escalofríos.

El teléfono estaba en el escritorio del estudio. Dave llegó a él al cuarto tono.

—Aquí Gurney.

—¿Detective Gurney? —La voz femenina era joven, insegura.

—Exacto. ¿Con quién estoy hablando? —Oyó la respiración inquieta de la persona que llamaba—. ¿Sigue ahí?

—Sí..., no debería llamar, pero... quería hablar con usted.

—¿Quién es?

Quien llamaba respondió tras otra vacilación.

—Savannah Liston.

—¿En qué puedo ayudarla?

—¿Sabe quién soy?

—¿Debería saberlo?

—Pensaba que podría haber mencionado mi nombre.

—¿Quién podría haberlo mencionado?

—El doctor Ashton. Soy una de sus asistentes.

—Entiendo.

—Por eso lo llamo. O sea, quizá no debería estar llamando, pero... ¿Es verdad que es detective privado?

—Savannah, ha de decirme por qué me ha llamado.

—Lo sé. Pero no se lo dirá a nadie, ¿verdad? Perdería mi empleo.

—A menos que esté planeando hacer daño a alguien, no se me ocurre ninguna razón legal por la que debería divulgar nada.

Esa respuesta, que había usado centenares de veces en su carrera, no quería decir nada, pero pareció satisfacerla.

—Vale. Voy a decírselo. He oído al doctor Ashton hablando por teléfono con usted antes. Me ha parecido que usted quería nombres de chicas de la clase de Jillian con las que ella iba, pero que él no se los podía dar.

—Algo así.

—¿Para qué los quiere?

—Lo siento, Savannah, no estoy autorizado a discutir eso. Pero me gustaría saber más sobre la razón por la que me llama.

—Puedo darle dos nombres.

—¿De chicas con las que iba Jillian?

—Sí. Las conozco porque cuando era estudiante allí, de vez en cuando salíamos juntas, y por eso lo he llamado. Está pasando algo raro. —Su voz se estaba poniendo temblorosa, como si estuviera a punto de llorar.

—¿Qué cosa rara, Savannah?

—Las dos chicas con las que salía Jillian, las dos han desaparecido desde que se graduaron.

—¿Qué quiere decir que han desaparecido?

—Las dos se fueron de casa en verano, pero sus familias no las han vuelto a ver y nadie sabe dónde están. Y hay otra cosa horrible. —Su respiración era tan desigual ahora que parecía más un sollozo.

—¿Qué es lo horrible, Savannah?

—Las dos hablaban de que les gustaba Héctor Flores.

207

30

Las modelos de Allessandro

Cuando colgó el teléfono tras hablar con Savannah Liston, había planteado una docena de preguntas que proporcionaron media docena de respuestas útiles, los nombres de las dos chicas y una petición ansiosa: que no le hablara a Ashton de la llamada.

¿Tenía alguna razón para tener miedo del doctor? No, por supuesto que no, Ashton era un santo, pero le hacía sentirse mal actuar a sus espaldas, y no quería que el doctor pensara que ella no confiaba completamente en su juicio.

¿Y Savannah confiaba por completo en su juicio? Por supuesto que sí, salvo que a ella le inquietaba que al doctor Ashton no le preocuparan las chicas desaparecidas.

Así pues, ¿ella le había hablado a Ashton de las desapariciones? Sí, por supuesto que sí, pero él había explicado que las graduadas de Mapleshade con frecuencia desaparecían por buenas razones, y no sería raro que una familia no tuviera contacto con una hija adulta que quería un poco de espacio para respirar.

¿Cómo era que las chicas desaparecidas conocían a Héctor? Porque el doctor Ashton lo había llevado a Mapleshade en ocasiones para que trabajara en los semilleros. Héctor era muy atractivo y algunas de las chicas estaban muy interesadas en él.

Cuando Jillian era estudiante, ¿había alguien del personal en particular en quien ella podría haber confiado? Había un tal doctor Kale, que se ocupaba de muchas cosas —Simon Kale—, pero se había retirado y vivía en Cooperstown. Savannah había encontrado el número de Gurney a través de Internet y él probablemente encontraría el de Kale de la misma manera. Kale era un viejo raro. Pero podría saber cosas de Jillian.

¿Por qué le estaba contando eso a Gurney? Porque él era detective, y en ocasiones se quedaba despierta toda la noche y se asustaba pensando en las chicas desaparecidas. A la luz del día veía que era probable que el doctor Ashton tuviera razón, que muchas de las estudiantes vinieran de familias enfermas —como la suya— y que tenía sentido alejarse de ellas. Alejarse y no dejar ninguna dirección. Quizás incluso cambiarse el nombre. Pero en la oscuridad se le ocurrían otras posibilidades, posibilidades que hacían que le costara dormir.

Y, oh, por cierto, las chicas desaparecidas tenían otra cosa en común, además de haber mostrado un gran interés en Héctor cuando este trabajaba sin camisa en los semilleros.

¿Qué era?

Después de graduarse en Mapleshade, ambas habían sido contratadas para posar, igual que Jillian, para esos «anuncios tan sensuales de pañuelos».

Cuando Gurney volvió a la cocina, a la mesa donde habían estado comiendo, el teléfono sonó otra vez. Madeleine estaba allí de pie con la revista del *Times* abierta sobre la mesa. Al unirse a ella, mirando esa inquietante descripción de voracidad y ensimismamiento, notó que se le erizaba el vello de la nuca.

Madeleine lo miró con curiosidad, que él interpretó como su forma de preguntar si quería contarle la llamada telefónica.

Agradecido por su interés, lo hizo con detalle.

La curiosidad de Madeleine se tornó en preocupación.

—Alguien ha de descubrir por qué no pueden encontrar a esas chicas.

—Estoy de acuerdo.

—¿No habría que notificarlo a los departamentos de Policía locales?

—No es tan sencillo. Las chicas de las que Savannah está hablando eran como Jillian, presumiblemente de su edad, así que ahora tienen, por lo menos, diecinueve años; son todas, según la ley, adultas. Si sus familiares u otra personas que las ven regularmente no han denunciado de un modo oficial su desaparición, no hay mucho que la Policía pueda hacer. No obstante…

Sacó su teléfono móvil e introdujo el número de Scott Ashton. Sonó cuatro veces y ya iba a saltar el contestador cuando este lo cogió y respondió, después, aparentemente, de leer el visor del identificador de llamada.

—Buenas tardes, detective Gurney.

—Doctor Ashton, siento molestarle, pero ha surgido algo.

—¿Progreso?

—No sé cómo llamarlo, pero es importante. Entiendo la política de confidencialidad de Mapleshade, que me ha explicado, pero tenemos aquí una situación que requiere una excepción, acceso a registros del pasado.

—Pensaba que había sido claro al respecto. Una política con excepciones no es política. En Mapleshade la confidencialidad lo es todo. No hay excepciones. Ninguna.

Gurney sintió que le subía la adrenalina.

—¿Tiene algún interés en saber cuál es el problema?

—Cuénteme.

—Suponga que tenemos razones para creer que Jillian no fue la única víctima.

—¿De qué está hablando?

—Supongamos que tenemos razones para creer que Jillian fue solo una de las graduadas de Mapleshade que fueron objetivo de Héctor Flores.

—No logro ver…

210
—Hay pruebas circunstanciales que sugieren que algunas de las graduadas que eran amigas de Héctor Flores no están localizables. Dadas las circunstancias, deberíamos averiguar cuántas compañeras de clase de Jillian están localizables en este momento y cuántas no.

—Dios, ¿se da cuenta de lo que está diciendo? ¿De dónde salen esas pruebas circunstanciales?

—La fuente no es la cuestión.

—Por supuesto que es la cuestión. Es una cuestión de credibilidad.

—También podría ser una cuestión de salvar vidas. Piense en ello.

—Lo haré.

—Le sugiero que lo haga ahora mismo.

—No me impresiona su tono, detective.

—¿Cree que el problema es mi tono? Piense en esto: en la posibilidad de que algunas de sus graduadas podrían morir por su preciosa política de confidencialidad. Piense en explicarle eso a la Policía. Y a los medios. Y a los padres. Cuando lo haya pensado, vuelva a llamarme. Ahora tengo otras llamadas que hacer.

—Colgó y respiró hondo.

Madeleine estudió su rostro, sonrió de manera sesgada y dijo:

—Bueno, eso es un enfoque.

—¿Tienes otro?

—En realidad, me gusta el tuyo. ¿Recaliento la cena?

—Claro. —Respiró hondo otra vez, como si la adrenalina pudiera exhalarse—. Savannah me dio los nombres y los números de teléfono de las familias de las chicas (las mujeres, debería decir) que ella asegura que han desaparecido. ¿Crees que debería llamar?

—¿Es ese tu trabajo? —Recogió los platos de la pasta y los llevó al microondas.

—Bien pensado —concedió al sentarse a la mesa.

Algo en la actitud de Ashton lo había sacado de quicio y lo llevaba a responder de manera impulsiva. Sin embargo, cuando se obligó a pensar en ello con calma, comprendió que investigar el problema de las graduadas desaparecidas de Mapleshade era asunto de la Policía. Había ciertos requisitos para dar a alguien el estatus de «persona desaparecida», y para intentar averiguar con las bases de datos estatales y nacionales cuándo la habían visto por última vez. Más importante, había una cuestión de recursos humanos. Si, de hecho, resultaba que el caso implicaba a múltiples personas desaparecidas bajo la sospecha de secuestro o algo peor, un solo investigador no era la respuesta. La reunión del día siguiente con el fiscal del distrito y la prometida representación del DIC proporcionaría un foro ideal para discutir la llamada de Savannah y para trasladar la cuestión.

211

Entre tanto, no obstante, podría ser interesante hablar con Allessandro.

Gurney cogió el portátil del estudio y lo colocó donde había estado su plato.

Una búsqueda en las páginas blancas de Internet para Nueva York proporcionó treinta y dos individuos con ese apellido. Por supuesto, era más probable que Allessandro fuera un nombre profesional elegido para proyectar cierta imagen. No obstante, no había listados de negocio en los que apareciera el nombre de Allessandro en cualquiera de las categorías en que podría estar relacionado con el anuncio del *Times*: fotografía, publicidad, marketing, gráfico, diseño, moda.

Parecía extraño que un fotógrafo comercial fuera tan esquivo; a menos que tuviera tanto éxito que la gente que importaba ya supiera cómo contactar con él y su invisibilidad para las masas formara parte de ese atractivo, como un *nightclub* de moda sin cartel en la puerta.

Se le ocurrió que si Ashton había adquirido la foto de Jillian directamente de Allessandro, tendría el número de teléfono del hombre, pero no era el mejor momento para pedirlo. Cabía la posibilidad de que Val Perry supiera algo al respecto, podría incluso conocer el nombre completo de Allessandro. En cualquiera de los casos, el día siguiente sería el momento adecuado para investigarlo. Y, muy importante, necesitaba mantener la mente abierta. El hecho de que dos antiguas estudiantes de Mapleshade con las que la asistente de Ashton había tenido problemas para contactar hubieran posado para el mismo fotógrafo de moda que Jillian podría ser una coincidencia sin sentido, aunque a las dos les gustara Héctor. Gurney cerró el portátil y lo dejó en el suelo, junto a su silla.

Madeleine volvió a la mesa, con los platos de pasta y los langostinos humeando de nuevo, y se sentó frente a él.

Dave cogió el tenedor y lo volvió a dejar. Miró por las puertas cristaleras, pero la noche ya había caído y los paneles de cristal, en lugar de proporcionar una visión del patio y el jardín, solo ofrecían un reflejo de los dos a la mesa. Su atención se fijó en las líneas severas de su propio rostro, en la expresión seria de su boca, un recordatorio de su padre.

Madeleine lo estaba observando.

—¿En qué estás pensando?

—En nada. No lo sé. En mi padre, supongo.

—¿En qué?

Pestañeó y la miró.

—¿Alguna vez te he contado la historia del conejo?

—Me parece que no.

Dave se aclaró la garganta.

—Cuando era pequeño (cinco, seis, siete años), le pedí a mi padre que me contara historias de las cosas que él hacía cuando era pequeño. Sabía que había crecido en Irlanda y tenía una idea de cómo era aquel país por un calendario que conseguimos de un vecino que fue allí de vacaciones: todo muy verde, rocoso, un poco salvaje. Para mí era un lugar extraño y maravilloso; fabuloso, supongo, porque no se parecía en nada al sitio donde vivíamos en el Bronx.

El desagrado de Gurney por el barrio de su infancia, o quizá por su infancia en sí, se reflejó en su rostro.

—Mi padre no hablaba mucho, al menos con mi madre y conmigo, y conseguir que contara algo de cómo creció era casi imposible. Por fin, un día, quizá para que dejara de molestarle, me contó esta historia. Dijo que había un campo detrás de la casa de su padre (así la llamaba, la casa de su padre, una extraña forma de expresarlo, porque él también vivía allí), un gran campo de hierba con un murete de piedra que lo separaba de otro campo aún más grande con un arroyo que lo atravesaba y una colina en la distancia. La casa era una cabaña beis con un techo de paja oscuro. Había patos y narcisos. Cada noche me acostaba imaginándolo (los patos, los narcisos, el campo, la colina), deseando estar allí, decidido a ir algún día. —Su expresión era una mezcla de amargura y añoranza.

—¿Cuál es la historia?

—¿Eh?

—Has dicho que te contó una historia.

—Dijo que él y su amigo Liam iban a cazar conejos. Tenían hondas e iban a los campos de detrás de su casa al alba, mientras la hierba estaba todavía cubierta de rocío, y cazaban conejos. Los conejos formaban estrechos caminos a través de la hierba alta, y él y Liam seguían los caminos. En ocasiones ponían trampas en los senderos o en sus madrigueras o en los agujeros que cavaban por debajo del muro de piedra.

—¿Te dijo si alguna vez pillaron alguno?

—Dijo que sí, que luego los soltaban.

—¿Y las hondas?

—Siempre fallaban por poco, decía. —Gurney se quedó en silencio.

—¿Esa es la historia?

—Sí. La cuestión es que las imágenes que pintó en mi mente eran reales y pensé mucho en ellas, pasé mucho tiempo imaginándome allí, siguiendo esos pequeños y estrechos caminos en la hierba. Aquellas imágenes se convirtieron, por raro que parezca, en los recuerdos más vívidos de mi infancia.

Madeleine torció el gesto.

—¿Todos lo hacemos, verdad? Tengo vívidos recuerdos de

213

cosas que en realidad no vi, recuerdos de escenas que alguien describió. Recuerdo lo que he imaginado.

Dave asintió.

—Hay una parte que aún no te he contado. Años después, décadas después, cuando tenía unos treinta y cinco años y mi padre sesenta y pico, saqué el tema en una conversación telefónica con él. Le dije: «¿Recuerdas la historia que me contaste sobre ti y Liam, que salíais al campo al alba con las hondas?». No parecía saber de qué estaba hablando. Así que añadí todos los demás detalles: el muro, las zarzas, el arroyo, la colina, las sendas de los conejos. «Oh, eso. Eso era todo mentira. Nada de eso pasó nunca», me respondió. Y lo dijo en ese tono suyo que parecía dar a entender que yo había sido un idiota por creérmelo. —Había un extraño y apenas perceptible temblor en la voz de Gurney. Tosió ruidosamente como si tratara de expulsar la obstrucción que lo había causado.

—¿Se lo inventó todo?

—Se lo inventó todo. Hasta el último detalle. Y lo más deplorable es que es lo único que jamás me contó sobre su infancia.

214

31

Terriers escoceses

Gurney estaba recostado en la silla, examinando sus manos. Las vio más arrugadas y ajadas de lo que las habría imaginado si no estuviera mirándolas. Las manos de su padre.

Cuando Madeleine despejó la mesa, parecía sumida en profundos pensamientos. Una vez que todos los platos y las sartenes estuvieron en el fregadero y cubiertos con agua caliente jabonosa, cerró el grifo y habló sin alterarse.

—Así que supongo que tuvo una infancia horrible.

Gurney levantó la mirada.

—Es de suponer.

—¿Te das cuenta de que durante los doce años de nuestro matrimonio en que estuvo vivo, solo lo vi tres veces?

—Así somos.

—¿Te refieres a tu padre y a ti?

Él asintió de manera vaga, concentrándose en un recuerdo.

—El apartamento donde crecí en el Bronx tenía cuatro habitaciones: una pequeña cocina comedor, una pequeña sala de estar y dos dormitorios minúsculos. Éramos cuatro: mi madre, mi padre, mi abuela y yo. ¿Y sabes qué? Casi siempre había solo una persona en cada habitación, salvo cuando mi madre y mi abuela estaban juntas viendo la televisión en la sala. Incluso entonces mi padre se quedaba en la cocina y yo en uno de los dormitorios. —Rio, luego se detuvo con una sensación de vacío, pues había oído ese sonido sarcástico como un eco de su padre—. ¿Recuerdas esos imanes con forma de terrier escocés? Si los alineabas de una manera se atraían. Si los alineabas al revés se repelían. Así era nuestra familia, cuatro terriers escoceses alineados de manera que nos repelíamos a las cuatro esquinas del apartamento. Lo más lejos posible los unos de los otros.

Madeleine no dijo nada, solo volvió a abrir el grifo y se ocupó de lavar los platos de la cena. Los aclaró y los apiló en el escurridor, junto al fregadero. Cuando hubo terminado, apagó la luz del techo que quedaba sobre la isleta de la cocina y fue al otro lado de la gran sala. Se sentó en un sillón junto a la chimenea, encendió la lámpara que tenía al lado y sacó su labor de punto —un gorro de lana rojo— de una bolsa grande que había en el suelo. Miraba de cuando en cuando hacia la dirección de Gurney, pero se quedó en silencio.

Dos horas después se fue a acostar.

Gurney, entre tanto, había ido a buscar las carpetas del caso Perry del estudio, donde habían quedado apiladas desde que las quitó de la mesa grande el día que los Meeker habían ido a cenar. Había estado leyendo los resúmenes de las entrevistas realizadas sobre el terreno, así como las transcripciones de aquellas que se habían realizado y registrado en la comisaría del DIC. Le daba la sensación de que era un montón de material que dibujaba una imagen coherente.

Algo de aquello no tenía ningún tipo de sentido. Estaba, por ejemplo, el incidente del desnudo en el pabellón, contado por cinco residentes de Tambury. Decían que Flores había sido visto un mes antes del asesinato apoyado en un solo pie, con los ojos cerrados y las manos en posición de oración delante de él, en lo que se tomó por una especie de postura de yoga, completamente desnudo en el centro del pabellón ajardinado de Ashton. En todos los resúmenes de las entrevistas, el agente había anotado que el individuo que describía el incidente no había sido testigo directo, pero lo presentaba como algo que «sabía todo el mundo». Todos manifestaron haberlo oído de otras personas. Algunos podían recordar quién se lo había mencionado, otros no. Nadie recordaba cuándo. Otro incidente del que se informó con detalle hacía referencia a la discusión entre Ashton y Flores una tarde de verano en la calle principal del pueblo, pero una vez más ninguno de los «testigos», incluidos dos que lo describieron con detalle, lo habían visto con sus propios ojos.

Las anécdotas eran abundantes; los testigos, escasos.

Casi todos los interrogados veían el asesinato en sí a través de la lente de uno entre un puñado de paradigmas: el monstruo de Frankenstein, la venganza de un amante despechado, criminalidad mexicana inherente, inestabilidad homosexual, el envenenamiento de Estados Unidos por la violencia mediática.

Nadie había sugerido una conexión con las alumnas relacionadas con abusos sexuales de Mapleshade o la posibilidad de un móvil de venganza surgido de la anterior conducta de Jillian, áreas donde Gurney creía que finalmente se encontraría la clave del asesinato.

Mapleshade y el pasado de Jillian: dos aspectos que presentaban muchos más interrogantes que hechos. Quizás ese terapeuta retirado al que Savannah había mencionado podría ayudar con ambos. Simon Kale, un nombre fácil de recordar. Simon and Garfunkel. Simón dice. Simon Kale de Cooperstown... ¡Dios! Estaba demasiado agotado.

Fue al fregadero y se echó agua fría en la cara. El café le pareció una buena idea, luego lo contrario. Volvió a la mesa, encendió otra vez su portátil y encontró el número de teléfono y la dirección de Kale en menos de un minuto a través del directorio de Internet. El problema era que no se había dado cuenta de que los informes de entrevistas le habían absorbido durante mucho rato y ya eran las 23.02. ¿Llamar o no llamar? ¿En ese momento o por la mañana? Estaba ansioso por hablar con el hombre, por seguir una pista concreta, algo que le acercara a la verdad. Si Kale ya estaba en la cama, la llamada no sería bien recibida. Por otra parte, el hecho de que fuera tan tarde y la inconveniencia podrían servir para enfatizar que aquello era urgente. Llamó.

217

Después de tres o cuatro tonos, respondió una voz algo andrógina.

—¿Sí?

—Simon Kale, por favor.

—¿Quién es? —La voz, todavía de género incierto, aunque tendía a masculina, sonaba ansiosa e irritada.

—David Gurney.

—¿Puedo decirle al doctor Kale el motivo de su llamada?

—¿Con quién estoy hablando?

—Está hablando con la persona que ha contestado al teléfono. Y es un poco tarde. Ahora, ¿podría decirme por qué...?

Se oyó otra voz al fondo, una pausa, el sonido del teléfono cambiando de manos.

Una voz remilgada, seria, anunció:

—Soy el doctor Kale. ¿Quién es?

—David Gurney, doctor Kale. Lamento molestarle tan tarde, pero es un asunto urgente. Trabajo de asesor en el caso del asesinato de Jillian Perry y estoy tratando de formarme una idea sobre Mapleshade. Se me sugirió que usted podría ser una persona útil. —No hubo respuesta—. ¿Doctor Kale?

—¿Asesor? ¿Qué significa eso?

—Me ha contratado la familia Perry para que les proporcione un punto de vista independiente de la investigación.

—¿Ah, sí?

—Esperaba que pudiera ayudarme a hacerme una idea más exacta del alumnado y la filosofía general de Mapleshade.

—Yo diría que Scott Ashton es la fuente perfecta para esa clase de información. —Había acritud en su comentario, que suavizó añadiendo en un tono más desenfadado—: Yo ya no formo parte del personal de Mapleshade.

Gurney buscó un punto de apoyo en lo que sonaba como una grieta entre los dos hombres.

—Creo que su posición puede darle más objetividad que la de alguien todavía implicado con la escuela.

—No es un tema que quiera discutir por teléfono.

—Eso puedo entenderlo. La cuestión es que yo vivo en Walnut Crossing y no me molestaría ir a Cooperstown, si puede concederme media hora.

—Ya veo. Desafortunadamente, me iré un mes de vacaciones a partir de pasado mañana.

Lo dijo más como un impedimento legítimo que como una excusa. Gurney tenía la sensación de que Kale no solo estaba intrigado, sino que podría tener algo interesante que decir.

—Sería de enorme ayuda, doctor, si pudiera verle antes. Resulta que tengo una reunión con el fiscal del distrito mañana por la tarde. Si pudiera dedicarme un rato, quizá podría desviarme un poco del camino…

—¿Tiene una reunión con Sheridan Kline?

—Sí, sería muy útil contar con su opinión antes de eso.

—Bueno…, supongo… Todavía, necesitaría saber más de usted antes…, antes de que considere apropiado discutir nada. Sus credenciales y demás.

Gurney respondió con lo más destacado de su currículo y el nombre de un subinspector con el que Kale podría hablar en el Departamento de Policía de Nueva York. Incluso mencionó, medio pidiendo perdón, la existencia de un artículo de la revista

New York publicado hacía cinco años que glorificaba sus contribuciones a la solución de dos infames casos de asesinato. El artículo le hacía parecer como un cruce entre Sherlock Holmes y Harry *el Sucio*, lo cual le resultaba embarazoso. Pero también podía ser útil.

Kale accedió a reunirse con él a las 12.45 del día siguiente, viernes.

Cuando Gurney trató de organizar sus ideas para la reunión con Klein, y elaborar una lista en su cabeza de temas que quería abordar, descubrió por enésima vez que excitación y cansancio constituían unos cimientos muy débiles sobre los que organizar nada. Concluyó que dormir sería la manera más eficaz de emplear el tiempo. Sin embargo, en cuanto se quitó la ropa y se metió en la cama al lado de Madeleine, el sonido de su móvil lo devolvió a la encimera de la cocina, donde lo había dejado sin darse cuenta.

La voz al otro extremo había nacido y se había criado en un club de campo de Connecticut.

—Soy el doctor Withrow Perry. Ha llamado. Puedo darle justo tres minutos.

Gurney tardó un momento en centrarse.

—Gracias por llamar. Estoy investigando el asesinato de...

Perry lo cortó.

—Sé lo que está haciendo. Sé quién es. ¿Qué quiere?

—Tengo algunas preguntas que podrían ayudarme a...

—Adelante, hágalas.

Gurney contuvo el impulso de hacer un comentario sobre la actitud del hombre.

—¿Tiene alguna idea de por qué Héctor Flores mató a su hija?

—No. Y para que conste, Jillian era la hija de mi mujer, no mía.

—¿Sabe de alguien más además de Flores que pudiera tenerle ojeriza, una razón para matarla o hacerle daño?

—No.

—¿Nadie?

—Nadie, y supongo que todos.

—¿Qué significa?

219

Perry rio: un sonido grave y desagradable.

—Jillian era una zorra mentirosa y manipuladora. No creo que sea el primero en decírselo.

—¿Qué es lo peor que le hizo nunca?

—No voy a hablar de eso con usted.

—¿Por qué cree que el doctor Ashton quería casarse con ella?

—Pregúnteselo.

—Se lo estoy preguntando a usted.

—Siguiente pregunta.

—¿Jillian habló de Flores alguna vez?

—Conmigo, desde luego, no. No teníamos ninguna relación. Deje que sea claro, detective: estoy hablando con usted solo porque mi mujer ha decidido encargar esta investigación no oficial y me ha pedido que conteste su llamada. La verdad es que no tengo nada con lo que contribuir y, para ser sincero con usted, considero que su esfuerzo es una pérdida de tiempo y de dinero.

—¿Cómo se siente respecto al doctor Ashton?

—¿Que cómo me siento? ¿Qué quiere decir?

—¿Le cae bien? ¿Lo admira? ¿Le da lástima? ¿Lo desprecia?

—Nada de eso.

—¿Entonces qué?

Hubo una pausa, un suspiro.

—No tengo interés en él. Considero que su vida no es asunto mío.

—Pero hay algo en él que… ¿qué?

—Solo la pregunta obvia. La pregunta que ya ha planteado en cierto modo.

—¿Cuál?

—¿Por qué un profesional tan competente iba a casarse con una chica descarriada como Jillian?

—¿Tanto la odiaba?

—No la odiaba, señor Gurney, no más de lo que odiaría a una cobra.

—¿Mataría a una cobra?

—Una pregunta pueril.

—Hágame el favor.

—Mataría a una cobra que amenazara mi vida, igual que usted.

—¿Alguna vez ha querido matar a Jillian?

Rio sin humor.

—¿Es esto una suerte de juego infantil?

—Solo una pregunta.

—Me está haciendo perder el tiempo.

—¿Todavía posee un rifle Weatherby 257?

—¿Qué tiene que ver eso con nada?

—¿Es consciente de que alguien con un rifle como ese disparó a Scott Ashton la semana después del asesinato de Jillian?

—¿Con un Weatherby 257? Por el amor de Dios, ¿no estará insinuando…? ¿No se atreverá a insinuar que de alguna manera…? ¿Qué demonios está insinuando?

—Solo estoy haciendo una pregunta.

—Una pregunta con implicaciones ofensivas.

—¿Debo asumir que todavía está en posesión del rifle?

—Asuma lo que quiera. Siguiente pregunta.

—¿Sabe a ciencia cierta dónde estaba el rifle el 17 de mayo?

—Siguiente pregunta.

—¿Alguna vez Jillian llevó a sus amigos a su casa?

—No, y le doy las gracias a Dios por esos pequeños favores. Me temo que su tiempo ha terminado, señor Gurney.

—Pregunta final: ¿conoce el nombre o la dirección del padre biológico de Jillian?

Por primera vez en la conversación, Perry vaciló.

—Algún nombre que parecía español. —Había cierta repulsión en su voz—. Mi mujer lo mencionó en una ocasión. Le dije que no quería volver a oírlo. ¿Cruz, quizá? ¿Ángel Cruz? No conozco su dirección. Podría no tener. Considerando la esperanza de vida media del adicto a la metanfetamina, probablemente estará muerto desde hace años.

Perry colgó sin decir una palabra más.

221

Conciliar el sueño le resultó difícil. Cuando la mente de Gurney estaba conectada después medianoche, no resultaba fácil apagarla. Podía tardar horas en desprenderse de su obsesión por los problemas del día.

Llevaba en la cama, calculó, al menos cuarenta y cinco minutos sin que le diera ningún respiro el caleidoscopio de imágenes y preguntas incorporadas al caso Perry cuando se fijó en que el ritmo de la respiración de Madeleine había cambiado. Estaba convencido de que ella estaba dormida cuando él se había metido en la cama, pero ahora tenía la clara sensación de que estaba despierta.

Quería hablar con ella. Bueno, en realidad, no estaba seguro de ello. Y si hablaba con Madeleine, no estaba seguro de sobre qué deseaba hablar. De repente, se dio cuenta de que quería su consejo, su orientación para salir del pantano en el cual se estaba enfangando: un pantano compuesto por demasiadas historias tambaleantes. Quería su consejo, pero no estaba seguro de cómo pedírselo.

Ella se aclaró la garganta suavemente.

—¿Qué vas a hacer con todo tu dinero? —preguntó como si tal cosa, como si hubieran estado discutiendo alguna cuestión relacionada con ello durante la última hora. No era inusual que ella sacara a relucir cosas de esa manera.

—¿Te refieres a los cien mil dólares?

Ella no respondió, lo cual significaba que consideraba la pregunta innecesaria.

—No es mi dinero —dijo él—. Es nuestro dinero. Aunque de momento es solo teórico.

—No, desde luego que es tu dinero.

Dave volvió la cabeza hacia su mujer en la almohada, pero era una noche sin luna, demasiado oscura para distinguir su expresión.

—¿Por qué dices eso?

—Porque es verdad. Es tu afición, y ha resultado una afición muy lucrativa. Y es tu contacto en la galería, o tu representante, o tu agente, o lo que sea. Y ahora vas a reunirte con tu nuevo admirador, el coleccionista de arte, sea quien sea. Así que es tu dinero.

—No entiendo por qué estás diciendo esto.

—Lo estoy diciendo porque es cierto.

—No lo es. Lo que es mío es tuyo.

Ella profirió una risita compungida.

—No lo ves, ¿no?

—¿Ver qué?

Ella bostezó y de repente sonó muy cansada.

—El proyecto de arte es tuyo. Todo lo que hice yo fue quejarme de que le dedicaras mucho tiempo, de cuántos días preciosos pasabas metido en tu estudio mirando la pantalla, mirando las caras de asesinos en serie.

—Eso no tiene nada que ver con lo que pensamos del dinero.

—Tiene todo que ver con eso. Tú te lo has ganado. Es tuyo. —Bostezó de nuevo—. Me voy a dormir otra vez.

223

32

Una locura intratable

Gurney salió a las 11.30 del día siguiente hacia su reunión con Simon Kale, lo que le dejaba poco más de una hora para el viaje a Cooperstown. Por el camino se tomó casi medio litro de café de la mezcla especial de la casa de Abelard's y, cuando el lago Otsego apareció a la vista, ya se sentía lo bastante despierto para tomar nota del clima clásico de septiembre, el cielo azul, los arces enrojecidos.

Su GPS lo guio a través de la orilla oeste, a la sombra de las cicutas del lago, hasta una pequeña casa colonial con su propia península de dos mil metros cuadrados. Las puertas abiertas del garaje revelaron un Miata verde brillante y un Volvo negro. Había un Volkswagen escarabajo rojo, aparcado al borde del sendero, lejos del garaje. Gurney aparcó justo detrás cuando un elegante hombre de cabello gris salía del garaje sujetando un par de bolsas grandes de lona.

—¿Detective Gurney, supongo?

—¿Doctor Kale?

—Exacto.

Sonrió como por obligación y lo dirigió hacia un sendero de losas que conducía desde el garaje a la entrada lateral de la vivenda. La puerta estaba abierta. Dentro, la casa parecía muy vieja, pero meticulosamente cuidada, con los techos bajos para conservar el calor y vigas talladas a mano típicas del siglo XVIII. Estaban de pie en medio de la cocina donde destacaba una enorme chimenea, así como con un horno de gas de cromo y esmalte de la década de los treinta. Desde otra habitación llegaban los compases inconfundibles de *Amazing Grace* interpretada con una flauta.

Kale dejó las bolsas en la mesa. Tenían el logo de la Adirondack Symphony Orchestra impreso. En una de ellas sobresalían hojas de verduras y rebanadas de pan francés; en la otra, botellas de vino.

—Los ingredientes de la cena. Me han enviado de caza y recolecta —dijo con cierta arrogancia—. Yo no voy a cocinar. Mi compañero, Adrian, es chef y flautista.

—¿Es eso...? —empezó Gurney, inclinando la cabeza en la dirección de la tenue melodía.

—No, no, Adrian toca mucho mejor. Ese debe de ser su estudiante de las doce, el del escarabajo.

—¿El...?

—El coche de fuera, el aparcado delante del suyo, el rojo

—Ah —dijo Gurney—. Por supuesto. Lo cual deja el Volvo para usted y el Miata para su compañero.

—¿Está seguro de que no es al revés?

—No creo.

—Interesante. ¿Qué es exactamente lo que hay en mí que le sugiere Volvo?

—Cuando ha salido del garaje, ha salido por el lado del Volvo.

Kale emitió un agudo cacareo.

—¿Así que no es clarividente?

—Lo dudo.

—¿Quiere un té? ¿No? Entonces acompáñeme al salón.

El salón resultó ser una pequeña estancia contigua a la cocina. Dos sillones con tapicería floral, dos cojines acolchados también con motivos florales, una mesita de té, una librería y una pequeña estufa de leña esmaltada en rojo llenaban el espacio. Kale le indicó a Gurney uno de los sillones y se sentó en el otro.

—Muy bien, detective, ¿cuál es el motivo de su visita?

Gurney se fijó por primera vez en que los ojos de Simon Kale, en contraste con sus modales atolondrados, eran sobrios y calculadores. Ese hombre no sería fácil de engañar o halagar, aunque su desagrado por Ashton, que se había revelado al teléfono, podría ser útil si lo manejaba con cautela.

—No estoy del todo seguro de cuál es el propósito. —Gurney se encogió de hombros—. Quizá solo he venido a ver qué encuentro.

Kale lo estudió.

—No exagere su humildad.

Gurney estaba sorprendido por la pulla, pero respondió de manera anodina.

225

—Francamente, es más ignorancia que humildad. Hay muchas cosas de este caso que no sé, que nadie sabe.

—¿Salvo quién es el asesino? —Kale miró su reloj—. ¿Tiene preguntas que hacerme?

—Me gustaría saber todo lo que pueda contarme de Mapleshade, quién va allí, quién trabaja allí, de cómo funciona, qué hacía usted allí, por qué se marchó.

—¿Mapleshade antes o Mapleshade después de la llegada de Scott Ashton?

—Los dos, pero sobre todo del periodo en que Jillian Perry era estudiante.

Kale se humedeció los labios reflexivamente; pareció saborear la pregunta.

—Lo resumiré así: durante dieciocho de los veinte años que enseñé en Mapleshade, fue un entorno terapéutico efectivo para la mejora de un amplio rango de problemas emocionales y de conducta entre leves y moderados. Scott Ashton apareció en escena hace cinco años con gran fanfarria; era una celebridad de la psiquiatría, un teórico de vanguardia, justo lo que se necesitaba para colocar la escuela en la primera posición de su campo. No obstante, una vez que se afianzó, empezó a cambiar el foco de atención de Mapleshade a adolescentes cada vez más y más enfermas: depredadoras sexuales violentas, que abusaban y manipulaban a otros niños, chicas jóvenes con una alta carga sexual con largas historias de incesto de las que eran víctimas y perpetradoras. Scott Ashton convirtió nuestra escuela, con su amplia historia de éxito en el tratamiento de adolescentes con problemas, en un descorazonador depósito de adictas al sexo y sociópatas.

Gurney pensó que el tono de su discurso estaba cuidadosamente construido, pulido por la repetición; sin embargo, la emoción que transmitía parecía bastante real. El tono de superioridad y los manierismos de Kale habían sido sustituidos, al menos por el momento, por una indignación rígida y justificada.

Entonces, en el silencio abierto que siguió a la diatriba, se oyó desde la flauta de la otra sala la inquietante melodía de *Danny Boy*.

La música asaltó a Gurney lentamente, de manera debilitante, como si abrieran una tumba. Pensó que tendría que excusarse, encontrar un pretexto para abandonar la entrevista, huir de allí. Habían pasado quince años, y aun así la canción era insoportable. Pero luego la flauta se detuvo. Gurney se sentó, con dificultades para respirar, como un soldado traumatizado por la guerra esperando que se reanude la artillería distante.

—¿Le ocurre algo? —Kale lo estaba mirando con curiosidad.

El primer impulso de Gurney fue mentir, ocultar la herida. Pero entonces pensó: ¿por qué? La verdad era la verdad. Era lo que era. Dijo:

—Tenía un hijo con ese nombre.

Kale parecía desconcertado.

—¿Qué nombre?

—Danny.

—No entiendo.

—La flauta… Eh… no importa. Un viejo recuerdo. Lamento la interrupción. Estaba describiendo la… transición de un tipo de centro a otro.

Kale frunció el ceño.

—Transición es un término benigno para un cambio radical.

—Pero ¿la escuela continúa siendo exitosa?

La sonrisa de Kale destelló como el hielo.

—Se puede ganar mucho dinero albergando a los retoños dementes de padres culpables. Cuanto más terroríficos son, más están dispuestos a pagar los padres.

—¿Al margen de que mejoren?

La risa de Kale era tan fría como su sonrisa.

—Permítame que deje esto perfectamente claro, detective, para que no le quede ninguna duda de lo que estamos hablando. Si descubriera que su hija de doce años ha estado violando a niños de cinco, estaría dispuesto a pagar cualquier cosa para que esa hija demente desaparezca unos años.

—¿Esas son las que se envían a Mapleshade?

—Exacto.

—¿Como Jillian Perry?

La expresión de Kale pasó por una serie de tics y muecas.

—Mencionar nombres de estudiantes concretos en un contexto como este nos pone al borde de un campo minado desde el punto de vista legal. Lamento no poder darle un respuesta específica.

—Ya tengo descripciones fiables de la conducta de Jillian.

227

Solo la menciono porque la cronología plantea una pregunta: ¿no la enviaron a Mapleshade antes de que el doctor Ashton alterara el foco de la escuela?

—Eso es verdad. No obstante, sin decir nada ni en un sentido ni en otro respecto a Jillian Perry, puedo decirle que Mapleshade tradicionalmente aceptaba estudiantes con un amplio abanico de problemas, y siempre había unas pocas que estaban mucho más enfermas que las demás. Lo que hizo Ashton fue concentrar la política de admisiones de Mapleshade en las más enfermas. Dele a cualquiera de ellas un gramo de coca y sería capaz de seducir a un caballo. ¿Eso responde a su pregunta?

La mirada de Gurney descansó, pensativa, sobre la pequeña estufa roja.

—Comprendo su reticencia a violar sus compromisos de confidencialidad. No obstante, a Jillian Perry ya no se le puede hacer daño, y encontrar a su asesino podría depender de descubrir más sobre sus pasados contactos. Si Jillian alguna vez le confió algo sobre…

—Alto ahí. Lo que se me confiara a mí sigue siendo confidencial.

—Hay mucho en juego, doctor.

—Sí, lo hay. La integridad está en juego. No revelaré nada de lo que se me contó con el sobreentendimiento de que no lo revelaría, ¿está claro?

—Por desgracia, sí.

—Si quiere saber cosas sobre Mapleshade y su transformación de escuela a zoo, podemos discutirlo en términos generales. Pero no hablaré sobre los detalles particulares. Vivimos en un mundo resbaladizo, detective, por si no lo ha notado. No tenemos ningún punto de apoyo más allá de nuestros principios.

—¿Qué principio dictó su marcha de Mapleshade?

—Mapleshade se convirtió en un hogar de psicópatas sexuales. La mayoría de ellas no necesitaban terapeutas, sino más bien exorcistas.

—Cuando usted se fue, ¿Mapleshade contrató a alguien para reemplazarlo?

—Contrató a alguien para el mismo puesto. —Había acritud en aquella clara distinción y algo muy parecido a auténtico odio en los ojos de Kale.

—¿A qué clase de persona?

—Se llama Lazarus. Eso lo dice todo.

—¿Por qué?

—El doctor Lazarus tiene la misma calidez y vivacidad que un cadáver. —Había una irrevocabilidad amarga en la voz de Kale que le dijo a Gurney que la entrevista había terminado.

Como dándole la entrada, la flauta empezó a sonar otra vez y la melodía lastimera de *Danny Boy* lo propulsó lejos de la casa.

33

Una inversión simple

La fábula vital, el sueño fundamental, la visión que lo había cambiado todo, era ahora tan vívida para él como la primera vez que la experimentó.

Era como ver una película y estar en ella al mismo tiempo, olvidando luego que era una película, y viviéndola, sintiéndola como una experiencia más real que lo que había sido la vida llamada real.

Era siempre igual.

Juan el Bautista estaba descalzo y desnudo salvo por una tela que apenas le cubría los genitales. La sujetaba con un cinturón de piel vuelta del cual colgaba un cuchillo de caza primitivo. Estaba de pie junto a una cama revuelta, en un espacio que parecía ser al mismo tiempo una habitación y una mazmorra. No había ataduras visibles que lo sujetaran, sin embargo, no podía mover ni brazos ni piernas. La sensación era claustrofóbica y sentía que, si perdía el equilibrio y caía en la cama, se asfixiaría.

A la mazmorra, bajando por escalones de piedra oscuros, llegó Salomé. Fue hacia él envuelta en un remolino de perfume y seda transparente. Se quedó delante de él, contoneándose, bailando, moviéndose más como una serpiente que como un ser humano. La seda se deslizó, desapareciendo, revelando una piel marfileña, unos pechos sorprendentemente grandes para el cuerpo ligero, unas nalgas redondas, increíblemente perfectas y letales. El cuerpo contorsionándose en anticipación del placer.

El arquetipo de la degradación.

Eva el súcubo.

Encarnación de la serpiente.

Esencia del mal.

Encarnación de la lujuria.

Retorciéndose, bailando como una serpiente.

Danzando en torno a él, pegada a él. Un pegajoso sudor formándose en los pechos temblorosos, gotitas de sudor en la comisura de los labios. La descarga eléctrica de las piernas contra las suyas, las piernas separándose, el roce del vello púbico contra su muslo, un grito de horror creciendo en su pecho, el horror acelerado en su sangre. El grito pugnando por estallar en su corazón. Al principio un pequeño gemido contenido, construyéndose, tensándose a través de los dientes apretados. Los ojos de ella ardiendo, la entrepierna apretada contra la suya, ardiendo, su grito alzándose, estallando, ahora un rugido, un torrente de sonido, el rugido de un ciclón equilibrando el mundo, liberando los brazos y piernas de su parálisis, su cuchillo de caza transformado ahora en una espada, una cimitarra bendita. Con toda la fuerza del Cielo y la Tierra, blande su gran cimitarra —la mueve en un arco dulce y perfecto— sin apenas sentir que atraviesa el sudor del cuello de ella, la cabeza que cae, libre. Al caer, desapareciendo a través del suelo de piedra, el cuerpo húmedo se seca en un polvo gris y desaparece, barrido por un viento que a él le calienta el alma, que lo llena de luz y paz, que lo colma con el conocimiento de su identidad verdadera, con su misión y su método.

Dicen que Dios acude a algunos hombres lentamente y a otros en un destello de luz que lo ilumina todo. Y así era en su caso.

El poder y la claridad lo habían asombrado la primera vez, como lo hacía cada vez que lo recordaba, cada vez que volvía a experimentar la gran verdad que se le había revelado en el «sueño».

Como todas las grandes ideas, era asombrosamente simple: Salomé no logrará que Herodes decapite a Juan el Bautista si este ataca primero. Juan el Bautista, vivo en él. Juan el Bautista, destructor del mal de Eva. Juan el Bautista, receptor del bautismo de sangre. Juan el Bautista, azote de las serpientes viscosas de la Tierra. Cercenador de la cabeza de Salomé la serpiente.

Era una visión maravillosa. Una fuente de determinación, serenidad y solaz. Se sentía excepcionalmente bendecido. Mucha gente en el mundo moderno no tenía ni idea de quién era en realidad.

Él sabía quién era. Y lo que tenía que hacer.

231

34

Ashton inquieto

Cuando Gurney estaba entrando en el aparcamiento del edificio del condado que albergaba la oficina del fiscal, sonó su teléfono. Le sorprendió oír la voz de Scott Ashton y más todavía su nueva inseguridad e informalidad.

—David, después de su llamada de esta mañana… Sus comentarios sobre las chicas a las que no podían encontrar… Sé lo que le he dicho sobre la cuestión de la confidencialidad, pero… He pensado que podría hacer unas cuantas llamadas discretas por mi cuenta. De esa manera eliminaría el problema de dar nombres o números de teléfono a un tercero.

—¿Y?

—Bueno, he hecho unas llamadas y…, el caso es… No quiero aventurar ninguna conclusión, pero… Es posible que algo extraño esté ocurriendo.

Gurney se metió en el primer espacio de aparcamiento que encontró.

—¿Extraño en qué sentido?

—He hecho un total de catorce llamadas. En cuatro casos tenía el número de la estudiante, en los otros diez, el de un padre o tutor. A una de las estudiantes pude localizarla y hablar con ella. A la otra le dejé un mensaje en el contestador. El servicio telefónico de otras dos ya no funcionaba. De las diez llamadas que hice a familias, hablé con dos y dejé mensajes a las otras ocho, dos de las cuales me llamaron. Así que al final conseguí cuatro conversaciones con familiares.

Gurney se preguntó adónde iría a parar tanto número.

—En uno de los casos, no había problema. Sin embargo, en los otros tres…

—Perdone que le corte, pero ¿qué quiere decir con que no había problema?

—Quiero decir que conocían el paradero de su hija, dijeron que estaba en la facultad, que habían hablado con ella ese mismo día. El problema fue con las otras tres. Los padres no tienen ni idea de dónde están, lo cual en sí no significa demasiado. De hecho, recomiendo mucho a algunas de nuestras graduadas que se separen de sus padres cuando esas relaciones tienen una historia tóxica. La reintegración con la familia de origen en ocasiones no es aconsejable. Estoy seguro de que puede comprender por qué.

Gurney casi patinó y dijo que Savannah le había dicho eso mismo, pero se contuvo. Ashton continuó.

—El problema es lo que los padres me contaron que había ocurrido, cómo las chicas se fueron de casa.

—¿Cómo?

—El primer padre me dijo que su hija estaba inusualmente calmada, que se había comportado bien durante cuatro semanas después de volver de Mapleshade. Luego, una tarde, durante la cena, la chica pidió dinero para comprarse un coche nuevo, en concreto un Miata descapotable de veintisiete mil dólares. Los padres, por supuesto, se negaron. Ella los acusó de no preocuparse por ella, y resucitaron todos los traumas de su infancia, y les planteó el absurdo ultimátum de que, o le daban el dinero o no volvería a hablarles nunca. Cuando ellos se negaron, ella hizo las maletas, tal como suena, llamó a un taxi y se fue. Después de eso, llamó una vez para decir que estaba compartiendo un apartamento con una amiga, que necesitaba tiempo para ordenar sus «asuntos» y que cualquier intento de localizarla o comunicarse con ella sería un asalto intolerable a su intimidad. Y no volvieron a saber nada más de ella.

—Está claro que usted sabe más sobre sus exestudiantes que yo, pero en la superficie esta historia no resulta tan increíble. Parece algo que una niña mimada e inestable podría hacer. —Cuando salieron las palabras, Gurney se preguntó si Ashton podría objetar algo a esa caracterización de las alumnas de Mapleshade.

—Suena exactamente así —replicó en cambio—. Una «niña mimada» montando un escándalo, largándose, castigando a sus padres por rechazarla. No es muy asombroso, ni siquiera inusual.

—Entonces no entiendo la clave de la historia. ¿Por qué está tan inquieto por eso?

233

—Porque las otras dos explicaron la misma historia a sus familias.

—¿Lo mismo?

—La misma historia, salvo por la marca y el precio del coche. En lugar de un Miata de veintisiete mil dólares, la segunda chica pidió un BMW de treinta y nueve mil, y la tercera quería un Corvette de setenta mil dólares.

—Cielo santo.

—¿Ve por qué estoy preocupado?

—Lo que veo es un misterio en la conexión de las tres historias. ¿Sus conversaciones con los padres le dieron alguna idea sobre eso?

—Bueno, no puede ser una coincidencia. Lo que lo convierte en alguna clase de conspiración.

Gurney veía dos posibilidades.

—O bien las chicas urdieron el plan entre ellas como una forma de irse de casa (aunque no me queda claro por qué tendrían que hacerlo), o cada una de ellas estaba siguiendo las instrucciones de otra persona sin ser necesariamente consciente de que otras chicas estaban siguiendo las mismas instrucciones. Pero, una vez más, la verdadera pregunta es por qué.

—¿No cree que sea, sin más, un plan para ver si podían obligar a sus padres a que les compraran el coche de sus sueños?

—Lo dudo.

—Si era una historia que urdieron entre ellas, o bajo la dirección de una tercera parte misteriosa, por razones todavía desconocidas, ¿por qué cada chica dijo una marca de coche distinta?

A Gurney se le ocurrió una posible respuesta, pero quería más tiempo para pensar en ello.

—¿Cómo eligió los nombres de las chicas a las que quería llamar?

—Nada sistemático. Eran solo chicas de la clase de graduación de Jillian.

—¿Así que todas tenían aproximadamente la misma edad? ¿Todas alrededor de los diecinueve o veinte años?

—Eso creo.

—¿Se da cuenta de que tendrá que entregar los registros de matriculación de Mapleshade a la Policía?

—Me temo que yo no lo veo de esa manera, al menos todavía no. Lo único que sé en este momento es que tres chicas, legalmente adultas, se fueron de casa después de mantener discusiones similares con sus padres. Le concedo que hay algo en ello que parece peculiar (que es el motivo por el que le he llamado), pero hasta ahora no hay pruebas de criminalidad, no hay pruebas de nada mal hecho en absoluto.

—Hay más de tres.

—¿Cómo lo sabe?

—Como le he dicho antes, me contaron...

Ashton lo interrumpió.

—Sí, sí, lo sé, una persona anónima le dijo que no podían encontrar a algunas de nuestras antiguas estudiantes, también anónimas, lo cual en sí mismo no significa nada. No mezclemos churras con merinas, no saltemos a conclusiones horribles para usarlas como pretexto para destruir las garantías de confidencialidad de la escuela.

—Doctor, acaba de llamarme. Estaba preocupado. Ahora me está diciendo que no hay nada de que preocuparse. No tiene mucho sentido.

Podía oír la trémula respiración de Ashton. Después de cinco largos segundos, el hombre habló con voz más mesurada.

—Mire, esto es lo que le propongo: continuaré haciendo llamadas. Trataré de contactar con todos los números que tengo de graduadas recientes. De esa manera podremos averiguar si hay un patrón serio aquí, antes de causar un daño irreversible a Mapleshade. Créame, no pongo obstáculos porque sí. Si descubrimos algún otro ejemplo...

—Muy bien, doctor, haga las llamadas. Pero sepa que le pasaré al DIC la información que ya poseo.

—Haga lo que tenga que hacer pero, por favor, recuerde lo poco que sabe. No destruya un legado de confianza sobre la base de una hipótesis.

—Le entiendo. Lo ha expresado con elocuencia. —De hecho la fácil elocuencia de Ashton estaba desquiciando a Gurney—. Pero hablando del legado de la institución, o misión, o reputación, o como quiera llamarlo, entiendo que hizo algunos cambios drásticos en esa área hace unos años, algunos podrían decir que cambios arriesgados.

Ashton respondió con sencillez.

—Sí, lo hice. Dígame cómo le describieron esos cambios y le diré a qué se debieron.

—Parafrasearé: «Scott Ashton puso la misión de la institución patas arriba, transformó una organización que trataba lo tratable en una jaula de monstruos incurables». Creo que eso capta la esencia de la idea.

Ashton dejó escapar un pequeño suspiro.

—Supongo que es la forma en que «alguien» podría verlo, sobre todo si su carrera no se benefició de ese cambio.

Gurney no hizo caso de la aparente pulla a Simon Kale.

—¿Cómo lo ve usted?

—Este país tiene una superabundancia de internados terapéuticos para neuróticos. De lo que carece es de entornos residenciales donde los problemas del abuso sexual y de las obsesiones sexuales destructivas puedan ser tratadas de manera creativa y eficaz. Estoy tratando de corregir ese desequilibrio.

—¿Y está contento con la forma en que está funcionando?

Se oyó el sonido de un largo suspiro.

—El tratamiento de ciertos trastornos mentales es medieval. Con el listón tan bajo, hacer mejoras no es tan difícil como podría pensar. Cuando tenga una o dos horas libres, podemos hablar de ello con más detalle. Ahora mismo será mejor que haga esas llamadas.

Gurney miró la hora en el salpicadero del coche.

—Y yo tengo una reunión a la que ya llego cinco minutos tarde. Por favor, cuénteme lo que pueda lo antes posible. Ah, una última cosa, doctor. Supongo que tiene los números de teléfono de Allessandro y de Karmala Fashion.

—¿Perdón?

Gurney no dijo nada.

—¿Se refiere al anuncio? ¿Por qué iba a tener sus números?

—Supongo que la foto de la pared se la dio el fotógrafo o la compañía a la que encargó el anuncio.

—No. De hecho, fue Jillian quien la consiguió. Me la dio como regalo esa mañana. La mañana de la boda.

Mucho, muchísimo más

*E*l edificio del condado tenía una historia inusual. Antes de 1935 había sido el manicomio Bumblebee, llamado así por el excéntrico expatriado británico sir George Bumblebee, quien para ello legó toda su herencia en 1899 y quien, según aseguraban sus parientes desheredados, estaba tan loco como los futuros residentes. Era una historia que proporcionaba una fuente interminable de chistes locales que comentaban el trabajo de las instituciones del Gobierno que habían estado situadas allí desde que el condado se hizo cargo del inmueble durante la Gran Depresión.

El edificio de ladrillo oscuro se alzaba como un opresivo pisapapeles en el lado norte de la plaza de la localidad. La más que necesaria limpieza para eliminar un siglo de mugre se posponía cada año para el siguiente, víctima de una perenne crisis presupuestaria. A mediados de los sesenta, el interior había sido demolido y reconstruido. Se instalaron luces fluorescentes y mamparas para sustituir las lámparas resquebrajadas y los paneles de madera combados. El elaborado aparato de seguridad del vestíbulo que recordaba de sus visitas al edificio durante el caso Mellery seguía en su lugar y continuaba siendo frustrantemente lento. No obstante, una vez que uno pasaba esa barrera, la distribución rectangular del edificio era simple, y al cabo de un minuto Gurney estaba abriendo una puerta de vidrio esmerilado en la que se leía FISCAL DEL DISTRITO en elegantes letras negras.

Reconoció a la mujer con el suéter de cachemira que se sentaba detrás del escritorio de recepción: Ellen Rackoff, la intensamente sensual, aunque lejos de ser joven, asistente del fiscal. La expresión de sus ojos era de frialdad deslumbrante y experimentada.

—Llega tarde —dijo con su voz aterciopelada. El hecho de que no le preguntara el nombre fue lo único que le indicó que lo recordaba del caso Mellery—. Acompáñeme.

Lo condujo a través de la puerta de cristal y por un pasillo hasta una puerta con un cartel de plástico negro en el que se leía SALA DE REUNIONES.

—Buena suerte.

Gurney abrió la puerta y pensó por un momento que se había equivocado de reunión. Había varias personas en la sala, pero la única a la que esperaba ver allí, Sheridan Kline, no estaba entre ellas. Se dio cuenta de que probablemente estaba en el lugar correcto cuando vio al capitán Rodriguez, de la Policía del estado, fulminándolo con la mirada desde el otro lado de una gran mesa redonda que ocupaba casi la mitad de la sala sin ventanas.

Rodriguez era un hombre bajo y rollizo, de rostro impenetrable y con una masa de grueso cabello negro cuidadosamente peinado y obviamente teñido. Su traje azul era impecable; su camisa, más blanca que la nieve; su corbata, rojo sangre. Unas gafas de montura metálica realzaban sus ojos oscuros y resentidos. Arlo Blatt, sentado a su izquierda, miraba a Gurney con ojos pequeños y poco amistosos. El hombre pálido a la derecha de Rodriguez no mostraba más emoción que una expresión un poco deprimida; Gurney suponía que era más inherente que coyuntural. Le dedicó a Gurney la mirada que los polis utilizan por defecto con los extraños, miró el reloj y bostezó. Enfrente de ese trío, con la silla separada un metro de la mesa, Jack Hardwick estaba sentado con los ojos cerrados y los brazos cruzados delante del pecho, como si el hecho de estar en la misma habitación con esa gente le hubiera dado sueño.

—Hola, Dave.

La voz era fuerte, clara, femenina y familiar. Su origen era una mujer alta, de cabello castaño, que estaba de pie junto a otra mesa situada en la otra punta de la sala, una mujer con un asombroso parecido con Sigourney Weaver.

—¡Rebecca! No sabía que... iba...

—Yo tampoco. Sheridan me ha llamado esta mañana y me ha preguntado si podía hacer un hueco. Lo he podido arreglar, así que aquí estoy. ¿Quiere un café?

—Gracias.

—¿Solo?

—Sí. —Lo prefería con leche y azúcar, pero por alguna razón no quiso que ella pensara que se había equivocado en sus preferencias.

Rebecca Holdenfield era una famosa *profiler* de asesinos en serie a la que Gurney había aprendido a respetar, a pesar de su desconfianza respecto de los *profilers* en general, cuando ambos trabajaron en el caso Mellery. Se preguntó qué podría significar su presencia respecto a la visión que el fiscal tenía del caso.

Justo en ese momento se abrió la puerta y el fiscal entró en la sala con paso firme. Sheridan Kline, como de costumbre, irradiaba una especie de energía chispeante. Sus pupilas se movían con rapidez, como la linterna de un ladrón. Asimiló la sala en un par de segundos.

—¡Becca! ¡Gracias! Aprecio que hayas sacado tiempo para estar aquí. ¡Dave! Detective Dave, el hombre que lo ha estado revolviendo todo. La razón de que estemos todos aquí. ¡Y Rod! —Sonrió brillantemente a la cara agria de Rodriguez—. Qué bien que hayas podido venir con tan poca anticipación. Me alegro de que hayas podido traer a tu gente. —Miró sin interés a los hombres que flanqueaban al capitán, con una alegría transparentemente falsa.

239

A Kline le encantaba tener público, reflexionó Gurney, pero le gustaba que estuviera compuesto especialmente por la gente que contaba.

Holdenfield se acercó a la mesa con dos cafés solos, le dio uno de ellos a Gurney y se sentó a su lado.

—El investigador jefe Hardwick no está ahora en el caso —continuó Kline sin dirigirse a nadie en particular—, pero participó al principio y he pensado que sería útil tener todos nuestros recursos relevantes en la sala al mismo tiempo.

Otra mentira transparente, pensó Gurney. Lo que Kline consideraba útil era juntar gatos con perros y ver qué ocurría. Era un entusiasta de la confrontación como proceso para llegar a la verdad y motivar a la gente; cuanto más enfrentados estuvieran los adversarios, mejor. El clima en la sala era hostil, lo que Gurney suponía que daba cuenta del nivel de energía de Kline, que ya se acercaba al zumbido de un transformador de alto voltaje.

—Rod, mientras voy a buscar un café, por qué no resumes

las hipótesis del DIC en el caso hasta el momento. Estamos aquí para escuchar y aprender.

A Gurney le pareció que había oído gemir a Hardwick, arrellanado en su silla al otro lado de Rebecca Holdenfield.

—Seré breve —dijo el capitán—. En el caso del asesinato de Jillian Perry, sabemos lo que se hizo, cuándo se hizo y cómo se hizo. Sabemos quién lo hizo y nuestros esfuerzos se han concentrado en encontrar a ese individuo y detenerlo. En la persecución de ese objetivo, hemos organizado una de las más grandes cacerías de la historia del departamento. Es masiva, meticulosa y continuada.

Otro sonido ahogado procedente de donde estaba Hardwick.

El capitán tenía los codos plantados en la mesa, el puño izquierdo enterrado en su mano derecha. Lanzó una mirada de advertencia a Hardwick.

—Hasta ahora hemos llevado a cabo más de trescientas entrevistas, y continuamos expandiendo el radio de nuestras investigaciones. Bill (el teniente Anderson) y Arlo son los responsables de guiar y monitorizar el progreso día a día.

Kline se acercó a la mesa con su café, pero permaneció de pie.

—Quizá Bill pueda darnos una impresión de la situación actual. ¿Qué sabemos hoy que no supiéramos, digamos, una semana después de la decapitación?

El teniente Anderson parpadeó y se aclaró la garganta.

—¿Que no supiéramos...? Bueno, diría que hemos eliminado un montón de posibilidades.

Cuando quedó claro por las miradas fijas en él que esa no era una respuesta adecuada, se aclaró la garganta otra vez.

—Había muchas cosas que podían haber pasado que ahora sabemos que no ocurrieron. Hemos eliminado muchas posibilidades y hemos desarrollado una imagen más precisa del sospechoso. Un loco de atar.

—¿Qué posibilidades se han eliminado? —preguntó Kline.

—Bueno, sabemos que nadie vio a Flores salir de la zona de Tambury. No hay constancia de que llamara a una empresa de taxis, ni consta un alquiler de coche, y ninguno de los conductores de autobuses que hacen recogidas recuerda a nadie como él. De hecho, no hemos podido encontrar a nadie que lo viera después del asesinato.

Kline parpadeó, perplejo.

—Muy bien, pero no acabo de entender...

Anderson continuó en tono anodino.

—En ocasiones lo que no encontramos es tan importante como lo que hallamos. Los análisis de laboratorio mostraron que Flores había limpiado la cabaña hasta el punto de que no había ningún rastro suyo ni de nadie más que la víctima. Tuvo el increíble cuidado de borrar todo lo que pudiera ser susceptible de contener ADN analizable. Incluso había limpiado los sifones de debajo del fregadero y la ducha. También hemos interrogado a todos los trabajadores latinos que hemos encontrado en un radio de ochenta kilómetros de Tambury, y ni uno solo ha podido o querido contarnos nada de Flores. Sin huellas ni ADN o una fecha de entrada en el país, Inmigración no puede ayudarnos. Y lo mismo ocurre con las autoridades de México. El retrato robot es demasiado genérico para servirnos. Todos los interrogados dijeron que se parecía a alguien al que conocían, pero no hubo dos consultados que identificaran a la misma persona. En cuanto a Kiki Muller, la vecina que desapareció con Flores, nadie la ha visto desde el asesinato.

Kline parecía exasperado.

—Me da la sensación de que está diciendo que la investigación no nos ha llevado a ninguna parte.

Anderson miró a Rodriguez. Este estudió su puño.

Blatt hizo su primer comentario en la reunión.

—Es una cuestión de tiempo.

Todos lo miraron.

—Tenemos gente en esa comunidad que mantiene los ojos y las orejas bien abiertas. Finalmente, Flores saldrá a la superficie, hablará con quien no deba. Entonces lo cogeremos.

Hardwick se estaba mirando las uñas como si fueran un tumor sospechoso.

—¿Qué comunidad es esa, Arlo?

—Inmigrantes ilegales, ¿cuál si no?

—Supón que no es mexicano.

—Bueno, es guatemalteco, nicaragüense, lo que sea. Tenemos gente buscando en todas esas comunidades. Al final... —Se encogió de hombros.

La antena de Kline sintonizó el conflicto.

—¿Adónde quiere llegar, Jack?

Rodriguez intervino con rudeza.

—Hardwick ha estado fuera del caso bastante tiempo. Bill y Arlo son nuestras mejores fuentes de información actualizada.

Kline actuó como si no lo hubiera oído.

—¿Jack?

Hardwick sonrió.

—¿Sabe qué? Mejor escuchemos a nuestro detective estrella Gurney, que en los últimos cuatro días ha descubierto mucho más que nosotros en cuatro meses.

El voltaje de Kline estaba subiendo.

—¿Dave? ¿Qué es lo que tiene?

—Lo que he descubierto —empezó Gurney lentamente— son, sobre todo, preguntas, preguntas que sugieren nuevas direcciones para la investigación. —Apoyó los antebrazos en la mesa y se inclinó hacia delante—. Un elemento clave que merece atención es el trasfondo de la víctima. Jillian sufrió abusos de niña y ella misma abusó más tarde de otros niños. Era agresiva y manipuladora, y tenía rasgos sociopáticos. Con esa clase de conducta la posibilidad de que el móvil fuera la venganza no es desdeñable.

La expresión de Blatt era un poema.

242

—¿Está diciendo que Jillian Perry abusó de Héctor Flores cuando era niño y que por eso él la mató? Parece una locura.

—Estoy de acuerdo. Sobre todo porque, probablemente, Héctor Flores era, al menos, diez años mayor que Jillian. Pero supongamos que se está vengando por algo que le hicieron a otro. O supongamos que también abusaron de él, de una manera tan traumática que desequilibró su mente y decidió descargar su ira contra todos los abusadores. Supongamos que Flores descubrió Mapleshade, la naturaleza de su alumnado, el trabajo del doctor Ashton. ¿Es posible que apareciera en la casa de Ashton, tratara de conseguir trabajos esporádicos, de congraciarse con él y esperar una oportunidad para vengarse?

Kline habló con excitación.

—¿Qué opinas, Becca? ¿Es posible?

Holdenfield abrió más los ojos.

—Es posible, sí. Jillian podría haber sido escogida como objetivo específico para su venganza por sus acciones contra un individuo al que Flores conocía, o como un objetivo vicario que representaba a las víctimas de abuso en general. ¿Hay alguna prueba que señale en una u otra dirección?

Kline miró a Gurney.

—Las detalles dramáticos del asesinato (la decapitación, colocar la cabeza como se hizo, la elección del día de la boda) parecen relacionarse con un ritual. Eso encajaría con lo de la venganza. Pero sin duda todavía no sabemos lo suficiente para determinar si era un objetivo individual o secundario.

Kline terminó su café y se dirigió a rellenarlo, hablando a la sala en general por el camino.

—Si tomamos en serio la hipótesis de la venganza, ¿qué acciones de investigación se requieren? ¿Dave?

Lo que Gurney creía que se requería, para empezar, era conocer de manera mucho más detallada los problemas del pasado de Jillian y los contactos de su infancia, que hasta el momento su madre o Simon Kale no habían querido proporcionar, y para lo que necesitaba urdir una forma de lograrlo.

—Puedo dar una recomendación por escrito de eso dentro de un par de días.

Kline pareció satisfecho con la respuesta y continuó.

—Entonces, ¿qué más? El investigador Hardwick le atribuye un montón de descubrimientos.

—Puede que sea una exageración, pero hay una cosa que pondría en lo alto de la lista. Parece que varias chicas de Mapleshade han desaparecido.

243

Los tres detectives del DIC prestaron atención más o menos al mismo tiempo, como hombres despertados por un estruendo.

Gurney continuó.

—Scott Ashton y otra persona relacionada con la escuela han tratado de contactar con ciertas graduadas recientes y no han podido hacerlo.

—Eso no significa necesariamente… —empezó el teniente Anderson.

—En sí mismo no significa gran cosa —lo interrumpió Gurney—, pero hay una extraña similitud entre los casos individuales. Las chicas en cuestión empezaron la misma discusión con sus padres, exigiendo un coche caro y luego usando la negativa de sus padres como excusa para irse de casa.

—¿De cuántas chicas estamos hablando? —preguntó Blatt.

—Una antigua estudiante que ha estado tratando de contactar con compañeras de curso me habló de dos casos en los que los padres no tenían ni idea de dónde estaba su hija. Luego

Scott Ashton me habló de otras tres chicas que estaba tratando de localizar. Descubrió que se habían marchado de casa después de una discusión con sus padres, la misma clase de discusión en los tres casos.

Kline negó con la cabeza.

—No lo entiendo. ¿De qué se trata? ¿Y qué tiene que ver con encontrar al asesino de Jillian Perry?

—Las chicas desaparecidas tenían al menos una cosa en común, además de la discusión con sus padres. Todas conocían a Flores.

Anderson tenía un aspecto más congestionado a cada minuto que pasaba.

—¿Cómo?

—Flores se presentó voluntario para hacer algún trabajo para Ashton en Mapleshade. Es un hombre bien parecido, aparentemente. Atrajo la atención de algunas chicas de Mapleshade. Resulta que las que mostraron interés, las que estaban hablando con él, son las que han desaparecido.

—¿Las han puesto en la lista de personas desaparecidas del NCIC? —preguntó Anderson, con el tono esperanzado de un hombre que intenta deshacerse de una patata caliente.

—Ninguno de los casos —dijo Gurney—. El problema es que todas tienen más de dieciocho años y son libres de ir adonde quieran. Cada una anunció su plan de irse de casa, su intención de mantener en secreto su paradero, su deseo de que las dejaran en paz. Todo ello impide que entren en las bases de datos de personas desaparecidas.

Kline estaba paseando de un lado a otro.

—Esto da un nuevo giro al caso. ¿Qué te parece, Rod?

El capitán parecía triste.

—Me gustaría saber qué demonios nos está diciendo Gurney en realidad.

—Creo que nos está diciendo que podría haber más que Jillian Perry en el caso Jillian Perry —respondió Kline.

—Y que Héctor Flores podría ser más que un jardinero mexicano —añadió Hardwick, mirando fijamente a Rodriguez—. Una posibilidad que recuerdo haber mencionado hace algún tiempo.

Kline levantó las cejas.

—¿Cuándo?

—Cuando yo todavía tenía asignado el caso. La hipótesis original de Flores no me cuadraba.

Si las mandíbulas de Rodriguez hubieran estado más apretadas, caviló Gurney, su cabeza habría empezado a desintegrarse.

—¿Cómo que no cuadraba? —preguntó Kline.

—No cuadraba en el sentido de que estaba demasiado bien.

Gurney sabía que Rodriguez estaría sintiendo el deleite de Hardwick como un picahielos en las costillas, por no mencionar la delicada cuestión de airear un desacuerdo interno delante del fiscal.

—¿Qué significa?

—Significa que todo iba demasiado fino. El trabajador analfabeto que es educado demasiado deprisa por el doctor arrogante, demasiado progreso, demasiado pronto; la aventura con la mujer del vecino rico; quizás una aventura con Jillian Perry; sentimientos que no podía manejar, que se agrietaron por la tensión. Suena como un culebrón, como una mentira absoluta. —Mientras habló se centró en Rodriguez, para que quedara bien claro de dónde provenía esa teoría.

Por lo que Gurney sabía de Kline a partir del caso Mellery, estaba seguro de que el fiscal estaba disfrutando de la confrontación, aunque lo escondía bajo un ceño reflexivo.

—¿Cuál era su teoría sobre Flores? —le instó Kline.

Hardwick se recostó en la silla como un viento que va amainando.

—Es más fácil decir lo que no es lógico que lo que sí lo es. Cuando combinas todos los hechos conocidos, es difícil que la conducta de Flores tenga sentido.

Kline se volvió hacia Gurney.

—¿También es así como lo ve usted?

Gurney respiró hondo.

—Algunos hechos parecen contradictorios. Pero en realidad no es así, lo cual significa que hay una pieza que nos falta, la pieza que al final hará que todas las demás encajen. No espero que sea algo simple. Como Jack dijo en cierta ocasión: sin duda hay capas ocultas en este caso.

Por un momento le preocupó que su comentario pudiera revelar el papel de Hardwick en la decisión de Val de contratarlo, pero nadie pareció captarlo. Blatt parecía una rata olisqueando para identificar algo, pero es que siempre tenía ese aspecto.

245

Kline tomó un sorbo de café reflexivamente.

—¿Qué hechos le inquietan?

—Para empezar, la rápida transición de Flores de recoger hojas a controlar la casa.

—¿Cree que Ashton miente al respecto?

—Quizá se miente a sí mismo. Lo explica como una especie de ilusión, algo que sostiene el concepto de un libro que estaba escribiendo.

—Becca, ¿eso tiene sentido para ti?

Ella sonrió sin comprometerse, más un gesto facial que una sonrisa real.

—Nunca hay que subestimar el poder del autoengaño, sobre todo en un hombre que trata de demostrar algo.

Kline asintió con expresión sabia y se volvió hacia Gurney.

—Así que su idea básica es que Flores estaba engañando.

—Que estaba representando alguna clase de papel, sí.

—¿Qué más le preocupa?

—Motivación. Si Flores fue a Tambury con la idea de matar a Jillian, ¿por qué esperar tanto para hacerlo? Pero si fue con otro propósito, ¿cuál era?

—Preguntas interesantes, continuemos.

—La decapitación en sí parece haber sido planeada de manera metódica, pero también espontánea y oportunista.

—Me he perdido.

—La situación del cadáver era precisa. La cabaña había sido limpiada muy recientemente, quizás esa misma mañana, para eliminar cualquier huella del hombre que había vivido allí. La ruta de escape había sido planificada, y en cierto modo concebida para crear el problema del rastro a la Brigada Canina. No sabemos cómo logró desaparecer Flores, pero sin duda fue algo bien pensado. Da la sensación de un plan de *Misión imposible* que se basa en una sincronización a la fracción de segundo. Sin embargo, las circunstancias reales parecen desafiar cualquier intento de planificación, y mucho menos de sincronización perfecta.

Kline ladeó la cabeza con curiosidad.

—¿Cómo es eso?

—El vídeo indica que Jillian hizo su visita a la cabaña por una especie de capricho. Un poco antes del momento previsto para el brindis nupcial, le había dicho a Ashton que quería convencer a Héctor para que se uniera a ellos. Según lo recuerdo, Ashton le habló a los Luntz (el jefe de Policía y su mujer) de las intenciones de Jillian. Nadie más parecía entusiasmado por la idea, pero tengo la impresión de que ella hacía lo que le apetecía. Así que, por un lado, tenemos un asesinato meticulosamente premeditado que dependía de una sincronización perfecta, y, por el otro, un conjunto de circunstancias que escapaban por completo al control del asesino. Hay algo mal que chirría.

—No necesariamente —dijo Blatt, retorciendo su nariz de roedor—. Flores podría haberlo preparado todo de antemano, dejarlo todo listo para luego esperar su oportunidad, como una serpiente en un agujero. Esperó a que llegara la víctima y... ¡bam!

Gurney se mostró escéptico.

—El problema, Arlo, es que esa idea requiere que Flores mantuviera la cabaña perfectamente limpia, casi estéril, que se preparara él mismo y su ruta de escape, se pusiera la ropa que pretendía vestir, que tuviera a mano todo lo que iba a llevarse, que también tuviera a Kiki Muller preparada y luego..., ¿y luego qué? ¿Se sentó en la cabaña con un machete en la mano esperando que Jillian entrara para invitarlo a la recepción?

—Está haciendo que parezca estúpido, como si no pudiera ocurrir —dijo Blatt con odio en los ojos—. Pero creo que eso es exactamente lo que sucedió.

Anderson arrugó los labios. Rodriguez entrecerró los ojos. Ninguno de los dos parecía dispuesto a apoyar la tesis de su colega.

Kline rompió el extraño silencio.

—¿Algo más?

—Bueno —dijo Gurney—, está la cuestión del nuevo problema a la vista: el de las graduadas que han desaparecido.

—Lo cual —dijo Blatt— podría no ser cierto. Quizás es que no las han encontrado, sin más. Estas chicas no son lo que puede llamarse «estables». Y aun suponiendo que hayan desaparecido, no hay ninguna prueba de que eso tenga relación con el caso Perry.

Hubo otro silencio, que esta vez rompió Hardwick.

—Arlo podría tener razón. Pero si han desaparecido y existe una relación, es muy probable que ahora estén todas muertas.

Nadie dijo nada. Era bien sabido que cuando mujeres jóve-

247

nes desaparecen bajo circunstancias sospechosas y sin que se vuelva a saber de ellas durante un buen tiempo, las posibilidades de que regresen sanas y salvas no son altas. Y el hecho de que todas las chicas en cuestión hubieran causado la misma peculiar discusión antes de desaparecer definitivamente era sospechoso.

Rodriguez parecía atormentado y enfadado. Daba la sensación de que estaba a punto de protestar, pero antes de que pronunciara ninguna palabra, sonó el teléfono de Gurney.

Era Scott Ashton.

—Desde la última vez que hablamos, he hecho seis llamadas más y he contactado con otras dos familias. Estoy aún en ello, pero… quería que supiera que las dos chicas de las familias que he localizado se fueron de casa después de tener la misma discusión escandalosa. Una pidió un Suzuki de veinte mil dólares, la otra un Mustang de treinta y cinco mil dólares. Los padres dijeron que no. Ambas chicas se negaron a decir adónde iban e insistieron en que nadie intentara contactar con ellas. No tengo ni idea de lo que significa, pero parece obvio que algo extraño está pasando. Y otra coincidencia angustiante: ambas habían posado para esos anuncios de Karmala Fashion.

—¿Cuánto tiempo llevan desaparecidas?

—Una, seis meses; la otra, nueve.

—Dígame una cosa, doctor: ¿está listo para darnos nombres o pedimos de inmediato una orden judicial de sus registros?

Todos los ojos de la sala estaban clavados en Gurney. El café de Kline estaba a unos milímetros de sus labios, pero parecía haber olvidado que lo sostenía.

—¿Qué nombres quiere? —dijo Ashton con una voz derrotada.

—Empecemos con los nombres de las chicas desaparecidas, además de los de las chicas que estaban en las mismas clases.

—Bien.

—Otra pregunta: ¿cómo consiguió Jillian su trabajo de modelo?

—No lo sé.

—¿Nunca se lo dijo? ¿Aunque le diera la foto como regalo de boda?

—Nunca me lo dijo.

—¿No lo preguntó?

248

—Lo hice, pero… a Jillian no le gustaban las preguntas.

Gurney sintió el impulso de gritar: «¿Qué demonios está pasando? ¿Todos los que están relacionados con el caso están locos de atar?».

En cambio, solo dijo:

—Gracias, doctor. Es todo por ahora. El DIC contactará con usted por los nombres y las direcciones relevantes.

Cuando Gurney volvió a guardarse el teléfono en su bolsillo, Kline espetó:

—¿Qué demonios era eso?

—Otras dos chicas desaparecidas. Después de tener la misma discusión. Una chica le pidió a sus padres que le compraran un Suzuki; la otra, un Mustang. —Se volvió hacia Anderson—. Ashton está dispuesto a proporcionar al DIC los nombres de las chicas desaparecidas, además de los de sus compañeras de clase. Solo díganle en qué formato quieren la lista y cómo debe enviársela.

—Bien, pero estamos pasando por alto la cuestión de que ninguna está desaparecida legalmente, lo cual significa que no podemos consagrar recursos de la Policía a encontrarlas. Son mujeres de dieciocho años, adultas, que en apariencia tomaron libremente la decisión de irse de casa. La cuestión de que no les hayan dicho a sus familias cómo contactar con ellas no nos da base legal para buscarlas.

Gurney tenía la impresión de que el teniente Anderson apuntaba a una jubilación en Florida y sentía debilidad por la inacción. Era un estado de ánimo para el cual Gurney, un hombre más que activo en su carrera policial, tenía escasa paciencia.

—Entonces encuentre una base. Declárelas a todas testigos materiales del asesinato de Perry. Invente una base. Haga lo que tenga que hacer. Ese es el menor de nuestros problemas.

Anderson parecía lo bastante irritado para llevar la discusión a un terreno algo más desagradable. Pero antes de lanzar su respuesta, Kline lo interrumpió.

—Puede ser un pequeño detalle, Dave, pero si está dando a entender que estas chicas estaban siguiendo las instrucciones de un tercero, presumiblemente de Flores, que las instruyó en la disputa que tenían que empezar con sus padres, ¿por qué la marca del coche es diferente de un caso a otro?

—La respuesta más sencilla es que serían necesarias marcas

249

de coche distintas para causar el mismo efecto en familias con diferentes circunstancias económicas. Suponiendo que el propósito de la discusión fuera proporcionar una excusa creíble para que la chica se largara, para que desapareciera sin que la desaparición se convirtiera en asunto policial, la petición del coche tendría que cumplir dos requisitos. Uno, tendría que solicitar suficiente dinero para garantizar que sería rechazada. Dos, los padres tenían que creer que su hija hablaba en serio. Las diferentes marcas no tendrían significado *per se*; el punto clave sería la diferencia en los precios. Serían necesarios precios distintos para lograr el mismo impacto en familias de diversa posición económica. En otras palabras, una petición de un coche de veinte mil dólares en una familia podría causar el mismo efecto que la de uno de cuarenta mil dólares en otra.

—Inteligente —dijo Kline, sonriendo de manera apreciativa—. Si tiene razón, Flores es inteligente. Maniaco, quizá, pero sin duda alguna inteligente.

—Pero también ha hecho cosas que no tienen sentido. —Gurney se levantó para servirse otro café—. La maldita bala en la taza de té, ¿cuál era el objetivo de eso? ¿Robó el arma de caza de Ashton para poder romperle la taza? ¿Por qué correr un riesgo así? Por cierto —dijo Gurney en un aparte a Blatt—, ¿sabe que Withrow Perry tiene un arma del mismo calibre?

—¿De qué demonios está hablando?

—La bala que dispararon a la taza de té salió de un Weatherby calibre 257. Ashton tiene uno, que declaró robado, pero Perry también posee otro. Quizá debería estudiar eso.

Hubo un silencio incómodo mientras Rodriguez y Blatt tomaban notas de manera acelerada.

Kline miró acusadoramente a los dos, luego centró su atención en Gurney.

—Muy bien, ¿qué más sabe que no sepamos?

—Es difícil decirlo —dijo Gurney—. ¿Cuánto saben del loco Carl?

—¿Quién?

—El marido de Kiki Muller.

—¿Qué tiene que ver con esto?

—Quizá nada, salvo que tenía un motivo creíble para matar a Flores.

—A Flores no lo han matado.

—¿Cómo lo sabemos? Desapareció sin dejar rastro. Podría estar enterrado en el patio de alguien.

—Uf, uf, ¿qué es todo esto? —Anderson estaba horrorizado, supuso Gurney, ante la perspectiva de más trabajo: cavar en patios—. ¿Qué estamos haciendo, inventarnos asesinatos?

Kline parecía perplejo.

—¿Adónde quiere llegar con esto?

—Al parecer la hipótesis es que Flores huyó de la zona en compañía de Kiki Muller, quizás incluso se escondió en la casa de Muller durante unos días antes de irse de la zona. Supongamos que Flores todavía estaba por allí cuando Carl volvió a casa de su destino en ese barco en el que trabajaba. ¿Supongo que el equipo que hizo los interrogatorios se fijó en que Carl está chiflado?

Kline se apartó un paso de la mesa, como si el panorama del caso fuera demasiado amplio para verlo desde el lugar en el que estaba.

—Espere un segundo. Si Flores está muerto, no puede estar relacionado con las desapariciones de estas otras chicas. Ni con el disparo en el patio de Ashton. Ni con el mensaje de texto que Ashton recibió del teléfono móvil de Flores.

Gurney se encogió de hombros.

Kline negó con la cabeza, en un gesto de frustración.

—Me da la sensación de que coge todo lo que empieza a encajar y lo desecha.

—No estoy desechando nada. Personalmente, no creo que Carl esté implicado. Ni siquiera estoy seguro de que su mujer estuviera relacionada con este asunto. Solo estoy tratando de agitar un poco las cosas. No tenemos tantos hechos sólidos como cabría pensar. A lo que me refiero es a que necesitamos mantener una mentalidad abierta. —Sopesó el riesgo de la inquina inherente en lo que estaba a punto de añadir y decidió soltarlo de todos modos—. Comprometerse con hipótesis equivocadas desde muy pronto quizá sea el motivo de que la investigación no haya llegado a ninguna parte.

Kline observó a Rodriguez, que estaba mirando la superficie de la mesa como si fuera una pintura del Infierno.

—¿Qué opinas, Rod? ¿Crees que tenemos que adoptar una nueva perspectiva? ¿Crees que a lo mejor hemos estado tratando de resolver el puzle con las piezas boca abajo?

Rodriguez se limitó a negar con la cabeza, poco a poco.

—No, no es eso lo que pienso —dijo, con voz grave, tensa, con emoción contenida.

A juzgar por las expresiones en torno a la mesa, Gurney no fue el único pillado por sorpresa cuando el capitán, un hombre obsesionado con proyectar un aura de control, se levantó torpemente de su silla y abandonó la sala como si no pudiera soportar estar allí ni un minuto más.

252

36

Al corazón de las tinieblas

*D*espués de que el capitán se marchara, la reunión perdió su interés. No es que tuviera mucho de por sí, pero la partida del capitán pareció dejar bien a las claras la incoherencia de la investigación. Poco a poco, la discusión se fue apagando. La *profiler* estrella, Rebecca Holdenfield, expresando confusión sobre su papel allí, fue la siguiente en abandonar la sala. Anderson y Blatt estaban inquietos, atrapados entre los campos gravitacionales de su jefe, que se había ido, y el fiscal, que todavía estaba presente.

Gurney preguntó si se había hecho algún progreso en la identificación y significado del nombre de Edward Vallory. Anderson pareció atónito ante la pregunta y Blatt la desechó con un movimiento de la mano que dejaba claro que consideraba que era una vía de investigación inútil.

El fiscal pronunció unas pocas frases sin sentido sobre lo provechosa que había sido la reunión, pues había logrado poner a todos en la misma longitud de onda. Gurney no creía que lo hubiera conseguido. Pero al menos podría haber hecho que todos se preguntaran qué clase de historia estaban leyendo. Y puso sobre la mesa la cuestión de la desaparición de las graduadas.

Finalmente, Gurney recomendó al equipo del DIC que buscara antecedentes e información de contacto de Allessandro y Karmala Fashion, puesto que constituían un factor común en las vidas de las chicas desaparecidas y un vínculo entre ellas y Jillian. Justo cuando Kline estaba apoyando esta propuesta, Ellen Rackoff se acercó a la puerta y señaló su reloj. El fiscal miró el suyo, pareció sorprendido y anunció con serio engreimiento que llegaba tarde a una conferencia con el gobernador. En el umbral, expresó su confianza en que todos encontraran la salida. Anderson y Blatt se marcharon juntos, seguidos por Gurney y Hardwick.

Hardwick tenía uno de los omnipresentes Ford negros de la Policía del estado de Nueva York. En el aparcamiento, se apoyó en el maletero, encendió un cigarrillo y, sin que se lo preguntaran, ofreció a Gurney su opinión sobre el capitán.

—El cabrón se está desmoronando. Ya sabes lo que dicen de los fanáticos del control, que quieren controlarlo todo en el exterior porque todo lo que tienen dentro es una mierda. Eso es lo que le pasa al capitán Rod, salvo que el cabrón ya no puede aguantar la locura escondida. —Dio una larga calada al cigarrillo e hizo una mueca al expulsar el humo—. Su hija es una cocainómana desquiciada. Ya lo sabías, ¿no?

Gurney asintió.

—Me lo dijiste durante el caso Mellery.

—¿Te dije que estaba en el psiquiátrico de Greystone, en Jersey?

—Exacto.

Gurney recordó un día húmedo y amargo del mes de noviembre anterior en que Hardwick le había hablado del problema de adicciones de la hija de Rodriguez y de cómo torcía el juicio de su padre en casos donde pudieran estar implicadas las drogas.

—Bueno, la echaron de Greystone por pasar *roxies* y por follar con sus compañeros pacientes. La última noticia es que la detuvieron por pasar crac en una reunión de Drogadictos Anónimos.

Gurney se preguntó adónde quería ir a parar Hardwick. No parecía que sintiera compasión alguna por el capitán.

Hardwick dio la clase de calada que habría dado si hubiera tratado de batir algún récord de cantidad de humo que podía uno meterse en los pulmones en tres segundos.

—Veo que me miras con cara de ¿y esto qué tiene que ver con nada? ¿Tengo razón?

—La pregunta se me ha pasado por la cabeza, sí.

—La respuesta es que nada. No tiene nada que ver con nada. Salvo que las decisiones de Rodriguez no valen para una mierda últimamente. Tiene un vínculo con el caso. —Lanzó el cigarrillo a medio fumar al suelo, lo pisó y lo aplastó en el asfalto.

Gurney intentó cambiar de tema.

—Hazme un favor. Investiga a Allessandro y Karmala. Me da la impresión de que nadie más está particularmente interesado.

Hardwick no respondió. Se quedó de pie un rato más, mirando al suelo, la colilla aplastada junto a su pie.

—Hora de irse —dijo por fin. Abrió la puerta del coche y arrugó la cara como si lo asaltara un olor acre—. Ten cuidado, Davey. El cabrón es una bomba de relojería y va a explotar. Siempre explotan.

255

37

El ciervo

*E*l trayecto a casa fue deprimente, en cierto sentido, aunque al principio Gurney no supo cómo identificar aquella sensación. Estaba al mismo tiempo distraído y buscando distracción, sin encontrarla. Cada emisora de radio era más intolerable que la anterior. La música que no lograba reflejar su estado de ánimo le resultaba idiota, mientras que aquella que lo conseguía solo lo hacía sentirse peor. Cada voz humana llevaba consigo una irritación, una revelación de estupidez o codicia, o ambas cosas. Cada anuncio le daba ganas de gritar: «¡Cabrones mentirosos!».

Apagar la radio hizo que se concentrara otra vez en la carretera, en los pueblos venidos a menos, en las granjas muertas y agonizantes, en las zanahorias económicas envenenadas que la industria de la extracción de gas natural agitaba delante de los pueblos pobres del norte del estado.

Estaba de un humor de perros.

¿Por qué?

Dejó que su mente vagara de nuevo a la reunión para tratar de entender algo más.

Ellen Rackoff, por supuesto, de cachemira. Ninguna pretensión de inocencia. Cálida y agradable como una serpiente. El peligro en sí constituía una parte perversa de su atractivo.

El informe de pruebas original del equipo de la escena del crimen, repetido por el teniente Anderson, que lograba que el asesinato sonara como un algo profesional: «Incluso había limpiado los sifones de debajo del fregadero y la ducha».

Lo que relacionaba a las chicas desaparecidas entre sí: sus discusiones comunes con sus padres, sus exigencias extravagantes inevitablemente rechazadas, los contactos previos con Héctor y Karmala Fashion y con el escurridizo fotógrafo, Allessandro.

El frío pronóstico de Jack Hardwick: «Es muy probable que ahora estén todas muertas».

El sufrimiento personal de Rodriguez, magnificado por el eco de los horrores potenciales del caso que tenía delante.

Gurney podía oír la voz ronca del hombre tan claramente como si estuviera sentado a su lado en el coche. Era el sonido de alguien al que estiraban hasta que se deformaba, al que tensaban como una goma elástica demasiado pequeña para abarcar todo lo que tenía que abarcar: un hombre cuya constitución carecía de flexibilidad para absorber los elementos accidentales de su propia vida.

Eso hizo que Gurney se preguntara: ¿de verdad existen los elementos accidentales? ¿Acaso no somos nosotros mismos quienes nos situamos, de una manera innegable, en las posiciones en las cuales nos encontramos? ¿Acaso nuestras elecciones y prioridades no influyen de manera decisiva? Tenía el estómago revuelto, y de repente supo la razón. Se estaba identificando con Rodriguez, el policía obsesionado con su carrera, el padre desorientado.

Y entonces —como si aquello no fuera suficiente, como si algún dios malvado hubiera ideado un plan perfecto para complementar su malestar— chocó con el ciervo.

Acababa de pasar el cartel que decía BIENVENIDOS A BROWNVILLE. No había pueblo, solo los restos cubiertos de maleza de una propiedad agraria abandonada hacía mucho tiempo a la izquierda y una pendiente boscosa a la derecha. Una hembra de tamaño medio había salido del bosque, había dudado y luego había cruzado la carretera a tanta distancia que Gurney ni siquiera tuvo necesidad de frenar. Pero entonces el cervato la siguió. Era demasiado tarde para frenar y, aunque dio un volantazo a la izquierda, oyó y sintió el terrible impacto.

Paró en el arcén. Miró por el espejo retrovisor, con la esperanza de no ver nada, con la esperanza de que se tratara de una de esas colisiones afortunadas de las cuales el notoriamente resistente ciervo corre hacia el bosque con solo una herida superficial. Pero no era el caso. Treinta metros detrás de él, un pequeño cuerpo marrón yacía al borde de la cuneta.

Gurney bajó del coche y se acercó caminando por el arcén, manteniendo una tenue esperanza de que el cervato solo estuviera aturdido y se pusiera en pie de un momento a otro. Al aproximarse, la posición girada de la cabeza y la mirada vacía de los ojos abiertos acabaron con toda esperanza. Se detuvo y miró a su alrededor, impotente. Vio a la hembra de pie en la granja arruinada, observando, esperando, inmóvil.

No había nada que Gurney pudiera hacer.

Estaba sentado en su coche sin recordar haber vuelto caminando a él, con la respiración interrumpida por pequeños sollozos. Ya se encontraba a medio camino de Walnut Crossing cuando se dio cuenta de que no había mirado si tenía algún desperfecto en la parte delantera del coche, pero incluso entonces continuó, atenazado por la pena, sin desear nada más que llegar a casa.

38

Los ojos de Peter Piggert

*L*a casa tenía esa peculiar sensación de vacío que exudaba cuando Madeleine había salido. Los viernes cenaba con tres amigas, hablaban de punto y de costura, de las cosas que hacían y de las que iban a hacer, de la salud de todas ellas y de los libros que estaban leyendo.

Tuvo la idea, formada durante el trayecto entre Brownville y Walnut Crossing, de seguir el consejo de Madeleine y llamar a Kyle: de mantener una conversación real con su hijo en lugar de otro intercambio de aquellos mensajes de correo electrónico cuidadosamente esbozados, asépticos, que proporcionaban a ambos la ilusión de que mantenían el contacto. Leer las descripciones editadas de los acontecimientos de la vida en la pantalla de un portátil tenía escaso parecido con oírlas relatadas de viva voz, sin el proceso de suavizado de reescrituras y supresiones.

Se metió en el estudio con buenas intenciones, pero decidió revisar su buzón de voz y su correo electrónico antes de hacer la llamada. Tenía dos mensajes. Ambos eran de Peggy Meeker, la trabajadora social casada con el hombre araña.

En el mensaje de voz parecía excitada, casi alegre: «Dave, soy Peggy Meeker. Después de que mencionaras a Edward Vallory la otra noche, el nombre no ha dejado de incordiarme. Sabía que lo conocía de algún sitio. Bueno, lo he encontrado. Lo recordaba de un curso de literatura. Drama isabelino. Vallory era un dramaturgo, pero ninguna de sus obras sobrevivió y por eso casi nadie ha oído hablar de él. Lo único que existe es el prólogo de una obra. Pero mira esto: se cree que todo el texto era misógino. ¡Despreciaba a las mujeres! De hecho, se cree que la obra de la que este prólogo formaba parte era sobre un hombre que mataba a su propia madre. Te he enviado por *mail* el prólogo. ¿Tiene algo que ver con el caso Perry? Me lo estaba preguntando por lo que hablaste esa tarde. Pensé en eso cuando leí el prólogo de Vallory y me dio escalofríos. Mira el mensaje de correo. Dime si te ayuda. Y dime si puedo hacer algo más por ti. Hablamos pronto. Adiós. Ah, saludos a Madeleine».

Gurney abrió el mensaje de correo y lo examinó brevemente hasta que llegó a la cita de Vallory:

No hay en la Tierra una mujer casta. No hay pureza en ella. Su aspecto, su discurso y su corazón nunca cantan al mismo tiempo. Parece una cosa y parece la otra, y todo es apariencia. Con escurridizos aceites y polvos brillantes colorea sus oscuros dibujos y se pinta encima un retrato que podríamos amar. Pero ¿dónde está el corazón sincero que con una sola nota pulsa su verdadero contenido? ¡Qué vergüenza! No le pidas música pura, directa y sincera. La pureza no forma parte de ella. Su corazón de serpiente saca todas sus artimañas de la serpiente del Edén para poder escupir sobre todos los hombres una baba de mentiras y artimañas.

Gurney lo leyó varias veces, tratando de absorber el significado y el propósito.

Era el prólogo de una obra sobre un hombre que mató a su propia madre. Había sido escrito siglos antes por un dramaturgo famoso por su odio a las mujeres. Su nombre estaba adjunto al mensaje de texto enviado desde el móvil de Héctor a Jillian la mañana en que la mataron y en el que Ashton había recibido hacía solo dos días. Un mensaje de texto que simplemente decía: «Por todas las razones que he escrito».

Y las razones que daba en su único escrito conservado se resumían en esto: las mujeres son criaturas impuras, seductoras, arteras, satánicas, que escupen como monstruos una baba de mentiras y artimañas. Cuanto más leía las palabras, más sentía en ellas una pesadilla sexual retorcida.

Gurney se enorgullecía de su precaución, de su equilibrio, pero era difícil no concluir que la cita constituía una justificación demente del asesinato de Jillian Perry. Y posiblemente también de otros asesinatos, de asesinatos pasados... ¿y quizá de algunos por llegar?

Por supuesto, no había nada seguro en ello. Ninguna forma de probar que Edward Vallory, el misógino declarado del siglo XVII, era el Edward Vallory cuyo nombre era apropiado para Héctor Flores, aunque el hecho de que los mensajes procedieran del móvil de Flores lo convertía en una hipótesis justa.

Todo parecía encajar, tener un sentido terrible. El prólogo de Vallory ofrecía la primera hipótesis de un móvil que no se basaba por completo en la especulación. Para Gurney era un motivo que tenía el atractivo adicional de ser compatible con su propia sensación creciente de que el asesinato de Jillian estaba guiado por la venganza de ofensas sexuales pasadas, o suyas o de las estudiantes de Mapleshade en general. Además, que esa semana le hubieran mandado el mensaje a Scott Ashton apoyaba la idea de que aquel asesinato formaba parte de una empresa compleja, una empresa que, al parecer, continuaba.

Quizá Gurney estaba sacando demasiadas conclusiones, pero de repente se le ocurrió que el hecho de que el fragmento que había sobrevivido de la obra de Vallory fuera el prólogo podría tener un significado más que accidental. Además de ser el prólogo de un drama perdido, ¿podría ser el prólogo de sucesos futuros, una pista de asesinatos por llegar? Exactamente, ¿cuánto les estaba contando Héctor Flores?

Pulsó el botón de responder en el mensaje de correo de Peggy Meeker y le preguntó: «¿Qué más hay sobre la obra? ¿Argumento? ¿Personajes? ¿Ha sobrevivido algún comentario de coetáneos de Vallory?».

261

Por primera vez en el caso, Gurney sentía una excitación innegable, unas ganas irresistibles de llamar a Sheridan Kline con la esperanza de que aún estuviera en la oficina.

Hizo la llamada.

—Está en una conferencia. —Ellen Rackoff habló con la confianza de una poderosa guardiana.

—Ha ocurrido algo en el caso Perry que querrá saber.

—Sea más específico.

—Puede que se esté convirtiendo en un caso de asesino en serie.

Al cabo de treinta segundos, Kline estaba al teléfono, ansioso, tenso e intrigado.

—¿Asesino en serie? ¿De qué demonios está hablando?

Gurney describió el hallazgo de Vallory, señalando la rabia sexual en las palabras del prólogo, explicando cómo podría estar relacionado no solo con Jillian, sino también con las chicas desaparecidas.

—¿No es todo muy incierto? No entiendo en qué ha cambiado la situación. O sea, esta tarde estaba diciendo que Héctor Flores podría ser el centro de todo, o que podría no serlo, que no teníamos hechos sólidos, que teníamos que mantener una mentalidad abierta. ¿Qué ha ocurrido con la mentalidad abierta? ¿Cómo se convierte esto de repente en un asesino en serie? Y por cierto, ¿por qué me llama a mí y no a la Policía?

—Quizá sea que cuando leía lo de Vallory y sentí su odio lo vi todo más claro. O tal vez sea solo esa palabra: prólogo. Una promesa de algo por venir. El hecho de que Flores enviara ese mensaje de texto a Jillian antes de que la mataran y lo mandase de nuevo a Ashton esta semana. Eso hace que el asesinato de hace cuatro meses parezca formar parte del algo más grande.

—¿Sinceramente piensa que Flores estaba convenciendo a las chicas para que se fueran de casa bajo la cortina de humo de una discusión para poder matarlas sin que nadie se molestara en buscarlas? —La voz de Kline expresaba una mezcla de preocupación e incredulidad.

—Hasta que las encontremos vivas, creo que es una posibilidad que hemos de considerar.

Respondió el reflejo político defensivo de Kline.

—No podría ser de ninguna otra manera. —Luego añadió con seriedad, como si lo estuvieran grabando para emitirlo—. No se me ocurre nada más serio que la posibilidad de una conspiración para el secuestro y asesinato, si, Dios no lo quiera, es con eso con lo que estamos tratando aquí. —Hizo una pausa, su tono se tornó suspicaz—. Regresando a la cuestión del protocolo, ¿cómo es que esta llamada la recibo yo y no el DIC?

—Porque es la única persona que toma decisiones que tienen sentido para mí.

—¿Por qué dice eso? —Por su voz, supo que le gustaban los halagos.

—El ambiente en la sala de conferencias era demencial. Sé que Rodriguez y Hardwick nunca se han llevado bien, lo cual era obvio en el caso Mellery, pero, sea lo que sea que esté pasando ahora, se está volviendo disfuncional. La objetividad es nula. Es como una guerra y tengo la impresión de que todo lo que está ocurriendo va a ser evaluado por esos tipos sobre la base de a qué lado ayuda. Usted no parece enredado en ese lío, así que prefiero hablar con usted.

Kline hizo una pausa.

—¿No sabe qué ocurrió con su colega?

—¿Colega?

—Rodriguez lo denunció por abusar del alcohol cuando estaba de servicio.

—¿Qué?

—Lo suspendió por beber en el trabajo, lo coaccionó con denunciarlo por conducir bajo los efectos del alcohol, amenazó su pensión y lo obligó a ir a rehabilitación como condición *sine qua non*. Me sorprende que no lo sepa.

—¿Cuándo ocurrió?

—¿Hace un mes y medio? Veintiocho días de rehabilitación. Jack volvió al trabajo hace diez días.

—Dios.

Gurney había supuesto que Hardwick, en parte, lo había puesto en contacto con Val Perry para que algún nuevo descubrimiento comprometiera el trabajo de Rodriguez, pero esa noticia iba mucho más allá de lo que había imaginado.

—Me sorprende que no lo supiera —repitió Kline, con suficiente incredulidad en el tono para convertirlo en una acusación.

—Si lo hubiera sabido, no me habría implicado —dijo Gurney—. Pero es una razón más para querer hablar solo con mi cliente y con usted, si es que mantener un contacto directo conmigo no envenena su relación con el DIC.

Kline tardó tanto en reflexionar sobre ello que Gurney imaginó que su calculadora de riesgo-recompensa empezaba a echar humo.

—De acuerdo, pero una cosa ha de quedar más que clara: está trabajando para la familia Perry, de manera independiente respecto a esta oficina. Eso significa que bajo ninguna circunstancia puede dar a entender que está cubierto por nuestra autoridad investigadora ni por ninguna clase de inmunidad. Actúa como Dave Gurney, ciudadano privado, punto. Si eso queda claro, estaré encantado de oír lo que tenga que decir. Créame, no siento sino respeto por usted. Teniendo en cuenta su historial en el Departamento de Policía de Nueva York y su papel en la resolución del caso Mellery, no podría ser de otra manera. Solo hemos de dejar clara su posición no oficial. ¿Alguna pregunta?

Gurney sonrió ante la previsibilidad de Kline. Nunca se se-

263

paraba del principio conductor de su vida: conseguir todo lo posible de otra persona al tiempo que se cubría las espaldas por completo.

—Una pregunta, Sheridan: ¿cómo me pongo en contacto con Rebecca Holdenfield?

La voz de Kline se tensó con un escepticismo de abogado.

—¿Qué quiere de ella?

—Estoy empezando a formarme una impresión de nuestro asesino. Muy hipotética, nada firme todavía, pero podría ayudarme contar con alguien con su historial como caja de resonancia.

—¿Por alguna razón no quiere llamar al asesino por su nombre?

—¿Héctor Flores?

—¿Tiene un problema con eso?

—Un par de problemas. Número uno, no sabemos si estaba solo en esa cabaña cuando Jillian entró, así que no sabemos si es el asesino. Ni siquiera sabemos si estaba en la cabaña. ¿Supongamos que hubiera alguien más esperándola? Me doy cuenta de que es improbable, lo único que estoy diciendo es que no lo sabemos. Todo es circunstancial, suposiciones, probabilidades. El segundo problema es el nombre en sí. Si el jardinero cenicienta es realmente un asesino frío y calculador, entonces Héctor Flores es sin duda un alias.

—¿Por qué tengo la sensación de estar en una noria, de que todo lo que parece que está establecido vuelve volando hacia mí otra vez?

—Una noria no me suena mal. A mí me da más la sensación de estar siendo absorbido por un sumidero.

—¿Y quiere que Becca le acompañe en la succión?

Gurney no quiso reaccionar a cualquiera que fuera la sugerencia obscena que Kline estuviera haciendo.

—Quiero que me ayude a ser realista, a proporcionar límites a la imagen que me estoy formando del hombre al que persigo.

Quizá sacudido por el compromiso de esas últimas palabras, tal vez por el recordatorio del historial de detenciones sin parangón de Gurney, el tono de Kline cambió.

—Le diré que le llame.

Υ

Al cabo de una hora, Gurney estaba sentado delante de la pantalla de su ordenador del estudio, mirando los ojos negros y carentes de emoción de Peter Piggert, un hombre que podría tener algo en común con el asesino de Jillian Perry y mucho en común con el villano de la obra perdida de Edward Vallory. Gurney no estaba seguro de si el retrato por ordenador que había hecho el año anterior lo había atraído por su posible relevancia en relación con su actual presa o por su nuevo potencial económico.

¿Cien mil dólares? ¿Por eso? El mundo del arte adinerado podía ser muy extraño. Cien mil dólares por un retrato de Peter Piggert. El precio era absurdo. Necesitaba hablar con Sonya. Se pondría en contacto con ella a primera hora de la mañana, pero por el momento quería concentrarse lo menos posible en el posible valor del retrato y lo más posible en el hombre al que describía.

A los quince años, Piggert había asesinado a su padre para eliminar trabas en mantener una relación profundamente enferma con su madre. La dejó embarazada dos veces y tuvo dos hijos con ella. Quince años después, a los treinta, la asesinó para poder mantener sin trabas una relación igual de enferma con sus hijas, entonces de trece y catorce años.

Para el observador medio, Piggert parecía el hombre más ordinario. Gurney, en cambio, había visto desde el principio algo que no estaba bien en sus ojos. Su oscura placidez daba la sensación de no tener fondo. Peter Piggert parecía ver el mundo de una manera que justificaba y alentaba cualquier acción que pudiera complacerle, sin tener en cuenta el efecto en nadie más. Gurney se preguntó si era un hombre como Piggert el que Scott Ashton tenía en mente cuando presentó su provocadora teoría de que un sociópata es una criatura con «fronteras perfectas».

Al mirar la desconcertante calma de aquellos ojos, estuvo más convencido que nunca de que el principal impulso de Piggert era la necesidad de controlar su entorno. Su visión del orden adecuado de las cosas era inviolable; sus caprichos, absolutos. Eso era lo que Gurney había deseado resaltar en su manipulación de la foto original de la ficha policial. El tirano rígido detrás de los rasgos anodinos. Satán en la piel de un hombre corriente.

265

¿Era eso lo que había fascinado a Jay Jykynstyl? ¿El mal velado? ¿Era eso lo que valoraba, por lo cual estaba dispuesto a pagar una pequeña fortuna?

Por supuesto, había una diferencia decisiva entre el asesino y su retrato. El objeto en la pantalla debía su seducción en parte a su evocación del monstruo y, en parte, curiosamente, a su esencial inocuidad. La serpiente sin colmillos. El diablo paralizado e impotente.

Gurney se retiró de su escritorio y se alejó de la pantalla del ordenador. Cruzó los brazos delante del pecho y miró por la ventana que daba al oeste. En principio sin prestar atención al paisaje. Cuando empezó a reparar en la puesta de sol carmesí, al inicio le pareció una mancha de sangre en el cielo acuoso. Luego se dio cuenta de que estaba recordando una pared de dormitorio en el sur del Bronx, una pared turquesa contra la cual reposaba la víctima de un disparo, resbalando lentamente hacia el suelo. Veinticuatro años antes, su primer caso de asesinato.

Moscas. Era agosto y el cuerpo llevaba allí una semana.

39

Real, irreal, loco, no loco

*D*urante veinticuatro años había estado sumergido hasta el cuello en asesinatos y caos. La mitad de su vida. Incluso entonces, en su jubilación… ¿Qué había dicho Madeleine durante la carnicería del caso Mellery? ¿Que incluso en ese momento la muerte parecía atraerle con más fuerza que la vida?

Gurney lo negó. Y argumentó la cuestión desde un punto de vista semántico: no era la muerte lo que captaba su atención y su energía, sino el desafío de desentrañar el misterio de un crimen. Se trataba de justicia.

Y por supuesto, ella lo había mirado con expresión irónica. Madeleine no estaba impresionada por sus supuestos principios, que tal vez invocaba para ganar discusiones.

Una vez que se desconectó del debate, la verdad reptó en su interior. La verdad era que los misterios criminales y el proceso de exponer a la gente que había detrás lo atraían de una manera casi física. Era una fuerza primigenia y mucho más poderosa que nada que lo empujara a quitar la maleza de entre las matas de espárragos. Las investigaciones de asesinato captaban su atención más que ninguna otra cosa en su vida.

Esa era la buena noticia. Y también la mala. Buena porque era real, y algunos hombres pasaban por la vida sin nada que los excitara, salvo sus fantasías. Mala porque tenía la fuerza de una marea que lo arrastraba lejos del resto de las cosas que contaban en su vida, incluida Madeleine.

Trató de recordar dónde estaba ella en ese mismo momento y descubrió que se le había olvidado, Dios sabe por qué. ¿Por Jay Jykynstyl y su zanahoria de cien mil dólares? ¿Por el rencor tóxico en el DIC y su efecto distorsionador de la investigación? ¿Por el significado provocador de la obra perdida de Edward Vallory? ¿Por la ansiedad de Peggy, la mujer del hombre de las arañas, por unirse a la caza? ¿Por el eco de la voz temblorosa de Savannah Liston denunciando la desaparición de sus antiguas compañeras de clase? Lo cierto es que eran muchas las cosas que podrían haber apartado de su memoria dónde estaba Madeleine.

Entonces oyó un coche que subía por el camino del prado y lo recordó: su reunión del viernes por la noche con sus amigas de labores y costura. Pero si ese era su coche, volvía a casa mucho antes de lo habitual. Al dirigirse a la ventana de la cocina para comprobarlo, el teléfono sonó en el escritorio del estudio, detrás de él, y fue a cogerlo.

—Dave, me alegro de pillarte al teléfono y que no me salte el contestador. Tengo un par de complicaciones, pero no te preocupes. —Era Sonya Reynolds con un destello de ansiedad coloreando su excitación característica.

—Iba a llamarte... —empezó Gurney. Había planeado hacer más preguntas para formarse una impresión más firme sobre la cena del día siguiente con Jykynstyl.

Sonya lo cortó.

—La cena ahora es un almuerzo. Jay ha de coger un avión a Roma. Espero que no te suponga un problema. Si lo es, tendrás que conseguir que no lo sea. Y la segunda complicación es que yo no voy a ir. —Esa era la parte que obviamente más preocupaba a Sonya—. ¿Has oído lo que he dicho? —preguntó al ver que Gurney no reaccionaba.

—El almuerzo no es problema para mí. ¿No puedes venir?

—Desde luego que puedo y desde luego que me gustaría, pero..., bueno, en lugar de tratar de explicarlo, mejor te cuento lo que me dijo él. Deja que te comente primero lo increíblemente impresionado que está con tu trabajo. Se refirió a él como «potencialmente muy fructífero». Está entusiasmado. Pero esto es lo que dijo: «Quiero ver por mí mismo quién es este David Gurney, este artista increíble que resulta que es detective. Quiero entender en quién estoy invirtiendo. Quiero estar expuesto a la mente e imaginación de este hombre sin la obstrucción de una tercera persona». Le dije que era la primera vez en mi vida que se referían a mí como «una obstrucción». Le dejé claro que no me gustaba nada que me pidieran que no fuera. Pero le dije que por él haría una excepción y me quedaría en casa. Estás muy callado, David. ¿En qué estás pensando?

—Me estaba preguntando si ese hombre es un chiflado.

—Es Jay Jykynstyl. Chiflado no es la palabra que utilizaría. Diría que es bastante inusual.

Gurney notó que la puerta lateral se abría y se cerraba; oyó unos ruidos en la antesala de la cocina.

—David, ¿por qué estás tan callado? ¿Estás pensando?

—No, solo… No lo sé, ¿qué quiere decir con «invertir» en mí?

—Ah, esa es la buena noticia de verdad. Es la principal razón por la que quería estar en la cena, el almuerzo o lo que sea. Escucha esto. Es información fundamental. Quiere poseer todas tus obras. No solo una o dos cosas. Todas. Y espera que incrementen su valor.

—¿Cómo?

—Todo lo que compra Jykynstyl sube de valor.

Gurney captó un movimiento con el rabillo del ojo y vio a Madeleine en el umbral del estudio. Estaba frunciendo el ceño, preocupada.

—¿Sigues ahí, David? —La voz de Sonya era al mismo tiempo efervescente e incrédula—. ¿Siempre estás tan callado cuando alguien te ofrece un millón de dólares para empezar y el cielo como límite?

—Me parece extraño.

Madeleine añadió un pequeña mueca de enfado al ceño de preocupación y volvió a la cocina.

—¡Por supuesto que es raro! —exclamó Sonya—. El éxito en el mundo del arte siempre es raro. Lo raro es lo normal. ¿Sabes por cuánto se vendieron los cuadrados de colores de Mark Rothko? ¿Por qué lo raro tiene que ser un problema?

—Deja que asimile esto, ¿vale? ¿Puedo llamarte más tarde?

—Será mejor que me llames, David, mi chico del millón de dólares. Mañana será un gran día. Necesito prepararte para eso. Siento que estás pensando otra vez. Dios mío, David, ¿en qué estás pensando ahora?

—Es solo que me está costando mucho creer que esto sea real.

—David, David, David, ¿sabes lo que te dicen cuando vas a aprender a nadar? Deja de luchar contra el agua. Relájate y flota. Relájate, respira y deja que el agua te sostenga. Aquí es lo mismo. Basta de luchar con lo real, lo irreal, lo loco, lo no loco, todas estas palabras. Acepta la magia. La magia del señor Jykynstyl. Y sus mágicos millones. *Ciao!*

¿Magia? No había ningún concepto en la Tierra más ajeno a Gurney que la magia. Ningún concepto tan poco significativo, tan insoportablemente absurdo.

Se quedó de pie junto a su escritorio, mirando por la ventana oeste. El cielo por encima de la cumbre, que hacía tan poco era rojo sangre, se había desvaído en un manto oscuro de malva y granito, y la hierba del campo alto de detrás de la casa solo conservaba un vago recuerdo del verde.

Hubo un estruendo en la cocina, el sonido de ollas resbalando del escurreplatos sobrecargado en el fregadero y, luego, el sonido de Madeleine recolocándolas.

Gurney emergió del estudio oscuro a la cocina iluminada. Madeleine estaba secándose las manos con uno de los paños de cocina.

—¿Qué ha pasado con el coche? —preguntó.

—¿Qué? Oh. Un choque con un ciervo. —El recuerdo era claro, escalofriante.

Ella lo miró con alarma, dolor.

Dave continuó.

—Salió corriendo del bosque. Justo delante de mí. No hubo forma de… esquivarlo.

Madeleine tenía los ojos como platos, lanzó un pequeño grito de asombro.

—¿Qué le ha pasado al ciervo?

—Muerto. Al instante. Lo comprobé. Ninguna señal de vida.

—¿Qué hiciste?

—¿Qué hice? ¿Qué podía…?

Su mente se inundó de repente con la imagen del animal junto a la cuneta de la carretera, con la cabeza torcida, los ojos abiertos con la mirada perdida, una imagen impregnada de emociones de hacía mucho tiempo, de otro accidente, emociones que le oprimían el corazón con dedos congelados y casi lo detenían.

Madeleine lo miró, parecía saber lo que estaba pensando, estiró el brazo y le acarició la mano. A medida que se recuperaba poco a poco, Dave miró a los ojos de su mujer y vio una tristeza que simplemente formaba parte de todas las cosas que ella sentía, incluso de la alegría. Sabía que ella había afrontado hacía mucho tiempo la muerte de su hijo de una manera a la que él nunca había estado dispuesto o no había sido capaz de estarlo. Sabía que algún día tendría que hacerlo. Pero todavía no, no en ese momento.

Tal vez eso era parte de lo que se interponía entre él y Kyle, el hijo adulto de su primer matrimonio. Pero esas ideas las sentía como teorías de terapeuta y no le servían de nada.

Se volvió hacia la cristalera y se quedó mirando el atardecer. Ya había oscurecido tanto que hasta el granero rojo había perdido su color.

Madeleine se volvió hacia el fregadero y empezó a secar la vajilla. Cuando habló por fin, su pregunta llegó desde una dirección inesperada.

—Así que esperas tenerlo todo listo la próxima semana; ¿el criminal entregado a los buenos en una caja con un lazo?

La percibió en su voz antes de mirarla: la sonrisa inquisitiva, carente de humor.

—Si es lo que dije, entonces ese es el plan.

Ella asintió con la cabeza, sin disimular su escepticismo.

Hubo un largo silencio mientras Madeleine continuaba secando la vajilla con más atención de la habitual, guardando los cacharros secos en el aparador de pino, alineándolos con una pulcritud que comenzó a crisparle los nervios.

—Por cierto —dijo cuando la pregunta saltó de nuevo en su mente, saliendo de manera más agresiva de lo que pretendía—, ¿por qué estás en casa?

—¿Perdón?

—¿No es noche de costura?

Madeleine asintió con la cabeza.

—Hemos decidido terminar un poco antes.

Dave pensó que había percibido algo extraño en su voz.

—¿Cómo es eso?

—Hubo un pequeño problema.

—¿Ah, sí?

—Bueno…, en realidad… Marjorie Ann vomitó.

Gurney parpadeó.

—¿Qué?

—Vomitó.

—¿Marjorie Ann Highsmith?

—Exacto.

Él volvió a parpadear.

271

—¿Qué quieres decir con que vomitó?

—¿Qué diablos crees que quiero decir?

—¿Dónde? ¿Allí mismo en la mesa?

—No, en la mesa no. Se levantó de la mesa y corrió hacia el cuarto de baño y...

—¿Y?

—Y no llegó a tiempo.

Gurney reparó en que cierta luz casi imperceptible había vuelto a las pupilas de Madeleine, un destello de humor sutil con el cual lo veía casi todo, un humor que equilibraba su tristeza, una luz que últimamente había estado ausente. En ese momento, Dave deseaba avivar la llama de esa luz, pero sabía que si lo intentaba con mucha fuerza, solo conseguiría apagarla.

—¿Supongo que hubo un poco de lío?

—Oh, sí un poco de lío. Y no... eh... no se quedó en el mismo sitio.

—No... ¿qué?

—Bueno, no solo vomitó en el suelo. En realidad, vomitó en los gatos.

—¿En los gatos?

272

—Esta noche nos tocaba reunirnos en la casa de Bonnie. ¿Te acuerdas de que Bonnie tiene dos gatos?

—Sí, más o menos.

—Los gatos estaban acostados juntos en una cama que Bonnie colocó para ellos en el pasillo, junto al cuarto de baño.

Gurney se echó a reír; una ligereza repentina se apoderó de él.

—Sí, bueno, Marjorie Ann llegó hasta los gatos.

—Oh, Dios... —Ya estaba doblado sobre sí mismo.

—Y vomitó bastante. Quiero decir que era... sustancial. Bueno, los gatos saltaron de la cama y entraron saltando en la sala de estar.

—Cubiertos de...

—Ah, sí, bien cubiertos. Corriendo por la sala, por encima de los sofás, sillas. Fue... una barbaridad.

—¡Cielo santo! —Gurney no podía recordar la última vez que se había reído tanto.

—Y, por supuesto —concluyó Madeleine—, después de eso nadie podía comer. Y no podíamos quedarnos en la sala de estar. Naturalmente, queríamos ayudar a Bonnie a limpiar, pero no nos ha dejado.

Después de un breve silencio, él preguntó:

—¿Te gustaría comer algo ahora?

—¡No! —Ella se estremeció—. No menciones la comida.

La imagen de los gatos hizo reír otra vez a Dave.

Sin embargo, la sugerencia de comida al parecer provocó en la mente de Madeleine una asociación atrasada que apagó el brillo en sus ojos.

Cuando su marido por fin dejó de reír, ella preguntó:

—¿Así es que estaréis solo tú, Sonya y el coleccionista loco en la cena de mañana por la noche?

—No —dijo Dave, contento por primera vez de que Sonya no fuera a estar presente—. Solo el coleccionista loco y yo.

Madeleine enarcó una ceja burlona.

—Pensaba que ella hubiera matado por asistir a esa cena.

—En realidad, la cena se ha cambiado por un almuerzo.

—¿Un almuerzo? ¿Ya te han degradado?

Gurney no mostró ninguna reacción, pero, por absurdo que pareciera, el comentario le escoció.

273

40

Un aullido débil

Una vez que Madeleine hubo terminado con los cazos, las sartenes y los platos, se preparó una taza de infusión de hierbas y se instaló con la bolsa de hacer punto en uno de los mullidos sillones, al fondo de la sala. Gurney, con una de las carpetas del caso Perry en la mano, pronto la siguió al sillón del lado opuesto de la chimenea. Se sentaron en sociable aislamiento, cada uno bajo la luz de una lámpara distinta.

Dave abrió la carpeta y sacó el informe del VICAP. Eran unas siglas curiosas. En el FBI significaban Programa de Aprehensión de Criminales Violentos. En el Departamento de Investigación Criminal de Nueva York respondían a Programa de Análisis de Crímenes Violentos. Pero se trataba del mismo formulario, procesado por los mismos ordenadores y distribuidos a los mismos destinatarios. Le gustaba más la versión de Nueva York. Decía lo que era, sin hacer ninguna promesa.

El formulario de treinta y seis páginas era, como mínimo, amplio, pero solo resultaba útil en la medida en que el oficial que lo cumplimentaba lo hacía de manera concienzuda y precisa. Uno de los propósitos era descubrir modus operandi similares en otros delitos archivados, pero en este caso no había ninguna anotación de coincidencia en el programa de análisis comparado. Estudió detenidamente las treinta y seis páginas para asegurarse de que no había pasado por alto nada importante en la primera revisión.

Le estaba costando mucho concentrarse, seguía pensando que debería llamar a Kyle y seguía buscando excusas para posponerlo. La diferencia horaria entre Nueva York y Seattle había proporcionado un conveniente obstáculo durante los últimos tres años, pero Kyle estaba otra vez en Manhattan, se había matriculado en la Facultad de Derecho de la Universidad de Columbia, y Gurney ya no tenía excusas. Aquello no significaba que hubiera dejado de posponerlo, ni siquiera que las causas se hubieran hecho transparentes para él.

En ocasiones lo desdeñaba como el producto natural de la frialdad de sus genes celtas. Esa era la forma más cómoda de ver las cosas, pues apenas implicaba ninguna responsabilidad personal. Otras veces se convencía de que estaba relacionado con una espiral de culpabilidad: la culpa que se originaba al no llamar creaba a su vez una resistencia mayor a llamar, y más culpa. Hasta donde alcanzaba a recordar, había experimentado en grandes dosis esa emoción lacerante: la sensación de responsabilidad de un hijo único por el matrimonio tenso y asombroso de su padres. Incluso en ocasiones pensaba que el problema era que veía demasiado de su primera esposa en Kyle, excesivos recuerdos de demasiados desacuerdos desagradables.

Y luego estaba el factor de la decepción. En medio de la crisis del mercado de valores, cuando Kyle anunció que cambiaba la banca de inversión por la Facultad de Derecho, Gurney había fantaseado por un momento con la delirante idea de que el joven podía tener cierto interés en seguir sus pasos en el mundo de la ley y el orden. Pero pronto quedó claro que Kyle simplemente estaba tomando una nueva ruta hacia su viejo objetivo de éxito material.

275

—¿Por qué no lo llamas y listo? —Madeleine lo estaba mirando, con las agujas de tejer apoyadas en las rodillas, encima de una bufanda de color naranja a medio terminar.

Dave la miró un poco sorprendido, pero no tanto como antes, por esa sensibilidad extraordinaria de su mujer.

—Es la expresión que se te pone cuando estás pensando en él —dijo ella, como si estuviera explicando algo obvio—. No es una cara de felicidad.

—Lo haré. Llamaré.

Dave comenzó a examinar el formulario VICAP con renovada urgencia, como un hombre encerrado en una habitación que busca una salida oculta. No surgió nada que pareciera diferente de lo que ya recordaba. Hojeó el resto de informes de la carpeta.

Uno de los diversos análisis del material de la recepción de la boda en DVD concluía con este resumen: «Las ubicaciones de todas las personas presentes en la propiedad de Ashton durante el marco temporal del homicidio han sido verificadas a través del tiempo codificado en las imágenes de vídeo». Gurney sabía muy bien qué significaba aquello y recordaba lo que Hardwick le había dicho la noche que vieron el vídeo, pero quería estar seguro.

Cogió el teléfono móvil del aparador y llamó al número de Hardwick. Enseguida lo desviaron al buzón de voz: «Hardwick. Deje un mensaje».

—Soy Gurney. Tengo una pregunta sobre el vídeo.

Menos de un minuto después de dejar el mensaje, su teléfono sonó. No se molestó en comprobar el identificador de llamadas.

—¿Jack?

—¿Dave? —Era una voz de mujer, familiar, pero que no pudo situar de inmediato.

—Lo siento, esperaba otra llamada. Soy Dave.

—Soy Peggy Meeker. Tengo tu dirección de correo electrónico y acabo de mandarte un mensaje. Luego he pensado que debía llamar por si necesitabas saber esto de inmediato. —Tenía la voz acelerada por el entusiasmo.

—¿De qué se trata?

—Querías información sobre la obra de Edward Vallory, la trama, personajes, todo lo que se conociera. Bueno, no vas a creerlo, pero he llamado al Departamento de Literatura de la Wesleyan y, ¿sabes quién sigue allí?, el profesor Barkless, el que impartía el curso.

—¿El curso?

—El curso de literatura al que asistí. El curso de drama isabelino. Le dejé un mensaje y me ha llamado. ¿No es increíble?

—¿Qué te ha dicho?

—Bueno, esa es la parte más increíble. ¿Estás listo para esto?

Sonó un tono de llamada en espera en el teléfono de Gurney, pero no hizo caso.

—Adelante.

—Bueno, para empezar, el nombre de la obra era *El jardinero español*. —Hizo una pausa esperando una reacción.

—Continúa.

—El nombre del personaje protagonista era Héctor Flores.

—¿Hablas en serio?

—Y hay más. La cosa se pone cada vez mejor. Un crítico

coetáneo describió parcialmente la trama. Es una de esas obras complicadas donde la gente se disfraza y personas de sus propias familias no los reconocen y todas esas situaciones disparatadas, pero el argumento principal… —sonó otro pitido de la llamada en espera—, que es bastante descabellado, es que la madre de Héctor Flores lo echó de casa, y luego mató a su padre y sedujo a su hermano. Años más tarde, Héctor regresa, disfrazado de jardinero, y, para resumir, engaña a su hermano (utilizando más disfraces y confusión de identidades) para que le corte la cabeza a su madre. Todo era muy excesivo y tal vez por eso se destruyeron todos los ejemplares de la obra después de la primera representación. No está claro si la trama se basa en una variante antigua del mito de Edipo o si era solo una pieza grotesca inventada por Vallory. O tal vez estaba influida de alguna manera por *La tragedia española*, de Thomas Kyd, que también es un poco excesiva en lo emocional, así pues, ¿quién sabe? Pero esos son los hechos básicos, directamente del profesor Barkless.

El cerebro de Gurney iba aún más deprisa que la voz sin aliento de Peggy Meeker.

Después de un momento, ella preguntó:

—¿Quieres que te lo explique otra vez?

Otra señal sonora.

—¿Has dicho que está todo en un mensaje que me has enviado?

—Sí, todo explicado. Y he puesto el número de teléfono de mi profesor por si quieres llamarle. Es muy emocionante, ¿no? ¿No te da una perspectiva completamente nueva del caso?

—Más bien refuerza una de las perspectivas existentes. Ya veremos cómo funciona.

—Claro. Bueno, ya me contarás.

Bip.

—Peggy, me parece que tengo una llamada persistente. Deja que me despida por ahora. Y gracias. Esto podría ser muy útil.

—Por supuesto, encantada de ayudar. Genial. Dime qué más puedo hacer.

—Lo haré. Gracias otra vez.

Cambió a la otra llamada.

—Tardas bastante en contestar. La pregunta no debe de ser muy urgente.

—Ah, sí. Jack. Gracias por llamar.

277

—Y la pregunta es...

Gurney sonrió. Hardwick era un sibarita de la brusquedad, cuando no estaba demasiado ocupado siendo un sibarita de la vulgaridad.

—¿Hasta qué punto estás seguro de la ubicación de cada uno de los presentes en la recepción durante el tiempo que Jillian estuvo en la cabaña?

—Del todo.

—¿Cómo lo sabes?

—Por la forma en que estaban situadas las cámaras no había puntos ciegos. Todo el mundo (invitados, personal de cáterin, músicos) está en la grabación, todo el tiempo.

—Con excepción de Héctor.

—Con excepción de Héctor, que estaba en la cabaña.

—¿Quién crees que estaba en la cabaña?

—¿A qué te refieres?

—Estoy tratando de separar lo que sabemos de lo que pensamos que sabemos.

—¿Quién coño más iba a estar allí?

—No lo sé, Jack. Y tú tampoco. Por cierto, gracias por avisarme de la movida de la rehabilitación.

Hubo un largo silencio.

—¿Quién coño te ha contado eso?

—Tú desde luego no.

—¿Qué coño tiene eso que ver con nada?

—Soy un gran fan de la transparencia, Jack.

—¿La transparencia? Te voy a dar transparencia a tope. El capullo de Rodriguez me quitó el caso Perry porque le dije que perseguir a todos los mexicanos ilegales del estado de Nueva York era la pérdida de tiempo más grande que me habían asignado jamás. Para empezar, nadie va a admitir que trabaja aquí de manera ilegal, evadiendo impuestos. Y seguro que no iban a admitir que tenían contacto con alguien buscado por asesinato. Dos meses más tarde, en mi día libre, me llamaron por una situación de emergencia: la persecución de un par de idiotas que dispararon a un gasolinero en la autopista, y alguien en la escena va y le dice al capitán Marvel que yo olía a alcohol, así que me empapeló. El cabrón tuvo la oportunidad que había estado soñando para pillarme a contrapié. ¿Y qué hizo? El cabrón me metió en un puto centro de rehabilitación lleno de tarados.

Veintiocho malditos días. ¡Con escoria, Davey! ¡Una puta pesadilla! ¡Escoria! Lo único en lo que pude pensar durante veintiocho días fue en matar a ese capitán capullo arrancándole la cabeza. ¿Es suficiente transparencia para ti?

—Claro, Jack. El problema es que la investigación descarriló y hay que empezar de nuevo desde cero. Y necesita tener asignadas personas que estén más interesadas en la solución de lo que lo están en joderse el uno al otro.

—¿Eso es un hecho? Bueno, mucha suerte, señor Voz de la Puta Razón.

Había colgado.

Gurney dejó el teléfono encima de la carpeta. Cobró conciencia del sonido de las agujas de tejer de Madeleine al entrechocar y la miró.

Ella sonrió sin levantar la vista.

—¿Problemas?

Dave rio sin humor.

—Solo que hay que reorganizar y reorientar por completo la investigación y no tengo poder para hacer que eso suceda.

—Piénsalo. Encontrarás una manera.

Pensó en ello.

—¿Quieres decir a través de Kline?

Ella se encogió de hombros.

—Durante el caso Mellery me dijiste que tenía grandes ambiciones.

—No me sorprendería que se imagine siendo presidente algún día. O por lo menos gobernador.

—Bueno, ahí lo tienes.

—¿Qué es lo que tengo?

Ella se concentró durante unos instantes en una alteración en su técnica de punto. Luego miró hacia arriba, aparentemente desconcertada por la incapacidad de su marido para comprender lo obvio.

—Ayúdale a ver cómo se relaciona esto con sus grandes ambiciones.

Cuanto más lo sopesaba Dave, más perspicaz le parecía el comentario de Madeleine. Como animal político, Kline era hipersensible a la dimensión mediática de cualquier investigación. Era la vía más segura para llegar a él.

Gurney cogió el teléfono y marcó al número del fiscal. El

279

mensaje grabado ofrecía tres opciones: volver a llamar entre las 8 y las 18 horas de lunes a viernes, dejar un nombre y número de teléfono para recibir una llamada durante el horario de oficina, o llamar al número de emergencia de veinticuatro horas para cuestiones que requirieran asistencia inmediata.

Gurney anotó el número de emergencia en su lista de teléfonos, pero antes de hacer la llamada decidió dedicar un poco más de tiempo a estructurar lo que iba a decir —primero al que respondiera, y después a Kline si la llamada pasaba la criba—, porque se dio cuenta de que era fundamental lanzar la granada adecuada por encima de la pared.

El ruidoso cliqueo de las agujas se detuvo.

—¿Has oído eso? —Madeleine inclinó ligeramente la cabeza en dirección a la ventana más cercana.

—¿Qué?

—Escucha.

—¿Qué he de escuchar?

—Chis…

Justo cuando estaba a punto de insistir en que no oía nada, lo oyó: los aullidos débiles de coyotes lejanos. Luego, otra vez nada. Solo la imagen persistente en su mente de animales como pequeños lobos flacos, corriendo en un grupo disperso, de manera salvaje y despiadada como el viento a través de un campo iluminado por la luna más allá de la cumbre norte.

Sonó el teléfono cuando todavía lo tenía en la mano. Miró el identificador: GALERÍA REYNOLDS. Echó un vistazo a Madeleine. Nada en su expresión sugería que imaginara quién era quien llamaba.

—Soy Dave.

—Quiero acostarme. Vamos a hablar.

Después de un silencio incómodo, Gurney respondió:

—Tú primero.

Ella musitó una risa suave e íntima que era más ronroneo que risa.

—Quiero decir que quiero acostarme temprano, irme a dormir, y por si ibas a llamarme más tarde para hablar de mañana, será mejor hablar ahora.

—Buena idea.

Otra vez la risa aterciopelada.

—Estoy pensando en una cosa muy simple. No puedo aconsejarte qué decirle a Jykynstyl, porque no sé qué te preguntará. Así que debes ser tú mismo: el prudente detective de Homicidios. El hombre tranquilo que lo ha visto todo. El hombre del lado de los ángeles que lucha contra el diablo y siempre gana.

—No siempre.

—Bueno, eres humano, ¿no? Ser humano es importante. Eso te hace real, no un héroe falso, ¿ves? Así que lo único que has de hacer es ser tú mismo. Eres un hombre mucho más impresionante de lo que piensas, David Gurney.

Él vaciló.

—¿Eso es todo?

Esta vez la risa fue más musical, más divertida.

—Eso es todo para ti. Ahora para mí. ¿Has leído alguna vez el contrato, el que firmaste para la exposición del año pasado?

—Supongo que lo hice en su momento. No últimamente.

—Dice que la Galería Reynolds tiene derecho a un cuarenta por ciento de comisión sobre las obras expuestas, al treinta por ciento por las obras catalogadas y al veinte por ciento por todas las obras futuras creadas para clientes que han sido presentados al artista a través de la galería. ¿Te suena familiar?

—Vagamente.

—Vagamente. Muy bien. Pero te parece bien o ¿tienes algún problema con él a partir de ahora?

—Está bien.

—Perfecto. Porque lo hemos pasado bien trabajando juntos. Lo siento, ¿tú no?

Madeleine, inescrutable, parecía obsesionada con el borde ornamentado de su bufanda, que iba avanzando poco a poco. Puntada tras puntada tras puntada. *Clic. Clic. Clic.*

41

El gran día

*E*ra una mañana radiante, una imagen de calendario del otoño. El cielo era de un azul conmovedor, sin el menor atisbo de una nube. Madeleine ya había salido a dar uno de sus paseos en bicicleta por el valle del río que serpenteaba durante casi treinta kilómetros a este y oeste de Walnut Crossing.

—Un día perfecto —había dicho antes de irse, logrando sugerir por su tono que su decisión de pasar un día como ese en la ciudad hablando de grandes sumas de dinero a cambio de desagradables obras de arte lo convertía en alguien tan loco como Jykynstyl. O tal vez Gurney había llegado a esa conclusión por sí mismo y estaba culpándola a ella.

Estaba sentado a la mesa del desayuno, junto a las puertas cristaleras, mirando a través del prado al granero, de un sorprendente tono carmesí, a la luz límpida de la mañana. Tomó el primer sorbo de su café vigorizante, cogió el teléfono y llamó al número de veinticuatro horas de Sheridan Kline.

Respondió una voz adusta e incolora, que trajo a la mente de Gurney el vivo recuerdo del hombre que la poseía.

—Stimmel. Oficina del Fiscal.

—Soy Dave Gurney.

Hizo una pausa, sabiendo que Stimmel lo recordaba del caso Mellery, y no le sorprendió en absoluto que el hombre no lo saludara. Stimmel tenía la afabilidad y locuacidad, así como la fisonomía gruesa, de una rana.

—¿Sí?

—Tengo que hablar con Kline lo antes posible.

—¿Por qué?

—Es cuestión de vida o muerte.

—¿De quién?

—Suya.

El tono adusto se endureció aún más.

—¿Qué significa eso?

—¿Conoce el caso Perry? —Gurney tomó el silencio que siguió por un sí—. Está a punto de estallar en un circo mediático, tal vez el mayor caso de asesinato múltiple de la historia del estado. Pensaba que Sheridan querría ser el primero en saberlo.

—¿De qué está hablando?

—Ya me lo ha preguntado y ya se lo he dicho.

—Dígame hechos, listillo, y pasaré la información.

—No hay tiempo para pasar por todo dos veces. Tengo que hablar con él ahora, aunque tenga que sacarlo a rastras de la taza del váter. Dígale que esto va a hacer que el asesinato de Mellery parezca una infracción de tráfico.

—Será mejor que no sea mentira.

Gurney imaginó que era la forma de Stimmel de decirle: «Adiós, nos pondremos en contacto con usted». Soltó el teléfono, cogió su café y tomó otro sorbo. Aún estaba bueno y caliente. Miró las esparragueras que se inclinaban para alejarse de una suave brisa del oeste. Las preguntas sobre el fertilizante —si, cuándo, cuánto—, que habían llenado su cabeza una semana antes, ahora parecían infinitamente prorrogables. Confiaba en no haber exagerado la situación con Stimmel.

Dos minutos más tarde, Kline estaba al teléfono, excitado como una mosca sobre estiércol fresco.

—¿Qué es esto? ¿Qué explosión mediática?

—Es una larga historia. ¿Tiene tiempo para hablar?

—¿Qué tal si me da el resumen en una frase?

—Imagine un artículo de prensa que comienza así: «Policía y Fiscalía sin pistas de cómo un asesino en serie secuestra chicas de Mapleshade».

—¿No hablamos de eso ayer?

—Hay información nueva.

—¿Dónde está ahora?

—En casa, pero saldré hacia la ciudad dentro de una hora.

—¿Esto es real o una teoría descabellada?

—Suficientemente real.

Hubo una pausa.

—¿Su teléfono es seguro?

—No tengo ni idea.

—Puede tomar la autopista a la ciudad, ¿no?

283

—Supongo que sí.

—¿Podría pasar por mi oficina de camino a la ciudad?

—Podría.

—¿Puede salir ahora?

—Dentro de diez minutos.

—Nos vemos en mi oficina a las nueve y media. ¿Gurney?

—¿Sí?

—Será mejor que esto sea real.

—¿Sheridan?

—¿Qué?

—Yo en su lugar, rezaría por que no lo fuera.

Diez minutos más tarde, Gurney estaba en camino, en dirección este, con el sol de cara. Su primera parada fue en Abelard's para comprar un café que sustituyera la taza casi llena que había dejado sobre la mesa de la cocina con las prisas por salir.

Se paró un rato en la superficie de grava que había delante y pasaba por zona de aparcamiento, reclinó su asiento un tercio y trató de vaciar su cabeza de toda idea y concentrarse solo en el sabor del café. No es que fuera una técnica que le funcionara muy bien, y se preguntó por qué insistía en usarla. Sí tenía el efecto de cambiar lo que le preocupaba, pero en ocasiones lo sustituía por algo que le preocupaba igual o más. En este caso, trasladó su atención de la investigación al caos de su relación con Kyle y a la creciente necesidad que sentía de llamarlo.

Era ridículo, la verdad. Lo único que tenía que hacer era dejar de dilatarlo y hacer la llamada. Sabía muy bien que la dilación no era más que una escapatoria a corto plazo que crea un problema a la larga; que solo ocupa cada vez más espacio de almacenamiento en el cerebro, generando cada vez más malestar. Desde el punto de vista intelectual, no había discusión: sabía que la mayoría del sufrimiento de su vida surgía de evitar el malestar.

Tenía el nuevo número de Kyle en marcación rápida. «Joder, hazlo ya.»

Sacó el teléfono, marcó el número y le salió el buzón de voz: «Hola, soy Kyle. No puedo responder ahora mismo. Por favor, deja un mensaje».

—Hola, Kyle, soy papá. He pensado en llamar para ver cómo te iba en Columbia. ¿El piso compartido va bien? —Dudó, estuvo a punto de preguntar por Kate, la exmujer de Kyle, pero se lo pensó mejor—. No hay nada urgente, solo quería saber cómo te va. Llámame cuando puedas. Hasta pronto. —Pulsó el botón de finalizar la llamada.

Una experiencia curiosa. Un poco enredada, como el resto de la vida emocional de Gurney. Se sentía aliviado de haber llamado por fin. También se sentía aliviado, para ser sincero al respecto, de que le hubiera salido el contestador de su hijo en lugar de su hijo. Pero tal vez ahora podría dejar de pensar en ello, al menos por un tiempo. Dio un par de sorbos más a su café, miró la hora —las 8.52— y volvió a la carretera comarcal.

A excepción de un Audi negro brillante y unos cuantos Ford y Chevrolet no tan brillantes con placas oficiales, el aparcamiento del edificio de la Oficina del Condado estaba vacío, lo habitual en una mañana de sábado. El alto edificio de ladrillo sucio parecía frío y desierto, como la institución sórdida que había sido en el pasado.

285

Kline bajó del Audi cuando Gurney aparcó en un sitio cercano. Otro coche, un Crown Victoria, entró en el aparcamiento y estacionó al otro lado del Audi. Rodriguez salió de detrás del volante.

Gurney y Rodriguez se acercaron a Kline desde direcciones diferentes. Intercambiaron saludos con la cabeza con el fiscal, pero no entre sí. Kline encabezó la comitiva a través de una puerta lateral de la cual tenía su propia llave, y a continuación subió un tramo de escaleras. No se pronunció una sola palabra hasta que los tres se sentaran en los sillones de cuero alrededor de la mesa de café del despacho. Rodriguez cruzó los brazos con fuerza sobre su pecho. Sus ojos oscuros eran poco comunicativos detrás de sus gafas de montura de acero.

—Está bien —dijo Kline, inclinándose hacia delante—. Es hora de ir al grano.

Estaba lanzándole a Gurney la clase de mirada penetrante que podría dedicar a un testigo hostil en el estrado.

—Estamos aquí debido a la bomba que ha prometido, amigo. Déjela caer.

Gurney asintió con la cabeza.

—Exacto. La bomba. Será mejor que tomen notas.

Una contracción bajo uno de los ojos del capitán le dijo a Gurney que había interpretado la sugerencia como un insulto.

—Vaya al grano —dijo Kline.

—La bomba viene por partes. Voy a tirarlas sobre la mesa. Hay que hacerlas encajar. En primer lugar, resulta que Héctor Flores es el nombre de un personaje de una obra isabelina, un personaje que simula ser un jardinero español. Interesante coincidencia, ¿no?

Kline frunció el ceño y miró a Gurney con aire inquisitivo.

—¿Qué clase de obra?

—Aquí es donde se pone interesante. La trama consiste en la violación de un gran tabú sexual, el incesto, que resulta que es un elemento común en la infancia de muchos delincuentes sexuales.

El ceño de Kline se arrugó aún más.

—Entonces, ¿qué está diciendo?

—Estoy diciendo que el hombre que vivía en casa de Ashton casi seguro que tomó el nombre de Héctor Flores de esa obra.

El capitán soltó un resoplido de incredulidad.

—Creo que necesitamos más detalles —dijo Kline.

—Esta obra trata sobre el incesto. El personaje de Héctor Flores en la obra aparece disfrazado de jardinero y... —Gurney no pudo resistirse a hacer una pausa dramática—. Resulta que mata al personaje femenino culpable de la obra: le corta la cabeza.

Kline puso los ojos como platos.

—¿Qué?

Rodríguez dedicó a Gurney una mirada incrédula.

—¿Dónde diablos está esa obra?

En lugar de empantanarse en la discusión que sin lugar a dudas se produciría si revelaba que el texto completo de la obra ya no existía, Gurney le dio al capitán el nombre y la información del antiguo profesor universitario de Peggy Meeker.

—Estoy seguro de que estará encantado de discutirlo con usted. Y, por cierto, no hay duda de que la obra se relaciona con el asesinato de Jillian Perry. El nombre del dramaturgo era Edward Vallory.

Kline tardó un par de segundos en comprenderlo.

—¿La firma del mensaje de texto?

—Así es. De manera que ahora sabemos con certeza que la identidad del «trabajador mexicano» era un engaño desde el primer día, un engaño en el que cayó todo el mundo.

El capitán parecía lo bastante furioso como para estallar en llamas.

Gurney continuó.

—Este hombre vino a Tambury con un plan a largo plazo y mucha paciencia. La oscuridad de la referencia literaria significa que estamos tratando con un individuo bastante sofisticado. Y el contenido de la obra de Vallory deja claro que la historia sexual de Jillian Perry es casi con absoluta seguridad el motivo de su asesinato.

Kline daba la impresión de que estaba intentando no parecer anonadado.

—Bueno, así que tenemos… Tenemos un nuevo punto de vista…

—Desafortunadamente, es solo la punta del iceberg.

Kline abrió mucho los ojos.

—¿Qué iceberg?

—Las chicas desaparecidas.

El capitán negó con la cabeza.

—Lo dije ayer y voy a decirlo de nuevo: no hay pruebas de que nadie haya desaparecido.

—Lo siento —dijo Gurney—. No quise utilizar mal un término legal. Tiene razón, todavía no se ha introducido ningún nombre en una base de datos oficial de personas desaparecidas. Así que vamos a llamarlas… ¿cómo? ¿«Graduadas de Mapleshade cuya ubicación actual no puede verificarse»? ¿Qué nombre prefiere?

Rodriguez se adelantó en su asiento y habló con voz ronca.

—¡No tengo por qué aguantar toda esta arrogancia!

Kline levantó la mano como un policía de tráfico.

—Rod, Rod, tranquilízate. Estamos todos un poco…, bueno, calma. —Esperó hasta que el hombre comenzó a apoyar la espalda en la silla antes de volver su atención a Gurney—. Digamos, solo como hipótesis, que una o más de estas chicas realmente han desaparecido o están ilocalizables, como sea el término adecuado. Si ese fuera el caso, ¿cuál sería su conclusión?

—Si han sido secuestradas por el hombre que se hacía llamar Héctor Flores, mi conclusión es que, o bien están muertas o bien lo estarán pronto.

Rodriguez se echó de nuevo hacia delante en su silla.

—¡No hay ninguna prueba! Si, si, si, si. Son solo hipótesis una encima de otra.

Kline inspiró lentamente.

—Me parece que hay que dar un gran salto para llegar a esa conclusión, Dave. ¿Quiere ayudarnos un poco con la lógica?

—El contenido de la obra, además de los mensajes de texto de Vallory, sugiere que el asesinato de Jillian Perry fue un acto de venganza por los abusos sexuales. Resulta que un factor común entre las estudiantes de Mapleshade es su historial de haber cometido abusos sexuales, lo cual las convierte a todas ellas en objetivos potenciales. Convertiría Mapleshade en el lugar perfecto para que un asesino motivado por esa cuestión encontrara a sus víctimas.

—«Objetivos potenciales», ¿has oído eso? «Potencial», lo acaba de decir. A eso voy. —Rodriguez negó con la cabeza—. Todo esto es…

—Espera, Rod, por favor —lo interrumpió Kline—. Ya te he entendido. Y créeme, estoy de tu lado, soy un hombre que se guía por las pruebas, igual que tú. Pero vamos a escucharle. Ya lo sabes, hay que estudiar todas las posibilidades. Vamos a escucharlo hasta el final. ¿De acuerdo?

Rodriguez dejó de hablar, pero siguió moviendo la cabeza como si no se diera cuenta de que lo estaba haciendo. Kline hizo una pequeña señal con la cabeza para invitar a Gurney a continuar.

—En cuanto a las chicas desaparecidas, la similitud en las discusiones que conducen a su partida es prueba *prima facie* de una conspiración. Es inconcebible que a todas se les ocurriera pedir un coche caro por pura coincidencia. Una explicación razonable es que se trataba de una conspiración urdida para facilitar sus secuestros.

Kline tenía cara de estar experimentando un reflujo de Tabasco.

—¿Tiene algún otro dato fiable que apoye la hipótesis del secuestro?

—Héctor Flores había pedido a Ashton oportunidades para

trabajar en Mapleshade, y las chicas actualmente ilocalizables fueron vistas conversando con él, allí.

Rodriguez aún seguía negando con la cabeza.

—Eso es una conexión pillada por los pelos.

—Tiene razón, capitán —dijo Gurney con voz cansada—. De hecho, la mayoría de lo que sabemos está pillado por los pelos. Todas las chicas desaparecidas o secuestradas habían aparecido en anuncios de alta carga sexual de Karmala Fashion, igual que Jillian Perry, pero no sabemos nada acerca de esa empresa. No se ha determinado cómo se establecieron esos encargos para trabajar de modelo, ni siquiera se ha investigado. A día de hoy el número total de chicas que pueden estar desaparecidas todavía se desconoce. No se sabe si las chicas con las que no podemos contactar están vivas o muertas. Se desconoce si se están produciendo secuestros mientras estamos aquí sentados. Lo único que estoy haciendo es decirles lo que pienso. Lo que temo. Tal vez esté completamente loco, capitán. Espero por Dios que lo esté, porque la alternativa es horrenda.

Kline tragó saliva.

—Así que admite que existe una buena cantidad de suposiciones en su… visión de esto.

—Soy policía de Homicidios, Sheridan. Sin unas pocas suposiciones… —Gurney se encogió de hombros; su voz se fue apagando.

Hubo un largo silencio.

Rodriguez parecía desinflado, empequeñecido, como si la mitad de su ira hubiera desaparecido, pero no hubiera sido reemplazada por ninguna otra cosa.

—Imaginemos, solo es un suponer —dijo Kline—, que tiene razón en todo. —Extendió ambas manos con las palmas hacia arriba, como si estuviera abierto incluso a la teoría más descabellada—. ¿Qué haría usted?

—La tarea fundamental consiste en ponerse al día con las desaparecidas. Lograr las listas de alumnas de Mapleshade con información de contacto de las familias. Consígalas de Ashton esta mañana, si es posible. Entrevistas con cada familia, con cada compañera de la clase de Jillian; a continuación, todas las del año anterior y el anterior. Respecto a cualquier familia con una hija cuya ubicación no sea verificable, se han de obtener todos los detalles descriptivos y circunstanciales que puedan introducirse en el VICAP, NamUs, bases de datos del NCIC; sobre todo si el último contacto con la familia fue la discusión de la que hemos oído hablar.

Kline miró a Rodriguez.

—Podríamos intentarlo de todos modos.

El capitán asintió con la cabeza.

—Muy bien, adelante.

—En los casos en que no pueda localizarse a la hija, se recoge una muestra de ADN a partir de un pariente biológico de primer grado: madre, padre, hermano, hermana. En cuanto el laboratorio del DIC tenga el perfil, se compara con el perfil de todas las mujeres de la edad adecuada fallecidas en el plazo de la desaparición y cuyos cadáveres no han sido identificados.

—¿Ámbito?

—Nacional.

—¡Dios mío! ¿Se da cuenta de lo que está pidiendo? Todo ese material va estado por estado, en ocasiones condado por condado. Algunas jurisdicciones no las guardan. Algunos ni siquiera las recogen.

—Tiene razón, es como un grano en el culo. Cuesta dinero, requiere tiempo, la cobertura es incompleta. Pero será mucho peor si más adelante tiene que explicar por qué no se hizo.

—Bien. —La palabra de Kline sonó como una exclamación de disgusto—. ¿Después?

—Después, investigar a Allessandro y Karmala Fashion. Ambos parecen demasiado difíciles de localizar para ser empresas comerciales normales. A continuación, hablar con todas las estudiantes actuales de Mapleshade con respecto a cualquier cosa que puedan saber sobre Héctor, Allessandro, Karmala o cualquiera de las chicas desaparecidas. Después, interrogar a todos los empleados de Mapleshade actuales y recientes.

—¿Tiene alguna idea de la cantidad de horas y hombres de los que está hablando?

—Sheridan, esta es mi profesión. —Hizo una pausa por el significado de su lapsus—. Quiero decir que era mi profesión. El DIC ha de poner una docena de investigadores en esto lo antes posible, más si puede. Una vez que llegue a los medios, se lo comerán vivo si ha hecho menos que eso.

Kline entrecerró los ojos.

—Tal y como lo está describiendo, nos comerán vivos de todos modos.

—Los medios tomarán la ruta que atraiga más audiencia —dijo Gurney—. El llamado periodismo informativo es una película de buenos y malos. Deles una historia grande y candente de buenos y malos y la sacarán. Garantizado.

Kline lo miró con recelo.

—¿Como qué?

—La historia aquí ha de ser que se han hecho todos los esfuerzos, que se ha sido totalmente «proactivo». En el instante en que usted y el equipo del DIC descubrieron la dificultad de algunos de los padres para ponerse en contacto con sus hijas, usted y Rod pusieron en marcha la mayor investigación de la historia por un caso de asesino en serie: alerta máxima, todos a cubierta, vacaciones canceladas.

El disco duro mental de Kline parecía estar analizando todos los resultados posibles.

—¿Supongamos que se abalanzan sobre el coste?

—Fácil: «En una situación como esta, ser proactivo cuesta dinero. La falta de acción cuesta vidas». Es una respuesta estereotipada difícil de discutir. Deles la historia de la movilización gigante y tal vez se mantengan lejos de la historia de la investigación fallida.

Kline estaba abriendo y cerrando los puños, flexionando los dedos; sus ojos parecían delatar que la excitación daba paso a la incertidumbre.

—Está bien —dijo—. Será mejor que empecemos a pensar en la conferencia de prensa.

—En primer lugar —dijo Gurney—, es necesario poner las cosas en marcha. Si la prensa descubre que todo es mentira, la narración cambia, *ipso facto*: de los héroes del momento a los idiotas del año. A partir de ahora, han de tratar esto como el caso potencialmente enorme que es probable que sea, o despedirse de sus carreras.

Tal vez algo en la posición de la mandíbula de Gurney convenció a Kline o, quizás, una astilla de metralla del horror potencial del caso atravesó por fin su ensimismamiento. Por alguna razón, parpadeó, se frotó los ojos, se recostó en su silla y le lanzó a Gurney una mirada larga y funesta.

—Cree que nos enfrentamos a un gran psicópata, ¿no?

—Sí.

Rodriguez se espabiló y salió de la oscura preocupación en la que estuviera sumido.

—¿Qué le hace estar tan seguro? ¿Una obra enferma escrita hace cuatrocientos años?

«¿Qué me hace estar tan seguro?» Gurney pensó en ello. ¿Una corazonada? Aunque era uno de los clichés más antiguos del oficio, no le faltaba verdad. Pero también había algo más.

—La cabeza.

Rodriguez lo miró fijamente.

Gurney respiró para calmarse.

—Algo en la cabeza... Dispuesta sobre la mesa de la forma en que estaba, frente al cuerpo.

Kline abrió la boca como si estuviera a punto de hablar, pero no lo hizo. Rodriguez solo se quedó mirando.

—Creo que el que hizo eso —continuó Gurney—, de esa manera particular, estaba anunciando que tiene una misión.

Kline torció el gesto.

—¿Significa que pretende hacerlo de nuevo?

—O que ya lo ha hecho otra vez. Yo creo que ansía hacerlo.

292

42

La magia del señor Jykynstyl

*E*l clima se mantuvo perfecto durante el viaje de Gurney desde los Catskills a Nueva York a media mañana. Al acelerar por la autopista, el aire fresco y el cielo despejado daban energía a sus pensamientos, le imbuían optimismo sobre el impacto que había causado en Kline y, en menor medida, en Rodriguez.

Quería consolidar su posición con Kline, encontrar una manera de asegurarse de que lo mantendrían en el caso. Y quería llamar a Val, ponerla al corriente. Pero también necesitaba, allí y en ese momento, reflexionar sobre la reunión a la cual se dirigía. El encuentro con el hombre del «mundo del arte». Un tipo que quería darle cien mil dólares por un retrato gráficamente mejorado de un chiflado. Alguien que bien podría ser él mismo un chiflado.

La dirección que Sonya le había dado correspondía a una residencia de arenisca en medio de una manzana silenciosa y arbolada, unas calles más arriba de la 60 Este. El barrio exudaba el aroma del dinero, un miasma elegante que lo aislaba del bullicio de las avenidas que lo rodeaban.

Dejó el coche en una zona de aparcamiento prohibido justo delante del edificio, como Sonya le había indicado trasmitiéndole la información de Jykynstyl. No habría ningún problema, cuidarían del automóvil.

Una puerta de entrada de gran tamaño esmaltada en negro conducía a un ornado vestíbulo de azulejos y espejos, que llevaba a una segunda puerta. Gurney estaba a punto de pulsar el timbre de la pared cuando abrió una mujer joven y atractiva. Mirándola mejor, se dio cuenta de que era una joven de aspecto corriente cuya apariencia se elevaba, o al menos quedaba dominada, por unos extraordinarios ojos, que en ese momento lo evaluaban como si apreciaran el corte de una chaqueta de sport o la frescura de un pastel en el escaparate de una panadería.

—¿Es usted el artista?

Gurney captó algo voluble en el tono, algo que no podía identificar.

—Soy Dave Gurney.

—Acompáñeme.

Entraron en un gran vestíbulo. Había un perchero, un paragüero, varias puertas cerradas y una amplia escalera de caoba que conducía al siguiente piso. El brillo oscuro del cabello de la chica hacía juego con el tono de la madera. La joven lo condujo por la escalera hasta una puerta, que abrió para dejar a la vista un pequeño ascensor con su propia puerta corredera.

—Vamos —dijo con una leve sonrisa que a Gurney le resultó curiosamente desconcertante.

Entraron, la puerta se cerró sin el menor sonido, y el ascensor subió sin apenas provocar sensación de movimiento.

Gurney rompió el silencio.

—¿Tú quién eres?

La chica se volvió hacia Gurney, con sus extraordinarios ojos iluminados por alguna broma privada.

—Soy su hija.

El ascensor se había detenido con tanta suavidad que Gurney ni lo había notado. La puerta se abrió. La chica salió.

—Venga.

La estancia estaba decorada al estilo de un salón victoriano opulento. Había plantas tropicales de grandes hojas en macetas a ambos lados de una gran chimenea y varias más junto a los sillones. Al fondo, al otro lado de un arco ancho se veía un comedor formal, con mesa, sillas y aparador, todo en madera tallada de caoba muy pulida. Cortinas de damasco verde oscuro cubrían las ventanas altas en las dos salas, oscureciendo la hora del día, la época del año, creando la ilusión de un mundo elegante, a la deriva, donde los cócteles podían estar siempre a punto de ser servidos.

—Bienvenido, David Gurney. ¡Qué bien que haya venido tan pronto!

Gurney siguió la voz de acento extraño hasta su origen: un hombre pequeño y pálido, empequeñecido aún más por el enorme sillón club de piel en el que estaba sentado, junto a una planta imponente de selva tropical. El hombre tenía en la mano una copita llena de un licor de color verde pálido.

—Disculpe que no me levante para darle la bienvenida. Tengo problemas de espalda. De manera perversa, empeora cuando hace buen tiempo. Un misterio molesto, ¿no? Por favor, siéntese. —Hizo un gesto hacia un sillón idéntico situado frente al suyo, al otro lado de una pequeña alfombra oriental.

El hombre llevaba vaqueros desgastados y una sudadera color vino. Tenía el pelo corto, fino, gris, peinado sin mucho esmero. Las bolsas en los ojos creaban una impresión superficial de somnolienta indiferencia.

—¿Le apetece tomar una copa? Una de las chicas le traerá algo. —Su acento indefinido parecía tener múltiples orígenes europeos—. Yo he vuelto a cometer el error de elegir absenta.

Levantó su licor verdoso y lo miró como si fuera un amigo desleal. Continuó:

—No lo recomiendo. En mi opinión, ha perdido su alma desde que la legalizaron. —Se llevó la copita a los labios y vació la mitad del contenido—. ¿Por qué sigo tomándola? Es una pregunta interesante. Tal vez sea un sentimental. Pero, obviamente, usted no lo es. Usted es un gran detective, un hombre de claridad, sin apegos absurdos. Así que no tomará absenta. Pero puede beber otra cosa. Lo que desee.

—¿Un vaso de agua?

—*L'acqua minerale? Ein Mineralwasser? L'eau gazéifiée?*

—Agua del grifo.

—Por supuesto. —Su sonrisa repentina era brillante como huesos blanqueados—. Tendría que haberlo adivinado. —Levantó la voz solo un poco, como alguien acostumbrado a tener sirvientes cerca—. Un vaso de agua fría del grifo para nuestro invitado.

La chica de extraña sonrisa que decía que era su hija salió del salón.

Gurney se sentó tranquilamente en el sillón que el hombre pequeño le había indicado.

—¿Por qué tendría que haber adivinado que pediría agua del grifo?

—Por lo que la señorita Reynolds me contó de su personalidad. Veo que tuerce el gesto. Eso también debería haberlo previsto. Me mira con sus ojos de detective. Se pregunta: «¿Cuánto sabe de mí este Jykynstyl? ¿Cuánto le ha contado la señorita Reynolds?». ¿Estoy en lo cierto?

295

—Me lleva mucha ventaja. Solo me estaba preguntando sobre la relación entre el agua del grifo y mi carácter.

—Reynolds me dijo que usted es tan complicado en el interior que le gusta mantener la sencillez en el exterior. ¿Está de acuerdo con eso?

—Claro. ¿Por qué no?

—Eso está muy bien —dijo Jykynstyl, como un experto saboreando un vino interesante—. También me advirtió que siempre está pensando y que siempre sabe más de lo que dice.

Gurney se encogió de hombros.

—¿Es eso un problema?

Empezó a sonar música de fondo, tan baja que sus notas apenas resultaban audibles. Era un melodía triste, lenta, bucólica, de un violonchelo. Su presencia susurrada en la sala le recordó los aromas de jardín inglés que penetraban con sutileza en el interior de la casa de Scott Ashton.

El hombrecillo de pelo ralo sonrió y tomó un sorbo de absenta. Otra mujer joven con una figura espectacular, que exhibía gracias a unos tejanos de corte bajo y una camiseta escueta, entró en la habitación a través del arco del fondo y se acercó a Gurney con un vaso de cristal lleno de agua en una bandeja de plata. La chica tenía los ojos y la boca de una mujer cínica que le doblaba la edad. Cuando Gurney cogió el vaso, Jykynstyl estaba respondiendo a su pregunta.

—Para mí no es ningún problema, desde luego. Me gusta un hombre de sustancia, un hombre cuya mente es más grande que su boca. Ese es el tipo de hombre que es usted, ¿no?

Cuando Gurney no respondió, Jykynstyl se echó a reír. Era un sonido seco, sin sentido del humor.

—Veo que también es un hombre al que le gusta ir al grano. Quiere saber exactamente por qué estamos aquí. Muy bien, David Gurney. Al grano: es probable que sea su mayor admirador. ¿Por qué? Por dos razones. En primer lugar, creo que usted es un gran artista del retrato. En segundo lugar, tengo la intención de ganar un montón de dinero con su trabajo. Tenga en cuenta cuál de las dos razones he citado en primer lugar. Puedo decir por el trabajo que ya ha realizado que posee un raro talento para mostrar la mente de un hombre en las líneas de su rostro, para dejar que el alma se muestre a través de los ojos. Se trata de un talento que se nutre de la pureza. No es el talento de un hombre que está loco por el dinero o la atención, de un hombre que se esfuerza por ser agradable, de un hombre que habla demasiado. Es el talento de alguien que valora la verdad en todos sus asuntos: de negocios, profesionales, artísticos. Sospechaba que era esa clase de hombre, pero quería estar seguro. —Sostuvo la mirada fija de Gurney durante lo que pareció mucho tiempo, antes de continuar—. ¿Qué le gustaría comer? Hay una lubina fría en salsa *remoulade*, ceviche de marisco a la lima, *quenelles* de ternera, un fabuloso *steak tartare* de Kobe, lo que prefiera, ¿o tal vez un poco de todo?

Mientras hablaba, comenzó poco a poco a levantarse del sillón. Hizo una pausa, buscando un lugar para apoyar su copita. Se encogió de hombros y la colocó con delicadeza en la maceta de la enorme planta que tenía al lado. Luego, sujetando los brazos del sillón con las dos manos, se puso en pie con un esfuerzo considerable y se encaminó hacia el comedor a través del arco.

La característica más llamativa de la estancia era un retrato de tamaño natural en un marco dorado que colgaba en el centro de la pared más grande, de cara al arco. Con su conocimiento limitado de la historia del arte, Gurney situó su origen en algún punto del Renacimiento holandés.

—Es fascinante, ¿no? —dijo Jykynstyl.

Gurney mostró su conformidad.

—Me alegro de que le guste. Le hablaré de él mientras comemos.

Habían preparado dos lugares en la mesa, uno frente al otro. La comida a la que Jykynstyl había hecho referencia estaba dispuesta entre los dos en cuatro platos de porcelana, junto con botellas de Puligny-Montrachet y Château Latour, vinos que incluso alguien que no era un enófilo como Gurney sabía que eran tremendamente caros.

Gurney optó por el Montrachet y la lubina; Jykynstyl, por el Latour y el *steak tartare*.

—¿Las dos chicas son hijas suyas?

—Así es, sí.

—¿Y viven aquí juntos?

—De vez en cuando. No somos una familia con domicilio fijo. Yo voy y vengo. Es la naturaleza de mi vida. Mis hijas viven aquí cuando no están viviendo con otra persona. —Habló en un tono que a Gurney le pareció tan engañosamente informal como su mirada somnolienta.

—¿Dónde pasan la mayor parte de su tiempo?

Jykynstyl puso el tenedor en el borde del plato, como si se deshiciera de un obstáculo para expresarse con claridad.

—Yo no lo veo de esa manera, no pienso que esté aquí durante una temporada o allá durante otra temporada. Estoy... en movimiento. ¿Entiende?

—Su respuesta es más filosófica que mi pregunta. Se lo preguntaré de otra manera. ¿Tiene casas como esta en algún otro sitio?

—Los familiares en otros países a veces me reciben, o me soportan. No es lo mismo, ¿verdad? Pero tal vez en mi caso ambas cosas son ciertas. —Exhibió su sonrisa de frío marfil—. Así que yo soy un hombre sin hogar y con muchos hogares. —El acento híbrido, de ninguna parte y de todas, pareció hacerse más marcado para reforzar su declaración de nomadismo—. Al igual que el maravilloso señor Wordsworth, vago solitario como una nube. En busca de narcisos dorados. Tengo buen ojo para los narcisos. Pero tener buen ojo no basta. También hay que mirar. Ese es mi doble secreto, David Gurney: tengo buen ojo y siempre estoy mirando. Esto para mí es mucho más importante que vivir en un lugar determinado. Yo no vivo aquí o allí. Vivo en la actividad, en el movimiento. No soy un residente. Soy un buscador. Tal vez sea un poco como su propia vida, como su propia profesión. ¿Estoy en lo cierto?

—Entiendo su tesis.

—Entiende mi tesis, pero en realidad no está de acuerdo con ella. —Parecía más divertido que ofendido—. Y al igual que todos los policías, cuando se trata de preguntas prefiere hacerlas que responderlas. Una de las características de su profesión, ¿no?

—En efecto.

Jykynstyl hizo un sonido que podría haber sido una risa o una tos. Sus ojos no proporcionaron ninguna pista al respecto.

—Entonces le ofreceré respuestas en lugar de preguntas. Pienso que quiere saber por qué este hombrecillo un poco loco de nombre extraño quiere pagar tanto dinero por estos retratos que tal vez usted hace deprisa y con facilidad.

Gurney sintió una chispa de irritación.

298

—No tan deprisa ni con tanta facilidad. —Y mostró, a continuación, una chispa de disgusto al expresar la objeción.

Jykynstyl parpadeó.

—No, por supuesto que no. Perdone mi lenguaje. Creo que hablo este idioma mejor de lo que lo hago, pero fallo con los matices. ¿Lo intento de nuevo o ya entiende lo que estoy tratando de decirle?

—Creo que lo entiendo.

—Entonces, la pregunta fundamental: ¿por qué le ofrezco tanto dinero por este arte suyo? —Hizo una pausa, destelló la sonrisa gélida—. Porque lo vale. Y porque lo quiero en exclusiva, sin competencia. Así que le hago lo que creo que es una oferta preferente, una oferta que puede aceptar sin más, sin subterfugios, sin negociación. ¿Lo entiende?

—Creo que sí.

—Bien. Creo que se ha fijado en la pintura de la pared de detrás de mí. El holbein.

—¿Eso es un verdadero Hans Holbein?

—¿Verdadero? Sí, por supuesto. No poseo reproducciones. ¿Qué piensa usted de él?

—No tengo las palabras adecuadas.

—Diga las primeras que se le ocurran.

—Sorprendente. Asombroso. Vivo. Desconcertante.

Jykynstyl lo estudió durante un largo momento antes de hablar otra vez.

—Deje que le diga dos cosas. En primer lugar, estas palabras que usted asegura que no son las adecuadas se acercan más a la verdad que las estupideces de los críticos de arte profesionales. En segundo lugar, son las mismas palabras que me vinieron a la cabeza cuando vi su retrato de Piggert, el asesino. Las mismas palabras. Miré a los ojos de su Peter Piggert y podía sentirlo en la habitación conmigo.

»Sorprendente. Asombroso. Vivo. Desconcertante. Todas esas cosas que ha dicho sobre el retrato de Holbein. Por el holbein pagué un poco más de ocho millones de dólares. La cantidad es un secreto, pero se la digo, de todos modos. Ocho millones ciento cincuenta mil dólares... por un narciso de oro. Tal vez un día lo venda por el triple de esa cantidad. Así que ahora pago cien mil dólares por cada uno de unos pocos narcisos de David Gurney, y un día, tal vez, los venderé por diez veces esa

299

cantidad. ¿Quién sabe? ¿Me haría el favor de brindar conmigo por ese futuro? Brindemos por que los dos podamos obtener de la transacción lo que deseamos.

Jykynstyl parecía percibir el escepticismo de Gurney.

—Solo le parece mucho dinero porque no está acostumbrado a él. No es porque su trabajo no lo merezca. Recuérdelo. Usted está siendo recompensado por su extraordinaria perspicacia y su capacidad de transmitir ese conocimiento, lo mismo que Hans Holbein. Usted es un detective no solo de la mente criminal, sino también de la naturaleza humana. ¿Por qué no habrían de pagarle de un modo adecuado?

Jykynstyl levantó la copa de Latour. Gurney imitó el gesto con incertidumbre con su Montrachet.

—Por su perspicacia y su trabajo, por nuestro acuerdo comercial y por usted, detective David Gurney.

—Y por usted, señor Jykynstyl.

Bebieron. La experiencia sorprendió gratamente a Gurney. A pesar de que distaba mucho de ser un *connaisseur*, pensó que el Montrachet era el mejor vino que había probado en su vida, y uno de los pocos que recordaba capaz de encender el deseo instantáneo de una segunda copa. Cuando terminó la primera, la joven que lo había acompañado en el ascensor apareció a su lado con un brillo extraño en la mirada para llenársela de nuevo.

Durante los siguientes minutos, los dos hombres comieron en silencio. La lubina fría era exquisita y el Montrachet la hacía más deliciosa aún. Cuando Sonya había mencionado el interés de Jykynstyl dos días antes, había dejado volar su imaginación y se había entretenido con todo lo que el dinero podía comprar, fantasías de viajes que lo transportaron a la costa noroeste, a Seattle y al estrecho de Puget y a las islas San Juan con el sol del verano, el cielo claro y el agua azul, las montañas Olympic en el horizonte. Ahora esa imagen regresó, aparentemente impulsada por la confirmación de una promesa económica para el proyecto artístico de las fotografías de archivo policial; y también por la segunda, y aún más deliciosa, copa de Montrachet.

Jykynstyl estaba hablando otra vez, alabando la percepción de Gurney, su sutileza psicológica, su ojo para el detalle. Pero en ese momento era el ritmo de las palabras lo que cautivaba su atención, más que su significado, un ritmo que lo levantaba, que lo mecía con suavidad. Ahora las mujeres jóvenes estaban sonriendo serenamente y quitando la mesa, y Jykynstyl estaba describiendo postres exóticos. Algo cremoso con romero y cardamomo. Algo suave con azafrán, tomillo y canela. A Gurney le hizo sonreír imaginar el acento extraño y complejo del hombre como si fuera un plato en sí mismo, hecho con condimentos que normalmente no se combinan.

Sintió una emocionante e inusual inyección de libertad, optimismo y orgullo por sus éxitos. Era como siempre había deseado sentirse: lleno de claridad y fuerza. El sentimiento se mezcló con los gloriosos azules del agua y del cielo, un barco que navegaba con sus velas blancas completamente desplegadas, impulsadas por una brisa que nunca moriría.

Y después no sintió nada en absoluto.

TERCERA PARTE

Descuido fatal

43

El despertar

Ningún hueso se quiebra de manera tan dolorosa como lo hace la ilusión de invulnerabilidad.

Gurney no tenía ni idea de cuánto tiempo llevaba sentado en su coche ni de cómo había llegado este al lugar donde estaba aparcado, ni de qué hora era. Sí sabía que era lo bastante tarde para estar oscuro, que tenía un dolor de cabeza que lo aturdía, una sensación de ansiedad y náusea, y ningún recuerdo de nada de lo que había ocurrido después de su segunda copa de vino de la comida. Miró su reloj. Vio que eran las 20.45. Nunca había experimentado una reacción tan devastadora al alcohol, y mucho menos a dos copas de vino blanco.

La primera explicación que se le ocurrió fue que lo habían drogado.

Pero ¿por qué?

Esa pregunta, para la que no tenía respuesta, hizo que aumentara su ansiedad. Mirar impotente al espacio vacío que debería estar lleno de recuerdos de la tarde hizo que se sintiera aún peor. Y entonces se dio cuenta con una sorpresa que fue como una bofetada en la cara de que no estaba sentado detrás del volante de su coche, sino en el asiento del pasajero. El hecho de que hubiera tardado un minuto en reparar en ello disparó su angustia, que se transformó en pánico.

Miró por las lunas del coche, adelante y atrás, y descubrió que se encontraba en medio de una manzana larga —probablemente en una de las calles transversales de Manhattan—, demasiado lejos de ambas esquinas para poder leer los carteles indicativos. La calle estaba bastante transitada, sobre todo por taxis que iban detrás de otros taxis, pero no había ningún peatón cerca. Abrió la puerta y bajó del coche con cautela, acartonado, dolorido. Se sentía como si hubiera pasado mucho tiempo sentado en una mala postura. Miró a ambos lados de la calle en busca de alguna construcción identificable.

El edificio sin iluminar que había al otro lado de la calle parecía institucional, quizás una escuela, con anchos escalones de piedra y puertas enormes de al menos tres metros de alto. Una fachada clásica con columnas.

Entonces lo vio.

Por encima de las columnas griegas, en el centro de una especie de friso que se extendía a lo largo del edificio de cuatro plantas, justo debajo de la gruesa sombra del tejado, había una divisa grabada apenas legible: DEO ET PATRIA.

¿Deo et patria? ¿St. John Francis High School? ¿Su colegio de secundaria? ¿Qué demonios…?

Se quedó mirando al oscuro edificio de piedra, pestañeando, tratando de entender la situación. Se había despertado en el asiento del pasajero de su propio coche, así que alguien lo había llevado hasta allí. ¿Quién? No tenía ni idea, ningún recuerdo de haber conducido ni de que lo hubieran llevado en coche.

¿Por qué ahí?

A buen seguro no era una coincidencia que lo hubieran dejado en ese lugar en particular de esa manzana en concreto entre un millar de Manhattan, justo enfrente de la puerta principal del colegio en el que se había graduado treinta años antes: la venerada institución académica en la cual le habían concedido una beca, a la que llegaba en transporte público desde el apartamento de sus padres en el Bronx, una institución odiada y que no había visitado desde entonces. Una escuela de la que nunca había hablado. Una escuela a la cual muy poca gente sabía que había asistido.

Por el amor de Dios, ¿qué estaba pasando?

Una vez más miró a ambos lados de la calle, como si algún conocido pudiera aparecer entre la oscuridad para darle una explicación simple. No apareció nadie. Volvió a su coche, esta vez al asiento del conductor. Encontrar la llave en el contacto fue un alivio momentáneo, ciertamente mejor que no encontrarla, pero apenas contribuyó a calmar el aluvión de pensamientos.

Sonya. Sonya podría saber algo. Podría haber estado en contacto con Jykynstyl. Pero si el responsable era Jykynstyl, si Jykynstyl lo había drogado…

¿Era posible que Sonya formara parte de todo aquello? ¿Le había tendido una trampa?

¿Una trampa para qué? ¿Y con qué motivo? ¿Qué sentido tenía? ¿Y por qué llevarlo allí? ¿Por qué tomarse la molestia? ¿Cómo iba a saber Jykynstyl a qué escuela de secundaria había ido? ¿Y cuál era el objetivo? ¿Demostrar que podía acceder a los detalles de su vida privada? ¿Hacer que se concentrara en el pasado? ¿Recordarle algo en concreto de sus años de adolescencia, alguna persona o suceso de aquellos desdichados años en el John Francis? ¿Provocarle un ataque de pánico? Pero ¿por qué demonios el mundialmente famoso Jay Jykynstyl iba a querer hacer eso?

Era ridículo.

Por otra parte, por poner un enigma encima de otro, ¿había alguna prueba de que el hombre con el que había mantenido la conversación fuera en verdad Jay Jykynstyl? Pero si no lo era, si el hombre era un impostor, ¿qué finalidad tenía un engaño tan elaborado?

Y si de hecho lo habían drogado, ¿de qué clase de droga se trataba? ¿Lo había dejado inconsciente con un potente sedante o anestésico, o era algo como el Rohipnol —un amnésico desinhibidor—, lo cual era más problemático?

¿O era él quien tenía algún problema orgánico? La deshidratación severa podía producir desorientación, incluso cierta confusión de memoria.

Pero no hasta ese punto. No un apagón total de la memoria de ocho horas.

¿Un tumor cerebral? ¿Una embolia? ¿Una apoplejía?

¿Era concebible que hubiera salido de la casa de arenisca de Jykynstyl, se hubiera metido en el coche, hubiera decidido por un capricho nostálgico echar un vistazo a su viejo colegio, hubiera bajado del coche y hubiera entrado en el edificio y entonces...?

¿Y entonces qué? ¿Había vuelto a salir, se había metido en el asiento del pasajero para poner algo en la guantera o sacar algo, y luego había sufrido alguna clase de ataque? ¿Se había desmayado? Ciertos tipos de ictus podían producir amnesia, bloquear el recuerdo del periodo anterior y del posterior. ¿Se trataba de alguna clase de patología cerebral aguda?

Preguntas y más preguntas. Y ninguna respuesta. Sentía una opresión en la boca del estómago, como si hubiera tragado un puñado de gravilla.

307

Miró en la guantera, pero no encontró nada inusual: el manual del coche, unas pocas facturas viejas de gasolina, una linterna pequeña, la tapa de plástico de una botella de agua.

Se dio unas palmaditas en los bolsillos de la chaqueta y encontró su teléfono móvil. Tenía siete mensajes de voz y un mensaje de texto esperándole. Aparentemente, lo habían estado buscando durante las horas que se le habían evaporado. Quizás entre los mensajes encontraría la explicación que estaba buscando.

El primer mensaje de voz, recibido a las 15.44, era de Sonya: «¿David? ¿Aún estás comiendo? Supongo que es buena señal. Quiero saberlo todo. Llámame en cuanto puedas. Un beso».

El mensaje de voz número dos, a las 16.01, era del fiscal: «David, soy Sheridan Kline. Quería informarle por cortesía. Se trata de una cuestión que planteó en relación con Karmala Fashion. Querrá saber que se ha comprobado, y hay cierta información interesante al respecto. ¿Conoce algo de la familia Skard? S-K-A-R-D. Llámeme lo antes posible».

¿Skard? Un nombre peculiar, y había algo familiar en él, una sensación de que ya se lo había encontrado antes, quizá lo había visto escrito en alguna parte, no hacía mucho tiempo.

La número tres, a las 16.32, era de Kyle: «Hola, papá. ¿Qué pasa? Hasta el momento, Columbia me parece genial. Quiero decir que es leer, leer, leer, clase, clase, leer, leer, leer. Pero va a merecer la pena. En serio. ¿Tienes idea de cuánto puede ganar un buen abogado de pleitos colectivos? ¡Un pastón! Tengo prisa. Llego tarde a otra clase. Siempre me olvido de la hora que es. Te llamo luego».

La número cuatro, a las 17.05, era de Sonya otra vez: «¿David? ¿Qué está pasando? ¿Es el almuerzo más largo del mundo o qué? Llámame. ¡Llámame!».

La número cinco, la más corta, a las 17.07, era de Hardwick: «Eh, campeón, ¡he vuelto al caso!». Sonaba desagradable, triunfal y borracho.

La número seis, a las 17.50, era de la psicóloga forense favorita de Kline: «Hola, David, soy Rebecca Holdenfield. Sheridan me ha dicho que tenía algunas ideas sobre el asesino del machete que quería discutir. Estoy muy ocupada, pero para esto puedo sacar tiempo. Por las mañanas es terrible, más tarde me va mejor. Llámeme para decirme qué días y horas le van bien y buscaremos un rato. Por lo poco que sé hasta ahora, diría que está buscando a un tipo muy trastornado». El ánimo que desbordaba en su tono profesional dejaba claro que no había nada que le gustara más que perseguir a un tipo muy trastornado. Concluía dejando un número con el prefijo de zona de Albany.

El octavo y último mensaje de voz, recibido a las 20.35, era de Sonya: «Mierda, David, ¿estás vivo?».

Miró otra vez el reloj: 20.58.

Escuchó el último mensaje otra vez, y luego otra, en busca de una segunda intención en la pregunta de Sonya. No parecía haber ninguna, más allá de la exasperación de alguien a quien no le contestan las llamadas. Empezó a llamarla, pero entonces recordó que tenía un mensaje de texto y decidió leerlo antes.

Era corto, anónimo, ambiguo: «Cuántas pasiones, cuántos secretos, cuántas fotografías maravillosas».

Se sentó y lo miró. Al pensarlo otra vez, y pese a que dejaba mucho lugar a la imaginación, no le pareció ambiguo en absoluto. De hecho, lo que dejaba a la imaginación estaba más que claro.

Podía sentir el contenido imaginado de aquellas fotos explotando en su vida como una bomba de fabricación casera.

309

44

Déjà vu

*M*antener el equilibrio, permanecer concentrado y someter los hechos a un análisis desapasionado, esos habían sido los pilares del éxito de Gurney como detective de Homicidios.

En ese momento le estaba costando horrores hacer cualquiera de esas cosas. En su mente se arremolinaban incógnitas, posibilidades terribles.

¿Quién demonios era ese Jykynstyl? ¿O debería preguntarse quién diablos era ese personaje que se hacía pasar por Jykynstyl? ¿Cuál era la naturaleza de la amenaza, su propósito? Cabían escasas dudas de que el escenario, fuera cual fuese, era criminal. La esperanza de que se hubiera emborrachado de manera inocua, de que solo hubiera tenido un apagón inducido por el alcohol y que el mensaje de texto tuviera un significado inofensivo parecía delirante. Necesitaba afrontar el hecho de que lo habían drogado y ponerse en lo peor, lo que implicaría una dosis masiva de Rohipnol en esa primera copa de vino blanco.

Rohipnol más alcohol. El cóctel que produce desinhibición y amnesia. El llamado «cóctel de la violación», que disuelve el criterio claro, los temores y los arrepentimientos, que desnuda la mente de inhibiciones morales y prácticas, que bloquea la intervención de la razón y la conciencia, que tiene el poder de reducirte a la suma de tus apetitos primarios. La combinación de drogas con el potencial de convertir los propios impulsos, por alocados que estos sean, en acciones, por dañinas que estas sean. El asqueroso elixir que prioriza los deseos del cerebro animal primitivo, sin tener en cuenta el coste en la persona completa, y que luego oculta la experiencia —que podría durar entre seis y doce horas— en una amnesia impenetrable. Era como si lo hubieran inventado para facilitar los desastres. La clase de desastres que Gurney estaba imaginando al sentarse en el coche, impotente y disperso, tratando de comprender hechos incongruentes.

Madeleine lo había convertido en partidario de las acciones pequeñas y simples, en poner un pie delante del otro, pero cuando nada tenía sentido y cada dirección albergaba una amenaza imprecisa, no resultaba fácil decidir dónde poner ese primer pie.

No obstante, se le ocurrió que quedándose en el coche, aparcado en esa manzana oscura, no iba a conseguir nada. Si se alejaba, aunque no hubiera decidido adónde ir, al menos podría ver si lo estaban vigilando o siguiendo. Antes de enredarse en razones para no hacerlo, arrancó el coche, esperó a que el semáforo de la esquina se pusiera verde, dejó que pasara una fila de tres taxis, encendió los faros, se incorporó deprisa al tráfico y llegó al cruce de Madison Avenue justo antes de que el semáforo se pusiera en rojo detrás de él. Siguió conduciendo, girando al azar en una serie de cruces hasta que estuvo seguro de que nadie lo estaba siguiendo, recorriendo Manhattan desde aproximadamente la Ochenta Este hacia la Sesenta Este.

Sin haber pensado en ir hasta allí, llegó a la calle en la que estaba la residencia de Jykynstyl. Pasó una vez, dio la vuelta a la manzana y volvió a pasar. No había luces en las ventanas de la gran casa de arenisca. Aparcó en el mismo lugar no autorizado que había ocupado nueve horas antes.

Estaba nervioso y no sabía qué iba a hacer a continuación, pero las decisiones que había tomado hasta el momento lo estaban calmando. Recordó que tenía un número de teléfono de Jykynstyl en su cartera, un número que Sonya le había dado por si se retrasaba por un atasco de tráfico. Marcó el número sin preocuparse de planear lo que iba a decir. Algo así como: «¡Menuda fiesta, Jay! ¿Tienes fotos?». O algo más al estilo de Hardwick como: «Eh, cabronazo, tú jódeme que te meteré una bala entre ceja y ceja». Al final no dijo ninguna de esas cosas, porque, cuando llamó al número que le había dado Sonya, una voz grabada anunció que estaba fuera de servicio.

Tuvo el impulso de ir a aporrear la puerta hasta que alguien saliera a abrir. Entonces recordó algo que Jykynstyl había dicho sobre estar siempre en movimiento, acerca de no permanecer nunca demasiado tiempo en el mismo lugar, y de repente supo

311

que la casa estaba vacía: el hombre se había ido, así que golpear la puerta sería inútil.

Pensó que debería llamar a Madeleine, decirle que llegaría muy tarde. Pero ¿a qué hora iba a llegar? ¿Debería hablarle de la amnesia? ¿De que había despertado enfrente del John Francis? ¿De la amenaza de las fotos? ¿O todo eso solo la preocuparía sin motivo?

Quizá debería llamar antes a Sonya, ver si podía proyectar alguna luz sobre lo que estaba pasando. ¿Cuánto sabía ella en realidad sobre Jay Jykynstyl? ¿Había algo de realidad en la oferta de los cien mil dólares? ¿Todo había sido solo una trampa para llevarlo a la ciudad a un almuerzo privado? Para poder drogarlo y… ¿y qué?

Quizá debería ir a Urgencias para que le hicieran una prueba de drogas, descubrir antes de que las metabolizara qué clase de sustancias químicas había ingerido exactamente, sustituir sus sospechas por pruebas. Por otro lado, el registro de una prueba de toxicología provocaría preguntas y complicaciones. Se encontraba en la encrucijada de querer descubrir qué había ocurrido antes de dar ningún paso oficial para descubrirlo.

Cuando ya se estaba deslizando por el pozo de la indecisión, una furgoneta blanca grande se detuvo a menos de diez metros, justo delante de la casa de arenisca. El haz de los faros de un coche que pasó hizo que las letras verdes del lateral de la furgoneta resultaran legibles: WHITE STAR LIMPIEZA COMERCIAL.

Gurney oyó que se abría una puerta corredera en el otro extremo de la furgoneta y a continuación comentarios en español, antes de que la puerta volviera a cerrarse. La furgoneta arrancó y un hombre y una mujer con uniforme gris aparecieron en la semioscuridad, ante la puerta de la casa de arenisca. El hombre la abrió con una llave que llevaba sujeta al cinturón en un aro. Entraron en el edificio y, al cabo de un momento, se encendió una luz en el vestíbulo. Poco después se encendió otra luz en otra ventana de la planta baja. Y a intervalos de aproximadamente dos minutos fueron apareciendo luces en las ventanas de cada una de las cuatro plantas del edificio.

Gurney decidió colarse. Parecía un policía, sonaba como tal, y su tarjeta de miembro de una asociación de detectives retirados podía tomarse por credenciales activas.

Cuando llegó a la puerta vio que aún estaba abierta. Entró en el recibidor y escuchó. No oyó pisadas ni voces. Intentó abrir la puerta que conducía del recibidor al resto de la casa. Tampoco estaba cerrada con llave. La abrió y escuchó otra vez. No oyó nada salvo el susurro apagado de una aspiradora en una de las plantas superiores. Entró y cerró la puerta con suavidad tras de sí.

El personal de limpieza había encendido todas las luces, lo que daba al gran vestíbulo una apariencia más fría y desolada que la que Gurney recordaba. La claridad había disminuido la suntuosidad de la escalera de caoba que constituía la principal característica de la estancia. Los paneles de madera de las paredes también parecían de menor valor, como si la luz intensa hubiera eliminado su pátina de antigüedad.

En la pared del fondo había dos puertas. Recordó que una de ellas conducía al pequeño ascensor al cual lo había acompañado la hija de Jykynstyl; si de verdad era su hija, lo cual dudaba. La puerta de al lado estaba entornada, y la sala de detrás estaba tan brillantemente iluminada como el gran vestíbulo en el que se hallaba.

Parecía lo que los anuncios inmobiliarios denominaban una sala de ocio. Estaba dominada por una pantalla plana de vídeo con media docena de sillones dispuestos hacia ella en ángulos diversos. Había una zona de bar en un rincón y contra una pared lateral un aparador con un fila de copas de vino y cóctel y una pila de bandejas de cristal apropiadas para postres elegantes o rayas de cocaína. Miró en los cajones del aparador y vio que estaban todos vacíos. El mueble bar y una pequeña nevera estaban cerrados. Salió de la habitación con tanto sigilo como había entrado y se dirigió a la escalera.

La alfombra persa mitigó el ruido de sus pasos apresurados al subir los peldaños de dos en dos hasta el primer piso y luego al segundo. El sonido de la aspiradora era más fuerte allí e imaginó que en cualquier momento el equipo de limpieza podría bajar desde el piso de arriba, de manera que el tiempo de reconocimiento era limitado. Una entrada en arco conducía a un pasillo con cinco puertas. Supuso que la del fondo sería la del ascensor y las otras cuatro darían a habitaciones. Se acercó a la puerta más cercana y giró el pomo de la manera más silenciosa posible. Al hacerlo, oyó el ruido sordo del ascensor, que se detuvo pasillo abajo, seguido por el suave sonido de su puerta corredera.

Se metió con rapidez en una habitación oscura, que supuso

313

que era un dormitorio, y cerró la puerta, con la esperanza de que quien había salido del ascensor, presumiblemente un miembro del equipo de limpieza, hubiera estado mirando en otra dirección.

Comprendió que se hallaba en una situación complicada: sin poder esconderse porque la habitación estaba demasiado oscura para que encontrara un lugar apropiado y sin poder encender la luz por temor a delatarse. Y si lo encontraban escondiéndose de manera penosa detrás de la puerta de un dormitorio, difícilmente podría escabullirse mostrando unas credenciales de detective retirado. ¿Qué demonios estaba haciendo allí, de todos modos? ¿Qué era lo que esperaba descubrir? ¿La cartera de Jykynstyl con una pista que le condujera a otra identidad? ¿Un mensaje de correo electrónico de una conspiración? ¿Las fotografías a las que se refería el SMS? ¿Algo que incriminara lo suficiente a Jykynstyl para neutralizar cualquier amenaza? Esas posibilidades eran material de películas de intriga inverosímiles. Así pues, ¿por qué se había puesto en esa posición ridícula, acechando en la oscuridad como un ladrón idiota?

314

La aspiradora cobró vida ruidosamente en el pasillo, al otro lado de la puerta; su sombra pasaba adelante y atrás por la rendija de luz que se colaba entre la puerta y la moqueta. Gurney retrocedió con cautela, pegado a la pared, a tientas. Oyó que se abría una puerta al otro lado del pasillo. Unos segundos después, el rugido de la aspiradora disminuyó, sugiriendo que la máquina y quien la llevaba habían entrado en la habitación de enfrente.

Las pupilas de Gurney estaban empezando a ajustarse a la oscuridad, una oscuridad que la rendija de luz que brillaba bajo la puerta diluía justo lo suficiente para que se distinguieran unas pocas formas grandes: los pies de una cama *king-size*, las orejas curvadas de un sillón estilo reina Ana, un armario oscuro apoyado en una pared de tono más claro.

Decidió intentarlo. Palpó la pared de detrás de él en busca de un interruptor y encontró un regulador. Lo giró hasta que estuvo aproximadamente en la zona de intensidad media, luego lo pulsó a su posición de encendido y, a continuación, a la de apagado. Contaba con que los empleados de limpieza estuvieran lo bastante ocupados para que les pasara inadvertido el resplandor de medio segundo de luz mortecina bajo la puerta.

Lo que vio en el breve momento de iluminación fue un espacioso dormitorio con los muebles cuyos contornos había discernido en la semioscuridad, además de dos sillas pequeñas, una cómoda baja con un elaborado espejo encima y un par de mesillas de noche con lámparas ornadas. No había nada inesperado o extraño, salvo su reacción. En el instante en que fue visible, la escena encendió en él la experiencia del *déjà vu*. Estaba seguro de que ya antes había visto exactamente todo lo que había aparecido en ese destello de luz.

La sensación visceral de familiaridad fue seguida al cabo de unos segundos por una pregunta escalofriante: ¿había estado en esa habitación antes ese mismo día? El escalofrío se convirtió en una especie de náusea. Tenía que haber estado ahí, en esa habitación. ¿Por qué si no había experimentado una sensación tan intensa al ver la cama, la posición de las sillas, el copete festoneado del armario?

Más importante, ¿hasta dónde podía haberlo llevado el poder desinhibidor del alcohol y el Rohipnol? ¿Cuánto de lo que uno creía, cuánto del verdadero sistema de valores de uno mismo, cuánto de lo que era precioso para uno, cuánto de todo ello podía barrer esa mezcla química? Nunca en toda su vida se había sentido tan vulnerable, tan ajeno a sí mismo —tan inseguro de quién era o de qué podría ser capaz de hacer— como en ese momento.

Después, de un modo gradual, la sensación vertiginosa de impotencia e incomprensión fue sustituida por corrientes sucesivas de miedo y rabia. De manera inusitada, adoptó la rabia. El acero de la rabia. La fuerza y la voluntad de la rabia.

Abrió la puerta y salió a la luz.

El zumbido de la aspiradora procedía de una habitación en la otra punta del pasillo. Gurney caminó rápidamente hacia el otro lado, de nuevo hacia la gran escalera. El recuerdo de la brevedad del trayecto en ascensor de ese mediodía le decía que el salón y el comedor estaban casi con certeza en el primer piso. Bajó por la escalera, con la esperanza de que algo en aquellas habitaciones pudiera proporcionar un hilo de recuerdo que él pudiera seguir.

Igual que en el segundo piso, un arco conducía desde el descansillo al resto del primer piso. Al pasar bajo el arco, se encontró en el salón victoriano donde había conocido a Jykynstyl.

Como en otros lugares de la casa, los empleados de limpieza habían encendido todas las luces, con un efecto igual que desolador. Incluso las grandes plantas en macetas habían perdido su esplendor. Gurney atravesó el salón hacia el comedor. Platos, copas, cubiertos... Se lo habían llevado todo. Igual que el retrato de Holbein. O el falso Holbein.

Se dio cuenta de que no sabía nada a ciencia cierta de su visita de ese día. La hipótesis más plausible sería que todos los elementos eran falsos, sobre todo la extravagante oferta de compra de sus retratos de ficha policial. La idea de que todo era mentira, de que nunca hubo dinero sobre la mesa, de que nunca hubo una admiración de su perspicacia o talento, asestó un sorprendente mazazo a su ego, seguido por la desilusión sobre lo mucho que habían significado para él la oferta y los halagos que la habían acompañado.

Recordó que un terapeuta le había dicho en una ocasión que la única forma en que alguien puede juzgar el apego a algo es por el nivel de dolor que causa su pérdida. Ahora parecía claro que las potenciales recompensas de la fantasía de Jykynstyl habían sido tan importantes para él como... creer que no eran importantes en absoluto. Aquello le hizo sentirse doblemente idiota.

Miró a su alrededor en el comedor. Su visión extática de un barco en Puget Sound retornó con el gusto agrio de un vino regurgitado. Estudió la superficie recién pulida. Ni un atisbo de mancha de huella dactilar en ninguna parte. Volvió al salón. Había en el aire un olor tenue, complejo, en el que apenas había reparado al pasar por la habitación momentos antes. Esta vez trató de aislar sus elementos: alcohol, humo rancio, cenizas en la chimenea, cuero, suelo húmedo de las plantas, cera de muebles, madera vieja. Nada sorprendente. Nada fuera de lugar.

Suspiró con una sensación de frustración y fracaso por el riesgo inútil de haber entrado en la casa. El lugar irradiaba una vacuidad hostil, sin la menor impresión de que alguien hubiera vivido allí realmente. Jykynstyl lo había admitido con su vaga descripción de un estilo de vida viajero, y solo Dios sabía dónde pasaban el tiempo sus «hijas».

El sonido de la aspiradora en el piso de arriba aumentó de volumen. Gurney echó una última mirada a la estancia y se dirigió a la escalera. Estaba a medio camino de la planta baja cuando un recuerdo vívido lo hizo pararse en seco.

El olor a alcohol.

La copita.

¡Dios!

Volvió a subir con rapidez por los escalones, de dos en dos, hasta el salón, se acercó al oscuro sillón de piel en el que Jykynstyl lo había recibido a su llegada, el sillón desde el cual el hombre aparentemente débil había tenido dificultades para levantarse, tantas que había necesitado las dos manos libres para apoyarse en los reposabrazos. Y al no tener ninguna mesa disponible para dejar su pequeña copita de absenta...

Gurney buscó en la base de la gruesa planta tropical. Y allí estaba, oculta por el borde alto de la maceta y las gruesas hojas que caían. La envolvió cuidadosamente en su pañuelo y se la guardó en el bolsillo de la americana.

Cuando estuvo otra vez en su coche, se preguntó qué hacer con ella.

317

45

Melpómene

*E*l hecho de que la comisaría 19 estuviera a solo unas manzanas de distancia, en la calle 67 Este, hizo que Gurney se concentrara en repasar los contactos que tenía allí. Conocía al menos a media docena de detectives en la 19, quizás a dos de ellos lo bastante bien como para pedirles un favor un poco comprometido: sacar unas huellas de la copita de licor que se había llevado y verificarlas en la base de datos del FBI —un proceso que exigiría soslayar la necesidad de un número de caso— era sin duda delicado. Gurney no quería explicar su interés en saber más de su anfitrión del almuerzo, pero tampoco quería inventar una mentira que después podría estallarle en la cara.

Decidió que necesitaba otra manera de abordar el problema. Con cuidado dejó la copita en la consola central, puso su teléfono móvil en el asiento de al lado, arrancó el coche y se dirigió hacia el puente George Washington.

La primera llamada que hizo fue a Sonya Reynolds.

—¿Dónde demonios te has metido? ¿Qué demonios has estado haciendo toda la tarde? —Sonaba enfadada, ansiosa y no parecía tener ni idea de los sucesos del día, lo cual le resultó tranquilizador.

—Grandes preguntas. No tengo respuesta a ninguna.

—¿Qué ha pasado? ¿De qué estás hablando?

—¿Cuánto sabes de Jay Jykynstyl?

—¿De qué se trata? ¿Qué demonios ha pasado?

—No estoy seguro. Nada bueno.

—No lo entiendo.

—¿Cuánto sabes de Jykynstyl?

—Sé lo que se conoce en los medios artísticos. Gran comprador, muy selectivo. Gran influencia económica en el mercado. Le gusta el anonimato. No deja que le hagan fotos. Le gusta que haya mucha confusión sobre su vida personal, incluso acerca de dónde vive. O sobre si es homosexual o hetero. Cuanta más confusión hay, más le gusta. Está un poco obsesionado con la intimidad.

—¿Así que no lo conocías y nunca habías visto una foto suya antes de que pasara un día por tu galería y dijera que quería comprar mis cosas?

—¿Qué insinúas?

—¿Cómo sabes que el hombre con quien hablaste es Jay Jykynstyl? ¿Porque te lo dijo?

—No, justo lo contrario.

—¿Dijo que no era Jay Jykynstyl?

—Dijo que se llamaba Jay. Solo Jay.

—Entonces, ¿cómo...?

—Seguí preguntándole, le dije que sería muy difícil hacer negocios con él sin conocer su nombre completo, le dije que era ridículo que no supiera con quién estaba tratando cuando había tanto dinero en juego.

—¿Y qué dijo?

—Dijo Javits. Dijo que se llamaba Jay Javits.

—¿Como Jacob Javits el senador?

—Exacto, pero lo dijo de una manera extraña, como si el nombre se le acabara de ocurrir y sintiera que tenía que decir algo porque yo estaba poniéndome pesada con eso. Dave, cuéntame por qué coño estamos hablando de esto. Quiero saber ahora mismo lo que ha ocurrido hoy.

—Lo que ha ocurrido es... que ha quedado claro que toda esta oferta es un cuento. Creo que me drogó y que ese almuerzo era una trampa que no tenía nada que ver con mis fotografías.

—Eso es una locura.

—Volviendo a la identidad del hombre, ¿te dijo que su nombre era Jay Javits y tú concluiste de eso que su nombre era Jay Jykynstyl?

—No fue así. No seas tonto. Durante nuestra conversación, estábamos hablando de lo bonito que estaba el lago y él mencionó que podía verlo desde su habitación, así que le pregunté dónde se alojaba, y él me dijo que en un hotel precioso, como si no quisiera decirme el nombre. Así que después llamé al Huntington, el hotel más exclusivo del lago, y pregunté si había un Jay Javits alojado allí. Al principio el tipo del hotel pareció confuso, y entonces me preguntó si no tendría mal el nombre. Le dije que sí, que me estaba haciendo mayor y que a veces me fallaba el oído y me equivocaba con los nombres. Traté de darle pena.

—¿Y crees que lo conseguiste?

—Parece que sí. Dijo: «¿Esa persona no podría llamarse Jykynstyl?». Le pedí que deletreara el nombre, y lo hizo. Pensé: «Cielo santo, ¿es posible?». Así que le pedí que describiera a ese huésped Jykynstyl y lo hizo, y era obvio que hablaba del mismo tipo que había venido a la galería. Así que, ya ves, no quería que supiera quién era, pero lo descubrí.

Gurney se quedó en silencio. Pensaba que era mucho más probable que Sonya hubiera sido hábilmente manipulada para que creyera que el hombre era Jykynstyl, de una manera que no le dejaría dudas sobre su conclusión. La sutileza y experiencia del engaño era casi más inquietante que el engaño en sí.

—¿Sigues ahí, David?

—He de hacer unas llamadas más, y luego volveré a llamarte.

—Todavía no me has contado lo que ha ocurrido.

—No tengo ni idea de lo que ha ocurrido, más allá del hecho de que me han mentido y drogado, de que me han llevado en coche por la ciudad sin que yo me enterara y me han amenazado. No tengo ni idea de quién lo ha hecho ni por qué. Estoy haciendo todo lo posible para averiguarlo. Y lo averiguaré.

El optimismo de esas últimas palabras tenía escasa relación con el enfado, el miedo y la confusión que sentía. Le prometió otra vez que volvería a llamarla.

Su siguiente llamada fue a Madeleine. La hizo sin pensar en qué iba a decirle ni mirar la hora. Hasta que ella respondió con voz de sueño no se fijó en el reloj del salpicadero. Eran las 22.04.

—Me preguntaba cuándo ibas a llamar por fin —dijo ella—. ¿Estás bien?

—Bastante. Perdona que no te haya llamado antes. Las cosas se han complicado esta tarde.

—¿Qué quiere decir «bastante»?

—¿Eh? Oh, quiero decir que estoy bien, solo en medio de un pequeño misterio.

—¿Cómo de pequeño?

—Es difícil saberlo. Pero parece que este asunto de Jykynstyl es un engaño. He estado dando vueltas esta noche, tratando de entenderlo.

—¿Qué ha pasado? —Madeleine estaba alerta, hablando con una voz perfectamente calmada que al mismo tiempo enmascaraba y exponía su preocupación.

Gurney era consciente de que tenía opciones. Podía contarle todo lo que sabía y temía, sin que le importara el efecto que tuviera en ella, o podía presentar una versión menos completa y menos inquietante de los hechos. En lo que después vería como una danza de autoengaño, eligió esta segunda opción como primer paso, y se dijo que le contaría a su mujer la historia completa cuando él mismo la comprendiera mejor.

—Empecé a sentirme mareado en la comida y después, en el coche, tenía problemas para recordar la conversación que tuvimos. —Era verdad, aunque era una verdad minimizada.

—Me estás diciendo que te emborrachaste. —La voz de Madeleine era más inquisitiva que afirmativa.

—Quizá. Pero… no estoy seguro.

—¿Crees que te drogaron?

—Es una de las posibilidades que he estado considerando. Aunque no tiene ningún sentido. El caso es que he registrado la casa y lo único que sé seguro es que algo va mal y que la oferta de cien mil dólares era, desde luego, un cuento. Pero en realidad te he llamado para decirte que acabo de salir de Manhattan y que llegaré a casa dentro de dos horas y media. Siento mucho no haberte llamado antes.

—No corras.

—Te veo pronto. Te quiero.

Casi se le pasó la última salida de Harlem River Drive al puente George Washington. Tras una mirada rápida a su derecha, dio un volantazo hacia el carril de salida y la rampa, huyendo del estruendo indignado de un claxon.

Era demasiado tarde para llamar a Kline, pero si de verdad Hardwick había vuelto al caso, podría saber algo sobre la investigación de Karmala y la referencia a la familia Skard en el mensaje de teléfono del fiscal. Con un poco de suerte, Hardwick estaría despierto, cogería el teléfono y estaría dispuesto a hablar.

Sus tres suposiciones resultaron ciertas.

—¿Qué pasa, Sherlock? ¿No podías esperar hasta mañana para felicitarme por mi reincorporación?

—Felicidades.

321

—Aparentemente, los tienes a todos creyendo que las exalumnas de Mapleshade están cayendo como moscas y hay que interrogar a todo el mundo, lo cual ha creado esta enorme falta de medios que ha obligado a Rodriguez a reincorporarme. Casi le ha estallado la cabeza.

—Me alegro de que hayas vuelto. Tengo un par de preguntas que hacerte.

—¿Sobre el chucho?

—¿El chucho?

—El que desenterró a Kiki.

—¿De qué demonios estás hablando, Jack?

—El airedale curioso de Marian Eliot. ¿No lo habías oído?

—Cuéntame.

—Ella estaba trabajando en su jardín de rosas con *Melpómene* atado a un árbol.

—¿Quién?

—El airedale se llama *Melpómene*. Es una perra muy sofisticada. De alguna manera *Melpómene* logra soltarse de la cuerda. Se va hasta la casa de los Muller y empieza a escarbar en torno a la leñera. Cuando la señora Eliot llega para llevársela, *Melpómene* ya ha cavado un buen hoyo. Algo capta la atención de la vieja señora Eliot. ¿Adivina qué?

—Jack, por el amor de Dios, dímelo y punto.

—Creyó que era uno de sus guantes de jardinería.

—Por el amor de Dios, Jack…

—Piénsalo. ¿Qué podría parecerse a un guante?

—Jack…

—Era una mano en descomposición.

—¿Y la mano estaba unida al cuerpo de Kiki Muller, la mujer que supuestamente se fugó con Héctor Flores?

—La misma.

Gurney se quedó en silencio durante cinco segundos.

—¿Tienes los engranajes girando, Sherlock? ¿Deduciendo, induciendo o lo que coño hagas?

—¿Cómo reaccionó el marido de Kiki?

—¿El loco Carl? ¿El hombre del tren debajo del árbol? Ninguna reacción. Creo que su psiquiatra lo tiene tan embutido con ansiolíticos que está más allá de toda reacción. Es un puto zombi. O un actor alucinante.

—¿Hay alguna fecha aproximada de la muerte?

—La acaban de desenterrar esta mañana. Pero desde luego llevaba mucho tiempo en el suelo. Quizás unos meses, lo cual nos devuelve al momento de la desaparición de Héctor.

—¿Causa de la muerte?

—El forense no ha dicho aún nada por escrito, pero por mi observación del cadáver me atrevería a adivinarla.

Hardwick hizo una pausa. Gurney apretó los dientes. Sabía lo que iba a decir a continuación.

—Diría que la causa de la muerte podría estar relacionada con el hecho de que le habían cortado la cabeza.

323

46

Nada por escrito

*T*ras llegar a casa pasada la medianoche, Gurney durmió tan poco que se levantó con la sensación de no haber dormido nada en absoluto.

Por la mañana, tomando un café con Madeleine, atribuyó el desasosiego a sus sospechas en relación con «Jykynstyl» y a la creciente intensidad del caso Perry. Sin decirlo, también lo atribuyó a los metabolitos de fuera cual fuese la sustancia química que le habían suministrado.

—Deberías haber ido al hospital.

—No me pasará nada.

—Tal vez tendrías que volver a la cama.

—Están pasando muchas cosas. Además, estoy demasiado nervioso para dormir.

—¿Qué vas a hacer?

—Trabajar.

—Sabes que es domingo, ¿verdad?

—Claro.

Pero en realidad lo había olvidado. Su confusión lo estaba asustando. Tenía que hacer alguna cosa, concentrarse en algo concreto: un camino a la claridad, un pie delante de otro.

—Quizá deberías llamar a la oficina de Dichter y preguntarle si puede encontrarte una hora hoy.

Él negó con la cabeza. Dichter era su médico de cabecera. El doctor Dichter. La estúpida aliteración siempre le hacía sonreír, pero ese día no.

—Dices que puede ser que te drogaran. ¿Te lo estás tomando lo bastante en serio? ¿De qué clase de droga estás hablando?

No iba a sacar a relucir el espectro del Rohipnol. Sus asociaciones sexuales desencadenarían una explosión de preguntas y preocupaciones que no se sentía capaz de discutir.

—No estoy seguro. Supongo que era algo con efectos amnésicos similares al alcohol.

Ella lo escrutó con la mirada, lo que lo hacía sentirse desnudo.

—Fuera lo que fuese —dijo Dave—, ya está pasando. —Sabía que su tono transmitía despreocupación o, al menos, ansiedad por pasar a otro asunto.

—A lo mejor deberías tomar algo para contrarrestarlo.

Él negó con la cabeza.

—Estoy seguro de que el proceso de desintoxicación natural de mi organismo se ocupará de ello. Lo que necesito mientras tanto es algo en lo que concentrarme.

Esa idea lo llevó directamente al caso Perry, que lo llevó a la llamada a Hardwick de la tarde anterior, que lo llevó a darse cuenta de repente de que su discusión sobre *Melpómene* y la mano en descomposición de Kiki Muller había hecho que se olvidara de por qué había llamado a Hardwick.

Al cabo de un momento estaba al teléfono con él.

—¿Skard? —dijo Hardwick con voz rasposa—. Sí, ese nombre surgió en relación con Karmala Fashion. Por cierto, es domingo por la mañana. ¿Tan urgente es?

Con Hardwick nada era fácil. Pero si le seguías el juego podías hacerlo menos difícil. Una forma era aumentar el nivel de vulgaridad.

—¿Qué te parece la urgencia de un tiro en las pelotas?

Durante un par de segundos, Hardwick se quedó en silencio, como si considerara el número de puntos que iba a concederle por lo ingenioso de la expresión.

—Resulta que Karmala Fashion es una empresa complicada, difícil de localizar. Es propiedad de otra empresa, que es propiedad de otra empresa, que es propiedad de otra empresa en las Islas Caimán. Es muy difícil saber a qué clase de negocio se dedican en realidad. Pero parece que hay una conexión sarda y que esta está relacionada con la familia Skard. Los Skard, presuntamente, son muy mala gente.

—¿Presuntamente?

—No quiero dar a entender que haya ninguna duda sobre eso. Lo que pasa es que no hay pruebas legales. Según nuestros amigos de la Interpol, ningún miembro de la familia Skard ha sido condenado por nada nunca. Los testigos potenciales siempre cambian de opinión. O desaparecen.

—¿Los Skard son los dueños de Karmala Fashion?

—Probablemente. Todo sobre ellos es probable; probablemente esto, probablemente lo otro. No ponen muchas cosas por escrito.

—Entonces, ¿de qué demonios va Karmala Fashion?

—Nadie lo sabe. No podemos encontrar ni un solo proveedor de tela o minorista de ropa que haya hecho negocio con ellos. Ponen anuncios de ropa de mujer increíblemente cara, pero no hemos encontrado ninguna prueba de que la vendan.

—¿Qué dicen de ellos los representantes?

—No hemos encontrado ningún representante comercial.

—Joder, Jack, ¿quién coloca los anuncios? ¿Quién los paga?

—Se hace todo por correo electrónico.

—¿Desde dónde?

—En ocasiones se hace desde las Islas Caimán. A veces desde Cerdeña.

—Pero...

—Lo sé, no tiene sentido. Se está investigando. Estamos esperando más material de la Interpol. También de la Policía italiana. Y también de las Islas Caimán. Es complicado, porque nadie ha sido condenado por nada y las chicas desaparecidas no lo están de manera oficial. Y aunque lo estuvieran, su relación con Karmala no probaría nada, y no hay nada por escrito que relacione a Karmala con los Skard. «Presuntamente» es lo máximo que se consigue. Desde un punto de vista legal, estamos en un campo minado en un día de niebla. Además, gracias a las observaciones que compartiste con el fiscal, todo el caso se lleva ahora con pánico y necesidad de cubrirse el culo.

—¿Y eso qué significa?

—Significa que en lugar de un par de tipos en ese campo minado, ahora tenemos una docena que tropiezan unos con otros.

—Reconócelo, Jack, te encanta.

—Que te den.

—Bien. Entonces supongo que este es un buen momento para pedirte un favor.

—¿Como cuál?

De repente sonó plácido. Hardwick era extraño en ese sentido. Reaccionaba al revés, como un niño hiperactivo que se calma con una anfeta. El mejor momento para pedirle un favor era justo cuando pudieras pensar que era el peor y viceversa. El mismo principio invertido gobernaba su respuesta al riesgo. Tendía a verlo como un factor positivo en cualquier ecuación. A diferencia de la mayoría de los policías, que tendían por naturaleza a ser jerárquicos y conservadores, Hardwick poseía el verdadero gen del inconformista. Tenía suerte de estar vivo.

—Hay que romper las reglas —dijo Gurney, notando por primera vez desde hacía veinticuatro horas que pisaba terreno sólido. ¿Por qué no había pensado en Hardwick antes?—. Harán falta malas artes.

—¿Qué quieres? —Parecía que acabaran de ofrecerle un postre sorpresa.

—Necesito que saquen las huellas de una copita y las cotejen en la base de datos del FBI.

—Deja que lo adivine, no quieres que nadie sepa por qué, no quieres que se abra un expediente y no quieres que la petición lleve hasta ti.

—Algo así.

—¿Cuándo y dónde consigo esa copita?

—¿Qué te parece en Abelard's dentro de veinte minutos?

—Gurney, eres muy presuntuoso.

327

47

Una situación imposible

*D*espués de confiarle la copita a Hardwick en la pequeña zona de aparcamiento delante de Abelard's, a Gurney se le ocurrió la idea de continuar hasta Tambury. Al fin y al cabo, Abelard's estaba casi a mitad de camino, y la escena del crimen podría tener algo más que revelarle. También quería seguir en movimiento, impedir que la angustia por el asunto de Jykynstyl lo envolviera.

Pensó en Marian Eliot y *Melpómene*, aristócratas amantes del aire libre: *Melpómene* escarbando detrás de la casa de los Muller; la mano de Kiki asomando del suelo como un guante de jardín asqueroso. Y Carl. Carl el navideño. Carl, que bien podría terminar como sospechoso por el asesinato de su mujer. Por supuesto, el hecho de que le hubieran cortado la cabeza señalaba a Héctor. Pero si Carl fuera listo…

¿Había descubierto la aventura de su mujer con Héctor? ¿Y había decidido matarla de la misma manera que Héctor había asesinado a Jillian Perry? Concebible, pero improbable. Si Carl fuera culpable, eso convertiría el asesinato de Kiki en una digresión de lo ocurrido en Mapleshade. También significaría que Carl había estado lo suficientemente furioso como para matar a su mujer, que había sido lo bastante racional para imitar el modus operandi de Héctor y lo suficientemente loco para enterrarla en una tumba poco profunda en su propio patio. Gurney había visto secuencias de acontecimientos más extrañas, pero eso no hacía que ese escenario pareciera más creíble.

Gurney sospechaba que había una explicación mejor para el asesinato de Kiki Muller que la cólera de un marido celoso, algo que lo relacionaría de manera más directa con el misterio mayor de Mapleshade. Al girar por Badger Lane desde Higgles Road, estaba empezando a sentirse él mismo otra vez. No es que tuviera ganas de silbar una canción, pero al menos se sentía como un detective. Y no tenía ganas de vomitar.

Calvin Harlen y dos clones suyos tatuados estaban de pie junto a la pila de estiércol que separaba una casa ruinosa de un granero desvencijado. Los ojos apagados de los hombres siguieron con la mirada el coche de Gurney con perezosa malevolencia.

Conduciendo hacia la casa de Ashton, Gurney medio esperaba ver a Marian Eliot y al ya famoso *Melpómene*, desenterrador de pecados, con pose dura delante del porche delantero, pero no había rastro de ninguno de los dos, ni tampoco había ningún signo de vida en la casa de los Muller.

Cuando bajó del coche en el sendero adoquinado de Ashton, a Gurney le volvió a impactar el ambiente inglés del lugar: la sutileza con la que comunicaba riqueza y exclusividad discreta. En lugar de ir directamente a la puerta principal, caminó por la pérgola en arco que servía de entrada al amplio césped que se extendía por detrás de la casa. Aunque los arbustos que lo rodeaban seguían siendo en su mayoría verdes, empezaban a aparecer algunos matices amarillos y rojos en los árboles.

—¿Detective Gurney?

Se volvió hacia la casa. Scott Ashton estaba de pie junto a la puerta abierta.

Gurney sonrió.

—Lamento molestarle un domingo por la mañana.

Ashton se dio cuenta de su sonrisa.

—No esperaría diferencias entre un día laborable y un fin de semana en una investigación de homicidio. ¿Hay alguna cosa concreta…?

—En realidad, me estaba preguntando si podría echar otro vistazo a la zona de alrededor de la cabaña.

—¿Otro vistazo?

—Exacto. Si no le importa.

—¿Hay alguna cosa en particular que le interese?

—Espero saberlo cuando lo vea.

La sonrisa de Ashton era tan mesurada como su voz.

—Avíseme si necesita ayuda. Estaré con mi padre en el gabinete.

Alguna gente tenía «estudios»; otra gente, «gabinetes», pensó Gurney. ¿Quién había dicho que Estados Unidos era una sociedad sin clases? Ciertamente nadie con una casa construida en piedra de Cotswold y cuyo padre se llamara Hobart Ashton.

Caminó por el jardín lateral y pasó bajo la pérgola que daba a la zona principal del jardín trasero. Había estado tan preocupado que no se había fijado hasta ese mismo momento en el día espléndido que hacía; uno de aquellos días de otoño en que el ángulo alterado del sol, el color distinto de las hojas y una absoluta quietud en el aire conspiraban para crear un mundo de paz atemporal, un mundo que no requería nada de él, un mundo cuya calma le quitaba la respiración.

Como todos los momentos de serenidad en la vida de Gurney, este duró poco. Había llegado allí para concentrarse en un crimen, para absorber más plenamente la esencia real del lugar en el cual había ocurrido, el escenario en el que el asesino cometió el asesinato.

Continuó rodeando la casa por detrás hacia el amplio patio de piedra, hasta llegar a la mesita redonda, la mesita donde cuatro meses antes la bala de un rifle Weatherby calibre 257 había hecho añicos la taza de té de Ashton. Se preguntó dónde estaría Héctor Flores en ese mismo momento. Podría estar en cualquier sitio. Podría estar en el bosque vigilando la casa, sin quitar ojo a Ashton y a su padre, sin quitarle ojo a él.

La atención de Gurney pasó a la cabaña, a lo que había ocurrido el día del asesinato, el día de la boda. Desde donde estaba sentado podía ver la fachada delantera y un lateral, así como la parte del bosque por la que Flores tenía que haber pasado para dejar el machete en el lugar donde se encontró. En mayo las hojas estarían saliendo, igual que ahora estaban menguando, con lo cual las condiciones de visibilidad en el bosquecillo serían más o menos iguales.

Como había hecho muchas veces durante la pasada semana, Gurney imaginó un latino atlético saltando por la ventana de atrás, corriendo con la zancada de un jugador de fútbol americano a través de los árboles y arbustos hasta un punto situado a unos ciento cincuenta metros y escondiendo a medias el machete ensangrentado bajo algunas hojas. Y entonces… ¿Entonces qué? ¿Poniéndose alguna clase de bolsas de plástico encima de los pies? ¿O rociándolos con algún producto químico para destruir la continuidad del rastro de olor? ¿Para poder seguir sin dejar rastro hasta algún otro destino en el bosquecillo o hasta la carretera? ¿Para poder reunirse con Kiki Muller, que esperaba en el coche para sacarlo de la zona y ponerlo a salvo antes de que llegara la Policía? ¿O llevarlo a su propia casa? ¿A su propia casa, donde luego él la mató y la enterró? Pero ¿por qué? ¿Qué sentido tenía todo eso? ¿O se equivocaba de pregunta al suponer que el escenario debía tener un sentido práctico? ¿Y si una gran parte de ello estuviera impulsada por una patología pura, por alguna fantasía retorcida? Pero esa no era una vía de investigación útil de explorar. Porque si nada tenía sentido, no había forma de darle sentido. Y Gurney tenía la sensación de que bajo la capa de furia y demencia todo tenía sentido de algún modo.

Entonces, ¿por qué el machete estaba solo parcialmente escondido? Parecía absurdo cubrir el filo y al mismo tiempo dejar el mango a la vista. Por alguna razón, esa pequeña discrepancia era la que más lo molestaba. Quizá «molestar» no era el verbo adecuado. De hecho le gustaban mucho las discrepancias porque sabía por experiencia que, al final, proporcionaban una ventana a la verdad.

Se sentó a la mesa y miró al bosque, imaginando lo mejor posible la ruta de fuga. Aquellos ciento cincuenta metros desde la cabaña a la ubicación del machete quedaban ocultos casi del todo, no solo por el follaje del bosque en sí, sino también por el seto de rododendros que separaba la zona silvestre del césped y los arriates. Gurney trató de calcular hasta qué punto de profundidad del bosque podía ver, y concluyó que no era mucha; resultaba fácil pasar por donde Flores había pasado sin que nadie reparara en él desde el césped. De hecho, desde donde estaba sentado, el objeto más distante que Gurney podía ver a través del follaje era el tronco negro de un cerezo. Y solo podía distinguir una estrecha rendija de él a través de un hueco en los arbustos de no más de unos centímetros de ancho.

Cierto, ese fragmento visible del tronco del árbol estaba en el lado más alejado de la ruta que Flores habría tomado y, en teoría, si alguien hubiera estado mirando al bosque, concentrado en ese punto en el momento adecuado, él o ella habría captado durante una fracción de segundo un atisbo de Flores al pasar. Pero en ese momento no habría significado nada. Y las posibilidades de que alguien se concentrara en ese punto preciso en ese momento eran casi tan probables como…

¡Cielo santo!

Gurney puso los ojos como platos al darse cuenta de que había pasado por alto algo obvio.

Miró a través del follaje a la corteza negra del cerezo. Sin perderlo de vista, caminó hacia él, recto por el patio, a través del arriate donde Ashton se había derrumbado, a través del seto de rododendros que rodeaba el césped, al bosquecillo. Su dirección era más o menos perpendicular a la que suponía que había tomado Flores desde la cabaña al machete. Quería estar seguro de que no había ninguna manera de que el hombre evitara pasar por delante del cerezo.

Cuando Gurney llegó al borde del barranco que recordaba de su primer examen del bosquecillo tres días antes, su hipótesis se confirmó. El árbol estaba en el otro lado del barranco, que era largo y profundo, de laderas muy empinadas. Cualquier ruta desde la cabaña que pasara por detrás del árbol implicaría cruzar ese barranco al menos dos veces, una tarea que consumiría tiempo y que sería imposible de cumplir antes de que la zona fuera un enjambre de gente después del hallazgo del cadáver; por no mencionar el hecho de que el rastro de olor iba por el lado más cercano del barranco y no por el más lejano. Aquello significaba que cualquiera que fuera desde la cabaña hasta el lugar del machete tenía que pasar por delante del árbol. Simplemente no había forma de evitarlo.

Gurney recorrió el camino a casa desde Tambury a Walnut Crossing en cincuenta y cinco minutos, en lugar de la hora y cuarto de costumbre. Tenía prisa por ver otra vez el vídeo de la recepción de la boda. También se daba cuenta de que su prisa podría estar relacionada con una necesidad de permanecer lo más implicado posible en el asesinato de Perry, un crimen que por horrendo que fuera le causaba mucha menos ansiedad que la situación con Jykynstyl.

El coche de Madeleine estaba aparcado junto a la casa y su bicicleta permanecía apoyada contra el cobertizo. Supuso que encontraría a su mujer en la cocina, pero cuando entró por la puerta lateral y gritó «Estoy en casa», no hubo respuesta.

Fue directamente a la mesa larga que separaba la amplia cocina de la zona de asientos, la mesa donde estaban extendidas sus copias de los materiales del caso, para enfado de Madeleine. Entre las carpetas había unos DVD.

El de encima, el que se había sentado a ver con Hardwick, llevaba una etiqueta que decía: «Recepción Perry-Ashton, edición del DIC». Pero Gurney buscaba otro DVD, uno de los originales sin editar. Había cinco para escoger. El primero estaba etiquetado «Helicóptero, visión aérea general y descenso». Las etiquetas de los otros cuatro, cada uno de los cuales contenía el vídeo capturado por una de las cámaras fijas en la recepción, indicaban la orientación del foco de cada una de las cámaras.

Se llevó los cuatro DVD al estudio, abrió Google Earth en su portátil y buscó «Badger Lane, Tambury, Nueva York». Treinta segundos más tarde estaba viendo una foto de satélite de la propiedad de Ashton junto con cotas de altitud y la orientación. Incluso la mesa de té del patio era identificable.

Gurney eligió el punto aproximado del bosque donde suponía que estaría el tronco visible del árbol. Usando los puntos de orientación de Google, calculó la dirección de la mesa al árbol. La dirección era de ochenta y cinco grados, casi directamente al este.

Pasó los DVD. El último estaba etiquetado «Este a noreste». Lo puso en el reproductor que estaba enfrente del sofá, localizó el momento en que Jillian Perry había entrado en la cabaña y se acomodó para prestar su total atención a los siguiente catorce minutos de vídeo.

Lo vio una vez, dos, con creciente desconcierto. Luego lo vio otra vez, esta tercera dejando que llegara hasta el punto en que Luntz, el jefe de la Policía local, había cerrado la escena y habían llegado los policías del estado.

Algo estaba mal. Más que mal. Era imposible.

Llamó a Hardwick, quien, sin ninguna prisa, respondió al séptimo tono.

—¿Qué puedo hacer por ti, campeón?

—¿Cómo de seguro estás de que las cintas originales de la recepción de boda están completas?

—¿Qué quiere decir «completas»?

—Una de las cuatro cámaras fijas estaba situada de manera que su campo de visión cubría la cabaña y una amplia extensión de bosque a la izquierda de la cabaña. La extensión de bosque incluye todo el espacio que Flores tenía que pasar para dejar el arma homicida donde la dejó.

333

—¿Y?

—Y hay un tronco de árbol en la parte de atrás de esa zona que es visible a través de huecos en el follaje desde el ángulo del patio, que también es el ángulo de una de las cámaras.

—¿Y?

—Ese tronco, repito, está en la parte de atrás de la ruta que Flores habría tomado para colocar el machete donde se encontró. Ese tronco se ve de manera clara y continua en el vídeo de alta definición grabado por esa cámara.

—¿Adónde quieres llegar?

—He visto el vídeo tres veces para estar absolutamente seguro. Jack, nadie pasó por delante de ese árbol.

Hardwick sonó apagado.

—No lo entiendo.

—Yo tampoco. ¿Hay alguna posibilidad de que el machete del bosque no fuera el arma homicida?

—Era una coincidencia perfecta de ADN. La sangre fresca en el machete era de Jillian Perry. El factor de error es de menos de uno entre un millón. Por no mencionar que el informe del forense se refiere a un golpe fuerte con una cuchilla pesada y afilada. ¿Y cuál es la alternativa? ¿Que Flores se deshizo en secreto de un segundo machete ensangrentado, la verdadera arma homicida, después de pasar parte de la sangre de ese al primero? Pero, de todos modos, tenía que ir allí a dejarlo donde lo encontramos. Me refiero a… ¿De qué demonios estamos hablando? ¿Cómo no iba a ser el arma homicida?

Gurney suspiró.

—Así que básicamente estamos ante una situación imposible.

48

Recuerdos perfectos

«Si los hechos se contradicen entre sí, algunos de ellos no son hechos.»

Uno de sus instructores de la academia del Departamento de Policía de Nueva York había hecho esa observación un día en clase. Gurney nunca la había olvidado.

Si iba a sacar conclusiones sobre el contenido del vídeo, necesitaba poner a prueba su objetividad un poco más. En la funda del DVD constaba el número de teléfono de la empresa, Perfect Memories, que se había ocupado de la grabación.

Marcó el número y dejó un mensaje en el que mencionaba los nombres de Ashton y Perry. Apenas había concluido cuando su teléfono sonó y Perfect Memories apareció en el identificador de llamadas.

—¿En qué puedo ayudarle? —le preguntó una voz femenina profesionalmente agradable y alerta.

Gurney explicó quién era y cómo estaba intentando ayudar a Val Perry, madre de la difunta novia, y lo importante que creía que sería el material de vídeo producido por Perfect Memories para capturar al psicópata que había matado a Jillian y ayudar a la familia a cerrar el duelo. Lo único que necesitaba era una respuesta absolutamente cierta a una pregunta, pero necesitaba oírla de la persona que supervisó el proyecto.

—Yo soy esa persona.

—¿Y usted es...?

—Jennifer Stillman. Soy directora gerente.

Directora gerente. Sonaba a título británico. Un bonito toque para el mercado de clase alta.

—Lo que necesito saber, Jennifer, es si hubo pausas en las grabaciones originales.

—Rotundamente no. —Su respuesta fue escueta e inmediata.

—¿Ni siquiera durante una fracción de segundo?

—Rotundamente no.

—Parece muy segura. ¿La pregunta ha surgido antes?

—La pregunta no, pero sí el requisito específico.

—¿Requisito?

—De hecho, en el contrato de producción estaba escrito que el vídeo tenía que cubrir todo el terreno durante toda la recepción, de principio a fin, sin dejar fuera nada en absoluto. Al parecer, la novia lo quería, literalmente, todo grabado, cada centímetro de la recepción durante cada segundo que durase.

El tono de Jennifer Stillman le decía a Gurney que no se trataba de una petición estándar, o al menos que el énfasis de la cliente no era el estándar. Preguntó sobre ello para estar seguro.

—Bueno... —La mujer vaciló—. Diría que era inusualmente importante para ellos. O al menos para ella. Cuando el doctor Ashton nos pasó la petición, parecía un poco... —Una vez más vaciló—. No debería estar diciendo nada de esto. No leo la mente.

—Jennifer, esto es importante. Como sabe, se trata de un caso de homicidio. Mi principal preocupación es que pueda estar seguro de que el DVD contiene un registro de vídeo ininterrumpido, sin que falte nada, sin que falten fotogramas.

—Desde luego no faltan fotogramas. Los agujeros crearían saltos en el código de tiempo y nuestro ordenador lo señalaría.

—Vale, es bueno saberlo. Gracias. Solo una cosa más, ¿estaba empezando a decir algo sobre el doctor Ashton?

—En realidad no. Solo... Era solo que parecía un poco avergonzado de hablar de la obsesión de su prometida con que cada instante de la recepción quedara grabado. Como si quizás estuviera avergonzado por el sentimentalismo romántico o tal vez pensara que era infantil, lo cierto es que no lo sé. No es tarea mía juzgar por qué la gente quiere lo que quiere. El cliente siempre tiene razón.

—Gracias, Jennifer. Ha sido muy útil.

Puede que no fuera parte del trabajo de Jennifer Stillman juzgar por qué la gente quería lo que quería, pero era una gran parte del trabajo de Gurney. Comprender las motivaciones podía ser crucial y en ese momento se le ocurrió una muy rara: una razón por la que una persona podría querer una cobertura total en vídeo era la seguridad. O porque pensaba que el efecto disuasorio de múltiples cámaras que grabaran continuamente impediría que ocurriera algún suceso temido, o porque quería tener un registro irrefutable de cualquier cosa que sucediera.

Y luego estaba la cuestión de quién quería todas las cámaras funcionando. A Gurney no se le había escapado que la solicitud se le había presentado a la señora Stillman como procedente de Jillian, pero ella en persona no había estado presente y la solicitud la había transmitido Ashton. Así que podría haber sido idea de Ashton y haberla presentado como idea de su prometida. Pero ¿por qué iba a hacerlo? ¿Qué importaba de quién había sido la idea?

La posibilidad de que él o ella hubieran estado motivados por la seguridad que ofrecían las cámaras —la posibilidad de que al menos uno de ellos, quizás ambos, tuviera motivos para temer lo que podría ocurrir ese día— era intrigante.

La razón más clara que justificaría su preocupación habría sido Flores, del que se decía que había estado actuando de manera extraña. Tal vez el énfasis en la cámara había venido de Jillian, tal y como había dicho Ashton. Quizás ella tenía razones para temer a Flores. Al fin y al cabo, sus registros de móvil durante las semanas precedentes al asesinato indicaban numerosos mensajes de texto desde el teléfono de Flores, incluido el último, el único que no había borrado: «Por todas las razones que he escrito. Edward Vallory». A la luz del prólogo de la obra de Vallory, el mensaje podía interpretarse como una amenaza. Así que quizá Jillian fue a verlo a la cabaña para discutir algo mucho menos agradable que un brindis de boda.

Cuando Gurney estaba enfrascado en hilvanar indicios, interpretaciones, rumores y saltos lógicos para comprender qué había sucedido en un crimen, en su mente no había espacio para más, cosa que le hacía perder la noción del tiempo y el lugar. Así pues, cuando miró el reloj en la librería del estudio y vio que eran las 17.05 le sorprendió, pero al mismo tiempo no le sorprendió; igual que la rigidez en sus piernas cuando se levantó.

Madeleine todavía no había vuelto. Quizá debería preparar algo para cenar o al menos mirar si ella había dejado algo en la encimera que hubiera que meter en el horno. Se estaba dirigiendo hacia allí cuando sonó el teléfono en su escritorio y retrocedió. El identificador de llamada decía que era Jack Hardwick.

337

—Caray, superpoli, ¡tienes un amigo muy asqueroso!

—¿Qué significa?

—Espero que no hayas estado cerca de un patio de escuela con este tipo.

Gurney tuvo una desoladora sensación de hacia dónde iba.

—¿De qué coño estás hablando, Jack?

—¡Qué susceptible! ¿Este tesoro es muy amigo tuyo?

—Basta de chorradas. ¿De qué se trata?

—¿El caballero con el que estuviste bebiendo? ¿Cuya copita te llevaste? ¿Cuyas huellas me pediste que comprobara? ¿Te suena familiar, Sherlock?

—¿Qué has descubierto?

—Bastante.

—Jack...

—He descubierto que su nombre es Saul Steck. Nombre profesional: Paul Starbuck.

—¿Y su profesión es...?

—Actualmente ninguna. Al menos que se tenga constancia. Hace quince años era un aspirante a actor de Hollywood. Anuncios en la tele, un par de películas. —Hardwick estaba en modo narrador de cuentos, con pausas dramáticas entre frase y frase—. Entonces tuvo un pequeño problema.

—Jack, puedes ir al grano. ¿Qué pequeño problema?

—Lo acusaron de violar a una menor. Una vez que eso saltó a los medios, empezaron a aparecer más víctimas. Se presentaron contra él varios cargos por violación y abusos sexuales. Le gustaba drogar a niñas de catorce años. Tomaba muchas fotos explícitas. Terminó su carrera de actor. Podría haber ido a prisión durante el resto de su vida. Lástima que no fuera así. Es el mejor lugar para esa basura. Sin embargo, el dinero de la familia compró suficientes testimonios de médicos expertos para mandarlo a un hospital psiquiátrico, del que salió discretamente hace cinco años. Desapareció del radar. Dirección actual desconocida. Salvo ¿quizá por ti? Me refiero a que sacaste esa copita de algún sitio, ¿no?

49

Un niño

Gurney estaba de pie junto a las puertas cristaleras de cara a los restos de lavanda de un espectacular atardecer en el que no reparó, tratando de asimilar la última réplica del terremoto Jykynstyl.

Información. Necesitaba información. ¿Qué necesitaba encontrar primero? Debería coger un bloc y escribir una lista de preguntas, empezar a priorizar. Se le ocurrió una de inmediato: ¿quién era el dueño de aquella casa?

Cómo encontrar la respuesta no era tan obvio.

Otra vez la paradoja. Para soltarse de la red, necesitaba saber de quién era la red. Pero si investigaba la pregunta ingenuamente, sin ninguna idea de cuál podría ser la respuesta, podría enredarse aún más. Preguntas sin responder estaban amenazando con hacer que otras preguntas fueran incontestables.

—¡Hola!

Era la voz de Madeleine. Como una voz que te despierta por la mañana, que te sacude y te sitúa en la habitación, en el día específico de la semana.

Gurney se volvió hacia el pasillito que llevaba de la cocina al lavadero.

—¿Eres tú? —preguntó.

Por supuesto que lo era. Una pregunta estúpida. Cuando ella no respondió, la planteó de nuevo, en voz más alta.

Madeleine respondió apareciendo en el umbral de la cocina, con expresión reprobadora.

—¿Acabas de entrar? —preguntó él.

—No, llevo toda la tarde en el lavadero. ¿Qué clase de pregunta es esa?

—No te he oído entrar.

—Y sin embargo —dijo ella con alegría—, aquí estoy.

—Sí —dijo—. Aquí estás.

—¿Estás bien?

—Sí.

Madeleine alzó una ceja.

—Estoy bien —insistió él—. A lo mejor, tengo un poco de hambre.

Ella miró un cuenco de la encimera.

—Las vieiras ya deberían estar descongeladas. ¿Quieres sofreírlas mientras yo pongo el agua para el arroz?

—Claro.

Confiaba en que esa tarea simple le proporcionara al menos una escapatoria parcial del torbellino Saul-Paul, que estaba envolviendo su mente.

Sofrió las vieiras en aceite de oliva, ajo, zumo de limón y alcaparras. Madeleine hirvió un poco de arroz basmati y preparó una ensalada de naranja, aguacate y dados de cebolla roja. A Dave le estaba costando horrores concentrarse, quedarse en la cocina, permanecer en el presente. «Le gusta drogar a niñas de catorce años. Tomaba muchas fotos explícitas.»

En mitad de la cena, Gurney se dio cuenta de que Madeleine había estado describiendo una excursión que había hecho esa tarde por el sinuoso sendero que conectaba sus veinte hectáreas con las ciento cuarenta de su vecino. No había escuchado ni una palabra. Sonrió con ánimo e hizo un esfuerzo tardío por atender.

—… verde sorprendentemente intenso, incluso en la sombra. Y debajo del manto de helechos había florecitas violetas, las más pequeñas que puedas imaginar. —Mientras Madeleine hablaba había una luz en sus ojos más brillante que cualquier luz de la sala—. Casi microscópicas. Como minúsculos copos de nieve azules y violetas.

Copos de nieve azules y violetas. Madre de Dios. La tensión, la incongruencia, la brecha que sentía entre la euforia de su mujer y su angustia casi lo hizo gruñir. El campo de helechos de un perfecto esmeralda de Madeleine y su propia pesadilla de espinas envenenadas. La animada sinceridad de su esposa y su… ¿su qué?

¿Su encuentro con el demonio?

«Calma, Gurney. Calma. ¿De qué diantre tienes tanto miedo?»

La respuesta solo oscureció el pozo y engrasó las paredes.

«Tienes miedo de ti mismo. Tienes miedo de lo que puedas haber hecho.»

Se mantuvo en una especie de parálisis emocional durante el resto de la cena, tratando de comer lo suficiente para ocultar el hecho de que en realidad no estaba comiendo, simulando apreciar las descripciones de Madeleine de su paseo. Pero cuanto más se entusiasmaba ella con la belleza de las rudbeckias, el perfume del aire, el azul celeste de los ásteres silvestres, más aislado, desplazado y desquiciado se sentía él. Se dio cuenta de que Madeleine había dejado de hablar y lo estaba mirando con preocupación. Dave preguntó si le había dicho algo y estaba esperando una respuesta. No quería reconocer lo distraído que estaba ni por qué.

—¿Has hablado con Kyle? —Su pregunta parecía surgir de la nada. ¿O ya lo había preguntado? ¿O ya había ido tendiendo a ella mientras él estaba inmerso en sí mismo?

—¿Kyle?

—Tu hijo.

En realidad no estaba planteando una pregunta, solo repitiendo la palabra, el nombre, como forma de mantenerse a flote, de estar presente. Era algo demasiado enmarañado para explicarlo.

—Lo he intentado. Hemos cruzado llamadas, nos hemos dejado mensajes varias veces.

—Deberías intentarlo más. Insistir hasta que hables con él.

Dave asintió, no quería discutir, no sabía qué decir.

Ella sonrió.

—Sería bueno para él. Bueno para los dos.

Dave asintió otra vez.

—Eres su padre.

—Lo sé.

—Bueno, pues. —Era una afirmación concluyente. Empezó a aclarar los platos.

Dave vio que Madeleine hacía dos viajes al fregadero. Cuando ella volvió con una esponja húmeda y papel de cocina para limpiar la mesa, él dijo:

—Está muy centrado en el dinero.

Madeleine levantó la bandeja que contenía las servilletas para poder limpiar por debajo.

—¿Y qué?

—Quiere ser un abogado de litigios.

—Eso no es necesariamente malo.

—Parece que lo único que le importa es el dinero, una casa grande, un coche grande.

—Quizá quiere que se fijen en él.

—¿Que se fijen en él?

—A los niños les gusta que sus padres se fijen en ellos —dijo.

—Kyle no es un niño.

—Es exactamente lo que es —insistió ella—. Y si te niegas a fijarte en él, entonces tendrá que intentar impresionar al resto del mundo.

—No me estoy negando a nada. Eso es un rollo de psicólogo.

—Quizá tengas razón. ¿Quién sabe? —Madeleine había perfeccionado el arte de esquivar un ataque, de salir ilesa.

Dejó a Gurney dando bandazos en el vacío.

Continuó sentado a la mesa mientras ella lavaba los platos. Empezaron a cerrársele los ojos. Como había descubierto muchas veces antes, la intensa ansiedad conllevaba agotamiento. Se fue deslizando a una especie de sopor.

342

50

Un cañón sin cureña

—*D*eberías venir a la cama. —Era la voz de Madeleine.

Dave abrió los ojos. Su mujer había apagado todas las luces menos una y estaba saliendo de la cocina con un libro bajo el brazo. La posición de la cabeza caída sobre el pecho le había producido a Gurney un dolor agudo en la clavícula. Al enderezarse, descubrió un dolor equivalente en el cogote. En lugar de refrescarle, la cabezadita sobre la mesa había reconstituido sus temores.

Se sentía tan agitado que sabía que no podría dormir bien. Tenía que hacer algo para evitar rebotar de un escenario de horror de Saul Steck a otro.

Podía devolver la llamada a Sheridan Kline, que le había dejado aquel mensaje vago sobre la familia Skard. Gurney ya había hecho un seguimiento con Hardwick, pero quizás el fiscal sabía más que Hardwick. Por supuesto, la oficina del fiscal estaría cerrada. Era domingo por la noche.

Tenía el teléfono móvil personal de Kline. Como lo conservaba de los días del caso Mellery, no le había parecido apropiado usarlo en relación con el caso Perry sin que lo invitaran a hacerlo. Pero justo en ese momento el protocolo parecía menos importante que mantener su cordura.

Fue al estudio, consiguió el número e hizo la llamada. Estaba preparado para dejar un mensaje y recibir una llamada de respuesta más tarde, calculando que un maniático del control como Kline preferiría que las conversaciones telefónicas ocurrieran según su propia agenda. Así que le sorprendió que el hombre respondiera.

—¿Gurney?

—Disculpe que le llame tan tarde.

—Pensaba que llamaría antes. Investigar ese asunto de Karmala fue idea suya.

—Lo siento, he estado un poco liado. En su mensaje de teléfono me decía que si había oído hablar de la familia Skard.

—Allí es adonde nos llevó la pista de Karmala. ¿Le suena?

—Sí y no.

—Eso no es una respuesta.

—Lo que quiero decir, Sheridan, es que me es familiar, pero no sé por qué. Jack Hardwick me informó de que los Skard son tipos malos con raíces en Cerdeña. Pero todavía no puedo situar de dónde conozco el nombre. Sé que lo he visto hace poco.

—¿Es lo único que le dijo Hardwick?

—Me dijo que nunca habían condenado por nada a ningún Skard. Y que fuera el que fuese el negocio en el que estaba metido Karmala Fashion, no era el de la moda.

—Así que sabe lo mismo que yo. ¿Para qué más me llama?

—Me gustaría participar de una manera más oficial.

—¿Eso qué significa?

—Actualizaciones, invitaciones a las reuniones.

—¿Por qué?

—He estado más o menos adscrito al caso y hasta el momento el instinto no me ha fallado.

—Está por ver.

—Mire, Sheridan, lo único que estoy diciendo es que nos podemos ayudar mutuamente. Cuanto más sepa y cuanto antes lo sepa, más puedo ayudar.

Hubo un largo silencio. La intuición de Gurney le decía que era más una técnica que una indecisión por parte de Kline. Esperó.

Kline prorrumpió en una risa sin humor. Gurney siguió esperando.

—Ya sabe que Rodriguez no lo soporta, ¿verdad?

—Claro.

—Y sabe que Blatt no lo soporta.

—Desde luego.

—¿Y que ni siquiera a Bill Anderson le cae bien?

—Exacto.

—Así que sería tan bien recibido en el DIC como una ventosidad en un ascensor, ¿se da cuenta de eso?

—No lo dudaría ni un minuto.

Hubo otro silencio, seguido por otra risa espeluznante de Kline.

—Esto es lo que le ofrezco: voy a decirle a todo el mundo que tenemos un problema con Gurney. Gurney es un cañón sin cureña. Y la mejor manera de controlar a un cañón suelto es no quitarle ojo, atarlo en corto, mantenerlo en el corral. Y la forma en que he planeado mantenerlo vigilado es tenerlo mucho por aquí, compartiendo sus ideas con nosotros. ¿Qué le parece?

Mantener un cañón suelto atado en corto en un corral le sonaba a síntoma de desintegración mental.

—Es factible, señor.

—Bien. Hay una reunión en el DIC mañana a las diez. No falte. —Kline colgó sin decir adiós.

345

51

Confusión total

Durante el resto de la noche, Gurney se sintió al mismo tiempo cargado de energía y calmado por la conversación y la promesa de Kline.

Estaba complacido y bastante sorprendido de sentirse todavía igual cuando se despertó al amanecer del día siguiente. En un esfuerzo por alimentar esa sensación, permanecer dentro de los confines comparativamente seguros y sólidos de un mundo en el cual era el cazador y no la presa, Gurney revisó el archivo Perry por enésima vez mientras tomaba el café de la mañana. Entonces llamó al número de Rebecca Holdenfield y dejó un mensaje en el que le preguntaba si podía pasar por su oficina de Albany esa tarde después de su reunión con el DIC.

Hacer y devolver llamadas, establecer citas: la actividad generaba una sensación de inercia. Llamó al número de Val Perry y le saltó el contestador. Apenas dijo «Soy Dave Gurney», ella contestó. Le sorprendió, nunca habría pensado que Val Perry se levantara temprano.

—¿Qué está pasando? —preguntó.

Sin estar preparado para una conversación real, contestó:

—Solo quería mantener el contacto.

—Oh… ¿Y…? —Parecía nerviosa, pero quizá no más nerviosa que de costumbre.

—¿El nombre Skard significa algo para usted?

—No. ¿Debería?

—Solo me preguntaba si Jillian lo habría mencionado.

—Jillian nunca mencionaba nada. No es que compartiera cosas conmigo. Pensaba que se lo había dejado claro.

—Perfectamente claro, varias veces. Pero algunas preguntas hay que plantearlas aunque se esté seguro al noventa y nueve por ciento de cuál va a ser la respuesta.

—Entendido. ¿Algo más?

—¿Jillian le pidió alguna vez a usted o a su marido que le compraran un coche caro?

—No hay casi nada que Jillian no haya pedido en algún momento, así que supongo que sí. Por otra parte, dejó claro desde que tenía doce años que Withrow y yo éramos irrelevantes para su felicidad, que siempre podía encontrar a un hombre rico que le diera lo que quisiera, así que por lo que a ella concernía nos podíamos ir a tomar viento. —Hizo una pausa, quizá saboreando el tono escandaloso de sus observaciones—. Estaba saliendo. ¿Alguna pregunta más?

—Es todo por ahora, señora Perry. Gracias por su tiempo.

Como Sheridan Kline la noche anterior, Val Perry colgó sin molestarse en decir adiós. Fuera cual fuese la contribución de Gurney a la investigación del asesinato de su hija, estaba claro que no cumplía con sus expectativas.

A las 9.50, Gurney se metió en el aparcamiento del edificio con aspecto de fortaleza de la Policía del estado, donde tenía que celebrarse su reunión de las 10.00. Durante el minuto que estuvo buscando un sitio para aparcar, su teléfono sonó dos veces. La primera era una llamada de voz; la segunda, un mensaje de texto. Gurney confiaba en que al menos una de las comunicaciones fuera de Rebecca Holdenfield.

En cuanto aparcó, sacó el teléfono y comprobó en primer lugar el mensaje de texto. La fuente era un número de móvil con el código de área de Manhattan. Al leer el mensaje, una marea de miedo se elevó desde las tripas al pecho.

«¿Está pensando en mis chicas? Ellas están pensando en usted.» Lo releyó y lo releyó otra vez. Miró el número desde donde lo habían enviado. El hecho de que el remitente no se hubiera molestado en bloquearlo seguramente significaba que estaba asignado a un teléfono prepago imposible de rastrear. Pero también implicaba que podía responder al mensaje.

Después de descartar las contestaciones llenas de furia y bravuconería que se le ocurrieron, se decidió por tres palabras carentes de emoción: «Quiero saber más».

Al pulsar el botón de «enviar», se fijó en que eran las 9.59. Se apresuró a entrar en el edificio.

347

Cuando llegó a la gris sala de conferencias, las seis sillas de la mesa ovalada ya estaban ocupadas. Lo más cercano a una bienvenida que recibió fue un gesto de Hardwick señalando unas cuantas sillas plegadas apoyadas contra la pared, junto a la cafetera. Rodriguez, Anderson y Blatt no le hicieron caso. Gurney podía imaginar sus reacciones poco entusiastas al ingenio absurdo del fiscal sobre controlar el cañón suelto invitándolo a sus reuniones.

La sargento Wigg, una pelirroja enjuta que conocía como la eficiente coordinadora del equipo de análisis de pruebas en el caso Mellery, estaba sentada a un extremo de la mesa, estudiando la pantalla de su portátil; exactamente como la recordaba. Su prioridad sería la búsqueda de certeza factual y coherencia lógica. Gurney abrió su silla plegable y la colocó al final de la mesa, enfrente de ella. Eran las 10.05, según el reloj de la pared.

Sheridan Kline miró su reloj frunciendo el ceño.

—Muy bien. Vamos con un poco de retraso. Tengo una agenda apretada hoy. ¿Quizá podamos empezar con algo nuevo, algún progreso significativo, direcciones prometedoras?

Rodriguez se aclaró la garganta.

—Dave tiene alguna noticia —intervino Hardwick—, una peculiaridad en la escena del crimen. Podría ser una buena forma de empezar la reunión.

Kline arqueó las cejas.

Gurney pretendía esperar hasta más avanzada la reunión para sacar a relucir el problema, con la esperanza de que, entre tanto, nuevos datos arrojaran cierta luz al respecto. Pero ahora que Hardwick estaba forzando la cuestión, sería poco elegante retrasarlo.

—Creemos que después de matar a Jillian, Flores huyó a través del bosque hasta el lugar donde encontramos el machete, ¿es así? —dijo Gurney.

Rodriguez se ajustó sus gafas de montura metálica.

—¿Creemos? Diría que tenemos pruebas concluyentes al respecto.

Gurney suspiró.

—El problema es que tenemos algunos datos de vídeo que no apoyan esa hipótesis.

Kline empezó a parpadear con rapidez.

—¿Datos de vídeo?

Gurney explicó pormenorizadamente cómo la continua visibilidad del tronco del cerezo en el vídeo de la recepción probaba que Flores no podía haber tomado la ruta necesaria a través del bosque, porque cualquiera que hubiera seguido ese camino tendría que haber pasado entre la cámara de esa esquina de la propiedad y el árbol, y debería aparecer, aunque fuera de forma fugaz, en la imagen.

Rodriguez estaba torciendo el gesto como un hombre que sospecha que le están engañando, pero que no sabe cómo. Anderson estaba torciendo el gesto como alguien que trata de permanecer despierto. Wigg levantó la mirada de la pantalla de su portátil, lo que Gurney interpretó como un signo de gran interés.

—Así que fue por el otro lado, por detrás del árbol —dijo Blatt—. No veo el problema.

—El problema, Arlo, es el terreno. Estoy seguro de que lo han comprobado.

—¿De qué problema con el terreno está hablando?

—El barranco. Ir desde la cabaña hasta el sitio donde se encontró el machete sin pasar por delante de ese árbol requeriría ir recto desde la parte de atrás de la cabaña, luego deslizarse por una larga y empinada pendiente con un montón de piedras sueltas, después recorrer otros ciento cincuenta metros por el suelo rocoso e irregular del fondo del barranco para llegar al primer lugar donde hay alguna posibilidad de volver a escalar. E incluso allí las piedras sueltas y la tierra no lo hacen tarea fácil. Por no mencionar que el punto en el cual se llega al nivel inicial no está cerca de donde se encontró el machete.

Blatt suspiró como si ya fuera consciente de todo ello y no significara nada.

—Solo porque no sea fácil no quiere decir que no lo hiciera.

—Otro problema es el tiempo que tardaría.

—¿Qué significa? —preguntó Kline.

—He estudiado esa zona con atención. Ir por la ruta del barranco hasta el machete requeriría demasiado tiempo. No creo que quisiera estar escalando por allí atrás cuando se descubriera el cadáver y la gente empezara a arremolinarse. Además, hay dos problemas más importantes. Uno: ¿por qué complicarlo tanto cuando podría haber enterrado el machete en cualquier sitio? Dos, y esta es la clave: el rastro de olor sigue la ruta por delante del árbol y no por detrás.

—Espere un segundo —dijo Rodriguez—. ¿No se está contradiciendo? Ha dicho que todos estos factores prueban que Flores tomó la ruta por delante del árbol, pero el vídeo prueba que no lo hizo. ¿Adónde demonios nos lleva eso?

—A una ecuación con un error grave —dijo Gurney—, pero que me parta un rayo si sé cuál es.

Durante la siguiente hora y media, el grupo le preguntó sobre la fiabilidad del vídeo, de la posibilidad de que faltaran algunos fotogramas, de la posición del cerezo en relación con la cabaña, del machete y del barranco. Sacaron los dibujos de la escena del crimen del expediente maestro del caso, los pasaron por la sala, los estudiaron. Compartieron anécdotas sobre los legendarios talentos y éxitos de la Brigada Canina. Debatieron sobre escenarios alternativos para la desaparición de Flores después de que depositara el arma del crimen, sobre la posible implicación de Kiki Muller como cómplice a posteriori, y sobre cuándo y por qué la habían matado. Siguieron unas pocas digresiones especulativas relacionadas con la psicopatología de cortar la cabeza de una víctima. Al final, no obstante, la solución al enigma básico no parecía más cercana.

—Así pues —soltó Rodriguez, resumiendo el acertijo central con la máxima sencillez posible—, según Dave Gurney, podemos estar absolutamente seguros de dos cosas. Primero, Héctor Flores tenía que pasar por delante del árbol. Segundo, no pudo pasar.

—Una situación muy interesante —dijo Gurney, sintiendo él mismo lo excitante de la contradicción.

—Podría ser un buen momento para hacer una pequeña pausa para comer —intervino el capitán, que parecía estar sintiendo más frustración que otra cosa.

52

El factor Flores

*L*a comida no fue una reunión de gente ni nada parecido, lo cual ya le iba bien a Gurney, pues estaba tan lejos de ser un animal social como podía estarlo un hombre casado. En lugar de ir hacia la cafetería, todos se dispersaron durante la media hora de pausa para comunicarse con las BlackBerry y los portátiles.

No obstante, Gurney podría haberlo pasado mejor con treinta minutos de camaradería masculina que sentado solo en un banco congelado en el exterior de la fortaleza de la Policía del estado, absorbiendo el último mensaje que había encontrado en su teléfono, evidentemente una respuesta a su «Quiero saber más».

Decía: «Es un hombre muy interesante, debería haber sabido que mis hijas lo adorarían. Fue fantástico que viniera a la ciudad, la próxima vez ellas irán a verle. ¿Cuándo? ¿Quién sabe? Ellas quieren que sea una sorpresa».

Se quedó mirando aquellas palabras, pese a que eran un bofetón que llevaba su mente otra vez a las sonrisas desconcertantes de esas mujeres jóvenes, de nuevo al pálido Montrachet levantado en un brindis, de regreso al amenazante muro negro de su amnesia.

Fantaseó con la idea de enviarle un mensaje que comenzara: «Querido Saul...», pero decidió mantener en secreto que sabía quién era, al menos por el momento. No sabía qué valor podría tener esa carta y no quería mostrarla antes de comprender el juego. Además, aferrarse a ella le daba, de una manera minúscula, una sensación de poder. Como llevar un cortaplumas en un barrio peligroso.

Cuando entró en la sala de conferencias estaba desesperado por volver a centrarse en el caso Perry. Kline, Rodriguez y Wigg ya estaban sentados. Anderson se estaba acercando a la mesa, plenamente concentrado en una taza de café tan llena que hacía que caminar se convirtiera en todo un reto. Blatt se encontraba junto a la cafetera, inclinándola para sacar el último chorrito negro. Hardwick no había vuelto.

Rodriguez miró su reloj.

—Es la hora. Algunos ya estamos, otros no, pero es su problema. Es hora de un informe sobre las entrevistas. Bill, es tu turno.

Anderson dejó el café en la mesa con la concentración de alguien que trata de desactivar una bomba.

—Bien —dijo. Se sentó, abrió una carpeta y empezó a examinar y reordenar el contenido—. Vale, aquí estamos. Empezamos con una lista de todas las graduadas de los veinte años en que Mapleshade ha estado operativo y luego la redujimos a una relación de graduadas de los últimos cinco años. Fue en ese momento cuando pasaron de centrarse en una población general de adolescentes con problemas de conducta a ocuparse de chicas adolescentes que habían cometido abusos sexuales.

—¿Condenadas por esos delitos? —preguntó Kline.

—No. Todo intervenciones privadas a través de familiares, terapeutas, doctores. La población de Mapleshade está formada, sobre todo, por chicas psicópatas a las que sus familias tratan de mantener alejadas de los tribunales de menores, o simplemente quieren sacarlas de la ciudad, de la casa, antes de que las descubran haciendo lo que han estado haciendo. Los padres las envían a Mapleshade, pagan por su educación y esperan que Ashton solucione el problema.

—¿Y lo hace?

—Es difícil de saber. Las familias no hablan de eso, así que lo único que nos queda es una comprobación de los nombres de las graduadas en la base de datos de delitos sexuales para ver si alguna ha tenido problemas con la justicia desde que son adultas y han salido de Mapleshade. Hasta el momento no hemos conseguido gran cosa. Un par de las clases de graduadas de hace cuatro y cinco años, ninguna de los últimos tres años. Es difícil saber qué significa eso.

Kline se encogió de hombros.

—Puede significar que Ashton sabe lo que está haciendo o

solo refleja que los abusos cometidos por mujeres, en gran medida, no se denuncian a la policía y tienden a no llevarse a juicio.

—¿En qué gran medida? —preguntó Blatt.

—¿Disculpe?

—¿En qué gran medida cree que pasan sin denunciarse y sin llevarse a juicio?

Kline se recostó en su silla, mirando enfadado a lo que obviamente consideraba una distracción. Su tono era severo, académico, impaciente.

—Los mejores datos sugieren que más o menos el veinte por ciento de las mujeres y el diez por ciento de los hombres sufrieron abusos sexuales en la infancia, y que el perpetrador era una mujer en alrededor de un diez por ciento del total de casos. El resumen es que estamos hablando de millones de casos de abuso sexual y de cientos de miles de casos en los que el perpetrador era una mujer. Pero sabe tan bien como yo que siempre hay un doble rasero, una reticencia de las familias a denunciar a madres, hermanas y canguros a la Policía, una reticencia de las fuerzas policiales a tomarse en serio las acusaciones de abuso contra mujeres jóvenes, una reticencia de los tribunales a condenarlas. La sociedad no parece dispuesta a aceptar la realidad de las depredadoras sexuales de la misma manera en que aceptamos la realidad de los hombres depredadores. Pero algunos estudios apuntan que muchos de los hombres condenados por violación sufrieron abusos sexuales por parte de mujeres cuando eran niños. —Kline negó con la cabeza y dudó—. Dios, podría contarles historias de este mismo condado, casos que llegan al Tribunal de Familia a través de los Servicios Sociales. Ya conocen ese material: madres masturbando a sus propios hijos, vendiendo vídeos porno de ellos teniendo sexo entre sí. ¡Dios! Y lo que finalmente entra en el sistema judicial es solo una pequeña muestra de lo que está pasando. Pero ya me he explicado. Basta, ¿no? Deberíamos volver a centrarnos.

Blatt se encogió de hombros.

Rodriguez asintió para manifestar su acuerdo.

—Vale, Bill, pasemos al informe de llamadas telefónicas.

Anderson revolvió otra vez entre sus papeles, que ahora estaban esparcidos en una zona más amplia de la mesa.

—Las direcciones, los números de teléfono y el resto de la

353

información de contacto que usamos eran las más recientes del archivo. El número de graduadas en el periodo de los últimos cinco años es de ciento cincuenta y dos. El promedio es de treinta por año. De las ciento cincuenta y dos, creemos que tenemos información válida de ciento veintiséis. Se hicieron llamadas iniciales a las ciento veintiséis. De esas llamadas, sesenta resultaron en contacto inmediato, con la exalumna en persona o con un familiar. De las sesenta y seis restantes a las que dejamos mensajes, doce nos han llamado antes de las nueve cuarenta y cinco de esta mañana.

—Eso suma setenta y dos contactos directos —dijo Kline con rapidez—. ¿Cuál es el resumen?

—Es difícil de decir. —Anderson sonó como si todo en su vida fuera complicado.

—Dios mío, teniente…

—Lo que quiero decir es que los resultados son diversos. —Cogió otra hoja de papel de su pila—. De los setenta y dos, hablamos directamente con la exalumna en veintiún casos. No hay problema ahí, ¿no? O sea, que si hablamos con ellas no están desaparecidas.

—¿Qué pasa con las otras cincuenta y una?

—En treinta y cinco casos, la persona con la que hablamos (padre, cónyuge, hermano, compañera de piso, pareja) afirmó que conocía la localización de la exalumna y que estaban en contacto con ella.

Kline iba haciendo cuentas en un bloc.

—¿Y las otras dieciséis?

—Una mujer nos dijo que su hija había muerto en un accidente de automóvil. Otra fue muy imprecisa, es probable que ocultara algo, no parecía saber nada de nada. Otra aseguraba conocer el paradero exacto del sujeto, pero se negó a proporcionar más información.

Kline garabateó algo en su bloc.

—¿Y las otras trece?

—Sobre las otras trece, padres, madres o padrastros o madrastras dijeron que no tenían ni idea de dónde estaba su hija.

Se hizo un silencio especulativo en la sala, que interrumpió Gurney.

—¿Cuántas de esas desapariciones empezaron con una discusión sobre un coche?

Anderson consultó sus notas, mirándolas como si fueran la causa de su cansancio.

—Ocho.

—Cielo santo —dijo Kline en voz baja. Sacó su teléfono móvil y fue pasando iconos hasta que encontró la calculadora. Veinte segundos después anunció—: Hemos establecido contacto con setenta y dos familias de un total de ciento cincuenta y dos. Si la ratio actual de desapariciones problemáticas se mantiene, el número podría extrapolarse a unas diecisiete. Son un montón de mujeres jóvenes desaparecidas. Y podría ser peor, considerando que tal vez haya más probabilidades de desaparecidas entre las familias que no respondieron que entre las que respondieron. ¿Alguien quiere hacer comentarios sobre esto?

—¡Creo que hemos de agradecérselo a Dave Gurney! —exclamó Hardwick, que había entrado en la sala sin ser visto. Miró a Rodriguez—. Si él no nos hubiera orientado en esta dirección...

—Me alegro de que hayas encontrado tiempo para unirte a nosotros —intervino el capitán.

—No nos dejemos llevar por teorías descabelladas —dijo Anderson sombríamente—. Todavía no hay pruebas de secuestro ni indicios de ningún otro crimen. Podríamos estar reaccionando de un modo exagerado. Todo esto podría tratarse de unas pocas chicas rebeldes urdiendo una trampa juntas.

—¿Dave? —dijo Kline, sin hacer caso de Anderson—. ¿Quiere decir algo en este momento?

—Una pregunta para Bill: ¿cuál es el patrón de distribución de los ocho nombres en las cinco clases de graduación?

Anderson sacudió un poco la cabeza como si no hubiera oído bien.

—¿Disculpe?

—¿En qué clases estaban las chicas que desaparecieron?

Anderson suspiró, volvió a hojear su pila de papeles.

—Lo que necesitas —murmuró para sus adentros—, siempre está en el fondo. —Buscó entre al menos una docena de hojas antes de coger la que necesitaba—. Vale... parece que... una, dos, tres del año pasado. Luego... una, dos, tres del año anterior. Luego... una, dos del anterior a ese. Luego... eso es todo, no hay nada de antes. Son las ocho.

355

—Las ocho de los últimos tres años —concluyó Kline, que parecía estar tenso para intentar desentrañar algún significado en ello.

—Así que son todas de los últimos tres años —dijo Blatt—. ¿Qué se supone que significa eso?

—Para empezar —propuso Gurney—, significa que las desapariciones empezaron a ocurrir poco después de que Héctor Flores apareciera en escena.

356

53

La gran baza

Kline se volvió hacia Gurney.

—Eso se relaciona con lo que le dijo la secretaria de Ashton. ¿No afirmó que las dos graduadas con las que no pudo contactar estaban interesadas en Flores cuando él estaba trabajando en los terrenos de Mapleshade?

—Sí.

—Esto es una pesadilla —continuó Kline con excitación—. Supongamos por un momento que Flores es la clave de todo, que una vez que averigüemos dónde está y lo traigamos aquí entenderemos todo lo demás. Comprenderemos el asesinato de Jillian Perry, el asesinato de Kiki Muller, cómo y por qué escondió el machete donde lo hizo, por qué la cámara no lo grabó, la desaparición de Dios sabe cuántas exalumnas de Mapleshade...

—Lo último podría ser un harén —dijo Blatt.

—¿Qué? —preguntó Kline.

—Como Charlie Manson.

—¿Está diciendo que podría haber estado buscando seguidoras? ¿Mujeres jóvenes impresionables?

—Maniacas sexuales. De eso va Mapleshade, ¿no?

Gurney miró a Rodriguez para ver cómo podría reaccionar al comentario de Blatt a la luz de la situación con su hija, pero si sintió algo, lo escondía tras un ceño reflexivo.

El ordenador mental de Kline parecía estar de nuevo a plena potencia, mientras presumiblemente sopesaba los beneficios mediáticos de juzgar y condenar a su propia familia Manson. Trató de elaborar la idea de Blatt.

—¿Así que está presumiendo que Flores tenía una pequeña comuna escondida en alguna parte y que convenció a estas mujeres para que se fueran de casa, cubrieran sus pistas y fueran allí? —Se volvió hacia el capitán, pareció disuadido por el ceño y prefirió dirigirse a Hardwick—. ¿Tiene alguna idea al respecto?

Hardwick respondió con lasciva ironía.

—Yo estaba pensando en Jim Jones. Un líder carismático con una congregación de acólitas núbiles.

—¿Quién demonios es Jim Jones? —preguntó Blatt.

Respondió Kline.

—Jonestown. El suicidio masivo. Cianuro en los refrescos. Murieron novecientas personas.

—Ah, sí, el antiácido. —Blatt sonrió—. Claro, Jonestown. Locos de remate.

Hardwick levantó un dedo de precaución.

—Hay que tener mucho cuidadín con los hombres que te invitan a un sitio en medio de la selva que han bautizado con su nombre.

El ceño del capitán estaba alcanzando una intensidad de tormenta.

—¿Dave? —dijo Kline—. ¿Tiene alguna idea sobre el gran plan de Flores?

—El problema con la idea de la comuna es que Flores vivía en la propiedad de Ashton. Si estaba reuniendo a esas mujeres y metiéndolas en alguna parte, tenía que ser cerca. No creo que se trate de eso.

—¿Entonces qué?

—Creo que se trata de lo que nos contó: «Por todas las razones que he escrito».

—¿Y esas razones en qué se resumen?

—Venganza.

—¿Por?

—Si tomamos en serio el prólogo de Edward Vallory, por alguna ofensa sexual grave.

Estaba claro que a Kline le gustaba el conflicto, así que a Gurney no le sorprendió que la siguiente opinión que pidió fuera la de Anderson.

—¿Bill?

El hombre negó con la cabeza.

—La venganza normalmente adopta la forma del ataque físico, huesos rotos, asesinato. En todas las llamadas desapariciones, no hay el menor indicio de ello. —Se inclinó en la silla—. ¡Ni el menor indicio! Creo que hemos de tomar un enfoque más basado en las pruebas. —Sonrió, en apariencia, complacido con su limpio resumen.

La mirada de Kline se posó en la sargento Wigg, cuya propia mirada estaba, como siempre, en la pantalla del ordenador.

—Robin, ¿algo que añadir?

Ella respondió de inmediato, sin levantar la cabeza.

—Hay demasiadas cosas que no tienen sentido. Esto es una ecuación llena de datos erróneos.

—¿Qué clase de datos erróneos?

Antes de que ella pudiera responder, la puerta de la sala de conferencias se abrió y entró una mujer delgada que podría haber inspirado una pintura de Grant Wood. Sus ojos grises se posaron en el capitán.

—Lamento interrumpir, señor. —Su voz sonó como si estuviera afilada por los mismos vientos fríos que su cara—. Ha ocurrido algo significativo.

—Entra —le ordenó Rodriguez—. Y cierra la puerta.

Ella cerró. Se quedó tan firme como un soldado esperando permiso para hablar.

Rodriguez parecía complacido con su formalidad.

—Muy bien, Gerson, ¿de qué se trata?

—Nos han informado de que una de las mujeres jóvenes de nuestra lista, a las que se tenía que llamar y localizar, fue víctima de un homicidio hace tres meses.

—¿Hace tres meses?

—Sí, señor.

—¿Tienes los detalles?

—Sí, señor.

—Adelante.

Su expresión era rígida como el cuello almidonado de su blusa.

—Nombre: Melanie Strum. Edad: dieciocho años. Graduada el 1 de mayo de este año en la Academia Mapleshade. Fue vista por última vez por su madre y su padrastro en Scarsdale, Nueva York, el 6 de mayo. Su cuerpo se encontró en el sótano de una mansión en Palm Beach, Florida, el 12 de junio.

Rodriguez hizo una mueca.

—¿Causa de la muerte?

—Le cortaron la cabeza, señor.

Rodriguez miró a Gerson.

—¿Cómo nos ha llegado esa información?

—A través del proceso de llamadas. El nombre de Melanie Strum estaba en la parte de la lista que me asignaron a mí. Yo hice la llamada.

—¿Con quién hablaste?

Ella vaciló.

—¿Puedo ir a buscar mis notas, señor?

—Deprisa, si no te importa.

Durante el minuto en que ella estuvo ausente, la única persona que habló fue Kline.

—Esto podría ser —dijo con una sonrisa de excitación—. Esto podría ser la clave.

Anderson puso la cara de un hombre que tuviera una llaga en el interior del labio. Hardwick parecía intensamente interesado. Wigg era inescrutable. Gurney estaba menos inquieto de lo que habría estado dispuesto a admitir. Se dijo que su falta de *shock* o de tristeza se debía a que desde el principio había asumido que las chicas desaparecidas estaban muertas. (En alguna ocasión, cuando estaba solo y agotado, algún sistema de defensa interna se rompía y se veía a sí mismo como un hombre tan emocionalmente desconectado de las vidas de los demás, tan asimétricamente consagrado a su programa de resolución de enigmas, que apenas se podía considerar un miembro de la raza humana. Sin embargo, esa visión perturbadora pasaba con una buena noche de sueño, después de la cual se decía que su falta de sentimientos era el resultado normal de una carrera en la Policía.)

Gerson volvió a entrar en la sala, bloc en mano. Llevaba el cabello castaño recogido en una cola tirante, lo que provocaba que sus rasgos parecieran inmóviles, igual de expresivos que los de una calavera.

—Capitán, tengo información de la llamada de Strum.

—Adelante.

Ella consultó su bloc.

—El teléfono lo respondió Roger Strum, el padrastro de Melanie. Cuando le expliqué el propósito de la llamada, se mostró confuso, luego expresó su rabia por que todavía no supiéramos que Melanie estaba muerta. Su mujer, Dana Strum, se unió a la conversación en el supletorio. Estaban ofendidos. Proporcionaron la siguiente información: la Policía de Palm Beach había entrado en la casa de Jordan Ballston tras un chivatazo y había descubierto el cadáver de Melanie en un congelador del sótano. La Policía…

Kline lo interrumpió.

—Jordan Ballston, ¿el tipo de los fondos de inversiones?

—No hubo mención específica a los fondos, pero en mi llamada de seguimiento al Departamento de Policía de Palm Beach me dijeron que Ballston vivía en una casa de diez millones de dólares.

—¿El puto congelador? —murmuró Blatt, como si la contaminación alimentaria fuera lo que más lo inquietara.

—Muy bien —dijo Rodriguez—, continúa.

—El señor y la señora Strum siguieron expresando su rabia por que Ballston hubiera salido bajo fianza. ¿A quién estaba sobornando? ¿Tenía a la Policía en el bolsillo? Comentarios de ese estilo. El señor Strum indicó que si Ballston lograba salvarse con su dinero, él personalmente le metería un balazo en la cabeza a ese mal nacido. Lo repitió varias veces. Pude determinar que el 6 de mayo, el día que se fue de casa, tuvieron una discusión con Melanie sobre un coche que quería que le compraran, un Porsche Boxster que costaba cuarenta y siete mil dólares. Explicaron que ella se puso hecha una furia cuando se negaron, les dijo que los odiaba, que no quería vivir más con ellos, que no quería volver a hablarles nunca más. Dijo que se iría a vivir con una amiga. A la mañana siguiente se había marchado. La siguiente vez que la vieron fue en el depósito de cadáveres de Palm Beach.

—¿Ha dicho que la Policía local estaba siguiendo un chivatazo cuando encontraron el cadáver? —preguntó Gurney—. ¿Hay algo más concreto sobre eso?

Gerson miró a Rodriguez, aparentemente para confirmar el derecho de Gurney a hacerle preguntas.

—Adelante —dijo el capitán con una mezcla de sentimientos.

La agente vaciló.

—Le dije al investigador jefe de Palm Beach que estábamos interesados en el caso y que queríamos disponer de la máxima información posible. Respondió que estaba dispuesto a hablar con la persona a cargo de la investigación que estuviéramos llevando a cabo aquí. Dijo que estaría disponible durante la siguiente media hora.

Después de unos pocos minutos de sopesar los pros y los contras, el fiscal y el capitán coincidieron en que la llamada, con el intercambio de información que se produjera, sería un plus en todos los sentidos. Se trasladó el teléfono fijo de la sala de conferencias al centro de la mesa en torno a la que estaban sentados. Gerson marcó el número directo que le había dado el detective de Palm Beach, le explicó con brevedad quién estaba en la sala y pulsó el botón del altavoz.

Rodriguez cedió la iniciativa a Kline, que proporcionó los nombres y cargos de la gente sentada a la mesa y describió el caso como una posible investigación de personas desaparecidas en su primera fase.

El tenue acento sureño del hombre que se hallaba al otro lado de la línea indicaba que era nativo de Florida, una rara avis en ese estado y casi insólito en Palm Beach.

—Al estar solo en mi oficina, me siento un poco en inferioridad numérica. Soy el teniente detective Darryl Becker. Comprendo por lo que he hablado con la agente de antes que están interesados en saber más del asesinato de Strum.

362 —Sin duda agradeceremos todo lo que pueda contarnos, Darryl —dijo Kline, que parecía estar absorbiendo y reflejando el acento de Becker—. Una pregunta que se me ocurre de buenas a primeras, ¿qué clase de chivatazo les llevó al cadáver?

—Uno no especialmente voluntario.

—¿Cómo fue?

—El caballero que ofreció la información no era lo que llamaría un ciudadano con espíritu público que quisiera ayudar a las fuerzas del orden. Averiguó la información de una manera más que comprometedora.

—¿De qué demonios está hablando? —murmuró Blatt, no tanto para sus adentros.

—¿Cómo fue? —repitió Kline.

—El hombre es un ladrón. Un ladrón profesional. Se gana la vida así.

—¿Lo cogieron en la casa de Ballston?

—No, señor. Lo cogieron saliendo de otra casa al día siguiente de haber entrado en la de Ballston. El nombre del ladrón resulta que es Edgar Rodriguez; no es pariente de su capitán, estoy seguro.

A Blatt se le escapó una risa monosilábica.

Los músculos de la mandíbula del capitán se tensaron. El absurdo comentario pareció enfadarle sobremanera.

—Deje que lo adivine —dijo Kline—. Edgar se veía venir una larga temporada en prisión y ofreció cambiar cierta información sobre el sótano de Ballston, algo que había visto allí, por un enfoque más benevolente de su situación.

—Así es a grandes rasgos, señor Kline. Por cierto, ¿cómo se escribe?

—¿Disculpe?

—Su apellido. ¿Cómo escribe su apellido?

—K-L-I-N-E.

—Ah, con K. —Becker sonó decepcionado—. Pensaba que a lo mejor era como Patsy.

—¿Perdón?

—Patsy Cline. No importa. Perdón por la digresión. Adelante con sus preguntas.

Kline tardó un momento en volver a centrarse.

—Entonces…, ¿lo que le dijo bastó para conseguir una orden de registro?

—Sí.

—Y cuando ejecutaron la orden, ¿qué encontraron?

—A Melanie Strum en dos piezas. Envuelta en papel de aluminio. En el fondo del congelador. Debajo de cuarenta kilos de pechugas de pollo. Y de una buena cantidad de brécol congelado.

Hardwick lanzó una risa ronca de las suyas, más sonora que la de Blatt.

Kline parecía desconcertado.

—¿Qué hacía el ladrón abriendo paquetes de aluminio en el fondo de un congelador?

—Contó que siempre es el primer sitio en el que mira. Según él, la gente cree que es el último lugar donde miraría un ladrón, así que ponen allí sus cosas de valor. Dijo: «Si quieres encontrar diamantes, mira en el congelador». Comentó que le hacía gracia que tanta gente pensara que había tenido una idea brillante, que pensaran que iban a engañarle, que eran más listos que él. Se rio con eso.

—¿Así que fue al congelador, empezó a desenvolver el cuerpo y…?

—En realidad —le interrumpió Becker—, empezó a desenvolver la cabeza.

Las diversas exclamaciones guturales de horror en torno a la habitación fueron seguidas por un silencio.

—¿Siguen ahí, caballeros? —La voz de Becker sonaba divertida.

—Aquí estamos —dijo Rodriguez.

Se produjo otro silencio.

—Caballeros, ¿tienen más preguntas o esto más o menos cierra el caso de sus personas desaparecidas?

—Una pregunta —intervino Gurney—. ¿Cómo hicieron la identificación?

—Teníamos una coincidencia parcial en la sección de delitos sexuales de la base de datos del NCIC.

—¿Un familiar directo?

—Sí. Resultó ser el padre biológico de Melanie adicto a la heroína, Damian Clark. Había sido condenado por violación, agresión sexual con agravante, abuso sexual de una menor y otros varios delitos desagradables hace unos diez años. Localizamos a la madre, que se había divorciado del marido violador y se había casado con un hombre llamado Roger Strum. Ella vino e identificó el cadáver. También tomamos una muestra de ADN suya y obtuvimos una confirmación del parentesco de primer grado, como en el caso del padre biológico. Así que no hay ninguna duda sobre la identidad de la chica asesinada. ¿Alguna pregunta más?

—¿Tiene alguna duda sobre la identidad del asesino? —preguntó Gurney.

—No muchas. Hay algo turbio en el señor Ballston.

—Los Strum parecían bastante ofendidos por su libertad bajo fianza.

—No tanto como yo.

—¿Logró convencer al juez de que no hay riesgo de fuga?

—Lo que logró fue presentar una garantía de fianza de diez millones de dólares y acceder a lo que equivale a un arresto domiciliario. Ha de permanecer dentro de los límites del condado de Palm Beach.

—No parece satisfecho con eso.

—¿Satisfecho? ¿He mencionado que el forense concluyó que, antes de ser decapitada, Melanie Strum había sido violada al menos veinte veces y que tenía cortes de una cuchilla afilada en prácticamente todos los centímetros de su cuerpo? ¿Estoy satisfecho de que el hombre que hizo esto esté sentado al lado de su piscina de un millón de dólares con sus gafas de diseño de quinientos dólares mientras el bufete de abogados más caro del estado de Florida y el equipo más elegante de relaciones públicas de Nueva York hacen todo lo posible para presentarlo como la víctima inocente de un departamento de Policía incompetente y corrupto? ¿Me está preguntando si estoy satisfecho con eso?

—¿Así que nos quedaríamos cortos si dijéramos que no está cooperando con la investigación?

—Sí, señor. Desde luego. Eso sería quedarse muy cortos. Los abogados del señor Ballston han dejado claro que su cliente no dirá ni una palabra a nadie de la Policía sobre el falso caso fabricado contra él.

—Antes de que decidiera no decir nada, ¿ofreció alguna explicación de la presencia de una mujer asesinada en su congelador?

—Solo que habían hecho trabajos frecuentes en su casa, que había tenido muchos empleados domésticos y Dios sabe cuánta gente podría haber tenido acceso a su sótano, por no mencionar al mismo ladrón.

Kline miró a su alrededor en la sala, con las palmas levantadas en un ademán inquisitivo, pero nadie tenía nada que añadir.

—Muy bien —dijo—. Detective Becker, quiero darle las gracias por su ayuda. Y por su sinceridad. Y buena suerte con su caso.

Hubo una pausa. Luego volvió a oírse el acento sureño.

—Solo me preguntaba si saben algo sobre este caso allí arriba que pueda ser útil para el que tenemos aquí.

Kline y Rodriguez se miraron el uno al otro. Gurney observó cómo los engranajes giraban mientras sopesaban los riesgos y las recompensas potenciales. El capitán finalmente se encogió de hombros, cediendo la decisión al fiscal.

—Bueno —dijo Kline, haciendo que sonara más dudoso de lo que en realidad estaba—, estamos contemplando la posibilidad de que haya más de una persona desaparecida.

—Vaya…

Hubo un silencio, que sugirió que Becker o bien se estaba tomando tiempo para absorber la información o bien se estaba preguntando por qué no se había mencionado antes. Cuando habló de nuevo, su voz había perdido la suavidad.

—¿De cuántas personas estamos hablando exactamente?

54

Historias desagradables

*E*n el largo camino a casa, Gurney se sintió obsesionado con la situación en Palm Beach, por la imagen de Jordan Ballston junto a su piscina, por el deseo de llegar al hombre y al fondo de ese extraño caso.

Pero llegar hasta aquel tipo no sería fácil. Ballston, que se había aislado tras un enorme muro de abogados y portavoces, a buen seguro que no iba a sentarse a hablar amigablemente del cadáver en su sótano.

Al salir del pueblecito de Musgrave, Gurney aparcó en una tienda Stewart's abierta las veinticuatro horas para comprar café. Eran casi las tres de la tarde y estaba al borde de un síndrome de abstinencia de cafeína.

Cuando volvía a su coche con una taza humeante de medio litro, sonó su teléfono.

Era Hardwick, para comentar la jugada.

—Entonces, ¿qué opinas, Davey? ¿Una partida nueva?

—La misma partida, otro ángulo de cámara.

—¿Ves algo que no hubieras visto antes?

—Una oportunidad. Aunque no sé cómo llegar a ella.

—¿Ballston? ¿Crees que va a decirte algo? ¡Buena suerte!

—Es la única llave que tenemos, Jack. Tenemos que conseguir que entre en la cerradura.

—¿Crees que está de alguna manera detrás de todo esto?

—Todavía no sé lo suficiente para creer nada. No se me ocurre ninguna manera en que pudiera haber matado a Jillian Perry. Pero te lo repito, es la única llave que tenemos. Tiene un nombre real, un negocio real y un trasfondo personal, y sienta el culo en una dirección real. En comparación con él, Héctor Flores es un fantasma.

—Muy bien, campeón, avísanos cuando ese cerebro genial

tuyo descubra cómo girar esa llave. Pero no te llamaba por eso. Ha surgido más material de Karmala y sus propietarios.

—Kline me dijo que descubriste que no era una empresa de ropa.

Hardwick se aclaró la garganta.

—La punta del consabido iceberg. O más bien la punta de un manicomio. Todavía no sabemos a ciencia cierta en qué negocio está metido Karmala, pero tengo algunos datos de los Skard. Definitivamente no es gente con la que se pueda jugar.

—Espera un momento, Jack. —Gurney abrió su taza y dio un largo sorbo—. Vale, cuéntame.

—Estamos recibiendo información a pedacitos. Antes de que llegaran a Estados Unidos y se internacionalizaran, los Skard originalmente operaban desde Cerdeña, que forma parte de Italia. Italia tiene tres cuerpos policiales separados, cada uno con sus propios registros, además del material local; y luego está la Interpol, que tiene acceso a parte de ello, pero no a todo. Además, estoy recibiendo material que no está en ningún archivo (viejos rumores, cosas que se dicen, lo que sea) de un tipo de la Interpol al que le he hecho algunos favores. Así que lo que tengo son fragmentos desconectados. Algunos son únicos; otros, repetidos; algunos de ellos, contradictorios. Algunos son fiables y otros no, pero no hay forma de saber cuál es cuál.

Gurney esperó. Nunca servía de nada decirle a Hardwick que se saltara el preámbulo.

—En la superficie, los Skard son inversores internacionales de perfil alto. Centros turísticos, casinos, hoteles de mil dólares la noche, empresas que construyen yates de un millón de dólares, cosas de ese estilo. Pero se cree que el dinero que usan para adquirir bienes legales procede de algún otro lugar.

—¿De una empresa más turbia que están ocultando?

—Exacto, y los Skard son muy eficaces ocultando. En toda la historia sangrienta de la familia, solo ha habido una detención (por agresión grave hace diez años) y ni una sola condena. Así que no hay ningún sumario, casi nada que conste por escrito. No dejan de surgir rumores de que están metidos en prostitución de lujo, esclavismo sexual, pornografía sadomaso, extorsión. Pero nada de esto se ha verificado. También tienen una representación legal muy agresiva que se abalanza con una demanda instantánea por injurias cuando aparece en la prensa algo remotamente crítico. Ni siquiera hay fotografías de ellos.

—¿Qué ocurrió con la foto de la detención por agresión?

—Desapareció de un modo misterioso.

—¿Nadie ha testificado nunca contra estos tipos?

—La gente que podría saber algo, que podría sentirse persuadida a decir algo, incluso aquellos que simplemente están cerca de los Skard en tiempos de tensión, bastante tienen con permanecer vivos. Las pocas personas que cooperaron con artículos en la prensa contra los Skard, incluso de manera anónima, desaparecieron en cuestión de días. Los Skard solo tienen una respuesta al problema: lo eliminan por completo. Sin reparos y sin el menor atisbo de preocupación por los daños colaterales. El ejemplo perfecto: según mi contacto en la Interpol, hace unos diez años Giotto Skard, supuesto jefe de la familia, tuvo un desacuerdo comercial con un agente inmobiliario israelí. Después de una reunión en un pequeño club nocturno de Tel Aviv, durante el cual Giotto aparentemente accedió a los términos del israelí, dijo buenas noches, salió, cerró todas las salidas y prendió fuego al local. Consiguió matar al agente inmobiliario junto con otras cincuenta y dos personas que estaban allí por casualidad.

—¿Nadie se ha infiltrado nunca en su organización?

—Nunca.

—¿Por qué no?

—No tienen una organización en el sentido habitual del término.

—¿Qué quieres decir?

—Los Skard son los Skard. Una familia biológica. La única forma de entrar es por nacimiento o por matrimonio y a bote pronto no se me ocurre ninguna agente encubierta lo bastante devota al trabajo para casarse con una panda de asesinos de masas.

—¿Familia grande?

Hardwick se aclaró la garganta otra vez.

—Sorprendentemente pequeña. De la generación mayor, se cree que solo sigue vivo uno de los tres hermanos: Giotto Skard. Podría haber matado a los otros dos. Pero nadie diría eso. Ni siquiera en un susurro. Ni siquiera como una broma. Giotto tiene (o quizá tenía) tres hijos. Nadie sabe cuántos de ellos siguen vivos o qué edad tienen con exactitud, o dónde podrían estar. Como he dicho, por escasos que sean en número, los Skard operan a escala internacional, así que se presume que los hijos están en distintos lugares del mundo donde hay que cuidar de los intereses de los Skard.

—Espera un momento. Si solo están implicados familiares, ¿qué usan como fuerza bruta?

—Se dice que se ocupan de los problemas ellos mismos. Se dice que son rápidos y eficientes. Se dice que con los años los Skard han eliminado personalmente al menos a doscientos obstáculos humanos para los objetivos comerciales de la familia, sin contar la masacre del club nocturno.

—Qué majos. Si tiene tres hijos, presumiblemente Giotto se casó.

—Oh, claro. Con Tirana Magdalena, la única componente del zoológico completamente podrido de los Skard de la que se sabe algo. Y quizá la única persona en la Tierra que alguna vez causó molestias a Giotto y vivió para contarlo.

—¿Cómo lo consiguió?

—Era la hija del capo de una familia de la mafia albanesa. Mejor dicho, es la hija, sigue viva, en un centro de internamiento psiquiátrico. Tendrá sesenta y pico años, el *don* albanés tendrá unos noventa. No es que Giotto tema a un *don* de la Mafia. Se cuenta que fue una decisión puramente comercial por parte de Giotto dejar vivir a su mujer. No quería perder tiempo y dinero matando a albaneses encolerizados que intentarían vengar la muerte de su esposa.

—¿Cómo demonios sabes todo esto?

—En realidad no lo sé. Como te he dicho, casi todo son rumores del tipo de la Interpol. Quizá la mayor parte sea mentira. Pero me cuadra.

—Espera. Hace un segundo has dicho que era la única componente de la familia Skard de la que se sabe algo. Has dicho que se sabe algo.

—Ah. Aún no he llegado a la parte que se conoce. La estaba reservando para el final.

369

55

Tirana Magdalena Skard

—*T*irana Magdalena era la única hija de Adnan Zog.

—¿Zog era el *don*?

—Zog era el *don* o como coño llamen a esa posición elevada en Albania. En cualquier caso, la hija era una preciosidad.

—¿Cómo lo sabes?

—Su belleza era legendaria. Al menos en el sórdido sur de Europa oriental. Al menos según mi Garganta Profunda en la Interpol. Además, hay fotografías. Muchas fotografías. A diferencia de los Skard, los Zog, sobre todo Tirana Magdalena, no tenían problemas con la fama. Además de ser preciosa, también era irascible, rara, con veleidades artísticas y obsesionada con ser bailarina. A papá Zog le importaba un carajo lo que ella quisiera. La veía solo como algo de potencial valor. Así que cuando el joven y ambicioso Giotto Skard se interesó en la Tirana de dieciséis años al mismo tiempo que estaba negociando una alianza comercial con Zog, este añadió a su hija como parte del trato. Probablemente lo veía como un beneficio doble. Zog le daba a Skard algo que este valoraba y que a él no le costaba nada y de paso se libraba de su hija loca, que era como un grano en el culo. Eso los convirtió a Giotto y a él en hermanos de sangre sin tener que pincharse los dedos.

—Muy eficiente.

—Muy eficiente. Así que ahora esta adolescente chiflada de dieciséis años, criada por un asesino albanés demente, se casa con un asesino sardo demente. Pero lo único que quiere Giotto son hijos, muchos hijos. Eso es bueno para el negocio. Así que ella empieza a darle hijos, que resultan ser todos varones, como él quería: Tiziano, Rafaello, Leonardo. Eso lo hace muy feliz. Pero lo único que quiere Tirana es bailar. Y cada hijo la vuelve un poco más loca. Cuando tiene el tercero ya está para que la encierren. Entonces hace su gran descubrimiento. ¡Coca! Descubre que esnifar cocaína es casi tan bueno como bailar. Esnifa montones de coca. Cuando no puede robar más dinero a Giotto (una actividad muy peligrosa, por cierto), empieza a tirarse al camello. Cuando Giotto lo descubre, lo descuartiza.

—¿Lo descuartiza?

—Sí, al pie de la letra. En trocitos pequeños. Para dar un buen ejemplo.

—Impresionante.

—Exacto. Así que Giotto decide trasladar la familia a América. Mejor para todos, dice. Lo que en realidad quiere decir es que es mejor para el negocio. El negocio es lo único que le importa. Una vez que están aquí, Tirana empieza a follarse a camellos de coca americanos. Giotto los descuartiza. Todo el que se la tira termina descuartizado. Se folla a tantos tíos que él casi no da abasto. Al final, la echa junto con su tercer hijo, Leonardo, que ahora tiene unos diez años y es homosexual o esquizofrénico o simplemente es demasiado raro para que Giotto lo aguante. Ella se lleva el dinero que le da Giotto como regalo de despedida y abre una agencia de modelos para niños a cuyos padres les encantaría verlos en anuncios, en la tele o lo que sea. Ofrece clases de interpretación y baile para potenciar las carreras de los retoños. Entre tanto, Giotto, con sus dos hijos mayores, se concentra en su emporio de sexo y extorsión. Suena como un final feliz para todos los implicados. Pero había una abeja en la sopa.

—Una mosca.

—¿Qué?

—Una mosca en la sopa, no una abeja.

—Una mosca, una abeja, lo que sea. El problema con la agencia de modelos de la cocainómana Tirana es que abusa de los niños. No solo se folla a los camellos de coca, también se folla a todos los niños de diez, once o doce años de los que puede echar mano.

—Dios mío. ¿Cómo terminó?

—Terminó cuando la detuvieron y la acusaron en dos docenas de casos de abusos sexuales, agresión, sodomía, violación, etcétera. La enviaron a un psiquiátrico, y ahí sigue.

—¿Y su hijo?

—Cuando la detuvieron, se había ido.

—¿Se había ido?

371

—O había huido o se lo había llevado otra vez su padre. Tal vez, desapareció en alguna clase de adopción privada. O, conociendo a los Skard, bien podría estar muerto. Giotto nunca dejaría un cabo suelto por sentimentalismo.

56

Una cuestión de control

$\mathcal{A}$ medio camino entre su parada en Steward's y Walnut Crossing, el teléfono de Gurney sonó otra vez. La voz de Rebecca Holdenfield era inteligente, nerviosa; le recordaba tanto a la joven Sigourney Weaver como su cara y su pelo.

—¿Supongo que no va a venir?

—¿Perdón?

—¿No revisa sus mensajes?

Lo recordó. Esa mañana tenía un mensaje de texto y uno en el buzón de voz. Miró primero el de texto, y empezó a especular sobre su amnesia. Olvidó mirar el buzón de voz.

—Dios santo, lo siento, Rebecca. Estoy yendo demasiado deprisa. ¿Me esperaba esta tarde?

—Eso es lo que me pedía en su mensaje de voz. Así que le dije que bien, que pasara.

—¿Alguna posibilidad de dejarlo para mañana? ¿Qué día es mañana, por cierto?

—Martes. Y estoy ocupada todo el día. ¿Qué tal el jueves? Es cuando tengo el primer hueco.

—Falta demasiado. ¿Podemos hablar ahora?

—Estoy libre hasta las cinco, lo que significa que tengo diez minutos. ¿Cuál es el tema?

—Tengo unos cuantos: los efectos de ser educado por una madre promiscua, el modo de pensar de las mujeres que abusan sexualmente de niños, las debilidades psicológicas de asesinos sexuales varones... y la conducta de varones adultos bajo la influencia de un cóctel de Rohipnol.

Después de dos segundos de silencio, Holdenfield estalló en una carcajada.

—Claro. Y en el tiempo que nos quede podemos discutir las causas del divorcio, formas de acabar con las guerras y...

—Vale, vale, ya lo entiendo. Elija el tema del que cree que tendremos tiempo de hablar.

—¿Estaba pensando en echar Rohipnol en su siguiente Martini?

—No.

—¿Es solo una pregunta teórica, entonces?

—Más o menos.

—Hum. Bueno, no hay un rango de respuesta estándar para la conducta en estados de intoxicación en general. Diferentes sustancias químicas desvían la conducta en direcciones diferentes. La cocaína, por ejemplo, tiende a producir un aumento del deseo sexual. Pero si me está preguntando si hay límites a la conducta que permite un desinhibidor no alucinógeno, la respuesta es sí y no. No hay un límite específico que se aplique a todos, pero hay límites individuales.

—¿Como cuáles?

—No hay forma de saberlo. Las limitaciones a nuestra conducta dependen de la precisión de nuestras percepciones, la fuerza de nuestros deseos instintivos y la fortaleza de nuestros miedos. Si la droga es un desinhibidor que elimina nuestro temor a las consecuencias, entonces nuestra conducta reflejará nuestros deseos y solo estará limitada por el dolor, la satisfacción o el agotamiento. Haremos lo que haríamos en un mundo sin consecuencias, pero no cosas que no deseáramos hacer. Los desinhibidores dan rienda suelta a impulsos propios ya existentes, pero no manufacturan impulsos que son inconsistentes con la estructura psíquica subyacente del individuo. ¿He respondido a su pregunta?

—¿El resumen es que si se le da a alguien una droga así, llevará a cabo sus fantasías?

—Podría incluso hacer cosas con las que no se atreve a fantasear.

—Ya veo —dijo, sintiendo un mareo—. Deje que cambie de tema. Una graduada reciente de Mapleshade ha aparecido muerta: un asesinato sexual en Florida. Violación, tortura, decapitación, cadáver en la nevera del sospechoso.

—¿Cuánto tiempo? —Como de costumbre, a Holdenfield no la arredraban los detalles escabrosos, ni evitaba que lo pareciera.

—¿A qué se refiere?

374

—¿Cuánto tiempo estuvo el cadáver en el congelador?

—El forense dice que tal vez un par de días. ¿Por qué lo dice?

—Solo me preguntaba para qué lo guardaba este tipo. Es un hombre, ¿verdad?

—Jordan Ballston, un pez gordo del negocio de los derivados financieros.

—¿Ballston, el multimillonario? Recuerdo haber leído algo. Acusación de asesinato en primer grado. Pero eso ocurrió hace meses.

—Exacto, pero la identidad de la víctima fue originalmente omitida por los medios y la relación con las otras desapariciones de Mapleshade se acaba de descubrir.

—¿Está seguro de que hay una relación?

—Sería una gran coincidencia si no la hay.

—¿Han podido interrogar a Ballston?

—Aparentemente no. Se esconde detrás de una trinchera de abogados.

—Entonces, ¿en qué puedo ayudarle?

—Supongamos que consigo llegar a él.

—¿Cómo?

—Todavía no lo sé. Supongamos que lo logro.

—Muy bien, lo estoy suponiendo. ¿Ahora qué?

—¿De qué tendría más miedo?

—¿Rodeado por su alambrada de abogados? —Chascó repetidamente la lengua, con rapidez, haciéndolo sonar como un acompañamiento con los dedos de su rápido pensamiento—. No temería nada…, a menos que…

—¿Qué?

—A menos que piense que alguien más sabe lo que ha hecho, alguien que podría tener planes en conflicto con los suyos. Esa clase de situación dejaría algo fuera de su ámbito de control. Los asesinos sexuales sádicos están obsesionados al máximo con el control, y la única cosa que haría saltar los circuitos de un obseso por el control sería estar a merced de otro. —Hizo una pausa—. ¿Tiene alguna forma de contactar con Ballston?

—Todavía no.

—¿Cómo es que tengo la sensación de que se le va a ocurrir algo?

—Aprecio su confianza.

375

—Ahora he de colgar. Lamento no tener más tiempo. Solo recuerde, Dave, cuanto más poder crea que tiene sobre él, más fácil es que se desmonte.

—Gracias, Becca. Gracias por su ayuda.

—Espero que no le parezca que va a resultarle fácil.

—No se preocupe. No estaba pensando en algo fácil.

—Bien. Manténgame al día, ¿vale? ¡Y buena suerte!

Igual que se le había pasado por alto el mensaje de teléfono de Holdenfield de esa mañana, se mantuvo ajeno a otro espectacular anochecer en las montañas durante el resto del trayecto a casa. Cuando se hubo desviado de la autopista del condado y ascendía por el camino serpenteante hasta su propiedad, la única luz que quedaba era de un tenue rosa apagado en el cielo occidental, e incluso apenas reparó en eso.

En la zona de transición de delante del granero, donde el camino de tierra se convertía en su sendero más estrecho y más herboso, aparcó junto al buzón, que colgaba en voladizo de un poste. Cuando estaba a punto de abrirlo, una pequeña mancha amarilla en la colina captó su atención. Se estaba moviendo lentamente por el arco del camino que discurría por encima del prado. Reconoció el rompevientos ligero de Madeleine.

El pasto de centeno y algodoncillo que se interponía entre ellos solo permitía verla de cintura para arriba, pero Dave imaginó que podía percibir el ritmo suave de sus pasos. Se sentó y la observó hasta que la trayectoria del camino y el contorno ondulado del campo hicieron que, de manera gradual, se perdiera de vista: una figura solitaria que se movía con calma hasta un impenetrable océano de hierba alta.

Gurney permaneció allí un buen rato, contemplando la colina desierta, hasta que todo el color del cielo desapareció, sustituido por un gris tan monótono como la línea que registra la ausencia de un latido. Parpadeó y notó los ojos humedecidos. Se los frotó con los nudillos y condujo el resto del camino hasta la casa.

Decidió darse una ducha con la esperanza de recuperar cierto sentido de normalidad. De pie bajo el chorro de agua caliente, sintiendo que el cosquilleante masaje le relajaba el cuello y los hombros, dejó que su mente vagara en el sonido: el suave rugido de un aguacero de verano. Durante un par de extraños segundos, su cerebro se llenó con el aroma puro y pacífico de la lluvia. Se frotó con jabón y una esponja gruesa, salió y se secó con la toalla.

Demasiado adormilado para vestirse, notando todavía el calor de la ducha, Gurney retiró la colcha de la cama y se tumbó en la sábana fría. Durante un minuto maravilloso, todo el mundo se redujo a esa sábana fría, al aire con olor a hierba que soplaba sobre él desde una ventana abierta, a una imaginada luz solar que destellaba a través de las hojas de árboles gigantes... mientras él descendía por la escalera de oníricas asociaciones libres hasta caer en un sueño profundo.

Se despertó en la oscuridad sin ninguna noción del tiempo. Habían colocado una almohada bajo su cabeza y tenía la colcha subida hasta la barbilla. Se levantó, encendió la lámpara de la mesita y miró el reloj. Eran las 19.49. Se puso la misma ropa que llevaba antes de la ducha y fue a la cocina. En el equipo de música sonaba algo barroco, levemente audible. Madeleine estaba sentada detrás de la más pequeña de las dos mesas de la estancia, con un bol de sopa de color naranja y media barra de pan, leyendo un libro. Levantó la mirada cuando él entró en la sala.

—Pensaba que a lo mejor te quedabas durmiendo hasta mañana —dijo Madeleine.

—Ya ves que no —murmuró Dave. La voz le salió ronca y tosió para aclarársela.

Madeleine volvió a mirar el libro.

—Si te apetece, hay sopa de zanahoria en el cazo y pollo frito en el *wok*.

Dave bostezó.

—¿Qué estás leyendo?

—*La historia natural de las polillas*.

—¿La historia de qué?

Ella articuló la palabra como podría hacerlo a alguien que leyera los labios.

—Polillas. —Pasó la hoja—. ¿Había correo?

—¿Correo? Eh... no lo sé. Creo... Oh, sí, iba a recogerlo y entonces te vi arriba de la colina y me distraje.

—Llevas bastante tiempo distraído.

—No me digas. —De inmediato lamentó su tono defensivo, pero no lo bastante como para reconocerlo.

—¿No lo crees?

Él suspiró con nerviosismo.

—Supongo. —Fue al cazo que estaba al fuego y se sirvió un bol de sopa.

—¿Hay algo de lo que quieras hablar?

Dave retrasó la respuesta hasta que estuvo sentado al otro lado de la mesa con su sopa y la otra mitad de la barra de pan.

—Ha ocurrido algo importante en el caso. Una antigua alumna de Mapleshade ha aparecido muerta en Florida. Un asesinato con connotaciones sexuales.

Madeleine cerró el libro y lo miró.

—Entonces…, ¿qué estás pensando?

—Es posible que las otras chicas que desaparecieron también terminen de la misma manera.

—¿Asesinadas por la misma persona?

—Es posible.

Madeleine estudió su rostro como si hubiera en él información no escrita.

—¿Qué? —preguntó él.

—¿Es en eso en lo que estás pensando?

Dave sintió un torrente de malestar en el estómago.

—Forma parte de eso, sí. Otra parte es que la Policía no ha podido sacarle ni una palabra al hombre al que acusan de asesinato; nada salvo una negación categórica. Entre tanto su bufete de abogados y una firma de relaciones públicas están creando escenarios alternativos para alimentar a los medios: montones de razones inocentes por las cuales el cadáver decapitado de una mujer violada y torturada podría estar en su congelador.

—Y tú estás pensando que si pudieras sentarte a hablar con este monstruo…

—No estoy diciendo que le sacara una confesión, pero…

—Pero ¿lo harías mejor que los agentes locales?

—Eso no sería muy difícil. —Hizo una mueca interna ante su propia arrogancia.

Madeleine frunció el ceño.

—No sería la primera vez que el detective estrella está a la altura del desafío y descifra el misterio.

Dave la miró, incómodo.

Una vez más, ella parecía estar examinando el mensaje codificado en la expresión de su marido.

—¿Qué? —preguntó.

—No he dicho nada.

—Pero estás pensando en algo. ¿Qué es? Dímelo.

Ella vaciló.

—Pensaba que te gustaban los enigmas.

—Eso lo admito. ¿Y qué?

—Entonces, ¿por qué te veo tan abatido?

La pregunta lo inquietó.

—Quizá solo estoy agotado. No lo sé.

Pero sí lo sabía. La razón de que se sintiera tan mal era que no se atrevía a contarle por qué se sentía mal. Su reticencia a revelar la absoluta desazón que sentía por haber sido drogado y la intensidad de sus preocupaciones por el Rohipnol lo habían aislado de una manera terrible.

Negó con la cabeza, como si rechazara las súplicas de su lado bueno, la vocecita que le rogaba que le contara todo a esa mujer que lo amaba. Su temor era tan grande que bloqueaba aquello mismo que habría podido eliminarlo.

57

El plan

*P*or más que con frecuencia fuera tensa, la relación con Madeleine siempre había sido para Gurney el principal pilar de su estabilidad. Pero en ese momento se sentía incapaz de ser sincero con ella.

Con la desesperación de un hombre que se ahoga, abrazó su único otro pilar, su identidad de detective, e intentó canalizar todas sus energías en resolver el crimen.

Estaba convencido de que el siguiente paso que debía dar en ese proceso era mantener una conversación con Jordan Ballston. Necesitaba hablar con él. Rebecca había insistido en que el miedo sería la clave para romper la cáscara del rico psicópata, y Gurney no tenía motivos para estar en desacuerdo. Y también sabía que sería difícil.

Miedo.

Era algo con lo que Gurney tenía en ese momento una familiaridad pura, íntima. Quizás esa experiencia podría servirle. ¿Qué era exactamente lo que tanto lo atemorizaba? Recuperó los tres mensajes de texto que le habían causado alarma y los releyó con atención:

Cuántas pasiones, cuántos secretos, cuántas fotografías maravillosas.

¿Está pensando en mis chicas? Ellas están pensando en usted.

Es un hombre muy interesante, debería haber sabido que mis hijas lo adorarían. Fue fantástico que viniera a la ciudad, la próxima vez ellas irán a verle. ¿Cuándo? ¿Quién sabe? Ellas quieren que sea una sorpresa.

Aquellas palabras hacían que sintiera en su pecho una sensación de mareante vacío.

Esas amenazas virulentas lo envolvían en banalidades etéreas.

Muy inconcretas y al mismo tiempo malignas.

Inconcretas. Sí, eso era. Le recordó la explicación de su profesor de literatura favorito acerca del poder emotivo de Harold Pinter: «Los peligros que nos generan el máximo terror no son aquellos que se han expresado, sino los que configura nuestra imaginación. No son las largas diatribas de un hombre airado lo que nos hiela la sangre en las venas, sino la amenaza de una voz plácida».

De inmediato había sentido lo acertado de aquella reflexión, y años de experiencia no habían hecho sino reforzar esa sensación. Lo que somos capaces de imaginar es siempre peor que aquello que la realidad sitúa ante nosotros. El mayor temor, de lejos, es el miedo hacia lo que imaginamos que acecha en la oscuridad.

Así que quizá la mejor manera de hacer sentir pánico a Ballston sería darle la oportunidad de que se asustara a sí mismo. Su ejército de abogados rechazaría cualquier ataque frontal. Gurney necesitaba una puerta trasera para franquear las murallas.

La estrategia de defensa de Ballston se basaba en una negación categórica de cualquier conocimiento de Melanie Strum viva o muerta, además de en la creación de una hipótesis alternativa que implicara el acceso de otros individuos a su casa, que explicara la presencia del cadáver de la joven. Una estrategia así se derrumbaría con consecuencias desastrosas para Ballston si podía establecerse un vínculo anterior entre él y la chica. En el mejor de los casos, la naturaleza de ese vínculo también explicaría cómo se relacionaban los asesinatos de Melanie Strum, Jillian Perry y Kiki Muller, así como las desapariciones de las otras exalumnas de Mapleshade. Pero tanto si lo explicaba como si no, Gurney estaba seguro de que descubrir la ruta de Melanie al congelador del sótano de Ballston sería un salto gigantesco hacia la solución final. Y la posible exposición de ese vínculo sería el mayor temor de Ballston.

La cuestión era cómo desencadenar ese miedo, cómo usarlo como punto de entrada en la psique de Ballston, como vía para sortear las almenas custodiadas por sus abogados. ¿Existía una persona, un lugar o una cosa cuya mención abriera la puerta? ¿Mapleshade? ¿Jillian Perry? ¿Kiki Muller? ¿Héctor Flores? ¿Edward Vallory? ¿Allessandro? ¿Karmala Fashion? ¿Giotto Skard?

Y por difícil que fuera elegir el nombre mágico, la parte más complicada sería manejar el diálogo que siguiera, el arte de Pinter de sugerir sin especificar, de desconcertar sin proporcionar detalles. El reto consistiría en proporcionar el oscuro espacio en el cual Ballston imaginaría lo peor, la soga con la que podría ahorcarse.

Eran más de las diez y Madeleine ya se había ido a acostar. Gurney, en cambio, estaba bien despierto, paseando a lo largo de la gran cocina, inmerso en posibilidades, evaluaciones de riesgo, logística. Redujo las potenciales llaves para abrir la puerta de Ballston a los tres nombres que consideraba más prometedores: Mapleshade, Flores, Karmala.

De entre estos, finalmente puso a Karmala, por un milímetro, en lo alto de la lista. Todas las chicas de Mapleshade de las que se sabía que habían desaparecido habían salido en anuncios casi pornográficos de Karmala Fashion; Karmala no parecía estar en el negocio en el que se suponía que estaba; estaba relacionado con los Skard, y se rumoreaba que estos andaban metidos en una empresa de sexo criminalizado, y el asesinato de Melanie Strum era un crimen sexual. De hecho, el nombre de Edward Vallory y la política de admisiones de Mapleshade sugerían que todo lo relacionado con el caso hasta el momento era, en cierto modo, un delito sexual o su resultado.

Gurney era consciente de que la cadena lógica hasta Karmala no era perfecta, pero exigir la lógica perfecta (por más que le atrajera ese concepto) no conducía a soluciones, sino a una parálisis. Había aprendido que en el trabajo policial, como en la vida, la pregunta clave no era: «¿Estoy absolutamente seguro de lo que creo?». La pregunta que importaba era: «¿Estoy lo bastante seguro para actuar según esa creencia?».

En este caso, la respuesta de Gurney era afirmativa. Se habría jugado algo a que algún detalle respecto a Karmala incomodaría a Jordan Ballston. Según el viejo reloj de encima del aparador, eran poco más de las diez cuando hizo la llamada al Departamento de Policía de Palm Beach para conseguir el número de Ballston.

Nadie asignado al caso Strum estaba de servicio esa noche, pero el sargento de guardia pudo darle el teléfono móvil de Darryl Becker.

Para su sorpresa, este respondió tras el primer tono.

Gurney explicó lo que quería.

—Ballston no habla con nadie —dijo Becker, tozudo—. Las comunicaciones entran y salen a través de Markham, Mull & Sternberg, su principal bufete de abogados. Pensaba que lo había dejado claro.

—Yo podría tener una forma de llegar a él.

—¿Cómo?

—Voy a tirar una bomba por su ventana.

—¿Qué clase de bomba?

—La clase de bomba que hará que quiera hablar conmigo.

—¿Se trata de algún jueguecito, Gurney? He tenido un día muy largo. Quiero hechos.

—¿Está seguro?

Becker se quedó en silencio.

—Mire, si puedo desequilibrar a este mal nacido será positivo para todos. En el peor de los casos estaríamos en el punto de partida. Lo único que va a darme es un número de teléfono, no autorización oficial para que haga nada, así que si hay alguna consecuencia, que no creo que la haya, no le caerá encima. De hecho, ya he olvidado por adelantado de dónde saqué el número.

Se produjo otro breve silencio, seguido por unos pocos clics en un teclado y a continuación Becker leyó un número que empezaba con el prefijo de Palm Beach. Luego colgó.

Gurney pasó varios minutos imaginando y luego sumergiéndose en una versión simple del tipo de personaje infiltrado con capas por el que había abogado en sus clases en la academia; en este caso debía ser un hombre frío y reptiliano, que acechara bajo un fino barniz de modales civilizados.

Una vez que tuvo claras las ideas en relación con la actitud y el tono que debía adoptar, activó el bloqueador de identidad en su teléfono e hizo la llamada al número de Palm Beach. Esta fue directamente a su buzón de voz.

Una voz de malcriado, imperiosa, anunció: «Soy Jordan. Si quiere recibir una respuesta, por favor, deje un mensaje específico en relación con el objeto de su llamada». El «por favor» sonaba con una condescendencia rasposa que implicaba lo contrario de su significado normal.

Gurney habló con voz pausada y cierta torpeza, como si las implicaciones de un discurso educado fueran para él una danza extraña y difícil. También añadió el más sutil atisbo de un acento del sur de Europa.

—El objeto de mi llamada es su relación con Karmala Fashion, que he de discutir con usted lo antes posible. Volveré a llamarle dentro de, más o menos, treinta minutos. Por favor esté disponible para responder el teléfono y seré más «específico» en ese momento.

Gurney estaba haciendo tres suposiciones fundamentales: que Ballston estaba en casa, como requería su libertad bajo fianza; que un hombre en su comprometida situación filtraba sus llamadas y comprobaba sus mensajes de manera obsesiva; y que la manera en que escogiera manejar la prometida llamada a los treinta minutos revelaría la naturaleza de su implicación con Karmala.

Hacer una suposición era arriesgado. Hacer tres era una locura.

58

En acción

A las 22.58 Gurney hizo su segunda llamada. Respondieron al tercer tono.

—Soy Jordan. —La voz en vivo sonaba más rígida, más vieja que en el saludo de la grabación.

Gurney sonrió. Aparentemente Karmala era la palabra mágica. Haber acertado a la primera hizo que le subiera la adrenalina. Sentía que había logrado el acceso a un torneo de apuestas muy altas en el cual el reto consistía en deducir las reglas del juego por la actitud del oponente. Cerró los ojos y se metió en su personaje de serpiente que simula ser inofensiva.

—Hola, Jordan. ¿Cómo está?

—Bien.

Gurney no dijo nada.

—¿De... de qué se trata?

—¿Usted qué cree?

—¿Qué? ¿Con quién estoy hablando?

—Soy policía, Jordan.

—No tengo nada que decir a la Policía. He dejado claro que...

Gurney lo interrumpió.

—¿Ni siquiera de Karmala?

Hubo una pausa.

—No sé de qué está hablando.

Gurney suspiró. Hizo un sonido de succión con los dientes, aburrido.

—No tengo ni idea de qué está hablando —reiteró Ballston.

De haber sido cierto, pensó Gurney, ya habría colgado. O ni siquiera habría contestado la llamada.

—Bueno, Jordan, la cuestión es que si tiene información que

esté dispuesto a compartir quizá podríamos resolver las cosas a su favor.

Ballston dudó.

—Mire..., eh, ¿por qué no me da su nombre, agente?

—No es una buena idea.

—¿Perdón? No...

—Mire, Jordan, esto es una exploración preliminar. ¿Entiende lo que estoy diciendo?

—No estoy seguro.

Gurney suspiró otra vez, como si el discurso en sí fuera una pesadez.

—No se hace una oferta formal sin indicación de que será considerada seriamente. Una voluntad de proporcionar información útil sobre Karmala Fashion podría concretarse en una actitud procesal muy diferente hacia su caso, pero necesitaríamos percibir un sentido de cooperación por su parte antes de discutir las posibilidades. Estoy seguro de que lo entiende.

—No, la verdad es que no. —La voz de Ballston era quebradiza.

—¿No?

—No sé de qué está hablando. Nunca he oído hablar de Caramel Fashion, o como se llame. Así que es imposible que pueda contarles nada.

Gurney rio con suavidad.

—Muy bien, Jordan. Eso está muy bien.

—Hablo en serio. No sé nada de esa compañía, de ese nombre, sea lo que sea.

—Es bueno saberlo. —Gurney dejó que un atisbo del reptil penetrara en su voz—. Es bueno para usted. Y bueno para todos.

El atisbo pareció tener un efecto aturdidor. Ballston permanecía callado.

—¿Sigue con nosotros, Jordan?

—Sí.

—¿Así que ya hemos solucionado esa parte?

—¿Parte?

—Esa parte de la situación. Pero tenemos más cosas de que hablar.

Hubo una pausa.

—Usted no es policía, ¿verdad?

—Por supuesto que soy policía. ¿Por qué iba a decir que era policía si no lo fuera?

—¿Quién es realmente y qué quiere?

—Quiero ir a verle.

—¿A verme?

—No me gusta mucho el teléfono.

—No entiendo qué quiere.

—Solo charlar un poco.

—¿Sobre qué?

—Basta de tonterías. Es un tipo inteligente. No hable como un estúpido.

De nuevo, Ballston parecía aturdido en el silencio. Gurney pensó que casi podía oír el temblor en la respiración del hombre. Cuando Ballston habló de nuevo, su voz había caído a un susurro aterrorizado.

—No estoy seguro de quién es, pero… todo está bajo control.

—Bien, todos estarán contentos de oírlo.

—En serio. Lo digo en serio. Todo está bajo control.

—Bien.

—Entonces, ¿qué más…?

—Una charla. Cara a cara. Solo queremos estar seguros.

—¿Seguros? Pero ¿por qué? O sea…

—Como he dicho, Jordan… ¡No me gusta el puto teléfono!

Otro silencio. Esta vez Ballston apenas parecía respirar.

Gurney volvió a recuperar su tono de aterciopelada calma.

—Muy bien, no hay de qué preocuparse. Así que esto es lo que haremos. Subiré hasta allí. Hablaremos un poco. Nada más. ¿Lo ve? No hay problema. Es fácil.

—¿Cuándo quiere hacerlo?

—¿Qué le parece dentro de media hora?

—¿Esta noche? —La voz de Ballston estaba a punto de quebrarse.

—Sí, Jordan, esta noche. ¿Cuándo coño va a ser dentro de media hora?

En el silencio de Ballston, Gurney imaginó su sensación de puro temor. El momento ideal para terminar la llamada. Colgó y dejó el teléfono en la punta de la mesa del comedor.

A la luz tenue, detrás del otro lado de la mesa, Madeleine estaba de pie en pijama en el umbral de la cocina. La parte de arriba no coincidía con la de abajo.

387

—¿Qué está pasando? —preguntó, pestañeando con somnolencia.

—Creo que tenemos un pez en el anzuelo.

—¿Tenemos?

Con un deje de enfado, reformuló su comentario.

—El pez de Palm Beach parece que ha picado, al menos por el momento.

Ella asintió reflexivamente.

—¿Y ahora qué?

—Hay que recoger el hilo. ¿Qué si no?

—Entonces, ¿con quién te vas a reunir?

—¿Reunirme?

—Dentro de media hora.

—¿Me has oído decir eso? De hecho, no voy a reunirme con nadie dentro de media hora. Quería sugerirle a Ballston la idea de que estaba cerca. Aumentar su inquietud. También le dije que subiría hasta allí, para que creyera que estaba en Lake Worth o South Palm.

—¿Qué pasará cuando no aparezcas?

—Se preocupará. Tendrá problemas para dormir.

Madeleine parecía escéptica.

—¿Y luego qué?

—Todavía no lo he preparado.

A pesar de que en parte era verdad, la antena de Madeleine pareció detectar cierta falsedad en la respuesta.

—Entonces, ¿tienes un plan o no?

—Tengo una especie de plan.

Ella lo miró expectante.

No se le ocurrió manera alguna de salir del embrollo que no fuera tomando el toro por los cuernos.

—Necesito estar cerca de él. Es obvio que tiene alguna relación con Karmala Fashion, que la relación es peligrosa y que le aterroriza. Pero necesito saber más, cuál es exactamente la conexión, de qué trata Karmala, cómo se relacionan Karmala y Jordan Ballston con las otras piezas del caso. No hay forma de que pueda hacer todo eso por teléfono. Necesito verle los ojos, leer su expresión, observar su lenguaje corporal. También necesito aprovechar el momento, mientras el hijo de perra se retuerce en el anzuelo. Ahora mismo su miedo juega a mi favor. Pero no durará.

—¿Así que te vas a Florida?

—Esta noche no. Quizá mañana.

—¿Quizá mañana?

—Seguramente mañana.

—Martes.

—Sí. —Se preguntó si había olvidado algo—. ¿Tenemos algún otro compromiso?

—¿Cambiaría algo?

—¿Lo tenemos?

—Como he dicho, ¿cambiaría algo?

Una pregunta tan sencilla y, en cambio, qué extrañamente difícil de responder. Quizá porque Gurney la oía como un sucedáneo de las preguntas más importantes que esos días no habían estado nunca lejos de la mente de Madeleine: «¿Alguna cosa que planeemos hacer juntos cambiaría algo? ¿Alguna parte de nuestra vida en común sería alguna vez más importante que el siguiente paso en una investigación? ¿Estar juntos alguna vez importará más que el hecho de que seas detective? ¿O perseguir lo que sea que siempre estás persiguiendo estará siempre en el centro de tu vida?».

Claro que quizás estaba leyendo demasiado en un comentario huraño, en un malhumor pasajero en plena noche.

389

—Mira, dime si se supone que tengo que hacer algo mañana que de alguna manera he olvidado —dijo con sinceridad—, y te diré si cambia algo.

—Eres un hombre muy razonable —contestó ella, burlándose de su sinceridad—. Me vuelvo a la cama.

Durante un rato después de que ella se fuera, sus prioridades se mezclaron. Fue al lado no iluminado de la sala, a la zona de asientos entre la chimenea y la estufa Franklin. El aire se notaba frío y olía a ceniza. Se hundió en su sillón de piel. Se sentía inquieto, a la deriva. Un hombre sin puerto.

Se quedó dormido.

Se despertó a las dos de la madrugada. Se levantó de la silla, estiró los brazos y volvió al trabajo.

Su mente se había aclarado y, en apariencia, había resuelto las dudas que podría tener sobre sus planes para ese nuevo día. Sacó la tarjeta de crédito de la cartera, fue al ordenador del despacho y escribió en el formulario de búsqueda: «Vuelos desde Albany, NY, a Palm Beach, FL».

Mientras se estaban imprimiendo sus billetes de ida y vuelta, junto con su guía de turismo de Palm Beach, se dirigió a la ducha. Y cuarenta y cinco minutos más tarde, después de escribir una nota a Madeleine en la que le prometía que volvería a casa esa tarde a las siete, estaba de camino al aeropuerto, sin llevar nada más que su cartera, su teléfono móvil y lo que había impreso.

Durante el trayecto de cien kilómetros hacia el este por la I-88, hizo cuatro llamadas. La primera fue a un servicio de limusinas de lujo, abierto las veinticuatro horas del día, para encargar la clase de vehículo adecuado para que lo fueran a recoger a Palm Beach. La siguiente fue a Val Perry, porque iba a gastar su dinero en algunas compras caras pero necesarias, y quería que constara, aunque fuera en el buzón de voz en las primeras horas de la mañana.

Su tercera llamada, a las 4.20 de la mañana, fue a Darryl Becker. Para su sorpresa, Becker no solo lo cogió, sino que sonó suficientemente despierto, o tan despierto como puede parecer un hombre con acento sureño a oídos de un hombre del norte.

—Me iba al gimnasio —dijo Becker—. ¿Qué pasa?

—Tengo algunas buenas noticias y necesito un gran favor.

—¿Cómo de buenas y cómo de grande?

—He probado suerte con Ballston por teléfono y he pinchado en hueso. Voy a verlo, a ver qué ocurre si sigo pinchando.

—No habla con policías. ¿Qué demonios le ha dicho para que hable con usted?

—Es una larga historia, pero el hijo de perra se derrumba. —Gurney aparentaba más confianza de la que en realidad tenía.

—Estoy impresionado. ¿Cuál es el favor?

—Necesito un par de tipos grandes, con mala pinta, para que estén junto a mi coche mientras estoy en la casa de Ballston.

Becker sonó incrédulo.

—¿Tiene miedo de que se lo roben?

—Necesito crear cierta impresión.

—¿Cuándo hay que crear esa impresión?

—Alrededor del mediodía de hoy. Por cierto, pagaré bien. Quinientos dólares a cada uno por una hora de trabajo.

—¿Por quedarse junto a su coche?

—Por quedarse junto a mi coche y simular ser matones de la Mafia.

—Por quinientos la hora se puede arreglar. Puede recogerlos en mi gimnasio de West Palm. Le daré la dirección.

Infiltrado

*E*l avión de Gurney despegó de Albany a la hora prevista, las 5.05. Hizo escala en Washington D.C. —llegando por los pelos a una conexión muy ajustada— y aterrizó en el aeropuerto internacional de Palm Beach a las 9.55.

En la zona de recepción para limusinas, entre la docena de conductores uniformados que esperaban a los viajeros que llegaban había uno con un cartel con el nombre de Gurney.

Era un joven latino de pómulos prominentes, pelo tan negro como tinta de calamar y un pendiente de diamante en una oreja. Al principio pareció un poco confundido, incluso enfadado, por la ausencia de equipaje, hasta que Gurney le dio la dirección de la primera parada: el Giacomo Emporium en Worth Avenue. Entonces se animó, quizá razonando que un hombre que viajaba ligero por conveniencia y después compraba lo que necesitaba en Giacomo tenía que dar buenas propinas.

—El coche está fuera, señor —dijo con un acento que a Gurney le pareció centroamericano—. Es muy bonito.

Una puerta giratoria los condujo del clima atemporal común en el interior de todos los aeropuertos a un baño de vapor tropical, que le recordó a Gurney que no había nada otoñal en el sur de Florida en septiembre.

—Allí, señor —dijo el conductor, cuya sonrisa reveló una pésima dentadura para tratarse de un hombre joven—. El primero.

El coche, como Gurney había especificado en su llamada de antes del amanecer, era un Mercedes S600 sedán, la clase de vehículo de seis cifras que podía verse una vez al año en Walnut Crossing. En Palm Beach era tan común como las gafas de sol de quinientos dólares. Gurney se metió en el asiento de atrás: una cápsula silenciosa y sin humedad, de piel suave, moqueta suave y ventanas suavemente tintadas.

El chófer le cerró la puerta, se metió en el asiento delantero y deslizó con cuidado el Mercedes en el flujo de taxis y autobuses lanzadera.

—¿La temperatura está bien?

—Sí.

—¿Quiere música?

—No, gracias.

El chófer sorbió, tosió, redujo mucho la velocidad cuando el coche pasó por un charco del tamaño de un estanque.

—Ha estado lloviendo de mala manera.

Gurney no respondió. Nunca le había gustado hablar por hablar y en compañía de desconocidos se sentía más cómodo en silencio. No se pronunció ni una sola palabra más hasta que el coche se detuvo a la entrada del muy elegante centro comercial donde se encontraba el Giacomo Emporium.

El chófer lo miró por el retrovisor.

—¿Sabe cuánto tiempo va a estar?

—No mucho —dijo Gurney—. Cinco minutos máximo.

—Entonces me quedo aquí. Si la policía me dice algo, doy una vuelta. —Hizo un gesto orbital con el dedo índice para ilustrar el proceso que pretendía llevar a cabo—. Doy una vuelta y sigo pasando por delante, hasta que esté aquí, ¿de acuerdo?

—De acuerdo.

El impacto de salir otra vez a la atmósfera caliente y húmeda se intensificó por el golpe visual de pasar de los vidrios tintados del coche a la luz deslumbrante del sol de Florida a media mañana. El centro comercial estaba decorado con semilleros de palmeras y helechos, y lirios asiáticos en macetas. El aire olía a flores hervidas.

Gurney se apresuró a entrar en la tienda, donde el aire olía más a dinero que a flores. La clientela, mujeres rubias de entre treinta y sesenta años, se movía a través de los meticulosamente dispuestos mostradores de ropa y complementos. El personal de ventas, chicos y chicas anoréxicos de veintitantos años, tenía aspecto de tratar de parecerse a los chicos y chicas anoréxicos de los anuncios de Giacomo.

La ansiedad de Gurney por salir corriendo de ese ambiente

393

chic lo hizo volver a la calle al cabo de diez minutos. Nunca se había gastado tanto en tan poco: unos sorprendentes 1.879,42 dólares por unos pantalones, un par de mocasines, un polo y unas gafas de sol, seleccionadas con la ayuda de un esbelto joven que exhibía el moderno hastío de una víctima reciente de la mordedura de un vampiro.

En un probador, Gurney se había quitado sus tejanos gastados, camiseta, zapatillas deportivas y calcetines y se había puesto su nueva y cara indumentaria. Quitó las etiquetas y se las entregó al vendedor junto con su ropa vieja, que le pidió que envolviera en una caja de Giacomo.

Fue entonces cuando el vendedor le ofreció la primera sonrisa desde que había entrado en la tienda.

—Es como un Transformer —dijo, presumiblemente refiriéndose a un juguete que se convertía al instante de una cosa en otra.

El Mercedes estaba esperando. Gurney entró, miró en la guía turística que había impreso y le dio al chófer la siguiente dirección, a poco más de un kilómetro.

Nails Delicato era un pequeño negocio regentado por cuatro manicuras de peinados extravagantes que parecían tambalearse en la endeble frontera que separaba las *top models* de ropa cara de las putas de tarifa cara. Nadie pareció reparar en el hecho de que Gurney fuera el único cliente varón, o a nadie pareció importarle. La manicura a la que le asignaron tenía sueño. Aparte de disculparse varias veces por bostezar mientras se ocupaba de sus uñas, no dijo nada hasta que estuvo casi al final del proceso, aplicando un esmalte transparente.

—Tiene manos bonitas —observó—. Debería cuidarlas mejor. —Su voz era al mismo tiempo joven y cansada, y parecía resonar con la tristeza prosaica de sus ojos.

Cuando estaba pagando a la salida, Gurney compró un tubito de gel para el cabello en el exhibidor de cremas y cosméticos del aparador. Abrió el tubo, se echó una pequeña cantidad de gel en las manos y se frotó el pelo, buscando el aspecto despeinado tan popular en el momento.

—¿Qué opina? —le preguntó a la anodinamente hermosa joven que se ocupaba de cobrar.

La pregunta implicó a la mujer hasta un grado que sorprendió a Gurney. Pestañeó varias veces como si quisiera despertar de un sueño, salió a la parte delantera del mostrador y estudió la cabeza de Gurney desde varios ángulos.

—¿Puedo…? —preguntó.

—Por supuesto.

La joven pasó los dedos en zigzags por el cabello de Gurney, moviéndolo a un lado y a otro y tirando de algunos mechoncitos para ponerlos de punta. Al cabo de unos segundos, la joven retrocedió, con un destello de satisfacción en la mirada.

—¡Ya está! —declaró—. Este es su verdadero yo.

Gurney se echó a reír, lo cual pareció confundirla. Todavía riendo, le cogió la mano y, en un impulso, se la besó sin que se le ocurriera ninguna razón sensata para hacerlo, lo cual también pareció confundirla a ella, aunque de un modo más agradable. Luego salió al baño de vapor de Florida, volvió al Mercedes y le dio al chófer la dirección del gimnasio de Darryl Becker.

—Hemos de recoger a un par de tipos en West Palm —explicó—. Luego iremos a visitar a un hombre en South Ocean Boulevard.

395

Bailar con el diablo

Como cualquiera de los que habían asistido a sus clases en la academia ya habría comprendido, el enfoque de Gurney del trabajo infiltrado era más complejo que el del detective medio. No era solo cuestión de envolverse en modales, actitudes e historia de la identidad que se adoptaba. Se trataba de algo más retorcido que eso, y exponencialmente más difícil de manejar. Su enfoque por capas implicaba crear un personaje complejo para que el objetivo lo penetrara, un código para que lo descifrara, un sendero que pudiera seguir para llegar a las convicciones que Gurney quería que abrazara.

En aquel caso, no obstante, se añadía otra dimensión de dificultad. En anteriores ocasiones siempre había sabido con exactitud a qué punto final de su identidad quería que llegara su objetivo. En esta ocasión no era así, porque la identidad apropiada dependería de la naturaleza exacta de la operación que realizaba Karmala y de la relación de Ballston con ella, y ambas cosas seguían siendo incógnitas de la ecuación. Eso dejaba a Gurney en la posición de tener que avanzar a tientas, sabiendo que un paso en falso podría resultar fatal.

Cuando el coche dobló por South Ocean Boulevard, a tres kilómetros de la dirección de Ballston, la absurda dificultad de lo que pretendía empezó a calar en Gurney. Iba a entrar desarmado en la casa de un asesino sexual psicópata. Su única defensa y su oportunidad para tener éxito residían en la creación de un personaje que tendría que inventar sobre la marcha, siguiendo las reacciones de Ballston lo mejor que pudiera, paso a paso. Era un reto como los de *Alicia en el País de las Maravillas*. Un hombre cuerdo probablemente retrocedería. Un hombre cuerdo con una mujer y un hijo se echaría atrás sin ninguna duda.

Se dio cuenta de que estaba corriendo demasiado: la adrenalina estaba guiando sus decisiones. Era un error que podría conducir a más errores. Peor aún, le privaba de su principal fortaleza. Era en su capacidad analítica en lo que sobresalía, no en la calidad de su adrenalina. Necesitaba pensar. Se preguntó qué sabía a ciencia cierta, si tenía algo que se pareciera a un punto de partida firme para encauzar su conversación con Ballston.

Sabía que el hombre estaba asustado y que su temor estaba relacionado con Karmala Fashion. Se creía que Karmala estaba controlada por la familia Skard, que estos eran, entre otras cosas gente desagradable, proxenetas de prostitutas de lujo. También parecía que habían enviado a Melanie Strum a Ballston para satisfacer sus necesidades sexuales. No era un gran salto imaginar que Karmala estaba implicada en el proceso. Si podían descubrirse indicios que relacionaran Karmala con Ballston y Strum, la condena de Ballston estaría asegurada. Eso podría ser una explicación de su temor. Salvo que Gurney tenía la impresión de que el hombre no solo estaba atemorizado por su mención de Karmala, y por consiguiente por el conocimiento de algún vínculo por parte de Gurney, sino por la propia Karmala.

¿Y cuál era el significado de la extraña insistencia de Ballston al teléfono en que todo estaba «bajo control»? Eso no tendría sentido si creía que Gurney era alguna clase de detective legítimo. Pero podría tenerlo si pensaba que Gurney era un representante de Karmala o de alguna otra clase de organización peligrosa con la que tuviera relaciones comerciales.

Esa era la razón de la presencia en el coche de dos hombres enormes de rostro pétreo que acababa de recoger en el gimnasio de Darryl Becker. Aparte de identificarse mínimamente como Dan y Frank y de confirmarle a Gurney que Becker los había informado y sabían lo que tenían que hacer, no habían dicho ni una palabra más. Parecían defensas del equipo de fútbol norteamericano de la cárcel, cuya idea de la comunicación era impactar a plena velocidad con algo, a ser posible contra otra persona.

Cuando el coche se detuvo con suavidad ante la casa de Ballston, Gurney se dio cuenta con cierto abatimiento de que sus suposiciones eran, en realidad, demasiado inciertas como para justificar lo que estaba haciendo. Sin embargo, no contaba con nada más. Y tenía que hacer algo.

A instancias de Gurney, los dos hombretones salieron, y

uno de ellos le abrió la puerta. Gurney miró su reloj. Eran las once cuarenta y cinco. Se puso sus gafas de sol de quinientos dólares y bajó del coche frente a una verja de hierro forjado situada al final del sendero de adoquines amarillos. La verja constituía la única interrupción en la alta pared que encerraba la propiedad con vistas al océano. Como en el caso de sus vecinos en ese lujoso tramo costero, la finca había pasado de ser una barra de bahía cubierta de maleza, avena de mar y palmitos a convertirse en un opulento jardín botánico con suelo acolchado de marga en el que florecían plumerias, hibiscos, adelfas, magnolias y gardenias.

A Gurney le olía a gánster.

Sus dos acompañantes de alquiler permanecieron de pie junto al coche, irradiando una violencia apenas reprimida, y él se acercó al intercomunicador instalado en una columna de piedra, junto a la verja. Además de la cámara incorporada en el intercomunicador, había otras dos de seguridad montadas en postes a ambos lados del sendero, en ángulos de intersección que cubrían la aproximación a la verja así como un amplio segmento del bulevar adyacente. La verja también era directamente observable desde al menos una ventana del primer piso de la mansión de estilo colonial que se alzaba al final del sendero amarillo. En un entorno tan frondoso y florido el hecho de que no hubiera en el suelo ni un solo pétalo ni una sola hoja caída desvelaba algo sobre las obsesiones del propietario.

Cuando Gurney pulsó el botón del intercomunicador, la respuesta fue inmediata; el tono, mecánicamente educado.

—Buenos días. Por favor, identifíquese y exponga el motivo de su visita.

—Dígale a Jordan que estoy aquí.

Hubo una breve pausa.

—Por favor, identifíquese y exponga el motivo de su visita.

Gurney sonrió, luego dejó que la sonrisa se desdibujara.

—Solo dígaselo.

Otra pausa.

—Debo comunicarle un nombre al señor Ballston.

—Por supuesto —dijo Gurney, sonriendo otra vez.

Reconoció que estaba en una encrucijada. Barajó las distintas opciones y eligió la que ofrecía la mejor recompensa al mayor riesgo.

De nuevo dejó que la sonrisa se desdibujara.

—Mi nombre es Quetejodan.

No ocurrió nada durante varios segundos. Luego hubo un clic metálico apagado y la verja se abrió poco a poco sin otro sonido.

Una cosa que Gurney había olvidado hacer con las prisas de todo lo demás era buscar fotos de Ballston en Internet. No obstante, cuando se abrió la puerta de la mansión al acercarse a ella, no le cupo duda de la identidad del hombre que se presentó ante él.

Su apariencia cumplía con lo que uno podría esperar de un multimillonario criminalmente decadente. Había algo de consentimiento en su cabello, su piel y su ropa; una expresión de desdén en su boca, como si el mundo en general quedara muy por debajo de sus estándares; una crueldad autoindulgente en sus pupilas. Gurney también reparó en un tic en la nariz, que sugería una fuerte adicción a la cocaína. Era más que evidente que para Jordan Ballston no había nada en la Tierra tan importante, ni remotamente, como conseguir lo que quería, y lograrlo rápido, fuera cual fuese el coste que pudiera causarle a otros.

Ballston contempló a Gurney con ansiedad mal disimulada y contrayendo la nariz de manera involuntaria.

—No entiendo de qué va esto. —Miró más allá de Gurney por el sendero, al Mercedes bien custodiado, con las pupilas ensanchándose solo un instante.

Gurney se encogió de hombros, sonrió como si estuviera desenfundando un cuchillo.

—¿Quiere que hablemos fuera?

Ballston aparentemente se lo tomó como una amenaza. Parpadeó, negó con la cabeza con nerviosismo.

—Pase.

—Bonitos adoquines —dijo Gurney, adentrándose más allá de Ballston en la casa.

—¿Qué?

—Los adoquines amarillos del sendero. Son bonitos.

—Oh. —Ballston asintió, pareció confundido.

Gurney estaba de pie en medio del gran vestíbulo, adoptando la mirada fulminante de un asesor en la ejecución de una hipoteca. En la pared de enfrente, entre las barandillas curvadas de una doble escalinata, había una enorme pintura de una pisci-

399

na. La reconoció del curso de introducción al arte al que había asistido con Madeleine un año y medio antes, el curso que impartía Sonya Reynolds, el que lo había lanzado a su desventurada afición a retocar fotos de ficha policial. La pintura era una de las obras más famosas de un artista contemporáneo.

—Me gusta —anunció Gurney, señalándola como si su beneplácito fuera un método de selección que lo salvara del cubo de la basura.

Ballston parecía vagamente aliviado por la aprobación, pero no menos desconcertado.

—Ese tipo es un mariconazo —explicó Gurney—, pero lo que hace vale un pastón.

Ballston hizo un intento espantoso de sonreír. Se aclaró la garganta, pero al parecer no se le ocurrió nada que decir.

Gurney se volvió hacia él, ajustándose las gafas de sol.

—Bueno, Jordan, ¿colecciona mucho arte de maricones?

Ballston tragó saliva, sorbió, se retorció.

—Tengo algunos warhol.

—¿Sí? ¿Dónde podemos sentarnos y charlar?

De su experiencia en innumerables interrogatorios, Gurney había aprendido a apreciar el efecto desconcertante de los cambios de tema repentinos.

—Uh… —Ballston miró a su alrededor como si estuviera en una casa ajena—. ¿Allí? —Extendió un brazo con cautela hacia el amplio arco que conducía a una sala de estar elegante y amueblada con muebles antiguos—. Podemos sentarnos allí.

—Donde esté cómodo, Jordan. Nos sentaremos. Nos relajaremos. Conversaremos.

Ballston lo guio con torpeza hasta un par de sillones con bordados en blanco, situados junto a una mesa de naipes barroca.

—¿Aquí?

—Claro —dijo Gurney—. Una mesa muy bonita. —Su expresión contradecía el cumplido. Se sentó y vio que Ballston hacía lo mismo.

El hombre cruzó las piernas con torpeza, vaciló, las descruzó, sorbió.

Gurney sonrió.

—La coca le tiene por las pelotas, ¿eh?

—¿Perdón?

—No es asunto mío.

Se produjo un largo silencio entre ellos.

Ballston se aclaró la garganta. Su tono fue seco.

—Entonces, ¿dijo al teléfono que era policía?

—Sí. Eso dije. Tiene buena memoria. La buena memoria es muy importante.

—Eso de ahí fuera no parece un coche de la Policía.

—Por supuesto que no. Es una misión encubierta. En realidad, estoy retirado.

—¿Siempre va con guardaespaldas?

—¿Guardaespaldas? ¿Qué guardaespaldas? Unos amigos me han traído en coche, nada más.

—¿Amigos?

—Sí, amigos. —Gurney se apoyó en el respaldo, estirando el cuello a un lado y a otro, dejando que su mirada vagara por la sala. Era una estancia que podía estar en la portada de *Architectural Digest*. Esperó a que Ballston hablara.

Finalmente el hombre preguntó en voz baja.

—¿Hay algún problema en particular?

—Usted me contará.

—Algo le ha traído hasta aquí…, una preocupación concreta.

—Está bajo mucha presión. Estrés.

El rostro de Ballston se tensó.

—No es nada. Puedo manejarlo.

Gurney se encogió de hombros.

—El estrés es algo terrible. Hace a la gente… impredecible.

La tensión en la cara de Ballston se extendió a su cuerpo.

—Le aseguro que la situación de aquí se resolverá.

—Hay muchas maneras distintas de resolver las cosas.

—Le aseguro que la situación se resolverá de un modo favorable.

—¿Favorable para quién?

—Para… todos los implicados.

—Supongamos que los intereses de todos no coinciden.

—Le aseguro que no habrá ningún problema.

—Me alegro de oírle decir eso. —Gurney miró con cansancio al gran cerdo que era el hombre que tenía delante, dejando traslucir solo una parte del asco que le daba—. Verá, Jordan, me dedico a solucionar problemas. Pero ya tengo suficientes sobre la mesa. No quiero distraerme con uno nuevo. Estoy seguro de que lo comprenderá.

La voz de Ballston se estaba quebrando.

—No… habrá… ningún problema más.

—¿Cómo puede estar tan seguro?

—El problema de esta vez fue una casualidad entre un millón.

«¿Esta vez? Madre de Dios, eso es. Tengo a este cabrón. Pero, por el amor de Dios, Gurney, que no se te note. Tranquilo. Calma. Tranquilo.»

Gurney se encogió de hombros.

—¿Así es como lo ve?

—Un ladrón de mierda, ¡por el amor de Dios! Un ladrón de mierda que entró justo donde no debía en el momento que no debía, ¡la única puta noche que esa zorra estuvo en el puto congelador!

—¿Así que fue una especie de coincidencia?

—¡Por supuesto que fue una coincidencia! ¿Qué más podría ser?

—No lo sé, Jordan. La única vez que algo ha ido mal, ¿eh? ¿La única vez? ¿Está seguro?

—¡Completamente!

Gurney volvió a estirar el cuello poco a poco de un lado a otro.

—Demasiada tensión en esta profesión. ¿Alguna vez ha probado ese rollo del yoga?

—¿Qué?

—¿Recuerda a ese Maharishi? Menuda paja.

—¿Quién?

—Fue en otra época. Olvido lo joven que es usted. Así que dígame, Jordan: ¿cómo sabe que no va a salir nada a flote y sorprendernos?

Ballston pestañeó, sorbió, empezó a sonreír con movimientos espásticos de los labios.

—¿He hecho una pregunta graciosa?

La respiración de Ballston era tan nerviosa como sus tics faciales. De repente todo su torso se empezó a agitar y prorrumpió en una serie de sonidos agudos de *staccato*.

Estaba riendo. De una manera espantosa.

Gurney esperó a que ese extraño ataque remitiera.

—¿Va a contarme el chiste?

—A flote —dijo Ballston, y la frase desencadenó una renovada exhibición de enloquecida risa de ametralladora.

Gurney esperó, no sabía qué más decir o hacer. Recordó el consejo que le había dado un compañero. En caso de duda, calla.

—Lo siento —dijo Ballston—. Sin ánimo de ofender. Pero es una imagen divertida. A flote. Dos cuerpos sin cabeza apareciendo del puto océano en medio de las putas Bahamas. ¡Joder, menuda imagen!

«Misión cumplida. Es probable. Quizá. Mantén la credibilidad. Quédate con el personaje. Paciencia. A ver adónde lleva.»

Gurney estudió las uñas de su mano derecha, luego frotó su superficie brillante en los pantalones.

La euforia de Ballston remitió.

—Entonces, ¿me está diciendo que está todo bajo control? —preguntó Gurney, todavía frotándose las uñas.

—Absolutamente.

Gurney asintió con la cabeza en un gesto muy lento.

—Entonces, ¿por qué sigo preocupado?

Cuando Ballston se limitó a mirarlo, continuó:

—Un par de cosas. Pequeños detalles. Estoy seguro de que tendrá buenas respuestas. Primero, supongamos que fuera un policía de verdad, o que trabajara para la Policía. ¿Cómo coño sabe que no llevo micrófonos?

Ballston sonrió, pareció aliviado.

—¿Ve esa cosa en el aparador que parece un reproductor de DVD? ¿Ve la lucecita verde? Sería una lucecita roja si hubiera algún dispositivo de grabación o transmisión en esta sala. Es muy fiable.

—Bien. Me gustan las cosas fiables. La gente fiable.

—¿Está insinuando que no soy fiable?

—¿Cómo coño sabe que no soy policía? ¿Cómo coño sabe que no soy un poli que ha venido aquí para averiguar exactamente lo que acaba de contarme con esa risita, capullo estúpido?

Ballston parecía un niño malcriado al que acababan de darle un bofetón en la cara. La impresión desagradable fue sustituida por una sonrisa aún peor.

—A pesar de la opinión que tiene de mí, soy muy bueno juzgando a las personas. Uno no se hace tan rico como yo interpretando mal a la gente. Así que deje que le diga algo: las posibilidades de que sea un poli son más o menos las mismas de que los polis encuentren alguna vez a esas zorras sin cabeza. No voy a perder el sueño por ninguna de esas posibilidades.

Gurney percibió la sonrisa de Ballston.

—Confianza. Bien. Muy bien. Me gusta mucho la confianza. —Gurney se levantó de repente. Ballston se estremeció—. Buena suerte, señor Ballston. Estaremos en contacto si ocurre algo imprevisto.

Cuando Gurney estaba saliendo por la puerta de la calle, Ballston añadió un comentario que dio un pequeño giro a la situación.

—¿Sabe?, si hubiera pensado que era poli, todo lo que le he contado sería mentira.

404

61

A casa

—*Q*uizás es exactamente lo que era —dijo Becker arrastrando las palabras.

Cuando Gurney bajó del benevolente frescor del Mercedes con chófer al asfalto achicharrante, delante de la terminal del aeropuerto, estaba al teléfono con Darryl Becker, dándole un informe lo más detallado y literal posible de su reunión con Jordan Ballston.

—No creo que fuera mentira —contestó Gurney—. He tenido alguna experiencia con psicóticos que se descompensan. Apostaría a que había energía real liberándose en esa risa de loco y en la imagen de mujeres decapitadas que la acompañaba. Pero lo fundamental es que no tenemos tiempo para discutirlo. Le recomiendo encarecidamente que se tome en serio las palabras de Ballston y que adopte de inmediato las medidas pertinentes.

—Supongo que no está sugiriendo que drenemos el océano Atlántico; así pues, ¿en qué está pensando?

—El hijo de perra tiene un barco, ¿verdad? Seguro que lo tiene. Encuentre el maldito barco, ponga en él a todos los técnicos de que disponga. Dé por hecho que transportó al menos dos cadáveres en él. Dé por hecho que todavía hay algún indicio en alguna parte de ese barco (en una grieta, en una rendija, en un rincón) y no deje de mirar hasta que lo encuentre.

—Ya, ya. Sin embargo, solo para introducir un punto de racionalidad en todo esto, deje que señale que ni siquiera sabemos a ciencia cierta si Ballston tiene un barco. No…

Gurney lo interrumpió:

—Le estoy diciendo que lo tiene. Si alguien tiene un barco en todo este maldito estado, es él.

—Como estaba explicando —dijo Becker—, no tenemos datos de que sea propietario de un barco, y mucho menos sabemos qué clase de embarcación podría ser, o dónde podría estar, o cuándo se produjeron esos supuestos transportes de cadáveres, o de quién eran esos cuerpos, o si para empezar había algún cadáver. ¿Entiende?

—Darryl, he de hacer otras llamadas. Se lo diré una última vez: tiene un barco. Llevó los cadáveres de al menos dos víctimas tiene en él. Encuéntrelo. Halle las pruebas. Hágalo ahora. Hemos de conseguir que este cerdo hable. Hemos de descubrir qué demonios está pasando. Esto va a ir mucho más allá de Ballston, y tengo un mal presagio. Un muy mal presagio y muy urgente. —Hubo un silencio demasiado largo para que Gurney se sintiera cómodo—. ¿Sigue ahí, Darryl?

—No le prometo nada. Haremos lo que podamos.

Mientras recorría el interminable vestíbulo hasta la puerta de su vuelo, llamó a Sheridan Kline. Se puso Ellen Rackoff.

—Estará en el tribunal toda la tarde —dijo—. Imposible interrumpirlo.

—¿Y Stimmel?

—Creo que está en su oficina. ¿Prefiere hablar con él que conmigo?

—Es una necesidad, no una preferencia personal. —A Gurney la idea de querer hablar con aquel ayudante implacablemente adusto de Kline no le entraba en la cabeza—. Hay un asunto de suma urgencia del que va a tener que ocuparse, si Sheridan está ocupado.

—Muy bien, vuelva a llamar otra vez a este número. Si no lo cojo yo, le saltará a él.

Gurney siguió las instrucciones de Ellen Rackoff y, al cabo de treinta segundos, Stimmel cogió el teléfono con una voz que irradiaba todo el encanto de una ciénaga.

Gurney le contó lo suficiente de la historia para explicar su visión del caso en ese momento: que era presumiblemente enorme, que combinaba elementos de eficiencia despiadada con enajenación sexual, que Héctor Flores, Jordan Ballston y las muertes conocidas hasta el momento eran solo las piezas visibles de un monstruo subterráneo, y que si quince o veinte exalumnas de Mapleshade habían desaparecido, había posibilidades de que todas ellas aparecieran violadas, torturadas y decapitadas.

Concluyó:

—O usted o Kline han de contactar durante la próxima hora con el fiscal del distrito de Palm Beach para conseguir dos cosas. Primera, asegurarse de que el Departamento de Policía de esa localidad disponga de suficientes recursos para encontrar el barco de Ballston y ponerlo bajo el microscopio lo antes posible. Segunda, convencer al fiscal de Palm Beach de que la manera de funcionar es la cooperación plena. Ha de ser muy convincente sobre la cuestión de que Nueva York tiene la parte más grande de este caso, y que quizás haya que llegar a un acuerdo con Ballston para que nos lleve a Karmala Fashion, o a la organización que esté en la raíz de lo que demonios esté pasando.

—¿Cree que el fiscal de Florida va a renunciar a Ballston para facilitarle la vida a Sheridan? —Su tono dejaba claro que consideraba absurda esa idea.

—No estoy hablando de que renuncie. Estoy hablando de convencer a Ballston de que le espera, con absoluta certeza, la inyección letal, a menos que coopere. Y de inmediato.

—¿Y si coopera?

—Si lo hace, completa y sinceramente, sin reservas, se podrían considerar otros resultados.

—Es una venta difícil. —Su tono daba a entender que si él fuera el fiscal de Florida sería imposible.

—Conseguir que Ballston hable podría ser nuestra única oportunidad —dijo Gurney.

—¿Nuestra única oportunidad para qué?

—Hay un montón de chicas desaparecidas. A menos que dobleguemos a Ballston, dudo mucho que encontremos viva a ninguna de ellas.

La intensidad del día pasó factura a Gurney en el tramo final de su viaje a casa, y su cerebro empezó a apagarse. Con los motores del avión zumbando en sus oídos como un ruido blanco y amorfo que le hacía perder contacto con el presente, vagó a la deriva a través de escenas desagradables y momentos deshilvanados que no había recordado desde hacía una década: las visitas que hizo a Florida después de que sus padres se trasladaran del Bronx a una casita alquilada en Magnolia, una pequeña localidad que parecía ser la esencia de lo lóbrego y lo putrefacto; una cucaracha

407

del tamaño de un ratón escabulléndose bajo la capa de hojas en descomposición en el porche de la casa; agua del grifo que tenía gusto a alcantarilla, y sus padres, que insistían en que no sabía a nada; las veces que su madre lo llevaba aparte para quejarse con lágrimas de amargura de su matrimonio, de su padre, del egoísmo de su padre, de sus migrañas, de su insatisfacción sexual.

Aquellos sueños inquietos, recuerdos oscuros y su creciente deshidratación dejaron a Gurney en un estado de depresión ansiosa durante el resto del vuelo. En cuanto bajó del avión en Albany, compró una botella de agua de un litro al precio inflado del aeropuerto y se bebió la mitad de camino al cuarto de baño. Entró en el aseo para silla de ruedas, que era relativamente espacioso, y se quitó sus elegantes pantalones, el polo y los mocasines. Abrió la caja de Giacomo Emporium que contenía su ropa y se la puso. Luego dejó la ropa nueva en la caja y, cuando salió del aseo, la tiró en el cubo de basura. Fue al lavabo y se quitó el gel del cabello con abundante agua. Se secó con fuerza con una toalla de papel y se miró en el espejo, asegurándose de que era él mismo otra vez.

Eran exactamente las 18.00, según el reloj de la cabina del aparcamiento, cuando pagó los doce dólares y se levantó la barrera de rayas amarillas. Se dirigió hacia la I-88 Oeste con el sol vespertino destellando a través del parabrisas.

Al llegar a la salida de la carretera del condado que conducía desde la interestatal a través de los Catskills septentrionales hasta Walnut Crossing, ya había pasado una hora; se había terminado el litro de agua y se sentía mejor. Siempre le sorprendía que una cosa tan simple —no había nada más simple que el agua— tuviera tal capacidad para calmar sus pensamientos. Poco a poco fue mejorando, y cuando llegó al camino que serpenteaba a través de las colinas hasta su granja, ya se sentía casi normal.

Entró en la cocina justo cuando Madeleine estaba sacando una bandeja del horno. La dejó encima de la cocina, miró a su marido con las cejas levantadas y dijo con algo de sarcasmo:

—Menuda sorpresa.

—Yo también me alegro de verte.

—¿Te apetece cenar?

—Te decía en la nota que te he dejado esta mañana que estaría en casa para la cena, y aquí estoy.

—Felicidades —dijo Madeleine, sacando otro plato de uno de los armarios altos y poniéndolo al lado del que ya estaba en la encimera.

Dave la miró con los ojos entrecerrados.

—Quizá deberíamos intentarlo otra vez. ¿Puedo salir y volver a entrar?

Ella le devolvió una parodia ampliada de su expresión, pero luego la suavizó.

—No. Tienes razón. Aquí estás. Coge cuchillo y tenedor, y comamos. Tengo hambre.

Entre los dos sirvieron los platos de la bandeja de verduras asadas y muslos de pollo y los llevaron a la mesa redonda, junto a la puerta cristalera.

—Creo que hace el calor suficiente para abrirla —dijo, y lo hizo.

Al sentarse, los envolvió un aire refrescante, dulce. Madeleine cerró los ojos y una sonrisa a cámara lenta le arrugó las mejillas. En la quietud, Gurney pensó que podía oír el leve arrullo de las huilotas en los árboles del otro lado del prado.

—¡Qué maravilla! —exclamó Madeleine casi en un susurro. Luego suspiró, abrió los ojos y empezó a comer.

Al menos pasó un minuto antes de que hablara otra vez.

—Bueno, cuéntame cómo te ha ido el día —dijo, mirando una chirivía en la punta del tenedor.

Gurney pensó en ello, frunciendo el ceño.

Madeleine esperó y lo observó.

Él colocó los codos en la mesa y entrelazó los dedos delante de la barbilla.

—¿El día? Bien. Lo más destacado fue el momento en que el psicópata se deshizo en risitas. Se le ocurrió una imagen graciosa. Una imagen en la que salían dos mujeres a las que había violado, torturado y decapitado.

Madeleine examinó su expresión, con los labios apretados.

Al cabo de un rato, él dijo:

—Así que ha sido esa clase de día.

—¿Has conseguido lo que esperabas?

Se frotó el nudillo de su índice lentamente por los labios.

—Eso creo.

—¿Significa eso que has resuelto el caso Perry?

—Creo que tengo parte de la solución.

409

—Enhorabuena.

Se hizo un largo silencio entre ellos.

Madeleine se levantó, recogió los platos y a continuación los cuchillos y tenedores.

—Ha llamado hoy.

—¿Quién?

—Tu cliente.

—¿Val Perry? ¿Has hablado con ella?

—Dijo que estaba devolviendo tu llamada, que tenía a mano tu número de casa pero no el del móvil.

—¿Y?

—Y quería que supieras que no tienes que molestarla por tres mil dólares. «Debería gastar lo que demonios necesite gastar para encontrar a Héctor Flores.» Textual. Parece el cliente ideal. —Se oyó el ruido de los platos cuando Madeleine los dejó en el fregadero—. ¿Qué más se puede pedir? Oh, por cierto, hablando de decapitación...

—¿Hablando de qué?

—Tu hombre en Florida que decapita gente... Acaba de recordarme que te pregunte por la muñeca.

—¿La muñeca?

—La de arriba.

—¿Arriba?

—¿Qué es esto, el juego del eco?

—No sé de qué estás hablando.

—Te estoy preguntando sobre la muñeca que está en la cama de mi cuarto de costura.

Gurney negó con la cabeza, levantando las palmas de las manos en ademán desconcertado.

Hubo un destello de preocupación en los ojos de Madeleine.

—La muñeca. La muñeca rota de la cama. ¿No sabes nada de eso?

—¿Te refieres a una muñeca de niña?

La voz de Madeleine se alzó, alarmada.

—¡Sí, David! ¡Una muñeca de niña!

Gurney se levantó y caminó deprisa hacia las escaleras del vestíbulo, las subió de dos en dos, y en cuestión de segundos estaba de pie en el umbral del dormitorio desocupado que Madeleine usaba para sus labores de costura. El anochecer agonizante solo proyectaba una luz tenue y gris sobre la cama de matrimonio. Gurney pulsó el interruptor de la pared y una lámpara de la mesita de noche le proporcionó toda la iluminación que necesitaba.

Había una muñeca corriente apoyada en una de las almohadas. Sentada, sin ropa. No tenía nada de especial, salvo el hecho de que le habían quitado la cabeza, que habían colocado sobre la colcha, de cara al cuerpo.

Temblores

El sueño se estaba desmontando, resquebrajándose como los compartimentos de un envase frágil, incapaz de seguir manteniendo en su lugar su incontrolable contenido.

Cada noche su victoria de cimitarra sobre Salomé era menos clara, menos inequívoca. Era como una transmisión de televisión de los viejos tiempos, interrumpida por un programa que tenía una frecuencia similar. Voces que competían y se superponían una y otra vez. Imágenes de Salomé bailando eran sustituidas por vívidos destellos de otra bailarina.

En lugar de la visión fuerte y tranquilizadora de su misión y su método —el valor y la convicción de Juan el Bautista— había fragmentos de recuerdos, cascos afilados que recordaba de momentos abrumadoramente familiares, nauseabundamente familiares.

Una mujer bailando, levantándose el vestido de seda, mostrando sus piernas largas, enseñando a las niñas a bailar como Salomé, a bailar delante de los niños.

Salomé bailando samba en una alfombra de color melocotón entre plantas tropicales, hojas enormes y húmedas, goteando. Enseñando a los niños cómo bailar la samba. Cómo agarrarla.

La alfombra de color melocotón y las plantas tropicales estaban en su dormitorio. Le estaba enseñando samba a él y a su mejor amigo de la escuela. Cómo agarrarla.

La serpiente se movía de la boca de ella a la suya, buscando, deslizándose.

Después él vomitó, y ella rio. Vomitó en la alfombra de color melocotón, bajo las plantas tropicales gigantes, sudando, boqueando. El mundo le daba vueltas, tenía arcadas.

Ella lo llevó a la ducha y apretó sus piernas contra él.

Ella estaba reptando en la alfombra de color melocotón hacia un niño y una niña, exhausta e infatigable.

—Espera en el pasillo, cielo. —Jadeando—. Estaré contigo dentro de un minuto. —Su cara brillando de sudor, sonrojada. Se mordió el labio. La mirada desorbitada.

413

63

Igual que en la cabaña de Ashton

*E*l equipo de investigación del DIC llegó en dos fases: Jack Hardwick a medianoche y el equipo de recogida de pruebas una hora más tarde.

Al principio, los técnicos, con sus monos blancos anticontaminación, se mostraron escépticos ante una escena del crimen donde el único «crimen» era la presencia inexplicable de una muñeca rota. Estaban acostumbrados a la carnaza, a los restos sangrientos del caos y el asesinato. Así que quizás era comprensible que sus primeras reacciones fueran cejas levantadas y miradas de soslayo.

Sus sugerencias iniciales —que un niño de visita podría haber puesto allí la muñeca o que podría tratarse de una broma— quizá fueran comprensibles, pero eso no era tolerable para Madeleine, cuya pregunta directa a Hardwick probablemente habían oído, a juzgar por las expresiones de sus caras.

—¿Están borrachos o solo son estúpidos?

No obstante, una vez que Hardwick los llevó aparte y les explicó el gran parecido de la posición de la muñeca con la del cadáver de Jillian Perry, hicieron un trabajo tan concienzudo y profesional al registrar el escenario como si la habitación hubiera quedado acribillada a balazos.

Los resultados, por desgracia, no aportaban nada. Todo el proceso de peinado fino, toma de huellas y aspirado de fibras y del suelo no resultó en nada de interés. La habitación contenía huellas de una persona, sin duda las de Madeleine. Y lo mismo cabía decir de los pocos pelos encontrados en el respaldo de la silla junto a la ventana donde ella hacía punto. El interior del marco de la ventana contigua, la que le pidieron a Gurney que abriera cuando se quedó atascada, contenía un segundo juego de huellas, sin duda suyas. No las había en el cuerpo ni en la cabeza de la muñeca. Era de una marca popular, que se vendía en todos los Walmart del país. Las puertas de entrada de la planta baja tenían múltiples huellas idénticas a las encontradas en el cuarto. No había ninguna puerta o ventana de la casa que mostrara signos de haber sido forzada. No había huellas en el lado exterior de las ventanas. Un examen con Luma-Lite de los suelos no reveló huellas de pisadas claras que no coincidieran con las del tamaño de zapato de Dave o Madeleine. El examen de todas las puertas, barandillas, encimera, grifos y mandos del lavabo en busca de huellas dactilares acabó con los mismos resultados.

Cuando los técnicos finalmente recogieron su equipo y se marcharon en su furgoneta alrededor de las cuatro de la madrugada, se llevaron la muñeca, la colcha y las alfombrillas que habían retirado de ambos lados de la cama.

—Haremos las pruebas habituales —oyó Gurney que le decían a Hardwick camino de la salida—, pero diez a uno a que no hay nada. —Parecían cansados y frustrados.

Cuando Hardwick volvió a la cocina y se sentó a la mesa frente a él y a Madeleine, Gurney comentó:

—Igual que a la escena en la cabaña de Ashton.

—Sí —dijo Hardwick con una indiferencia producto del agotamiento.

—¿Qué quieres decir? —preguntó Madeleine, hostil.

—El carácter aséptico de todo —dijo Gurney—. Ni huellas ni nada.

Madeleine hizo un ruidito de angustia desde la garganta. Hizo varias inspiraciones profundas.

—¿Y ahora…? ¿Qué se supone que hacemos ahora? Quiero decir, no podemos simplemente…

—Habrá un coche patrulla aquí antes de que me vaya —dijo Hardwick—. Tendréis protección durante al menos cuarenta y ocho horas, no hay problema.

—¿No hay problema? —Madeleine lo miró, sin comprenderlo—. ¿Cómo puedes…? —No terminó la frase, solo negó con la cabeza, se levantó y salió de la cocina.

Gurney la vio marcharse, incapaz de encontrar nada que decir, de tan crispado por la emoción como estaba por lo que había pasado.

La libreta de Hardwick estaba en la mesa, delante de él. La abrió, encontró la página que quería y sacó un bolígrafo del

415

bolsillo de la camisa. No escribió nada, solo repiqueteó con él en la página abierta. Parecía exhausto y vagamente inquieto.

—Bueno… —empezó. Se aclaró la garganta. Habló como si estuviera empujando las palabras colina arriba—. Según lo que he anotado antes… has estado todo el día fuera.

—Exacto. En Florida. He conseguido algo próximo a una confesión de Jordan Ballston. Y espero que estén haciendo el seguimiento mientras estamos hablando.

Hardwick dejó el bolígrafo, cerró los ojos y se los masajeó con el pulgar y el índice. Cuando los abrió otra vez, miró la libreta.

—Y tu mujer me ha dicho que ella estuvo toda la tarde fuera de la casa (desde más o menos la una hasta más o menos las cinco), yendo en bicicleta y luego de excursión por el bosque. ¿Hace mucho eso?

—Sí.

—Entonces es una suposición razonable que la muñeca fuera… instalada, digamos, durante ese periodo.

—Eso es —dijo Gurney, irritado por la reiteración de lo obvio.

416

—Vale, así que en cuanto llegue el turno de la mañana, enviaré a alguien a hablar con tus vecinos del camino. Que pase un coche debe de ser un acontecimiento por aquí.

—Que encuentres vecinos por aquí ya será un acontecimiento. Solo hay seis casas en el camino y cuatro de ellas son de gente de ciudad, solo vienen los fines de semana.

—Aun así, nunca se sabe. Enviaré a alguien.

—Bien.

—No pareces optimista.

—¿Por qué demonios tendría que ser optimista?

—Bien apuntado. —Cogió su boli y empezó a dar golpecitos en la libreta—. Tu mujer dice que está segura de que cerró las puertas cuando se fue. ¿Te parece correcto?

—¿Qué quieres decir con que si me parece correcto?

—Quiero decir, ¿es algo que haga normalmente, cerrar las puertas?

—Lo que hace normalmente es decir la verdad. Si dice que cerró las puertas, cerró las puertas.

Hardwick lo miró, parecía estar a punto de responder, pero luego cambió de idea. Más golpecitos.

—Así pues…, si estaban cerradas y no hay señal de entrada forzada, eso significa que alguien vino con llave. ¿Le diste una llave a alguien?

—No.

—¿Recuerdas alguna ocasión en que perdieras de vista tus llaves el tiempo suficiente para que alguien hiciera un duplicado?

—No.

—¿De verdad? Solo hacen falta veinte segundos para hacer un duplicado.

—Sé cuánto se tarda en hacer una llave.

Hardwick asintió, como si se tratara de información real.

—Bueno, es posible que alguien la cogiera de alguna forma. Es mejor que cambies la cerradura.

—Jack, ¿con quién demonios crees que estás hablando? Esto no es un programa sobre seguridad doméstica.

Hardwick sonrió, se recostó en la silla.

—Exacto. Estoy hablando con el puto Sherlock Holmes. Así que dime, detective brillante, ¿tienes alguna idea brillante sobre esto?

—¿Sobre la muñeca?

—Sí. Sobre la muñeca.

—Nada que no sea obvio.

—¿Que alguien está tratando de asustarte para que dejes el caso?

—¿Se te ocurre a ti algo mejor?

Hardwick se encogió de hombros. Dejó de dar golpecitos y empezó a estudiar su bolígrafo como si fuera una prueba decisiva para un caso.

—¿Ha pasado alguna otra cosa extraña?

—¿Como qué?

—Como… extraña. ¿Ha habido algún otro… episodio extraño en tu vida?

Gurney soltó una risita sin humor.

—Aparte de todos y cada uno de los aspectos de este caso tremendamente salvaje y toda la gente tremendamente rara implicada en él, todo es normal.

No era una respuesta, y sospechaba que Hardwick sabía que no lo era. Pese a todas las bravatas y su vulgaridad, tenía una de las mentes más perspicaces con las que Gurney se había topado

417

en todos sus años en la Policía. Podría haber sido, sin muchos problemas, capitán a los treinta y cinco años si le hubiera importado lo más mínimo lo que les importa a los capitanes.

Hardwick alzó la mirada al techo, siguiendo con los ojos la moldura en forma de corona como si fuera el objeto de lo que Gurney estaba hablando.

—¿Recuerdas al tipo cuyas huellas dactilares estaban en esa copita de licor?

Gurney notó una mala sensación en la boca del estómago.

—¿Saul Steck, alias Paul Starbuck?

—Exacto. ¿Recuerdas lo que te dije?

—Me dijiste que fue un actor de éxito con un interés asqueroso en las chicas jovencitas. Lo condenaron a un psiquiátrico, del que finalmente salió. ¿Qué pasa con él?

—El tipo que me ayudó a sacar las huellas y pasarlas por el sistema me llamó anoche con una información extra bastante interesante.

—¿Sí?

Hardwick estaba mirando con los ojos entrecerrados al rincón de la sala donde estaba la moldura.

—Parece que antes de que lo detuvieran, Steck tenía una página web porno, y Starbuck no era su único alias. Su página web, que presentaba chicas menores de edad, se llamaba Sandy's Den.

Gurney esperó a que Hardwick volviera a mirarle antes de contestar.

—¿Te sorprende encontrarte con un nombre que podría ser un diminutivo de Allessandro?

Hardwick sonrió.

—Algo así.

—El mundo está lleno de coincidencias sin sentido, Jack.

Hardwick asintió. Se levantó de la mesa y miró por la ventana.

—La patrulla está aquí. Como he dicho, plena cobertura durante dos días como mínimo. Después de eso ya veremos. ¿Te parece bien?

—Sí.

—¿Ella estará bien?

—Sí.

—Voy a dormir un poco. Llamaré después.

—Vale. Gracias, Jack.

Hardwick vaciló.

—¿Aún tienes el arma reglamentaria?

—No. Nunca me gustó llevarla. Ni siquiera me gusta tenerla cerca.

—Bueno…, considerando la situación…, tal vez deberías tener una escopeta a mano.

Durante un buen rato, después de que las luces traseras del coche de Hardwick se perdieran en el camino del prado, Gurney se quedó sentado solo a la mesa, dándole vueltas a todo lo que había pasado, al asunto de la muñeca, contemplando el nuevo rumbo que había tomado el caso.

Era posible, por supuesto, que los nombres de Sandy y Allessandro hubieran surgido ambos de una insignificante coincidencia, pero eso era hacerse ilusiones. Siendo realistas, había que aceptar que Sandy, el antiguo fotógrafo de la web casi pornográfica, bien podría ser Allessandro, el actual fotógrafo de los anuncios de Karmala, y que ambos nombres fueran el alias de Saul Steck.

Pero ¿quién era Héctor Flores?

¿Y por qué habían decapitado a Jillian Perry?

¿Y a Kiki Muller?

¿Habían descubierto algo sobre Karmala? ¿Sobre Steck? ¿Sobre el propio Flores?

¿Y por qué lo había drogado Steck? ¿Para fotografiarlo con sus «hijas»? ¿Para amenazarlo con el bochorno público o algo peor? ¿Para tener influencia sobre él y controlar su participación en la investigación? ¿Para chantajearlo a fin de que le proporcionara alguna información sobre el progreso de sus pesquisas?

¿O lo había drogado, al igual que había dejado la muñeca decapitada, para, simplemente, demostrarle su poder? ¿Algo que hizo para probar que podía hacerlo? ¿Para excitarse?

Gurney tenía las manos frías. Se las frotó con fuerza contra los muslos en un intento de calentárselas. No parecía que estuviera funcionando muy bien. Empezó a temblar. Se levantó, trató de frotarse las manos en el pecho y las partes superiores de los brazos; intentó caminar de un lado a otro. Anduvo hasta el otro extremo de la sala, donde en ocasiones la estufa de hierro

419

conservaba cierto calor residual de un fuego anterior. Pero el metal negro polvoriento estaba más frío que su mano, y tocarlo le provocó otro escalofrío.

Oyó el clic del interruptor de la lámpara en el dormitorio, seguido por el chirrido de la puerta del cuarto de baño. Hablaría con Madeleine para calmar sus nervios, después de que lograra relajarse él mismo. Miró por la ventana: ver el coche patrulla allá fuera, junto a la puerta lateral, le tranquilizó.

Respiró lo más profundamente que pudo, soltó el aire poco a poco. Una respiración lenta y controlada. Pausa, determinación. Pensamientos positivos.

Se recordó a sí mismo que la pista de las huellas que había llevado a Steck existía gracias a su iniciativa personal de recuperar la copita en circunstancias bastante complicadas.

Ese descubrimiento también había conectado el misterio de la droga de «Jykynstyl» con los misterios de asesinatos y desapariciones en Mapleshade. Y como tenía un pie apoyado en cada zona, estaba en una posición única para poder gozar de una visión de conjunto.

Su perspicacia había sacado la investigación de la zanja en la que estaba empantanada —la búsqueda de un trabajador mexicano loco— y la había puesto en un nuevo camino.

Su insistencia en que se contactara con las exalumnas de Mapleshade no solo llevó a descubrir que un número extraordinario de ellas se hallaban ilocalizables, sino también a descubrir cuál había sido el destino de Melanie Strum.

Había intuido la importancia de Karmala, lo que le había llevado hasta la delirante revelación de Jordan Ballston, que bien podría conducir a una solución definitiva.

Incluso el hecho de que el asesino consagrara tiempo, energía y recursos, al parecer, a detener sus esfuerzos probaba que estaba tras la pista correcta.

Oyó el chirrido de la puerta del cuarto de baño otra vez y veinte segundos después el clic de la lámpara al apagarse. Quizás ahora que había puesto los pies en el suelo, ahora que ya no sentía tanto frío en los dedos, podría hablar con Madeleine. Pero primero tuvo la precaución de cerrar la puerta lateral no solo con llave, sino también con el cerrojo que nunca usaba. Luego echó el pestillo en todas las ventanas de la planta baja.

Al entrar en el dormitorio se sintió bien de ánimo. Se acercó a la cama en la oscuridad.

—¿Maddie?

—¡Cabrón!

Esperaba que su mujer estuviera en la cama, delante de él, pero su voz, espantosa por su rabia, llegó del rincón del cuarto.

—¿Qué?

—¿Qué has hecho? —La voz de Madeleine era apenas un susurro, pero estaba cargada de furia.

—¿Qué he hecho? ¿Qué...?

—Esta es mi casa. Este es mi santuario.

—¿Sí?

—¿Sí? ¿Sí? ¿Cómo has podido? ¿Cómo has podido traer este horror a mi casa?

Gurney se quedó sin habla por la pregunta y por su intensidad. Avanzó a tientas por el borde de la cama y encendió la lámpara.

La antigua mecedora, que solía ocupar un lugar junto a la pata de la cama, estaba en el esquina más alejada de la ventana. Madeleine, sentada en ella, seguía completamente vestida, con las rodillas levantadas delante del cuerpo. A Gurney le asombró en primer lugar la pura emoción en sus ojos, luego ver sendas tijeras afiladas en sus puños apretados.

Gurney poseía mucha formación y práctica en la técnica de hablar con una persona alterada para lograr que se calmara, pero nada parecía apropiado en ese momento. Se sentó en el rincón de la cama que estaba más cerca de su mujer.

—Alguien ha invadido mi casa. ¿Por qué, David? ¿Por qué lo han hecho?

—No lo sé.

—¡Por supuesto que sí! Sabes exactamente lo que ha ocurrido.

Dave la observó, observó las tijeras. Madeleine tenía los nudillos blancos.

—Se supone que tienes que protegernos —continuó ella en un susurro tembloroso—. Proteger nuestra casa, hacerla más segura. Pero has hecho lo contrario. Lo contrario. Has dejado que gente horrible entre en nuestras vidas, que entre en nuestra casa. ¡Mi casa! —le gritó, con la voz quebrándose—. ¡Has dejado que entren monstruos en mi casa!

Nunca había visto esa clase de rabia en su esposa. No dijo

nada. No tenía palabras en la cabeza, ni siquiera ideas. Apenas se movió, apenas respiró. Aquello pareció despejar la habitación, el mundo, de todo lo demás. Dave esperó. No se le ocurrió ninguna otra opción.

Al cabo de un rato, no estaba seguro de cuánto tiempo, ella dijo:

—No puedo creer lo que has hecho.

—No era mi intención. —Su voz le sonó extraña, débil.

Madeleine hizo un ruido que podría haber sido tomado erróneamente por una risa, pero a Dave le pareció más como una breve convulsión en los pulmones.

—Ese horrible arte de ficha policial, eso fue el principio. Fotos de los monstruos más repugnantes de la Tierra. Pero no fue suficiente. No fue suficiente tenerlos en nuestro ordenador, tenerlos mirándonos desde la pantalla.

—Maddie, te prometo que encontraré al que haya entrado en nuestra casa. Terminaré con ellos. No volverá a ocurrir.

Ella negó con la cabeza.

—Es demasiado tarde. ¿No ves lo que has hecho?

—Veo que se ha declarado la guerra. Nos han atacado.

—No. Tú, ¿no ves lo que has hecho tú?

—Lo que he hecho es sacar una serpiente de debajo de una roca.

—Tú has traído esto a nuestras vidas.

Él no dijo nada, solo asintió con la cabeza.

—Nos mudamos al campo. A un lugar hermoso. Lilas y flores de manzano. Un estanque.

—Maddie. Te prometo que mataré a la serpiente.

Ella no parecía estar escuchando.

—¿No ves lo que has hecho? —Hizo un gesto lento con una de sus tijeras hacia la ventana oscura que estaba al lado de Dave—. Esos bosques, esos bosques por donde yo caminaba… Se estaba escondiendo en esos bosques, vigilándome.

—¿Qué te hace pensar que te han estado observando?

—¡Dios, es evidente! Puso esa cosa horrible en la sala en la que trabajaba, la sala en la que leía, la sala con mi ventana favorita, en la que me sentaba a hacer punto. La sala que daba al bosque. Sabía que era la que yo usaba. Si hubiera puesto eso en el cuarto vacío del otro lado del pasillo, podría no haberlo encontrado hasta dentro de un mes. Así que lo sabía. Me vio junto a la ventana. Y la única forma en que podía verme allí era desde el bosque. —Hizo una pausa, lo miró acusadoramente—. ¿Ves a qué me refiero, David? Has destruido mi bosque. ¿Cómo voy a poder volver a caminar por allí?

—Mataré a la serpiente. Todo se arreglará.

—Hasta que saques a la siguiente de debajo de su roca. —Madeleine negó con la cabeza y suspiró—. No puedo creer lo que le has hecho al lugar más hermoso del mundo.

A Gurney le parecía que, de vez en cuando, de manera impredecible, los elementos de un universo que, por lo demás le resultaba indiferente, conspiraban para producirle un escalofrío espeluznante; y así fue como, en ese mismo momento, detrás de la casa de campo, detrás del prado alto, en la cumbre norte, los coyotes empezaron a aullar.

Madeleine cerró los ojos y bajó las rodillas. Apoyó los puños en su regazo y aflojó la sujeción de las dos tijeras lo suficiente para que la sangre fluyera otra vez a sus nudillos. Apoyó la cabeza contra el cabezal de la mecedora. Su boca se relajó. Fue como si los aullidos de los coyotes, extraños e inquietantes para ella en otras ocasiones, esa noche la emocionaran de una manera completamente diferente.

Cuando la primera franja gris del amanecer apareció en la ventana de la habitación que daba al este, Madeleine se quedó dormida. Al cabo de un rato, Gurney le quitó las tijeras de las manos y apagó la luz.

423

64

Un día muy extraño

Cuando los rayos amarillos del sol se proyectaban oblicuamente sobre el césped, Gurney se sentó a la mesa del desayuno con una segunda taza de café. Unos minutos antes, había presenciado el cambio de guardia cuando el coche patrulla del turno de día llegó para sustituir al que había llamado Hardwick. Había salido a ofrecer desayuno al nuevo agente, pero el joven había declinado la oferta con una brusca y marcial educación.

—Gracias, señor, pero ya he desayunado, señor.

Incapaz de dormir, con un fuerte dolor de ciática en la pierna izquierda, Gurney estaba pugnando con preguntas cuyas soluciones se le escapaban como un pez escurridizo.

¿Debería pedir a Hardwick que le trajera una copia de la foto de archivo que se habría tomado en el momento de la detención de Saul Steck —para así poder estar seguro de que no había error sobre las huellas dactilares—, o la pista en papel que se generaría entre el DIC y la jurisdicción donde se le había acusado suscitaría demasiadas preguntas?

¿Debería pedir a Hardwick, o quizás a uno de sus antiguos compañeros en el Departamento de Policía de Nueva York, que buscara en los registros de impuestos municipales información sobre el propietario de la casa de arenisca, o ese simple ejercicio dispararía una cadena de preguntas comprometidas?

¿Había alguna razón para dudar de la afirmación de Sonya de que la historia de «Jykynstyl» la había engañado tanto como a él, aparte del hecho de que a Gurney le parecía la clase de mujer difícil de engañar?

¿Debería llevar una escopeta a casa, o Madeleine estaría aún más inquieta por su presencia?

¿Deberían mudarse? ¿Vivir en un hotel hasta que el caso se

resolviera? Pero ¿y si no se resolvía durante semanas o meses, o nunca?

¿Debería hacer un seguimiento con Darryl Becker sobre el estado de la búsqueda del barco de Ballston?

¿Debería hacer el seguimiento con el DIC sobre el progreso de las llamadas realizadas a las exalumnas de Mapleshade o sus familias?

¿Todo lo que había ocurrido —desde la llegada de Héctor Flores a Tambury hasta la muñeca decapitada, pasando por los asesinatos de Jillian y Kiki, las desapariciones de todas aquellas chicas, los crímenes sexuales de Ballston y el elaborado engaño de la casa de arenisca— era producto de una única mente? Y en ese caso, ¿la fuerza que impulsaba esa mente era una empresa criminal pragmática o una manía psicótica?

Y lo más inquietante para Gurney, ¿por qué esos nudos le resultaban tan difíciles de desatar?

Incluso la más sencilla de las preguntas —¿debería continuar sopesando las alternativas, volverse a la cama y tratar de vaciar la cabeza o emprender alguna actividad física?— se había enredado en su mente, capaz de plantear una objeción a cada conclusión que extraía. Incluso la idea de tomarse unos ibuprofenos para el dolor del nervio ciático chocaba con su reticencia a ir a la habitación para coger el frasco.

Miró las esparragueras, inmóviles en la calma sepulcral de la mañana. Se sentía desconectado, como si sus habituales vínculos con el mundo se hubieran roto. Era la misma sensación de estar sin ancla que había experimentado cuando su primera mujer anunció su intención de divorciarse de él, y años después cuando atropellaron a su hijo Danny, y otra vez cuando murió su padre. Y ahora…

Y ahora que Madeleine…

Sus ojos se llenaron de lágrimas. Y mientras su visión se tornaba borrosa, tuvo el primer pensamiento perfectamente claro desde hacía mucho tiempo. Era muy simple. Dejaría el caso.

Se sintió liberado: eso es justo lo que debía hacer. Decidió actuar de inmediato.

Se metió en el estudio y llamó a Val Perry.

Le salió el contestador. Estuvo tentado de dejar su renuncia en el mensaje, pero sintió que aquello sería demasiado imperso-

425

nal. Se limitó a decirle que necesitaba hablar con ella lo antes posible. A continuación, cogió un vaso de agua, entró en el dormitorio y se tomó tres ibuprofenos.

Madeleine se había desplazado de la mecedora a la cama. Todavía estaba vestida, tumbada sobre la colcha en lugar de debajo de ella, pero dormía plácidamente. Dave se acostó al lado de su mujer.

Cuando se despertó a mediodía, ella ya no estaba allí.

Sintió una pequeña punzada de miedo, aliviada al cabo de un momento por el sonido del fregadero. Fue al cuarto de baño, se echó agua a la cara, se cepilló los dientes, se cambió de ropa; todo para que aquel le pareciera un día nuevo.

Cuando fue a la cocina, Madeleine estaba pasando sopa de una cazuela grande a un *tupper* de plástico. Puso el recipiente en la nevera, la cazuela en el fregadero y se secó las manos en un trapo. La expresión de su mujer no le dijo nada.

—He tomado una decisión —dijo Gurney.

Madeleine le dedicó una mirada que le decía que sabía lo que iba a decir.

—Voy a dejar el caso.

Ella dobló el trapo y lo colgó del borde del escurreplatos.

—¿Por qué?

—Por todo lo que ha ocurrido.

Ella lo estudió durante unos segundos, se volvió y miró reflexivamente por la ventana más cercana al fregadero.

—Le he dejado un mensaje a Val Perry —dijo Dave.

Madeleine se volvió hacia él. Su sonrisa de Mona Lisa vino y se fue como un destello de luz.

—Es un día hermoso —afirmó—. ¿Quieres venir a dar un paseo?

—Claro.

Normalmente se habría resistido a la propuesta o, a lo sumo, la habría acompañado de mala gana, pero en ese momento no sintió ninguna resistencia.

El día se había convertido en una de esas mañanas suaves de septiembre en que la temperatura exterior era igual que la del interior de la casa, y la única diferencia que sintió al salir al pequeño porche lateral fue el olor a hojas del aire otoñal. El agen-

426

te de patrulla, que estaba sentado en el coche junto a las esparragueras, bajó la ventana y los miró inquisitivamente.

—Solo vamos a estirar las piernas —dijo Gurney—. Nos
quedaremos a la vista.

El joven asintió.

Siguieron la banda que mantenían bien segada a lo largo del
linde del bosque para impedir que árboles jóvenes invadieran el
campo. Dieron un lento rodeo hasta el banco del estanque, donde se sentaron en silencio.

El entorno del estanque era silencioso en septiembre, a diferencia de mayo y junio, cuando el croar de las ranas y los gor-
jeos de los mirlos mantenían un constante jaleo de control terri-
torial.

Madeleine tomó la mano de su marido en la suya.

Dave perdió la noción del tiempo, víctima de la emoción.

En un momento dado, ella dijo en voz baja.

—Lo siento.

—¿Por qué?

—Por mis expectativas… de que todo debería ser tal y como
yo quiero que sea.

—Quizás es así como debería ser. Tal vez la forma en que
quieres que sean las cosas está bien.

—Eso me gustaría pensar. Pero… no creo que sea cierto. Y
no creo que debas renunciar al trabajo que has accedido a hacer.

—Ya lo he decidido.

—Entonces deberías cambiar de opinión.

—¿Por qué?

—Porque eres detective, y no tengo ningún derecho a exigir
que te conviertas, como por arte de magia, en otra cosa.

—No sé mucho de magia, pero tienes todo el derecho del
mundo a pedir que vea las cosas de otra manera. Y Dios sabe
que no tengo ningún derecho a poner nada por encima de tu
seguridad y tu felicidad. A veces… miro las cosas que he hecho…, situaciones que he creado…, peligros a los que no he
prestado atención… Y pienso que debo de estar loco.

—Puede que a veces —dijo ella—. Quizá solo un poco.

Madeleine miró al estanque con una sonrisa triste y le apretó
la mano. El aire estaba en perfecta calma. Incluso las largas hojas
de las aneas permanecían tan inmóviles como en una fotografía.
Cerró los ojos, pero la expresión de su cara se hizo más dolorida.

427

—No debería haberte atacado de la manera en que lo hice, no debería haber dicho lo que dije, no debería haberte llamado «cabrón». Eso es lo último que debería haber hecho. —Abrió los ojos y lo miró directamente—. Eres un buen hombre, David Gurney. Un hombre sincero. Un hombre brillante. Un hombre de talento extraordinario. Quizás el mejor detective del mundo.

Una risa nerviosa estalló en la garganta de Gurney.

—¡Dios nos salve a todos!

—Hablo en serio. Quizás eres el mejor detective en el mundo entero. Así que ¿cómo puedo pedirte que dejes de serlo para ser otra cosa? No es justo. No está bien.

Dave miró al estanque vítreo, a los reflejos invertidos de los arces que se alzaban al otro lado.

—Yo no lo veo así.

Ella no hizo caso de la respuesta.

—Así que esto es lo que deberías hacer. Accediste a aceptar el caso Perry durante dos semanas. Hoy es miércoles. Ya has cumplido más de la mitad del plazo de dos semanas. Termina el trabajo.

—No es necesario que lo haga.

—Lo sé. Sé que estás dispuesto a renunciar. Y por eso exactamente lo justo es que no lo hagas.

—Repite eso.

Ella se rio, sin hacer caso de la pregunta.

—¿Dónde estarían sin ti?

Dave negó con la cabeza.

—Espero que estés de broma.

—¿Por qué?

—Lo último que necesito en esta vida es que me refuercen la arrogancia.

—Lo último que necesitas en esta vida es una esposa que piense que deberías ser otra persona.

Al cabo de un rato volvieron a subir caminando de la mano por el prado, saludaron con la cabeza a su guardaespaldas y entraron en la casa.

Madeleine hizo un pequeño fuego de cerezo en la gran chimenea de piedra y abrió la ventana para impedir que la sala se calentara demasiado.

Durante el resto de la tarde, hicieron algo que rara vez hacían: nada en absoluto. Holgazanearon en el sofá, dejándose hipnotizar perezosamente por el fuego. Después Madeleine pensó en voz alta sobre posibles cambios de plantas en el jardín para la siguiente primavera. Más tarde aún, quizá para mantener a raya la marea de preocupaciones, ella le leyó en voz alta un capítulo de *Moby Dick* y ambos se sintieron complacidos y perplejos por la obra a la que ella continuaba refiriéndose como «el libro más peculiar que he leído».

Madeleine cuidó del fuego. Dave le mostró a su esposa fotos de pabellones ajardinados y glorietas de un libro que había comprado meses antes en Home Depot, y hablaron de construir uno el verano siguiente, quizá junto al estanque. Se adormilaron y pasó la tarde. Cenaron pronto una sopa y ensalada mientras la puesta de sol todavía brillaba en el cielo, iluminando los arces en la ladera opuesta. Se fueron a acostar al anochecer, hicieron el amor con una ternura que rápidamente derivó en una urgencia desesperada, durmieron más de diez horas y se despertaron a la vez con la primera luz gris del alba.

65

Mensaje del monstruo

Gurney había terminado sus huevos revueltos y su tostada, y estaba a punto de llevar el plato al fregadero. Madeleine levantó la mirada de su bol de avena y pasas y dijo:

—Supongo que ya has olvidado adónde voy hoy.

(Durante la cena de la noche anterior, él la había convencido con cierta dificultad de que pasara un par de días con su hermana en Nueva Jersey, una precaución prudente, dadas las circunstancias, mientras él terminaba su compromiso con el caso.) Sin embargo, en ese momento Dave arrugó la cara en ademán de concentración, haciendo un alarde de desconcierto.

Madeleine se rio de su expresión exagerada.

—Espero que cuando tengas que infiltrarte en algún caso tu actuación sea más convincente. ¿O has estado tratando con idiotas?

Después de terminarse sus copos de avena y tomarse una segunda taza de café, Madeleine se duchó y se vistió. A las ocho y media le dio un fuerte abrazo y un beso a su marido, puso cara de preocupación, le dio otro beso y partió hacia el palacete de su hermana, en las fueras de Ridgewood.

Cuando el coche de su mujer ya estaba en la carretera, Dave se metió en el suyo y la siguió. Como conocía la ruta que iba a tomar, pudo quedarse detrás de ella, manteniéndola a la vista solo de vez en cuando. Su objetivo no era seguirla, sino asegurarse de que nadie la estaba siguiendo.

Tras unos kilómetros sin tráfico, Gurney se sintió razonablemente convencido y regresó a casa.

Intercambió un saludo amistoso con el agente al aparcar junto al coche patrulla.

Antes de entrar en la casa, se quedó de pie junto a la puerta lateral y miró a su alrededor. Por un momento tuvo una sensación de atemporalidad, de estar dentro de un cuadro. Al entrar en la casa, aquella paz se vio interrumpida por un pitido de su teléfono móvil que señalaba la llegada de un mensaje de texto. Su contenido hizo añicos aquella sensación de bienestar: «Siento no haberle encontrado el otro día. Lo volveré a intentar. Espero que le guste la muñeca».

Gurney sintió un impulso irracional de salir corriendo al bosque, como si el mensaje lo hubiera enviado alguien que en ese momento estuviera acechando detrás del tronco de un árbol, observándolo. Tenía ganas de gritarle obscenidades a ese enemigo invisible, pero en lugar de hacerlo leyó el mensaje otra vez. Incluía el número de origen, sin bloquear, igual que los mensajes anteriores, lo cual convertía en una certeza casi total que el teléfono móvil era de prepago, imposible de rastrear.

Sería útil conocer la ubicación de la torre de transmisión, pero el proceso presentaba algunos inconvenientes.

Puesto que se había denunciado, el incidente de la muñeca era a todas luces una investigación abierta. En ese contexto, un mensaje de texto anónimo referido a la muñeca constituía una prueba que debía ponerse en conocimiento de la policía. No obstante, una orden de registro de teléfonos móviles con su consiguiente búsqueda de datos revelaría los anteriores mensajes de texto enviados al número de Gurney desde el mismo teléfono prepago, así como su respuesta («Quiero saber más») al primero. Se sentía atrapado en una jaula que él mismo había fabricado, una jaula en la que cualquier solución crearía un problema mayor.

Se maldijo por haber tomado aquella decisión, guiada por su ego, de aceptar otro caso de asesinato que nadie más podía resolver; por su voluntad, guiada por su ego, de dejar que Sonya Reynolds volviera a entrar en su vida; por su ceguera, guiada por su ego, ante el engaño de Jykynstyl; por su deseo, guiado por su ego, de ocultar las consecuencias, y las posibles fotografías, a Madeleine; por el absurdo y peligroso aprieto en el que se encontraba en ese momento.

Sin embargo, maldecirse por sus fracasos no iba a llevarle a ninguna parte. Tenía que hacer algo, pero ¿qué?

El sonido del teléfono en la encimera de la cocina respondió por él.

Era Sheridan Kline, que parecía exudar un entusiasmo aceitoso.

431

—¡Dave! Me alegro de que lo haya cogido. Suba al caballo, amigo. Lo necesitamos aquí enseguida.

—¿Qué está pasando?

—Está pasando que Darryl Becker, de la Policía de Palm Beach, ha encontrado el barco de Ballston, como usted dijo. Adivine qué más ha encontrado.

—No me gusta adivinar.

—Ja. Estuvo en lo cierto respecto a lo de ese barco y a la posibilidad de que los técnicos de Palm Beach encontraran algo en él. Bueno, así ha sido. Han encontrado una pequeña mancha de sangre que ha generado un perfil de ADN..., que ha proporcionado un resultado parcial en CODIS..., que ha producido un cambio por parte del señor Ballston. O al menos ha generado un cambio en su estrategia legal. Él y su abogado están ahora «en modo de cooperación plena» para evitar la inyección letal.

—Espere un segundo —dijo Gurney—. ¿Qué nombre salió en el resultado parcial de CODIS?

—Funcionó de la misma manera que en el caso de Melanie Strum, una relación de parentesco de primer grado, en este caso un convicto acusado de abusar de menores. Su nombre: Wayne Dawker. El mismo apellido que una chica de Mapleshade, Kim Dawker, que desapareció tres meses antes que Melanie. Resulta que él es el hermano mayor de Kim. Puede que los abogados de Ballston sean lo bastante buenos para librarse de una chica muerta, pero no de dos.

—Es asombroso cómo una sola mancha de sangre puede cambiarlo todo —dijo Gurney—. ¿Y ahora qué?

—Esta tarde Becker hará un interrogatorio formal a Ballston. Nos han invitado a participar a través de una conferencia por ordenador. Seremos testigos del interrogatorio en una pantalla y transmitiremos las preguntas que queramos que se hagan. He insistido en que usted participe.

—¿Cuál es mi papel?

—¿Hacer las preguntas adecuadas en el momento oportuno? ¿Averiguar lo comunicativo que es Ballston? Usted es el que conoce mejor a ese monstruo. Ah, hablando de monstruos, he oído que ha tenido un incidente con una entrada no autorizada en su casa.

—Puede llamarlo así. Desconcertante al principio, pero... estoy seguro de que llegaremos al fondo del asunto.

432

—Parece que alguien no lo quiere en el caso, ¿cree que se trata de eso?

—No sé de qué otra cosa podría tratarse.

—Bueno, podemos hablar de ello cuando llegue aquí.

—Exacto.

De hecho, no tenía ningunas ganas de hablar de ello. Siempre había dado un paso atrás ante la discusión de nada que estuviera remotamente conectado con su propia vulnerabilidad. Era la misma forma disfuncional de control de daños que le impedía ser más comunicativo con Madeleine respecto a sus temores sobre el Rohipnol.

Habían renovado el equipo de vídeo y ordenador de la Academia de Policía más recientemente que el del DIC, así que se reunieron en el centro de teleconferencias de la academia poco después de las dos de la tarde. El «centro» era una sala de reuniones cuya elemento más destacado era una pantalla plana montada en una pared. Había una mesa semicircular con una docena de sillas de cara a la pantalla. Gurney conocía a todos los asistentes. A algunos, como Rebecca Holdenfield, tenía más ganas de verlos que a otros.

Se sintió aliviado al notar que todos parecían absortos en su anticipación de lo que iba a ocurrir; demasiado absortos para empezar a preguntar sobre la muñeca y sus implicaciones.

La sargento Robin Wigg estaba sentada tras otra mesita, en un rincón de la habitación. Tenía dos portátiles abiertos, un móvil y un teclado con el que al parecer controlaba el monitor de la pared. Al pulsar las teclas, la pantalla mostró una serie de códigos numéricos, luego cobró vida una imagen de alta definición; y rápidamente se convirtió en el centro de atención de todos.

La imagen mostraba una sala de interrogatorios estándar con paredes de hormigón. En el centro había una mesa metálica de color gris. A un lado estaba sentado el detective Darryl Becker. Frente a él, del otro lado de la mesa, había dos hombres. Uno tenía aspecto de haber salido de un artículo de *GQ* sobre los abogados mejor vestidos del país. El otro era Jordan Ballston, en quien se había producido una transformación devastadora. Tenía un aspecto sudoroso y arrugado: cuerpo hundido, boca un poco abierta, mirada vacía fija en la mesa.

Becker se volvió bruscamente hacia la cámara.

—Estamos listos para empezar. Espero que nos oigan alto y claro. Por favor, confírmenlo. —Miró la pantalla del portátil que tenía ante sí en la mesa.

Gurney oyó que Wigg tecleaba.

Al cabo de unos momentos, Becker sonrió a la pantalla e hizo una señal con los pulgares hacia arriba.

Rodriguez, que había estado hablando en susurros con Kline, se colocó en el centro de la sala.

—Atención, por favor. Estamos aquí para ser testigos de un interrogatorio al que nos han invitado a colaborar. Como resultado del hallazgo de nuevas pruebas en su propiedad...

—Manchas de sangre en su barco, encontradas como resultado de la insistencia de Gurney —lo interrumpió Kline. Le encantaba echar leña al fuego, mantener las animadversiones en ebullición.

Rodriguez parpadeó y continuó.

—Como resultado de esta prueba, el acusado ha cambiado su declaración. En un intento de eludir la pena de muerte en Florida, nos ofrece no solo confesar el asesinato de Melanie Strum, sino también proporcionar detalles en relación con una conspiración criminal mayor, que podría estar relacionada con las presuntas desapariciones de otras exalumnas de Mapleshade. No olviden que el acusado está haciendo esta declaración para salvar su vida, y podría decir más de lo que en realidad sabe sobre esta supuesta conspiración.

Como para restar valor a la precaución del capitán, Hardwick se dirigió en voz alta a Gurney, que estaba sentado frente a él, al otro lado de la mesa con forma de media luna.

—¡Enhorabuena, Sherlock! Deberías plantearte hacer carrera en la Policía. Necesitamos cerebros como el tuyo.

Una voz procedente del monitor de la pared concitó la atención de todos.

66

La monstruosa verdad, según Ballston

—Son las 14.03 del 20 de septiembre. Soy el teniente detective Darryl Becker del Departamento de Policía de Palm Beach. Conmigo en la sala de interrogatorios número uno están Jordan Ballston y su abogado, Stanford Mull. Este interrogatorio se está grabando. —Becker miró de la cámara a Ballston—. ¿Es usted Jordan Ballston de South Ocean Boulevard, Palm Beach?

Ballston respondió sin levantar la mirada de la mesa.

—Sí.

—¿Ha accedido después de consultar con su abogado a realizar una declaración completa y verdadera en relación con el asesinato de Melanie Strum?

Stanford Mull puso la mano en el antebrazo de Ballston.

—Jordan, debo…

—Sí —dijo Ballston.

Becker continuó.

—¿Está de acuerdo en responder completa y sinceramente a todas las preguntas que se le planteen en relación con este asunto?

—Sí.

—Por favor, describa con detalle cómo entró en contacto con Melanie Strum y todo lo que ocurrió a partir de entonces, incluido cómo la mató.

Mull parecía desesperado.

—Por el amor de Dios, Jordan…

Ballston levantó la cabeza por primera vez.

—¡Basta, Stan, basta! He tomado una decisión. No te vas a interponer. Solo quiero que seas consciente de todo lo que digo.

Mull negó con la cabeza.

Ballston pareció aliviado por el silencio de su abogado. Levantó la mirada a la cámara.

—¿Con cuánto público cuento?

Becker parecía enfadado.

—¿Importa?

—Las cosas más raras terminan en YouTube.

—Esto no.

—Lástima. —Ballston sonrió de un modo horripilante—. ¿Por dónde debería empezar?

—Por el principio.

—¿Se refiere a cuando vi a mi tío follándose a mi madre cuando tenía seis años?

Becker vaciló.

—¿Por qué no empieza por contarnos cómo conoció a Melanie Strum?

Ballston se recostó en la silla, dirigiendo su respuesta en un tono casi onírico a un punto situado en lo alto de la pared de detrás de Becker.

—Adquirí a Melanie a través del proceso especial de Karmala. El proceso implica un viaje enrevesado a través de una secuencia de portales. Cada uno de esos portales...

—Espere. Ha de explicar esto de manera clara. ¿Qué demonios es un portal?

Gurney quería pedirle a Becker que se relajara, que dejara hablar a Ballston, que hiciera las preguntas después. Pero decirle lo que tenía que hacer quizá derivara en su completo descarrilamiento.

—Estoy hablando de enlaces y pasajes entre páginas web. Páginas de Internet que ofrecen elecciones de otras páginas, salas de chat que llevan a otras salas de chat, siempre para explorar intereses más concretos y más intensos, y finalmente llevan a un mensaje de correo electrónico uno a uno, o a la correspondencia por mensajes de texto entre cliente y proveedor.

A Gurney el tono de profesor de Ballston le pareció surrealista, dado de lo que estaban hablando.

—¿Quiere decir que les decía qué clase de chica quería y que ellos se la entregaban?

—No, no, nada tan abrupto o crudo como eso. Como he dicho, el proceso de Karmala es especial. El precio es alto, pero la metodología es elegante. Una vez que la correspondencia se demostraba satisfactoria para ambas partes...

—¿Satisfactoria? ¿En qué sentido?

—En el sentido de la credibilidad. La gente de Karmala se convence de la seriedad de las intenciones del cliente, y el cliente se convence de la legitimidad de Karmala.

—¿Legitimidad?

—¿Qué? Ah, ya veo su problema. Me refiero a legitimidad en el sentido de ser quien dices ser y no, por ejemplo, el agente de alguna patética estafa.

Gurney estaba fascinado con la dinámica del interrogatorio. Ballston, que se estaba autoimplicando en un crimen capital por el cual esperaba recibir una pena no capital, parecía sentirse con el control gracias a su narración calmada. Becker, que era quien oficialmente estaba al mando, era el que estaba nervioso.

—De acuerdo —asintió Becker—, suponiendo que todos terminan satisfechos con la legitimidad de todos los demás, entonces, ¿qué?

—Entonces —dijo Ballston, haciendo una pausa dramática y mirando a Becker a los ojos por primera vez—, el toque elegante: los anuncios de Karmala en el dominical del *Times*.

—¿Cómo dice?

—Karmala Fashion. La ropa más cara del planeta: vestidos únicos, diseñados para ti, por cien mil dólares y más. Anuncios encantadores. Chicas encantadoras. Muy estimulante.

—¿Cuál es la relevancia de esos anuncios?

—Piénselo.

La siniestra amabilidad de Ballston estaba crispando a Becker.

—Mierda, Ballston, no tengo tiempo para juegos.

Ballston suspiró.

—Pensaba que era obvio, teniente. No era la ropa lo que se anunciaba. Eran las chicas.

—¿Me está diciendo que las chicas de los anuncios estaban en venta?

—Exacto.

Becker pestañeó, parecía no dar crédito a lo que oía.

—¿Por cien mil dólares?

—Y más.

—¿Y luego qué? ¿Enviaba un cheque de cien mil dólares y ellos le mandaban a la prostituta más cara del mundo por FedEx?

—No creo, teniente. No se pide un Rolls Royce por un anuncio en una revista.

—Entonces..., ¿qué? ¿Visitaba el concesionario de Karmala?

—En cierto modo, sí. El concesionario es, en realidad, una sala de proyecciones. Cada una de las chicas disponibles, incluida la que salía en el anuncio, se presentaba en su propio vídeo íntimo.

—¿Está hablando de películas porno individualizadas?

—Algo mucho mejor que eso. Karmala dirige el más sofisticado de los negocios. Estas chicas y sus presentaciones en vídeo son notoriamente inteligentes y maravillosamente sutiles, y están preseleccionadas con mucho cuidado, para que cumplan con las necesidades del cliente. —Ballston se pasó la punta de la lengua por el labio superior. Becker daba la impresión de que podría explotar en su silla—. Creo que lo que no está entendiendo, teniente, es que esas chicas tienen historias sexuales muy interesantes, son chicas con sus propios apetitos sexuales intensos. No hablamos de putas, teniente, hablamos de chicas muy especiales.

—¿Es eso lo que hace que valgan cien mil dólares?

Ballston suspiró con indulgencia.

438

—Y más.

Becker asintió con cara de no comprender. A Gurney le parecía que el hombre estaba perdido.

—Cien mil por... ¿sofisticación ninfomaníaca?

Ballston esbozó una sonrisa.

—Por ser exactamente lo que uno desea. Por ser el guante que enfunda la mano.

—Cuénteme más.

—Hay algunos vinos muy buenos a cincuenta dólares la botella, vinos que llegan al noventa por ciento de perfección. Una cifra mucho menor, a quinientos dólares la botella, logran el noventa y nueve por ciento de la perfección. Pero por ese uno por ciento de perfección absoluta, por eso pagarías cinco mil dólares la botella. Alguna gente es capaz de captar la diferencia. Algunos pueden.

—¡Maldita sea! Aquí estoy, miserable de mí, pensando que una puta cara es solo una puta cara.

—Para usted, teniente, estoy seguro de que es la verdad última.

Becker se puso rígido en su silla, con rostro inexpresivo. Gurney había visto esa mirada muchas veces en su vida profesional. Lo que seguía era normalmente desafortunado y en ocasiones suponía el fin de una carrera. Esperaba que la cámara y la presencia de Stanford Mull fueran eficaces elementos disuasorios.

En apariencia lo eran. Becker se relajó poco a poco, observó a su alrededor durante un minuto, mirando a todas partes, salvo a Ballston.

Gurney se preguntó cuál era el juego de aquel tipo. ¿Estaba tratando, de un modo calculado, de provocar una reacción violenta a cambio de obtener una ventaja legal? ¿O su condescendencia tranquila y relajada era un patético esfuerzo por demostrar su superioridad mientras su vida se derrumbaba?

Cuando, por fin, Becker habló, su voz parecía anormalmente tranquila.

—Hábleme de la sala de proyecciones, Jordan. —Articuló el nombre de una manera que sonó insultante de un modo extraño.

Si Ballston lo percibió de ese modo, no hizo caso.

—Pequeña, confortable, con una moqueta encantadora.

—¿Dónde está?

—No lo sé. Cuando me recogieron en el aeropuerto de Newark, me llevaron con los ojos tapados, con una de esas máscaras para dormir que se ven en las viejas películas en blanco y negro. El chófer me dijo que me la pusiera y que no me la quitara hasta que me informaran de que estaba en la sala de proyecciones.

—¿Y no hizo trampas?

—Karmala no es una organización que permita que se hagan trampas.

Becker asintió, sonrió.

—¿Cree que Karmala podría considerar lo que nos está contando hoy como una forma de engaño?

—Me temo que sí —dijo Ballston.

—Así que veía esos vídeos y encontraba algo que le gustaba, y luego ¿qué?

—Aceptabas verbalmente los términos de la compra, volvías a colocarte la máscara y te devolvían al aeropuerto. Hacías una transferencia por el precio estipulado a una cuenta bancaria de las Islas Caimán y al cabo de unos días la chica de tus sueños llamaba a tu puerta.

439

—¿Y entonces?

—Y entonces lo que uno quería que ocurriera ocurría.

—Y la chica de sus sueños terminaba muerta.

—Por supuesto.

—¿Por supuesto?

—De eso trataba la transacción. ¿No lo sabía?

—¿Se trataba de matarlas?

—Las chicas que proporcionaba Karmala eran chicas muy malas. Habían hecho cosas terribles. En sus vídeos describían al detalle lo que habían hecho. Cosas increíblemente horrorosas.

Becker se echó un poco hacia atrás en la silla. Era evidente que la situación lo superaba. Incluso la cara de póquer de Stanford Mull había adoptado cierta rigidez. Sus reacciones parecieron dar energía a Ballston, devolverle la vitalidad. Sus pupilas brillaron.

—Cosas terribles que merecían castigos terribles.

Hubo una especie de pausa universal, quizá dos o tres segundos en los cuales pareció que nadie en el sala de interrogatorios de Palm Beach ni en la sala de teleconferencias del DIC estaba respirando.

Darryl Becker rompió el hechizo con una pregunta práctica en un tono rutinario.

—Dejemos esto perfectamente claro. ¿Usted mató a Melanie Strum?

—Así es.

—¿Y Karmala le envió otras chicas?

—Exacto.

—¿Cuántas más?

—Dos.

—¿Cuánto sabía de ellas?

—Sobre los detalles aburridos de sus existencias cotidianas, nada. Sobre sus pasiones y sus transgresiones, todo.

—¿Sabe de dónde venían?

—No.

—¿Sabe cómo las reclutaba Karmala?

—No.

—¿Alguna vez trató de averiguarlo?

—Se especificaba que eso no podía hacerse.

Becker se apartó de la mesa y estudió el rostro de Ballston. Mientras Gurney miraba a Becker en la pantalla, le pareció que el hombre estaba estancado, abrumado por la situación, tratando de averiguar adónde ir con la siguiente pregunta.

Gurney se volvió hacia Rodriguez. El capitán parecía tan desconcertado como Darryl Becker por las revelaciones y la despreocupación de Ballston.

—¿Señor?

Al principio Rodriguez pareció no escucharle.

—Señor, me gustaría enviar una petición a Palm Beach.

—¿Qué clase de petición?

—Quiero que Becker le pregunte a Ballston por qué le cortó la cabeza a Melanie.

El rostro del capitán se contorsionó en un gesto de repulsión.

—Obviamente porque es un loco enfermo, sádico y asesino.

—Creo que sería útil plantear la pregunta.

Rodriguez parecía molesto por las palabras que salieron de su propia boca.

—¿Qué más podría ser, salvo parte de su asqueroso ritual?

—¿Como cortar la cabeza de Jillian formaba parte del ritual de Héctor?

—¿Qué quiere decir?

El tono de Gurney se endureció.

—Es una pregunta simple y hay que plantearla. Nos estamos quedando sin tiempo.

Sabía que las horrendas dificultades de Rodriguez con su hija adicta al crac estaban comprometiendo su capacidad para tratar directamente con un caso que le resultaba tan cercano, pero eso ya no le preocupaba.

La cara de Rodriguez se puso colorada, un efecto aumentado por el contraste con su cuello blanco y su cabello teñido de negro. Al cabo de un momento, se volvió hacia Wigg con un aire de rendición.

—El señor tiene una pregunta, ¿por qué Ballston le cortó la cabeza? Mándelo.

Los dedos de Wigg se movieron con rapidez en el teclado.

En el monitor de teleconferencia, se veía a Becker presionando a Ballston, insistiendo en preguntarle de dónde sacaba las chicas Karmala. Ballston continuaba reiterando que no sabía nada de todo eso.

Becker parecía estar considerando cómo sacarle la respuesta cuando su atención se centró en el portátil, aparentemente en la

441

pregunta que Wigg acababa de transmitir. Levantó la cabeza a la cámara y asintió antes de cambiar de tema.

—Así pues, Jordan, cuénteme… ¿por qué lo hizo?

—¿Qué?

—Matar a Melanie Strum de esa manera en particular.

—Me temo que es una cuestión privada.

—Privada, un cuerno. El trato es que nosotros hacemos preguntas y usted las responde.

—Bueno… —La bravuconería de Ballston estaba languideciendo—. Diría que era en parte una preferencia personal y… —Por primera vez en el interrogatorio pareció un poco ansioso—. He de preguntarle algo, teniente. ¿Se refiere a… todo el proceso… o solo a la eliminación de la cabeza?

Becker vaciló. El tono banal que había adquirido la conversación parecía estar retorciéndole la mano con la que se aferraba a la realidad.

—Por ahora, digamos que nos preocupa sobre todo la eliminación de la cabeza.

—Ya veo. Bueno, lo de cortarle la cabeza digamos que fue una cortesía.

—¿Que fue qué?

—Una cortesía. Un pacto entre caballeros.

—¿Un pacto…?

Ballston negó con desesperación, como el sofisticado tutor de un estudiante estúpido.

—Creo que ya he explicado el acuerdo básico y el compromiso de Karmala de proporcionar la dimensión psicológica, su capacidad de suministrar un producto único. ¿Entiende todo eso, teniente?

—Sí, lo entiendo bien.

—Son la fuente más exclusiva del producto más exclusivo.

—Sí, eso lo entiendo.

—Como condición para una relación comercial continuada, exigen algo.

—¿Que le corte la cabeza a la víctima?

—Después del proceso. Es una adenda, si lo prefiere.

—¿Y cuál era su propósito?

—¿Quién sabe? Todos tenemos nuestras preferencias.

—¿Preferencias?

—Se insinuó que era importante para alguien de Karmala.

442

—Cielo santo. ¿En alguna ocasión les pidió que le explicaran eso?

—Oh, mi teniente, no sabe ni una palabra de Karmala, ¿eh? —La extraña serenidad de Ballston estaba aumentando de manera inversamente proporcional a la consternación de Becker.

443

67

Amor de madre

*T*ras concluir el interrogatorio inicial de Jordan Ballston, el primero de los tres que se habían programado —para que pudieran plantearse las preguntas de nuevo y formular otras que se habían omitido y sondear y documentar todo lo relacionado con los tratos de Ballston con Karmala— la teleconferencia terminó.

Blatt fue el primero en hablar cuando el monitor se puso en blanco.

—¡Qué cerdo degenerado!

Rodriguez cogió un pañuelo limpio del bolsillo, se quitó las gafas de montura metálica y empezó a limpiarlas distraídamente. Era la primera vez que Gurney lo veía sin gafas. Sin ellas, sus ojos parecían más pequeños y más débiles; la piel de su contorno, más vieja.

Kline apartó la silla de la mesa.

—¡Maldiciónla Creo que nunca he visto nada como esto. ¿Qué opinas, Becca?

Holdenfield arqueó las cejas.

—¿Te importa ser más concreto?

—¿Te crees esa historia increíble?

—Si me estás preguntando si creo que estaba diciendo la verdad como él la ve, la respuesta es sí.

—A un cerdo degenerado como ese no le importa la verdad —dijo Blatt.

Holdenfield sonrió, se dirigió a Blatt como si fuera un niño con buena voluntad.

—Es una observación precisa, Arlo. Decir la verdad no está en lo alto de los valores del señor Ballston. A menos que piense que eso va a salvar su vida.

Blatt perseveró.

—No confiaría en él ni para sacar la basura.

—Les diré cuál es mi reacción —anunció Kline. Esperó a que todos los presentes le prestaran atención—. Suponiendo que sus declaraciones sean veraces, Karmala podría ser la organización criminal más depravada jamás descubierta. La pieza de Ballston, por horrenda que pueda ser, quizá sea solo la punta del iceberg, un iceberg del Infierno.

Hardwick prorrumpió en una risa ronca y monosilábica que solo logró ocultar parcialmente como una tos, pero el impulso dramático que Kline había tomado lo hizo seguir adelante.

—Karmala parece ser una organización grande, disciplinada y despiadada. Las autoridades de Florida han detenido un pequeño apéndice, un cliente. Pero nosotros tenemos la oportunidad de destruir toda la empresa. Nuestro éxito podría significar la diferencia entre la vida y la muerte para Dios sabe cuántas jóvenes. Y hablando de esto, Rod, este podría ser un buen momento para ponernos al día del progreso en las llamadas a las graduadas.

El capitán se puso las gafas y se las volvió a quitar. Sus ojos eran oscuros y estaban llenos de preocupación. Era como si todos los giros del caso y sus ecos personales estuvieran desafiándole.

—Bill —dijo no sin esfuerzo—, danos los datos de las entrevistas.

Anderson tragó un trozo de donut y lo ingirió con un sorbo de café.

—De los ciento cincuenta y dos nombres de nuestra lista, hemos hablado con al menos un familiar en ciento doce casos. —Pasó entre los papeles de su carpeta—. De esos ciento doce, hemos clasificado las respuestas por categorías. Por ejemplo...

Kline parecía inquieto.

—¿Podemos ir al grano? ¿Solo el número de chicas ilocalizadas, sobre todo si tuvieron una discusión sobre un coche antes de irse de casa?

Anderson volvió a sus papeles, pasó media docena de hojas otras tantas veces. Al final anunció que se desconocía el paradero de veintiuna de las chicas y que, en diecisiete de esos casos, se había producido la discusión del coche.

—Así que parece que el patrón se sostiene —dijo Kline.

445

Cambió su atención a Hardwick—. ¿Algo nuevo en la conexión Karmala?

—Nada nuevo, solo que definitivamente la dirigen los Skard, y que la Interpol piensa que en los últimos tiempos se dedican sobre todo a delitos que tienen que ver con la esclavitud sexual.

Blatt pareció interesado.

—¿Qué tal ser un poco más concreto sobre la cuestión de la «esclavitud sexual»?

Sorprendentemente, Rodriguez habló de inmediato, con la voz cargada de rabia.

—Creo que todos sabemos exactamente de qué se trata: es el negocio más repulsivo de la Tierra. La escoria del planeta como vendedores, la escoria del planeta como compradores. Piénsalo, Arlo. Sabrás que tienes la imagen correcta cuando te vengan ganas de vomitar. —Su intensidad creó un silencio incómodo en la sala.

Kline se aclaró la garganta, con la cara desfigurada en una especie de asco exagerado.

—En mi concepto de tráfico sexual salen niñas campesinas tailandesas embarcadas hacia árabes gordos. ¿Se supone que algo así está ocurriendo con las chicas de Mapleshade? Me cuesta mucho imaginarlo. ¿Alguien puede iluminarme? Dave, ¿tiene algún comentario?

—Ningún comentario, pero tengo dos preguntas. Primero: ¿pensamos que Flores está relacionado con los Skard? Y, si es así, puesto que la operación Skard es una cuestión de familia, ¿es posible que Flores…?

—¿Pueda ser él mismo un Skard? —Kline golpeó la mesa con la palma de la mano—. Maldición, ¿por qué no?

Blatt se rascó la cabeza en una parodia inconsciente de perplejidad.

—¿Qué está diciendo? ¿Que Héctor Flores era en realidad uno de esos chicos cuya madre se follaba a todos los camellos de coca?

—Uf —exclamó Kline—. Eso daría al caso un eje completamente nuevo.

—Más bien dos —dijo Gurney.

—¿Dos?

—Dinero y patología sexual. Me refiero a que si esto solo

fuera una aventura financiera, ¿por qué la locura de Edward Vallory?

—Hum. Buena pregunta. ¿Becca?

Ella miró a Gurney.

—¿Está sugiriendo que hay una contradicción?

—Una contradicción no, solo una pregunta acerca de cuál es la cabeza del perro y cuál es la cola.

El interés de Rebecca Holdenfield pareció crecer.

—¿Y su conclusión?

Gurney se encogió de hombros.

—He aprendido a no subestimar el poder de la patología.

Los labios de Holdenfield se movieron en una leve sonrisa de acuerdo.

—El resumen del historial de la Interpol que me dieron indicaba que Giotto Skard tuvo tres hijos: Tiziano, Rafaello, Leonardo. Si Héctor Flores es uno de ellos, la cuestión es: cuál.

Kline la miró.

—¿Tienes alguna opinión al respecto?

—Es más una suposición que una opinión profesional, pero si le damos valor a la patología sexual como eje del caso, entonces probablemente me inclinaría por Leonardo.

—¿Por qué?

—Porque fue el que se llevó consigo la madre cuando, al final, Giotto acabó por echarla. Es el que estuvo más tiempo con ella.

—¿Está diciendo que eso puede convertirte en un maniaco homicida? —preguntó Blatt—. ¿Estar cerca de tu madre?

Holdenfield se encogió de hombros.

—Eso depende de quién sea tu madre. Estar cerca de una madre normal es muy diferente de ser objeto de abuso prolongado por parte de una sociópata adicta a las drogas y depredadora sexual como Tirana Zog.

—Eso lo entiendo —intervino Kline—, pero ¿cómo encaja los efectos de esa clase de educación (la locura, la rabia, la inestabilidad) en lo que, al parecer, es una organización criminal altamente organizada?

Holdenfield sonrió.

—La locura no siempre es un obstáculo para la consecución de objetivos. Stalin no es el único paranoico esquizofrénico que llegó a lo más alto. En ocasiones hay una sinergia maligna entre

447

patología y logro de objetivos prácticos. En especial en empresas brutales, como el tráfico sexual.

Blatt parecía intrigado.

—¿Está diciendo que los chiflados son buenos gánsteres?

—No siempre. Pero supongamos por un momento que su Héctor Flores es en realidad Leonardo Skard. Y supongamos que ser educado por una madre psicótica, promiscua e incestuosa lo hizo más que un poco loco. Supongamos que la organización Skard, a través de Karmala, está implicada en prostitución de lujo y esclavitud sexual, como afirman los contactos del DIC en la Interpol y como confirma la confesión de Jordan Ballston.

—Son muchas suposiciones —intervino Anderson, tratando de sacar otra miga de donut de los pliegues de su servilleta.

—Buenas suposiciones, en mi opinión —afirmó Kline.

—Y si son ciertas —dijo Gurney—, entonces Leonardo parece que ha conseguido el trabajo perfecto.

—¿Qué trabajo perfecto? —preguntó Blatt.

—Uno que combina el negocio de la familia con su odio personal a las mujeres.

La expresión de desconcierto inicial de Kline dio paso al asombro.

—¡El trabajo de un reclutador!

—Exacto —dijo Gurney—. Supongamos que Skard (alias Flores) va a Mapleshade específicamente para identificar y reclutar a mujeres jóvenes a las que se podría convencer para que satisficieran las necesidades sexuales de hombres ricos. Por supuesto, tendría que describir el acuerdo de manera que atrajera las propias necesidades y fantasías de las chicas. Nunca sabrían, hasta que fuera demasiado tarde, que iban a ser entregadas a sádicos sexuales que pretendían matarlas, hombres como Jordan Ballston.

Las pupilas de Blatt se dilataron.

—Eso es extremadamente asqueroso.

—Beneficio y patología van de la mano —dijo Gurney—. He conocido a más de un sicario que piensa en sí mismo como un hombre de negocios que simplemente resulta que se dedica a algo para lo que la mayoría de la gente no tiene estómago. Como embalsamar. Hablaban de ello como si fuera, sobre todo, una fuente de ingresos, y como si solo en un segundo plano se tratara de matar gente. Por supuesto, la verdad es todo lo con-

448

trario. Matar es matar. Se trata de un odio terrible que el sicario convierte en un negocio. Quizás es eso ante lo que estamos.

Anderson arrugó su servilleta en una bola.

—Nos estamos poniendo muy teóricos, ¿no?

—Creo que Dave da en el clavo —dijo Holdenfield—. Patología y pragmatismo. Leonardo Skard, en el papel de Héctor Flores, podría estar ganándose la vida organizando la tortura y decapitación de mujeres que le recuerdan a su madre.

Rodriguez se levantó lentamente de su silla.

—Creo que podría ser un buen momento para hacer una pausa. ¿De acuerdo? Diez minutos. Lavabo, café, etcétera.

—Solo una última idea —dijo Holdenfield—. Con todo lo que hablamos respecto a que mataron a Jillian Perry el día de su boda, ¿a alguien se le ha ocurrido que también era el Día de la Madre?*

449

* En Estados Unidos el Día de la Madre se celebra el segundo domingo de mayo. *(N. del T.)*

68

Buena Vista Trail

Kline, Rodriguez, Anderson, Blatt, Hardwick y Wigg abandonaron la sala. Gurney estaba a punto de seguirlos cuando vio a Holdenfield, todavía en su silla, sacando una serie de fotocopias de su maletín, fotocopias de diversos anuncios de Karmala. Las extendió ante ella. Gurney fue hasta su lado de la mesa y las miró. Esta vez le causaron un impacto diferente: a la luz de las revelaciones de Ballston, parecían más crudas.

—No lo entiendo —dijo—. Mapleshade supuestamente presenta un remedio para las fijaciones sexuales malsanas. Dios mío, si lo que estoy viendo en las caras de estas mujeres jóvenes refleja el beneficio de la terapia, ¿cómo diablos eran antes?

—Peor.

—¡Cielo santo!

—He leído algunos de los artículos académicos de Ashton. Sus objetivos son modestos. Mínimos, en realidad. Sus críticos dicen que su enfoque linda con lo inmoral. Muchos terapeutas no lo soportan. No pretende lograr grandes cambios en sus pacientes, parece conformarse con algunos pequeños. Uno de sus comentarios en un seminario profesional se hizo famoso, o tristemente famoso. Disfruta asombrando a sus colegas. Dijo que si podía convencer a una niña de diez años de que le hiciera una felación a su novio de doce en lugar de a su primo de ocho, consideraría que la terapia era un éxito absoluto. En algunos círculos, ese enfoque es un poco polémico.

—Progreso y no perfección, ¿eh?

—Exacto.

—Aun así, cuando miro estas expresiones…

—Una cosa que ha de recordar es que el porcentaje de éxito en ese campo no es alto. Estoy seguro de que incluso Ashton fracasa más veces de las que triunfa. Es la realidad. Cuando tratas con delincuentes sexuales…

Pero Gurney había dejado de escucharla.

«Dios mío, ¿cómo no me había fijado antes?»

Holdenfield lo estaba mirando.

—¿Qué pasa?

Él no respondió inmediatamente. Había que pensar en aquello, decidir cuánto decir. Eran decisiones cruciales. Pero tomar cualquiera en ese momento se escapaba a su capacidad. Se había quedado casi paralizado al darse cuenta de que la habitación de la foto era la misma en la que había entrado para esconderse del personal de limpieza la noche en que recuperó su copita de absenta. Solo la había visto una fracción de segundo al encender y apagar la luz para orientarse. En ese momento había tenido una extraña sensación de *déjà vu*, porque ya había visto la distribución del cuarto en la foto de Jillian en la pared de Ashton, pero esa noche en la casa de arenisca no había podido juntar las dos imágenes.

—¿Qué ocurre? —repitió Holdenfield.

—Es difícil de explicar —dijo, lo cual era en gran medida cierto.

Su voz era tensa. No podía apartar la mirada del anuncio que tenía más cerca. La chica estaba agachada en una cama deshecha, con aspecto exhausto y al mismo tiempo incansable, incitante, amenazante, provocativa. Le sacudió el recuerdo de un retiro religioso en su primer año en St. John Francis: un sacerdote de ojos desorbitados pronunciando un sermón sobre el fuego del Infierno. Un fuego que arde durante toda la eternidad, que devora los gritos de tu carne como una bestia cuya hambre crece a cada mordisco.

Hardwick fue el primero en volver a la sala de conferencias. Miró a Gurney, la foto del anuncio y a Holdenfield, y pareció sentir de inmediato la tensión en el aire. Wigg regresó a continuación y ocupó su sitio delante de su portátil, seguida por un taciturno Anderson y un ansioso Blatt. Kline entró hablando por el teléfono móvil, y Rodriguez tras él. Hardwick se sentó enfrente de Gurney, observándolo con curiosidad.

—Muy bien —dijo Kline, otra vez con el aire de un hombre que consigue lo busca—. Volvamos a ponernos en marcha. Respecto a la cuestión de la verdadera identidad de Héctor Flores:

Rod, creo que había un plan para llevar a cabo nuevas entrevistas a los vecinos de Ashton, para asegurarnos de que no se nos pasara por alto ningún detalle sobre Flores la primera vez. ¿Cómo va eso?

Rodriguez por un momento pareció que iba a decir que aquello era una pérdida de tiempo, pero se volvió hacia Anderson.

—¿Algo nuevo al respecto?

Anderson cruzó los brazos sobre el pecho.

—Ni un solo hecho nuevo significativo.

Kline lanzó a Gurney una mirada desafiante, ya que la idea de volver a hacer los interrogatorios había sido suya.

Gurney se concentró de nuevo en la discusión y se volvió hacia Anderson.

—¿Ha logrado separar el material de testigos directos, que es escaso, del material de rumores, que es interminable?

—Sí, lo hemos hecho.

—¿Y?

—Hay un problema con los datos de testigos directos.

—¿Cuál es? —intervino Kline con brusquedad.

—La mayoría de los testigos directos están muertos.

Kline pestañeó.

—Repítalo.

—La mayoría de los testigos directos están muertos.

—Dios, le he oído. Explique qué significa eso.

—O sea, ¿quién habló directamente con Héctor Flores, o con Leonardo Skard o comoquiera que se llame ahora? ¿Quién tuvo contacto cara a cara? Jillian Perry, y está muerta. Kiki Muller, y está muerta. Las chicas a las que Savannah Liston vio hablando con él cuando estaba trabajando en los arriates de Ashton en Mapleshade, y han desaparecido, posiblemente están muertas, si han terminado con tipos como Ballston.

Kline parecía escéptico.

—Creía que la gente lo vio en el coche con Ashton o en la ciudad.

—Lo que vieron fue a alguien con sombrero de vaquero y gafas de sol —dijo Anderson—. Ninguno de ellos puede proporcionar una descripción física que valga una mierda, perdón por mi lenguaje. Tenemos un cargamento de anécdotas extravagantes, pero nada más. Parece que todo el mundo cuenta historias que alguien le ha contado.

Kline asintió.

—Eso encaja perfectamente con la reputación de los Skard.

Anderson lo miró de soslayo.

—Se supone que eliminan sin piedad a los testigos reales. Parece que todos los que pueden señalar a los chicos Skard terminan muertos. ¿Qué opina, Dave?

—Disculpe, ¿qué?

Kline lo miró de manera extraña.

—Preguntaba si piensa que la disminución del número de personas que podrían identificar a Flores refuerza la idea de que podría ser uno de los Skard.

—A decir verdad, Sheridan, en este momento no sé qué pensar. No dejo de preguntarme si hay alguna cosa cierta en todo lo que se me ocurre en este caso. Temo que me estoy perdiendo algo que lo explicaría todo. He trabajado en muchos casos de homicidio a lo largo de los años y nunca he visto uno que encaje peor que este. Es como si hubiera un elefante en una sala y nadie fuera capaz de verlo.

Kline se echó hacia atrás, reflexivo.

—Esto puede que no sea el elefante en la sala, pero tengo una pregunta que me ha estado inquietando, acerca de las chicas desaparecidas. Comprendo la cuestión del coche, que las chicas son todas legalmente adultas, que les dijeron a sus padres que no las buscaran, pero... ¿no les parece peculiar que ni un solo padre lo haya notificado a la Policía?

—Me temo que hay una respuesta triste y simple a esa pregunta —dijo Holdenfield poco a poco, después de un largo silencio. El tono extrañamente suave de su voz atrajo la atención de todos—. Dada una explicación plausible para la partida de sus hijas y una petición de no establecer más contacto, sospecho que los padres se sintieron, en secreto, complacidos. Muchos padres de niños agresivos, problemáticos, sienten un terrible temor que no se atreven a reconocer: quedarse empantanados para siempre con sus pequeños monstruos. Cuando los monstruos terminan por irse, por la razón que sea, creo que los padres sienten, en el fondo, cierto alivio.

Rodriguez parecía mareado. Se levantó en silencio y se dirigió a la puerta con semblante ceniciento. Gurney suponía que Holdenfield había pinchado de pleno en el nervio más sensible del capitán, un nervio que ya habían expuesto y aporreado des-

453

de el momento en que el caso había virado de la caza de un jardinero mexicano a una investigación en torno a relaciones familiares desordenadas y mujeres jóvenes enfermas. Ese nervio había estado tan pinzado durante la última semana que quizá no era sorprendente que un hombre como aquel, tan susceptible, se estuviera convirtiendo en un caso perdido.

La puerta se abrió antes de que Rodriguez llegara a ella. Gerson entró con un matiz de alarma en su rostro enjuto y le bloqueó el paso.

—Disculpe, señor, hay una llamada urgente.

—Ahora no —murmuró Rodriguez con vaguedad—. Quizás Anderson… o alguien…

—Señor, es una emergencia. Otro homicidio relacionado con Mapleshade.

Rodriguez la miró.

—¿Qué?

—Un homicidio…

—¿Quién?

—Una chica llamada Savannah Liston.

Dio la impresión de que todos tardaban unos segundos en asimilar la noticia, como si la estuvieran escuchando a través de una traducción.

—Bien —dijo al fin el capitán, y siguió a Gerson al exterior de la sala.

Cuando regresó al cabo de cinco minutos, las vagas especulaciones que habían estado a la deriva en torno a la mesa en su ausencia fueron reemplazadas por una ansiosa atención.

—Muy bien. Está aquí todo el que tiene que estar aquí —anunció Rodriguez—. Solo voy a decir esto una vez, así que les sugiero que tomen notas.

Anderson y Blatt sacaron blocs idénticos y bolígrafos. Los dedos de Wigg estaban preparados sobre el teclado del portátil.

—Era el jefe de Policía de Tambury, Burt Luntz. Ha llamado desde donde se encuentra en este momento, un bungaló alquilado por Savannah Liston, empleada de Mapleshade. —Había fuerza y determinación en la voz del capitán, como si la tarea de transmitir la información lo hubiera puesto, al menos de manera temporal, en terreno firme—. Aproximadamente a las cinco de la mañana, el jefe Luntz recibió una llamada telefónica en su casa. Con lo que le sonó como acento español, el que llamó dijo:

«Buena Vista número setenta y siete. Por todas las razones que he escrito». Cuando Luntz preguntó quién llamaba, su respuesta fue: «Edward Vallory me llama el jardinero español». En ese momento colgó.

Anderson miró con el ceño fruncido su reloj.

—¿Fue a las cinco de la mañana, hace diez horas, y nos enteramos ahora?

—Por desgracia, a Luntz la llamada no le disparó ninguna alarma. Solo supuso que se habían equivocado de número, que el tipo estaba borracho, o quizás ambas cosas. No conoce los detalles de nuestra investigación, así que las referencias a Edward Vallory no significan nada para él. Más tarde, hace media hora, recibió una llamada del señor Lazarus, de Mapleshade, en la que le decían que tenían una empleada, normalmente responsable, que no se había presentado a trabajar y que no cogía el teléfono, y teniendo en cuenta todas las locuras que estaban pasando preguntó si no podría Luntz enviar un coche patrulla para asegurarse de que todo iba bien. Cuando Lazarus le dio la dirección del número setenta y ocho de Buena Vista Trail, a Luntz se le encendió la luz y acudió en persona.

Kline estaba inclinado hacia delante en su silla, como un atleta a punto de emprender una carrera.

—¿Y encontró a Savannah Liston muerta?

—Encontró la puerta de atrás sin cerrar con llave y a Liston sentada a la mesa de la cocina. El mismo escenario que en el caso de Jillian Perry.

—¿Exactamente el mismo? —preguntó Gurney.

—Al parecer.

—¿Dónde está Luntz ahora? —preguntó Kline.

—En la cocina, con algunos agentes de la Policía de Tambury en camino para cerrar el perímetro y asegurar la escena. Él ya ha registrado la casa, por encima, solo para verificar que no había nadie más presente. No ha tocado nada.

—¿Ha dicho si ha encontrado algo extraño? —preguntó Gurney.

—Una cosa. Un par de botas en la puerta. De las que se ponen encima de los zapatos. ¿Suena familiar?

—Otra vez las botas. Dios santo. Hay algo con las botas. —El tono de Gurney atrajo la atención de Rodriguez—. Capi-

tán, sé que no es mi labor tratar de influir en cómo se distribu-
yen los recursos, pero ¿puedo hacer una sugerencia?

—Adelante.

—Recomendaría que llevara esas botas inmediatamente a su
personal de laboratorio; que se queden aquí toda la noche si
hace falta y que hagan todas las pruebas de reconocimiento químico que puedan.

—¿Buscando qué?

—No lo sé.

Rodriguez puso mala cara, pero no tan mala como Gurney
temía.

—Basarse en nada es un tiro a ciegas, Gurney.

—Las botas han aparecido dos veces. Antes de que aparez-
can de nuevo, me gustaría saber por qué.

69

Callejones sin salida

Anderson, Hardwick y Blatt fueron enviados a la escena del crimen en Buena Vista, con un equipo seleccionado por la sargento Wigg y una brigada canina. Avisaron a la Oficina del Forense. Gurney preguntó si podía acompañar a la gente del DIC a la escena. Rodriguez, como era previsible, lo rechazó. En cambio, le dio a Wigg la orden de coordinar y acelerar el trabajo de laboratorio con las botas. Kline dijo algo sobre acordar una estrategia de control de daños para una conferencia de prensa programada, y él y el capitán salieron a hablar en privado, dejando a Gurney y Holdenfield solos en la sala de conferencias.

—Así pues… —dijo Holdenfield. Parecía mitad pregunta, mitad observación.

—Así pues… —repitió él.

Holdenfield se encogió de hombros, miró a su maletín, donde había vuelto a dejar sus anuncios de Karmala.

Gurney supuso que ella quería saber más sobre por qué antes se había mostrado tan inquieto. Ya le había dicho que era difícil de explicar. Y todavía no estaba listo para hablar de ello, aún no había calibrado qué implicaba todo aquello, todavía no había calculado hasta dónde podían llegar los daños.

—Es una larga historia —dijo.

—Me encantaría escucharla.

—A mí me encantaría contarla, pero… es complicado. —La primera parte era menos cierta que la segunda. Se preguntó por qué lo había dicho. Sonrió—. Quizás en otra ocasión.

—De acuerdo. —Ella también sonrió—. En otra ocasión.

Sin poder hablar directamente con los técnicos de laboratorio y sin tener ninguna razón para quedarse en las instalaciones de la Policía del estado, Gurney se dirigió a Walnut Crossing.

La información que se había ido acumulando durante el día se arremolinaba en su cabeza.

La confesión surrealista de Ballston, aquella voz elegante emanando de una mente infernal, describiendo cómo había cortado la cabeza de su víctima como una cortesía hacia Karmala; la decapitación de Savannah Liston haciendo eco de la muñeca decapitada en la cama, que a su vez remitía a la novia decapitada en la mesa. Y las botas de goma. Una vez más, las botas. ¿De verdad pensaba que las pruebas de laboratorio revelarían algo? El día lo había dejado demasiado agotado como para saber qué pensar en realidad.

La llamada que recibió de Sheridan Kline cuando estaba terminando un bol de restos de espaguetis añadió hechos, pero no sirvió para avanzar en el caso. Además de repetir todo lo que Rodriguez había transmitido de Luntz, le reveló que la brigada canina había encontrado un machete manchado de sangre en una zona boscosa detrás del bungaló y que el forense estimaba que la muerte se produjo más o menos cuando Luntz había recibido aquella críptica llamada, antes del amanecer.

A lo largo de su carrera, Gurney se había enfrentado a desafíos en numerosas ocasiones. De vez en cuando se había encontrado con casos, como el reciente horror de Mellery, en los cuales creía que podía salir perdedor. Pero nunca se había sentido tan ampliamente superado. Sin duda, tenía una teoría general sobre lo que podría estar pasando y quién podría estar detrás —toda la operación de los Skard, con Héctor Flores reclutando chicas malas para saciar el placer asesino de los hombres más enfermos del mundo—, pero era solo una teoría. E incluso si fuera válida, no se acercaba a explicar la mecánica retorcida de los asesinatos en sí. No arrojaba luz sobre la localización imposible del machete. No explicaba la función de las botas ni la elección exacta de las víctimas.

¿Por qué tenían que morir Jillian Perry, Kiki Muller y Savannah Liston?

Lo peor de todo era que, sin saber por qué habían matado a ninguna de las tres, ¿cómo iban a proteger a quien estuviera en peligro?

Después de agotarse explorando los mismos callejones sin

salida una y otra vez, Gurney se quedó dormido a medianoche.

Cuando se despertó siete horas más tarde, un viento a ráfagas levantaba olas de lluvia gris contra las ventanas del dormitorio. La ventana de al lado de su cama, la única de la casa que había dejado sin cerrar, estaba abierta quince centímetros por arriba: no tanto como para que entrara el agua, pero más que suficiente para que se colara un viento que hacía que las sábanas y la almohada se hubieran humedecido.

La atmósfera deprimente, la falta de luz y color en el mundo, lo tentaron a quedarse en la cama, por incómodo que estuviera, pero sabía que sería un error, así que se obligó a levantarse y meterse en el cuarto de baño. Tenía los pies fríos. Abrió el grifo de la ducha.

Gracias a Dios, pensó una vez más, por la magia primigenia del agua.

Limpiadora, restauradora, simplificadora. El chorro cosquilleante le masajeó la espalda y le relajó los músculos del cuello y los hombros. Sus pensamientos nudosos e hiperactivos empezaron a disolverse en la calma del agua. Como las olas besando la arena…, como un opiáceo benigno…, la fuerza del agua en su piel hacía la vida más sencilla y mejor.

70

A plena vista

*D*espués de un modesto desayuno de dos huevos con dos rebanadas de pan blanco tostado, Gurney decidió sumergirse una vez más, por tedioso que fuera, en los hechos originales del caso.

Extendió los fragmentos del expediente en la mesa del comedor y, con un gesto de contrariedad, alcanzó el documento con el que había tenido más dificultad en concentrarse cuando lo había repasado todo originalmente. Era un listado de cincuenta y siete páginas de los cientos de páginas que Jillian había visitado en Internet y de los centenares de términos de búsqueda que había introducido en los navegadores de su teléfono móvil y su portátil durante los últimos seis meses de su vida, sobre todo relacionados con destinos de viajes elegantes, hoteles carísimos, coches, joyas.

No obstante, después de que el DIC adquiriera esos datos del ordenador personal y la web, no se había llevado a cabo ningún análisis. Gurney sospechaba que era otro elemento de la investigación que había desaparecido en la grieta que separaba la dirección de Hardwick de la de Blatt. La única indicación de que alguien además de él lo hubiera visto era una anotación manuscrita en la primera página: «Absoluta pérdida de tiempo y de recursos».

De manera perversa, la sospecha de Gurney de que el comentario era del capitán había hecho que prestara aún más atención a cada una de las líneas de esas cincuenta y siete páginas. Y sin eso, podría haber pasado por alto una palabra de cinco letras en la mitad de la página treinta y siete.

Skard.

Surgía otra vez en la siguiente página y, unas páginas más tarde, aparecía en una búsqueda combinada con Cerdeña.

Aquel hallazgo lo animó a seguir buscando. Al acabar repasó otra vez las cincuenta y siete páginas. Fue entonces cuando hizo su segundo descubrimiento.

Las marcas de coches caros que estaban esparcidas entre los términos de búsqueda —marcas que a primera vista se habían mezclado en su mente con nombres de centros turísticos exclusivos, *boutiques* y joyerías en la imagen general de lujo— ahora formaban un patrón especial.

Se dio cuenta de que eran las mismas marcas que habían sido objeto de discusión entre las chicas desaparecidas y los padres de estas.

¿Podía ser una coincidencia?

¿Qué demonios tramaba Jillian?

¿Qué era lo que necesitaba saber de esos coches y por qué?

Más importante, ¿qué estaba tratando de descubrir de la familia Skard?

¿Cómo había sabido de su existencia?

¿Y qué clase de relación tenía con el hombre al que ella conocía como Héctor Flores?

¿Era negocio o placer? ¿O algo mucho más retorcido?

Una mirada rápida a las URL de los automóviles reveló que se trataba de webs de marcas que proporcionaban información de modelo, características y precio de los vehículos.

El término de búsqueda «Skard» llevó a una web con información sobre una pequeña ciudad de Noruega, así como a varios otros sitios sin ninguna relación con la familia sarda del crimen organizado. Aquello significaba que Jillian ya había conocido por otra vía la existencia de la familia, o al menos del apellido, y la búsqueda en Internet era un intento de descubrir más.

Gurney volvió a la lista maestra y se fijó en las fechas de las búsquedas de Skard y de los coches. Descubrió que Jillian había visitado páginas de coches meses antes de buscar el nombre de Skard. De hecho, las búsquedas de automóviles se remontaban al inicio del periodo de seis meses documentado, y Gurney se preguntó cuánto tiempo llevaba ella buscando esa clase de datos. Tomó nota para sugerir al DIC que consiguiera una orden de registro de las búsquedas realizadas por Jillian, y que esta se remontara al menos dos años.

Gurney miró por la ventana al paisaje húmedo. Un escenario intrigante, complicado, estaba empezando a cobrar forma, y allí Jillian podría haber desempeñado un papel mucho más activo...

Un rumor grave procedente del camino de debajo del granero interrumpió sus pensamientos. Fue a la ventana de la cocina, que le ofrecía la vista más amplia en esa dirección, y se fijó en que el coche de la Policía se había ido. Miró el reloj y se dio cuenta de que el tiempo bajo protección de cuarenta y ocho horas había expirado. No obstante, otro vehículo, la fuente del ronco ruido de motor, ahora mucho más audible, apareció en el punto donde el camino rural se fundía con el sendero de Gurney.

Era un Pontiac GTO rojo, un clásico de los años setenta. Solo conocía a una persona que tuviera aquel coche: Jack Hardwick. El hecho de que condujera el GTO en lugar de un Crown Victoria negro le indicó que no estaba de servicio.

Gurney fue a la puerta lateral y esperó. Hardwick emergió del auto con vaqueros azules y una camiseta debajo de una chaqueta de motorista bien gastada: un tipo duro retro saliendo de una máquina del tiempo.

—Menuda sorpresa —dijo Gurney.

—Solo he pensado en pasar por aquí, para asegurarme de que no te regalaban ninguna muñeca más.

—Muy sensato; entra.

Dentro, Hardwick no dijo nada, solo dejó que su mirada vagara por la sala.

—Has conducido mucho bajo la lluvia —dijo Gurney.

—Ha parado de llover hace una hora.

—Vaya, supongo que no me he fijado.

—Da la impresión de que tienes la mente en otro planeta.

—Pues así será —dijo Gurney con más brusquedad de la que pretendía.

Hardwick no mostró reacción alguna.

—¿Esa estufa ahorra dinero?

—¿Qué?

—Esa estufa, ¿te ahorra dinero en calefacción?

—¿Y yo qué demonios sé? ¿A qué has venido, Jack?

—¿Un hombre no puede venir a ver a un amigo? ¿Solo para charlar?

—Ninguno de los dos somos de los que se pasan por casa de nadie. Y ninguno de los dos tiene intención de charlar. Así que, dime, ¿a qué has venido?

—El señor quiere ir al grano. Vale, eso lo respeto. Sin pérdidas de tiempo. ¿Qué te parece si preparas café y me ofreces un asiento?

—Bien —dijo Gurney—. Haré café. Siéntate donde quieras.

Hardwick caminó hasta el fondo de la gran sala y estudió la piedra grabada de la vieja chimenea. Gurney enchufó la cafetera y empezó a preparar el café.

Al cabo de unos minutos estaban sentados uno frente al otro en los dos sillones que estaban situados junto al hogar.

—No está mal —dijo Hardwick después de probar el café.

—No, la verdad es que es muy bueno. ¿Qué demonios quieres, Jack?

Dio otro sorbo antes de responder.

—Pensaba que quizá podríamos intercambiar información.

—No creo que tenga nada que merezca la pena intercambiar.

—Oh, sí que lo tienes. Eso no lo dudo. ¿Qué te parece? Tú me cuentas y yo te cuento.

Gurney sintió una inyección de rabia.

—Vale, Jack. ¿Por qué no? Empieza tú.

—He vuelto a hablar con mis amigos de la Interpol. Los he apretado un poco con esa cuestión del Sandy's Den. ¿Y sabes qué? Él también lo llamaba Allessandro's Den. En ocasiones una cosa y en ocasiones la otra. ¿Te sorprende?

—¿Cómo iba a sorprenderme?

—La última vez que hablamos estabas casi seguro de que era todo una coincidencia. ¿Ya no piensas eso?

—Supongo que no. No creo que haya tantos Allessandro en el negocio de las fotos de ese tipo, eróticas.

—Exacto. Así que conseguiste tu copita de absenta de Saul Steck, que resulta que trabaja bajo el nombre de Allessandro para Karmala Fashion, haciendo fotos de chicas de Mapleshade que poco después desaparecen. Y ahora, campeón, cuéntame: ¿qué demonios tramas? Y por cierto, mientras me explicas eso, ¿qué te parece si me cuentas la razón por la que pusiste esa cara ayer, cuando estabas mirando por encima del hombro de Holdenfield el anuncio de Karmala?

Gurney se recostó en su sillón, cerró los ojos y se llevó lentamente la taza de café a los labios. Sabía mejor que ningún otro café que hubiera probado desde hacía mucho tiempo. Tomó unos pocos sorbos más antes de abrir los ojos. Todavía sosteniendo la taza delante de la boca, miró a Hardwick. El hombre estaba en una posición idéntica, con la taza levantada, mirando a Gurney. Ambos se rieron a la vez y bajaron las tazas a los reposabrazos de sus sillones.

—Bueno —empezó Gurney—, cuando todo lo demás falla, en ocasiones incluso los perversos han de caer en la sinceridad como única salida.

Dejando a un lado las consecuencias que su relato pudiera acarrear, Gurney continuó contándole a Hardwick la historia completa de Sonya, las fotos artísticas, Jykynstyl y el Rohipnol, incluidos los posteriores mensajes de texto y que había reconocido la habitación de la casa de arenisca en los anuncios de Karmala. Cuando llegó al final, descubrió que el café se le había enfriado, pero aún estaba bueno, así que se lo terminó.

—Cielo santo —dijo Hardwick—, ¿te das cuenta de lo que me has hecho?

—¿A ti?

—Al contarme esto me has colocado en la misma situación de mierda en la que estás tú.

Gurney sintió una inmensa sensación de alivio, pero no creyó que fuera buena idea decirlo. En cambio soltó:

—Entonces, ¿qué crees que deberíamos hacer?

—¿Qué creo yo? Tú eres el puto genio que no ha entregado pruebas significativas de una investigación criminal, lo cual en sí es un delito. Y contándome estas cosas me has colocado en la posición de (¿sabes qué?) ocultar pruebas significativas nuevas en una investigación criminal, lo cual es un delito. A menos, por supuesto, que vaya de inmediato a ver a Rodriguez y te cuelgue de las pelotas. Dios, Gurney. Ahora me preguntas qué pienso que hemos de hacer. Y no creas que no he caído en esa mierda de usar el plural que acabas de dejar caer. Tú eres el puto genio que ha creado este embrollo. ¿Qué piensas que hay que hacer?

Cuanto más agitado estaba Hardwick, más aliviado se sentía él, porque sabía, de un modo perverso, que eso significaba que aquel hombre estaba comprometido en no dar a conocer su confesión por el momento.

—Creo que hemos de resolver el caso —dijo Gurney con calma—, el embrollo se arreglará solo.

—Oh, mierda, claro. ¿Por qué no se me había ocurrido a mí? ¡Solo hay que resolver el caso! ¡Qué buena idea!

—Al menos vamos a hablarlo, Jack, a ver en qué estamos de acuerdo, en qué discrepamos, cuáles son las posibilidades que hay sobre la mesa. Podríamos estar más cerca de lo que pensamos de una solución. —En cuanto lo dijo se dio cuenta de que no se lo creía ni él, pero era imposible retroceder desde ese punto sin dar la impresión de que estaba perdiendo el juicio. Quizá lo estaba perdiendo.

Hardwick le dedicó una mirada de duda.

—Adelante, Sherlock. Soy todo oídos, dispara. Solo espero que esa droga amnésica no te friera el cerebro.

Lamentó que Hardwick hubiera dicho eso. Se sirvió otra taza de café y se volvió a sentar en el sillón.

—Muy bien, así es como yo lo imagino. Parece una hache.

—¿Qué parece una hache?

—La estructura de lo que está pasando. Tiendo a ver las cosas geométricamente. Una de las verticales de la hache es el negocio establecido de la familia Skard, sobre todo la venta a escala mundial de formas de gratificación sexual caras e ilegales. Según tu contacto en la Interpol, los Skard son una familia criminal cruel y depredadora. A través de Karmala, según Jordan Ballston, operan en los extremos más desagradables y más letalmente sadomasoquistas del negocio del sexo, vendiendo mujeres jóvenes que seleccionan con especial cuidado para psicópatas sexuales ricos.

Hardwick asintió.

—La otra vertical de la hache es el internado de Mapleshade. Ya sabes casi todo de eso, pero deja que me explique. Mapleshade trata a chicas con obsesiones y trastornos sexuales graves, obsesiones que originan una conducta imprudente y depredadora. En los últimos años se han estado concentrando en exclusiva en esa clientela y han ganado fama en el campo, debido a la enorme reputación académica de Scott Ashton. Es una estrella en ese mundillo de la psicopatología. Supongamos que los Skard descubren Mapleshade y ven su potencial.

—¿Su potencial para ellos?

—Exacto. Mapleshade proporcionaba una población concentrada de víctimas y perpetradoras de abusos sexuales «intensamente sexualizadas». Para los Skard sería (perdona por la

465

comparación) como el mercado de carne para el *gourmet* supremo.

Los ojos pálidos de Hardwick parecían estar buscando posibles grietas en la lógica de Gurney. Al cabo de unos segundos dijo:

—Eso lo veo. ¿Cuál es el trazo horizontal de la hache?

—El trazo horizontal que conecta a los Skard con Mapleshade es el hombre que se hacía llamar Héctor Flores. Parecería que su vía de entrada en Mapleshade consistió en hacerse útil a Ashton, ganarse su confianza, ofrecerse a hacer pequeños trabajos en torno a la escuela.

—Pero recuerda que ninguna de las chicas desapareció mientras eran alumnas.

—No. Eso habría hecho saltar la alarma de inmediato. Hay una enorme diferencia entre una niña que desaparece de una escuela de secundaria y una mujer adulta que elige irse de casa. Supongo que se acercaba a chicas que estaban a punto de graduarse, las tanteaba, procedía con precaución, hacía ofertas específicas solo a las que iban a aceptar, luego les daba instrucciones sobre la forma de irse de casa sin levantar sospechas, quizás incluso se encargaba de su transporte. O puede que de eso se ocupara otra persona de la organización, tal vez la misma que elaboraba los vídeos de las mujeres jóvenes hablando de sus obsesiones sexuales.

—Ese sería tu colega, Saul Steck, alias Allessandro, alias Jykynstyl.

—Perfectamente posible —dijo Gurney sin hacer caso de la pulla de «colega».

—¿Cómo habría explicado Flores la necesidad de la discusión del coche?

—Podría haberles dicho que era una precaución necesaria, para asegurarse de que nadie lanzaba una búsqueda de personas desaparecidas y las encontraba con su nuevo benefactor, lo cual crearía cierto bochorno y arruinaría la operación.

Hardwick asintió.

—Así que Flores presenta la gran trampa a estas chicas chifladas como si dirigiera un gran servicio de citas, como una celestina demoniaca. Por supuesto, una vez que la joven entra en la casa del caballero, sin dejar ningún rastro de adónde ha ido, descubre que el acuerdo no es como lo imaginaba. Pero entonces es demasiado tarde para retroceder, pues el cabrón que las compró no tiene ninguna intención de dejarles ver otra vez la luz del día, lo cual ya les va bien a los Skard. Más que bien, si creemos la historia de Ballston sobre la guinda del pastel, el pacto entre caballeros para terminar el proceso con una delicada decapitación.

»Eso es el resumen —concluyó Gurney—. La teoría es que Héctor Flores, o Leonardo Skard, si esa es su verdadera identidad, era quien proporcionaba las chicas en esa clase de servicio de citas homicidas para peligrosos maniacos sexuales, algunos más peligrosos que otros. Por supuesto, es solo una teoría.

—No es mala —dijo Hardwick—, por el momento. Pero no explica por qué decapitaron a Jillian Perry el día de su boda.

—Creo que Jillian podría estar implicada con Héctor Flores y que podría haber averiguado en algún momento quién era en realidad, quizá que su verdadero apellido era Skard.

—¿Implicada con él? ¿Cómo?

—Quizás Héctor necesitaba una ayudante. Puede que Jillian fuera la primera a la que engañó cuando llegó a Mapleshade hace tres años, cuando ella todavía era estudiante allí. Tal vez le hizo algunas promesas. Puede que fuera su pequeño topo entre las otras estudiantes y que le ayudara secretamente a conseguir candidatas. Y quizá dejó de serle útil, o quizás estaba lo bastante loca para tratar de extorsionarle después de descubrir quién era. Su madre me dijo que le encantaba caminar al borde del precipicio, y no se puede estar más en el precipicio que amenazando a un miembro de la familia Skard.

Hardwick parecía incrédulo.

—¿Y por eso le cortó la cabeza el día de su boda?

—O el Día de la Madre, como ha señalado Becca.

—¿Becca? —Hardwick levantó una ceja en un gesto de lasciva ironía.

—No seas capullo —dijo Gurney.

—¿Y qué pasa con Savannah Liston? ¿Otro topo de Flores que dejó de ser útil?

—Es una hipótesis válida.

—Pensaba que era la que te había hablado la semana pasada de un par de chicas con las que no podía contactar. Si estaba trabajando para Flores, ¿por qué haría eso?

—Quizás él se lo dijo. Tal vez para darme la impresión de

que podía confiar en ella. Él podría haberse dado cuenta de que la investigación iba a toda velocidad y que, por supuesto, eso significaba que íbamos a hablar con las exalumnas de Mapleshade. Así que solo era cuestión de tiempo (y no mucho tiempo) que encontrásemos un número significativo de esas graduadas ilocalizables. Podría haber dejado que Savannah me diera el dato un par de días antes de que lo descubriéramos nosotros para crear la impresión de que era una de las buenas.

—¿Crees que ella sabía..., que tanto ella como Jillian sabían...?

—¿Que sabían lo que estaba pasando con las chicas a las que ayudaban a reclutar? Lo dudo. Probablemente se tragaron el cuento de Héctor: que solo se trataba de presentar a chicas con intereses especiales a hombres con intereses especiales y ganar una buena comisión por sus esfuerzos. Por supuesto, no sé nada a ciencia cierta. Es posible que todo este caso sea una gran trampilla al Infierno y que no tenga ni la menor idea de lo que está pasando.

—Mierda, Gurney. Tu total falta de fe en tus propias teorías es alentadora. ¿Cuál sugieres que sea nuestro siguiente movimiento?

En ese momento sonó el móvil: salvado por la campana, pues no tenía una respuesta a esa pregunta.

Era Robin Wigg. Empezó, como de costumbre, sin ningún preámbulo.

—Tengo los resultados preliminares de los test de laboratorio de las botas que encontraron en la residencia de Liston. El capitán Rodriguez me ha autorizado a discutirlos con usted, porque se han realizado a petición suya. ¿Es un buen momento?

—Desde luego. ¿Qué ha encontrado?

—Mucho de lo que cabría esperar y algo inesperado. ¿Empiezo con eso? —Había algo en el tono de contralto de Wigg, calmado y profesional, que a Gurney siempre le había gustado. Fuera cual fuese el contenido de las palabras, el tono decía que el orden podía imperar sobre el caos.

—Por favor. Las soluciones suelen estar en las sorpresas.

—Sí, eso es cierto. La sorpresa es la presencia en las botas de una feromona en particular: metil p-hidroxibenzoato. ¿Sabe usted algo de esto?

—Me salté química en el instituto, así que será mejor que empiece por el principio.

—En realidad es muy sencillo. Las feromonas son secreciones glandulares que sirven para transmitir información de un animal a otro. Feromonas específicas segregadas por un animal en concreto pueden atraer, advertir, calmar o excitar a otro. El metil p-hidroxibenzoato es una potente feromona que atrae a los perros y se ha identificado en altas concentraciones en ambas botas.

—¿Y su efecto sería…?

—Cualquier perro, pero sobre todo uno rastreador, seguiría con facilidad y ansiedad un rastro creado por una persona que llevara esas botas.

—¿Cómo podría alguien tener acceso a ese material?

—Algunas feromonas caninas se comercializan para uso en refugios de animales y regímenes de modificación de conducta. Podrían haberlas adquirido de ese modo, o tal vez por un contacto directo con una perra en celo.

—Interesante. ¿Hay alguna manera accidental que se le ocurra para que una sustancia química así pueda acabar en las botas de alguien?

469

—¿En las cantidades en que se ha encontrado? A menos que haya una explosión en un centro de envasado de feromonas, no.

—Muy interesante. Gracias, sargento. Voy a ponerle a Jack Hardwick al teléfono. Le agradecería que le repitiera lo que me ha contado a mí, por si acaso tiene preguntas que yo no pueda responder.

Hardwick tenía una pregunta.

—Cuando te refieres a una feromona segregada por una perra en celo, te refieres a un olor sexual de hembra que ningún perro macho puede pasar por alto, ¿no?

Escuchó su breve respuesta, colgó y le devolvió el teléfono a Gurney con aspecto excitado.

—Cielo santo. El irresistible olor de una perra en celo. ¿Qué opinas de eso, Sherlock?

—Es obvio que Flores quería estar absolutamente seguro de que el perro de la brigada canina seguiría esa senda como una flecha. Puede que incluso hiciera una búsqueda por Internet y descubriera que todos los perros de la Policía del estado eran machos.

—Lo cual obviamente significa que quería que encontrásemos el machete.

—No hay duda al respecto —dijo Gurney—. Y quería que lo encontráramos deprisa. En ambos casos.

—Entonces, ¿qué sucede? Les corta la cabeza, se pone unas botas preparadas, se escabulle en el bosque, deja el machete, después vuelve a la escena del crimen, se quita las botas... y luego ¿qué?

—En el caso de Savannah, solo se aleja caminando o en coche, o como sea —dijo Gurney—. La situación de Jillian es la imposible.

—¿Por el problema del vídeo?

—Eso además de la cuestión de adónde podía haber ido después de volver a la cabaña.

—Además de la cuestión más básica. ¿Por qué molestarse en volver?

Gurney sonrió.

—Ese es el único elemento que creo que entiendo. Vuelve para dejar las botas a plena vista para que el perro esté excitado y vaya directamente al arma homicida.

—Lo cual nos lleva otra vez al gran porqué.

—También nos lleva una vez más al machete en sí. Escucha lo que te digo, Jack, descubre cómo llegó al lugar donde lo encontramos sin que nadie apareciera en el vídeo y todo lo demás encajará.

—¿De verdad crees eso?

—¿Tú no?

Hardwick se encogió de hombros.

—Algunas personas dicen: «Sigue el dinero». A ti, por otra parte, te gustan lo que llamas las discrepancias. Así que dices: «Sigue la pieza que no tiene sentido».

—¿Y tú qué dices?

—Yo digo: «Sigue lo que no deja de salir una y otra vez». En este caso lo que no deja de salir una y otra vez es el sexo. De hecho, hasta donde alcanzo a ver, todo en este caso de locos, de una manera o de otra, tiene que ver con el sexo. Edward Vallory. Tirana Zog. Jordan Ballston. Saul Steck. Toda la empresa criminal de Skard. La especialidad psiquiátrica de Scott Ashton. Las posibles fotografías que te tienen acojonado. Incluso el puto rastro que llevó hasta el machete resulta que está relacionado con el sexo: la abrumadora potencia sexual de una perra en celo. ¿Sabes lo que pienso, campeón? Creo que va siendo hora de que tú y yo visitemos el epicentro de este terremoto sexual: Mapleshade.

471

71

Por todas las razones que he escrito

Estaba descontento con los detalles de la solución final, por su brusco desvío de la elegante sencillez de una cuchilla afilada, una cuchilla cuidadosamente discriminadora. Pero no veía ningún camino más despejado hacia el destino último. Estaba consternado por la imprecisión de todo ello, por el abandono de las finas distinciones que eran su punto fuerte, pero había llegado a verlo como inevitable. Las bajas colaterales solo serían un mal necesario. Se consoló en la medida de lo posible recordándose que su acción planeada era la definición misma —la esencia misma— de una guerra justa. Lo que iba a hacer era innegablemente necesario, y si una acción era necesaria, entonces sus consecuencias inevitables estaban justificadas. Las muertes de niñas inocentes podían considerarse lamentables. Pero ¿quién decía que eran inocentes? En realidad, nadie era inocente en Mapleshade. Uno podía argumentar que ni siquiera eran niñas. Puede que no fueran legalmente adultas, pero tampoco eran niñas. No en el sentido normal del término.

Así que había llegado el día; el acontecimiento era inminente; la oportunidad perdida no se volvería a presentar. Disciplina y objetividad debían ser sus consignas. No había tiempo para estremecerse. Debía aferrarse a la realidad.

Edward Vallory había visto esa realidad con claridad meridiana.

El héroe de El jardinero español *no se estremeció.*

Ahora era su turno de asestar el golpe final a las zorras y embusteras, el cuerpo del demonio.

«Tiene un cuerpo bonito», una frase reveladora. Pensando en la pregunta que plantea. ¿Un cuerpo de qué?

Voz de la serpiente. Boca que se desliza. Sudor en los labios.

Sobre las cabezas de estas serpientes, descargaré mi espada de fuego y nadie se escabullirá.

En el cieno de sus corazones clavaré mi estaca de fuego y ninguno continuará latiendo.

Así se hará, a la descendencia enferma de Eva se le dará muerte y se pondrá fin a sus abominaciones.

Por todas las razones que he escrito.

Una capa más

—¿ Q ué hay de esa cosa zen que siempre decías? Eso de que el problema no surge con las respuestas equivocadas, sino que lo hace con las preguntas equivocadas.

Gurney y Hardwick se dirigían por las estribaciones de los Catskills septentrionales hacia Tambury. Hardwick llevaba un rato en silencio. Sin embargo, ahora había algo en su tono que implicaba que tenía algo más que decir.

—Quizá no deberíamos preguntarnos cómo llevó Héctor el arma homicida de la cabaña al bosque, porque según el vídeo, no lo hizo. Así que tal vez ese es el hecho número uno que hemos de aceptar.

Gurney sintió un pequeño cosquilleo en la nuca.

—¿Cuál crees que es la pregunta correcta?

—Supón que acabamos de hacerla, ¿cómo pudo llegar el machete al lugar donde lo encontramos?

—Muy bien. Es una versión con menos prejuicios de la pregunta, pero no veo...

—¿Y cómo llegó la sangre de Jillian a él?

—¿Qué?

Hardwick hizo una pausa para sonarse la nariz con su habitual entusiasmo. No habló hasta que volvió a guardarse el pañuelo en el bolsillo.

—Estamos suponiendo que es el arma del crimen, porque tiene la sangre de Jillian. ¿Es una suposición segura?

—Ya he recorrido ese camino contigo y no nos ha llevado a ninguna parte.

Hardwick se encogió de hombros, escéptico.

Gurney lo miró.

—¿De qué otra manera podría haber llegado la sangre a él? Y si el machete no salió de la cabaña, ¿de dónde salió?

—¿Y cuándo?

—¿Cuándo?

Hardwick sorbió, sacó otra vez el pañuelo y se sonó la nariz.

—¿Te fías del vídeo?

—Hablé con la compañía que lo hizo y con la gente del laboratorio del DIC que lo analizó. Los expertos me dicen que el vídeo es preciso.

—Si eso es cierto, el machete no podría haber salido de la cabaña entre el asesinato y el momento en que lo encontraron. Punto. Así que no era el arma del crimen. Punto. Y la maldita sangre tuvo que llegar a él de otra manera.

Gurney podía sentir cómo sus pensamientos se estaban reorganizando. Sabía que Hardwick tenía razón.

—Si el asesino pasó por el problema de poner la sangre en el machete —dijo, medio para sus adentros—, eso crearía un nuevo conjunto de preguntas, no solo cómo y cuándo, sino lo que es más importante: por qué.

¿Por qué el asesino se había molestado en construir un engaño tan complejo? En teoría, el propósito de una acción pasada, si esta funcionaba según lo planeado, podía descifrarse de sus resultados. Así pues, se preguntó Gurney, ¿cuáles fueron exactamente los resultados de que pusieran el machete donde estaba con la sangre de Jillian en él?

Respondió su propia pregunta en voz alta.

—Para empezar, lo encontraron rápida y fácilmente. Y todos concluyeron de inmediato que era el arma homicida. Eso abortó cualquier posterior búsqueda de una posible arma. El rastro de olor que conectaba la cabaña con el machete parecía concluyente y probaba que Flores había escapado por esa ruta. La desaparición de Kiki Muller reforzaba la idea de que Flores había abandonado la zona, se supone que en su compañía.

—¿Y ahora...? —preguntó Hardwick.

—Y ahora no hay razón para creer nada de ello. De hecho, todo el escenario del crimen adoptado por el DIC parece haber sido manipulado por Flores. —Hizo una pausa, pensando en lo que aquello podía implicar—. ¡Cielo santo!

—¿Qué pasa?

—La razón por la que Flores asesinó a Kiki y la enterró en su propio patio...

—¿Para que pareciera que había huido con ella?

—Sí. Y eso hace que el asesinato de Kiki parezca la ejecución más fría y más pragmática imaginable.

Hardwick parecía confundido.

—Si era tan pragmático, ¿por qué un método tan espantoso?

—Quizás es otro ejemplo de la motivación doble del asesino: ventaja práctica más patología galopante.

—Más talento para crear mentiras para que la gente las extienda por el vecindario.

—¿Qué clase de mentiras?

Hardwick estaba obviamente excitado.

—Piénsalo. Todo este caso está lleno de historias jugosas desde el principio. ¿Recuerdas la vecina mayor, Miriam, Marina, cómo se llama, la del airedale?

—Marian Eliot.

—Exacto, Marian Eliot, con todas sus historias sobre Héctor: la estrella de la historia de Cenicienta, la estrella de la historia de Frankenstein. Y si lees las transcripciones de las entrevistas a los vecinos, ves a Héctor como el amante latino, y a Héctor como el marica celoso. Incluso tú has añadido la tuya: la historia de Héctor como el vengador de entuertos pasados.

—¿Qué estás diciendo?

—No estoy diciendo nada, estoy preguntando.

—¿Preguntando qué?

—¿De dónde coño salen todas estas historias? Son historias fascinantes, pero...

—Pero ¿qué?

—Pero ninguna de ellas se basa en una prueba sólida.

Hardwick se quedó en silencio, pero Gurney notó que el hombre tenía más que decir.

—¿Y...? —lo instó.

Hardwick negó con la cabeza, como si no quisiera decir nada más, pero habló de todos modos.

—Pensaba que mi primera mujer era una santa. —Se sumió en un silencio distante durante un largo minuto o dos, mirando el paisaje que pasaban, los campos húmedos y las granjas viejas—. Nos contamos historias a nosotros mismos. Pasamos por alto las pruebas reales. Ese es el problema. Así es como funciona nuestra mente. Las historias nos encantan. Necesitamos creerlas. ¿Y sabes qué? La necesidad de creerlas puede ser nuestra perdición.

73

La puerta del Cielo

Una vez que pasaron la salida de Higgles Road, el GPS de Gurney indicó que llegarían a Mapleshade al cabo de otros catorce minutos. Habían elegido el conservador Outback verde de Gurney, que parecía más apropiado que el GTO rojo de Hardwick, con su ruidoso tubo de escape y su aspecto de coche trucado. El calabobos se había convertido en una lluvia más intensa. Gurney aceleró la velocidad del limpiaparabrisas. Semanas antes, una de las escobillas había empezado a chirriar. Necesitaba cambiarla.

—¿Cómo imaginas a este tipo al que hemos estado llamando Héctor Flores? —preguntó Hardwick.

—¿Te refieres a su cara?

—Todo él. ¿Cómo te lo imaginas?

—Me lo imagino de pie desnudo en una posición de yoga en el pabellón del jardín de Scott Ashton.

—¿Te das cuenta? —dijo Hardwick—. ¿Has leído eso en los resúmenes de las entrevistas? Pero ahora te lo estás imaginando tan vívidamente como si lo estuvieras viendo.

Gurney se encogió de hombros.

—Hacemos eso todo el tiempo. Nuestras mentes no solo conectan los puntos, sino que crean nuevos puntos donde no los había. Como has dicho, Jack, tendemos a amar las historias, la coherencia. —Al cabo de un momento se le ocurrió una idea que en apariencia no estaba relacionada—. ¿La sangre aún estaba húmeda?

Hardwick pestañeó.

—¿Qué sangre?

—La sangre del machete. La sangre que hace un minuto me has dicho que no podía proceder directamente de la escena del crimen, porque el machete no era el arma del crimen.

—Por supuesto que estaba húmeda. O sea… parecía húmeda. Déjame pensar un segundo. La parte que vi parecía húmeda, pero tenía tierra y hojas pegadas.

—¡Dios! —exclamó Gurney—. Esa podría ser la razón…

—¿La razón de qué?

—La razón por la que Flores lo enterró a medias. Enterró el filo. Bajo una capa de hojas y tierra húmeda.

—¿Para que la sangre no se secara?

—O para que no se oxidara de manera notablemente diferente de la sangre que había en torno al cadáver de la cabaña. La cuestión es que si la sangre del machete parecía estar en un estado más avanzado de oxidación que la del vestido de novia de Jillian, eso es algo en lo que tú o los técnicos os habríais fijado. Si la sangre del machete era más vieja que la sangre en torno a la víctima…

—Habríamos sabido que no era el arma del crimen.

—Exactamente. Pero el suelo húmedo en la hoja habría reducido el secado de la sangre, y habría oscurecido cualquier oxidación observable por una diferencia de color respecto a la sangre hallada en la cabaña.

—Y tampoco es algo en lo que el laboratorio habría reparado —dijo Hardwick.

—Por supuesto que no. El análisis de la sangre no se habría hecho hasta el día siguiente como muy pronto y, para entonces, una diferencia de una hora o dos en el tiempo de origen de las dos muestras habría resultado indetectable, salvo que se realizaran pruebas sofisticadas para examinar ese factor en concreto. Pero a menos que tú o el forense lo hubierais advertido, no había ninguna razón para hacerlo.

Hardwick estaba asintiendo poco a poco, con mirada penetrante y reflexiva.

—Eso pone en entredicho algunas de las suposiciones de las que hemos partido, pero ¿adónde nos lleva?

—Buena pregunta —dijo Gurney—. Quizás es solo una indicación más de que todas las hipótesis iniciales de este caso eran erróneas.

La eficiente voz femenina del GPS lo instó a continuar un kilómetro más en línea recta y luego girar a la izquierda.

El giro estaba señalado por un sencillo cartel en blanco y negro en un poste de madera negra: CAMINO PARTICULAR. El sendero estrecho pero bien asfaltado pasaba a través de una pineda con ramas que colgaban desde ambos lados, lo cual creaba la sensación de un túnel excavado en la vegetación. A unos ochocientos metros de esta inacabable pérgola natural, pasaron a través de una verja abierta en una alambrada y se detuvieron ante una barrera que estaba bajada. Junto a ella había una bonita cabina de cedro. En la pared que Gurney tenía delante, en un elegante cartel en azul y dorado se leía: ACADEMIA RESIDENCIAL MAPLESHADE. SOLO VISITAS CONCERTADAS. Un hombre de constitución gruesa y cabello gris salió de detrás de la cabina. Sus pantalones negros y su camisa gris daban la impresión de formar parte de una suerte de uniforme. Tenía la mirada neutra y apreciativa de un policía retirado. Sonrió con educación.

—¿Puedo ayudarles?

—Dave Gurney e investigador jefe Jack Hardwick, de la Policía del estado de Nueva York. Hemos venido a ver al doctor Ashton.

Hardwick sacó su cartera y extendió su placa del DIC hacia la ventana de Gurney.

El vigilante examinó las credenciales con atención y puso cara avinagrada.

—Muy bien, quédense aquí mientras llamo al doctor Ashton. —Con la mirada fija en los visitantes, el hombre marcó un código en su teléfono y empezó a hablar—. Señor, el detective Hardwick y el señor Gurney están aquí para verle. —Una pausa—. Sí, señor, aquí mismo. —El vigilante les lanzó una mirada nerviosa y habló al teléfono—. No, señor, no hay nadie más con ellos... Sí, señor, por supuesto. —El vigilante le pasó el teléfono a Gurney, quien se llevó el receptor al oído.

Era Ashton.

—Detective, me temo que me pilla en medio de algo. No estoy seguro de que pueda verle...

—Solo necesitamos hacerle unas cuantas preguntas, doctor. Y quizás alguien del personal pueda mostrarnos después las instalaciones. Solo queremos hacernos una idea de cómo es el lugar.

Ashton suspiró.

—Muy bien. Sacaré unos minutos para ustedes. Alguien irá a buscarles enseguida. Por favor, páseme otra vez al vigilante de seguridad.

479

Después de confirmar la autorización de Ashton, el vigilante señaló una pequeña zona de grava que se extendía justo después de la cabina.

—Aparquen aquí. No pasan coches más allá de este punto. Esperen a su acompañante.

La barrera se levantó al cabo de un momento y Gurney cruzó hasta la pequeña zona de aparcamiento. Desde esa posición podía ver una extensión más larga de la valla que la que se veía al acercarse. Le sorprendió observar que, salvo la porción contigua al camino y la cabina, la valla estaba coronada por alambre de espino.

Hardwick también se había fijado.

—¿Crees que es para que las chicas no salgan o para que no entren los chicos del pueblo?

—No había pensado en los chicos —dijo Gurney—, pero puede que tengas razón. Una escuela secundaria llena de jovencitas obsesas sexuales, aunque sus obsesiones sean infernales, podría ser todo un imán.

—Quieres decir sobre todo si son infernales. Cuanto más calientes, mejor —contestó Hardwick, saliendo del coche—. Vamos a charlar con el tipo de la verja.

El vigilante, todavía de pie delante de su cabina, les dedicó una mirada de curiosidad, más amistosa ahora que habían aprobado su entrada.

—¿Es sobre la joven que trabajaba aquí?

—¿La conocía? —preguntó Hardwick.

—No, pero sabía quién era. Trabajaba para el doctor Ashton.

—¿Lo conoce?

—Más de verlo que de hablar con él. Es un poco, ¿cómo lo diría?, ¿distante?

—¿Estirado?

—Sí, diría que es estirado.

—¿Así que no es el hombre con el que trata?

—No. Ashton no se relaciona con nadie. Un poco demasiado importante, ¿sabe lo que quiero decir? La mayoría del personal de aquí trata con el doctor Lazarus.

Gurney detectó un desagrado no demasiado disimulado en la voz del vigilante. Esperó a que Hardwick lo explotara. Cuando no lo hizo, Gurney preguntó:

—¿Qué clase de persona es Lazarus?

El vigilante vaciló, parecía estar buscando una forma de explicar algo sin decir nada que pudiera ponerlo en peligro.

—He oído que no es un hombre de sonrisa fácil —dijo Gurney, recordando la descripción poco halagüeña de Simon Kale.

Aquel empujoncito bastó para abrir una grieta en la pared.

—¿Sonrisa fácil? Dios, no. Bueno, no pasa nada, supongo, pero…

—Pero ¿no es demasiado agradable? —soltó Gurney.

—Es solo que, no lo sé, es como que está en su propio mundo. A veces estás hablando con él y tienes la sensación de que el noventa por ciento de él está en alguna otra parte. Recuerdo una vez… —Dejó la frase a medias al oír el sonido de neumáticos rodando lentamente en la grava.

Todos miraron hacia la pequeña zona de aparcamiento y al monovolumen azul oscuro que estaba deteniéndose junto al coche de Gurney.

—Aquí lo tienen —dijo el vigilante entre dientes.

El hombre que salió del monovolumen tenía una edad indeterminada, pero distaba mucho de ser joven, con rasgos regulares que hacían que su rostro pareciera más artificial que atractivo. Su cabello era tan negro que solo podía ser teñido; el contraste con su piel pálida era asombroso. Señaló la puerta de atrás del monovolumen.

—Por favor, pasen, agentes —dijo al tiempo que subía al asiento del conductor. Su intento de sonrisa, si se trataba de eso, parecía la expresión tensa de un hombre al que la luz del día le resulta desagradable.

Gurney y Hardwick entraron detrás de él.

Lazarus conducía despacio, mirando con intensidad al suelo que tenía delante. Después de unos cientos de metros, trazaron una curva; los pinos dieron paso a una especie de parque de hierba cortada y arces espaciados. El sendero se enderezaba en una alameda clásica, al final de la cual se alzaba una mansión victoriana neogótica con varias edificaciones más pequeñas de diseño similar a ambos lados. Delante de la mansión, el camino se bifurcaba. Lazarus tomó el de la derecha, lo cual los llevó en torno a unos arbustos ornamentales hasta la parte posterior del edificio. Allí el camino bifurcado volvía a unirse en una segunda alameda que continuaba, sorprendentemente, hasta una gran capilla de granito oscuro. Sus ventanas estrechas de vidrio tintado podrían en un día más alegre haber dado la impresión de lápices rojos de tres metros de alto, pero en ese momento a Gurney le parecieron cuchilladas sangrientas en la piedra gris.

—¿La escuela tiene su propia iglesia? —preguntó Hardwick.

—No. Ya no es una iglesia. La desacralizaron hace mucho tiempo. Lástima, en cierto sentido —añadió con un toque de esa desconexión que había descrito el guardia.

—¿Por qué? —preguntó Hardwick.

Lazarus respondió despacio.

—Las iglesias tratan del bien y del mal. Del crimen y del castigo. —Se encogió de hombros. Aparcó delante de la capilla y apagó el motor—. Pero iglesia o no iglesia, todos pagamos por nuestros pecados de una manera o de otra, ¿no?

—¿Dónde está todo el mundo? —preguntó Hardwick.

—Dentro.

Gurney levantó la mirada al imponente edificio, cuya fachada de piedra tenía el color de sombras oscuras.

—¿El doctor Ashton está ahí? —Gurney señaló la puerta en arco de la capilla.

—Les acompañaré. —Lazarus bajó del monovolumen.

Hardwick y Gurney lo siguieron por los escalones de granito y a través de la puerta a un amplio vestíbulo tenuemente iluminado, cuyo olor a Gurney le recordó la parroquia del Bronx de su infancia: una combinación de mampostería, madera vieja y el hollín arcaico de cabos de vela quemados. Era un olor con un extraño poder para transportarlo, que le hacía sentir la necesidad de susurrar, de pisar sin hacer ruido. Se oía un murmullo bajo de numerosas voces, procedente de detrás de un par de pesadas puertas de roble que presumiblemente conducían al espacio principal de la capilla.

Por encima de las puertas, grabadas en un ancho dintel de piedra, se leían las palabras PUERTA DEL CIELO.

Gurney hizo un gesto hacia las puertas.

—¿El doctor Ashton está ahí dentro?

—No. Las chicas están ahí dentro. Calmándose. Todas están un poco volubles hoy, agitadas por la noticia de la joven Liston. El doctor Ashton está en la galería del órgano.

—¿La galería del órgano?

—Es lo que era. Ahora está reconvertida, por supuesto. En

una oficina. —Señaló una entrada estrecha al fondo del vestíbulo, que conducía a los pies de una escalera oscura—. Es la puerta que está en lo alto de esas escaleras.

Gurney sintió un escalofrío. No estaba seguro de si se debía a la temperatura natural del granito o a algo en los ojos de Lazarus, que estaba seguro de que seguían fijos en ellos mientras él y Hardwick subían los misteriosos escalones de piedra.

483

74

Más allá de la razón

*E*n lo alto de la angosta escalera había un pequeño rellano, extrañamente iluminado por una de las estrechas ventanas escarlatas del edificio. Gurney llamó a la única puerta del rellano. Como las puertas del vestíbulo, parecía pesada, lúgubre, poco halagüeña.

—Pasen. —La voz melosa de Ashton sonó forzada.

La puerta, a pesar de su peso y de que parecía que iba a rechinar, se abrió de manera fluida y silenciosa para darles paso a una habitación bien proporcionada que podría haber pasado por el gabinete privado de un obispo. Librerías de castaño ocupaban dos de las paredes sin ventanas. Había una pequeña chimenea de piedra cubierta de hollín con morillos de bronce viejo. Una antigua alfombra persa cubría todo el suelo, salvo un borde de impecable madera de cerezo de dos o tres palmos de ancho alrededor de toda la estancia. Varias lámparas grandes, encima de mesas auxiliares, daban un brillo ambarino a las tonalidades oscuras de la madera.

Scott Ashton estaba sentado con ceño de preocupación tras un escritorio ornado de roble negro, colocado en un ángulo de noventa grados con la puerta. Detrás de él, en un aparador de roble con cabezas de león labradas en las patas, se hallaba la principal concesión de la sala al siglo presente: un gran monitor de ordenador de pantalla plana. Ashton señaló vagamente a Gurney y Hardwick un par de sillas de terciopelo rojo de respaldo alto situadas frente a él, de la clase que uno podría encontrar en la sacristía de una catedral.

—Las cosas no hacen más que empeorar —dijo Ashton.

Gurney supuso que se estaba refiriendo al asesinato de Savannah Liston y que estaba a punto de ofrecer algunas palabras vagas de acuerdo o condolencia.

—Francamente —continuó, dándole la espalda—, este nuevo giro que relaciona el caso con el crimen organizado me resulta casi incomprensible.

En ese momento, se fijó en el auricular Bluetooth, que, junto con la extrañeza de sus comentarios, dejó claro que estaba en medio de una llamada telefónica.

—Sí, lo entiendo… Lo entiendo… Me refiero a que cada paso adelante hace que el caso parezca más extraño… Sí, teniente. Mañana por la mañana… Sí… Sí, lo entiendo. Gracias por informarme.

Ashton se volvió hacia sus invitados, pero por un momento pareció perdido en la conversación que acababa de terminar.

—¿Noticias? —preguntó Gurney.

—¿Están informados de esta… teoría de conspiración criminal? ¿Esta… gran trama que podría implicar a mafiosos de Cerdeña? —La expresión de Ashton parecía tensa, entre ansiosa e incrédula.

—Algo he oído —dijo Gurney.

—¿Cree que hay alguna posibilidad de que sea cierta?

—Una posibilidad, sí.

Ashton negó con la cabeza, contempló su escritorio con expresión desconcertada, luego levantó la mirada hacia los dos detectives.

—¿Puedo preguntarles por qué están aquí?

—Solo una corazonada —dijo Hardwick.

—¿Una corazonada? ¿A qué se refiere?

—En todos los casos hay un punto en común donde todo converge. Así que el lugar en sí se convierte en clave. Podría ser de gran ayuda para nosotros dar una vuelta, ver lo que podamos ver.

—No estoy seguro de que…

—Todo lo que ha ocurrido parece tener un vínculo que lo devuelve a Mapleshade. ¿Estaría de acuerdo con eso?

—Supongo. Quizá. No lo sé.

—¿Me está diciendo que no ha pensado en ello? —Había cierta brusquedad en el tono de Hardwick.

—Por supuesto que he pensado en ello. —Ashton parecía perplejo—. Es solo que no puedo… verlo con claridad. Quizás es que me falta distancia.

—¿El apellido Skard significa algo para usted? —preguntó Gurney.

—El detective al teléfono acaba de hacerme la misma pregunta, algo sobre una horrible banda familiar de Cerdeña. La respuesta es no.

—¿Está seguro de que Jillian nunca lo mencionó?

—¿Jillian? No. ¿Por qué iba a hacerlo?

Gurney se encogió de hombros.

—Es posible que Skard fuera el verdadero apellido de Héctor Flores.

—¿Skard? ¿Cómo iba Jillian a saber eso?

—No lo sé, pero aparentemente hizo una búsqueda en Internet para averiguar más sobre ello.

Ashton negó con la cabeza otra vez, y el gesto se pareció a un escalofrío involuntario.

—¿Cuánto más espantoso ha de volverse esto antes de acabar? —Era más un gemido de protesta que una pregunta.

—¿Ha dicho algo al teléfono ahora mismo sobre mañana por la mañana?

—¿Qué? Ah, sí. Otro giro. Su teniente siente que este ángulo de la conspiración lo hace todo más urgente, así que está apretando la agenda para hablar con nuestras estudiantes mañana por la mañana.

—Entonces, ¿dónde están?

—¿Qué?

—Sus estudiantes. ¿Dónde están?

—Oh. Disculpe, es que todo esto ha supuesto un gran... Están abajo, en la capilla. Ha sido un día complicado. Oficialmente, las estudiantes de Mapleshade no tienen comunicación con el mundo exterior. Ni televisión, ni radio, ni ordenadores, ni iPods, ni móviles, nada. Pero siempre hay filtraciones, siempre alguien logra meter algún artefacto u otro, y por supuesto están enteradas de la muerte de Savannah y, bueno, ya se lo pueden imaginar. Así que hemos entrado en lo que un centro más severo llamarían «modo de confinamiento». Por supuesto, no lo denominamos así. Aquí todo está diseñado para que sea más suave.

—Salvo el alambre de espino —dijo Hardwick.

—El objetivo de la alambrada es mantener los problemas fuera, no a la gente dentro.

—Nos estábamos preguntando sobre eso.

—Puedo asegurarle que es por seguridad, aquí no hay nadie encerrado.

—¿Así que ahora mismo están abajo en la capilla? —preguntó Hardwick.

—Exacto. Como dije, les resulta tranquilizante.

—Nunca habría pensado que fueran religiosas —dijo Gurney.

—¿Religiosas? —Ashton sonrió sin humor—. Difícilmente. Hay algo en las iglesias de piedra, las ventanas góticas, la luz apagada... Calman el alma de una manera que no tiene nada que ver con la teología.

—¿Las estudiantes no sienten que las están castigando? —preguntó Hardwick—. ¿Qué pasa con las que no estaban nerviosas?

—Las que están inquietas se calman, se sienten mejor. Las que están bien desde el principio comprenden que son la principal fuente de paz para las otras. En resumen, las inquietas no se sienten señaladas, y las calmadas se sienten valiosas.

Gurney sonrió.

—Tiene que haber dedicado mucho esfuerzo para trazar este método.

—Forma parte de mi trabajo.

—¿Les da un marco de referencia para que comprendan lo que está ocurriendo?

—Puede expresarlo así.

—Como lo que hace un mago —dijo Gurney—. O un político.

—O cualquier predicador competente, o un maestro o un doctor —afirmó Ashton con suavidad.

—A propósito —apuntó Gurney, para comprobar cómo reaccionaría ante un giro brusco en la conversación—, ¿sufrió Jillian alguna herida en los días anteriores a la boda, cualquier cosa que la hubiera hecho sangrar?

—¿Sangrar? No que yo sepa. ¿Por qué lo pregunta?

—Hay una duda respecto a cómo llegó la sangre al machete ensangrentado.

—¿Duda? ¿Cómo? ¿Qué quiere decir?

—Quiero decir que el machete podría no ser el arma homicida.

—No lo entiendo.

—Podrían haberlo dejado en el bosque antes del asesinato de su mujer, no después.

—Pero… me dijeron…, su sangre…

—Algunas conclusiones podrían haber sido prematuras. Pero esta es la cuestión: si dejaron el machete en el bosque antes del crimen, entonces la sangre tenía que haber procedido de Jillian antes del asesinato. La pregunta es: ¿tiene alguna idea de cómo pudo ocurrir eso?

Ashton parecía desconcertado. Tenía la boca abierta. Parecía estar a punto de hablar, pero no lo hizo hasta al cabo de un momento:

—Bueno…, sí, lo sé…, al menos en teoría. Como puede que sepan, Jillian recibía tratamiento por un trastorno bipolar. Tomaba una medicación que requería pruebas de sangre periódicas para garantizar que los parámetros permanecían dentro del rango terapéutico. Le sacaban sangre una vez al mes.

—¿Quién le extraía la sangre?

—Una practicante local. Creo que trabajaba para un proveedor de servicios médicos de Cooperstown.

—¿Y qué hacía con la muestra de sangre?

—La llevaba al laboratorio, donde se realizaba el test de nivel de litio y se hacía el informe.

—¿La llevaba inmediatamente?

—Imagino que hacía varias paradas, su ruta de clientes asignados, fuera cual fuese, y al final de cada día entregaba las muestras en el laboratorio.

—¿Tiene su nombre y el del proveedor del laboratorio?

—Sí. Reviso (revisaba debería decir) una copia del informe del laboratorio cada mes.

—¿Tiene un registro de cuándo se extrajo la última muestra de sangre?

—No tengo un registro específico, pero siempre era el segundo viernes del mes.

Gurney pensó un momento.

—Eso sería dos días antes de que asesinaran a Jillian.

—¿Está pensando que Flores de alguna manera intervino en algún punto del proceso y se hizo con la sangre? Pero ¿por qué? Me temo que no comprendo lo que están diciendo sobre el machete. ¿Qué sentido tiene?

—No estoy seguro, doctor. Pero tengo la sensación de que la respuesta a esas preguntas es la pieza que falta en el centro del caso.

Ashton alzó las cejas de una manera que expresaba más desconcierto que escepticismo. Sus ojos parecían estar moviéndose entre los inquietantes puntos de algún paisaje interior. Al final, los cerró y se recostó en su silla alta, agarrando con las manos los extremos elaboradamente labrados de los reposabrazos, respirando de manera más profunda y controlada, como si estuviera llevando a cabo alguna clase de ejercicio mental de relajación. Pero cuando abrió los ojos otra vez, tenía peor aspecto.

—Qué pesadilla —dijo. Se aclaró la garganta, pero sonó más como un lamento que como una tos—. Díganme algo, caballeros: ¿alguna vez han sentido que han fracasado por completo? Así es como me siento ahora mismo. Cada nuevo horror…, cada muerte…, cada descubrimiento sobre Flores o Skard o como se llame es… Cada extravagante revelación sobre lo que ha estado ocurriendo en realidad en la escuela, todo prueba mi fracaso absoluto. ¡Qué idiota descerebrado he sido! —Negó con la cabeza, o más bien la movió adelante y atrás en un movimiento lento, como si estuviera atrapado por algún tipo de corriente subterránea—. Ese estúpido y fatal orgullo. Pensar que podría curar una plaga con un poder tan increíble y primitivo.

—¿Una plaga?

—No es el término que mi profesión aplica comúnmente al incesto y al daño que causa, pero creo que es bastante preciso. Cuanto más tiempo trabajo en este campo, más me convenzo de que de todos los crímenes que los seres humanos cometen los unos contra los otros, el más destructivo de lejos es el abuso sexual de un menor a manos de un adulto, en especial de un progenitor.

—¿Por qué dice eso?

—¿Por qué? Es sencillo. Los dos modos primarios de relaciones humanas son el parental y el de pareja. El incesto destruye los patrones diferenciados de estas dos relaciones al aplastarlos juntos; básicamente contamina ambos. Creo que se produce un daño traumático en las estructuras neuronales que sostienen las conductas naturales de cada uno de estos modos de relación y que los mantienen separados. ¿Entienden lo que estoy diciendo?

—Eso creo —apuntó Gurney.

—Se me escapa —dijo Hardwick, que había estado observando en silencio la larga conversación entre los dos hombres.

489

Ashton le lanzó una mirada reprobatoria.

—Una terapia eficaz de esa clase de trauma necesita reconstruir los límites entre el repertorio de respuestas padre-hija y el repertorio de respuestas de pareja. Lo trágico es que ninguna terapia puede equipararse en fuerza (en el descomunal impacto) a la violación que busca reparar. Es como reconstruir con una cucharita de té una pared derribada por una excavadora.

—Pero... ¿no fue ese el problema al que eligió dedicar su carrera? —preguntó Gurney.

—Sí. Y ahora está más que claro que he fracasado. Total y miserablemente.

—No lo sabe.

—¿Se refiere a que no todas las exalumnas de Mapleshade han elegido desaparecer en algún submundo psicosexual? ¿No todas han sido asesinadas por placer? ¿No todas han continuado teniendo hijos y violándolos? ¿No todas han salido tan enfermas y trastornadas como entraron? ¿Cómo puedo saberlo? Lo único que sé en este momento es que Mapleshade bajo mi control, guiado por mis instintos y decisiones, se ha convertido en un imán para el horror y el asesinato, un coto de caza de un monstruo. Bajo mi liderazgo, Mapleshade ha sido destruido por completo. Eso lo sé.

—Entonces..., ¿ahora qué? —preguntó Hardwick con brusquedad.

—¿Ahora qué? Ah. La voz de una mente pragmática. —Ashton cerró los ojos y no dijo nada durante al menos un minuto entero. Cuando habló otra vez, lo hizo con tensa vulgaridad—. ¿Ahora qué? ¿El siguiente paso? El siguiente paso para mí es bajar a la capilla, dar la cara, hacer lo que pueda para calmar sus nervios. ¿Cuál es su siguiente paso...? No tengo ni idea. Dicen que han venido por una corazonada. Será mejor que le pregunten a su instinto qué hacer a continuación.

Se levantó de su enorme silla de terciopelo y cogió del cajón del escritorio algo parecido al control remoto de la puerta de un garaje.

—Las luces y las cerraduras de abajo se controlan de manera electrónica —dijo, explicando el mecanismo.

Empezó a irse, llegó hasta la puerta, volvió y encendió el gran monitor de ordenador que tenía detrás de su escritorio. Apareció una imagen: el interior de la capilla, con suelo de piedra y altas paredes también pétreas cuya incolora austeridad quedaba rota por intermitentes cortinas color borgoña e indescifrables tapices. Los bancos de madera oscura no estaban puestos en las habituales filas típicas de las iglesias, sino que los habían reordenado en media docena de zonas de asientos, cada una formada por un triángulo de tres bancos, evidentemente para facilitar la conversación. Había un buen número de chicas adolescentes. Desde los altavoces del monitor se oyó el sonido de voces femeninas.

—Hay una cámara de alta resolución y un micrófono abajo, que transmite a este ordenador —dijo Ashton—. Observen y escuchen. Quizá puedan entender todo esto mejor. —Entonces se dio la vuelta y salió de la oficina.

75

No abras los ojos

*L*a pantalla del ordenador mostró a Scott Ashton entrando por la parte de atrás de la capilla —detrás de los grupos de bancos— y cerrando la puerta a su espalda con estrépito, con el pequeño mando a distancia todavía en la mano. Las chicas llenaban la mayoría del espacio en los bancos, algunas sentadas normalmente, otras de costado, algunas en posiciones de yoga con las piernas cruzadas, otras de rodillas. Algunas parecían perdidas en sus propios pensamientos, pero la mayoría de ellas estaban participando en conversaciones, unas más audibles que otras.

La sorpresa para Gurney fue lo normales que parecían esas chicas. A primera vista eran como la mayoría de las adolescentes, nadie diría que estaban internas en una institución rodeada de alambre de espino. A esa distancia de la cámara, la perversa conducta que las había llevado allí era invisible. Gurney supuso que solo cara a cara, con sus expresiones más enfocadas, sería obvio que esas criaturas eran más egocéntricas, despiadadas, crueles y guiadas por el sexo que lo común. En última instancia, como ocurría con sus fotos de archivo policial, el signo del peligro, el hielo, estaría en los ojos.

Entonces se fijó en que no estaban solas. En cada uno de los triángulos de bancos había uno o dos individuos mayores, probablemente profesores, consejeros o como llamaran en Mapleshade a quienes proporcionaban orientación y terapia. En un rincón del fondo de la sala, casi invisible en las sombras, se alzaba el doctor Lazarus, con los brazos cruzados y una expresión imperturbable.

Momentos después de que entrara Ashton, las chicas empezaron a fijarse en él y el alboroto de las conversaciones empezó a disminuir. Una de las chicas que parecían mayores, muy atractiva, se acercó a Ashton cuando este se hallaba en la parte de atrás del pasillo central. La chica era alta, rubia, de ojos almendrados.

Gurney miró a Hardwick, que estaba inclinado hacia delante en la silla, estudiando la pantalla.

—¿Te has fijado en si la ha llamado? —preguntó Gurney.

—Puede que le haya hecho un seña —dijo—. Una especie de saludo. ¿Por qué?

—Simple curiosidad.

En la pantalla de alta definición, los perfiles de Ashton y la chica eran claros hasta el punto de que los movimientos de sus labios resultaban visibles, pero sus voces eran indistintas: palabras y frases que se mezclaban con las voces de un grupo de estudiantes que estaban cerca de ellos.

Gurney se inclinó hacia el monitor.

—¿Tienes idea de lo que están diciendo?

Hardwick se concentró intensamente en sus caras, inclinando la cabeza como si eso pudiera aumentar la discriminación de su oído.

En la pantalla, la chica dijo algo y sonrió; Ashton contestó y gesticuló. Acto seguido, el psiquiatra caminó con determinación por el pasillo central y se acercó a una zona elevada del suelo, al parecer el lugar que había ocupado el altar cuando la capilla tenía un uso litúrgico. El hombre se volvió hacia la reunión de estudiantes, de espaldas a la cámara. El murmullo se fundió y enseguida se hizo el silencio.

Gurney miró inquisitivamente a Hardwick.

—¿Has entendido algo?

Él negó con la cabeza.

—Podría haberle dicho cualquier cosa a la rubia. No he podido distinguir las palabras del ruido de fondo. Quizás alguien que lea los labios. Yo no.

En la pantalla, Ashton empezó a hablar con una autoridad que parecía natural, con su voz de barítono, serena y suave, y más profunda de lo habitual, gracias a la resonante nave neogótica.

—Señoritas —comenzó, modulando la palabra con una gentileza casi reverencial—, han sucedido cosas terribles, cosas espantosas, y todo el mundo está inquieto. Ira, miedo, confusión y malestar. Algunas de vosotras estáis teniendo problemas para dormir. Ansiedad. Pesadillas. Pero no saber lo que realmente está pasando puede ser la peor parte. Queremos saber con qué nos estamos enfrentando, y nadie nos lo dice.

Ashton irradiaba la angustia de los estados mentales a los que se refería. Se había convertido en una imagen de la emoción y la comprensión y, sin embargo, al mismo tiempo, quizás a través de la sonoridad calmada de su voz, su timbre casi de violonchelo, estaba logrando comunicar en un nivel inconsciente, una profunda tranquilidad.

—El tío sabe lo que hace —dijo Hardwick, en el tono de quien admira los dedos ligeros de un magnífico carterista.

—Desde luego es un profesional —coincidió Gurney.

—No tan bueno como tú, campeón.

Gurney torció el gesto en un signo de interrogación.

—Seguro que podría aprender un par de cosas de tu curso en la academia.

—¿Qué sabes de mi…?

Hardwick señaló a la pantalla.

—Chis. No nos perdamos nada.

Las palabras de Ashton fluían como agua clara sobre rocas pulidas.

494

—Algunas me habéis preguntado sobre el avance de la investigación. ¿Cuánto sabe la Policía? ¿Qué está haciendo? ¿Está cerca de detener al culpable? Preguntas lógicas, preguntas que muchos de nosotros nos estamos planteando. Creo que ayudaría saber más, que todos tuviéramos la oportunidad de compartir nuestras preocupaciones, de preguntar lo que queramos preguntar, de obtener algunas respuestas. Por eso he invitado a los detectives que trabajan en el caso a venir aquí a Mapleshade mañana por la mañana, para que hablen con nosotros, para que nos cuenten lo que está sucediendo, lo que es probable que pase en el futuro. Ellos tendrán sus preguntas; nosotros, las nuestras. Creo que será una conversación muy útil para todos.

Hardwick sonrió.

—¿Qué opinas?

—Creo que es…

—¿Suave como un cerdo engrasado?

Gurney se encogió de hombros.

—Yo diría que es bueno controlando la forma en que la gente ve las cosas.

Hardwick señaló la pantalla.

Ashton estaba cogiendo el teléfono móvil de un clip en su cinturón. Lo miró, frunció el ceño, apretó un botón y se lo llevó a la oreja. Dijo algo, pero las chicas de los bancos habían vuelto a hablar entre ellas, y sus palabras se perdieron de nuevo en la charla de fondo.

—¿Estás pillando algo? —preguntó Gurney.

Hardwick observó los labios de Ashton y negó con la cabeza.

—Igual que antes cuando estaba hablando con la rubia. Podría haber dicho cualquier cosa.

La llamada terminó y Ashton volvió a guardarse el teléfono en el bolsillo. Una chica de la parte de atrás estaba levantando la mano, pero Ashton no la vio o no le hizo caso. La chica se levantó y agitó la mano a un lado y a otro, y eso al parecer captó la atención de Ashton.

—¿Sí? Señoritas… Creo que alguien tiene una pregunta ¿o un comentario?

La chica, que resultó ser la rubia de ojos almendrados a la que Hardwick acababa de referirse, hizo su pregunta.

—He oído un rumor de que hoy han visto a Héctor Flores aquí, en la capilla. ¿Es verdad?

Ashton parecía extrañamente aturdido.

—¿Qué…? ¿Quién te ha dicho eso?

—No lo sé. Las chicas hablaban en el hueco de la escalera en la casa principal. No estoy seguro de quién lo dijo. Yo no podía verlas desde donde estaba. Pero una dijo que lo había visto, que había visto a Héctor. Si es verdad, da mucho miedo.

—Si fuera cierto, daría miedo —dijo Ashton—. Tal vez la persona que dijo que lo vio nos podrá dar más detalles. Estamos todos aquí. Quien lo dijo también ha de estar aquí. —Miró a las reunidas en un silencio expectante, dejando que pasaran cinco largos segundos antes de añadir con una tolerancia paternal—: Tal vez a algunas personas les gusta difundir rumores espeluznantes. —Pero no sonaba del todo tranquilo—. ¿Hay alguna pregunta más?

Una de las chicas de aspecto más joven levantó la mano y preguntó:

—¿Cuánto tiempo más hemos de quedarnos aquí?

Ashton sonrió como un padre afectuoso.

—Hasta que el proceso sea útil; ni un minuto más. Espero que en los grupos estéis compartiendo vuestros pensamientos,

495

preocupaciones, sentimientos y, sobre todo, los temores que, como es natural, ha suscitado la muerte de Savannah. Quiero que expreséis todo lo que se os ocurra, que aprovechéis la ayuda que los facilitadores del grupo pueden ofrecer, la ayuda que os podéis prestar unas a otras. El proceso funciona. Sabemos que funciona. Confiad en él.

Ashton bajó del estrado y comenzó a andar por la estancia, al parecer ofreciendo una palabra de aliento aquí y allá, pero sobre todo observando los grupos de discusión alrededor de los bancos. A veces daba la impresión de que escuchaba con atención; otras parecía encerrarse en sus propios pensamientos.

Mientras Gurney observaba, le llamó la atención de nuevo lo raro que era todo aquello. Pese a que estuviera desacralizado, el edificio todavía tenía el aspecto, el olor y daba la impresión de una iglesia. Combinar eso con las energías salvajes y retorcidas de las residentes de Mapleshade ante el despliegue de posibilidades de un caso de asesinato complejo era desconcertante.

En la escena de la capilla, en la pantalla, Ashton continuaba su paseo entre las estudiantes y sus «facilitadores», pero Gurney había dejado de prestar atención.

Cerró los ojos y apoyó la cabeza contra el cojín de terciopelo de la silla. Se concentró lo mejor que pudo en su simple respiración, en el aire que entraba y salía por su nariz. Estaba tratando de vaciar su mente de lo que parecía una maraña incoherente de escombros. Casi lo logró, pero un pequeño detalle se negaba a ser barrido.

Un pequeño detalle.

Era un comentario de Hardwick que había estado mordisqueando el borde de su conciencia, el que había hecho cuando le había preguntado si había entendido lo que Ashton le había dicho a la chica que se le había acercado cuando este había entrado en la capilla.

Hardwick había respondido que la voz de Ashton se mezclaba con todas las demás voces de la capilla. Era indistinguible y las palabras se volvían indescifrables.

Podría haberle dicho cualquier cosa.

Esa idea había estado molestando a Gurney.

Y en ese momento supo por qué.

Había desencadenado un recuerdo, primero de un modo inconsciente.

Pero ahora lo percibió con claridad.

Otro momento. Otro lugar. Scott Ashton en una conversación seria con una joven rubia en el amplio espacio de un césped bien cuidado. Una conversación que no podía escucharse. Una conversación cuyas palabras se perdieron en el trasfondo de un centenar de otras voces. Una conversación en la que Scott Ashton podría haber dicho cualquier cosa a Jillian Perry.

Podría haberle dicho cualquier cosa. Y ese simple hecho podía cambiarlo todo.

Hardwick lo estaba observando.

—¿Estás bien?

Gurney asintió con la cabeza ligeramente, como si cualquier movimiento mayor pudiera interrumpir el hilo de sus pensamientos.

«Podría haber dicho cualquier cosa. En realidad no había manera de saber lo que dijo, porque las voces reales no podían escucharse. Entonces, ¿qué podría haber dicho? Supongamos que lo que dijo fue: "No importa lo que pase, no digas ni una palabra". Supongamos que lo que dijo fue: "No importa lo que pase, no abras la puerta". Supongamos que lo que dijo fue: "Tengo una sorpresa para ti. Cierra bien los ojos". ¡Dios mío!, supongamos que eso fue exactamente lo que dijo: "Será la mayor sorpresa de tu vida, no abras los ojos".»

76

Otra capa

—¿*Q*ué demonios está pasando? —preguntó Hardwick.

Gurney negó con la cabeza, pues todavía no estaba listo para responder. Su mente le daba vueltas a todo aquello casi con una excitación animal que lo hizo levantarse. Empezó a pasear, primero despacio, por la alfombra antigua, delante del escritorio de Ashton. La gran lámpara de porcelana de la esquina arrojaba un círculo suave de luz cálida, iluminando el intrincado patrón en el fino tejido de la alfombra.

Si su teoría era cierta, cosa que era posible, ¿qué consecuencias tendría?

En la pantalla, se veía a Ashton de pie junto a una de las cortinas de color granate que cubrían porciones de las paredes de la capilla, paseando con aire benevolente su mirada entre las chicas.

—¿Qué pasa? —preguntó Hardwick—. ¿En qué demonios estás pensando?

Gurney dejó de pasear un momento para bajar ligeramente el sonido del monitor y concentrarse mejor en su propia línea de pensamiento.

—¿Ese comentario que has hecho hace un momento? ¿Que Ashton podría haber dicho cualquier cosa?

—Sí, ¿qué pasa?

—Podrías haber derrumbado una de las suposiciones clave que hemos estado haciendo sobre el asesinato de Jillian.

—¿Qué suposición?

—La mayor de todas. La suposición de que sabíamos por qué fue a la cabaña.

—Bueno, sabemos por qué dijo que entró. En el vídeo le estaba diciendo a Ashton que quería convencer a Flores para que saliera a participar en el brindis de la boda. Y Ashton discutió con ella. Le dijo que no se preocupara por Flores. Pero ella entró en la cabaña de todos modos.

Los ojos de Gurney brillaron.

—Supongamos que esa conversación nunca se dio.

—Estaba en el vídeo. —Hardwick parecía tan molesto con la excitación de su amigo como confundido por lo que este estaba diciendo.

Gurney habló muy despacio, como si cada palabra fuera preciosa.

—Esa conversación no está, en realidad, en el vídeo de la recepción.

—Claro que sí.

—No. Lo que está grabado en el vídeo es una charla entre Scott Ashton y Jillian Perry en el césped, en la recepción, en el fondo de la escena, demasiado en el fondo para que la cámara grabara sus voces. La «conversación» que estás recordando (y que todos los que han visto el vídeo han estado recordando) es la descripción de la conversación que Scott Ashton les hizo a Burt Luntz y a su mujer después de que ocurriera. El hecho es que no tenemos forma de saber qué le dijo Jillian a él ni qué le contó él a Jillian. Y hasta ahora no hemos tenido ninguna razón para cuestionarlo. En realidad, lo único que tenemos es lo que Ashton afirma que se dijo. Y como has comentado hace un momento sobre su conversación inaudible con esa rubia en la capilla, podría haberle dicho cualquier cosa.

—Vale —dijo Hardwick, con incertidumbre—. Ashton podría haberle dicho cualquier cosa. Eso lo entiendo. Pero ¿qué crees que le dijo de verdad? ¿Cuál es el sentido de esto? ¿Por qué iba a mentir sobre la razón de Jillian para ir a la cabaña?

—Se me ocurre al menos una razón horrible. Me refiero, otra vez, a que no sabemos lo que pensamos que sabemos. Lo único que sabemos es que hablaron entre ellos y que ella entró en la cabaña.

Hardwick, impaciente, empezó a dar golpecitos en el reposabrazos labrado de la silla tipo trono.

—Eso no es todo lo que sabemos. Recuerdo que alguien fue a buscarla. Llamó a la puerta de la cabaña. ¿Una de las camareras? ¿Y no estaba ya muerta? Al menos no respondió a la puerta. No entiendo adónde demonios quieres ir a parar.

—Empecemos por el principio. Si observas las pruebas vi-

499

suales reales y olvidas la interpretación que le hemos dado, la pregunta es: ¿hay algún otro relato creíble que sea coherente con lo que vemos que ocurre en pantalla?

—¿Como cuál?

—En el vídeo parece que Jillian atrae la atención de Ashton y señala su reloj. Muy bien. Supongamos que él le hubiera pedido que lo avisara cuando fuera el momento del brindis nupcial. Y supongamos que cuando se acerca a ella, le dijo que tenía una gran sorpresa para ella y que quería que fuera a la cabaña, porque allí era donde iba a dársela, antes del brindis. Ella tenía que entrar en la cabaña, cerrar la puerta y quedarse completamente en silencio. No importaba quién fuera a la puerta, no tenía que abrir ni decir una sola palabra. Todo formaba parte de una sorpresa que ella entendería después.

Hardwick estaba absorto, prestando plena atención.

—Entonces, ¿estás diciendo que ella podría haber estado bien cuando la camarera llamó a la puerta?

—Y luego cuando Ashton abrió la puerta con su llave, supongamos que le dijo algo como: «Cierra bien los ojos. Será la mayor sorpresa de tu vida, no abras los ojos».

—Y luego…

Gurney hizo una pausa.

—¿Recuerdas a Jason Strunk?

Hardwick frunció el ceño.

—¿El asesino en serie? ¿Qué tiene que ver con esto?

—¿Recuerdas cómo mataba a sus víctimas?

—Las descuartizaba y enviaba trozos a policías locales.

—Exacto. Pero en lo que estaba pensando es en el arma que usaba.

—Un hacha de carnicero, ¿no? Una herramienta japonesa, muy afilada.

—Y la llevaba en una sencilla funda de plástico debajo de la chaqueta.

—Así pues…, ¿qué estás diciendo? Oh, no ¡vamos! ¿No estarás diciendo que… Scott Ashton entró en la cabaña, le dijo a su nueva esposa que cerrara los ojos y le cortó la cabeza?

—Basándonos en las pruebas visuales, es tan posible como la historia que nos contaron.

—Dios, montones de cosas son posibles, pero… —Hardwick negó con la cabeza—. ¿Y luego? ¿Después de cortarle la cabeza a la novia, la deja limpiamente sobre la mesa, empieza a gritar, vuelve a guardarse el arma ensangrentada en su funda de plástico, sale tambaleándose de la cabaña y se derrumba?

Gurney continuó.

—Eso es. Esa última parte está grabada en el vídeo: Ashton gritando, tambaleándose, cayendo en los rosales. Todos vienen corriendo hacia él, todos miran en la cabaña y todos llegan a la conclusión obvia dadas las circunstancias. Exactamente la conclusión a la que Ashton quería que llegaran. Así que no había razón para que nadie lo registrara. Si llevaba un hacha de carnicero o un arma similar escondida en la chaqueta, nadie lo habría sabido nunca. Y en cuanto los perros encontraron el machete ensangrentado en el bosque, todo pareció perfectamente claro. El relato sobre Héctor Flores estaba grabado en piedra, solo a la espera de que Rodriguez estampara su sello de aprobación.

—El machete… con la sangre de Jillian…, pero ¿cómo?

—La sangre podría haberla sacado del test de nivel de litio de dos días antes. Ashton podría haber cancelado la cita habitual de la practicante y haberle sacado la muestra él mismo. O podría haberla conseguido de otra forma, haciendo algún cambio, como empezábamos a pensar que podría haber hecho Flores. Y podría haber dejado el machete por la mañana antes de la recepción. Podría haberlo manchado con sangre, haberlo llevado al alféizar de la ventana de atrás, dejar ese rastro de feromona sexual para que los perros lo siguieran y luego volver a entrar a través de la cabaña. En ese punto, antes de la fiesta, no habría ninguna cámara en funcionamiento, lo que explicaría por qué el machete fue desde la cabaña al lugar en el que se encontró sin que, en el vídeo, nadie pasara por delante de ese árbol.

—Espera un segundo, olvidas una cosa: ¿cómo demonios le rebanó el cuello, a través de las carótidas, sin salpicarse de sangre? O sea, ya sé eso del informe del forense sobre la sangre por el otro lado del cadáver y mi propia idea de cómo el asesino habría usado la cabeza para desviar la sangre. Pero tendría que salpicar algo.

—Quizá salpicó.

—¿Y nadie se fijó?

—Piensa en ello, Jack, en la escena del vídeo. Ashton llevaba un traje oscuro. Cae en un arriate lleno de barro. Un lecho de rosas. Con espinas. Estaba hecho un desastre. Recuerdo que algunos invitados lo llevaron a la casa. Me jugaría mi pensión a que fue directo al cuarto de baño. Eso le ofrecería una oportunidad de deshacerse del hacha, quizás incluso de cambiarse el traje por otro también lleno de barro, para poder salir aún hecho un desastre, pero sin rastro de sangre de la víctima.

—Joder —murmuró Hardwick, pensativo—. ¿De verdad crees todo eso?

—Para ser sincero, Jack, no tengo ninguna razón para creerlo. Pero es posible.

—Hay algunos problemas, ¿no te parece?

—¿Como el problema de que un famoso psiquiatra sea un asesino despiadado? ¿Poco creíble?

—De hecho, esa es la parte que más me gusta —dijo Hardwick.

Gurney sonrió por primera vez ese día.

—¿Algún otro problema? —preguntó.

—Sí. Si Flores no estaba en la cabaña cuando mataron a Jillian, ¿dónde estaba?

—Quizá ya estaba muerto —dijo Gurney—. Tal vez Ashton lo mató para que pareciera el culpable que había huido. O quizás el escenario que acabo de dibujar está tan lleno de agujeros como cualquier otra teoría sobre el caso.

—Así que este tipo, o bien es el autor de un crimen extraordinario, o bien es su víctima inocente. —Hardwick miró al monitor de detrás del escritorio de Ashton—. Para ser un hombre cuyo mundo se está derrumbando, parece muy tranquilo. ¿Adónde ha ido a parar toda la desesperación?

—Parece que se ha evaporado.

—No lo entiendo.

—¿Resistencia emocional? ¿Está poniendo buena cara?

Hardwick parecía cada vez más desconcertado.

—¿Por qué quería que viéramos esto?

Ashton caminaba con lentitud por la capilla, casi imperioso, como un gurú entre sus discípulos. Tranquilo. Seguro de sí mismo. Imperturbable. Irradiaba más placer y satisfacción a cada minuto. Un hombre poderoso y respetado. Un cardenal del Renacimiento. Un presidente de Estados Unidos. Una estrella del rock.

—Scott Ashton parece una piedra preciosa con muchas caras —dijo Gurney, fascinado.

—O un cabrón asesino —replicó Hardwick.

—Hemos de decidir cuál de las dos cosas es.

—¿Cómo?

—Reduciendo la ecuación a sus términos elementales.

—¿Que son...?

—Supongamos que Ashton mató a Jillian.

—¿Y que Héctor no estuvo involucrado?

—Exacto —dijo Gurney—. ¿Qué seguiría después de ese punto de partida?

—Que Ashton es un buen mentiroso.

—Así que quizá nos ha estado contando un montón de mentiras y no nos hemos enterado.

—¿Mentiras sobre Héctor Flores?

—Exacto —dijo Gurney de nuevo, frunciendo el entrecejo, pensativo—. Sobre... Héctor... Flores.

—¿Qué pasa?

—Solo estaba pensando.

—¿Qué?

—¿Es posible... que...?

—¿Qué? —preguntó Hardwick.

—Espera un momento. Solo quiero... —La voz de Gurney se fue apagando; su mente iba a mil por hora.

—¿Qué?

—Solo... reduciendo... la ecuación. Reduciéndola a lo más simple... posible...

—Dios, deja de pararte en medio de las frases. ¡Escúpelo!

Dios, no podía ser tan simple, ¿no?

Pero quizá lo era. Tal vez era perfecta y ridículamente simple.

¿Por qué no lo había visto antes?

Se rio.

—Por el amor de Dios, Gurney...

No lo había visto antes porque había estado pensando en la pieza que faltaba. Y no había podido encontrarla. Por supuesto que no había podido encontrarla. No faltaba ninguna pieza. Nunca había faltado una pieza. Sobraba una pieza. Una que no dejaba de interponerse en medio de todo, que había estado entrometiéndose en el camino de la verdad desde el principio. La pieza que había sido fabricada específicamente para que se interpusiera en el camino de la verdad.

Hardwick lo estaba mirando con frustración.

503

Gurney se volvió hacia él con una sonrisa desquiciada.

—¿Sabes por qué no pudieron encontrar a Héctor Flores después del asesinato?

—¿Porque estaba muerto?

—No creo. Hay tres posibles explicaciones. Una: escapó como pensamos que hizo. Dos: está muerto, víctima del asesino de Jillian Perry. O tres...: nunca estuvo vivo.

—¿De qué coño estás hablando?

—Es posible que Héctor Flores nunca existiera, que nunca hubiera ningún Héctor Flores, que solo fuera un personaje creado por Scott Ashton.

—Pero todas las historias...

—Habrían salido del propio Ashton.

—¿Qué?

—¿Por qué no? Las historias se empiezan, cobran vida propia, una idea que tú mismo has expresado muchas veces. ¿Por qué no podrían tener todas las historias un mismo punto de partida?

—Pero hubo gente que vio a Héctor Flores en el coche de Ashton.

—Vieron a un jornalero mexicano con sombrero de vaquero y gafas de sol. El hombre que vieron podría ser cualquiera que Ashton hubiera contratado ese día en particular.

—Pero no entiendo cómo...

—¿No lo ves? Ashton podría haber creado él mismo todas las historias, todos los rumores. El alimento perfecto para el cotilleo. El nuevo jardinero especial. El mexicano maravillosamente eficaz. El hombre que aprendió todo tan deprisa. Un tipo con un potencial tremendo. El hombre Cenicienta. El protegido. El asistente personal de confianza. El genio que empezó a hacer cosas raras. El hombre que estaba desnudo sobre un solo pie en el pabellón del jardín. Muchas historias, muy interesantes, coloridas, asombrosas, deliciosas, repetibles. El alimento perfecto para los chismes, ¿no lo ves? Alimentó a sus vecinos con una serie de rumores irresistibles, y estos la continuaron, se la contaron unos a otros, la embellecieron, la contaron a los desconocidos. Creó a Héctor Flores de la nada y lo convirtió en leyenda, capítulo tras capítulo. Una leyenda de la que Tambury no podía dejar de hablar. El hombre se hizo más grande que un gigante, más real que la realidad.

NO ABRAS LOS OJOS

—¿Y la bala en la taza de té?

—Lo más fácil del mundo. Ashton podría haber disparado la bala él mismo, esconder el arma y denunciar el robo. Era perfectamente creíble que el mexicano loco y desagradecido hubiera robado el caro rifle del doctor.

—Pero las chicas con las que Héctor habló en Mapleshade…

—Las chicas con las que, al parecer, habló están todas convenientemente muertas o desaparecidas. Así que: ¿cómo sabemos que habló con alguna de ellas? No podemos hablar con nadie que lo viera cara a cara. ¿Eso no es de por sí bastante extraño?

Se miraron el uno al otro y luego a la pantalla del ordenador, donde se veía a Ashton hablando con dos de las chicas, señalando varias partes de la capilla. Parecía relajado y al mando, como el general victorioso el día de la rendición del enemigo.

Hardwick negó con la cabeza.

—¿De verdad crees que a Ashton se le ocurrió este elaborado plan, que se inventó un personaje y logró alimentar la ficción durante tres años, solo para tener a alguien a quien culpar en caso de que algún día decidiera casarse y asesinar a su mujer? ¿No te suena un poco ridículo?

—Dicho de ese modo, parece completamente ridículo. Pero supón que tuviera otra razón para inventar a Héctor.

—¿Qué razón?

—No lo sé. Una razón mayor. Una más práctica.

—Parece espantosamente endeble. ¿Y qué hay del asunto de los Skard? ¿No se basaba todo en la teoría de que uno de los hermanos Skard, es probable que Leonardo, se estaba haciendo pasar por Héctor y convencía a chicas impenitentes de Mapleshade para que se fueran de casa a cambio de dinero y emociones después de la graduación? Si no hay Héctor, ¿qué pasa con todo el escenario de esclavitud sexual?

—No lo sé.

Gurney pensó que era una pregunta crucial. Si Héctor Flores no había existido, ¿qué sentido tenían sus teorías, si dependían de la idea de que Leonardo Skard estaba interpretando el papel de Héctor Flores?

505

77

El episodio final

—*P*or cierto —dijo Gurney—, ¿llevas el arma encima?

—Siempre —contestó Hardwick—. Mi tobillo se sentiría desnudo sin su pequeña cartuchera. En mi humilde opinión, en ciertas ocasiones, las balas son tan importantes como el cerebro para solucionar algunos problemas. ¿Por qué lo preguntas? ¿Estás pensando en darle un giro dramático a todo esto?

—Nada de giros dramáticos por ahora. Hemos de estar mucho más seguros de lo que está pasando.

—Parecías muy seguro hace un minuto.

Gurney torció el gesto.

—De lo único de lo que estoy seguro es de que mi versión del asesinato de Perry es posible. O de que no es imposible. Scott Ashton podría haber matado a Jillian Perry. Podría. Pero necesitamos cavar más, más hechos. Ahora mismo no hay ninguna prueba que la sustente y ningún motivo. No tenemos nada más que especulación por mi parte, un ejercicio lógico.

—Pero y si...

El sonido de la pesada puerta de la capilla en el piso de abajo abriéndose y cerrándose, seguida por un clic metálico, hizo que se callara. Ambos se inclinaron hacia la escalera de detrás del umbral de la oficina y aguzaron el oído para escuchar posibles pisadas.

Al cabo de un minuto apareció Scott Ashton en lo alto de la escalera de piedra y entró en la oficina, moviéndose con el mismo aire de poder y control del que habían sido testigos en la pantalla. Se hundió en la silla mullida de respaldo alto de detrás de su escritorio, se quitó el Bluetooth y lo dejó en el cajón de encima. Juntó las manos en el enorme escritorio negro, entrelazando lentamente los dedos, salvo los pulgares, que mantuvo en paralelo, como para facilitar una atenta comparación entre ambos, algo que parecía interesarle. Después de sonreír un momento a sus propios pensamientos, separó las manos, levantando las palmas con los dedos ligeramente separados en un extraño gesto de despreocupación.

Entonces metió la mano en el bolsillo de la chaqueta y sacó una pistola de pequeño calibre. La acción fue absurdamente despreocupada, tan similar a sacar un paquete de cigarrillos que, por un segundo, Gurney pensó que era eso lo que había hecho.

En un movimiento casi adormilado, apuntó con la Beretta semiautomática de calibre 25 a un punto situado en algún lugar intermedio entre Gurney y Hardwick, pero tenía la mirada clavada en Hardwick.

—Hágame un favor, detective. Ponga las manos en los reposabrazos de la silla. Ahora mismo, por favor. Gracias. Ahora, permanezca sentado como está y levante lentamente los pies del suelo. Gracias. Le agradezco su cooperación. Levántelos más. Gracias. Ahora, por favor, extienda las piernas hacia delante, hacia mi mesa. Siga extendiéndolas hasta que pueda apoyar los pies en la mesa. Gracias. Eso está muy bien. Es usted muy servicial.

Hardwick siguió todas estas instrucciones con la seriedad relajada de un hombre que escucha a un instructor de yoga. Una vez que tuvo los pies apoyados en la mesa, Ashton se estiró desde su lado del escritorio, buscó bajo la pernera derecha del detective y sacó la Kel-Tec P-32 de su cartuchera. La miró, la sopesó en la mano y la dejó en el cajón de arriba del escritorio.

Se sentó otra vez y sonrió.

—Ah, sí. Mucho mejor. Demasiada gente armada en una habitación normalmente es preludio de una tragedia. Por favor, detective, ya puede bajar los pies. Creo que todos podemos relajarnos ahora que el orden de las cosas está claro.

Ashton los miró, divertido.

—Debo decir que el día se ha puesto fascinante. Tantos… acontecimientos. Y usted, detective Gurney, ha puesto esa pequeña mente suya a trabajar a todo trapo. —La voz de Ashton ronroneaba con meloso sarcasmo—. Una trama muy escabrosa la que ha descrito. Suena a guion de cine. Scott Ashton, famoso psiquiatra, asesinó a su mujer en presencia de un centenar de invitados a su boda. Y lo único que tuvo que decirle fue: «No abras los ojos». Nunca hubo un Héctor Flores. El machete ensangrentado fue un ingenioso engaño. Tenía un hacha de carnicero en el bolsillo. Una caída seudoaccidental en las rosas. Un hábil cambio de traje en el cuarto de baño. Y etcétera. Una ingeniosa conspiración destapada. Un sensacional caso de asesinato resuelto. Mercaderes de la perversión al descubierto. Justicia para los muertos. Los vivos vivirán felices en adelante. ¿Es más o menos así?

Si esperaba una reacción de estupefacción o miedo, se llevó una decepción. Uno de los puntos fuertes de Gurney cuando lo atacaban por sorpresa era reaccionar con suavidad pero con un tono un poco airado, que podría ser apropiado para circunstancias más seguras. Es lo que hizo en ese momento.

—Es un buen resumen —dijo.

No reveló sorpresa por que Ashton hubiera escuchado su conversación mientras estaba abajo, probablemente tenía un micrófono oculto. Seguro que le había llegado a través de su auricular. Gurney se reprendió por no haber reparado en la anomalía que suponía que Ashton hablara por un móvil en la capilla; era obvio que empleaba el auricular para otra cosa. Que algo tan claro se le hubiera pasado por alto era hasta doloroso, aunque trató de ocultar aquella sensación.

508

No sabía cómo aquel tipo respondería ante su indiferencia. Esperaba que le hubiera molestado un poco siquiera. Cualquier duda, por pequeña que fuera, que surgiera en él sería un punto a favor de Gurney.

Ashton desplazó su mirada a Hardwick, cuyos ojos estaban clavados en la pistola. El psicólogo negó con la cabeza, como si estuviera reprendiendo a un niño malo.

—Como dicen en las películas, detective, ni se le ocurra. Le metería tres balas en el pecho antes de que se levantara de la silla.

Luego se dirigió a Gurney en el mismo tono.

—Y usted, detective, es como una mosca que se ha colado en la casa. Zumba alrededor, camina por el techo. *Buzz*. Ve lo que puede ver. *Buzz*. Pero no entiende lo que ve. *Buzz*. Y de repente, ¡plas! Todo el zumbar para nada. Todo ese buscar y mirar para nada. Porque no puede entender lo que ve. ¿Cómo iba a hacerlo? Solo es una mosca. —Empezó a reír en silencio.

Gurney sabía que debía hacer que todo ocurriera más despacio. Si Ashton era el asesino, tal y como parecía, debía luchar por hacerse con el control emocional de la situación. Así que tenía que prolongar el proceso, implicar a su oponente y hacer durar el juego hasta que se presentara la oportunidad final. Se recostó en su silla y sonrió.

—Pero en este caso, Ashton, la mosca ha acertado, ¿eh? De lo contrario, no tendría esa pistola en la mano.

Ashton dejó de reír.

—¿Acertado? ¿La fantástica mente deductiva se enorgullece de haber acertado? ¿Después de que lo alimentara con todos esos pequeños detalles? El dato de que algunas de nuestras graduadas habían desaparecido, o el de las discusiones por los coches, el hecho de que todas las jóvenes en cuestión aparecieron en anuncios de Karmala… Si no me hubiera visto tentado de tomarle el pelo, de hacer la competición interesante, no habría llegado más lejos que sus estúpidos colegas.

Ahora Gurney rio.

—Hacer la competición interesante no tuvo nada que ver. Sabía que nuestro siguiente paso sería hablar con antiguas estudiantes, y todos esos hechos habrían salido a la luz de inmediato. Así que no nos dio nada que no fuéramos a conseguir nosotros mismos en un día o dos. Fue un esfuerzo patético para comprar nuestra confianza con información que no podía mantener oculta.

Al leer la expresión de Ashton —un intento congelado de aparentar ecuanimidad— se convenció de que había acertado de pleno. Pero, en ciertas ocasiones, en el control de una confrontación de ese tipo, se corría el peligro de tener demasiada razón o dar demasiado de lleno.

Las siguientes palabras le dieron la espantosa sensación de que era uno de aquellos casos.

—No tiene sentido perder más tiempo. Quiero que vean algo. Quiero que vean cómo termina la historia.

Se levantó y con su mano libre arrastró la pesada silla a un punto cercano a la puerta abierta de la oficina, que formaba un triángulo con el gran monitor de pantalla plana en la mesa de detrás de su escritorio y el par de sillas de enfrente del escritorio, que estaban ocupadas por Gurney y Hardwick; una posición, con su espalda hacia la puerta, desde la que podía observar la pantalla y a ellos al mismo tiempo.

—No me miren —dijo Ashton, señalando al ordenador—.

Miren la pantalla. Telerrealidad. *Mapleshade: episodio final.* No es el final que pretendía escribir, pero en la telerrealidad hay que ser flexible. Muy bien. Estamos todos en nuestros asientos. La cámara está funcionando, la acción está en marcha, pero creo que convendría poner un poco más de luz ahí abajo. —Cogió el pequeño control remoto del bolsillo y pulsó un botón.

La nave de la capilla se hizo más brillante al encenderse los apliques de la pared. Hubo una breve interrupción en el zumbido de conversaciones cuando las chicas en los grupos de discusión miraron a su alrededor a las lámparas.

—Esto está mejor —dijo Ashton, sonriendo con satisfacción a la pantalla—. Considerando su contribución, detective, quiero estar seguro de que puede verlo todo con claridad.

«¿Qué contribución?», quería preguntar Gurney. En lugar de eso, se llevó la mano a la boca para contener un bostezo. Entonces miró su reloj.

Ashton le dedicó una mirada larga y fría.

—No les aburriré mucho más. —En su rostro apareció una sucesión de minúsculos tics—. Es usted un hombre educado, detective. Dígame: ¿conoce el significado del concepto medieval «condigno castigo»?

510

Curiosamente, lo conocía. De una clase de filosofía del instituto. Condigno castigo: castigo en perfecto equilibrio con la ofensa. Castigo de una naturaleza idealmente apropiada.

—Sí, lo conozco —respondió, arrancando un atisbo de sorpresa en los ojos de Ashton.

Entonces, en el borde de su campo de visión, Gurney detectó algo más, una sombra en rápido movimiento. ¿O era el borde de una prenda oscura, una manga quizá? Fuera lo que fuese, había desaparecido en el receso del rellano de la escalera, donde apenas había sitio para un hombre de pie, justo al otro lado del umbral de la oficina.

—Entonces podrá apreciar el daño que su ignorancia ha causado.

—Cuéntemelo —dijo Gurney, con una expresión de creciente interés que esperaba que ocultara (mejor que su fingido bostezo) el temor que estaba sintiendo.

—Tiene unas dotes mentales extraordinarias, detective. Un cerebro muy eficiente. Una notable calculadora de vectores y probabilidades.

Aquello estaba bastante lejos de ser verdad, al menos en ese momento. Se preguntó, con un escalofrío de terror, si Ashton estaba siendo irónico: tal vez veía su verdadero estado de ánimo y ahora estaba bromeando.

Gurney sentía que su cerebro, responsable de sus grandes victorias profesionales, estaba resbalando de costado en el barro, perdiendo tracción y dirección, mientras trataba de encajar demasiadas cosas al mismo tiempo: el Héctor irreal; el Jykynstyl irreal; y las decapitadas Jillian Perry, Kiki Muller, Melanie Strum y Savannah Liston. Y también la muñeca sin cabeza que había aparecido en la sala de costura de Madeleine.

¿Dónde estaba el centro de todo ello, el lugar en el que convergía todo? ¿Era en Mapleshade? ¿En la casa de arenisca de la que se ocupaban las «hijas» de Steck? ¿En algún oscuro café de Cerdeña, donde en ese mismo momento Giotto Skard podría estar tomándose un expreso, acechando como una araña arrugada en el centro de su telaraña, donde convergían todos los hilos de sus empresas?

Preguntas sin responder que se apilaban con rapidez.

Y ahora una muy personal: ¿por qué no había considerado la posibilidad de que hubiera micrófonos en la sala?

Siempre había sentido que el concepto de pulsión de muerte era un paradigma más que simplista, del que se abusaba, pero en ese momento se preguntó si no sería la mejor explicación de su conducta.

¿O simplemente su disco duro mental estaba demasiado lleno de detalles que no había podido digerir?

Detalles sin digerir, teorías poco firmes y asesinatos.

Cuando todo lo demás falla, vuelve al presente.

El consejo de Madeleine: estar aquí, en el aquí y el ahora. Prestar atención.

Atención al momento: el santo grial de la conciencia.

Ashton estaba en medio de una frase:

—… tragicómica torpeza del sistema de justicia criminal, que no es sistemático ni justo, pero que sin duda alguna es criminal. Cuando trata con delincuentes sexuales, el sistema es absurdamente diplomático e inepto hasta el ridículo. De los delincuentes que condena, no ayuda a ninguno y empeora a la mayoría. Libera a los que son lo bastante listos para engañar a los llamados profesionales que los evalúan. Las listas públicas

JOHN VERDON

de delincuentes sexuales son incompletas e inútiles. Bajo la protección de esta trampa de relaciones públicas, el sistema suelta a serpientes que devoran niños. —Miró a Gurney, a Hardwick, otra vez a Gurney—. Este es el lamentable sistema al que todo su fino engranaje mental, toda su lógica, todas sus capacidades para la investigación y toda su inteligencia sirven en última instancia.

Era un discurso extraño, pensó Gurney, una elegante diatriba con el tono estudiado de quien lo ha hecho antes —posiblemente en conferencias con sus colegas—, aunque estaba animado por una furia palpable que distaba mucho de ser artificial. Al mirar a los ojos de Ashton, reconoció aquella furia como una emoción que había visto antes. La había percibido en víctimas de abuso sexual. Recordó haberla visto en los ojos de una mujer de cincuenta años que estaba confesando el asesinato con un hacha de su padrastro de setenta y cinco años, que la había violado cuando ella tenía cinco.

Su defensa en el tribunal fue que quería estar segura de que su propia nieta no tendría que temer de él, que ninguna nieta de nadie tendría que tenerle miedo. Sus ojos estaban llenos de una rabia salvaje y protectora, y a pesar de los intentos que hizo su abogado para que callara, continuó jurando que el único deseo que le quedaba era matar a todos los monstruos, a todos los violadores, matarlos a todos y hacerlos pedazos. Cuando la sacaron de la sala, estaba chillando, gritando que esperaría a las puertas de las prisiones y mataría a todos los delincuentes que liberaran, a todos los que quedaran sueltos en el mundo. Usaría hasta el último gramo de fuerza que Dios le había dado para hacerlos pedazos.

Fue entonces cuando Gurney sintió que todo encajaba, cuando encontró la respuesta para la ecuación simple que lo explicaba todo.

Miró a Scott Ashton, posado como un halcón con ojos brillantes en su gran silla eclesiástica, y vio, por primera vez, quién era en realidad aquel hombre.

Gurney habló con tanta naturalidad como si hubieran estado discutiendo el tema toda la mañana.

—No hay ninguna posibilidad de que Tirana vuelva a hacer daño a nadie.

Al principio Ashton no reaccionó, aparentemente no había

oído las palabras de Gurney, y mucho menos las acusaciones de asesinato que implicaban.

Sin embargo, detrás de él, en el oscuro rellano, Gurney detectó otro movimiento, más identificable esta vez como un brazo con una manga marrón; al final de él un pequeño reflejo de algo metálico. Luego, como antes, se retiró en el oscuro hueco de detrás del umbral.

Hasta ese momento la cabeza de Ashton había estado ligeramente inclinada hacia la izquierda. Ahora giró, en el movimiento en arco más pequeño imaginable, hacia la derecha. Se cambió la pistola de la mano derecha a la izquierda, que permanecía en su regazo. Elevó la mano derecha tentativamente a un lado de su cabeza, de manera que las yemas de los dedos tocaron un poco la oreja y la sien, permaneciendo allí en un gesto que era al mismo tiempo delicado y desconcertante. Combinado con el ángulo de la cabeza, creaba la peculiar impresión de un hombre que escuchaba una melodía esquiva.

Finalmente sus ojos buscaron los de Gurney y bajó la mano al brazo de la silla, levantando al mismo tiempo la otra, que empuñaba la pistola. Una sonrisa surgió y se desdibujó en su cara, como una flor absurda, de vida fugaz.

—Es un hombre listo, muy listo.

El murmullo de fondo de voces que emanaba de los altavoces del monitor de detrás se hizo cada vez más alto, más agudo.

Ashton al parecer no se fijó.

—Tan listo, tan perceptivo, tan ansioso por impresionar. Me pregunto a quién quiere epatar.

—Algo está ardiendo —dijo Hardwick en un tono de voz alta y urgente.

—Es usted un niño —continuó Ashton siguiendo su propia línea de pensamiento—. Un chico que ha aprendido un truco de cartas y no deja de mostrárselo una y otra vez a las mismas personas, tratando de recrear la reacción que tuvieron la primera vez.

—¡Joder, algo está ardiendo! —repitió Hardwick, señalando la pantalla.

Gurney estaba mirando de forma alterna a la pistola y a los ojos engañosamente calmados del hombre que la sostenía. Lo que estuviera ocurriendo en la pantalla tendría que esperar. Quería que Ashton continuara hablando.

Hubo otro movimiento en el rellano, y un hombre pequeño, vestido con un chaqueta de punto marrón, entró lenta y silenciosamente en el umbral de la oficina. Gurney tardó un segundo extra en identificarlo como Hobart Ashton.

Gurney se obligó a mantener sus ojos en la pistola de Scott Ashton. Se preguntó cuánto de lo que estaba ocurriendo comprendía el padre, si es que comprendía algo. ¿Qué pensaba hacer, si es que pensaba hacer algo? ¿Cuál era la razón de su acercamiento furtivo? ¿Por qué había subido la escalera y se había escondido en el rellano? Algo más urgente, ¿podía ver la pistola de su hijo desde donde estaba? ¿Comprendería lo que significaba? ¿Hasta qué punto deliraba? Y quizá, lo más importante, ¿el anciano podía crear a propósito o inadvertidamente, una distracción momentánea, que concediera a Gurney una oportunidad para lanzarse a través de la sala y arrebatarle la pistola antes de que Ashton pudiera usarla contra él?

Una repentina intervención interrumpió sus pensamientos.

—¡Mierda! ¡La capilla está en llamas! —gritó Hardwick.

Gurney miró a la pantalla sin perder de vista dónde permanecían Scott Ashton y su padre. En la pantalla, la transmisión de vídeo de alta definición mostraba claramente el humo que procedía de los apliques en las paredes de la capilla. Las chicas o bien habían salido de sus bancos o bien se precipitaban a hacerlo. Se congregaban en el pasillo central y en la plataforma elevada más cercana a la posición de la cámara.

Gurney se levantó de manera refleja, seguido por Hardwick.

—Cuidado, detective —dijo Ashton, cambiando la pistola a su mano derecha y apuntando al pecho de Gurney.

—Abra las puertas —ordenó Gurney.

—Ahora mismo no.

—¿Qué demonios cree que está haciendo?

Desde el monitor llegó un estallido de gritos. Gurney miró atrás justo a tiempo de ver a una de las chicas utilizando un extintor que se había convertido en un lanzallamas y proyectaba un chorro de líquido inflamable a lo largo de uno de los bancos de piedra. Otra chica vino corriendo hasta allí con otro extintor: el mismo resultado, un chorro de líquido que prendió en el momento en que entró en contacto con las llamas. Estaba claro que habían manipulado los extintores para revertir su efecto. Gurney recordó un caso de asesinato de hacía veinte años, en el Bronx: al cabo del tiempo, se descubrió que habían vaciado uno de los extintores de una pequeña ferretería y lo habían recargado con gasolina en gel: napalm casero.

En la capilla cundía el pánico.

—¡Abra esas putas puertas, imbécil! —le gritó Hardwick a Ashton.

El padre de Ashton metió la mano en el bolsillo del jersey y sacó algo con un extremo brillante. Al desdoblarse una pequeña hoja desde el mango, Gurney se dio cuenta de lo que era: una sencilla navaja, de las que suelen llevar los *boy scouts* para tallar un palo. El hombre sostuvo la navaja a un costado y se quedó de pie, inexpresivo, con los ojos clavados en el alto respaldo de la silla de su hijo.

La mirada de Scott Ashton estaba fija en Gurney.

—No es el final que habría preferido, pero es el que su brillante interferencia requiere. Es la segunda mejor solución.

—Dios, sáquelas de ahí, cabrón maniaco —gritó Hardwick.

—Hice todo lo posible —dijo Ashton con calma—. Tenía esperanzas. Cada año se ayudaba a unas pocas, pero al cabo de un tiempo tuve que admitir que a la mayoría no. La mayoría salían tan envenenadas como el día que llegaban, nos dejaban para ir al mundo, para envenenarlo y destruir a otros.

—No podía usted evitarlo —dijo Gurney.

—Yo tampoco lo creía, hasta… que recibí mi misión y mi método. Si alguna elegía llevar una vida envenenada, yo como mínimo podía limitar su exposición, limitar el periodo de su toxicidad para los otros.

Los gritos y chillidos que llegaban desde los altavoces del monitor se estaban volviendo más caóticos. Hardwick empezó a moverse hacia Ashton con los ojos desorbitados. Gurney estiró la mano para sujetarlo, al mismo tiempo que el otro levantaba su pistola con calma, apuntando al pecho de Hardwick.

—Por el amor de Dios, Jack —dijo Gurney—, contente.

Hardwick se detuvo, con los músculos de la mandíbula tensándose.

Gurney le ofreció a Ashton una sonrisa cargada de admiración.

—De ahí el pacto entre caballeros.

—Ah. El señor Ballston ha estado hablando.

—Sobre Karmala, sí. Me gustaría saber más.

—Ya sabe mucho.

—Cuénteme el resto.

—Es una historia sencilla, detective. Vengo de una familia disfuncional. —Sonrió horriblemente, logrando expresar las pesadillas enterradas en el más manido de los términos de la psicología popular. Los tics se movieron a través de sus labios como insectos bajo la piel—. Al final me rescataron, me adoptaron, recibí una educación. Me atrajo cierto tipo de trabajo. Fracasé en gran medida. Mis pacientes continuaron violando niños. No sabía qué hacer hasta que se me ocurrió que las relaciones familiares proporcionaban una forma de reunir a las peores chicas del mundo con los peores hombres del mundo. —Sonrió otra vez—. Castigo condigno. Una solución perfecta. —La sonrisa se desvaneció—. Jillian, que era una mujer lista, averiguó solo un poco más de lo que debería, oyó unas cuantas palabras de una conversación telefónica que no debería haber oído. Alimentó su desafortunada curiosidad y se convirtió en una posible amenaza para todo el proceso. Por supuesto, nunca lo comprendió todo. Pero imaginó que podía sacar partido para obtener beneficio personal. El matrimonio fue su primera exigencia. Yo sabía que no sería la última. Resolví la situación de una manera que me pareció particularmente satisfactoria. Satisfacción condigna. Durante un tiempo todo fue bien. Luego llegó usted. —Apuntó la pistola a la cara de Gurney.

En la pantalla, dos bancos estaban en llamas, llamas que se alzaban desde la mitad de los apliques. Algunas de las cortinas estaban ardiendo. La mayoría de las chicas estaban en el suelo, algunas se cubrían la cara, otras trataban de respirar a través de trozos de ropa hechos jirones, algunas lloraban, otras tosían, unas pocas vomitaban.

Hardwick parecía a punto de explotar.

—Entonces llegó usted —repitió Ashton—. Listo, listo, David Gurney. Y este es el resultado. —Señaló con la pistola a la pantalla—. ¿Cómo es que su inteligencia no le dijo que terminaría así? ¿De qué otra forma podía terminar? ¿De verdad pensaba que las iba a soltar? ¿Tan estúpido es el listo, el listo de David Gurney?

Hobart Ashton dio unos pocos pasos cortos hasta el respaldo de la silla de su hijo.

Hardwick gritó.

—¿Esta es su solución, Ashton? ¿Es esta, loco de mierda? ¿Quemar a ciento veinte adolescentes? ¿Esta es su puta solución?

—Oh, sí, sí, sí que lo es. ¿De verdad pensaban que cuando me atraparan por fin las dejaría marchar? —Ahora la voz de Ashton se estaba elevando, fuera de control, precipitándose hacia Gurney y Hardwick como una fiera salvaje con vida propia—. ¿Creían que iba a dejar un nido de serpientes sueltas entre todos los niños del mundo? Estas bestias tóxicas, estas bestias viscosas, viperinas. Bestias dementes, podridas y babosas. Que se desli...

Ocurrió tan deprisa que Gurney casi pensó que no lo había visto. El repentino destello de un brazo desde detrás del sillón, un rápido movimiento en curva... y eso fue todo, el discurso de Ashton cortado en medio de una palabra. Y a continuación el viejo, moviéndose con rapidez, atléticamente, hacia el lado de la silla, cogiendo el cañón del arma de Ashton, arrancándosela de la mano de un tirón y el angustiante sonido del hueso de un dedo al romperse. La cabeza de Ashton se inclinó hacia su pecho, y su cuerpo empezó a caer hacia delante, doblándose, derrumbándose de costado en el suelo, en posición fetal. Fue entonces cuando el método del asesinato quedó en evidencia por toda la sangre que empezó a acumularse en torno a la garganta de Ashton.

Los músculos de las mandíbulas de Hardwick se abultaron.

El hombrecillo de la chaqueta de punto marrón limpió su navaja en el respaldo de la silla en la que Ashton había estado sentado, la dobló hábilmente con una mano y volvió a guardársela en el bolsillo.

Entonces miró a Ashton y, como si fuera una bendición al alma en tránsito de su hijo, dijo en voz baja:

—Capullo.

517

78

Lo único que le quedaba

$\mathcal{L}$a intensa repulsión que Gurney había sentido hacia la violencia y la sangre como policía novato, sobre todo hacia la sangre de una herida fatal, se había ido atenuando en sus veinte años en Homicidios, igual que una vida de trabajo con martillos neumáticos puede atenuar la sensibilidad al ruido. Como resultado, cuando tenía que hacerlo, podía ocultar de manera muy eficaz ese sentimiento, o al menos envolver su horror en un semblante de mero desagrado. Es lo que hizo en ese momento.

Al ver la sangre que se extendía en un lento óvalo y que era absorbida por el delicado e intrincado tejido de la alfombra persa, dijo, como si no estuviera describiendo nada más trágico que el excremento de un pájaro en el parabrisas:

—Joder, qué asco.

Hardwick pestañeó. Miró primero a Gurney, luego al cuerpo que yacía en el suelo y por último a la feroz locura de la pantalla. Miró sin comprender al padre de Ashton.

—Las puertas. ¿Por qué no abre las putas puertas?

Gurney y el viejo se miraron el uno al otro con una siniestra ausencia de preocupación. Hacía años, en otros casos, su capacidad de proyectar una calma perfecta le había sido muy útil, le había proporcionado cierta ventaja. Pero no parecía que fuera el caso. El viejo irradiaba una seguridad tranquila, brutal. Era como si matar a Ashton le hubiera dado una profunda paz y fortaleza, como si por fin se hubiera roto un desequilibrio.

No era un hombre con quien uno podía ganar un simple duelo de miradas. Gurney decidió subir la apuesta y cambiar las reglas. Y sabía que necesitaba hacerlo deprisa si quería salir vivo de ese edificio. Era el momento de un golpe arriesgado.

—Me recuerda Tel Aviv —dijo Gurney haciendo un gesto hacia la pantalla.

El hombrecillo pestañeó y extendió los labios en una sonrisa carente de significado.

Gurney sintió que el golpe a ciegas había acertado de pleno. Y ahora ¿qué?

Hardwick los estaba mirando con desconcertada furia.

Gurney continuó centrándose en el hombre con la pistola.

—Lástima que no viniera un poco antes.

—¿Qué?

—Lástima que no viniera un poco antes. Hace cinco meses, por ejemplo, en lugar de tres.

El hombrecillo lo miró con sincera curiosidad.

—¿Le importa?

—Podría haber parado esa locura de mierda con Jillian.

—Ah. —Asintió con lentitud, casi apreciativamente.

—Por supuesto, si hubiera intervenido antes, cuando debería haberlo hecho, todo habría sido diferente. Hubiera sido mejor, ¿no cree?

El hombrecillo continuó asintiendo, pero vagamente, sin ningún significado aparente. Arrugó el entrecejo.

—No sé de qué está hablando.

La escalofriante posibilidad de estar en la vía equivocada se apoderó de Gurney. Pero no quedaba nada más que ir hacia delante, no había tiempo para pensarlo dos veces. Así pues, hacia delante con todo.

—Quizá debería haberlo matado hace mucho tiempo. Tal vez debería haberlo estrangulado cuando nació, antes de que Tirana hundiera sus colmillos en él. El cabrón estaba loco desde el principio, como su madre; no era un hombre de negocios, como usted.

Gurney buscó en el rostro del hombre la más leve reacción, pero su expresión no era más comunicativa —o humana— que la pistola que tenía en la mano. Así que una vez más no había otra alternativa que ir hacia delante.

—Por eso apareció aquí después del drama de Jillian, ¿verdad? Que Leonardo la matara era una cosa, incluso podría ser bueno para el negocio, pero cortarle la puta cabeza en la boda, eso era... más que negocio. Seguro que vino para controlar las cosas, para asegurarse de que todo se llevaba de una manera

519

más comercial. No quería que ese cabrón lo jodiera todo. Aunque, para ser justos, Leonardo tenía sus virtudes. Listo. Imaginativo. ¿Verdad?

Todavía no hubo reacción detrás de esa mirada inerte.

Gurney continuó.

—Tiene que reconocer que la idea de Héctor era muy buena. Inventar el chivo expiatorio perfecto en caso de que alguien se fijara en una de esas graduadas de Mapleshade ilocalizables. Así que Héctor apareció en escena justo antes de que las chicas empezaran a desaparecer. Eso muestra previsión por parte de Leonardo. Auténtica iniciativa. Buena planificación. Pero tenía un coste. Estaba demasiado loco, ¿eh? Por eso finalmente tuvo que hacerlo. Estaba entre la espada y la pared. Control de los daños. —Gurney negó con la cabeza, miró con desdén la enorme mancha de sangre en la alfombra que los separaba—. Demasiado poco, Giotto. Demasiado tarde.

—¿Cómo coño me ha llamado?

Gurney le devolvió la mirada de piedra al hombre durante un largo momento antes de responder.

—No me haga perder el tiempo. Tengo un trato para usted. Tiene cinco minutos para tomarlo o dejarlo. —Pensó que vio una pequeña fisura en la piedra. Durante quizás un cuarto de segundo.

—¿Cómo coño me ha llamado?

—Giotto, métaselo en la cabeza, ha terminado. Los Skard están acabados. Están más que acabados. ¿Lo entiende? Se termina el tiempo. Este es el trato: me da los nombres y las direcciones de todos los clientes de Karmala, de todos los cabrones como Jordan Ballston con los que hace negocios. Y sobre todo quiero las direcciones donde todavía pueda haber chicas de Mapleshade vivas. Me da todo eso y le garantizo que sobrevivirá a su detención.

El hombrecillo rio, un sonido como de grava aplastada bajo una manta.

—Tiene cojones, Gurney. Se ha equivocado de profesión.

—Sí, lo sé. Le quedan cuatro minutos y medio. El tiempo vuela. Así que si elige no darme las direcciones que le pido, esto es lo que va a ocurrir: habrá un intento prudente de detenerle según las reglas. No obstante, usted será lo bastante loco como para intentar escapar. Al hacerlo, pondrá en peligro la vida de un agente de la Policía, y habrá que dispararle. Le dispararán dos veces. La primera bala, una nueve milímetros de punta hueca, le arrancará las pelotas. La segunda le seccionará la columna entre la primera y la segunda vértebras cervicales, lo que resultará en una parálisis irreversible. Esta combinación de heridas lo convertirá en un soprano en silla de ruedas en un hospital penitenciario durante el resto de su puta vida. También le dará a sus compañeros reclusos la oportunidad de meársele en la cara cuando tengan ganas. ¿Entendido? ¿Ha entendido el trato?

Una vez más la risa. Una risa que hacía que la desagradable voz ronca de Hardwick sonara dulce.

—¿Sabe por qué todavía está vivo, Gurney? Porque no puedo esperar a escuchar lo que va a decir a continuación.

Gurney miró su reloj.

—Tres minutos y veinte segundos.

Ya no se oían voces procedentes del altavoz del monitor, solo gemidos, toses entrecortadas, un grito agudo, llantos.

—¿Qué coño...? —dijo Hardwick—. Joder, ¿qué coño...?

Gurney miró la pantalla, escuchó los sonidos lastimeros, se volvió hacia Hardwick y le habló con serena e intencionada claridad.

521

—Por si me olvido, acuérdate de que el mando de la puerta está en el bolsillo de Ashton.

Hardwick lo miró de manera extraña, intentando deducir el significado de aquellas palabras.

—El tiempo se está acabando —añadió Gurney, volviéndose hacia Giotto Skard.

Una vez más el hombre mayor rio. No podía engañarlo. No habría trato.

El rostro de una chica apareció en pantalla, medio oscurecido por un mechón de pelo rubio, lleno de rabia y furia, enorme, distorsionado por su cercanía a la cámara.

—¡Hijo de puta! —gritó la chica, con su voz quebrándose—. ¡Hijo de puta, hijo de puta, hijo de puta! —Empezó a toser violentamente, resollando, tosiendo.

El rostro cadavérico de Emil Lazarus apareció detrás de un banco volcado, reptando como un escarabajo gigante por el suelo lleno de humo.

Giotto Skard estaba mirando la pantalla. Parecía divertido.

Gurney concluyó que esa distracción menor constituía la

mejor oportunidad que se le iba a presentar. Era lo único que le quedaba.

No había nadie a quien culpar. Nadie para salvarle. Sus propias decisiones lo habían llevado hasta allí. Al lugar más peligroso de toda su vida. A ese estrecho lugar, tambaleándose al borde del Infierno.

La puerta del Cielo.

Solo había una cosa que pudiera hacer.

Rogó que fuera suficiente.

Si no lo era, esperaba que quizás algún día Madeleine pudiera perdonarle.

79

La última bala

*N*o había ningún curso en la academia que te preparara adecuadamente para recibir un balazo. Escuchar cómo lo describían quienes habían pasado por ello te daba cierta idea, y presenciarlo añadía una dimensión inquietante, pero, como ocurre con tantas cosas, del dicho al hecho…

Su plan, tal como lo había concebido en un segundo o dos, era, como saltar por una ventana, lo más simple posible. Se lanzaría directo hacia el hombrecillo con la pistola, que estaba de pie a tres o cuatro metros de él, junto a la silla vacía de Ashton, justo en la parte de dentro de la puerta abierta. Esperaba impactar en él con la fuerza suficiente para empujarlo por el umbral, que el impulso los llevara a los dos a través del pequeño rellano y por las escaleras de piedra. El precio era que le dispararan, probablemente más de una vez.

Mientras Giotto Skard miraba a la chica rubia que gritaba «hijo de puta», Gurney se abalanzó hacia delante con un rugido gutural, colocando un brazo sobre la zona del pecho donde tenía el corazón y el otro ante la frente. Gurney se había resignado a correr el riesgo que fuera necesario, bajo la amenaza de la pistola calibre 25 de Skard.

La atronadora detonación del primer tiro en la pequeña oficina sonó casi de inmediato. Con un espeluznante impacto, la bala destrozó la muñeca derecha de Gurney, que tenía apretada contra el esternón, del lado del corazón.

La segunda bala fue una lanza de fuego a través de su estómago.

La tercera fue la mala.

Ni aquí ni allí.

Y

Una explosión de electricidad. Una chispa verde cegadora, como la explosión de una estrella. Un grito. Un grito de terror y desconcierto, un grito de rabia. La luz es el grito, el grito es la luz.

Hay nada. Y hay algo. Al principio es difícil decir cuál es cuál.

Algo blanco. Podría no ser nada. Podría ser un techo.

En alguna parte debajo de aquella capa blanca, en algún lugar por encima de él, un gancho negro. Un pequeño gancho negro extendido como un dedo que llama. Un gesto de amplio significado. Demasiado amplio para expresarlo en palabras. Ya todo es demasiado amplio para las palabras. No se le ocurren palabras. Ni una sola. Olvida lo que son. Palabras. Pequeños objetos desiguales. Insectos de plástico negro. Dibujos. Trozos de algo. Sopa de letras.

Del gancho cuelga una bolsa incolora, transparente. La bolsa abulta con un líquido incoloro, transparente. De la bolsa desciende un tubo transparente hacia él. Como el tubo de gas de neopreno en un avión de modelismo en el parque. Puede oler el combustible del avión. Observa mientras el toque hábil de un dedo índice en la hélice hace que el motor cobre vida. El volumen y el tono del sonido aumenta, el motor ruge, el rugido aumenta en un chillido constante. Volviendo a casa desde el parque, siguiendo a su padre, su padre taciturno, cae en una pila de piedras. Tiene un corte y sangre en la rodilla. La sangre le gotea por la espinilla hasta el calcetín. No llora. Su padre parece contento, parece orgulloso de él, después le habla a su madre de su gran hazaña, dice que ha llegado a una edad en que ya no tiene que llorar más. Es raro que su padre lo mire con orgullo. Su madre dice: «Por el amor de Dios, solo tiene cuatro años, déjale llorar». Su padre no dice nada.

Y

Se ve conduciendo su coche. Una carretera que le es familiar, en los Catskills. Un ciervo cruzando delante de él, una hembra que pasa al campo del otro lado. Y luego el cervato siguiendo a la madre, inesperadamente. El golpe. Imagen del cuerpo retorcido, la madre mirando atrás, esperando en el campo.

Danny en el suelo, el BMW rojo alejándose mientras acelera. La paloma a la que seguía en la calle se aleja volando. Solo tenía cuatro años.

Música de Nino Rota. Conmovedora, irónica, vertiginosa. Como un circo triste. Sonya Reynolds bailando lentamente. Las hojas del otoño cayendo.

Voces.

525

—¿Puede oírnos?
—Es posible. El escáner cerebral de ayer muestra actividad significativa en todos los centros sensoriales.
—¿Significativa? Pero...
—Los patrones parecen erráticos.
—¿Qué significa?
—Su cerebro muestra indicios de función normal, pero viene y va, y hay algunos indicios de cambios sensoriales, que podrían ser temporales. Es un poco como ciertas experiencias con drogas, alucinógenos, donde los sonidos se ven y los colores se oyen.
—¿Y el pronóstico para esto es...?
—Señora Gurney, con las heridas traumáticas en el cerebro...
—Lo sé, no lo saben, pero ¿qué opina?
—No me sorprendería que se recuperara por completo. He visto casos en los que una repentina remisión espontánea...

—¿Y no le sorprendería que no se recuperara?

—A su marido le dispararon en la cabeza. Es extraordinario que esté vivo.

—Sí. Gracias. Entiendo. Podría ponerse mejor. O podría ponerse peor. Y no tienen ni idea, ¿no?

—Estamos haciendo todo lo posible. Cuando la inflamación del cerebro remita, veremos las cosas más claras.

—¿Está segura de que no siente dolor?

—No siente dolor.

Cielo.

Calor y frío lo bañan como el flujo y reflujo de una ola o una brisa cambiante de verano.

Ahora el frío tiene el aroma del rocío en la hierba y la calidez y el sutil aroma de los tulipanes al sol.

La frialdad era la frialdad de su sábana; la calidez, el calor de las voces de las mujeres.

Calor y frío se combinaban en la suave presión de unos labios contra su frente. Una maravillosa dulzura y suavidad.

Juicio.

Tribunal Penal del Condado de Nueva York. Una sala inhóspita, deprimente, gris. El juez es la viva imagen del agotamiento, el cinismo y la sordera.

—Detective Gurney, las acusaciones son muchas, ¿cómo se declara?

No puede hablar, no es capaz de responder, ni siquiera puede moverse.

—¿El acusado está presente?

—¡No! —grita un coro de voces al mismo tiempo.

Una paloma se levanta del suelo y desaparece en el aire cargado de humo.

Él quiere hablar, lo intenta, pretende demostrar que está ahí, pero no puede hablar, no es capaz de articular palabra ni mover un dedo. Se tensa para forzar una sílaba, aunque sea un grito ahogado desde su garganta.

La habitación está en llamas. La toga del juez está ardiendo. Este anuncia, resollando: «El acusado queda confinado durante un periodo indefinido allí donde está, y dicho lugar se reducirá en tamaño hasta el momento en que el acusado esté muerto o loco».

Infierno.

Está de pie en una habitación sin ventanas, impregnada de un olor rancio y con una cama sin hacer. Busca la puerta, pero esta únicamente da a un armario de solo unos centímetros de profundidad, un armario con una pared de cemento. Tiene problemas para respirar. Golpea en las paredes, pero su golpe no es un golpe, es un destello de fuego y humo. Entonces, al lado de la cama, ve una rendija en la pared, y en esta, dos ojos que lo miran.

Luego está en el espacio de detrás de la pared, el espacio desde el que los ojos lo estaban mirando, pero la rendija ha desaparecido y el espacio está oscuro por completo. Trata de calmarse. Intenta respirar despacio, acompasadamente. Trata de moverse, pero el espacio es demasiado pequeño. No puede levantar los brazos, no puede doblar las rodillas. Y cae de lado e impacta contra el suelo, pero el impacto no es un impacto, sino un grito. No puede mover el brazo de debajo de su cuerpo, no puede levantarse. El espacio es más estrecho allí, nada se moverá. Un terror acelerado hace casi imposible respirar. Si al menos pudiera producir un sonido, hablar, llorar.

A lo lejos los coyotes empiezan a aullar.

Vida.

—¿Está seguro de que puede oírme? —La voz era pura esperanza.

—Lo que puedo decirle a ciencia cierta es que el patrón de

actividad que veo en el escáner es coherente con actividad neuronal en el oído. —La voz era fría como una hoja de papel.

—¿Es posible que esté paralizado? —La voz estaba al borde de la oscuridad.

—El centro motor no quedó directamente afectado, por lo que hemos podido ver. No obstante, en las heridas de este tipo…

—Sí, lo sé.

—Muy bien, señora Gurney. La dejo con él.

—¿David? —dijo ella en voz baja.

Él todavía no podía moverse, pero el pánico se estaba evaporando, diluido de algún modo y dispersado por el sonido de la voz de la mujer. El espacio que lo contenía, fuera cual fuese, ya no lo aplastaba.

Conocía la voz de la mujer.

Con su voz llegó la imagen de su cara.

Él abrió los ojos. Al principio no vio nada más que luz.

Entonces la vio a ella.

Ella lo estaba mirando, sonriendo.

Trató de moverse, pero no se movió nada.

—Estás escayolado —dijo—. Cálmate.

De repente, recordó cómo se precipitó por la sala hacia Giotto Skard, el primer disparo ensordecedor.

—¿Jack está bien? —preguntó en un susurro áspero.

—Sí.

—¿Tú estás bien?

—Sí.

Las lágrimas le llenaron los ojos, desdibujando la cara de ella.

Al cabo de un rato su recuerdo se expandió hacia atrás.

—¿El fuego…?

—Todos salieron.

—Ah. Bien. Bien. ¿Jack encontró el…? —No podía recordar la palabra.

—El mando a distancia, sí. Tú le recordaste que mirara en el bolsillo de Ashton. —Prorrumpió en una extraña risita, como si sorbiera o se atragantara.

—¿A qué viene eso?

—Solo se me había pasado por la cabeza que «el mando

está en el bolsillo de Ashton» podrían haber sido tus últimas palabras.

Él empezó a reír, pero inmediatamente gritó por el dolor en el pecho, luego empezó a reír otra vez y gritó de nuevo.

—Oh, Dios, no, no, no me hagas reír. —Las lágrimas le resbalaban por las mejillas. El pecho le dolía horrores. Se estaba agotando.

Ella se inclinó hacia él y le limpió los ojos con un pañuelo de papel arrugado.

—¿Qué hay de Skard? —preguntó él ya con voz apenas audible.

—¿Giotto? Lo dejaste tan mal como él a ti.

—¿Escaleras?

—Oh, sí. Es probable que sea la primera vez que un hombre tira a otro por las escaleras después de que le hayan disparado tres veces.

Había mucho en la voz de ella, muchas emociones en conflicto, pero él detectó en esa rica mezcla un elemento de orgullo inocente. Le hizo reír. Las lágrimas volvieron a caer.

—Ahora descansa —dijo ella—. La gente va a hacer cola para hablar contigo. Hardwick le contó a todo el mundo en el DIC lo que ocurrió, y todo lo que descubriste sobre quién era quién y qué era qué, y dijo que eras un héroe increíble, y habló de cuántas vidas habías salvado, pero están ansiosos de oírlo de tu boca.

Él no dijo nada durante un rato, tratando de llegar lo más lejos que su memoria podía llevarle.

—¿Cuándo hablaste con ellos?

—Hoy hace dos semanas.

—No, me refiero a… ese asunto de los Skard y el fuego.

—Hoy hace dos semanas. El día que ocurrió, el día que volví de Nueva Jersey.

—Dios mío, ¿estás diciendo…?

—Has estado un poco ausente. —Hizo una pausa, sus ojos se llenaron de repente de lágrimas, su respiración empezó a convertirse en jadeos—. Casi te pierdo —dijo, y al decirlo, algo salvaje y desesperado se extendió en su rostro, algo que él nunca había visto antes.

80

La luz del mundo

—¿*E*stá dormido?

—Dormido del todo no. Solo un poco aturdido y adormilado. Le han puesto un gotero temporal de hidromorfona para reducir el dolor. Si le habla, él la oirá.

Era cierto. Y Gurney sonrió ante eso. Pero el calmante hacía algo más que reducir el dolor. Lo eliminaba en una ola de…, ¿de qué?, una ola de bienestar, de inmenso y placentero bienestar. Sonrió por lo bien que se sentía.

—No quiero molestarle.

—Solo diga lo que tenga que decir. Él la oirá perfectamente, y no lo molestará.

Conocía las voces. Eran las de Val Perry y Madeleine. Voces hermosas.

La voz hermosa de Val Perry:

—¿David? He venido a darle las gracias.

Hubo un largo silencio. El silencio de un velero distante cruzando un horizonte azul.

—Supongo que es lo único que de verdad tenía que decir. Le dejo un sobre. Espero que sea suficiente. Es diez veces la cantidad que acordamos. Si no es suficiente, hágamelo saber. —Otro silencio. Un pequeño suspiro. El suspiro de una brisa sobre un campo de amapolas naranjas—. Gracias.

No sabía dónde terminaba su cuerpo y dónde empezaba la cama. Ni siquiera sabía si estaba respirando.

De pronto estaba despierto, mirando a Madeleine.

—Es Jack —estaba diciendo—, Jack Hardwick, del DIC. ¿Puedes hablar con él? ¿Le digo que venga mañana?

Miró más allá de su esposa, a la figura que estaba en el umbral, vio el pelo corto y gris, la cara rubicunda, los ojos celestes de malamut.

—Ahora está bien. —Algo en la necesidad de hacerse entender con Hardwick, de concentrarse, empezó a aclarar su pensamiento.

Madeleine asintió, se hizo a un lado cuando Hardwick se acercó a la cama.

—Voy a bajar a tomar un café horrible —dijo—. Volveré dentro de un rato.

—¿Sabes? —dijo Hardwick con tono áspero, levantando una mano vendada después de que ella salió de la habitación—, una de esas putas balas te atravesó y me dio a mí.

Gurney le miró la mano y no vio una gran herida. Se acordó de cómo Marian Eliot se había referido a Hardwick: un rinoceronte listo. Se echó a reír. Aparentemente le habían reducido el gota a gota de hidromorfona lo suficiente para que la risa doliera.

—¿Tienes alguna noticia que me pueda interesar?

—Eres frío, Gurney, muy frío. —Hardwick negó con la cabeza en un falso ademán de aflicción—. ¿Sabes que le rompiste la espalda a Giotto Skard?

—¿Cuando lo empujé por la escalera?

—No lo empujaste por la escalera. Rodaste con él como si él fuera un puto trineo. El resultado fue que terminó en esa silla de parapléjico con la que lo habías amenazado. Y supongo que ha empezado a pensar sobre esa pequeña contingencia desagradable que mencionaste, la posibilidad de que sus compañeros reclusos se le meen en la cara de vez en cuando. Así que el resumen, yendo al grano, es que ha hecho un trato con el fiscal por cadena perpetua sin posibilidad de condicional y la garantía de separación de la población reclusa general.

—¿Qué clase de trato?

—Nos dio las direcciones de los clientes especiales de Karmala. Los que querían ir hasta el final.

—¿Y?

—Y algunas de las chicas que encontramos en esas direcciones aún estaban vivas.

—¿Ese era el trato?

—Además, tenía que delatar al resto de la organización. Inmediatamente.

531

—¿Delató a sus otros dos hijos?

—Sin pensárselo dos veces. Giotto Skard no es un sentimental.

Gurney sonrió por la benignidad de la definición.

—Pero tengo una pregunta para ti —continuó Hardwick—. Dado lo… pragmático que es en los asuntos de negocios y lo loco que estaba Leonardo, ¿por qué no acabó Giotto con él la primera vez que tuvo noticia de esas peculiares peticiones de decapitación que Leonardo introducía en las transacciones con los clientes de Karmala?

—Fácil. No mates a la gallina de los huevos de oro.

—La gallina era Leonardo, alias doctor Ashton.

—Ashton era bueno en su campo… y Mapleshade era una escuela famosa. Si lo mataban, la escuela podría cerrar… y cortaría un suministro de mujeres jóvenes enfermas. —Gurney cerró los ojos un momento—. No es algo que… Giotto quería que ocurriera.

—Entonces, ¿por qué matarlo al final?

—Al desentrañarse todo… se esfumó, podríamos decir…, no más… huevos de oro.

—¿Estás bien, campeón? Pareces un poco confundido.

—Nunca he estado mejor. Sin los huevos de oro…, la gallina loca se convierte en una responsabilidad. Una cuestión de riesgo-recompensa. En la capilla, Giotto vio por fin que Leonardo era todo riesgo, sin recompensa. Inclinada la balanza…, había más beneficio en matarlo que en mantenerlo vivo.

Hardwick emitió un gruñido reflexivo.

—Un loco muy práctico.

—Sí. —Después de un largo silencio, Gurney preguntó—. ¿Giotto delató a alguien más?

—A Saul Steck. Fuimos con algunos chicos del Departamento de Policía de Nueva York y lo encontramos en esa casa de arenisca de Manhattan. Por desgracia, se suicidó antes de que llegáramos a él. Un detalle interesante de Steck, por cierto: ¿recuerdas que te hablé del periodo que pasó en un hospital psiquiátrico después de su detención por múltiples acusaciones de violación hace años? Adivina quién era el psiquiatra en el programa de rehabilitación de delincuentes sexuales del hospital.

—¿Ashton?

—El mismo. Supongo que conocía bien a Saul y decidió que

tenía suficiente potencial para hacer una excepción a la regla de solo familia de los Skard. Bien pensado, se le daba bien juzgar la personalidad de la gente. Podía identificar a un tarado psicópata a un kilómetro de distancia.

—¿Habéis descubierto quiénes eran las hijas de Saul?

—¿Quizá nuevas graduadas de Mapleshade en un trabajo de internado? ¿Quién sabe? Se habían ido cuando llegamos y sería una gran sorpresa que reaparecieran.

A Gurney le tranquilizó en cierto modo, pero no del todo, a pesar de aquella leve neblina de hidromorfona. La sensación creó un extraño silencio. Por fin, Gurney preguntó:

—¿Encontraste algo de interés en la casa?

—¿De interés? Oh, sí, desde luego. Muchos vídeos interesantes. Jóvenes señoritas describiendo sus actividades favoritas al detalle. Historias chungas. Muy chungas.

Gurney asintió.

—¿Algo más?

Hardwick levantó los brazos en un exagerado encogimiento de hombros.

—Podría ser. ¿Quién sabe? Haces lo posible por controlarlo todo, pero a veces desaparece material. Nunca llega a inventariarse. Se destruye accidentalmente. Ya sabes cómo es.

Ninguno de los dos dijo nada durante unos segundos.

La mirada de Hardwick vagó por la habitación, luego volvió a Dave en la cama del hospital. Pareció pensativo y luego divertido.

—¿Sabes, Gurney?, eres un tío mucho más jodido de lo que la mayoría de la gente ve.

—¿No nos pasa a todos?

—¡Diablos, no! Mírame a mí, por ejemplo, yo parezco un completo desquiciado, pero por dentro soy una roca. Una máquina perfectamente afinada y bien equilibrada.

—Si tú estás bien equilibrado… —Normalmente Gurney podría haber terminado la frase con una refutación inteligente, pero la hidromorfona estaba haciendo efecto y su voz se apagó.

Los dos hombres se sostuvieron la mirada un buen rato hasta que Hardwick dio un paso atrás.

—Bueno, ya nos veremos.

—Claro.

Empezó a irse. Luego se volvió un momento.

—Tranquilo, Sherlock. Todo está bien.

—Gracias, Jack.

Al cabo de un rato, Madeleine volvió a la habitación con una pequeña taza de café. Arrugó la nariz y la dejó en una mesita de metal que había en una esquina.

Gurney sonrió.

—¿No está muy bueno?

Ella no respondió. Solo se acercó al lado de la cama, cogió las dos manos de su marido entre las suyas y las sostuvo con fuerza.

Se quedó allí a su lado, sin más, sosteniéndoselas durante un buen rato.

Puede que fuera un minuto o una hora. Dave no lo sabía.

De lo que sí era plenamente consciente era de la sonrisa constante, perceptiva y encantadora de su mujer; la sonrisa que solo ella tenía.

Lo envolvió, le dio calor, lo deleitó como ninguna otra cosa en la Tierra.

Estaba sorprendido de que alguien que lo veía todo con tanta claridad, que tenía toda la luz del mundo en sus ojos, viera en él algo digno de una sonrisa así.

Era una sonrisa que podría hacer que un hombre creyera que la vida era buena.

Agradecimientos

Cuando terminé mi primera novela, *Sé lo que estás pensando*, tuve la buena fortuna de que aceptara representarme una fabulosa agente, Molly Friedrich, y su maravilloso equipo, Lucy Clarkson y Paul Cirone. Mi buena suerte continuó cuando Rick Horgan, el fantástico editor de Crown, lo compró para publicarlo. A día de hoy, sigo contando con la bendición que supone la guía y el apoyo que me proporcionan estas personas honestas, inteligentes y talentosas. Su combinación ideal de crítica constructiva y entusiasmo apasionado han hecho que mi nueva novela, *No abras los ojos*, sea mejor en todos los aspectos.
Rick, Molly, Lucy, Paul: ¡gracias!

TAMBIÉN TE GUSTARÁN

ENCERRADO
CON EL DIABLO

La historia real de un héroe caído, un asesino en serie
y una peligrosa oferta para la redención.

JAMES KEENE
y Hillel Levin

Encerrado con el diablo

James Keene apenas llevaba un año en prisión cuando el fiscal que le había condenado le ofreció un trato: si conseguía la declaración de culpabilidad del asesino en serie Larry Hall y la confesión de dónde tenía enterrados los cuerpos de sus víctimas, su pena sería conmutada y le devolverían la libertad.

Una historia real narrada con el ritmo trepidante de un *thriller*.

PERTURBADO

PAUL HARPER

Perturbado

El asesinato perfecto es imposible. ¿O no?

Una psiquiatra acude al detective Martin Fane en busca de ayuda: alguien ha estado escuchando las conversaciones que ha mantenido con dos de sus pacientes... Poco a poco Fane descubre una red que salpicará incluso al gobierno en uno de los experimentos psicológicos más elaborados y monstruosos que se hayan podido imaginar: el asesinato perfecto.

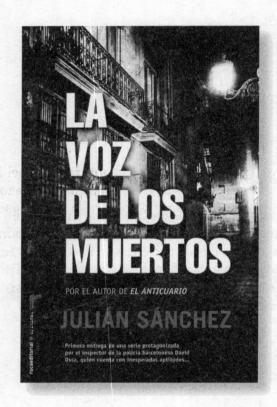

LA VOZ DE LOS MUERTOS

Primera entrega de una serie protagonizada por el inspector de la policía barcelonesa David Ossa, que por razones poco claras, cuenta con unas aptitudes para la investigación poco habituales.

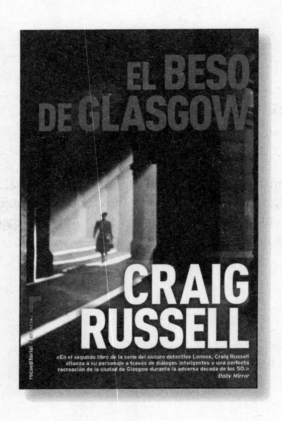

El beso de Glasgow

Lennox, un detective que podría ser el hijo del mismísimo Philip Marlowe —cínico por fuera pero con un corazón de oro—, vuelve a las calles de Glasgow para resolver un caso que no pinta nada bien para él.

Este libro utiliza el tipo Aldus, que toma su nombre
del vanguardista impresor del Renacimiento
italiano Aldus Manutius. Hermann Zapf
diseñó el tipo Aldus para la imprenta
Stempel en 1954, como una réplica
más ligera y elegante del
popular tipo
Palatino

***
**
*

No abras los ojos
se acabó de imprimir en un día
de primavera de 2011,
en Impreso por Rodesa
Villatuerta (Navarra)

***
**
*